HARRIET BEECHER STOWE

LA CABAÑA
DEL TÍO TOM

Título: La cabaña del tío Tom
Título original: *Uncle Tom's Cabin*
Autora: Harriet E. Beecher Stowe

© Edimat Libros, SA
C/ Primavera, 10, nave 35
28500 Arganda del Rey
Madrid-España
www.edimat.es

Traducción: Ediciones Alonso
Diseño e ilustraciones de cubierta: Karakachoff Estudio
Ilustración de cubierta: Andrés Nancul para Karakachoff Estudio

ISBN: 978-84-9794-619-3
Depósito Legal: M-7787-2025

Impreso en España - *Printed in Spain*

INTRODUCCIÓN

Harriet Elizabeth Beecher Stowe nació el 14 de junio de 1811 en Litchfield, Estado de Connecticut, en los Estados Unidos. Fue la sexta de los once hijos del predicador calvinista Lyman Beecher y de la primera esposa de éste, Roxana Foote, una mujer profundamente religiosa que murió cuando Harriet tenía sólo cinco años de edad. Su abuelo materno fue un famoso general de la Guerra de Independencia. Tuvo una hermana, Catharine Beecher, que se hizo educadora y escritora, y varios de sus hermanos fueron ministros de la fe, como Henry, Charles y Edward. Harriet ingresó en el Hartford Female Seminary, que dirigía su hermana mayor Catharine. Allí recibió una educación académica tradicional —lo que no era común entre las mujeres de la época—, con un enfoque en los autores clásicos, las lenguas y las matemáticas. A los veintiún años, en 1832, se instaló en Cincinnati para reunirse con su padre, que había sido nombrado presidente del Lane Theological Seminary, y se unió también al salón literario Semi-Colon Club (Club del Punto y Coma) en el que figuraban miembros que llegaron a puestos destacados. Por aquellos tiempos, Cincinnati experimentaba una explosión comercial que atraía a numerosos inmigrantes de varias partes del país, así como a esclavos que habían escapado, a los cazarrecompensas que los perseguían y a los inmigrantes irlandeses que trabajaban en los ferrocarriles y los canales del Estado. En 1829 se produjo el ataque de los irlandeses contra los negros, destrozando partes de la ciudad en su objetivo de eliminarlos al ver amenazados sus puestos de trabajo por ellos. Esos disturbios ocurrieron otra vez en 1836 y en 1841, motivados por los antiabolicionistas. Harriet conoció a varios negros que habían sufrido esos ataques, y sus experiencias contribuyeron a sus escritos contra la esclavitud.

También fue influida por los debates sobre la esclavitud que tuvieron lugar durante dieciocho días en Lane en febrero de 1834 entre los esclavistas y los partidarios de la abolición. Harriet estuvo presente en la mayoría de esos debates, pero los directores de Lane, que temían la violencia que podría suscitarse con esos debates, los prohibieron, provocando un éxodo masivo de estudiantes y profesores de Lane al Oberlin

Collegiate Institute, cuyos directivos habían aceptado, un poco a regaña-dientes, admitir alumnos sin considerar su raza y permitir debates acerca de cualquier tema.

En el club literario de Lane conoció al reverendo Calvin Ellis Stowe, un viudo que enseñaba literatura bíblica en el seminario. Se enamoraron y se casaron el 6 de enero de 1836, y de su matrimonio nacieron siete hijos, entre los que hubo una pareja de gemelas. [Cabe decir que en el sistema sajón y otros europeos, las mujeres cambian de apellido al ca-sarse, o forman un compuesto con el suyo de nacimiento y el de su ma-rido, como en el caso de Harriet Beecher (su nombre de soltera) Stowe (el apellido de casada)].

En 1850, el Congreso de los Estados Unidos aprobó la *Fugitive Slave Act* (Ley de esclavos fugitivos), que prohibía la ayuda a los fugitivos y endurecía las sanciones, incluso en estados libres de esclavitud. En esa época, los Stowe se habían mudado a Brunswick, en el Estado de Maine, donde el marido daba clases en el Bowdoin College. Los Stowe eran críticos ardientes de la esclavitud y apoyaban el conocido como *Under-ground Railroad* (El tren clandestino), que consistía en una red segura de caminos y casas de refugio para facilitar el escape, y acogieron a varios esclavos fugitivos en su casa. Harriet afirmaba que durante la comunión en un servicio religioso en la First Parish Church de Brunswick había tenido la visión de un esclavo agonizante, lo que la inspiró para escribir su historia. Es muy posible que lo que la motivó a simpatizar con los esclavos fuese la muerte de su hijo Sam Charles a los dieciocho meses de edad. El 9 de marzo de 1850 escribió a Gamaliel Bailey, editor del semanario anti esclavista *The National Era,* que planeaba escribir una historia sobre el problema de la esclavitud: «Me parece que ahora ha lle-gado la hora en la que incluso una mujer o un niño que pueda hablar por la libertad, tiene que hablar... Espero que cada mujer que pueda escribir no se quede en silencio».

Publicada ya su novela, tras el inicio de la Guerra Civil norteameri-cana Harriet viajó a la capital, Washington, donde se reunió con el presi-dente Abraham Lincoln el 25 de noviembre de 1862. Según el relato de su hijo, relato que hoy se considera apócrifo, el presidente la recibió con este saludo: «Así que usted es la pequeña mujer que empezó esta gran guerra». La hija contaba que habían pasado un rato muy alegre y diverti-do con el presidente Lincoln, y lo que Harriet contó por carta a su marido fue que «he tenido una entrevista muy divertida con el presidente».

En 1868, Harriet Stowe se convirtió en uno de los primeros editores de la revista *Hearth and Home* (El ámbito doméstico), una de las varias publicaciones nuevas que atraían a las mujeres, dejándolo después de un año. Hizo campaña para la expansión de los derechos de las mujeres, afirmando en 1869 que:

«La posición de una mujer casada es, en muchos aspectos, muy semejante a la del esclavo negro. Ella no puede hacer contratos ni mantener propiedades, todo lo que herede o gane se convierte en ese momento en propiedad de su marido... Aunque él haya conseguido una fortuna por medio de ella, o aunque ella gane una fortuna con sus talentos propios, él es el único dueño de ello y ella no puede sacar ni un céntimo... En la Ley Común inglesa, una mujer casada no es absolutamente nada, desaparece de la existencia legal».

En la década de 1870, su hermano Henry Beecher fue acusado de adulterio, lo que provocó un escándalo nacional. Harriet se vio incapaz de soportar los ataques públicos contra Henry y se marchó a Florida, donde tenía propiedades, pero le pidió a la familia que le enviasen lo que apareciese en la Prensa. Durante todo el asunto, ella permaneció de parte de su hermano y creyó siempre que era inocente. Tras su regreso a Connecticut, Harriet estuvo entre los fundadores de la Hartford Art School, que posteriormente fue parte de la Universidad de Hartford. Ese mismo año pasó el invierno en Mandarin, Estado de Florida. Allí escribió *Palmetto Leaves* (Hojas de palmito), un conjunto de recuerdos personales del lugar y guía de viajes por la zona, como una obra de literatura promocional dirigida a los inversores de la época. El libro se publicó en 1873, mereciendo la consideración del gobernador, pues ayudó al establecimiento de nuevos residentes en la zona. Creó también una escuela de tipo integrado, adelantándose en más de medio siglo al movimiento de integración racial en las escuelas del país.

Su marido murió en 1886 y la salud de Harriet empezó a declinar rápidamente. En 1888, el diario *The Washington Post* informó que, como resultado de la demencia que padecía, a los setenta y siete años había empezado a escribir de nuevo *La cabaña del tío Tom*. Se imaginaba que estaba metida en la composición del original, y durante varias horas al día trabajaba con papel y pluma escribiendo pasajes del libro casi exactamente palabra por palabra. Eso lo hizo inconscientemente de memoria, imaginándose que componía la historia según avanzaba. Para su deteriorada mente, la historia era completamente nueva, y con frecuencia se agotaba con un trabajo que para ella estaba recién creado. Los investigadores modernos especulan actualmente que hacia el final de su vida sufría de la enfermedad de Alzheimer.

Harriet Beecher Stowe murió el 1 de julio de 1896 en Hartford, Estado de Connecticut, diecisiete días después de su ochenta y cinco cumpleaños. Está enterrada en el cementerio de la Phillips Academy en Andover, Estado de Massachusetts junto a su marido y a su hijo Henry.

LA CABAÑA DEL TÍO TOM

Harriet Beecher Stowe escribió treinta libros entre novelas, memorias de viajes y colecciones de artículos y cartas. En 1851 apareció la primera entrega semanal de *La cabaña del tío Tom*, o *La vida entre los humildes* en el periódico *The National Era*, que se publicó de esta manera (muy habitual en la época) desde el 5 de junio de 1851. En principio estuvo pensada como una historia corta que se publicaría en unas pocas semanas, pero la escritora la amplió significativamente y llegó hasta el 1 de abril de 1852. Se hizo inmediatamente popular, hasta el punto de que se enviaban cartas de protesta al periódico si faltaba su relato en alguno de los números semanales. Por esa manera de publicar la novela seriadamente, Harriet percibió la cantidad de cuatrocientos dólares (alta suma en la época). La novela se publicó en forma de libro en dos volúmenes, cada uno de ellos con ilustraciones, en 1852, con una tirada inicial de cinco mil ejemplares, de los que se vendieron tres mil en un solo día. En menos de un año el libro vendió más de trescientos mil ejemplares, un número sin precedentes. El mismo éxito tuvo en su publicación en Inglaterra, donde la novela vendió más de doscientos mil ejemplares, pero para la escritora no significó ganancia alguna, pues los acuerdos de derechos de autor no estaban aún vigentes. En los Estados Unidos, *La cabaña del tío Tom* fue la novela más vendida y el libro más vendido del siglo XIX después de la Biblia. Hacia 1857 la novela había sido traducida a veinte idiomas, incluido el chino.

Según algunos críticos, el objetivo del libro fue el de educar a los ciudadanos del norte de los Estados Unidos (zona libre de esclavitud) sobre los horrores que ocurrían en el sur (zona esclavista). Su otro objetivo fue el de intentar hacer que las gentes del sur fuesen más empáticas con aquellos a quienes forzaban a la esclavitud. El emotivo retrato de los efectos de la esclavitud sobre los individuos captó la atención de todo el mundo. La escritora muestra en la novela que la esclavitud afecta a toda la sociedad, más allá de las gentes involucradas en ella, como los amos, los tratantes y los esclavos. El libro se sumó al debate entre esclavitud y abolición, y suscitó una gran oposición en el sur, donde se decía que la escritora estaba fuera de la realidad, que era una engreída y culpable de difamación. En Nueva York se presentó una obra de teatro, adaptación a la escena de las historias narradas en el libro. Los del sur respondieron rápidamente con una serie de obras que ahora se conocen como «novelas antiTom», que intentaban describir la sociedad del sur y la esclavitud más positivamente. Muchas fueron muy vendidas, aunque ninguna alcanzó la popularidad de la criticada.

La novela comienza con un granjero de Kentucky, Arthur Shelby, que se enfrenta a la pérdida de su granja por deudas. Aunque él y su esposa Emily creen que tienen una relación muy benevolente con sus esclavos, Shelby decide hacerse con los fondos que necesita vendiendo a dos de ellos al señor Haley, un rudo tratante de esclavos. Los dos esclavos que quiere vender son el tío Tom, un hombre de edad mediana con mujer e hijos, y Harry, el hijo de Eliza, la doncella de Emily, a quien le prometió que su hijo no sería vendido nunca. Además, el hijo de los propietarios, George, detesta esa idea, pues considera a Tom como su amigo y guía.

Eliza oye sin querer los planes de los Shelby para la venta de Tom y de Harry, y se prepara para escaparse con su hijo. En la novela queda patente que Eliza se decide porque teme perder al único hijo que vive (tuvo dos abortos anteriores). Eliza escapa esa misma noche, dejando una nota de disculpa a su ama. Después lleva a cabo un peligroso cruce sobre el hielo del río Ohio para escaparse de sus perseguidores.

Después de haber sido vendido Tom, el señor Haley lo lleva a un barco fluvial en el río Misisipi, desde donde será transportado al mercado de esclavos. Mientras está a bordo del barco, Tom conoce a Eva, una angelical niñita blanca. Se hacen amigos rápidamente. En un momento dado, Eva cae al río y Tom se zambulle para salvarle la vida. Agradecido con Tom, el padre de Eva, Augustine St. Clare, se lo compra a Haley y se lo lleva con su familia a su casa de Nueva Orleans. Tom y Eva se relacionan profundamente debido a la profunda fe cristiana que comparten.

Durante el escape de Eliza se encuentra con su marido, George Harris, que se había escapado previamente. Juntos deciden intentar llegar a Canadá, pero son perseguidos por Tom Loker, un cazador de esclavos fugitivos contratado por el señor Haley. Al final Loker y sus hombres alcanzan a Eliza y a su familia, lo que provoca que George le dé un tiro en el costado. Eliza, preocupada de que Loker muera, convence a George para llevar al cazador de esclavos a un asentamiento cuáquero para tratarlo médicamente.

La narración alterna entre las dos tramas. En Nueva Orleans, el señor St. Clare debate sobre la esclavitud con su prima norteña Ophelia, que se opone a la esclavitud, pero tiene prejuicios contra los negros. Sin embargo, St. Clare cree que él no tiene ese tipo de prejuicios, aunque es propietario de esclavos. En un intento de mostrarle a Ophelia que sus prejuicios contra los negros están equivocados, St. Clare compra a Topsy, una joven esclava negra, y le pide a Ophelia que la eduque.

Cuando Tom lleva viviendo dos años con la familia St. Clare, Eva se pone muy enferma. Antes de morir, experimenta una visión celestial, que comparte con la gente a su alrededor. Como resultado de esa visión y de su muerte, los demás personajes deciden cambiar sus vidas. Ophelia promete quitarse de encima sus prejuicios personales contra los negros, Topsy dice que se portará mejor y St. Clare se compromete a liberar a Tom.

Antes de que St. Clare pueda cumplir su compromiso, muere después de haber sido acuchillado al salir de una taberna. La esposa de St. Clare se niega a cumplir la promesa de su marido y vende a Tom en una subasta con otros esclavos nuevos, como Emmeline, a quien compra Simon Legree para utilizarla como esclava sexual.

Legree empieza a detestar a Tom cuando éste se niega a cumplir su orden de azotar a un esclavo compañero. Legree golpea furiosamente a Tom y decide aplastar la fe en Dios de su nuevo esclavo. A pesar de la crueldad de Legree, Tomm se niega a dejar de leer la Biblia y consuela lo mejor que puede a los demás esclavos. En la plantación, Tom conoce a Cassy, otra de las esclavas que utiliza Legree como esclava sexual. Cassy le cuenta su historia a Tom. Ella fue separada anteriormente de su hijo y de su hija cuando fueron vendidos. Quedó embarazada otra vez, pero mató a la criatura porque no podía soportar perder a otro hijo.

En la otra trama, Tom Loker, que ha cambiado después de ser curado por los cuáqueros, regresa a la historia. Ayuda a George, a Eliza y a Harry a entrar en Canadá desde el lago Erie, donde son libres. Mientras tanto, en Luisiana, el tío Tom casi sucumbe a la desesperanza cuando su fe en Dios es puesta a prueba por las adversidades de la plantación. Tiene dos visiones, una de Jesucristo y otra de Eva, que renuevan su resolución de seguir siendo un cristiano leal, incluso hasta la muerte. Anima a escaparse a Cassy, cosa que ella hace llevándose a Emmeline consigo. Cuando Tom se niega a decirle a Legree dónde han ido Cassy y Emmeline, Legree ordena a sus dos supervisores que maten a Tom. Mientras atacan a Tom, éste perdona a los supervisores que lo golpean salvajemente. Llenos de humildad por el carácter del hombre al que han golpeado, los dos hombres se vuelven cristianos. En ese momento llega George, el hijo de Arthur Shelby, para comprar la libertad de Tom, pero éste muere poco después.

En su viaje en barco hacia la libertad, Cassy y Emmeline conocen a la hermana de George Harris, la señora de Thoux, y la acompañan a Canadá. La señora de Thoux y George Harris fueron separados en su infancia. Cassy descubre que Eliza es la hija que perdió hace mucho tiempo, y que fue vendida de niña. Ahora que la familia está reunida de nuevo, viajan a Francia y al final a Liberia, el país africano creado por antiguos esclavos de Norteamérica. George Shelby regresa a la granja de Kentucky, donde libera a todos sus esclavos después de la muerte de su padre. George les conmina a que recuerden el sacrificio de Tom cada vez que vean su cabaña. Y decide llevar una vida piadosa, como hizo el tío Tom.

Harriet Beecher escribió esta novela sentimental para describir la realidad de la esclavitud y para afirmar que el amor cristiano puede superarla. El libro está dominado por un solo tema: la maldad y la inmoralidad de la esclavitud. Aunque trenza otros temas en el texto, como la autoridad moral de la maternidad y el poder del amor cristiano, hace hincapié en las conexiones entre ellas y los horrores de la esclavitud. La autora cambia a veces la voz de la narración, de modo que pueda darnos una «homilía» sobre la naturaleza destructiva de esos horrores, como cuando una mujer blanca que va en el barco que lleva a Tom más al sur declara: «Para mí, la parte más terrible de la esclavitud son sus afrentas a los sentimientos y a los cariños, como separar a las familias unos de otros».

El libro y las obras de teatro hechas a partir de él contribuyeron a popularizar grandemente los estereotipos negativos contra los negros, incluso el del personaje «tío Tom», término que llegó a asociarse con una persona excesivamente servil. Esas asociaciones posteriores con *La cabaña del tío Tom* han ensombrecido en cierto modo los efectos históricos del libro como una herramienta vital contra la esclavitud. Sin embargo, esta novela fue un poderoso revulsivo en su momento y es un referente que ha inspirado a muchos otros escritores.

LA CABAÑA
DEL TÍO TOM

CAPÍTULO PRIMERO
Un hombre lleno de humanitarismo

En una fría tarde del mes de febrero, dos caballeros sentados delante de una mesa en el magnífico comedor de una casa de la villa de P..., en el Kentucky, conversaban vaso en mano. Habíanse retirado los criados cuando, asidos nuestros caballeros el uno del otro, parecían discutir con gran calor y animación.

Hemos dicho dos caballeros por las apariencias, puesto que, al mirarlos de cerca, uno de nuestros interlocutores no debía merecer tal apelativo. Pequeño, rechoncho, de facciones abultadas y comunes y con aire fanfarrón, demostraba a primera vista que su condición era inferior a la importancia de sus pretensiones y a la gente culta con quien aspiraban a terciar. Su vestido era del peor gusto; su chaleco de colorines, su corbata bordada de tonos amarillos con un lazo enorme, sus toscas manos cubiertas de sortijas, la pesada cadena de oro, de la que pendía un sinfín de fruslerías a las que se gozaba en imprimir los movimientos más violentos cuando la discusión se acaloraba; su lenguaje, reñido con la gramática y adornado con frases tan triviales, que, a pesar de nuestro deseo de pintarlo con exactitud, renunciamos a hacerlo, porque el conjunto revelaba no ser un caballero quien nos los pareció.

Su compañero, el señor Shelby, parecía bien educado. Tanto en su persona como los muebles de su casa daban a conocer que debía ser un caballero o un hombre opulento. Como dijimos ya, ambos hablaban con calor.

—Yo lo arreglaría así —dijo el señor Shelby.

—Yo no hago negocios de esta naturaleza —repuso el otro, levantando su vaso en actitud de situarlo entre sus ojos y la lámpara.

—Sin embargo, Haley, Tom es un muchacho excepcional; tanto, que no hay dinero para pagarle. Fiel, honrado, inteligente, él solo dirige y tiene arreglada mi casa como un reloj.

—¡Honrado, honrado! Tanto como pueda serlo un negro —repuso Haley, llenando hasta el colmo un vaso de aguardiente.

—No, no hablo en broma; Tom es un muchacho bueno, sensible y piadoso. Hace cuatro años que en un mitin abrazó la fe cristiana y es un verdadero devoto. Desde esa época le he confiado cuanto poseía, permitiéndole recorrer el país en mis propios caballos, y siempre le he encontrado exacto y verídico.

—Shelby, algunos no creen que haya negros cristianos de corazón; pero yo sí. El año pasado tenía un esclavo que compré en Nueva Orleans, tan dócil y sumiso como si acabara de venir de un mitin. Así es que saqué de él seiscientos pesos, porque su amo se vio precisado a vendérmele. A la verdad, considero que la religión, cuando se profesa de buena fe, es cosa excelente en un negro. Pero es preciso no dejarse engañar.

—Tom será compañero digno de ese —repuso el señor Shelby—. El otoño pasado le envié solo a Cincinnati para traerme quinientos pesos, diciéndole: «Tom, tengo confianza en ti porque eres cristiano y honrado y estoy seguro de que volverás». Y, en efecto, regresó, de lo cual yo no había dudado. Ciertos tunos le propusieron que se fuera al Canadá, y él les contestó: «No puedo. El amo se ha fiado de mí». Confieso que me es muy sensible separarme de Tom. Recíbalo usted, Haley, en saldo de toda mi deuda, y si tiene usted un poco de conciencia, estoy seguro de que aceptará.

—Tengo tanta conciencia como otro cualquiera; la bastante para poder hacer un juramento —dijo el mercader entre carcajadas—. Por otra parte, soy hombre capaz de cualquier sacrificio para servir a un amigo; pero usted pide demasiado por él.

Levantando entonces los ojos al cielo con aire pensativo, se llenó el vaso de aguardiente.

—Pues bien, Haley, ¿cuánto quiere usted dar por él? —preguntó el señor Shelby después de un momento en que ambos guardaron un silencio penoso.

—Y diga usted, ¿no tiene usted algún muchacho o muchacha que añadir al ajuste de Tom?

—¡Hum!... No, ninguno; todos me hacen falta, y si no fuera la necesidad en que me veo... Le juro que no sé resolverme a separarme de mi gente.

En este momento se abrió la puerta, y un negrillo de cuatro o cinco años entró en la pieza. La figura de este niño era de un atractivo y una hermosura notables. Sus cabellos, negros como el ébano y finos como la seda, caían en espesos bucles sobre su cuello. Sus ojos negros, llenos de fuego y dulzura y velados por largas pestañas, escudriñaban con curiosas miradas cuanto había en la pieza. Un vestido de cuadros rosa y amarillo, bien hecho y muy limpio, hacía resaltar su bello rostro. El aire de cómica seguridad con que se presentó, aunque templado por cierta modestia, hacía conocer que estaba acostumbrado a verse mimado por su amo.

—¡Hola, joven retoño! —dijo el señor Shelby, silbando y arrojándole un racimo de uvas—. Toma, cógelo.

Corrió a recoger el regalito con alegría del patrón.

—Ea, ven acá, muchacho —dijo el colono.

Acercóse el niño a su amo, y éste, pasándole la mano por el cabello y acariciándole, le dijo:

—Veamos, Harry, canta y baila para que te vea este caballero.

Al momento el niño entonó con voz clara y vibrante un canto salvaje y grotesco en uso entre los negros, acompañado de todas las contorsiones de manos, pies y cuerpo que usan en tales casos.

—¡Bravo! —gritó, alargándole una mitad de naranja.

—Ahora algo más, Harry; remeda al tío Gudjoe cuando esté con sus dolores reumáticos.

Al punto el muchacho obedeció y puso disforme su cuerpo gracioso y flexible, se encorvó, y apoyado en el bastón de su amo recorrió el cuarto en actitud de cojo con semblante arrugado y escupiendo a derecha e izquierda. Los dos espectadores se morían de risa.

—Harry, dinos cómo dirige el viejo Elder Robbins los salmos.

El niño alargó su cara redonda de una manera pasmosa y entonó con voz nasal un salmo con una gravedad imperturbable.

—¡Bien! ¡Bravo! —exclamó Haley—. ¡Este chico es un primor!

Y palmoteando el hombro de Shelby:

—Añádalo usted a Tom y es asunto concluido. Ya ve usted que soy complaciente.

Al terminar Haley estas palabras se presentó en el umbral de la puerta, que se había abierto poco a poco, una joven cuarterona de unos veinticinco años.

Una mirada bastaba para reconocerla por ser madre de aquel niño. Sus ojos negros tenían el mismo fuego que los de su hijo. A pesar del color oscuro de su tez se advirtió en sus mejillas un vivo carmín, causado por la mirada fija y ardiente que clavó en ella el desconocido. Su traje marcaba perfectamente sus bellas formas.

No se escaparon a la perspicacia del mercader, acostumbrado a juzgar al primer golpe de vista esta clase de mercancía, ni su delicada mano, ni su fino tobillo, ni su hermoso pie, ni el menor de los atractivos de la bella esclava.

—¿Qué hay, Eliza? —díjole el patrón, mientras se detenía y le miraba titubeando.

—Vengo a buscar a Harry, señor.

Y de un salto el chico se lanzó a sus brazos, enseñándole las uvas que tenía recogidas en un pliegue de su vestido.

—Llévatelo —dijo el señor Shelby.

Ella le tomó en brazos y se fue.

—¡Por vida de Júpiter! ¡Este sí que es artículo de comercio! —exclamó el mercader—. Cuando usted quiera puede hacer su fortuna en Orleans. Allí he visto pagar a mil pesos mujeres no más bonitas que ésta.

—Gracias; no quiero hacer mi fortuna así —contestó Shelby secamente.

Y para dar otro giro a la conversación destapó una botella de vino y le pidió su parecer al mercader.

—¡Excelente! ¡De primera calidad! —dijo el mercader.

Y volviendo a su idea, a la vez que palmoteaba familiarmente los hombros del señor Shelby, añadió:

—Veamos. ¿Cuánto quiere usted por esa mujer?

—Esa mujer no se vende, señor Haley; mi mujer no se desharía de ella aunque se la pagaran a peso de oro.

—¡Bah, bah! ¡Cantinelas de mujeres! Todas dicen lo mismo porque no saben calcular; pero hacedle ver los relojes, cadenas y alhajas que podría comprar con ese oro y bien pronto la veréis cambiar de tono; tengo seguridad de ello.

—Repito a usted, Haley, que no hay que hablar de eso. Cuando he dicho «no» es porque no quiero —dijo Shelby con tono muy resuelto.

—Me dará usted al menos el niño, y confiese usted una vez más que no soy difícil de contentar.

—¡El niño! ¿Para qué le puede servir el niño?

—Tengo un *amigo* que comercia en ese ramo; busca muchachos bonitos y los cría para venderlos luego. Estos géneros de capricho son muy buscados. Se venden a la gente rica, que los paga bien, para lacayos y para pajes. Es el género en que más ganamos, y este pequeño diablo es tan cómico que es un hallazgo en su clase.

—Yo preferiría no venderlo —dijo el señor Shelby con aire pensativo—. Soy humanitario, señor, y no me gusta arrancar a un hijo de los brazos de su madre.

—¡Bah! ¿En verdad? ¡Ah! Sí, es bastante natural. Comprendo perfectamente a usted. A veces es muy desagradable el tener algo con mujeres. Yo también detesto las escenas de dolor y desolación. Tanto me disgustan, que procuro evitarlas lo más posible. Y si usted aleja la madre por un día o por una semana, todo se pasará sin ruido, y quedará terminado a su regreso si la señora de usted le da algunos pendientes, un vestido u otra cosa para consolarla.

—Temo que esto no sea posible.

—¡Que el buen Dios le bendiga! ¿Ignora usted que estas criaturas no son como los blancos? Ellos olvidan pronto si se llevan bien las cosas.

Y tomando luego un falso aire de sinceridad confidencial, continuó Haley.

—Preténdese que este comercio se opone a los sentimientos de la Naturaleza; pero yo no lo veo así. Verdad es que rara vez empleo los medios de que hacen uso algunos traficantes. Jamás arranco un hijo de los brazos de su madre para venderlo a su vista, porque esto les hace gritar como unas locas, basta semejante turbación y desorden para averiar la mejor mercancía. En Nueva Orleans conocí una muchacha víctima de una escena de éstas. Un día quisieron quitarle su hijo; pero ella, enfurecida, le estrechó entre sus brazos, lanzando gemidos como una leona herida. Sólo al recordarlo se me erizan los cabellos. Al fin le quitaron el niño y no lo volvió a ver; pero se volvió loca y murió antes de ocho días. Pérdida evidente de un millar de pesos por falta de precaución. La caridad redunda en provecho propio, y esta máxima no es una quimera, sino fruto de mi experiencia.

Después de esta perorata, el traficante negrero se recostó en el sillón y cruzó los brazos sobre el pecho, considerándose sin duda un segundo Wilberforce. Este asunto, sin embargo, parecía interesarle vivamente, porque mientras el señor Shelby mondaba una naranja con aire de gravedad, rompió de nuevo el silencio con vacilación pero como arrastrado por la fuerza de la verdad añadió estas palabras:

—Los elogios en boca propia sientan muy mal; pero digo esto porque es notorio que soy uno de los que han llevado mejores rebaños de esclavos, no una vez, sino ciento; siempre los he entregado sanos y gordos, habiendo experimentado menos pérdidas que otro cualquiera. Esto lo debo al celo con que los cuido. Sí, señor; la humanidad es la regla de mi conducta.

El señor Shelby, no sabiendo qué contestar, se limitó a decir:

—¡Verdaderamente!

—He procedido como un indiscreto hablando de mi sistema, que no es muy común; pero estoy profundamente adherido a él porque me ha proporcionado grandes ganancias.

Esto diciendo se echó a reír de su gracia. Eran tan originales y extrañas las manifestaciones humanitarias del mercader, que el señor Shelby no pudo menos de acompañarle en sus risotadas.

Tal vez el lector se ría también; pero bueno es que sepa siquiera cómo la humanidad y filantropía se revisten en ciertos casos de formas extrañas.

La risa del señor Shelby animó a nuestro mercader a continuar sus reflexiones en esta forma:

—Lo más raro —dijo— es que nunca he podido hacer comprender estas ideas a ciertas gentes. Tom Loker, el de Natchez, mi antiguo asociado, es un muchacho excelente, pero sin piedad para los negros. Sin embargo, jamás ha comido pan un hombre mejor que él. Yo le decía incesantemente: «Tom, ¿por qué cuando se quejan los esclavos los mueles a golpes? Eso no está bien, es indiscreto; ¿no ves que así se les va la fuerza, por la boca y que si les cierras ese camino buscarán otro? Además, así se ponen malos, se debilitan, y el mismo diablo no les obligaría después a trabajar. ¿Por qué no los tratas con bondad? ¿No crees que a la larga esto te proporcionaría más ganancias que todas las amenazas y todos los golpes?». Nunca quiso hacerme caso, tanto que tuve por fin que separarme de él, aunque era un buen compañero y muy entendido en buenos negocios.

—¿Y el método de usted les ha producido mejores resultados que el de Tom Loker? —preguntó Shelby.

—Sí, señor; evito siempre toda escena desagradable. Si trato de vender un muchacho, en vez de quitárselo a la madre de los brazos lo cojo cuando está lejos de sus padres, cuando menos piensan en él. Una vez terminado el asunto todo marcha por sí solo; pues luego que pierden toda esperanza se aplacan. Los negros no son como los blancos; ya saben que una vez vendidos no tienen que esperar volver a ver a sus padres, sus hijos o sus hermanos.

—Creo que no ha de ser tan fácil el separar a los míos.

—Pues yo sí. Le sirven a usted porque son sus esclavos; pero no por amistad ni por adhesión. Un negro que rueda de una parte a otra, que ha pertenecido a Tom; a Harry y Dios sabe a quién, no puede abrigar en su corazón ninguna ley, porque los latigazos que martirizan sus espaldas secan también en él los sentimientos generosos. Me atrevería a apostar, señor Shelby, que sus negros estarían en cualquiera otra casa tan bien como en la de usted. Naturalmente, todos creemos que lo nuestro es lo mejor, y a mí me parece, sin que esto sea elogiarme, que trato a los negros mejor que ellos merecen.

—Es dichoso el que está contento de sí mismo —dijo el señor Shelby con un ligero movimiento de hombros y dejando entrever algo de descontento.

—Sea. ¿Terminamos este asunto, sí o no? —dijo Haley después de un rato de silencio.

—Basta; hablaré de ello a mi mujer. No obstante, encargo a usted que no hable de su comercio, porque si llegara a oídos de mis gentes sería empresa harto difícil, se lo aseguro a usted, sacar de casa a ninguno de mis esclavos.

—Sin duda que callaré; pero le advierto que llevo mucha prisa y estoy en ascuas hasta saber el resultado —dijo Haley levantándose y poniéndose el gabán.

—Bien; vuelva usted esta tarde entre las seis y las siete, y tendrá usted una contestación definitiva.

El traficante se despidió, dejando solo al señor Shelby.

—¡Ah, de qué buena gana le hubiera arrojado por la escalera! —dijo entre sí el señor Shelby luego que se encontró solo—. ¡Qué imprudencia! Bien conoce las armas que tiene contra mí. Si me hubieran dicho que había de vender a Tom a esos viles traficantes del sur, hubiera contestado a cualquiera: «¿Acaso mi esclavo es un perro?». ¡Y ved aquí cómo hoy vendo, no sólo a Tom, sino también al hijo de Eliza! Tendré que sostener una batalla con mi mujer. ¡Ah, Dios mío! ¡Deber dinero a un hombre semejante! El perillán ve mi situación y la aprovecha.

Vamos ahora a explicar las causas que hacen que la esclavitud sea más llevadera en el Estado de Kentucky. Dedicado el país a la agricultura y con una temperatura siempre templada, no obligan los cambios de estación a esas faenas variadas que necesitan un trabajo constante y penoso. De aquí proviene el que la vida de los negros sea menos dura en este punto; y el patrón, que los compró sólo para su servicio, no siente la vil tentación a que cede frecuentemente la debilidad humana ante la perspectiva de una rápida ganancia sin otro estorbo que el que esta avaricia sórdida ahogue la voz de la humanidad.

Al ver la indulgencia con que los amos tratan a sus esclavos y el cariño leal de éstos para con ellos, parece ver puestas en práctica las antiguas instituciones patriarcales. Por desgracia, al lado de estas escenas que dilataban el alma se levantaba una sombra espantosa, la sombra de la ley. Mientras haya un ley que considere a seres dotados de alma y corazón que late como un objeto cualquiera de pertenencia individual; mientras pueda una falta, un accidente, una imprudencia o la muerte de un buen amo cambiar de un momento a otro una benévola protección en una desdicha sin esperanza, imposible será obtener nada bueno en punto a esclavitud.

El señor Shelby era un hombre excelente, de buen corazón y dispuesto siempre en favor de los que le rodeaban. Nunca había dejado de hacer cuanto pudiera contribuir al bien de sus esclavos. Había especulado y perdido grandes cantidades. Grandes deudas fueron la consecuencia de estas desgracias, y como quiera que se encontrase en poder de Haley un buen número de pagarés, se veía inevitablemente bajo su dominio. Esto explica la anterior conversación.

Una palabra que oyó Eliza al acercarse al comedor bastó para hacerla comprender que un traficante de negros estaba en ajuste con su amo. A la salida, si su patrona no la hubiera llamado, se hubiera detenido a escuchar. Sin embargo, comprendió lo suficiente para creer que el marchante quería comprar a su hijo. ¿Se equivocó? A esta idea su corazón se oprimió, y estrechó al niño con tal fuerza entre sus brazos que éste la miró asombrado.

Distraída, preocupada, dejó caer el jarro del agua, la mesita de labor, y, por último, presentó a su señora un vestido de dormir en vez del de seda que le había pedido.

—Eliza, hija mía, ¿qué tienes hoy?

Eliza se estremeció.

—¡Ah, señora...! —exclamó mirando al cielo, y rompiendo a llorar amargamente.

—¡Eliza, hija mía! ¿Por qué lloras? —preguntóle la señora Shelby.

—¡Ah, señora, señora! Hay en el comedor un señor que habla con nuestro amo...; lo he oído.

—Bien, ¿y qué?

—¡Señora! ¿Cree usted que mi amo quiere vender a mi pequeño Harry?

Y la pobre mujer, caída en una silla, sollozaba de manera que parecía iba a abrírsele el corazón.

—¡Vender a tu Harry, no; estás loca! ¿No sabes que el amo nunca traficará con los mercaderes del sur, que jamás venderá ninguno de sus servidores ínterin se porten ellos bien? ¿A qué viene suponer que quieren comprar a tu pequeño Harry? ¿Crees que todos están tan prendados de él como tú? Ea, niña, ánimo; levántate y ven a darme mi ropa. Bien; ahora arregla mis cabellos de un modo elegante, lo mismo que el otro día, y de aquí en adelante nunca te pares a escuchar detrás de las puertas.

—Usted no dará su consentimiento. ¿No es verdad, señora, que usted no consentirá en... en...?

—¿Estás loca? ¿Por qué hablas así? Seguramente que no. ¿Vender yo uno de mis servidores? Me opondría como si se vendiera uno de mis hijos. ¿Pero para qué hablamos tanto sobre esto? En verdad, Eliza, que estás demasiado ciega con tu hijo. No puede venir un hombre a la casa sin que se te figure que trata de comprarle.

Tranquilizada Eliza por el tono confiado de la señora Shelby, peinó y vistió a su señora con la mayor presteza y habilidad, acabando por reírse ella misma de sus temores.

La señora Shelby era una mujer de noble corazón y de gran talento. A una naturaleza magnánima y generosa, distintivo característico de las mujeres del Kentucky, reunía principios religiosos y morales. Su esposo, que no tenía principios tan rígidos, veneraba y respetaba los de su mujer, inclinándose siempre a seguir su opinión. Lo cierto es que la dejaba en libertad absoluta para cuidar de los trabajos y educación de sus esclavos. Si no creía en la eficacia de la intervención de los santos, parecía pensar al menos que su mujer tenía bastante piedad para los dos, y que, ayudado por la superabundancia de sus virtudes, que él no poseía en alto grado, le serían abiertas por ella las puertas del cielo.

La necesidad de instruir a su esposa del arreglo proyectado con el mercader era un peso demasiado grave para quien preveía la oposición que iba a tener.

La señora Shelby, que ignoraba los apuros de su marido, y conocía la bondad de su corazón, procedía con la mayor sinceridad, riéndose de los temores de Eliza. Mirándolos como quimeras de su acalorada fantasía, no tardó en olvidarlos y se cuidó sólo de la visita para la cual iba a salir.

CAPÍTULO II
La madre

Desde su infancia, Eliza había sido educada por su ama como una niña mimada. Cualquiera que haya viajado por el sur de América habrá podido notar el aire de distinción y la finura de las maneras y lenguaje de las negras y mulatas. La gracia natural va casi siempre unida en ellas a una belleza muy notable y a un exterior agradable. Eliza no es un retrato de fantasía; ya hemos hecho su pintura tal como la vimos en Kentucky hace algunos años. Objeto de los cuidados vigilantes de su ama, Eliza creció lejos de las tentaciones que hacen de la belleza una herencia tan fatal para el esclavo. Fue casada con George Harris, un joven mulato, hermoso y de talento despejado, esclavo de una plantación vecina.

Este joven, alquilado por su señor a un industrial de los alrededores, había mostrado en su trabajo una inteligencia y una habilidad que le hacían ser considerado por todos como el mejor obrero de los alrededores.

Había inventado una máquina para blanquear el cáñamo, que, vistos el nacimiento y la educación del inventor, denotaba tanto genio para la mecánica como lo tuvo Whitney para la limpia del algodón.

George, inteligente a la vez que buen muchacho y amable, había ganado todos los corazones en la fábrica. Desgraciadamente, como a los ojos de la ley no era un «hombre», sino una «cosa», sus distinguidas cualidades eran propiedad de un amo estúpido, vulgar y tiránico. Habiendo oído hablar este último de la famosa invención, montó a caballo para ir a ver algo de los hechos de su «cosa». El patrón de George le recibió con entusiasmo y le felicitó por poseer semejante esclavo. Hízole los honores del establecimiento y se puso a enseñar la máquina de George, quien, alta la cabeza, habla con tal soltura y parece tan hermoso y viril a la vez, que su amo al escucharle y seguirle con la vista no puede ocultar cierto sentimiento de inferioridad. «¿Por qué —dijo entre sí— un esclavo recorre el país, inventando máquinas y llevando la cabeza alta ante su patrón? Es preciso acabar tal abuso —se dijo para sus adentros—. Veremos en qué quedarán esos grandes humos cuando tenga que cavar con un azadón». Reclamó, pues, los alquileres de George y anunció su intención de llevárselo, con asombro del manufacturero y de todos los esclavos.

—Pero, señor Harris —le dijo el industrial—, esa decisión me parece poco meditada.

—Y aunque así fuera, ¿no me pertenece ese hombre?

—Estoy dispuesto a aumentar su salario.

—Es inútil; no necesito alquilar mis trabajadores, pues yo sólo los alquilo cuando me place.

—Pero, caballero, él conoce a la perfección su oficio.

—Es muy posible. Sin embargo, le doy mi palabra de que jamás ha trabajado así en mi casa.

—¡Cuando uno piensa que ha inventado esa máquina! —exclamó inoportunamente uno de los obreros.

—¡Ya! Ha inventado una máquina para ahorrar trabajo, ¿no es así? ¡Los negros se pintan solos para eso! ¿Y para qué? ¿No son todos ellos máquinas? ¿Por qué, pues, pretende disminuir el trabajo? No, es preciso que me lo lleve.

George se quedó petrificado al oír aquella repentina sentencia pronunciada por un poder al que no podía resistir. Cruzó los brazos y se mordió los labios; pero un volcán bullía en su seno y una llama abrasadora parecía circular por sus venas. Su pecho no podía respirar y sus ojos echaban fuego. Estaba por dejar estallar su indignación; pero el buen industrial, tocándole ligeramente en el brazo, le dijo a media voz:

—Cede, George, y márchate con tu señor, ya procuraremos más tarde hacerte volver.

Al tirano no se le escapó el movimiento, y aunque no oyó las palabras del fabricante comprendió su sentido. Se afirmó, pues, interiormente en la resolución que había tomado de usar de su poder sobre su víctima.

George siguió a su amo, quien le dedicó a los trabajos más duros y penosos. El esclavo reprimía toda palabra de insubordinación; pero sus miradas y el fruncido de sus cejas decían claramente que el «hombre» no podía convertirse en una «cosa».

Durante su feliz permanencia en la fábrica fue cuando George conoció a Eliza y se casó con ella. Poseyendo la confianza de su patrón iba y venía con entera libertad. Su unión había sido aprobada por la señora Shelby, que, como todas las mujeres, se gozaba en hacer casamientos; experimentó una verdadera satisfacción en dar su encantadora protegida a un hombre de su condición y digno de ella en todos conceptos. Recibieron la bendición nupcial en el gran salón de la señora Shelby; adornó ella misma con flores los hermosos cabellos de su esclava y ajustó sobre su preciosa cabeza la flor de azahar y el velo nupcial. Nada faltó en aquella boda; ni guantes blancos, ni los vinos, ni los dulces, ni los convidados, que admiraron la hermosura de la novia y la indulgente liberalidad de su señora.

Durante dos años, Eliza vio a menudo a su marido, y su dicha sólo se vio interrumpida por la pérdida de dos niños, que adoraban con delirio. La joven madre los lloró con un dolor tan profundo, que la señora Shelby, cuya maternal solicitud trataba sin cesar de dirigir hacia el cielo a aquella ardiente criatura, la reprendió con dulzura.

El nacimiento del pequeño Harry la calmó; reconcentró en él todas sus afecciones, y fue feliz hasta el momento en que su marido se vio tan cruelmente separado de la fábrica de su leal poseedor.

El industrial, fiel a su palabra, visitó al señor Harris algunas semanas después, esperando hallar disipada su cólera, y trató por todos los medios posibles de persuadirle para que volviera su esclavo George a sus anteriores ocupaciones.

—Es inútil que se caliente usted la cabeza —le respondió brutalmente—. Sé muy bien lo que tengo que hacer, caballero.

—No lo dudo; pero creía que después de reflexionarlo hallaría usted conforme a sus intereses el cederme ese hombre bajo las condiciones que le propongo.

—Comprendo. No pasaron inadvertidos para mí el otro día aquellos signos de inteligencia; pero no podrá usted obligarme. Estamos en un país libre; ese hombre «me pertenece»; hago de él lo que me parece, y hemos concluido.

De esta manera se desvaneció la última esperanza de George; no veía ante sí más que un porvenir de trabajos degradantes, más amargos por las continuas vejaciones de una ingeniosa tiranía.

Un jurisconsulto muy humano ha dicho: «El peor trato que uno puede hacer sufrir al hombre es el encarcelarle». Se engañaba; aún puede ser tratado con mayor crueldad.

CAPÍTULO III
Esposo y padre

La señora Shelby acababa de salir a su visita, y Eliza, de pie en la veranda, seguía con vista triste el coche de su ama cuando una mano la tocó en el hombro. Se volvió, y una sonrisa iluminó sus hermosos ojos.

—¿Eres tú, George? ¡Me has asustado! Pero, verdaderamente, soy muy dichosa en verte. La señora ha salido a pasar la tarde fuera...; ven a mi cuarto, donde con seguridad nadie nos estorbará.

Hablando así, le condujo a una hermosa piececita muy aseada inmediata a la veranda; era donde la esclava trabajaba ordinariamente para hallarse próxima a su señora y acudir a su primera voz.

—¡Qué dichosa soy! ¿Por qué no te sonríes? ¿Por qué no miras a nuestro Harry?

El niño estaba allí, en pie, mirando tiernamente a su padre al través de los bucles de su cabellera y prendido de las sayas de su madre.

—¿Verdad que está encantador? —dijo Eliza acariciando sus espesos bucles y besándole.

—¡Ojalá no hubiera nacido! —respondió George con amargura—. Yo mismo quisiera no haber venido a este mundo.

Sorprendida y asustada, Eliza se sentó, apoyó su cabeza sobre el hombro de su marido y comenzó a llorar.

—¡Eliza mía, soy muy cruel, sí, muy cruel, al entristecerte de este modo! ¡Pobre niña! —dijo con ternura—. ¡Oh! ¿Por qué me has conocido? ¡Sin mí podrías ser dichosa!

—George, George, ¿por qué dices eso? ¿Qué te ha sucedido? ¿Qué mal nos amenaza? ¡Hemos sido muy felices hasta estos últimos días!

—Sí, lo hemos sido, querida.

Y colocándose a su hijo entre sus rodillas contempló por largo rato sus grandes ojos negros, pasándole la mano por encima de sus negros bucles.

—Es tu retrato, Eliza, y tú eres la mujer más hermosa que he visto y la mejor de todas. ¡Oh, por qué nos hemos hallado y juntado!

—¡Oh, George! ¿Eres tú quien hablas de esta manera?

—Sí, Eliza. ¡Ay de mí, ay de nosotros! Mi vida es más amarga que la hiel. Yo soy el más miserable de los esclavos... Yo no puedo hacer más que perderos conmigo... ¿De qué sirve el aprender y tratar de ser algo en este mundo? ¿De qué el buen vivir? ¡Mira, quisiera haberme muerto!

—¡Por Dios, no digas eso, mi querido George! Sé que has sufrido mucho al perder tu colocación en la fábrica..., yo sé que tu amo es cruel...; pero ten paciencia, te lo suplico; ¿quién sabe? Quizá...

—¡Paciencia! —interrumpió George—. ¿Acaso no he sido demasiado paciente? ¿He dicho una sola palabra cuando me sacó sin razón de una casa donde todos me manifestaban afecto? ¿No le he dado cuenta con la mayor fidelidad de todas mis ganancias y todos declaraban que yo sabía trabajar?

—Es cierto que eso es terrible —dijo Eliza—; pero después de todo, él es tu amo.

—¡Mi amo!... ¿Y con qué derecho es mi amo? ¿Quién le ha dado tal autoridad? ¿No soy un hombre lo mismo que él? ¿No valgo más que él? Soy mejor administrador que él. Y nada le debo; todo lo que sé lo he aprendido sin él y a despecho suyo. ¿Con qué derecho, pues, me emplea ahora como una bestia de carga? ¿Con qué derecho me separa de las habituales ocupaciones, porque soy más apto que él, para imponerme el trabajo de un caballo de carga?... Pretende humillarme, dice, y con este fin me encarga los trabajos más duros y más degradantes.

—¡George, George! Me das miedo. Jamás has hablado de esa manera. Temo que te dejes arrastrar por una pendiente terrible... Comprendo tu sentimiento; pero te suplico que seas prudente, siquiera por amor a mí, por amor a Harry.

—He sido prudente y he tenido harta paciencia...: pero la medida llegó a su colmo..., ni mi espíritu ni mi cuerpo lo pueden soportar. Yo esperaba limpiarme de mi inculpación y quedar tranquilo, y presumíame que trabajando con ardor hallaría algunos momentos de reposo para dedicarme a la lectura y al estudio. Pero cuanto más ve que puedo trabajar más me carga la mano, aun cuando yo nada diga. Pretende que estoy poseído del diablo y dice que quiere hacerlo salir de mi cuerpo... Pero ¡ay de él!; un día de éstos saldrá de una manera que no le ha de agradar, o mucho tengo que equivocarme.

—¿Y qué piensas hacer, amado mío? —exclamó Eliza con dolor.

—Ayer continuó George. Estaba cargando un carro de piedras y su hijo estaba allí restallando su látigo, tan próximo a las orejas de mi caballo que el animal se espantó. Le rogué de la manera más humilde que cesase en su juego; pero no me hizo caso y continuó. Renové mi súplica y me respondió con golpes. Traté entonces de sujetarle las manos y comenzó a gritar, diciendo a su padre que yo le había pegado. Su padre llegó furioso, y dirigiéndose a mí me dijo: «Yo te haré ver quién es tu amo». Y atándome a un árbol cortó unas varas, y dándoselas a su hijo él dijo que me pegase hasta que no pudiese más. Y lo hizo; pero algún día se acordará de ello.

Y la frente del pobre esclavo se oscureció, y sus ojos brillaron de una manera que hizo temblar a su joven mujer.

—¿Con qué derecho es ese hombre mi señor? ¡Eso es lo que yo necesito saber! —exclamó de nuevo.

—Yo siempre he creído —dijo Eliza con timidez— que debía obedecer a mi señor y a mi señora, y que sin esto no sería cristiana.

—En ti se comprende eso; ellos te han educado como a una hija, te han alimentado, vestido, acariciado e instruido; tienen derechos sobre ti. Pero yo he sido golpeado, injuriado y abandonado. ¿Qué debo yo a mi señor? Mil veces he pagado mi rescate con mi trabajo; no quiero permanecer por más tiempo en este estado. ¡No, no quiero! —exclamó con tono enérgico y amenazador.

Y sus gesticulaciones anunciaban una desesperada resolución.

Eliza permanecía silenciosa y temblando. Jamás había visto a su marido en disposición semejante, y su dulce naturaleza parecía doblarse como un junco al soplo de aquella violenta cólera.

—¿Te acuerdas del perro Carlitos, que me diste? Pues ambos gozábamos de idéntica suerte. El pobre animal era mi solo consuelo; se acostaba a mi lado por la noche, me seguía de día y me miraba como si me comprendiera. Pues bien: últimamente le daba a comer los miserables despojos arrojados a la puerta de la cocina, cuando el amo acertó a verlo y me dijo que alimentaba mi perro a sus expensas, y que si a cada uno de sus negros se le antojaba tener uno no bastaría su fortuna para mantenerlos. En su consecuencia, me mandó le atase una piedra al pescuezo y que le arrojara al estanque.

Harriet Beecher Stowe

—George, tú no lo habrás hecho; ¿no es verdad?

—¡Yo no! Pero él lo hizo. Él y su hijo arrojaron al agua al pobre Carlitos y le tiraron piedras hasta que se ahogó. El animal me miraba y parecía preguntarme por qué no le salvaba. Fui azotado por no haber querido matarle. ¡No importa! ¡Mi amo conocerá que no soy de los que se manejan con el látigo! Y... su día llegará, y entonces..., ¡ay de él!

—¿Cuáles son, pues, tus proyectos? ¡Oh, George, al menos guárdate de ser criminal! Confía en Dios, haz bien, que Él te abrirá camino.

—Tú eres cristiana, Eliza; yo no lo soy. Mi corazón está lleno de amargura, no puedo confiarme a Dios. ¿Por qué dejar caminar las cosas de esta manera?

—¡Oh, George! ¡Es preciso que tengamos fe! Mi señora dice que, cuando todo parece sernos contrario, debemos estar seguros de que Dios nos conduce por el mejor camino.

—¡Oh, eso se dice muy bien cuando no se tiene otra cosa que hacer que sentarse en un café o ir a pasearse en coche! Pero apuesto que hallándose en mi lugar hablaría de otro modo. En mí, a pesar de mis deseos de hacer el bien, siento sublevarse mi pecho. No puedo someterme. Tú misma no podrías hacerlo; sentirías lo que yo siento si lo supieras todo. Pero nada sabes aún.

—¿Qué es, pues, lo que nos amenaza?

—Voy a decírtelo. Hace algún tiempo que ha declarado mi amo que había estado loco dejándome casar contigo; que odiaba a los Shelby y toda su banda por su orgullo, y porque creen que no hay nada superior a ellos; que tú eres quien me ha hecho a mí orgulloso; que no me permitirá que vuelva a verte, y ayer me ha obligado a tomar por mujer a Mina y a establecerme con ella en una choza, bajo la pena de venderme para el sur.

—¡Cómo! ¿No nos ha casado un ministro como a los blancos? —dijo Eliza con sencillez.

—¿Ignoras que un esclavo no puede casarse? Ninguna ley garantiza su matrimonio. Si ese hombre quiere separarnos no serás ya mi mujer. He ahí porqué quisiera no haberte visto jamás, y ni aún el haber nacido. Mejor hubiera sido para los dos y para ese mismo niño, a quien espera la misma suerte.

—Pero nuestro amo es muy bueno.

—Sí; pero puede morir, y sabe Dios a quién ira a parar este ángel. ¿Cómo me he de alegrar en verle tan hermoso, tan alegre y tan amable? Eliza, cada una de las buenas cualidades de tu hijo será una espada que te atravesará el corazón; valdrá demasiado dinero para que puedas conservarle.

Estas palabras hirieron a Eliza en el corazón. La imagen del traficante de la mañana pasó por su imaginación; palideció y casi le faltó la respiración. Llena de un temor repentino buscó con la vista a su hijo, que cansado de una conversación tan formal, se había alejado y corría a lo largo de la galería montado sobre un palo. Estuvo próxima a comunicar sus temores a su marido; pero se contuvo.

—No, no, pobrecito —dijo para sí—, demasiado desgraciado es ya; y además, nada nos sucederá, porque la señora jamás me engaña.

—Así, pues, Eliza —dijo su marido con aire sombrío—, ten valor, y adiós, pues yo me marcho.

—¿Te marchas, George? ¿Y a dónde vas?

—Al Canadá —dijo levantándose—, y desde allí te rescataré; es la sola esperanza que nos queda. Tu amo es bueno; no rehusará el venderte a ti y a tu hijo. ¡Que Dios nos ayude! Yo os compraré.

—¿Y si te cogen? ¡Oh, sería espantoso!

—No me cogerán, pues moriré antes. Seré libre o dejaré de existir.

—¿Serías capaz de darte la muerte?

—Sería inútil; ellos me la darían. Pero ellos no me venderán, pues no se compra un cadáver.

—¡No, George, no! —dijo Eliza—, no creo que tu amo sea capaz de cometer mala acción. No pongas tu mano ni sobre ti ni sobre ningún otro. Y puesto que es preciso que te marches, anda; pero obra con reflexión, ten prudencia y ruega a Dios te ayude.

—He aquí mi plan, Eliza: el amo me ha mandado traer una carta a estos alrededores para el señor Symmes, que vive a una legua, poco más o menos, de vuestra casa. Él se había figurado que yo he querido referírselo todo, porque se goza con solo pensar que puede molestar a la gente de Shelby; pero yo volveré a casa con aire resignado..., ¿comprendes?..., como si nada pasara. Yo he hecho algunos preparativos que me son necesarios, y dentro de ocho días se me buscará. Ruega por mí, Eliza; quizá Dios te oirá a ti mejor que a mí.

—Ruégale tú también, George; confía en Él; tal vez te guarde de todo mal.

—Adiós, pues —dijo George, cogiendo las manos de Eliza entre las suyas y fijando en ella sus ojos.

Hubo un largo silencio; después, suspiros, adioses y lágrimas, propias de dos personas cuya esperanza es tan débil como la tela de araña. Los dos esposos se separaron por fin.

CAPÍTULO IV
Una noche en la cabaña del tío Tom

La cabaña del tío Tom era una pequeña construcción de troncos de árboles vecina a la «casa», nombre por excelencia, en el lenguaje de los negros, de la morada del señor. Ante ella se extendía un jardín cultivado con esmero, en el que, a su temporada debida, todos los años se producían, gracias a un gran cuidado, las fresas, las frambuesas y otros muchos frutos y buenas legumbres. Una hermosa enredadera y un rosal de mil flores se entrelazaban sobre la fachada y cubrían casi del todo los groseros materiales de la choza. Multitud de plantas anuales, de tabaco, tomates, etc., ostentaban su magnificencia bajo la inspección de la tía Chloe y constituían su orgullo y su alegría.

Entremos en la cabaña. Concluida la comida en la «casa», la tía Chloe, que había presidido la cena en calidad de cocinera en jefe, había dejado a sus inferiores el cuidado de fregar la vajilla y poner en orden la cocina para venir a preparar en su habitación la cena «de su viejo marido». Ella es la que vigila con tanto cuidado ciertos fritos de una sartén, o levanta con precaución la tapa de un horno de campaña, de donde salen unos perfumes que no dejan dudar de que en él se encierra alguna cosa buena. Su cara redonda y negra es tan brillante, que casi puede uno creer que ha sido pulimentada por el mismo procedimiento que sus cacerolas. Su abultado rostro está radiante de una alegría mezclada, preciso es decirlo, de cierta dosis de amor propio, muy natural, en la más hábil cocinera de los alrededores, porque la tía Chloe es generalmente reconocida como tal.

Era cocinera en toda la extensión de la palabra. No había en el corral pollo, ánade, ni pavo que no tomara cierto aire de gravedad al verla y no se pusiera a meditar sobre su fin postrero. La preocupaban de tal manera el freír, asar y trufar, que llenaba de terror toda la volatería. Sus pasteles y hojaldres, demasiado variados para que podamos presentar su nomenclatura, eran sublimes misterios para los artistas menos hábiles. Era preciso verla, riendo a carcajadas, cuando en un exceso de honesta alegría y de inofensivo orgullo se ponía a referir los estériles esfuerzos de ésta o aquélla para poder llegar a su altura.

Cuando ocurría la venida de huéspedes, la preparación de comidas y cenas «en forma» despertaba todo el poder de su alma, y nada le agradaba tanto como las maletas y sacos de noche esparcidos por la veranda, pues le hacían presentir nuevos esfuerzos y nuevo triunfo.

Por ahora, la tía Chloe está muy ocupada en cuidar su sartén y su horno; no la interrumpamos en su interesante ocupación y visitemos el resto de la cabaña.

En un rincón de ella se ve una cama cubierta con una colcha blanca como la nieve. Un gran pedazo de tapiz se halla tendido a su costado. Aquella parte de la cabaña representa el salón y se la trata con una consideración marcada. Se la defiende todo lo posible de las incursiones de los chicos, y cuando la tía Chloe toma posesión de ella cree haber conquistado una plaza en las altas regiones de la sociedad. Otra cama de menos apariencia ocupa el otro extremo. Brillantes imágenes, que representan pasajes de la Sagrada Escritura, adornan las paredes, así como un retrato del general Washington, iluminado de tal manera que habría asustado al héroe si lo hubieran visto sus ojos.

Sobre un grosero banco se hallan dos muchachos, de ojos negros y brillantes, cuidando de los primeros pasos de una hermana pequeñita. Esta, como todos los muchachos de su edad, procura dar un paso, vacila y cae; pero cada nueva tentativa es saludada con nuevas aclamaciones, y las caídas sucesivas de la niña son para sus dos hermanos travesuras encantadoras.

Sobre una vieja mesa y algo coja, cubierta con una servilleta y colocada cerca del fuego, los platos y tazas preparados para la comida ostentan sus variados colores. El tío Tom está sentado junto a aquella mesa; es el brazo derecho del señor Shelby, y como es el héroe de nuestra historia, vamos a darle a conocer a los lectores.

El tío Tom es un hombre alto y robusto, alto de pecho; su rostro es negro como el azabache, cuyas facciones, reposadas y serias, verdaderamente africanas, demuestran la reflexión unida a la bondad: todo su semblante inspira el respeto de sí mismo y una dignidad natural al propio tiempo que una sencillez humilde y confiada.

En este momento se halla toda su atención absorta en una pizarrilla, en la que copia lentamente y con cuidado algunas letras de un ejemplo, bajo el cuidado del maestro, George Shelby, joven gallardo de trece años, quien a pesar de su tierna edad parecía comprender toda la importancia de su posición.

—Hacia ese lado, no, tío Tom —exclamó con viveza viendo al negro hacer al revés el final de una «g»—. ¿No ve usted que de este modo es una «q»?

—¿De verás? —dijo el tío Tom, mirando con admiración respetuosa las «g» y las «q» que el señor George multiplicaba con mano rápida para su identidad.

Y tomando de nuevo el lápiz entre sus expertos dedos, comienza otra vez.

—¡Qué todos los blancos han de hacer las cosas bien! —dijo la tía Chloe, que, entretenida en cuidar su comida, se detuvo para contemplar con orgullo al joven señor—. ¡Lee y escribe perfectamente! ¿Y es cosa digna de elogio que venga todas las tardes a repetir sus lecciones?

—Tía Chloe, comienzo a sentir un apetito más que mediano —dijo George—. ¿Cuándo estará terminado ese pastel?

—Al instante, señor George —respondió la tía Chloe, levantando con discreción la tapa para echar una mirada—. Está magnífico, tiene un color excelente; pero, hay que aguardar un poquito. El otro día quiso la señora que Sally hiciese uno, sólo por aprender. «¡Oh, no haga usted tal, señora

—le dije—; es contrario a mis sentimientos ver cosas buenas estropeadas de esa manera!». Sacó, pues, un pastel de la forma de mi zapato. Pero déjeme usted cuidar el mío; mírelo usted qué hermoso.

Y la tía Chloe, llena de desprecio por la ignorancia de Sally, levantó la tapa y dejó ver una torta que hubiera podido honrar al mejor pastelero de una gran ciudad. Tranquila sobre aquel importante punto de su regalo, dispuso con presteza los preparativos de la comida.

—Ea, haceos atrás, Pete y Mose, y tú también, querida Merichy; mamita te dará dentro de un ratito alguna cosa rica. Ahora, señor George, es preciso que deje usted la mesa desembarazada de sus libracos. Siéntese usted al lado de mi viejo; le servirá a usted de mis longanizas, y dentro de un segundo vendrá lo demás.

—Querían hacerme comer en la casa —dijo George—; pero yo sé dónde está lo bueno.

—Bueno, bueno, querido mío —repitió la tía Chloe sirviendo la comida humeante—; bien sabía usted que la pobre vieja le guardaría lo mejor. ¡Oh, ya verá usted!

Y diciendo esto, la vieja levantó el dedo y le dirigió una mirada llena de reconocimiento.

—Ahora la torta —dijo George luego que hubo acabado los fritos.

Y blandió un largo cuchillo sobre el objeto en cuestión.

—¡Misericordia, señor George! —exclamó con espanto la tía Chloe deteniéndole el brazo—. Va usted a partir eso con ese vil cuchillo para estropear la torta. Aguarde usted; allí tengo yo otro que está afilado expresamente para esto. Ahora, pues, regálese usted, no me diga que se pueda comer otra cosa mejor.

—Tom Lincoln dice que su Jenny es mejor cocinera que usted —dijo George con la boca llena.

—¡Ah! Los Lincoln no son gran cosa —dijo la tía Chloe con aire de desprecio— en comparación con nuestra casa; son, si usted quiere, bastante respetables para gentes ordinarias; pero en cuanto a hacer cosas formales, no saben ni aun comenzar. ¿Puede compararse el señor Lincoln con el señor Shelby? ¿Y la señora Lincoln sabe presentarse en un salón con la misma majestad que nuestra ama? Vamos, no me hable usted de esa gente.

Y la tía Chloe sacudió la cabeza con aire de desprecio.

—Sin embargo, yo he oído a usted decir que Jenny era bastante buena cocinera.

—¿De veras he dicho eso? —respondió la tía Chloe—. Jenny hará bien lo más usual y ordinario; hará buenas tortas, asados pasaderos; pero sus hojaldres no valdrán nada. Y viniendo a cosas más finas, ¿qué sabe hacer? Nada. Sabe hacer pasteles; pero ¿de qué género? Mire usted; el día que se casó *miss* Mary, Jenny me enseñó los pasteles de la boda. Jenny y yo somos buenas amigas, como usted sabe; nada le dije; pero no hubiera yo dormido en una semana si hubiera mandado al horno semejantes pasteles; nada valían.

—Supongo que Jenny los creería excelentes.

—¡Que si los creyó! Así lo decía con la mayor inocencia... No es, sin embargo, extraño que ella misma no sepa lo que vale. Ya he dicho a usted que esa familia nada vale; por consecuencia, no puede exigirse gran cosa de Jenny. ¿Es culpa suya? ¡Ah!, señor George, usted no conoce la mitad de los privilegios de su familia ni la educación de usted.

La tía Chloe suspiró y dirigió sus ojos al cielo con cierta emoción.

—Aseguro a usted, tía Chloe, que comprendo perfectamente mis privilegios de pasteles y de guisados —dijo George—; pregunte usted a Tom Lincoln si no le he hablado de ellos mil veces.

La tía Chloe se echó a reír con todas sus fuerzas al oír aquella salida de su joven señor, y no interrumpió su acceso de hilaridad más que para dar con el codo a George y para declarar que le iba a hacer morir de risa, lo que no era difícil sucediera.

—¿Conque tanto habéis hablado de pasteles a Tom? ¡Vean ustedes en lo que se entretienen estos jóvenes! ¡Se ha burlado usted de ese pobre Tom! ¡Ah, un muerto se reiría al oír a usted!

—Sí, dije a Tom, quisiera que probase usted los pasteles de la tía Chloe, y vería usted cosa buena.

—¡Pobre Tom! —dijo la tía Chloe, cuyo buen corazón se apiadó de la miserable condición de aquel joven—. Ha debido usted convidarle a comer un día de estos, pues puede usted hacerlo. Bien sabe usted, señor George, que sus privilegios no le dejan detrás de nadie; provienen de alto, ¿no es así? ¡Es preciso que lo recuerde usted! —dijo la tía Chloe con solemnidad.

—De acuerdo; convidaré a Tom un día de la semana que viene, y se lo advertiré a usted, tía Chloe; le obsequiaremos de modo que esté malo para quince días.

—Sí, sí, cierto —dijo la tía Chloe con animación—; ya verá usted. ¡Cuando pienso en algunas de nuestras comidas!... ¿Se acuerda usted de aquel gran pastel de liebre que hice cuando dimos de comer al general Knox? La señora y yo estuvimos a punto de querellarnos respecto a él. No sé en lo que algunas veces piensan las señoras; pero es de cajón que, cuando uno tiene mayor responsabilidad, vengan a dar vueltas a nuestro alrededor y a mezclarse en lo que no les atañe. Pues bien: aquel día la señora quería que yo hiciera esto, que dejara de hacer aquello, hasta que, por último, me permití tener con ella una impertinencia. «Señora —le dije—, hágame usted el favor de mirarse sus hermosas manos blancas llenas de brillantes, y enseguida vea usted mis negras manazas. ¿No es, pues, evidente que Dios me ha destinado para hacer pasteles, y a usted para estar sentada en el salón?». Cometí, pues, señor George, esta imprudencia.

—¿Y qué respondió mamá?

—¿Qué dijo? Creí ver una ligera sonrisa en sus hermosos labios. Enseguida me dijo: «Quizá tenga usted razón, tía Chloe», y se volvió al salón. Hubiera debido hacerme azotar por mi imprudencia; pero ¿qué quiere usted? Las damas me incomodan en la cocina.

—Es cierto que en aquella comida obtuvo usted un éxito asombroso; me acuerdo aún que todos hablaban de ella.

—¿De veras? Pues yo, que estaba detrás de la puerta del comedor, vi al general servirse por tres veces de aquel mismo pastel. «Tiene usted una famosa cocinera, señora Shelby», dijo. Estuve a punto de reventar de orgullo, pues el general es hombre conocedor —añadió la tía Chloe alzando los hombros—. Es todo un caballero, hijo de una de las primeras familias de Virginia; lo entiende el general tan bien como yo.

Escuchando la relación de la tía Chloe, George llegó a ese punto en que es imposible, aun para un muchacho de su edad, el pasar un bocado más. Entonces fue cuando reparó al otro extremo de la habitación dos pares de ojos brillantes y fijos en él con envidia.

—¡Venid, acercaos, Pete, Mose! —exclamó, partiéndoles los restos de su festín—. ¿Queréis alguna cosa más? Vamos, tía Chloe, fríales usted alguna otra cosilla.

George y Tom se sentaron al lado del fuego, mientras que la tía Chloe, después de haber preparado un segundo plato de fritos, se puso a comer, teniendo sobre sus rodillas a su hija pequeña, a quien daba al propio tiempo de comer. En cuanto a los dos muchachos, prefirieron devorar su parte tirados por el suelo, y viniendo de vez en vez, para variar de placer, a tirar de los dedos del pie de su hermanita.

—¿Me dejaréis en paz? —decía la madre dando patadas sobre la madera cuando el tumulto se hacía intolerable—. ¿No podéis tener juicio cuando viene a vernos un blanco? ¡Ya os lo diré yo así que el señor George se vaya!

Aquella amenaza no pareció impresionar gran cosa a los chicos, porque los gritos de alegría continuaron a más y mejor.

—¡Hase visto travesura igual! —exclamó la tía Chloe con cierta satisfacción interna.

A continuación sacó una toalla, lavó la cara a su negrilla y se la frotó hasta dejársela tan reluciente como un diamante negro. Poniéndosela luego a Tom sobre las rodillas, se ocupó en guardar los restos de la cena.

—¡Que mona es! —dijo Tom dejándose arañar y tirar de las narices por la niña.

Y echándosela a la espalda empezó a bailar y saltar con ella, mientras que George la golpeaba con el pañuelo y los dos chicos le agarraban las piernas. Este ejercicio duró hasta que la tía Chloe dijo que tanto ruido la abrumaba, y en realidad no cesó, por ser cosa habitual, hasta que el cansancio les rindió.

—Basta —dijo la tía Chloe sacando un cajón que le servía de cama—; a recogerse, que vamos a tener reunión.

—¡No, madre, no! Permítenos asistir a la reunión. ¡Es tan rara una reunión! ¡Nos gusta tanto!

—Ea, Chloe, eche usted a un lado ese armatoste y deje a los chicos —dijo George dando un puntapié al cajón.

Una vez las apariencias salvadas, quizá se alegró Chloe de tener un pretexto para dejar a los chicos en pie. «¿Quién sabe? —dijo para sí—. Tal vez venga bien a su alma».

Acto continuo toda la familia se dedicó a los preparativos necesarios para convertir en sala de reunión la cabaña.

—¿Dónde iremos por sillas?

—A fe que no lo sé —contestó la tía Chloe.

Sin embargo, como estas reuniones se celebraban ya de tiempo inmemorial en la cabaña de Tom, de esperar era que esta vez saliesen de apuros como en las demás.

—El tío Robin ha roto dos patas de la silla vieja la semana pasada a fuerza de cantar —dijo Mose.

—Apoyándola en la pared se sostendrá —repuso Pete.

—Entonces será menester que no se siente en ella el tío Robin, porque canta con tal fervor que la otra noche al concluir el salmo estaba sentado al extremo opuesto de donde había empezado.

—¡Al contrario! Se le hace que se siente, y al elevar la voz diciendo: «Escuchad justos y pecadores», ¡Patapún!, rodará.

Y Pete, después de haber remedado el sonido nasal de la voz de Robin, dio la costalada para representar a lo vivo la catástrofe.

—Vamos, vamos, un poco de circunspección —gritó la tía Chloe—. ¿No le da a usted vergüenza?...

Pero como quiera que George aplaudiese la mojiganga de Pete, la amonestación materna produjo poco efecto.

En el ínterin habían traído dos toneles, y colocando dos tablas sobre ellos a guisa de bancos, gracias a éstos y a alguna cubeta puesta del revés y a dos o tres sillas viejas, pronto se convirtió en salón de recibo la cabaña.

—Ahora —dijo la tía Chloe—, el señor George, que lee tan bien, nos leerá un rato. ¿No es así?

—Con mucho gusto —contestó George porque los muchachos de su edad están siempre dispuestos a hacer todo lo que creen que puede darles alguna importancia.

La sala no tardó en llenarse de gente de toda edad, pues se contaba un patriarca de noventa años y jóvenes de todas edades. Abrióse la sesión con una conversación insignificante, en la que se habló del pañuelo encarnado de la tía Sally, del vestido de muselina floreado que el «ama» había dado a Eliza, asegurándose como cosa positiva que el señor Shelby pensaba comprar una yegua baya, cuya adquisición proporcionaría nuevos timbres de esplendor a la casa. Algunos de los negros reunidos pertenecían a otras casas o a otras plantaciones, y cada cual contó su conseja; sencillo pasatiempo que encontraba siempre en la choza, como en los salones más encumbrados, la mejor acogida.

Por fin empezó el cántico con satisfacción general. A pesar del tono nasal que le daban, las voces frescas y sanas de los negros y sus melodías medio salvajes y apasionadas causaban buen efecto.

De vez en cuando el canto se interrumpía para dar lugar a las exhortaciones o historias religiosas.

George leyó a petición general los últimos capítulos del Apocalipsis, y fue interrumpido por las admiraciones del auditorio: «¡Oíd bien! ¡Esto es!».

Perfectamente enterado por su madre de los misterios de la religión, se detenía de vez en cuando y hacía sus explicaciones, con gran satisfacción de todos, que le escuchaban con la boca abierta y asegurando que un sacerdote no lo haría mejor. El tío Tom, considerado como el más instruido en puntos de religión, y respetado al mismo tiempo por su sano juicio y su instrucción, ejercía entre sus compañeros una especie de patriarcado. Verdad es que sus oraciones eran tan edificantes que, según decían sus compañeros, debía subir derecho al cielo.

Mientras esto pasaba en la cabaña del tío Tom, se representaba una escena de muy distinto género en casa del amo.

El mercader de negros y el señor Shelby están en el mismo comedor donde lo hemos visto por primera vez, sentados delante de una mesa cubierta de papeles. El señor Shelby cuenta unos billetes de Banco y se los da a su interlocutor.

—Bien está —dice éste después de haberlos contado—; ahora la firma.

El señor Shelby recorrió con la vista el contrato de venta y lo firmó con la presteza de un hombre que desea salir de un asunto enojoso, y una vez firmado lo dejó ante sí junto con el dinero. Haley sacó de una cartera un pergamino usado, y después de examinarle se lo presentó al señor Shelby, quien lo agarró con una impaciencia que radiaba por estallar.

—Hemos concluido —dijo Haley levantándose.

La cabaña del tío Tom

—Concluido, sí, concluido —repitió el señor Shelby, pensativo y tomando aliento como un hombre que se ahoga.

—Parece que no está usted muy contento —notó el mercader de esclavos.

—Haley —dijo Shelby interrumpiéndole—; espero que no olvidará usted la palabra que me ha dado de no vender a Tom sino a buena gente.

—Usted se ha deshecho de él sin esperarlo.

—Ya sabe usted que las circunstancias me han obligado —repuso Shelby con altivez.

—También pueden obligarme a mí. No obstante, haré lo que pueda para asegurarle un buen destino. Gracias a Dios, no tengo que arrepentirme de haber sido cruel con nadie. Esté usted, pues, tranquilo en cuanto a mí.

Después de las teorías que señor Shelby había oído en boca del mercader, esta protesta no podía bastar para tranquilizarle; pero no pudiendo exigir más dejó marchar al mercader y se quedó solo fumando un cigarro.

CAPÍTULO V
Sentimientos de la propiedad humana cuando cambia de patrón

El señor y la señora Shelby acababan de retirarse a su aposento. Mientras que el primero, tendido en una gran butaca a lo Voltaire, se enteraba de varias cartas que acababa de recibir por el correo de la tarde, deshacía la segunda ante el espejo las complicadas vueltas de las largas trenzas de sus cabellos, que con tanto primor había arreglado Eliza por la mañana. En vista del abatimiento y la palidez de su doncella le había dado permiso para retirarse, y como esta ocupación, que no acostumbraba desempeñar, le recordase naturalmente la conversación que había tenido aquella mañana con la cuarterona, se volvió a su marido y le dijo con la mayor indiferencia:

—A propósito, querido Arthur, ¿quién es ese hombre ordinario que ha comido con nosotros?

—Se llama Haley —respondió el señor Shelby, sin levantar los ojos de la carta y agitándose en la butaca con un gesto de inquietud.

—¿Haley? ¿Quién es ese Haley y qué tiene que ver contigo?

—Es un hombre con quien he tenido varios asuntos en mi último viaje a Natchez —dijo Shelby.

—¿Y se ha convidado a comer con confianza en nuestra mesa?

—No; le he convidado yo, porque teníamos que arreglar ciertas cuentas.

—¿Será por ventura un traficante de esclavos? —preguntó la señora Shelby notando la turbación de su marido.

Harriet Beecher Stowe

—Por Dios, querida, ¿cómo se te ha ocurrido una idea semejante? —repitió el señor Shelby levantando los ojos.

—¿Cómo? Por un frívolo incidente. Figúrate que esta tarde se me presentó Eliza, toda trastornada, suponiendo que estaban en tratos con un traficante de esclavos y que se trataba de su hijo. ¡Ya ves que niñería!

—¡Ah! ¿Esto te ha venido a contar? —replicó el dueño.

Y pareció por algunos minutos absorto en la lectura, pero sin notar que tenía la carta al revés.

—Por último —pensó interiormente—, tendrá que saberlo, y así más vale cortar por lo sano.

—Yo he contestado a Eliza que era una loca —prosiguió la señora Shelby, atusándose al mismo tiempo el cabello— y que tú jamás tendrías negocios con tal clase de gentes. ¿Cómo habías tú de pensar en vender a ninguno de nuestros esclavos, y mucho menos a un hombre de tal calaña?

—No ignoras, Emily, que siempre he pensado lo mismo que tú sobre ese particular; pero las circunstancias varían y hoy han llegado las cosas a un punto que me veré precisado a vender algunos para salir de mis compromisos. Preciso vender algunos de nuestros siervos.

—¿Qué dices, Arthur? ¿Y a ese hombre? Es imposible que hables con formalidad.

—Al contrario, por desgracia, pues está ya hecho el trato en cuanto a Tom.

—¿Cómo? ¡El de Tom! ¡El de ese desgraciado que tan lealmente nos ha servido desde la infancia, a quien habías prometido la libertad? ¿No era cosa convenida entre nosotros y se lo hemos prometido una y mil veces?... ¡Ah! Si es así no puedo dudar de nada, y tengo derecho hasta de creerte capaz de vender al pequeño Harry, el único hijo de mi pobre Eliza.

El tono de la señora Shelby mientras articulaba estas frases era así entre el dolor y la indignación.

—Pues bien: sí, sábelo de una vez, ya que todo lo quieres saber: he vendido a Tom y a Harry y no creo que me debas mirar como a un monstruo por haber hecho lo que todos hacen cada día y a cada momento.

—Pero si tenías precisión de vender, ¿por qué escoges a esos precisamente? ¿Por qué sacrificas a Tom y Harry a los demás?

—He elegido esos porque me los pagan mejor que otros cualesquiera; pero si tú lo prefieres puedo vender a Eliza, pues aquel grosero me ha hecho por ella las ofertas más ventajosas.

—¡El miserable! —exclamó la señora Shelby.

—Yo no le he dado oídos ni un momento por consideración a ti, que tanto afecto le tienes; por tanto, tenlo presente y no me atropelles más.

—Perdóname, amigo mío; me he dejado arrastrar de la indignación que me ha causado una noticia tan inesperada, y tal vez he hablado precipi-

La cabaña del tío Tom

tadamente; pero ahora, más serena, permite que interceda por esos desgraciados. Aunque Tom es negro, su corazón es tan noble como el del mejor blanco, es un servidor tan fiel que si necesario fuese daría tu vida por ti.

—Así lo pienso..., lo creo; pero ¿a qué recordármelo cuando no tiene remedio?

—¿No podrías hacer otro sacrificio pecunario ante la embarazada situación? Yo contribuiré por mi parte con el mayor gusto. ¡Ay, Arthur! Por espacio de muchos años he cumplido con mis pobres esclavos los deberes de una buena cristiana, cuidándolos, instruyéndolos, velando por ellos, tomando siempre parte en sus alegrías y sus pesares. Si hoy por una miserable ganancia vendiéramos un hombre tan bueno, tan fiel, tan lleno de confianza en nosotros, arrancándole a las afecciones que le hemos enseñado a amar y respetar, ¿con qué cara me presentaría yo delante de mis esclavos? Yo, que les he enseñado los deberes de familia, los recíprocos deberes de padres y esposos, ¿habré de decirles ahora que esos vínculos que les pintaba como sagrados, esos lazos naturales, esos sentimientos, esas leyes morales nada son, puestos en la balanza con un poco de oro, cuando se trata de nuestro interés? A Eliza, instruida por mí en la fe cristiana y en las obligaciones de madre; a Eliza, a quien decía yo: «Cuida a tu hijo, vela por él y reza; enséñale desde niño la fe que ha de profesar, invoca sobre él el favor del cielo, imbúyele los sentimientos religiosos», le habré de decir ahora: «¡Ese ser no es ya un ser humano, un ser que tiene un alma que puede perderse, sino un objeto que arranco de tus brazos para lucrarme, vendiéndole a un impío, desnaturalizado y sin principios!». Hartas veces le he repetido que el alma es un tesoro cien mil veces mayor que todos los tesoros de la Tierra reunidos. ¿Qué crédito prestará a mis palabras si ve que de repente se cambia todo y vendo a su hijo, viniendo con esto a ser la causa de su desdicha, de su muerte en esta vida y de su perdición eterna en la otra?

—Me desespera, Emily, que esto te cause tanta pena; lo siento vivamente —dijo el señor Shelby—; respeto sinceramente tus sentimientos y tus principios; pero esto no me saca del compromiso. No quería decírtelo, Emily; pero en dos palabras: me hallo en esta alternativa: si no vendo a esos dos tengo que vender cuanto poseemos. Haley tiene en su poder hipotecas de bastante consideración, y si no pago en el acto, causa mi ruina. He realizado todos los fondos que he podido, he tomado dinero a réditos; pero no ha bastado. Era indispensable completar la cantidad con esos dos esclavos. Luego, Haley se ha prendado de ese chico y sin él no se hubiera contentado. Yo no he tenido más remedio que ceder para terminar el negocio. Si tan dolorosa es para ti la venta de dos esclavos, ¿qué sería si hubiera vendido a todos los demás?

La señora Shelby se quedó silenciosa y petrificada y fue a caer al sillón del tocador, ocultando su rostro entre sus manos y lanzando un profundo gemido.

—¡Ah —exclamó—, la maldición del Señor pesa sobre la esclavitud! ¡Maldición para el amo! ¡Maldición para el esclavo! ¡Insensata! ¿Pudiste creer que del mal podría hacerse jamás un bien? ¡La posesión de un esclavo bajo una legislación como la nuestra es un pecado! Desde la infancia lo he sentido y pensado siempre así, y aun casada he pensado lo mismo; pero me presumí que podría santificar, purificar esta práctica detestable; que a fuerza de esmero, bondad, consejos e instrucción podría hacer a nuestros esclavos más dichosos que los hombres libres... ¡Cuán loca estuve al presumirme tal! Pero desde que pertenezco a una Iglesia ha sido para mí una convicción. En vano he intentado a fuerza de esmero y sacrificios hacer preferible la esclavitud de mis negros a la libertad. ¡Loca pretensión! ¡En este momento pago bien caro mi necio orgullo!

—¡Pero, mujer, no parece sino que eres una verdadera abolicionista!

—¡Abolicionista! ¡Ay! ¡Si supieran ellos todo lo que yo sé sobre la esclavitud!... Entonces sí que podrían hablar. ¿Qué pueden decirme ellos? ¿No he mirado siempre con aversión la esclavitud? ¿La posesión de mis esclavos no ha sido siempre para mí un remordimiento? Jamás he considerado la esclavitud como una institución.

—En esa parte difieres de hombres de gran saber y muy piadosos. ¿Te acuerdas del sermón que predicó el domingo el señor B...?

—¡Buen texto, por cierto, señor B...! Poco me importan semejantes sermones y no volveré más a oírle en nuestra iglesia. Los ministros del Señor no pueden evitar el mal menos que nosotros; pero a lo menos que no lo defiendan, y menos que lo justifiquen, porque esto subleva el sentido común. Además, o mi memoria me es infiel, o tú mismo lo desaprobaste.

—Confieso —replicó el señor Shelby— que a veces los sacerdotes llevan las cosas mucho más lejos que pudiera hacerlo un pobre pecador. En este mundo hay que cerrar los ojos y pasar por ciertas cosas; pero no nos gusta a nosotros, llamados hombres mundanos, esa elasticidad de conciencia ni en los sacerdotes ni en las mujeres. Por fin, querida, creo que estás ya plenamente convencida de que no he obrado con libre albedrío; he obrado tal cual me han permitido las circunstancias.

—Seguramente —contestó la señora Shelby, jugueteando distraída y convulsa con su reloj— no tengo ninguna alhaja de valor... —dijo pensativa—; pero si sirviese de algo el reloj... Cuando se compró tenía gran valor... ¡Ah! Si pudiera salvar siquiera al niño de Eliza, daría con gusto cuánto poseo.

—Emily —dijo el señor Shelby—, siento mucho que tomes eso con tanto calor. Yo te he dicho que todo es inútil, que es asunto concluido, que

Haley tiene las escrituras de venta, y te aseguro que puedes dar las gracias a Dios de que el mal no sea mayor. Ese hombre ha podido arruinarnos, y si tú le conocieses como yo, comprenderías que nos hemos escapado de una buena.

—¿Tan cruel es?

—Cruel precisamente, no; pero es un hombre insensible, un hombre de hierro, que sólo sueña en las ganancias que le proporciona su tráfico, tan perseverante, tan insaciable como la muerte. Si la venta de su madre pudiera proporcionarle la más mínima ganancia no vacilaría un momento, sin que dejara por eso de quererla.

—¡Y un miserable semejante ha llegado a poseer a nuestro fiel Tom y al hermoso hijo de Eliza!

—Confieso que me es muy sensible y que no puedo pensar en ello. Haley quiere que mañana mismo se los entregue. Por mi parte montaré a caballo al amanecer y me iré por ahí, porque no tengo valor para ver llevarse a Tom. Tú deberías disponer también un paseo y llevarte a Eliza, pues es mejor que suceda no estando ella aquí.

—No, no —exclamó la señora Shelby—. Yo no seré cómplice en nada ni prestaré ayuda a semejante crueldad. Por la mañana iré a ver a mi pobre Tom y a pedir a Dios que le consuele en su desgracia. Al menos verán la parte que tomé en ella. En cuanto a Eliza, no sé qué decirle; no me atrevo a pensar en ello. ¡Dios tenga misericordia de nosotros! ¡Ah! ¿Qué habremos hecho para someternos a tan cruel necesidad?

Lejos estaban el señor y la señora Shelby de pensar que su conversación hubiera sido oída, como lo era, por una persona que no creían tan cerca de ellos como estaba.

Un gabinete que daba a la galería exterior estaba junto a su habitación. Cuando Eliza se vio fuera del aposento de su señora, su imaginación acalorada le sugirió la idea de ocultarse en este gabinete, y escuchando por el agujero de la cerradura ni una palabra se le escapó.

Cuando siguió el silencio al ruido de sus voces se retiró, y con la mayor precaución salióse del gabinete, pálida, temblorosa, con el cabello erizado, los dientes apretados y el ánimo resuelto, sin asemejarse en nada a la cariñosa y tímida criatura de todos conocida. Deslizándose silenciosamente a lo largo del corredor, después de haberse detenido un instante delante de la puerta de su señora, con los ojos levantados al cielo como para tomarle por testigo de la justicia de la resolución que meditaba, llegó a su cuarto. Componíase éste de una pieza aseada y tranquila en el mismo piso, con una gran ventana por donde entraba el sol del mediodía, junto a la cual trabajaba Eliza cantando en sus días felices. Varios libros y algunos objetos de capricho, regalos de Navidad, y una cómoda que encerraba sus vestidos, componían el modesto mueblaje de aquella mansión, donde tan dichosa había sido. Pero allí, en aquel lecho, dormía su hijo. Los bucles de sus rizados cabellos caían sobre su rostro gracioso; tenía entreabiertos sus rosados labios; cruzaditas sus manos reposaban sobre la cubierta y una sonrisa se dibujaba sobre su carita como rayo de sol.

—¡Pobre niño! ¡Desgraciado hijo mío! ¡Te han vendido! ¡Pero tu madre te salvará!

Ni una lágrima humedeció los párpados de la infeliz porque en tales momentos el corazón no destila más que sangre y la consumición del dolor mina y acaba la existencia. Tomó un lápiz y papel, y escribió con mano mal segura:

«Señora, mi querida señora: No me crea ingrata; júzgueme con indulgencia. He oído lo que conversasteis con el amo anoche, y voy a tratar de salvar a mi hijo. Espero que me perdone usted. ¡Quiera el cielo bendeciros y recompensar todas vuestras bondades!».

Acto continuo abrió la cómoda, sacó alguna ropa y la metió en un pañuelo, que se ató a la cintura, sin olvidar, tal es la solicitud maternal, el tomar varios juguetes para su Harry, no dejando de coger su favorito: un pequeño lorito de madera, pintado, para divertirle enseguida que hubiese abierto sus ojos. Como es natural, dolióle en el alma el tener que despertarle; mas después de algunos instantes se incorporó, y sentadito empezó a jugar con su lorito, mientras Eliza se ponía el chal y el sombrero.

—¿Dónde vas, mamá? —le preguntó el niño al acercársele con el paquete y su sombrero.

Pero fijando los ojos en la madre adivinó en su semblante que ocurría algún suceso muy grave.

—Calla, Harry; que no nos oigan. Un hombre malo quiere llevarte a un calabozo oscuro, muy oscuro, dejándote sin mamá pero tu mamá te va a esconder y a ponerte el vestido, el sombrero y huir contigo para que no te lleve.

En esto acababa de vestirle, y tomándole en brazos salía con él por la puerta de la galería, encargándole gran silencio.

La noche estaba fría y serena. Las estrellas brillaban como diamantes, y la pobre madre procuraba abrigar con su chal al niño, que, mudo de espanto, se agarraba a su cuello con sus dos bracitos.

El viejo Bruno, un gran perro de Terranova, dio un gruñido sordo al verla acercarse y pasar; llamóle ella bajito por su nombre, y a su voz el animal la siguió, moviendo la cola y como preguntándose con su inteligencia canina: «¿Qué significa este paseo nocturno?». Algunas oscuras ideas de que era un acto imprudente y censurable le molestaban; deteníase con frecuencia, mientras Eliza continuaba su marcha rápida, y repetía sus miradas escrudiñadoras a la casa y a la fugitiva; mas como cerciorado por la reflexión, echó a correr tras la joven Eliza. Pocos momentos tardaron en llegar a la cabaña del tío Tom, donde Eliza llamó dando con la mano en los vidrios de la ventana.

Como la reunión religiosa había durado bastante, y después de concluida Tom había proseguido solo su tarea, aún estaban levantados él y su mujer cuando llegó Eliza, a pesar de ser ya entre doce y una de la noche.

—¡Santo Dios! ¿Quién será? —exclamó la tía Chloe, levantándose sobresaltada y descorriendo la cortina—. ¡Misericordia divina —exclamó—, creo que es Eliza! Vístete pronto, viejo mío. ¡Y viene con ella Bruno! ¿Qué será? Voy a abrir la puerta.

Y como ella juntara la acción a la palabra, la puerta se abrió de par en par. El resplandor de la luz, que había encendido precipitadamente el tío Tom, vino a iluminar el rostro, pálido y descompuesto, de la fugitiva.

—¡Dios mío! ¡Eliza, me has asustado! ¿Estás enferma? ¿Qué tienes?

—Nada, tío Tom. Me escapo con mi hijo, porque me lo ha vendido el patrón, tía Chloe.

—¡Vendido! —exclamaron los dos, aterrados, levantando sus manos estupefactos.

—Sí, vendido —repitió Eliza con voz firme—. Esta noche, oculta en el gabinete que da al cuarto de mi señora, he oído que el señor ha vendido a un mercader de esclavos a mi Harry y a usted, tío Tom; que tempranito el señor se iría montado a caballo y que el negociante vendría a tomar posesión de usted por la mañana.

Tom escuchaba las palabras de Eliza sin poderles dar crédito, pareciéndole ser víctima en aquel momento de una horrible pesadilla, hasta que al fin se hizo luz en su inteligencia y se desplomó en un viejo sillón, caída la cabeza sobre sus rodillas.

—¡Santo Dios, tened piedad de estos pobres pecadores! —gritó la tía Chloe—. Pero no, Eliza, eso no es posible —añadió—. ¿Qué ha hecho para que el señor quiera venderle?

—Nada; no se trata de esto; el señor lo hace por precisión. Y la señora, ¡si la hubiesen ustedes oído, qué ángel! Yo la he oído defendernos e interceder por nosotros. A fe que si esa no es cristiana no puede existir otra. Yo hago mal en abandonarla; pero ¿qué he de hacer? Ella misma ha dicho que el alma vale más que todos los tesoros del mundo, y si yo entregara a este niño, ¡quién sabe lo que sucedería! Por tanto, no soy culpable, y si lo fuese, el Señor tendrá misericordia de mí, porque no pudo menos de obrar así. El amo dice que debe dar una fuerte suma y que si no vendiese a Tom tendría que venderlo todo y le echarían de sus tierras.

—Ya oyes lo que dice; por tanto, viejo mío, vete con Eliza antes que te hagan pasar el río para ir al punto donde matan los negros por exceso de trabajo y falta de pan. Preferiría morir repentinamente que ir allí. Tienes tiempo aún; vete con Eliza. Tienes tu pase y puedes ir donde te parezca. Ea, voy a prepararte alguna ropa.

Tom levantó la cabeza, y echando una mirada en torno suyo contestó con tristeza, pero sereno:

—No, yo no me voy. Que Eliza se vaya, está bien; ella está en su derecho y no seré yo quien le aconseje lo contrario; sería ir contra la Naturaleza si no lo hacía. En cuanto a mí, ya has oído lo que he dicho. Que me vendan, puesto que el amo lo necesita. ¿No soy yo —prosiguió— tan fuerte como otro cualquiera para sobrellevar el trabajo?

Y una cosa parecida a un sollozo se escapó de su pecho varonil.

—El señor —continuó— me ha encontrado y me encontrará siempre pronto a servirle. Nunca le he engañado y no lo haré jamás. Acatemos la voluntad de nuestro señor, Chloe. Él mirará por ti y por...

Y volviéndose hacia el cajón donde dormían sus hijos, no pudo continuar. Tuvo que apoyarse en el respaldo de la silla, y tapándose la cara con sus grandes manos dio libre curso al llanto que ahogaba su pecho. Aquellas lágrimas no se diferenciaban de las que vierte un padre o una madre sobre el ataúd de su único hijo, porque aquel hombre tenía un corazón tan tierno como el de cualquiera, aunque no estuviese cubierto de joyas y batista. Su alma era tan accesible al dolor como la de los seres más privilegiados.

—¡Ay de mí! —dijo Eliza—. No he visto a mi marido desde el mediodía —y en esto abría ya la puerta—, y yo nada sabía aún. Le han empujado a los últimos límites de la desesperación y está resuelto a huir. Mirad de verle y hablarle; comunicadle de qué he huido y que haré esfuerzos para llegarme al Canadá. Decidle que le amo con todo mi corazón y que si no volvemos a vernos más... —diose vuelta para que no vieran su cara, y añadió con trémula voz—: ¡Decidle que se conduzca honradamente a fin de que podamos volvernos a ver en el cielo! Llamad a Bruno —continuó ella por fin—, y guardad al pobre animal para que no me siga.

Cruzáronse todavía algunas palabras entre llantos, bendiciones y despedidas embargadoras; al fin la desventurada mujer, tomando entre sus brazos a su hijito, lleno de sorpresa y temor, se marchó silenciosamente de la cabaña.

CAPÍTULO VI

Descubrimientos

Al día siguiente, el señor y la señora Shelby se despertaron más tarde que de costumbre; fatigados y postrados por su larga discusión, pasaron largo rato de insomnio al acostarse.

—¿Qué hace Eliza? —preguntó la señora Shelby, viendo que no se presentaba, a pesar de haber llamado varias veces.

El señor Shelby afilaba la navaja de afeitar delante de un espejo, mientras que un negro muy joven le entró un jarro de agua caliente.

—Andy —le dijo su señora—, llama a Eliza; dile que he tocado tres veces la campana. ¡Pobrecita! —dijo en voz baja después de dar la orden y lanzando un suspiro.

No tardó en volver Andy con los ojos espantados y la boca abierta.

—¡Señor, señora, los baúles de Eliza están todos abiertos y sus ropas tiradas por el cuarto! No parece sino que con su hijo se ha fugado...

Esta verdad cruzó como un rayo por la mente de los señores Shelby.

—Sin duda ha sospechado alguna cosa y se ha escapado —dijo el señor Shelby.

—¡Dios sea loado! —contestó la señora Shelby—. ¡Que esté ya lejos!

—¡Mujer, hablas como una loca! ¡Bonita enhorabuena para mí si no se la halla! Haley, que ha visto la repugnancia con que le vendí a Harry, me creerá cómplice de su fuga y quedaré como un hombre sin honor.

El señor Shelby salió precipitadamente. No tardó en difundirse la alarma, y al cabo de un cuarto de hora era casi un tumulto. Todo se volvía exclamaciones, idas y venidas, abrir y cerrar puertas. La única persona que hubiera podido aclarar aquel misterio era la tía Chloe; pero permanecía muda y silenciosa como una estatua. Su semblante, de ordinario tan jovial, estaba extremadamente triste. Continuaba, sin embargo, haciendo los pastelitos para el almuerzo como una autómata, insensible a la agitación que reinaba a su alrededor.

Muy pronto, una docena de diablillos negros, subidos sobre la balaustrada de la galería, asomaron y esperaban con ansia como aves de mal agüero ser cada cual el primero que tuviera la suerte de informar al mercader de su desgracia.

—¡Cómo se pondrá! —observaba Andy.

—¡Cómo va a patear y a jurar! —replicaba Jake.

—Sí, y lo que es eso no le costará mucho trabajo —replicó Mandy la de la cabeza rizada—. Yo le he oído ayer en la comida, porque estaba escondida en el gabinete donde la señora tiene las grandes tinajas.

Y Mandy, que en su vida había pensado en las cosas que oía por casualidad, se pavoneaba dándose grande importancia, como persona de inteligencia superior, olvidamos de añadir que si allí se escondió se quedó dormida.

Desde el momento en que se asomó Haley, calzado de bota y espuela, un clamoreo general vino a anunciarle la fuga de Eliza con su hijo. No se vieron chasqueados los malignos negros en la esperanza que tenían de verle jurar, pues lo hizo con tal abundancia y variedad de formas que era su diversión. Para evitar, no obstante, algunos latigazos, se bajaban hasta el suelo corriendo de un lado para otro, yendo, por fin, a guarecerse a lo alto de la barandilla, donde renovaron los silbidos, los gestos y los saltos.

—¡Ah, si los tuviese entre mis manos! —murmuró Haley entre dientes.

—Pero no nos tiene usted aún ahí —contestó Andy haciendo una pirueta de triunfo y varias muecas a espaldas de él.

—¿Qué es esto, Shelby? ¿Qué jugarreta es ésta? —preguntó Haley entrando en el salón sin la menor ceremonia—. ¿Es verdad que se ha fugado la cotorrita con su hijo?

—Señor Haley —repuso Shelby—, sin duda no ha visto usted a mi señora.

—Pido a usted mil perdones, señora —dijo el grosero, saludando de mala gana con un ligero movimiento de cabeza y la frente amenazadora aún—; pero esto no quita, amigo, la extrañeza que me causa una noticia que, a decir verdad, me parece que ha de ser falsa.

—Caballero —contestó Shelby—, si quiere usted que hablemos ha de ser cual corresponde a gentes de buena crianza. Andy, toma el sombrero y el látigo de este caballero. Sírvase usted tomar asiento. Tengo el disgusto de anunciar a usted que Eliza, sobresaltada sin duda porque habrá oído nuestra conversación, o habiendo sabido nuestro trato por algún conducto, se ha escapado con su hijo durante la noche.

—Ya esperaba yo que se me haría alguna jugada en este negocio —dijo el mercader de esclavos.

—¿Cómo? —preguntó Shelby volviéndose con viveza—. Tenga usted la bondad de explicarme cómo debo entender esa observación, porque sé cómo se responde a los que se atreven a atacar mi honor.

Estas palabras calmaron inmediatamente al traficante, quien respondió con un tono menos irrespetuoso que era muy triste para un hombre que había cerrado un trato ventajoso el verlo deshecho así. Después de lo cual, el señor Shelby prosiguió con tono más comedido, diciendo:

—Es una broma ésta muy pesada, señor Haley. Si no hubiera sido porque en el disgusto de usted hay una parte de razón, no toleraría la grosería con que se me ha presentado hace un momento. Sépalo usted. Jamás permitiré que se ponga en duda mi buena fe, aunque las apariencias me condenen. Ahora es mi deber ayudar a usted a buscar lo que le pertenece. Disponga usted para esto de todos mis criados y caballos. Haley —continuó Shelby deponiendo el tono de fría dignidad con que había hablado hasta entonces y tomando el de franqueza y cordialidad que le era habitual—, lo mejor será que almorcemos juntos y hagamos luego lo que se pueda.

La señora Shelby se levantó, diciendo que sus ocupaciones no le permitían asistir al desayuno, y una mulata respetable vino a servir por ella.

—Parece —dijo Haley con tono muy familiar— que no soy santo de la devoción de la vieja.

—No acostumbro —contestó secamente el señor Shelby— a permitir que se hable de mi mujer en estos términos.

—¡Ah! No lo tome usted a mal. Lo he dicho en chanza, como debe usted suponer.

—Es que hay chanzas muy pesadas —respondió el señor Shelby.

—Este hombre —murmuró Haley— se despacha a su gusto desde que he firmado esos papeles. Ayer me trataba con más cumplidos que hoy.

La noticia de la suerte que esperaba a Tom produjo entre sus compañeros de esclavitud mayor sensación que la que produce en el mundo político la caída de un presidente del Consejo. Bien pronto en la casa y en los campos no se hablaba ya de otra cosa, y la fuga de Eliza, cosa inaudita en casa de Shelby, no se miraba sino como un motivo más para excitar la efervescencia.

Sam el negro, porque era tres veces más negro que cualquiera oriundo de África, discutía con una profundidad y una perspicacia tal el asunto, con arreglo a su interés personal, que hubiera hecho honor a un patriota blanco de Washington.

Mal viento sopla por aquí; este es un hecho incuestionable —dijo Sam con aire sentencioso mientras cogía un pantalón y le clavaba un botón, en lo que parecía ser muy hábil—. Sí, es malo el aire que sopla de este lado. Tom está caído; por consiguiente, su puesto queda vacante. ¿Y por qué no ha de ser su puesto para mí? Tom andaba por esos campos de Dios, con sus botas bien lustradas y su pase en el bolsillo, vivía como un señor, y sólo él tenía tal privilegio. ¿Por qué no he de hacer yo otro tanto? Esto quisiera saber.

—¡Sam, Sam! —gritó Andy interrumpiendo este monólogo—. ¡Pronto! Hay que ir a buscar a Bill y Jerry; el señor lo manda.

—¿Pues qué hay de nuevo, muchacho?

—¿No sabes que Eliza ha tomado las de Villadiego con su chico?

—¿Por quién me tomas tú? —replicó Sam con un soberano desdén—. Bueno fuera que un chiquillo quisiera echarla de maestro con sus abuelos. Yo lo sabía antes que tú.

—Corriente; el caso es que el señor quiere que se prepare a Bill y Jerry y que vayamos a buscarlos con el señor Haley.

—¡Bueno! —dijo Sam—. Ya ha llegado el momento. No hay que temer que se me escape; ya verá el señor de lo que soy capaz.

—Mira, Sam, que todas las cosas tienen dos caras. La señora no quiere que se la coja; sírvate esto de gobierno.

—¿Cómo sabes eso? —preguntó Sam abriendo los ojos desmesuradamente.

—Estas orejas se lo han oído decir hoy por la mañana cuando llevaba al señor el agua para afeitarse. La señora me envió a buscar a Eliza, y cuando le dije que se había escapado se levantó, exclamando: «¡Dios sea loado!». Lo que es el señor creí que se volvía loco; pero él volverá en sí, y yo me entiendo. Más vale ponerse de parte de la señora; yo soy quien te lo dice.

Ante estas palabras, Sam el negro se rascaba la cabeza, pues aunque ésta no abrigase una gran capacidad, tenía al menos una dosis bastante considerable de ese talento tan útil a los hombres de Estado: sabía poner siempre la vela del lado de donde sopla el viento favorable. Dando, pues, una gran sacudida a sus pantalones, medio infalible en él de salir de dudas, repuso:

—En este mundo engañan las apariencias. Yo hubiera jurado que la señora habría revuelto cielo y tierra por encontrar a Eliza. Sam hablaba como un filósofo, pronunciando con gran énfasis la frase «en este mundo», como queriendo significar que él conocía muchos otros mundos y daba el aviso como hombre experimentado.

—Sin duda; pero ¿no ves, viejo negro, que la señora no quiere que Haley se lleve el hijo de Eliza? He aquí la madre del cordero.

—¡Ah! —dijo Sam, con una entonación inimitable e inteligible sólo para los que han vivido entre los negros.

—Otras muchas cosas pudiera decirte; pero estamos perdiendo el tiempo, y la señora te ha llamado. Anda a buscar los caballos, despacha.

Sam volvió al poco rato a galope con Bill y Jerry. Tan diestro como el primer jinete, saltó a tierra antes de llegar a la parada. El caballo de Haley, que era muy receloso, empezó a relinchar a más no poder.

—¡Hola, hola! —dijo Sam, pintándose en su rostro una expresión extraña de malignidad—. ¿Conque somos quisquillosos, eh? Vaya, yo te domesticaré.

Y una carcajada maliciosa iluminó su rostro.

Había en la pradera una haya, de la cual habían caído al suelo multitud de hayucos. Provisto Sam de una de estas bellotas triangulares, se acercó al caballo, lo acarició, le pasó la mano por el lomo, y so pretexto de apretar la cinta de la silla, metió con presteza el hayuco entre éste y los dos ijares del animal, de modo que el más mínimo peso debía irritar en extremo su sensibilidad nerviosa sin dejar indicio en su cuerpo. Y volviendo los ojos con extraños visajes, añadió:

—Ya está sereno.

En este momento se presentó la señora Shelby en el balcón y le hizo seña de que se acercara. Sam se apresuró a obedecer con tanta solicitud como un pretendiente a entrar en el palacio de San James o en el de Washington.

—¿Qué haces, Sam? ¿No te ha dicho Andy que estuvieras listo?

—¡Dios mío, señora, no es tan fácil coger a los caballos cuando están paciendo, y Dios sabe cuán lejos estaban!

—Sam, ¿cuántas veces se te ha de repetir que no tomes el nombre de Dios en vano? Eso me parece muy mal.

—¡Ay! Dios me perdone, señora; se me había olvidado. No volveré a decirlo jamás.

—Sam, si has vuelto a decirlo ahora.

—Es verdad, Dios mío... Luego, es decir, no era esa mi intención. ¡Es tanta la costumbre!

—Bien; ten cuidado para otra vez, Sam.

—Muy bien, señora; un momento de respiro y estaremos en marcha dentro de un instante, no lo haré más.

—Vais con el señor Haley para enseñarle el camino y ayudarle en sus pesquisas. Cuida mucho los caballos; y ya sabes que Jerry tuvo mala una mano la semana pasada y cojea. «¡Cuidado, no hay que apurarlos mucho!».

La señora Shelby pronunció estas palabras en voz baja, pero con intención marcada.

—Fíese la señora de su negro —dijo Sam guiñando los ojos—. ¡Dios sabe!... ¡Ay! Se me ha escapado —exclamó, conteniendo la respiración con un gesto de temor tan cómico que hizo reír a su señora, a pesar suyo—. Sí, señora, tendremos cuidado de los caballos.

—Mira, Andy —dijo Sam, volviendo a colocarse junto a los caballos debajo del haya—, no me extrañaría que el caballo de ese señor le jugara una mala pasada. Tú sabes muy bien lo que son esos animales añadió dándole con el codo.

—¡Huy! —dijo Andy repentinamente iluminado.

—La señora quiere que vayamos poco a poco. Lo he conocido al primer golpe de vista, y es preciso poner algo de nuestra parte. Dejaremos a los caballos pacer y trotar con libertad desde el prado al bosque, pues el negociante no ha de partir tan pronto.

Andy se echó a reír haciendo una mueca.

—Tú conoces, Andy, que si el caballo de ese señor no se deja montar, nosotros ayudaremos al señor Haley y le seremos útiles. A estas palabras, Andy y Sam se echaron a reír a carcajadas, acompañando su intempestiva risa con sus acostumbrados gestos, castañeteo de dedos y saltos de placer.

Haley aparecía en aquel momento debajo de la galería. Varias tazas de un café delicioso le habían humanizado, y salía hablando y riendo con una alegría completamente cordial.

Andy y Sam cogieron apresuradamente las hojas de palmera trenzadas, que llevaban en la cabeza a manera de sombrero, apoderándose de los caballos para ayudar a montar al forastero.

Sam deshizo los bordes del sombrero, por lo cual las hojas puntiagudas fluctuaban alrededor de su cabeza con una independencia tan desordenada como la del peinado de un jefe en las islas de indios.

En cuanto a Andy, se caló la suya hasta las cejas con un gesto que parecía decir: «Veremos si hay quien diga que no tengo sombrero».

—En marcha, chicos —gritó Haley—, pronto, manos a la obra no hay que perder tiempo.

—Ni un minuto, mi amo —respondió Sam, poniéndole las riendas en la mano y teniéndole el estribo, mientras que Andy desataba los otros dos caballos.

Apenas había tocado Haley la silla cuando el caballo tiró un par de coces y le arrojó al suelo.

Sam quiso echarse sobre el animal para contenerle; pero no logró más que pasarle por las narices las hojas de palmera que llevaba en la cabeza. El animal irritado, relinchó, tiró al negro, pasando por encima de él, y se lanzó por el llano con tanta velocidad como si hubiera tenido alas cual otro Pegaso. Bill y Jerry, que Andy, fiel a su promesa, había soltado a su vez, siguieron la pista de su compañero, asustados con los gritos y la algazara que armaban los negros para detener al caballo.

Los perros ladraban, y Mike, Mose, Mandy, Fanny y todos los negritos, varones y hembras, todos los negros de la casa corrían en la misma dirección, gritando, silbando y chasqueando los látigos con el celo más intempestivo.

El caballo del traficante de esclavos, ligero y fogoso, parecía estar de acuerdo con los negros en este juego maligno. Se detenía un momento como para dejar que un negro se acercase a cogerle de las riendas; pero luego de un salto se esquivaba y tomaba el escape, escabulléndose por un sendero del bosque. Los esfuerzos de Sam para que los caballos no dejaran cogerse fueron sublimes no obstante que sus apariencias eran de procurarlo con ardor. Como la espada de Ricardo Corazón de León, que brillaba siempre en lo mejor de la lucha o al frente de la batalla, así él en todas partes aparecía cuando iba a agarrarse un caballo; llegaba en plena carrera, gritando con todo su pulmón: «¡Bravo, bravo, detenedle!», y el caballo, asustado, redoblaba su marcha.

Haley corría de un lado a otro maldiciendo y pateando. El señor Shelby daba órdenes desde un balcón, mientras que su mujer, llena de interior satisfacción, se reía del tumulto.

A cosa de las doce se presentó Sam, triunfalmente montado sobre Jerry, llevando de la rienda el caballo de Haley. El animal iba bañado en sudor; pero el fuego de sus ojos y sus narices dilatadas daban a conocer que su espíritu de independencia no había cedido.

—¡Aquí viene! —exclamaba—. ¡Ya le tengo entre mis manos! Si no hubiera sido por mí ni con dos días lo cogen; yo lo conseguí.

—Si no hubiera sido por ti —repuso Haley indignado— no hubiera sucedido este accidente.

—¡Ánimas benditas! —contestó Sam con el tono de un hombre injustamente reconvenido—. Pues qué, ¿no he corrido bastante? ¡Después de haberme reventado por servirle! Vea usted estoy hecho una sopa con tanto sudar.

—Vamos, vamos, me has hecho perder más de tres horas con tus mojigangas. En marcha, y hazme el favor de no volver a representarme otra escena semejante.

—Pero, mi amo —dijo Sam con tono suplicante—, usted quiere acabar con nosotros y con estos pobres animales. Sin duda no piense el amo en ponerse en camino antes de comer. Su caballo necesita que le limpien y le arropen. Vea usted qué salpicado está, cómo cojea Jerry. La señora no querrá que nos vayamos así. Además, mi amo, no tema usted que Eliza corra mucho, nunca se le ha tenido por andarina.

La señora Shelby, que había oído la conversación desde lo alto de la galería, se decidió a representar su papel en la comedia, bajando a reunirse con Haley. Después de manifestarle con la mayor política lo mucho que sentía este contratiempo, le rogó que les acompañase a comer, asegurando que iban a servir la comida al momento.

Después de reflexionar, Haley aceptó, aunque de mala gana, y Sam condujo los caballos a la cuadra.

—¡Hola! ¿Has visto, Andy, has visto? —gritó Sam luego que estuvieron lejos de sus amos—. ¡Santo Dios! Casi equivalía a una «reunión» el verle votar y patear. ¡Cómo votaba! Y yo entre mí decía: «Vota, vota, perro viejo. Coge tu caballo si puedes, y si no, espera que yo te lo lleve». ¡Dios mío, me parece que le estoy viendo! Cuando le traje los caballos me hubiera matado si hubiera podido. Yo me hacía el chiquillo. ¿Has visto?

—Ya lo creo.

—Y la señora, ¿has visto cómo se reía desde su ventana?

—No. ¡Estaba tan aturdido corriendo tras los animales!

—Mira, Andy —dijo Sam con gravedad, limpiando al mismo tiempo el caballo de Haley—. Yo he adquirido la costumbre de observar las cosas, lo cual sirve de mucho. Te aconsejo que te dediques a ello desde joven, porque la observación es la que diferencia a un negro de los demás hombres. Levanta ese pie de detrás, Andy. ¿Has visto esta mañana de qué lado soplaba el viento? ¿Has comprendido lo que deseaba nuestra patrona sin dejarlo entrever? Esto es lo que se llama observación, facultad preciosa, ¿comprendes? Las facultades son diferentes, según son los individuos; pero la cultura las desarrolla mucho.

—Yo creo que si yo no hubiese venido esta mañana en tu ayuda no hubieras visto tan claro.

—Tú eres un muchacho que promete mucho, es verdad —continuó Sam—. Tengo una alta idea de ti, y sin avergonzarme puedo copiarte algunas ideas. Es preciso no despreciar a persona alguna, porque a veces el más hábil tiene la vista turbada. ¿Vayamos adentro? Yo opino que la patrona nos va a dar un buen bocado.

CAPÍTULO VII
La lucha de una madre

Jamás ser humano alguno se ha visto sumido en tan grande desesperación y abandono como se sintió Eliza luego que hubo abandonado la cabaña del tío Tom.

Los sufrimientos y los peligros que amenazaban a su marido, así como el peligro que corría su hijo, lo mismo que el peligro a que la exponía su marcha, todo, todo se agolpaba en su imaginación y se confundía en su espíritu al abandonar la única morada que había conocido y al rechazar la protección de una amiga que había amado y respetado siempre. Añádase a esto que todo parecía decirle adiós; los sitios en que había crecido, los árboles bajo los cuales había jugado, las enramadas por donde en días más felices había paseado tantas noches con su joven marido, cuantos objetos percibía en aquella clara y fría noche estrellada, parecía que le hablaban en tono de reconvención y la reprochaban preguntándole por qué abandonaba aquellos sitios, dónde hallaría mejor asilo.

Pero el amor maternal, llegado a su paroxismo por la proximidad del terrible peligro, dominaba a cualquiera otro sentimiento. El niño era suficientemente crecido para poder caminar al lado de su madre, y en cualquier otra circunstancia le hubiera conducido por la mano; pero en aquella hora el simple pensamiento de cesar de estrecharle entre sus brazos la hacía estremecerse, y le retenía sobre su seno con una agitación convulsiva, al mismo tiempo que avanzaba rápidamente en su camino con la precipitación de sus pasos.

La tierra, endurecida por la escarcha, rechinaba bajo su planta, llenándola de temor con su sonido; una hoja que se movía, una sombra que vacilaba, hacía refluir la sangre sobre su corazón y precipitaba su carrera. Maravillábase de la fuerza de que se veía dotada, porque el peso de su hijo le parecía más ligero que el de una pluma, y cada movimiento de temor aumentaba, lejos de disminuir, el poder sobrenatural que la guiaba, mientras que de sus pálidos labios salían en repetidas exclamaciones estas súplicas al amigo celeste: «¡Señor, salvadme! ¡Señor, venid en mi ayuda!».

Si vuestro Harry o vuestro Willie, madre, cualquiera que seáis la que lea este libro, estuviera próximo a seros arrancado por un traficante brutal, mañana quizá...; si hubieseis visto con vuestros propios ojos al tal hombre; si hubierais oído que el contrato estaba firmado y debía recibir su ejecución, y que no teníais más tiempo que desde media noche hasta la mañana, ¡cuánto os apresuraríais! ¡Qué milagros no obraríais en estas pocas horas con vuestro amado en vuestros pechos, al contemplar su cabecita dormida sobre vuestros hombros y sus delicados brazos tendidos con tanta confianza alrededor del cuello! Pues el niño dormía.

En un principio la novedad y el temor le desvelaron; pero su madre reprimía con tanto esmero hasta el ruido de su respiración y le repetía tan de continuo la seguridad de que si estaba callado le salvaría, que se agarró suavemente al cuello de su madre y no volvió a interrumpir el silencio sino para dirigir algunas tímidas preguntas cuando se sentía dominado por el sueño.

—¿Verdad, madre mía, que no tendré necesidad de estar despierto?

—No, querido mío; duerme si te sientes con sueño.

—Pero si me duermo, ¿verdad que no me dejarás llevar?

—No, con la ayuda de Dios —dijo su madre, palideciendo y abriendo sus grandes ojos negros que brillaban con vivísimo resplandor.

—¿Estás segura, madre mía?

—Sí, segura —repitió la madre con una voz que la hizo estremecerse, porque se le figuraba que aquella voz salía de un espíritu interior que no formaba parte de sí misma.

El pobre niño en tanto dejaba caer su soñolienta cabeza sobre el pecho de su madre. ¡Cuánto no exaltaba su valor el contacto de aquellos calientes brazos y el sonido de aquella dulce respiración! Le parecía que una nueva fuerza penetraba en ella por medio de corrientes eléctricas a cada movimiento del confiado dormido.

¡Cuán sublime, es el dominio del espíritu sobre el cuerpo cuando hace que la carne y los nervios permanezcan inalterables, y les da un temple de acero hasta el punto de convertir al débil en fuerte!

Los límites de la granja, del jardín y del bosque pasaron por delante de ella como un torbellino, tal era la velocidad de su carrera; y dejando a un lado y a otro los sitios que le eran familiares, continuó sin descanso, hasta lograr que los primeros resplandores de la aurora le hallasen en el camino real, lejos de cuanto conocía.

Ella había estado algunas veces con su señora a visitar a varias familias en el pueblecito de T..., no lejos del Ohio, y conocía perfectamente el camino. Este pueblo y el gran río que se proponía atravesar eran los límites de su peregrinación; más adelante no podía contar más que con Dios.

Cuando empezaron a aparecer en el camino carruajes y caballerías, Eliza, con esa percepción pronta y peculiar al estado de excitación en que se hallaba, y que podría considerarse como una especie de inspiración, diose cuenta de que su marcha era impetuosa y su aire turbado podrían atraer sobre ella las miradas y hacerla sospechosa. Puso en el suelo a su hijo, arregló sus vestidos y comenzó a caminar tan aprisa como podía hacerlo, conservando las apariencias. No se había olvidado de colocar en su pequeña maleta de viaje su provisión correspondiente de pasteles y de manzanas de las cuales se servía para apresurar los pasos del niño, haciéndolas rodar delante de sí a medida que el niño corría detrás de ellas con todas sus fuerzas. Con esta astucia repetida le hizo recorrer más de media milla. Pronto entraron en un espeso bosque, a través del cual murmuraba un límpido arroyuelo. Como el niño se quejase de hambre y de sed, se sentó al borde de una roca que se elevaba entre ellos y el camino, y le dio un desayuno compuesto de sus ligeras provisiones. El pobre niño se admiraba y afligía al mismo tiempo de que su madre no pudiese comer, y cuando rodeando el cuello con sus brazos trató de meterle en la boca un pedazo de torta, creyó que iba a ahogarla.

—No, no. Harry, querido mío; tu madre no puede comer hasta verte en salvo. Tenemos que andar, andar, hasta que ganemos el río.

Y esto diciendo emprendió su ruta caminando a paso mesurado.

Ya había dejado atrás con muchas millas toda vecindad en que pudiera ser personalmente conocida, y creyó que si tenía algún encuentro, la reputación de bondad de la familia Shelby haría imposible la suposición de que pudiera ser fugitiva. Y como su hijo y ella eran poco negros para que pudiera sospecharse que pertenecían a una raza de color, a menos que no fueran objeto de un examen poco benévolo, le era todavía mucho más fácil pasar inadvertida en aquellas comarcas.

Con esta esperanza en el corazón se detuvo al mediodía cerca de una preciosa granja para descansar y comprar algunas viandas, porque a medida que el peligro desaparecía con la distancia, la extraordinaria tensión de su sistema nervioso iba a menos y se sentía extenuada de cansancio y de hambre.

La dueña de la granja, benévola y excelente mujer, a quien no pesaba tener alguien con quien hablar, admitió sin examen la historia de Eliza, que pretendía «hacer un pequeño viaje para pasar ocho días con unos amigos», que en el fondo de su corazón esperaba que saliese cierto.

Una hora antes de ocultarse el sol llegó al pueblo de T..., sobre el Ohio, anonadada, con los pies destrozados, pero llena aún de valor. Su primera mirada fue para el río, que corría cual otro nuevo Jordán entre ella y el Canaán de la libertad que se extendía a la otra orilla.

Despuntaba apenas la primavera; el río venía crecido e impetuoso, y grandes masas de hielo balanceábanse pesadamente aquí y allá en sus revueltas aguas.

Por razón de la forma particular de las riberas kentuckianas, cuyo terreno avanza en punta sobre el Ohio, se había acumulado en este sitio una gran cantidad de hielo. El estrecho canal que formaba el río estaba encumbrado de témpanos amontonados, formando una superficie flotante que, cubriendo toda la del río, llegaba de un extremo a otro.

Eliza se detuvo un instante a contemplar aquel cuadro tan poco halagüeño para ella, porque comprendió enseguida que la barca de paso debía estar detenida en su servicio; entonces se decidió a entrar en una casita inmediata para tomar algunos informes.

La patrona, ocupada en sus operaciones culinarias de preparación de la cena, se volvió sin abandonar el cuchillo que tenía en la mano cuando Eliza se dirigió a ella con su dulce y quejumbroso acento.

—¿Qué se le ofrece a usted? —preguntó.

—¿No hay una barca o un bote que tome a las gentes para dejarlas en B...?

—No, señora —respondió la mujer—; los botes no pueden andar.

El aire de inquietud y de desconsuelo de Eliza llamó la atención de su interlocutora, que añadió con curiosidad:

—¿Supongo que querrá usted atravesar? ¿Tiene usted algún enfermo? Está muy inquieta.

—Tengo un hijo en gran peligro —dijo Eliza—; no lo he sabido hasta la última noche, y vengo de muy lejos con la esperanza de atravesar el río.

—Es mucha desgracia —exclamó la mujer, cuyas simpatías maternales acababan de despertarse—. Vuestro estado me da compasión.

Y asomándose a la ventana, gritó:

—¡Salomón!

Un hombre con delantal de cuero y las manos sucias apareció a la puerta.

—Dime, Sol —preguntó la mujer—, ¿no llevará ese hombre los toneles esta tarde?

—Dice que lo intentará si hay algún medio de conseguirlo, por pequeño que sea.

—No lejos de aquí —dijo la mujer dirigiéndose a Eliza— vive un hombre que atravesará el río esta tarde, si a ello se atreve. Debe comer en casa, y lo mejor que podría usted hacer era esperarle. ¡Qué niño tan guapo! —añadió ofreciéndole una torta.

Pero el niño, extenuado de fatiga, no hacía más que llorar.

—Pobrecito, no estaba acostumbrado a andar tanto y yo le hacía ir tan de prisa... —dijo Eliza.

—Déjele usted descansar —contestó la mujer, abriendo la puerta de un cuarto en el cual se veía un cómodo lecho.

Eliza condujo al niño fatigado sobre el lecho y tuvo sus manitas entre las suyas hasta que se hubo dormido. Por lo que a ella tocaba, no había descanso posible; la idea de que la perseguían le impedía descansar. Consumida de impaciencia, echaba ávidas miradas sobre las aguas que corrían trabajosamente entre ella y la libertad.

Despidámonos de ella por ahora para seguir los pasos de sus perseguidores.

La señora Shelby había prometido que la comida estaría bien pronto; pero aconteció en esta ocasión como en tantas otras, en que para concluir un negocio hay que contar con la huéspeda. Así es que aunque la orden había sido explícita y perfectamente terminante, aunque Haley, que no la había podido oír mejor, y aunque media docena de jóvenes emisarios la habían llevado a la tía Chloe, esta dignataria, refunfuñando y moviendo la cabeza con aire de mal humor, proseguía sus operaciones con una lentitud y una torpeza que hasta entonces no le habían sido peculiares.

Por algo los criados de la casa suponían cada uno de ellos, por dos razones enteramente distintas de los demás, que la señora no se incomodaría por la tardanza, y de aquí resultaba que una sucesiva acumulación de circunstancias imprevistas aumentaban a cada instante las dificultades.

Un desgraciado negro cometió la torpeza de verter la salsa, y fue necesario, por lo tanto, proceder a la confección de otra nueva, con todo el esmero y requisitos necesarios.

La tía Chloe, vigilando y dirigiendo la salsa con mucha atención, respondía a las insinuaciones que se le hacían para acelerar sus tareas, con un inusitado laconismo, que ella no era mujer capaz de enviar a la mesa una salsa mal compuesta, pues no quería exponer su reputación. Otro se cayó con la provisión del agua que acababa de traer, y fue preciso volver a llenar la cántara. Otro, en el curso de los sucesos, vertió en el suelo toda la manteca. De vez en cuando se elevaban en la cocina risotadas por los mensajeros que iban a explicar que Haley parecía incomodado, que no podía estar quieto en su silla, y que no hacía más que ir y venir de una ventana a otra y recorrer en su impaciencia toda la casa.

—¡Servido al instante! —decía la tía Chloe indignada—. Ya quedará servido uno de estos días, si no se enmienda. ¡Diablos! Su amo le llamará también, y entonces veremos qué gesto pone.

—Se lo llevarán los diablos de seguro —dijo el pequeño Jake.

—Seguro, y por cierto que lo merece —dijo la tía Chloe—. Ha despedazado demasiados corazones —añadió levantando en alto su cuchillo—, esto me recuerda lo que George nos leía en el libro de las Revelaciones: «Las almas claman al pie del altar, claman al Señor pidiendo venganza, y pronto las oirá el Señor; sí, las oirá».

La tía Chloe, tenida en mucha veneración en la cocina, era escuchada con la boca abierta, y estando la comida perfectamente preparada, las gentes del servicio se entretenían con ella escuchando sus observaciones.

—Esas gentes arderán «eternamente», y aún será poco, ¿es verdad? —preguntó Andy.

—Yo le aseguro que quisiera verlo —dijo Jake.

La cabaña del tío Tom

—¡Niños! —gritó una voz que les hizo estremecer a todos.
Era el tío Tom que acababa de entrar sin ser visto y había oído sus
últimas palabras desde el dintel de la puerta.

—No sabéis lo que os decís. «Eternamente» es una palabra terrible, un
pensamiento más terrible aún, y no debíais desearlo para ninguna humana
criatura.

—Nosotros no quisiéramos que sucediese más que a los traficantes
de almas —dijo Andy, que no podía prescindir de desearlo—. Para esos
malvados...

—¿Acaso la misma Naturaleza no se subleva contra ellos? —replicó
la tía Chloe—. ¿No arrancan al tierno infante del pecho de su madre para
venderla? Y a los pequeñuelos que lloran agarrándose a su ropa, ¿no los
arrancan de ella para traficar con ellos? ¿No osan separar, contra la ley de
Dios, al marido de su mujer? —añadió derramando algunas lágrimas—.
¿No llegan hasta a quitarle la vida cuando les conviene, sin que les cause
la menor pena? ¿No beben, no fuman, no están cómodamente al cometer
semejantes crímenes? ¡Y aún hay que hacerles la cocina como si nada
hubiesen hecho! Señor, si el diablo no les da de puñetazos, ¿para qué sirve
entonces?

Y la tía Chloe se cubrió el rostro con el delantal y comenzó a llorar
con todas sus fuerzas.

—Rogad por los que os persiguen —replicó el tío Tom.

—Rogad por ellos —dijo la tía Chloe—. Señor, eso es demasiado. Yo
no puedo rogar por ellos.

—Eso te dicta la Naturaleza, y la Naturaleza es fuerte; pero la gracia
del Señor es más fuerte todavía —continuó el tío Tom—. Piensa en el
horrible estado en que debe estar el alma del que puede hacer tales cosas.
Debes dar gracias a Dios de no estar como ellos, Chloe. Yo preferiría ser
vendido diez mil veces a tener sobre la conciencia lo que han hecho esos
desgraciados.

—¡Y yo entonces! —dijo Jake—. Si pudiéramos jugarle una... ¿Eh,
Andy?

Andy alzó los hombros e hizo un gesto de aprobación.

—Me alegro que nuestro amo no haya salido esta mañana como pensaba —dijo Tom—, porque me hubiera causado más sentimiento que el ser
vendido. Aunque esto le hubiera evitado el sufrir, yo lo tendría por muy
duro; yo, que lo he conocido pequeñito; pero gracias a Dios le he visto y
me empiezo a reconciliar un poco con la voluntad de Dios. Puesto que no
podía dejar de salir, me conformo; pero temo que las cosas no vayan tan
bien cuando yo no esté aquí. No se puede esperar de él que lo vigile todo
como yo y siga cada cosa hasta el fin. Los criados tienen buena voluntad,
pero son algo perezosos. Esto es lo que me inquieta.

La campana sonó en aquel momento, y Tom fue llamado al salón.

—Tom —dijo su amo con bondad—, es preciso que sepas que he prometido al señor una indemnización de mil pesos si no te encuentras aquí cuando tenga necesidad de ti. Ahora va a ocuparse de otros negocios, puedes disponer del día; vete donde te acomode.

—Gracias —dijo Tom.

—Y acuérdate bien —añadió el traficante— que no se trata aquí de hacer a tu amo una de vuestras jugadas de negro, porque si no estás en tu puesto no le haré la gracia de un solo céntimo. Si quisiera escucharme no se fiaría de ti ni de ningún otro, porque vosotros os escurrís como las anguilas de los dedos.

—Señor —replicó Tom dirigiéndose al señor Shelby con un acento de respetuosa energía—, ocho años tenía cuando mi difunta ama colocó a usted en mis brazos, que sólo tenía uno. «Tom, me dijo, he aquí tu joven amo, cuídale bien». Pues bien, señor, ¿he faltado nunca a mi palabra? ¿Le he contrariado en algo, sobre todo desde que me hice cristiano?

El señor Shelby estaba conmovido y las lágrimas corrían de sus ojos.

—Mi fiel servidor —le dijo—, el cielo sabe que dices la verdad, y si pudiera, el mundo entero sería poco para pagártelo.

—Y como soy cristiana —dijo la señora Shelby—, serás rescatado así que pueda reunir lo que me falta. Señor —dijo a Haley—, tome usted buenos informes de la persona que le haya de comprar y hágamela conocer.

—Con mucho gusto —dijo el traficante—; además de que puedo volverle en buen estado dentro de un año y revendérsele, y no valdrá menos porque otros se hayan servido de él.

—Entonces le rescataré y nada perderá usted —dijo la señora Shelby.

—Muy bien, tanto me da; lo mismo me importa hacerles subir el río que hacérselo bajar, con tal que los negocios marchen. Yo no quiero más que ganarme honradamente la vida, señora, y esto es lo que deseamos todos, ¿no es verdad?

Los señores Shelby estaban igualmente fatigados y humillados de la insolente familiaridad de Haley, y, sin embargo, el uno y la otra comprendían la necesidad que tenían de contentarse. Cuanto más duro y sórdido se mostraba, tanto más temía la señora Shelby verle alcanzar un feliz éxito en sus pesquisas contra Eliza y su hijo, y tanto más multiplicaba su astucia de mujer para retenerle. Sonreía graciosamente, aprobaba sus palabras, se chanceaban con él y hacía toda clase de esfuerzos para que no se diese cuenta de la marcha del tiempo.

A las dos, Sam y Andy trajeron los caballos, a quienes la carrera de la mañana no había hecho perder nada de su vigor; al contrario, no había hecho más que refrescarles y rejuvenecerles.

Sam, que venía de poner aceite a la lámpara, se acercó lleno de celo y de apresuramiento. Cuando Haley se aproximó, Sam discurría elocuentemente sobre el resultado infalible de la expedición que iban a hacer, y que no se frustraría, en su opinión.

—¿Tu amo no tendrá perros, probablemente? —preguntó Haley al tiempo de montar.

—¿Perros? Al contrario; hay una multitud de ellos —dijo Sam con aire triunfante—. Si no, Bruno; he aquí uno que ruge como un león; además de que nosotros tenemos todos algún perro, sea de la especie que quiera.

—¡Psh! —dijo Haley, profiriendo alguna maldición contra los perros, que hizo murmurar a Sam:

—No hallo motivo para maldecir a estos animales.

—No me comprendéis —dijo Haley—; pregunto si tu señor tendrá perros que sigan la pista a los negros; estoy casi seguro de que no.

Sam comprendía perfectamente lo que se le pedía; pero aparentaba ignorarlo, conservando un aire de desesperante sencillez.

—Todos nuestros perros tienen muy buenas narices, y aunque no sean prácticos en ese ejercicio, son de buena especie, de modo que pueden servir para cualquier cosa a que se les destine; os lo traerán todo, excepto un negro. Aquí, Bruno —añadió silbando para presentar una muestra al traficante.

Y a su señal un perro de Terranova acudió presuroso meneando la cola.

—Vete con mil demonios —dijo Haley al perro subiendo a caballo—. Vamos, ensilla ligero.

Sam obedeció; pero al saltar sobre su caballo hizo cosquillas con el látigo a Andy, que se echó a reír, con gran indignación de Haley, el cual le atizó un latigazo.

—Eres un desvergonzado, Andy —dijo Sam con imperturbable gravedad—; se trata de un negocio serio y no de divertirse.

—Es preciso ir derechos al río —dijo Haley cuando hubo salido de la casa—. Conozco las tretas de esa joven: todo su empeño es de salvarlo.

—Ciertamente —respondió Sam—, el señor Haley ha puesto el dedo en la llaga. Pero reflexionemos —añadió—; hay dos caminos que conducen al río: el camino de travesía, y el camino real. ¿Cuál de los dos habrán tomado nuestros fugitivos?

Andy miró a Sam con aire inocente, sorprendido de aquella noticia geográfica, pero se apresuró a confirmar la aserción con la mayor vehemencia.

—Por mi parte, pienso —continuó Sam— que Eliza ha tomado el camino de travesía, que es el menos frecuentado.

Aunque Haley no era rana en materia de pesquisas, y fuese naturalmente inclinado a sospechar, se decidió en aquel momento por la opinión de Sam.

—Si no fuerais unos condenados embusteros... —dijo con aire pensativo mientras se detenía a reflexionar.

El tono serio con que había pronunciado aquellas palabras divertía en tales términos a Andy, que se quedó atrás, bamboleándose de tal modo sobre el caballo que a cada instante estaba a punto de caer al suelo, mientras que el rostro de Sam conservó imperturbablemente la más perfecta gravedad.

—Naturalmente —dijo Sam—, su merced puede hacer lo que mejor le plazca; puede tomar la ruta directa, si le parece, pues a nosotros nos es igual. Pero cuanto más pienso en ello más me afirmo en la idea de que debemos tomar el camino directo «decididamente».

—Naturalmente habrá tomado el menos frecuentado —dijo Haley en voz alta sin atender a la observación de Sam.

—En cuanto a eso, no puede asegurarse nada —dijo Sam—; las mujeres son tan singulares que no hacen nunca lo que se supone, sino precisamente todo lo contrario. Las mujeres son por naturaleza amigas de contrariar a todo el mundo. Si se cree que se han ido por una parte, lo mejor es irse por la otra para encontrarlas. Mi parecer es que Eliza ha tomado el peor camino, así es que creo que lo mejor que podemos hacer es tomar el camino ordinario.

Estas profundas observaciones sobre el sexo femenino no parecía que lograban disponer maravillosamente a Haley a seguir aquel consejo, y se limitó a anunciar que se decidía por el camino de travesía, preguntando a Sam cuándo llegarían.

—Todavía nos falta un trozo de camino —dijo Sam, guiñando el ojo a Andy, y añadió con gravedad—; pero lo he pensado bien y veo claramente, es muy solitario y podríamos perdernos, y entonces Dios sabe dónde iríamos a parar.

—Sin embargo, digas lo que quieras, por él iremos.

—Ahora, si mal no me acuerdo, he oído decir que está interceptado ese camino por varios cercados inmediatos al río; ¿no es verdad, Andy?

Andy no estaba seguro de ello; había tan solamente «oído hablar del camino»; pero nunca había estado en él. En una palabra; no se atrevía a comprometerse.

Haley, acostumbrado a pesar las probabilidades entre las enormes mentiras con que diariamente trataban de engañarle, se decidió por el camino menos frecuentado. Creía que la primera vez que Sam lo había indicado era sin pensar en ello, y que sus multiplicados esfuerzos para separarle de él no eran más que lazos que le tendía en favor de la fugitiva. Así es que cuando Sam se lo señaló lo tomó apresuradamente, seguido de sus dos compañeros.

El camino de que se trata conducía antiguamente hasta el río; pero estaba abandonado hacía mucho tiempo por el otro, que, perfectamente calzado, ofrecía mayor comodidad a los caminantes. El antiguo, abierto hasta una hora de marcha, se hallaba cerrado después por quintas y cercados.

Sam lo sabía perfectamente; pero como hacía tanto tiempo que Andy no había oído hablar de su existencia, seguíale entonces con aire resignado, murmurando y gritando de vez en cuando que era un camino detestable que destrozaría los pies de Jerry.

—Te conozco bien —dijo Haley—, y te prevengo que no me harás salir de aquí con todas tus alharacas. Cállate.

—Eliza puede haber seguido cualquier camino —dijo Sam con aire de extremada sumisión, dirigiendo al mismo tiempo un guiño muy significativo a Andy, cuya excesiva alegría estaba a punto de estallar.

Sam estaba muy animado y se lisonjeaba de tener un golpe de vista penetrante. De tiempo en tiempo lanzaba una exclamación, pretendiendo que entreveía un sombrero de mujer sobre una altura poco distante, o bien llamaba a Andy para ver si no era Eliza la que se distinguía a lo lejos en una pendiente. Donde había un terreno escarpado, resbaladizo era donde precisamente reiteraba sus exclamaciones, manteniendo de este modo a Haley en perpetua agitación.

Después de una marcha de cerca de una hora llegaron los caminantes al centro del cercado de una gran alquería, donde no se veía a nadie, porque toda la familia estaba en el campo; pero como aquella vasta granja cortaba el camino, era evidente que allí debía terminar su viaje en aquella dirección.

—¿No lo decía yo? —dijo Sam con aire inocente—. ¿Cómo ha de conocer más el país un señor forastero que los que nos hemos criado en él?

—Tú, bribón —dijo Haley—, sabías lo que iba a suceder.

—¿No se lo he dicho a usted, y, sin embargo, no me ha querido hacer caso? ¿No he repetido hasta la saciedad que estaba cerrada esta vía y que no esperaba pudiéramos atravesarla? Andy bien me ha oído.

No podía negarse que Sam tenía razón, y el desdichado jefe de la expedición se vio obligado a ocultar su despecho lo mejor que le fue posible.

Los tres volvieron grupas y se dirigieron a tomar el camino real.

A consecuencia de todas estas detenciones hacía ya tres cuartos de hora, poco más o menos, que el hijo de Eliza se hallaba durmiendo en el albergue de que hemos hablado, cuando los tres caminantes llegaron a caballo al mismo sitio. Eliza estaba en la ventana mirando en otra dirección cuando el ojo penetrante de Sam la divisó. Haley y Andy se hallaban algunos pasos más atrás. En aquel momento crítico, Sam logró dejar caer su sombrero como por accidente, lanzando una sonora y significativa exclamación. Eliza se estremeció y se hizo atrás apresuradamente, mientras la cabalgata pasaba con rapidez por debajo de la ventana dirigiéndose a la puerta de entrada.

Este solo momento tuvo para Eliza la duración de mil vidas. Una puerta del cuarto se abría sobre el río. Eliza no titubeó; agarró a su hijo y se lanzó por la escalera abajo. Haley la vio pasar como una exhalación y desaparecer del lado del río, y saltando del caballo se precipitó detrás de sus pasos.

En aquel momento terrible parecía que los pies de Eliza no pisaban la arena; en un abrir y cerrar de ojos se halló al borde del agua. Bien pronto llegaron casi a tocarla con la mano.

Eliza, transportada entonces por la fuerza que Dios da a la desesperación, exhaló un grito salvaje y se lanzó al río, viniendo a caer sobre la superficie del hielo. Era imposible dar un salto tan desesperado sino por la locura y por la desesperación misma. Haley, Andy y Sam, atónitos a la vista de aquel espectáculo, lanzaron instintivamente grandes gritos, levantando las manos al cielo.

El enorme témpano de hielo sobre el cual había caído se hundía y reclinaba bajo su peso; pero esto no la detuvo un instante. Profiriendo gritos inarticulados y con la energía que da la desesperación, saltaba de uno en otro témpano, escurriéndose, cayendo y volviéndose a levantar de nuevo. Había perdido sus zapatos, sus medias se habían hecho pedazos, la sangre señalaba cada uno de sus pasos; pero Eliza no veía, no sentía nada, hasta que confusamente, como un sueño, entrevió otra orilla y una mano tendida hacia ella que la ayudaba a subir.

—Eres una intrépida joven —dijo el hombre.

Eliza reconoció la voz y las facciones de un hombre que poseía una granja no lejos de la morada que acababa de abandonar.

—¡Oh, señor Symmes, sálveme usted, sálveme usted; escóndame en cualquier parte! —dijo Eliza.

—¿Qué significa esto? —preguntó el hombre—. Creo que estoy hablando con una joven de la casa de Shelby.

—Han vendido a mi hijo, a este niño; he allí su amo —contestó extendiendo la mano hacia la orilla de Kentucky—. ¡Oh, señor Symmes, también usted tiene un hijo!

—Sí, tengo uno —dijo, tirando rudamente, pero con bondad, de Eliza—. Eres una excelente muchacha.

Cuando hubieron subido a lo alto de la orilla, el hombre añadió:

—Tendré el mayor gusto en hacer algo por ti; pero no sé dónde meterte. El mejor consejo que puedo darte es dirigirte allá —le dijo designándole una gran casa blanca que se hallaba a poca distancia de la calle principal del pueblo inmediato—. Ve allí, son buenas gentes; a su lado no tendrás nada que temer, porque están acostumbrados a estas cosas.

—Dios bendiga a usted —exclamó Eliza desde el fondo de su corazón.

—No hablemos más de eso, no hablemos más —dijo el hombre—: lo que yo he hecho no vale nada.

—Y... supongo que no dirá usted nada a nadie.

—¿Estás en tu juicio, niña? ¿Por quién me tomas? Es claro que no diré nada a nadie. Vaya, ve a esa casa, intrépida joven; has ganado bien tu libertad, y la obtendrás; yo no he de ser el que te impida tomártela.

Eliza estrechó a su hijo contra su seno y partió. El hombre la miraba enternecido.

—Shelby dirá que esto no es un rasgo de buena vecindad; pero si alguna vez se encuentra en mi caso que haga otro tanto. Nunca podré ver a una criatura luchando por conseguir su libertad, por librarse de esos perros que la persiguen, sin ponerme de su parte; no hallo además la razón de por qué me he de hacer cazador en beneficio de un tercero.

Haley, espectador atónito de la desesperación de Eliza, se volvió después de un largo silencio, echando una mirada inquisitorial sobre Andy y Sam.

—¡Esta muchacha tiene el demonio en el cuerpo! —observó Haley.

—¡Salta como un gato montés!

—Creo que el señor —dijo Sam— nos excusará si volvemos a tomar este camino; yo no me siento con fuerzas para volver a tomar el otro.

—Me parece que te burlas —dijo el traficante con aire irritado.

—Dios bendiga a usted, señor —dijo Sam, dando rienda suelta a su alegría, contenida por tanto tiempo—. No he visto en mi vida una cosa más graciosa. ¡Cómo saltaba y volvía a subir y bajar haciendo rechinar el hielo! ¡Puf, paf, cric, crac! ¡Dios mío, cómo corría!

Ya Sam y Andy continuaron su risotadas hasta el punto de que las lágrimas corrían por sus mejillas.

—Yo os haré reír —dijo Haley haciendo sonar su látigo en sus oídos.

Ambos se inclinaron para evitarle, y corrieron, gritando, a sus respectivos caballos. Un momento después estaban en sus sillas.

—¡Buenas noches, patrón! —dijo Sam con la mayor seriedad—. Temo que la señora no empiece a impacientarse por Jerry. Usted ya no precisa más de nuestros servicios. En manera alguna la señora querría que hiciéramos pasar sus caballos esta tarde por el puente de Lizy.

Y dando a Andy un empuje por el costado, se echó al galope acompañado de su compañero.

Después de un largo rato, todavía el viento hizo llegar hasta los oídos del desesperado traficante el ruido de sus carcajadas.

CAPÍTULO VIII
Un complot

Eliza ejecutó un acto de desesperación al atravesar el río en el crepúsculo vespertino. La espesa niebla que se levantaba de la superficie de las aguas la ponía a cubierto a medida que se alejaba de la orilla, lo cual, uniéndose a la avenida del río y a las masas movibles del hielo, ponía entre ella y su perseguidor una barrera insuperable. Burlado Haley, se volvió a la posada para pensar allí en el partido que podía tomar. La posadera le introdujo en una pieza pequeña, cuyas paredes estaban revestidas de tapices ordinarios; algunos bustos de yeso pintados con vivos colores adornaban la cornisa de la chimenea, de la que se desprendía un espeso humo. En medio había una mesa cubierta de hule, alrededor de la cual estaban varias sillas de madera con respaldo muy alto y de pies bastante delgados. Un banco de madera poco cómodo servía de butaca en aquel hogar. El señor Haley se sentó allí para meditar sobre la inestabilidad de las cosas humanas y la falacia de la dicha en este mundo.

—¿Para qué podía servirme ese maldito chico, que ha sido causa de que me haya visto tratado como un bobalicón?

Y Haley procuraba consolarse dirigiéndose a sí mismo una letanía de imprecaciones que, por respeto a nuestros lectores, nos abstenemos de referir, pero que eran bien aplicadas.

La voz fuerte y disonante de un hombre que vino a apearse a la puerta de la posada le distrajo de su preocupación, haciéndole estremecerse. Haley corrió a la ventana.

—¡El diablo se me lleve si este no es un golpe de la Providencia! Si no me engaño, me envía a Tom Loker.

Dejando apresuradamente su cuarto bajó y encontró delante del mostrador a un hombre, de seis pies y siete pulgadas de alto, grueso a proporción, robusto y de una musculatura de hierro.

Llevaba un paletó de piel de búfalo, el cual, por tener el pelo vuelto al revés, dábale un aspecto salvaje, propio de la expresión de su fisonomía. Las líneas de su cara y la forma de su cabeza anunciaban la brutalidad y violencia en grado eminente. Si nuestros lectores quisieran formarse idea exacta, no tienen más que figurarse un perro *bulldog* con levita y sombrero; así tendrán una idea exacta de su persona. Acompañábale un hombre que formaba con él un contraste singular. Era pequeño, enfermizo, vivo y flexible como un gato en sus movimientos. La expresión de curiosidad inquieta de sus negros y penetrantes ojos estaba en perfecta armonía con los rasgos oblicuos de su cara. Su nariz, larga y afilada, parecía querer penetrar en todas partes. El poco pelo que tenía lo llevaba echado hacia adelante. Todo en su persona anunciaba un hombre sin corazón y cauteloso.

El semigigante tomó un gran vaso, lo llenó de aguardiente y lo apuró de un trago. Su compañero se puso de puntillas, miró a todos lados, olió las botellas, y luego pidió con aire circunspecto y voz chillona y temblorosa un «julepe de menta». Luego que le sirvieron este brebaje lo examinó cuidadosamente, y como un hombre que ha hecho todo lo que necesitaba hacer, lo probó y se puso a consumirlo como un verdadero gastrónomo.

—¿Qué azar te atrae por acá? ¿Cómo estás Loker? —añadió Haley adelantándose y alargando la mano al hombrón.

—¿Qué diablos te ha traído por aquí? —fue la cortés respuesta de Loker.

El hombrecillo, que se llamaba Marks, dejó el vaso sobre la mesa, y alargando la cabeza se puso a examinar atentamente al recién llegado.

—Verdaderamente, Tom, tu encuentro es para mí un golpe de suerte. Me hallo en una posición endiablada y es preciso que tú me ayudes a salir de ella, porque me perjudica.

—¡Ya, ya! Cuando tú te alegras de ver a alguien, bien se puede asegurar que es que le necesitas. Veamos de lo que se trata.

—Ese que está contigo, ¿es algún amigo o algún asociado? —preguntó Haley, dudando si debería explicarse o no, mientras sus ojos recorrían la persona de Marks.

—Eso mismo. Mira, Marks —dijo Loker—, aquí tienes un antiguo asociado de Natchez.

—Tengo una satisfacción en conocerle —contestó Marks, alargando una mano más seca que la pata de un cuervo. ¿El señor Haley supongo que es?

—El mismo, caballero —respondió Haley—. Y ahora, si ustedes gustan, para celebrar nuestro encuentro nos ocuparemos de un asunto dentro del comedor. Vamos, viejo cancerbero —dijo al posadero—, agua caliente, azúcar, cigarros, aguardiente de primera calidad y enciende esa lumbre, que nos divertiremos.

Ya tenemos luces encendidas, un buen fuego, y a nuestros tres dignos personajes sentados alrededor de una mesa bien servida.

Haley empezó la patética historia de sus tribulaciones.

Escuchábale Loker atentamente, y Marks, aunque ocupado en componer un vaso de ponche a su gusto, miraba a Haley de vez en cuando y mostraba escucharle con el más vivo interés. El final pareció divertirle mucho, porque sus espaldas y costados se agitaban en extremo y en silencio, revelando su aire que sentía un gran goce interno.

—¡Ja, ja, ja, ja! ¡La farsa no podía ser mejor! ¿De manera que te han chasqueado? —dijo Loker.

—El comercio de estos chiquillos es muy enojoso —respondió Haley con tono quejumbroso.

—Si pudiéramos encontrar en la especie mujeres que no se apegaran así a sus hijos, sería el descubrimiento mejor de los tiempos modernos —añadió Marks, acompañando la bufonería con una carcajada.

—Seguramente —prosiguió Haley—. Jamás he podido comprender cómo tienen en tanta estima una cosa que tanto incomoda y estorba. Parece que debían alegrarse de verse libres de ellos. ¡Pero qué!... Cuanto más les cuestan, más y más empeño tienen en conservarlos.

—Es verdad —dijo Marks—. Señor Haley, deme usted el agua caliente; es cierto lo que usted dice. Cuando yo comerciaba compré una joven robusta guapa y muy lista. Tenía un chico enfermizo, jorobado o cosa semejante; no sabiendo qué hacer de él se lo di a un hombre que quiso arriesgarse a criarle, puesto que no le costaba nada. Jamás hubiera creído, a no haberlo visto, que aquella mujer diera tanta importancia a su embeleco. Parecía quererle más precisamente porque era llorón, enfermizo y desgraciado. Y era verdadero su dolor. Empezó a llorar y a desmejorarse como si hubiera perdido un mundo. Daba grima el verla. ¿Y no curarán esas tontas de semejantes manías?

—Lo mismo precisamente —repuso Haley— me ha sucedido a mí. El verano pasado, bajando por la orilla del río Rojo, me proporcioné una joven con un niño bastante bonito, cuyos ojos eran brillantes como los de usted; pero cuando llegó el caso de reconocerle me encontré con que era completamente ciego. Pensé, por tanto, que me tendría más cuenta deshacerme de él sin decir nada, pues no había sido muy perjudicado en atención a que le adquirí en cambio de un barril de wiski. Cuando fui a apoderarme de él, ella se puso como un tigre. Íbamos a partir, y sorprendiendo a mis esclavos, logró ponerlos a todos en fuga por un momento con un cuchillo que arrancó de las manos a un marinero. Cuando vio que toda resistencia era inútil, se volvió como una cierva herida, arrojándose al río de cabeza con su niño en los brazos, y nunca se la volvió a ver.

—¡Bah, bah! —dijo Tom Loker, que había escuchado con aire despreciativo todos estos relatos—. Ustedes no saben lo que se pescan. Jamás me juegan a mí esas pasadas.

—¿De verás? —preguntó Marks—. ¿Pues cómo te las compones?

—¿Cómo me las compongo? Compro una joven que tenga un hijo, me pongo delante de ella con el puño cerrado, y le digo: «Mira bien lo que te haces, porque si sueltas siquiera una palabra más alta que otra te rompo la cabeza. Yo no quiero ruido, y sírvate de gobierno. Este chico es mío y no tuyo. A la primera ocasión que se me presente le venderé. Te lo advierto para que no te alborotes, porque si lo hicieras, ¡infeliz de ti!... Te habías de arrepentir de haber nacido». De esta manera ya ven que no soy hombre que se ande en chiquitas. Por supuesto, que se quedan como si fueran mudas; pero que trate alguna de abrir la boca, y entonces...

Loker dio un puñetazo sobre la mesa, que acabó de explicar la reticencia de que había usado.

—He ahí un apóstrofe expresivo —dijo Marks con escarnio—. ¡Esto es elocuencia! —continuó codeándose con Haley—. ¡Ja, ja, ja! ¡Qué valiente es Tom! ¿Sabes, Tom, que aunque esos negros tienen la cabeza más

La cabaña del tío Tom

dura que una piedra deben comprenderte perfectamente? Estoy por decirte que si no eres el mismo diablo en persona eres su hermano gemelo.

Tom recibió este cumplido con modestia y con toda la afabilidad que le permitía su naturaleza de perro mastín.

Haley, gracias a las frecuentes libaciones que había hecho en este rato, sintió que sus facultades morales tomaban gran incremento; fenómeno bastante frecuente en las gentes de carácter grave y reflexivo cuando se hallan en circunstancias semejantes.

—Francamente, Tom —replicó—, eres demasiado cruel. Bien sabes cuántas veces, cuando tocábamos ese punto en Natchez, te probé que nos tendría más cuenta en este mundo y en el cielo el tratar mejor a nuestros esclavos; así es que no debemos quejarnos, porque quien siembra esos polvos debe recoger esos lodos.

—¡Bah! No vengas con esas. Es un reino que conozco poco y del que me preocupo menos. No quiero entristecerme con tus canciones, tanto más cuanto tengo el estómago algo indispuesto.

Y de un trago apuró medio vaso de aguardiente.

—Oye —añadió Haley recostándose en el sillón y gesticulando de una manera muy majestuosa—; si he de decir francamente lo que siento, mi opinión ha sido siempre comerciar de manera que gane mucho dinero y que lo gane pronto; pero hay en el mundo algo más que los asuntos y el dinero, porque al fin y al cabo tenemos un alma inmortal. Yo no me avergüenzo de confesarlo, porque es provechoso. Creo en la religión, y tan pronto como me redondee y replete mi bolsón, pienso ocuparme en la salud de mi alma. Materia es ésta que debe meditarse. Además, ¿te parece prudente hacer el mal sin necesidad y sólo por gusto?

—¡Tú ocuparte en la salvación de tu alma! —repitió Tom con desprecio—. Primero sería necesario que la tuvieses; pero a buen seguro que aunque el diablo te pase por una criba no te la encuentra.

—Estás de malhumor, Tom —contestó Haley—. ¿Por qué no quieres que hablemos a buenas cuando uno habla para tu bien?

—Basta, basta. Estoy harto de tus discursos devotos hasta por encima de los pelos. ¿Qué diferencia hay entre tú y yo? ¿Eres, por ventura, más sensible o acaso mejor? Nada de eso. Todo es hipocresía para engañar al diablo y salvar la pelleja, si puedes. No daría yo dos cuartos por tu religión, reducida a prometer toda tu vida y a huir el cuerpo cuando llega el caso de pagar la deuda.

—Ea, ea, señores, ¿a qué viene todo esto? —dijo Marks—. Cada uno ve las cosas a su modo. ¿Acaso hemos venido aquí para tratar asuntos tales? El señor Haley es un buen hombre y tiene su conciencia. Usted, Tom, ve las cosas de distinta manera, sin dejar también por eso de ser un hombre de bien. Echemos a un lado disputas que a nada conducen, y ocupémonos de negocios.

—Diga usted, señor Haley, ¿necesita usted de nuestra ayuda para cazar a esa muchacha?

—En cuanto a ella, ni me va ni me viene; eso es cosa de Shelby. A mí sólo me pertenece el chico, y he hecho una bestialidad en comprarle.

—Nunca haces otra cosa —refunfuñó Tom.

—Vaya, Loker, no hay que enfadarse —repitió Marks—. Mira, apostaría a que el señor Haley nos va a proporcionar un buen negocio, y los de esta clase son mi fuerte. Déjanos tratar las condiciones. Veamos, Haley; decía usted que esa muchacha es... ¿Cómo es?

—¡Canario! Es blanca, hermosa y bien enseñada. Aunque hubiera dado a Shelby ochocientos o mil pesos por ella habría hecho una buena compra.

—¡Blanca, hermosa y bien enseñada!... —exclamó Marks fuera de sí, mientras se le animaban sus penetrantes ojos y su afilada nariz.

—Es un negocio loco, Loker, y una bonita ocasión de trabajar por nuestra cuenta. Cacémosles y damos el chico a Haley, y a ella la llevamos a Nueva Orleans para venderla. ¿Qué te parece?

Tom había escuchado atentamente y parecía reflexionar.

—Vea usted —decía Marks a Haley meneando su ponche—, en todos los puntos del río tenemos jueces benévolos y acomodaticios que están siempre a nuestras órdenes. Tom es el que da el golpe, y yo me presento enseguida con ese frac negro y botas de charol, porque ha de ver usted —añadió con orgullo— el tono que me doy cuando se trata de prestar el juramento. Unas veces soy el señor Troukner, de Nueva Orleans; otras acabo de llegar de mis ingenios de la Perla, donde poseo setecientos negros; ya me transformo en pariente lejano de Harry Casas o bien de cualquier otro anciano poderoso del Kentucky. Cada cual tiene su talento. Tom, por ejemplo, es terrible cuando hay que andar a puñetazos; pero en tratándose de mentir no vale ni dos cuartos. Es cosa que no le sale de adentro. Pero si hay alguien en el país que sepa prestar un juramento con más gravedad y más señas que yo, me dejo cortar la cabeza. Palabra de honor que estoy seguro de terminar con buen éxito el asunto más intrincado, aunque los jueces mirasen las cosas más de cerca. Algunas veces desearía que fuesen más escrupulosos, porque sería más divertido.

Aquí, Tom, que era tan tardío en sus reflexiones como en sus movimientos, interrumpió a Marks, dando un puñetazo sobre la mesa que hizo temblar el suelo.

—De acuerdo —dijo— me conviene.

—Gracias a Dios, Tom; para esto no hay necesidad de romper los vasos, y puedes guardar tus puños para mejor ocasión.

—¡Canario, señores! —exclamó Haley—. ¿No me dan ustedes parte en los beneficios?

—Te daremos el chico —respondió Loker—. ¿Qué más quieres?

—Me parece —repuso Haley— que siendo yo el que proporciona el negocio merezco siquiera un diez por ciento de las utilidades, deducidos gastos.

—Bueno fuera —gritó Loker con una maldición espantosa y dando puñetazos sobre la mesa—; si te conozco ya, Daniel Haley. Sí, sí, te conozco; no seré yo quien se dejará petardear. ¿Crees que Marks y yo habíamos de correr por esos campos tras los fugitivos por el gusto de servir a un señorón como tú? Pues te equivocas; no lo haremos. O nos cederás la mujer sin decir una palabra, o nos quedaremos con la madre y con el hijo. ¿Quién podrá impedírnoslo? ¿No nos has enseñado tú el camino? Nosotros somos tan libres como tú, y si Shelby o tú quisierais perseguirnos me reiría de vosotros en vuestras propias narices.

—De acuerdo, de acuerdo —replicó Haley, alarmado—. Es asunto concluido. No tengo queja de ti, Tom; me has cumplido siempre fielmente tus palabras en cuantos asuntos hemos tratado, y, por tanto, no hay que hablar. Cuento contigo.

—Ya lo sabes —contestó Tom—, yo no soy escrupuloso en tratándose de bagatelas; pero en punto a cuentas no quitaría un centavo ni al mismo diablo en persona. Lo que digo lo hago.

—Sí, sí, ya lo sé; y me contento con que me prometas ponerme al chico, de aquí a ocho días, en el punto que señalemos.

—Sí, pero yo no me contento con eso. ¿Crees que ha sido tiempo perdido para mí todo aquél en que fuimos asociados en Natchez? Pues vive Dios que te engañas, amigo, porque aprendí que más vale pájaro en mano que buitre volando. Cuéntame en el acto cincuenta pesos, y si no renuncia al chico.

—¡Cómo! ¡Cuando os pongo en la mano un asunto de mil seiscientos pesos! ¡Eso no es justo, Tom!

—¡Calla! ¿Y no nos ha de costar seis semanas de trabajo lo menos? Supón que abandonamos nuestras ocupaciones por correr detrás de nuestra fugitiva y que no la encontramos, porque parece que el diablo la guarda. ¿Qué sucederá entonces? ¿Nos darás tú un maravedí por nuestro trabajo? ¡Ah! ¡Me parece que te estoy viendo! ¡No, no! Dame los cincuenta pesos, y si el asunto sale bien te los devuelvo; si sale mal nos quedamos con ellos. ¿Te parece bien, Marks?

—Seguramente —dijo Marks con tono conciliador— esto no es más que un anticipo. Tom le pondrá a usted el niño donde quiera. ¿No es verdad, Tom?

—Si le encuentro le llevaré a Cincinnati y le depositaré en casa de la vieja Beldher, en el embarcadero —contestó Loker.

Marks sacó de su bolsillo una mugrienta cartera, y desplegando un papel largo comenzó a leer su contenido: «Barnes, condado de Shelby; el joven, trescientos pesos por él, vivo o muerto; Edwards Dick y Lucy, marido y mujer, seiscientos pesos; Polly y dos hijos, seiscientos pesos por ella o por su cabeza».

—Recorro la lista de nuestros negocios —dijo— con objeto de ver si podemos ocuparnos del de usted.

Después de una breve pausa, repuso:

—Tenemos que enviar a Adams y a Springer en persecución de esa Polly. Hace ya bastante tiempo que está sentada en el registro.

—Pedirán demasiado caro —dijo Tom.

—Yo arreglaré el negocio; son nuevos en estos negocios y consentirán en trabajar por un precio moderado —repuso Marks continuando su lectura—. Son tres casos muy fáciles y de muy poco trabajo y no pueden pedir gran cosa por ellos. En cuanto a los demás negocios —añadió volviendo a doblar su papel—, podrán aguardar. Ahora, señor Haley, entendámonos. ¿Ha visto usted a esa joven cuando llegó al río?

—Tan claramente como lo veo a usted ahora.

—¿Y le ha ayudado a saltar a tierra un hombre?

—Ciertamente.

—Según todas las probabilidades —añadió Marks—, la han recogido en alguna parte; pero ¿en dónde? Esta es la cuestión. ¿Qué dices tú, Tom?

—Es preciso —dijo este último— que atravesemos el río esta noche.

—Pero —repuso Marks— si no hay barca. El río crece atrozmente y es muy peligroso.

—No sé si es o no peligroso; pero si sé perfectamente que hay que atravesarlo —contestó Tom con tono de decisión.

—Pero —exclamó Marks como dudando— eso sería... Es verdad —añadió acercándose a la ventana—, la noche está tan oscura...

—Comprendo, Marks, tienes miedo; pero yo nada tengo que ver con eso, y es preciso marchar. Tú preferirías quizás descansar uno o dos días hasta que esa joven llegara a Sanduski o a la línea subterránea antes que nosotros.

—¡Oh, no; maldito el miedo que tengo! Solamente que...

—¿Qué? —dijo Tom.

—Nada. ¿Pero la barca? Bien ves que no hay barca.

—He oído decir a la mujer de la casa que esta noche debe pasar el río un hombre. Suceda lo que quiera, es preciso ir con él.

—Supongo que tienen ustedes buenos perros —dijo Haley.

—Excelentes —respondió Marks—; pero ¿de qué nos sirven? ¿Usted no tiene ninguna prenda de la joven que podamos darles a oler?

—Sí, las tengo —dijo Haley—; he aquí un chal que dejó sobre su cama por la precipitación de su marcha; también dejó su sombrero.

—Pues somos felices —exclamó Loker—; déme usted esas prendas.

—Pero temo que los perros estropeen a la joven si caen sobre ella de improviso —dijo Haley.

—Merece la pena de pensar en eso —repuso Marks—, porque el otro día nuestros perros casi hicieron pedazos a un individuo allá abajo, en Mobila, antes que llegáramos nosotros a separarlos de su presa.

—En efecto; para esa especie de esclavos que uno vende por su belleza, los perros no valen cosa —añadió Haley.

—Es evidente —contestó Marks—. Por otra parte, si está en una casa de nada sirven los perros; lo mismo que en los Estados libres, donde los transportan en carruaje, es imposible que los perros sigan su pista. Lo consiguen únicamente en las plantaciones, donde los negros cuando huyen tienen que andar a pie.

—Vamos —dijo Loker, que volvía del mostrador, donde había ido a tomar algunos informes—, dicen que el hombre ha llegado con su barca. Vamos, Marks.

Este digno personaje echó una triste mirada alrededor de la habitación que era preciso abandonar, y se levantó lentamente para obedecer. Después de haber cambiado algunas palabras con Tom, concernientes a sus negocios ulteriores, Haley, con una invisible repugnancia, le dio los cincuenta pesos y se separó aquel respetable terceto.

Si alguno de nuestros lectores cristiano se halla poco satisfecho de la sociedad en que le ha introducido la escena, que se apresure a abandonar sus juicios. La caza de los fugitivos se eleva poco a poco a la dignidad de una profesión legal y patriótica. Si el vasto territorio que se extiende desde el Misisipi al océano Pacífico se convierte en un inmenso mercado abierto al comercio de cuerpos y de almas, y si, por otra parte, los propietarios continúan participando de las tendencias progresivas del siglo XIX, podremos ver aún al traficante, al cazador de hombres componiendo una parte de nuestra aristocracia.

Mientras que pasaba esta escena en la posada. Sam y Andy, profundamente satisfechos de sí mismos, se dirigían hacia la morada del señor Shelby. Sobre todo, Sam sentía la mayor de las alegrías, que manifestaba con todo género de contorsiones y de gritos. Algunas veces se sentaba al revés sobre la silla; es decir, con el rostro vuelto hacia la cola del caballo. Enseguida daba un grito, y dando un salto prodigioso volvía a colocarse en su verdadera posición. Entonces, alargando el pescuezo, comenzaba a sermonear a Andy con voz grave sobre sus risas y sus locos juegos. En medio de todas aquellas evoluciones continuaba apretando el paso de los caballos de tal modo, que entre diez y once sus herraduras se dejaron oír en el patio de la casa.

La señora Shelby corrió a la balaustrada.

—¿Eres tú, Sam? ¿Dónde están?

—El señor Haley descansa en la posada; está muy cansado, señora.

—¿Y Eliza?

—Ha atravesado el Jordán; está, como suele decirse, en tierra de Canaán.

—¡Cómo! ¿Qué quieres decir? —murmuró la señora Shelby, sofocada por la emoción y próxima a desmayarse al pensar en el sentido que podían tener las palabras de Sam.

—Señora, el Señor cuida de los suyos. Eliza ha atravesado el Ohio de una manera extraordinaria, como si el Señor la hubiera tomado en un carro de fuego con dos caballos.

En presencia de su señora, la piedad de Sam era siempre fervorosa, y era muy pródigo en figuras e imágenes bíblicas.

—Acércate, Sam —dijo el señor Shelby, que acababa de entrar en la veranda—, y di a tu ama lo que desea saber. Entremos, Emily —añadió, haciendo entrar a esta última en la casa—. Estás yerta y tienes calentura; te conmueves demasiado.

—¡Demasiado!... ¿No soy mujer y madre? ¿No somos uno y otra responsables ante Dios de esa pobre joven? ¡Dios quiera que no caiga este pecado sobre nosotros!...

—¿Qué pecado, Emily?... Tú misma convienes en que hemos hecho todo cuanto podíamos hacer.

—Y, sin embargo, experimento con este motivo un sentimiento marcado de culpabilidad de que no puede librarme reflexión alguna.

—¡Andy! Hola, negro, ¿dormimos? —exclamó Sam bajo la galería—. Lleva esos caballos a la cuadra. ¿No oyes que la señora me llama?

Y Sam se presentó enseguida en la puerta del salón con su hoja de palmera a la cabeza.

—Ahora, Sam, dinos claramente todo lo que ha pasado —dijo la señora Shelby—. ¿Dónde está Eliza?

—Señora, la he visto con mis propios ojos atravesar el río sobre el hielo flotante. Lo ha atravesado de una manera asombrosa; ha sido un milagro. También he visto a un hombre ayudarla a saltar sobre la orilla. Enseguida desapareció entre la niebla.

—Sam, eso me parece un poco apócrifo...; el milagro quiero decir. Atravesar el río sobre el hielo flotante no es cosa tan fácil.

—No por cierto, y que nadie podría hacerlo sin la ayuda del Señor. Voy, pues, a contar lo que sucedió. El señor Haley, Andy y yo llegamos a la posada inmediata al río. Yo iba un poco delante, tenía tan grandes deseos de coger a Eliza que no podía contenerme, y cuando nos acercamos a la ventana de la posada, ¡qué es lo que vi! A Eliza en persona. Entonces se cae mi sombrero y doy un grito capaz de despertar a un muerto. Eliza me oye y se vuelve de espaldas en el momento en que el señor Haley llegaba a la puerta de la posada. Eliza se escapó como un relámpago por otra puerta y echó a correr en dirección al río. El señor Haley la vio, gritó con todas sus fuerzas, y él, Andy y yo echamos a correr tras de ella. Eliza llegó a la orilla del agua, ante una corriente de diez pies, pasada la cual grandes témpanos de hielo se chocaban unos con otros y se removían todos a la vez como si fueran una gran isla. Llegamos nosotros, y cuando yo la creía ya cogida dio un grito tan espantoso como no he oído jamás otro igual. Como una flecha se lanzó sobre el hielo al otro lado de la corriente, y una vez sobre él caminaba gritando y saltando; el hielo crujía y se balanceaba, y ella saltaba como un ciervo. ¡Señor, lo que esa joven ha hecho es una cosa sobrenatural; esa es mi opinión!...

La señora Shelby se había sentado, pálida de emoción, inmóvil y silenciosa, mientras que Sam contaba su historia.

—¡Dios sea loado! ¡No ha muerto! —dijo por fin—. ¿Pero dónde está esa pobre criatura a estas horas?

—El Señor proveerá —dijo Sam, alzando los ojos al cielo con aire de devoción—. Como yo decía, hay una Providencia, y Dios halla siempre, según nos lo ha enseñado usted, instrumentos para cumplir su voluntad. Si yo no hubiera existido hoy hubiera sido cogida Eliza diez veces. ¿No he hecho yo que los caballos se escapasen esta mañana y que no dejasen de correr hasta el medio día? ¿No he hecho rodear diez millas esta tarde al señor Haley? De otro modo hubiera caído sobre la fugitiva tan fácilmente como un perro sobre una tortuga. Todo esto es obra de la Providencia.

—La Providencia te invita a una porción de cosas de que te podrías excusar, Sam —dijo la señora Shelby, tratando de manifestarse seria—. No quiero que se jueguen esas pasadas a los que yo recibo en mi casa.

Tan poco se adelanta con fingir la cólera con un negro como con un niño; uno y otro comprenden instintivamente el verdadero estado de las cosas, a pesar de los esfuerzos que se hagan para disimular. Así es que Sam no se acobardó con aquella reprimenda, aunque afectara un aire de gran tristeza y de profundo dolor.

—Es verdad, señora, que he obrado mal; nada tengo que decir a eso, pues es positivo que la señora no puede patrocinar semejantes prácticas. Pero un pobre negro como yo se ve muchas veces en la tentación de obrar mal, como yo lo he hecho, cuando se conducen las gentes como el señor Haley. No es este señor todo un caballero; todos los que se hayan educado como yo no dejarán de conocerlo.

—Pues bien, Sam —dijo la señora Shelby—, ya que estás convencido de tu falta vete ahora, y di a la tía Chloe que te dé un poco de jamón que ha quedado de la comida de hoy. Andy y tú debéis tener hambre.

—Es usted demasiado buena para nosotros —dijo Sam haciendo una reverencia.

Y se apresuró a salir.

Se habrá notado, sin duda, como ya lo hemos hecho observar, que Sam estaba dotado de un talento natural que le hubiera indudablemente hecho progresar en la vida política, pues todo lo convertía en gloria personal. Saliendo, pues, del salón se dirigió hacia los dominios de la tía Chloe con intención de hacer efecto en la cocina.

—Voy a pronunciar un discurso a esos negros —dijo Sam para sí—; se me presenta una bonita ocasión de dar golpe. ¡Cómo voy a embaucarlos!

Es preciso hacer observar aquí que uno de los mayores placeres de Sam había sido siempre seguir a su amo cuando iba a alguna asamblea política. Colocado sobre alguna barrera o encaramado en lo alto de un árbol, escuchaba a los oradores como un hombre que gusta de aprender; enseguida, colocándose en medio de los hermanos de su color, reunidos en aquel paraje por la misma causa que él, los divertía, repitiéndoles de la manera más burlesca todo lo que acababa de ver y oír, conservando un aire serio y solemne. Aunque los que le rodeaban eran generalmente de su mismo color, sucedía con frecuencia que se formaba a su alrededor un círculo demasiado grande de gentes de un color algo más blanco que el suyo, que oían y se reían, con gran satisfacción de Sam. El hecho es que este último consideraba la elocuencia como su verdadera vocación y que jamás dejaba escapar una ocasión de ejercitarla.

Es preciso que también se sepa que entre Sam y la tía Chloe reinaba una especie de antipatía, o más bien de frialdad decidida; pero aquel día, teniendo Sam sus miras sobre el departamento de las provisiones, y considerándolo como el fundamento necesario y natural de sus operaciones, tomó el partido de presentarse conciliador.

Sabía muy bien que las órdenes de la señora se seguirían, sin duda alguna, a la letra; pero no ignoraba que si podía conseguir que se siguiera también su espíritu ganaría considerablemente. Tomó, pues, ante la tía Chloe el aire sumiso e interesante del que ha sufrido penas inauditas en favor de una criatura perseguida y amplificó el hecho diciendo que la señora le mandaba cerca de la tía Chloe para restaurar sus agotadas fuerzas físicas y para reanimar su abatido espíritu, reconociendo también de una manera inequívoca los derechos y la supremacía de la tía Chloe sobre el departamento de la cocina y de sus dependencias.

Todo salió a pedir de boca. Jamás se sedujo mejor a un ser virtuoso y sencillo por las promesas de un candidato político como lo fue la tía Chloe por la dulzura de Sam. Aun cuando hubiera sido el hijo pródigo en persona se hubiera visto colmado de todas las ternuras maternales. Pronto se vio cubierto de gloria ante una gran fuente que contenía una especie de olla podrida de todo lo que había salido a la mesa hacía dos días. Era una pintoresca confusión de sabrosas magras de jamón, de trozos de pasteles, de alas de pollos y de trozos de vaca y ternera; todo estaba allí reunido en diversas y variadas formas, Sam, sentado a la mesa, y habiendo colocado, por condescendencia, a Andy a su derecha, contemplaba con alegría aquellas riquezas.

La cocina estaba repleta de sus compañeros de esclavitud que habían dejado apresuradamente y en tropel sus respectivas chozas para oír la relación de la jornada. Era para Sam la hora de su triunfo. La historia fue repetida con todas las bellezas necesarias para aumentar el efecto, porque Sam, como muchos de los oradores elegantes de nuestros salones, jamás relataba una historia sin adornarla con algunos rasgos de su cosecha. Prolongadas y estrepitosas risas acogían la relación de Sam, que con imperturbable gravedad levantaba los ojos al cielo o hacía los gestos más cómicos sin abandonar el tono sentencioso de su discurso.

—Mirad, conciudadanos —decía Sam, blandiendo con energía la pata de un pavo—; aquí tenéis un chiquillo que es capaz de defenderos a todos; sí, a todos, porque el que intente poner la mano sobre uno de nosotros la pone sobre todos; el principio es el mismo, es claro. Que venga alguno a meterse con nosotros y nos hallará. Tendrá que habérselas conmigo. ¡Soy vuestro, hermanos! Mantendré vuestros derechos y los defenderé hasta mi último suspiro.

—Sin embargo, Sam, esta mañana, sin ir más lejos, decías que ibas a ayudar al señor Haley a perseguir a Eliza; me parece que eso no está muy en armonía con lo que acabas de decir.

Era Andy quien acababa de pronunciar estas palabras, a las que respondió Sam con actitud imponente:

—Mira, Andy, no te mezcles a hablar de lo que no entiendes. Los muchachos como tú, Andy, tienen buenas intenciones; pero no pueden «dilucidar» los grandes móviles de la acción.

Andy pareció someterse, particularmente por la terrible palabra «dilucidar», que pareció concluyente para los jóvenes que componían la asamblea.

Sam continuó:

—Yo obraba con «conciencia», Andy. Cuando me decidía a correr tras de Eliza creía realmente que el amo lo deseaba. Pero cuando comprendí que la señora pensaba lo contrario, obré aún con más conciencia, porque siempre es más seguro ponerse de parte de la señora. Así, pues, bien veo que soy siempre consecuente, fiel a la consecuencia y firme en los principios. Sí, los principios —añadió mordiendo con entusiasmo la pata de pavo—. ¿De qué valdrán los principios si uno no fuera constante con ellos? Esto quisiera saber. Tom, Andy, bien puedes chupar ese hueso; aún tiene algo de carne.

El auditorio de Sam se hallaba pendiente de sus labios y le forzó a continuar. Envalentonado con su sencilla admiración, nuestro orador continuó disertando de la manera más cómica sobre su texto favorito.

—Esta necesidad de ser consecuente, queridos hermanos —continuó con aire de un orador que aborda una cuestión difícil—, es un asunto que pocos comprenden bien. Cuando uno sostiene un aserto durante veinticuatro horas y mantiene otro el día siguiente, dame, Andy, este pedazo de pastel, fácil es ver que no es consecuente consigo mismo. Pero sigamos adelante en nuestra cuestión. Espero que estos caballeros me perdonarán el que emplee una comparación vulgar en este punto. Voy a llegar a mi propósito. Por ejemplo, coloco mi plato en este punto; entonces, con un poco de paciencia, lo coloco en el otro porque no me conviene; ¿soy consecuente? Sin duda que sí, porque busco siempre cómo comer mejor. ¿No os parece a todos claro?

—Según esto, sois siempre el mismo dijo la tía Chloe, reanimándose un poco su habitual buen humor, porque ya chocaba y producía el efecto del «vinagre sobre el ácido nítrico», según expresión de la Biblia, la alegría de la multitud ante su esplín.

—Sí, compatriotas —dijo Sam lleno de gloria y de gastronomía, a la vez que levantándose para pronunciar su peroración—; sí, señores y señoras, yo tengo principios... y me enorgullezco de ello... puesto que son necesarios en nuestra época y en todo tiempo. Yo tengo principios y los sostengo con la fuerza de cuarenta hombres... Desde el momento en que una idea me parece un principio, hago de ella un asunto propio. Yo sostendré ante ella mi opinión, aun cuando se me hubiese de quemar vivo. Yo marcharé entonces derechito al patíbulo, sí, correré a él, y en lo alto de esta tribuna afirmaré que yo quiero derramar mi sangre en defensa de mis principios, en defensa de mi patria y en defensa de la sociedad en general.

No hubiera pensado en detenerse sin una interrupción demasiado viva de la tía Chloe, cuya tristeza se aumentaba con toda aquella alegría y algazara, y que consistió en las siguientes palabras:

—¿Acaso vuestros principios —dijo a los negros—os impedirán iros pronto a la cama? Despachad pronto, pues de lo contrario tendréis que habéroslas conmigo.

Sam juzgó prudente obedecer a aquella brusca interpelación.

—Vamos, negros míos que me escucháis —dijo con solemnidad agitando su sombrero con aire de benévola protección—, os doy mi bendición. Id a acostaros y sed buenos muchachos.

Y con esta patética conclusión se disolvió la asamblea.

CAPÍTULO IX

Un senador es un simple hombre como los demás

El fuego de la chimenea enviaba sus gratas irradiaciones contra los tapices de un elegante salón, sobre las tazas y la tetera. El senador Bird se aprestaba a cambiar sus botas por unas zapatillas nuevas que le había bordado su mujer durante su viaje oficial. La señora Bird, que era la satisfacción personificada, se ocupaba en los preparativos de la comida. De vez en cuando tenía que interrumpir su quehacer para dirigir una reprimenda a los niños, que alegres y bulliciosos ejecutaban a su alrededor todas esas diabluras inexplicables, eterna admiración de las madres.

—Tom deja el picaporte. ¡Mary, Mary, no tires de la cola al gato! ¡Pobre animal! Jim, ¿por qué te encaramas encima la mesa? No puedes imaginarte, amigo mío, qué sorpresa ha sido para nosotros verte llegar esta tarde —dijo al fin, hallando el momento oportuno de dirigir a su marido la palabra.

—Sí, pensé que haría bien en llegar esta tarde a casa para poder pasar en ella la noche y gozar de un poco de reposo. Estoy cansadísimo y tengo muchos quebraderos de cabeza.

La señora Bird echó una mirada hacia la puerta de un armario en que se hallaba cierta botella de aguardiente alcanforado, y pensaba hacer uso de ella cuando su marido le dijo que la dejara.

—No, no, Mary; nada de drogas. Una buena taza de té caliente y un poco de la tranquilidad doméstica es sólo lo que necesito. ¡Qué trabajo más fastidioso es el deber de un legislador!

Y el senador se sonrió, como enorgullecido de la idea de sacrificarse por el bien del país.

—Y bien —dijo su mujer después de servido el té—, ¿qué se ha hecho en el Senado?

Es preciso que el lector sepa que era una cosa muy extraordinaria para la tranquila señora Bird el ocuparse de lo que pasaba en la Cámara, porque creía muy sabiamente que tenía demasiados negocios con su gobierno doméstico.

Así es que el señor Bird le respondió, abriendo los ojos con sorpresa:

—Nada importante.

—¿Es cierto que se ha votado una ley que prohíbe dar asilo, de comer y de beber a esas pobres gentes de color que atraviesan el país? He oído decir que se discutía una ley de ese género; pero pensé que una legislatura cristiana no la adoptaría nunca.

—¿Sabes, Mary, que te conviertes de pronto en una mujer política?

—¡Qué absurdo! No daría un céntimo por toda vuestra política. Pero respecto a esa ley, la creo inhumana y anticristiana. Espero, querido mío, que no habrá sido aprobada.

—He ahí todo lo que se ha hecho: votar una ley que prohíbe favorecer la fuga de los esclavos de Kentucky, querida mía. Los abolicionistas han hecho tanto, que nuestros hermanos de Kentucky se hallan vivamente agitados; se ha hecho necesario para nuestro Estado, no menos justo y cristiano, hacer alguna cosa para calmar la agitación.

—¿Y qué dispone esa ley? Creo que no nos impedirá proporcionar un asilo por la noche a esas pobres criaturas, darles de comer alguna cosa, algún trapo con que cubrirse y dejarles continuar tranquilamente su camino.

—¿No ves, querida mía, que eso sería ayudarles y envalentonarles?

La señora Bird era una mujercita de cuatro pies de altura, de ojos azules, tímida, de voz dulce y que nada le incomodaba. En cuanto a su valor, era cosa reconocida que un pavipollo la hubiera puesto en derrota al primer graznido y que un perro de una talla mediana le hubiera causado un gran terror con sólo enseñarle los dientes. Su marido y sus hijos constituían para ella el mundo entero, y si reinaba sobre ellos era por la dulzura y por la persuasión. Una sola cosa era capaz de excitarla vivamente, excitación hija de lo simpático y generoso de su naturaleza. Toda acción de crueldad la ponía en un estado violento, estado que su dulzura habitual hacía más alarmante y extraño. Aunque era la más indulgente de las madres, sus hijos conservaban un saludable recuerdo del castigo que les había impuesto una vez que en compañía de otros chicos apedrearon a un gatito.

—Deben ustedes saber —decía uno de sus niños— que aquel día me quedaron señales en la piel. Mi madre vino a mí, furiosa como una loca, y me azotó y acostó sin cenar, antes de podernos dar cuenta de lo que había pasado. Después oí a mi madre que lloraba detrás de la puerta. Aquello me hizo más daño que los azotes. Aseguro a ustedes —añadía— que desde aquel día no hemos vuelto a tirar piedras a los gatitos.

En este momento la señora Bird se levantó con el rostro cubierto de un rubor que la embellecía aún más, y dirigiéndose a su marido con aire resuelto, le dijo con decisión:

—Dime, John, ¿crees tú que una ley como esa sea justa y cristiana?

—Creo, Mary, que no me calentarás la cabeza si te respondo afirmativamente.

—¡No hubiera creído eso nunca de ti, John! ¿Al menos tú no habrás votado a favor?

—Perdóname, mi querida politicona; pero la he votado.

—¡Deberías avergonzarte de ello, John! ¡Pobres inocentes, sin asilo y sin familia! Esa es una ley vergonzosa, detestable y horrible; yo la quebrantaré a la primera ocasión que se presente, y esta ocasión no debe tardar. ¡Estará bueno que una mujer no pueda dar una sopa caliente y una cama a seres hambrientos, por la sola razón de que son esclavos a quienes han maltratado y oprimido toda su vida!

—Pero escúchame, Mary; tus sentimientos son muy buenos y no te adoraré menos porque así pienses; pero es preciso, querida mía, no dejarse llevar por impresiones que extravían la razón. No se trata de nuestros sentimientos individuales. Juegan grandes intereses públicos, y la agitación crece de tal modo en el país que para conjurar los peligros debemos prescindir de toda consideración particular.

—John, nada entiendo de política; pero yo leo mi Biblia, y en ella veo que debo dar de comer al hambriento, vestir al desnudo, y consolar al triste, y quiero seguir los sagrados preceptos.

—¿Pero y si tu manera de obrar fuera causa de una gran calamidad pública?

—La obediencia a Dios no trae jamás las calamidades públicas; eso no puede ser; lo más seguro es hacer siempre lo que Dios manda.

—Escúchame, Mary, y te lo demostraré por un ejemplo muy claro...

—Mira, John, a pesar de todos tus discursos no harías lo que dices. Y si no, dime: ¿rechazarías sin piedad a una pobre criatura helada de frío y muerta de hambre porque fuese fugitiva? ¿Lo harías?

Puesto que es preciso decir la verdad, nuestro senador tenía la desdicha de ser particularmente humano y benéfico, y no era su fuerte el rechazar a los desgraciados; lo peor del caso era que su mujer lo sabía y dirigía sus tiros hacia el lado vulnerable. El senador, pues, recurrió a todos los expedientes empleados en semejantes casos para ganar tiempo; tosió repetidas veces, sacó su pañuelo y comenzó a limpiar los cristales de sus anteojos. La señora Bird, viendo sin defensa el campo enemigo, no hizo escrúpulo en usar de su ventaja.

—Quisiera vértelo hacer, John, poner a una mujer a la puerta durante una nevada, por ejemplo, o bien cogerla para llevarla a la cárcel. ¡Sería una cosa muy linda!

—Sería, ciertamente, un deber muy penoso que cumplir —contestó el señor Bird con tono de moderación y bajando la voz.

—¡Un deber, John! Al menos no emplees esa palabra. Bien sabes que eso ni es ni puede ser un deber. Si las gentes quieren impedir que sus esclavos huyan, que los traten bien; esa es mi doctrina. Si yo tuviera esclavos, que jamás los tendré, apuesto a que no tratarían de huir de mí ni de ti tampoco. Cuando son felices no se escapan; cuando lo hacen, los pobres sufren demasiado frío y demasiadas privaciones, sin necesidad de que todos vayamos a perseguirlos. Por mi parte, diga lo que quiera la ley, no estaré contra ellos, y sea lo que Dios quiera.

—Mary, Mary, déjame razonar contigo.

Harriet Beecher Stowe

—Yo no puedo sufrir los razonamientos, sobre todo acerca de tal asunto. Vosotros, los políticos, tenéis una manera de volver las cosas y de embrollar las más sencillas..., y además no creéis vosotros mismos vuestras propias decisiones cuando se llega a la práctica. Te conozco demasiado bien, John, y sé que crees lo mismo que yo: que esa ley no es justa y que no la observarás, así como yo.

En este crítico momento, el viejo negro Cudjoe, factótum de la casa, asomó la cabeza a la puerta, y dijo:

—¿Quiere usted venir a la cocina, señora?

Nuestro senador, algo tranquilo, siguió con la vista a su mujer con extraña mezcla de placer y de despecho, y arrellanándose en su butaca comenzó a leer los periódicos.

Al cabo de un instante la voz de su mujer se dejó oír llamando de una manera apremiante:

—¡John, John, ven corriendo, ven!

Dejó el senador sus periódicos, y entrando en la cocina se estremeció al ver el cuadro que se ofrecía a su vista. Una mujer, joven y débil, de hermoso talle, rotos sus vestidos, estaba allí tendida con un niño sobre dos sillas, desmayada y como muerta. Sus vestidos eran unos harapos; había perdido un zapato, y al través de sus medias se veían sus pies ensangrentados y llenos de heridas. Sus facciones recordaban el tipo de la raza despreciada, y, sin embargo, no podía mirársela sin admirar su triste y encantadora hermosura. Al ver su rostro inmóvil y sus miembros ateridos, el señor Bird se sintió sobrecogido; la emoción le impedía casi respirar y le cortaba la palabra. Su mujer y la vieja tía Dinah, su única criada de color, se esforzaban en hacer recobrar el sentido a la forastera, mientras que el viejo Cudjoe, que se había apoderado del niño, le quitaba los zapatos y las medias y trataba de calentarle los pies.

—¡Pobre mujer! Vea usted —decía la vieja Dinah, llena de compasión—, se creería que el calor ha sido el que la ha hecho desmayarse. Tenía el semblante bastante bueno cuando llegó y pidió si podía calentarse un poco. Iba a informarme de dónde venía cuando se desmayó de repente. Al ver sus manos se diría que nunca se ha empleado en trabajos duros.

—¡Pobre criatura! —dijo la señora Bird con compasión.

En aquel momento la joven abrió sus grandes ojos negros y echó a su alrededor una mirada extraviada. De repente se sintió sobre sus facciones una expresión, y se levantó bruscamente, gritando:

—¡Oh! ¡Harry! ¿Me lo han arrebatado?

El niño, al oír aquella voz, saltó de las rodillas de Cudjoe, y corriendo hacia ella le rodeó el cuello con sus brazos.

—¡Oh! ¡Estás aquí! —exclamó la negra—. ¡Oh, señora —añadió dirigiéndose a la señora Bird—, protéjanos usted! ¡No deje usted que me prendan!

—Nadie se meterá con usted aquí, pobre mujer —dijo la señora Bird con tono afectuoso—. Está usted en seguridad, nada tema.

—Dios bendiga a usted, señora —dijo la mujer, cubriéndose el rostro con las manos y sollozando, mientras que el niño, viendo llorar a su madre, trataba de subirse sobre sus rodillas.

Gracias a los cuidados de la señora Bird, que los prodigaba mejor que nadie, la pobre fugitiva se calmó.

La arreglaron al lado del fuego una cama provisional, y bien pronto se quedó profundamente dormida, lo mismo que su niño, no menos cansado que ella. En vano habían tratado de quitarle al niño de los brazos para que pudiera descansar mejor; había rehusado separarse de él, y aun durante el sueño le apretaba con delirio.

El señor y la señora Bird volvieron al salón. Por extraño que parezca, debemos confesar que no se hizo alusión alguna a la conversación anterior. La señora Bird hacía calceta, y su marido leía los periódicos.

—¡Tengo curiosidad de saber quién es y de dónde viene! —dijo por fin el señor Bird dejando su diario.

—Cuando se despierte y esté algo tranquila, veremos —contestó la señora Bird.

—Dime, mujer —dijo el señor Bird después de haber vuelto a tomar el periódico.

—¿Qué quieres, querido?

—¿No podría ponerse esa pobre mujer alguno de tus vestidos... arreglándoselo un poco?... Parece un poco más alta que tú...

Una marcada sonrisa se deslizó por los labios de la señora Bird.

—Veremos —respondió.

Después de otro corto silencio:

—Dime, querida.

—¿Qué es eso?

—Podrías darle ese viejo mantón con que me arropas cuando me echo a dormir la siesta, pues no tiene con qué abrigarse.

En aquel instante entró Dinah diciendo que la pobre mujer se había despertado y preguntaba por la señora.

Los señores Bird se trasladaron a la cocina, seguidos de sus dos hijos mayores, pues los más pequeños se habían acostado ya.

La mujer estaba sentada sobre un banco al lado del fuego. Triste y abatida miraba fijamente la llama.

—¿Me necesita usted? —dijo la señora Bird, con voz dulce—. Creo que ya se encuentra usted mejor.

Un largo y doloroso suspiro fue la única respuesta de la joven; pero levantó los ojos y los fijó sobre la señora Bird con tal expresión de desesperación a la vez que de ardiente súplica, que las lágrimas asomaron a los ojos de la senadora.

—¡Nada tema usted, joven; aquí no tiene usted más que amigos! Dígame usted de dónde viene y qué es lo que necesita.

—He venido de Kentucky.

—¿Y cuándo ha partido usted? —dijo el señor Bird, encargándose del interrogatorio.

—Esta tarde.

—¿Y cómo ha atravesado usted el río?

—Sobre los témpanos de hielo.

—¡Sobre el hielo! —repitieron todos los presentes.

—Sí —dijo la mujer con dulzura—, es la verdad, así lo he pasado; con la ayuda de Dios he caminado sobre el hielo, porque venían detrás de mí y no tenía otro camino.

—¡Figúrese usted! —exclamó Cudjoe—. Pero si el hielo está partido en témpanos y hay balanceo continuo sobre el río.

—Lo sé, lo sé —repitió la joven—. ¡Pero he pasado! No creía que lo conseguiría; ¡mas poco me importaba! Lo peor que pudo sucederme fue perecer en él. El Señor me ha ayudado; nadie sabe hasta dónde llega su misericordia sino experimentándola.

Y su mirada brillaba de emoción.

—¿Era usted esclava? —le dijo el señor Bird.

—Sí, señor; pertenecía a uno de Kentucky.

—¿Le trataba a usted mal?

—¡No señor! ¡Oh, no! Era un excelente patrón.

—¿Pues qué le ha decidido a usted a dejar su morada y huir a través de semejantes peligros?

La joven echó una mirada escrutadora sobre el señor Bird y notó su gran piedad.

—Señor —dijo de pronto—, ¿tal vez ha perdido usted un hijo?

Aquella inesperada pregunta tocó a una herida reciente; apenas hacía un mes que un hijo querido había sido depositado en la tumba.

El señor Bird giró sobre sus talones y se volvió del lado de la ventana. La señora Bird soltó las lágrimas. Cuando recobró la voz:

—¿Por qué me hace usted esta pregunta? —dijo—. Se me ha muerto un niño.

—Entonces me comprenderá usted. Yo he perdido dos en poco tiempo; los he dejado allá abajo, en la tumba. No me quedaba más que uno. Jamás he dormido una noche sin él. Era todo mi consuelo, mi bien, mi orgullo, el día y la noche. Pues bien, señora, iban a quitármelo para venderle, para el sur, señora, un niño pequeño y que en la vida se había separado de su madre. No he podido consentir en ello; sabía que si me lo quitaban me moriría de pena y de dolor. Cuando supe que estaba firmada la escritura de venta, le tomé durante la noche y me escapé. Me ha perseguido el hombre que lo había comprado, acompañado de algunos criados de mi señor. Estaban tan cerca de mí que les he visto y oído. Salté sobre el hielo y no sé cómo he atravesado el río. Todo lo que recuerdo es que un hombre me ha dado la mano al saltar a la otra orilla.

La joven ni suspiraba ni lloraba; había llegado a ese estado en que parece agotado el manantial de las lágrimas. Pero todos los que la rodeaban daban, a su manera, señales de una profunda simpatía.

Los dos niños, después de haberse buscado inútilmente sus pañuelos en los bolsillos, donde jamás los tenían, se habían refugiado inconsolables al lado de su madre y se enjugaban los ojos en los pliegues de su vestido. La señora Bird se cubrió el rostro con su pañuelo, y la vieja negra Dinah, deshecha en lágrimas, exclamaba con tono compungido: «Señor, tened piedad de nosotros». El anciano Cudjoe, restregándose sus ojos con el revés de sus manos, respondía de vez en cuando en el mismo tono y con igual fervor.

Nuestro senador, siendo un hombre de Estado, no podía permitirse el llanto como el resto de los mortales; por esta razón había vuelto la espalda a las personas y miraba por la ventana, muy ocupado en aclarar su voz tosiendo y en limpiar los cristales de sus anteojos. Sin embargo, de tiempo en tiempo se sonaba con su pañuelo de una manera que pudiera haber excitado las sospechas de algún curioso observador.

—Y, sin embargo, ¿cómo ha podido usted decir que tenía un buen amo? —exclamó de repente acercándose a la mujer.

—Porque es verdad, y diré lo que sucede. Mi señora era buena también. Pero no podían pasar por otro punto. No tenían dinero, y se hallaban no sé cómo a merced de un hombre y obligados a darle cuanto les pedía. Se lo oí decir a mi señor, y su esposa intercedía en mi favor. Añadía que nada podía ya hacer y que los papeles estaban firmados. Entonces fue cuando tomé a mi hijo y me escapé. Me moriría si me lo quitaran, porque es lo único que me sostiene en esta vida.

—¿No tiene usted marido?

—Le tengo; pero pertenece a otro amo. Un amo muy cruel y que no le permitía casi nunca venir a verme. Cada día es más tirano y le amenaza de continuo con venderle para el sur. Probablemente no le volveré a ver jamás.

La calma con que la joven pronunció estas últimas palabras hubiera podido hacer creer a un observador superficial que este asunto le interesaba poco; pero podía leerse otra cosa muy distinta en la profunda angustia que revelaba su mirada.

—¿Y dónde piensa usted ir, pobre mujer? —dijo el señor Bird.

—Al Canadá, si supiera dónde se halla. ¿Está muy lejos de aquí el Canadá? —dijo dirigiendo una cándida mirada sobre la señora Bird.

—Algo más lejos de lo que usted cree, pobre joven —respondió ésta—. Pero veremos lo que se puede hacer por usted. Dinah, prepárale una cama en tu cuarto. No tenga usted miedo, buena mujer. Confíe usted en Dios, Él la protegerá.

La señora Bird y su marido volvieron al salón. Ella se sentó al lado del fuego, y su marido se paseaba a lo largo de la sala murmurando entre dientes:

—¡Hum, hum, vaya un maldito caso!

Al fin, dirigiéndose a su mujer, le dijo:

—Mira, querida mía, es preciso que esa joven salga de casa esta noche. Ese hombre llegará aquí temprano en su persecución. Si estuviera sola, ella podría permanecer aquí hasta que su perseguidor se marchara; pero un ejército entero no haría estar quieto a su chico. A lo mejor asomaría la cabeza a una ventana o a una puerta y todo se echaría a perder. Sería gracioso que me prendieran a mí por dar asilo. No; es preciso que se marchen esta misma noche.

—¿Esta noche? ¿Y cómo? ¿Y por dónde?

—Mira, déjame a mí obrar —dijo el senador con aire de meditación y comenzando a ponerse las botas.

Enseguida, deteniéndose al tener puesta una bota y conservando la otra en la mano, recorrió con gran atención el dibujo del tapiz, y dijo:

—Después de todo, es preciso, aunque veo... podrían ser todos ahorcados.

Y tiró la segunda bota dominado por una visible angustia, y luego miró por la ventana.

La señora Bird era la misma discreción y no era capaz de perturbar las reflexiones de su esposo diciendo: «Quiero esto o aquello». Aunque conocía lo que preocupaba a su esposo, contentóse con esperar y permanecer tranquila sobre su silla, pronta a escuchar humildemente a su marido cuando éste juzgase oportuno comunicarle sus intenciones.

—Mira —dijo el senador de pronto—, tengo un antiguo cliente, Van Trompe, que ha venido de Kentucky después de dar la libertad a todos sus esclavos; compró una posesión cerca de la bahía en el fondo de los bosques, por donde nadie pasa, a menos de ir directamente a ella; no es un paraje que se halle tan fácilmente. Allí estará esa mujer en seguridad; pero lo malo del caso es que nadie más que yo podría conducir el coche a semejante paraje.

—¿Cómo es eso? ¿No es un excelente cochero Cudjoe?

—Sí, sí; pero es preciso atravesar dos veces la bahía, y la segunda es muy peligrosa, a no conocer el paso como yo lo conozco. No hay, pues, otro remedio. Es preciso que Cudjoe enganche en silencio los caballos a media noche y yo llevaré a esa pobre mujer. Para dar color a la cosa, haré que me conduzcan a la posada más próxima, donde hallaré la diligencia para Colombo que llega allí entre tres y cuatro, y de este modo podrá creerse que sólo he tomado mi carruaje con ese objeto. De madrugada estaré ya ocupado en mis negocios; pero me parece cosa graciosa la que voy a hacer después de lo que he dicho y hecho. En fin, tanto peor; no hay otro medio de salir del apuro.

—Tu corazón es mejor que tu cabeza, John —dijo su mujer pasándose por la frente su mano blanca—. ¿Te hubiera yo jamás amado según te amo si no te hubiera conocido mejor de lo que tú mismo te conoces?

Y la mujer del senador parecía tan bella con las lágrimas en los ojos, que su marido pensó que debía ser un hombre muy hábil para haber podido inspirar a aquella encantadora criatura una admiración tan apasionada. ¿Qué otra cosa mejor podía hacer que ir a dar sus órdenes respecto al carruaje? Al llegar a la puerta se detuvo un momento, y volviendo pies atrás dijo con algún embarazo:

—Mary, no sé lo que pensarás; pero esta cómoda llena de efectos... de... de... del pequeño Henry...

Y diciendo esto se volvió de puntillas cerrando tras de sí la puerta.

Su mujer entró en una alcobita próxima a la suya, tomó una luz y la colocó sobre la cómoda. Enseguida sacó una llavecita de un escondite y con aire pensativo la metió en la cerradura; hizo una pausa sin advertir que sus dos hijos la seguían con curiosidad. Madres que leáis esto, ¿no habéis tenido nunca en vuestras casas una cómoda o una alcobita que os haya hecho experimentar al abrirla, el mismo efecto que si abrierais un pequeño ataúd? ¡Dichosas madres! ¡No comprendéis entonces esto! La señora Bird abrió lentamente la cómoda. Había en ella vestidos pequeñitos de diversas formas, multitud de baberos y medias y hasta un par de botitas usadas envueltas en un papel.

También había un caballo de madera, un cochecito, un peón y una pelota, recuerdos recogidos con lágrimas en los ojos y pena en el corazón. Se sentó delante de la cómoda, y colocando su cabeza entre sus dos manos lloró. Enseguida, alzando su cabeza, comenzó con gran precipitación a escoger los objetos más útiles y más nuevos y a hacer con ellos un paquete.

—Mamá —dijo uno de los niños tocándole ligeramente el brazo—, ¿vas a dar esas cosas?

—Hijo mío —contestó la madre con voz dulce y seria—, si nuestro querido Henry nos mira desde el cielo, debe hallarse contento. No hubiera tenido fuerzas para dar esto a una persona indiferente o a una madre dichosa; pero sí se los daré a una madre más afligida que yo, y espero que Dios los acompañará con su bendición.

Hay en este mundo almas benditas cuyas penas consuelan otras penas, y reposando en la tumba sus esperanzas terrestres corren sus lágrimas, semilla preciosa que da flores de consuelo para el afligido y el miserable. De ese número es la madre que sentada a la luz de una bujía, con las lágrimas en los ojos, prepara para el pobre abandonado los recuerdos del hijo que ha perdido.

La señora Bird abrió enseguida un gran armario, sacó de él algunos vestidos y se sentó delante de su mesa de labor para hacer en ellos las modificaciones necesarias según los consejos de su marido. Cuando el antiguo reloj de la casa dio las doce se dejó oír el ruido de un carruaje.

—Mary —dijo su marido volviendo a entrar en la sala con su paletó en la mano—, despiértales, es preciso marchar.

La señora Bird se apresuró a depositar en una pequeña maleta los diversos objetos que había reunido, y cerrándola con llave rogó a su marido la colocase en el carruaje, y enseguida corrió a despertar a la fugitiva. Esta equipada con un mantón, un sombrero y un chal que habían pertenecido a su bienhechora, se presentó un momento después en la puerta llevando a su hijo en brazos. El señor Bird se apresuró a hacerla subir al carruaje, y la señora Bird la acompañó hasta el estribo. Eliza inclinándose hacia fuera, le tendió la mano, y fijando sus grandes ojos expresivos sobre el rostro de la señora Bird, pareció querer hablar. Sus labios se movieron, trató una o dos veces de hablar; pero no se oyó ningún sonido. Entonces levantó su mano al cielo, acompañando aquel movimiento con una elocuente mirada, y cayó sobre su asiento, cubriéndose el rostro con las manos. La portezuela se cerró y el carruaje echó a andar.

¡Qué situación para un senador patriótico que acababa de pasar toda la semana aguijoneando al Poder legislativo de su Estado, a fin de que tomase las medidas más enérgicas contra los que hospedaban y socorrían a los esclavos fugitivos! En el discurso que acababa de hacer sobre este objeto, nuestro buen senador había imitado la elocuencia que ha ganado un inmortal renombre a más de un orador del Congreso. ¡Qué sublime estaba cuando, sentado, con las manos en sus faltriqueras, criticaba las debilidades sentimentales de los que hubieran deseado anteponer el bienestar de algunos miserables fugitivos a los grandes intereses del Estado!

Atrevido como un león en este asunto, convencía poderosamente no sólo a sí mismo, sino a cuantos le escuchaban. Es verdad que entonces la idea de un fugitivo era no más para él que el recuerdo de las letras que forman esta palabra, o a lo más el grabado visto en un periodiquillo cualquiera representando a un hombre con un lío al extremo de un palo, por encima del cual se leían estas palabras: «Vagabundo. Escapado de casa del que suscribe».

El poder mágico de la presencia real de la desgracia, las tristes miradas, la mano temblorosa del ser abandonado, el llamamiento desesperado de la agonía; he ahí lo que nuestro senador no había verdaderamente visto ni oído. Jamás había pensado que un fugitivo pudiera ser una madre débil, un niño sin defensa que llevaba en aquel momento los vestidos bien conocidos de la criatura que se llorase. Así, pues, como no era de mármol ni acero, como tenía un corazón noble y recto, se encontraba en una posición algo embarazosa para su patriotismo.

Y no vayáis a realzaros a su vista, bravos compatriotas de los Estados del Sur, porque sospechamos que muchos de vosotros, en iguales circunstancias, no os portaríais mejor que él. Sabemos que en el Estado de Kentucky, como en el del Misisipi, hay nobles y generosos corazones, a los cuales jamás se ha referido en vano una historia de padecimientos. ¡Ah!, hermano del sur, ¿es justo que esperes de nosotros servicios que, en nuestro puesto, tu noble corazón no te permitirá hacernos?

Mas sea como quiera, si nuestro buen senador era un pecador político, estaba en el camino de expiar su pecado con una noche de penitencia.

Había llovido por espacio de algunos días en el rico territorio del Ohio, tan propio para la fabricación del lodo, como es sabido, y los caminos estaban infranqueables como en los tiempos antiguos.

«Desearía saber qué especie de camino es "ése", dirá algún viajero del este que no acostumbra a asociar a la palabra "ferrocarril" otra idea que la de un movimiento continuado y rápido».

Sepa usted, pues, inocente amigo del este, que en las desgraciadas regiones del oeste, donde los lodazales tienen una profundidad insondable y sublime, están hechos los caminos de toscos troncos de árboles, colocados unos al lado de otros y cubiertos de arena, de tierra o de cualquier otra cosa. El natural se complace entonces en llamar a esto un camino, y ensaya alegremente el hacer rodar por él su carruaje. Poco a poco arrastran las aguas la parte que cubre los troncos y transporta a éstos, dejándolos en las posiciones más pintorescas y formando entre los intervalos grandes abismos de barro y fangales.

Un camino de esta naturaleza es el que recorre nuestro senador, prosiguiendo sus reflexiones morales cuanto podían permitirlo los accidentes del terreno. De pronto saltaba el carruaje hasta hacer temer seriamente que fallaran sus muelles; otras veces se engolfaba en el lodo, inclinándose a la derecha y a la izquierda, y haciendo tomar al senador, a la mujer y al niño las posiciones más imprevistas. De repente se para el carruaje, y Cudjoe, desde el pescante, se esfuerza por que prosigan el camino los caballos. Después de algunos vaivenes empezaba ya el senador a perder la paciencia, cuando de improviso da un salto el coche, se precipitan las ruedas delanteras en un nuevo abismo, y el senador, la mujer y el niño caen mezclados en el asiento de delante. ¡Paf!, el sombrero del senador se le encajó sin ceremonias hasta los ojos; el niño llora. Cudjoe se deshace en elocuentes discursos para animar a sus bestias... En fin, después de algunos momentos atraviesan el mal paso, respiran los caballos, el senador coloca en su puesto el sombrero, la mujer se repone también y el niño se tranquiliza.

Durante un poco tiempo sólo da el coche algunos vaivenes violentos, y nuestros viajeros empiezan a felicitarse por el aspecto propio de las cosas. Mas de pronto se detiene el carruaje, y puesto de un salto en el camino, Cudjoe aparece a la portezuela.

—Señor, por aquí está muy malo el camino. No sé cómo saldremos de él.

El senador, desesperado, se prepara a salir y busca vacilante un punto sólido para apoyar el pie; lo intenta, y se hunde en una profundidad inconmensurable; quiere sacarlo, pierde el equilibrio y cae en el lodo, de donde le retira Cudjoe, en un estado deplorable...

Por compasión a nuestros lectores no diremos más de esto; pero los que, habiendo viajado en el oeste, hayan tenido que emplear las horas de la noche en cortar ramas para que pudiesen pasar sus carruajes por encima de los abismos de un camino, experimentarán un sentimiento de respeto y de triste simpatía hacia nuestro deplorable héroe. Derrama, pues, una lágrima en silencio, sensible lector, y pasa adelante.

Ya estaba muy adelantada la noche cuando el carruaje se paró, estropeado y lleno de lodo, a la puerta de una vasta alquería. No se necesita tener poca perseverancia para despertar a los moradores. Al fin abrióse la puerta y se presentó el respetable propietario. Era un individuo alegre, peludo como un oso, de cerca de seis pies de alto, sin las botas, derecho como una vela, vigoroso, resuelto y cubierto con un vestido de franela encarnada. Una espesa cabellera desaliñada, de color de cáñamo moreno, algo rizada, y su barba de algunos días, daban al digno hombre una apariencia poco simpática a primera vista. Por espacio de algunos momentos estuvo inmóvil con su luz en la mano, examinando a nuestros viajeros con aire amostazado y enojoso por demás cómico.

Mientras que nuestro senador se esfuerza por enterarle de quién es la persona que tiene delante, nos tomaremos la libertad de decir de él una palabra a nuestros lectores.

El honrado y respetable John Van Trompe había sido en otra época un rico propietario y dueño de esclavos en el Estado de Kentucky. No teniendo, como suele decirse, del oso más que la piel; dotado por la Naturaleza de un corazón grande, honrado y justo, proporcionado a su cuerpo de gigante, había durante muchos años sido testigo de los resultados de un sistema tan malo para el opresor como para el oprimido. En fin; como cierto día llegara a hacerse el corazón de John demasiado grande, sacando su cartera de su escritorio cruzó el río y compró en el Estado libre de Ohio la cuarta parte de un *township* de excelente y fértil territorio; enseguida dio libertad a cada uno de sus esclavos, hombres, mujeres y niños, y los empleó muy bien en sus tierras del Ohio. En cuanto a él, se había retirado a una alquería solitaria para gozar de tranquilidad y entregarse a sus reflexiones.

—¿Es usted hombre capaz de dar asilo a una mujer y a un niño perseguidos por cazadores de esclavos? —preguntó el senador.

—Creo, en efecto, que soy hombre para ello —respondió nuestro amigo John con tono significativo.

—Esto creí yo.

—Y si viene algún otro estoy dispuesto a recibirle. Tengo en mi compañía siete hijos, de seis pies de estatura cada uno, y están dispuestos a recibir a quienquiera que se presente. Puede usted invitar a quien desee venir y decirle que nos visite cuando mejor le parezca, pues nos es completamente igual.

Y diciendo John estas palabras pasó sus dedos por sus espesos cabellos y se echó a reír.

Fatigada y abatida, Eliza se dejó arrastrar hasta la puerta, llevando en sus brazos a su niño profundamente dormido. John acercó la luz a su rostro, y lanzando una especie de gruñido de compasión abrió una alcobita que comunicaba con la cocina, donde se hallaban, y le hizo seña para que entrase en ella.

—Escuche usted, hija mía; como podría suceder, no debe usted tener miedo. Yo estoy acostumbrado a estas aventuras —dijo, mostrándole dos o tres soberbias carabinas colgadas en la chimenea—, y las gentes que me conocen saben que saldría mal el que intentara arrebatar al que se hospeda en mi casa cuando yo estoy en ella. Así, pues, a dormir, y duerma usted tan tranquilamente como si su madre le meciera.

Y cerró la puerta.

—¡Sabe usted que es muy bonita! —dijo al volver junto al senador—. Y... estas muchachas bonitas, éstas son las que necesitan escaparse, si tienen el menor de los sentimientos que una mujer debe tener...

El senador le explicó entonces en breves palabras la historia de Eliza.

—¡Oh, es posible! ¡Qué horror! —repetía nuestro hombre al escuchar su narración—. ¡Es la Naturaleza! ¡Pobre joven! Cazada como un gamo, y todo por sentimientos naturales y por hacer lo que toda madre haría. ¡Oh, no sé lo que me pasa al ver estas cosas!

Y con el dorso de su mano, seca y amarillenta, enjugó el buen John una lágrima que caía por su mejilla.

—Sepa usted, extranjero, que he estado muchos años sin entrar en una iglesia, justamente porque predicaban los ministros de nuestras cercanías que la Biblia aprobaba todos sus negocios y ocupaciones. Como yo no entendía nada de su griego ni de su hebreo, me declaré contra ellos y contra la Biblia; pero cierto día encontré a un ministro, que sabía tanto como ellos de griego y demás cosas, que era de una opinión muy contraria. Entonces volví a la religión y entré en una iglesia. Este hecho es tan verdadero como se lo digo a usted.

Hablando así, John destapaba una botella de sidra espumosa.

—Usted debe quedarse aquí hasta que sea de día —dijo al senador ofreciéndole un vaso—. No tengo más que llamar a la vieja, y le dispondrá una cama en un abrir y cerrar de ojos.

—Gracias, amigo —continuó el senador—; necesito continuar mi camino; tengo que tomar la diligencia para Colombo.

—Bien; en este caso es diferente; si es preciso que se marche usted, le acompañaré un rato para enseñarle un camino mejor y más corto que el que usted ha traído.

John se preparó en un instante, y con su linterna en la mano salió sirviendo de guía al coche del senador, que tomó un camino hondo que pasaba por detrás de la casa. Cuando se separaron, éste puso en la mano de John diez pesos.

—Esto es para ella —dijo.

—Muy bien —respondió John sin añadir más palabra.

Diéronse enseguida la mano y partieron cada uno por su lado.

CAPÍTULO X
Toma de posesión

Un cielo nublado, gris del que caía una ligera neblina, alumbraba la cabaña del tío Tom. Su fúnebre resplandor no encontraba más que rostros abatidos, seres con corazones lacerados; entristecidos y postrados. La mesita colocada ante la lumbre estaba cubierta de un mantel para planchar. Un par de camisas groseras, pero limpias, quedaban puestas en el respaldo de una silla, cerca del fuego, y otra estaba tendida sobre la mesa ante la tía Chloe, que con el más escrupuloso cuidado planchaba cada uno de sus pliegues, cada doblez, mientras que de vez en cuando llevaba su mano a la cara para enjugar las lágrimas que se deslizaban a lo largo de sus mejillas.

Junto a ella estaba sentado Tom, con su Nuevo Testamento abierto sobre las rodillas y la cabeza apoyada en su mano. Ambos guardaban sepulcral silencio. Era muy temprano, y los hijos dormían aún en una rústica camilla movible.

La cabaña del tío Tom

Tom que poseía para su familia el corazón tierno y esas «afecciones domésticas», que por desgracia suya son uno de los caracteres distintivos de los hijos de su raza y hacen todavía más desgraciada la suerte de los negros, levantóse de pronto, y acercándose a sus hijos los miró largo rato en silencio.

—¡Esta es la última vez! —murmuró entre sí.

Chloe no respondió; su aguja pasaba y volvía a pasar más activamente a través de su tosca «camisa», ya tan raída como era posible que estuviese. Clavóla de pronto con un movimiento de desesperación, y sentándose delante de la mesa dijo, llorando en alta voz:

—Supongo que es preciso resignarse. Pero, Señor, ¿cómo es posible? ¡Si supiera al menos a dónde vas y cómo serás tratado! La señora dice que hará cuanto pueda por rescatarte dentro de un año o dos. Pero, Señor, ¡nadie vuelve de allí! ¡Los matan! ¡He oído referir cómo les tratan en esas plantaciones del sur!

—Chloe, el mismo Dios que está aquí con nosotros no me abandonará allí.

—Bueno es tener esperanzas —dijo Chloe—; pero Dios permite a veces cosas terribles, y semejante idea apenas me da consuelo.

—Estoy en manos del Señor —dijo Tom—; no puede hacerse sino lo que permita. Además aún tengo una cosa que agradecerle, y es que sea yo el vendido y no tú o los hijos. Vosotros os quedáis aquí seguros; lo que suceda me sucederá a mí sólo, y Dios me ayudará.

¡Ah, valiente y noble corazón que impone silencio a su dolor para consolar el de sus personas amadas!... Tom hablaba rápidamente y con una afectación sensible; sin embargo, su voz era firme.

—Pensemos en los beneficios de Dios —añadió con voz temblorosa, como si conociera que tenía gran necesidad de pensar en ellos en aquel momento.

—¡Beneficios —dijo Chloe—, beneficios, no sé cuáles sean! ¡Oh, es injusto! ¡Sí, es injusto! El señorito no debía permitir jamás que fueras tú vendido para pagar sus deudas. Tú le has ganado ya doble de lo que le costaras... ¿No debía haberte dado libertad hace mucho tiempo? Es posible que no tenga ahora otro medio para salir de apuros; pero dígase lo que se quiera, yo conozco que eso es injusto; nadie podrá quitármelo de la cabeza. ¡Tratar así a un criado fiel que siempre anteponía al suyo el interés de su amo y que le amaba más que a su mujer y a sus hijos! Dios pedirá cuenta a los que así venden las afecciones, la sangre del corazón de las personas para salir de apuros.

—¡Vamos, Chloe; si me amas no hables de ese modo cuando es quizá la última vez que conversamos juntos! Mira, Chloe, no puedo oír una palabra contra el señor. ¿No fue puesto en mis brazos cuando sólo era un niño? ¿No es natural que piense en él ante todo? ¿Y puede esperarse que el pobre

Tom será para él lo que él es para mí? Los señores están acostumbrados a tratarnos así, y, naturalmente, no fijan en ello gran atención. Es preciso conformarse. Pero compárale con otros. ¿Qué esclavo ha sido tratado jamás como yo? Estoy seguro de que, si pudiera impedirlo, no dejaría las cosas en tal estado.

—Inútilmente te empeñas en decir esas cosas; ¡está mal hecho! —respondió Chloe, a quien distinguía particularmente un sentimiento obstinado de lo justo y de lo injusto—. No sabré decir dónde, pero conozco que hay en eso algo malo.

—Debieras mirar arriba, al que sin Él no se desprende un cabello de nuestra cabeza.

—Eso no me consuela, por convincente que sea la razón —dijo Chloe—. ¿Pero a qué viene tanto hablar? Más valiera que amasará la torta de maíz y te hiciera un buen desayuno. ¡Quién sabe cuándo te verás en otra!

Para apreciar los padecimientos de los negros vendidos a los plantadores del sur, preciso es tener presente que cuanto es instintivo en las infecciones de esta raza es particularmente profundo.

Toman un apego extremado a los sitios en que han vivido; no son por naturaleza ni atrevidos ni emprendedores, y sí apacibles y sedentarios. Añádanse a esta disposición los temores que un desconocido les inspira y la costumbre que se infunde al negro desde su infancia de mirar su venta a los plantadores del sur como el más terrible de los castigos. La amenaza de pasar el río les inspira más terror que el látigo o tormento. Esta idea, que hemos oído expresar muchas veces, se descubre además por los cuentos terribles que se refieren unos a otros durante sus horas de reposo, sobre lo que sucede en aquel país de maldición, en aquel país que consideran como inexplorado y como que de él ningún viajero ha venido. Un misionero entre los esclavos fugitivos de Canadá refiere que la mayor parte de los negros que se escapan en aquella comarca lo hacen más que por el temor de ser vendidos a los plantadores del sur que por el mal tratamiento de sus señores, en general bastante humanos. Semejante amenaza, que siempre está pendiente sobre sus cabezas, las de sus mujeres y las de sus hijos, reviste de un valor heroico a aquellos hombres tímidos, sufridos e irresolutos, y les hace arrostrar el hambre, el frío, el cansancio, los peligros del desierto y los peligros, más temibles aún, si son sorprendidos en su fuga.

La sencilla comida de la mañana humeaba ya sobre la mesa, porque la señora Shelby había dispensado por aquel día a Chloe de su servicio ordinario. La pobre había puesto todos sus cinco sentidos y el valor que le quedara para preparar aquel almuerzo de despedida. Había matado su mejor pollo y amasado las tortas de harina con cuidado minucioso y a gusto de su marido en fin, colocó en la campana de la chimenea ciertos botes misteriosos llenos de dulce que sólo se veían en circunstancias extraordinarias.

—¿Qué tal, Pete? —dijo Mose, triunfante—. ¡Es un almuerzo fabuloso!

Y al hablar así echó mano a un trozo de pollo.

—Toma esto antes —dijo Chloe dándole un bofetón—. ¡No respetar el último almuerzo que tu pobre padre tendrá en la casa!

—¡Oh, Chloe! —dijo Tom con dulzura.

—Mira Tom, no sé lo que me hago —exclamó ocultando su rostro en su delantal—; estoy tan turbada que esto me hace obrar con dureza.

Los muchachos se quedaron mudos mirando ya a su padre, ya a su madre, mientras que la chica, que se agarraba a sus vestidos, daba gritos furibundos e imperiosos.

—Yo espero que esto se acabe —dijo Chloe, enjugando sus ojos y poniendo a la niña sobre sus rodillas—; come alguna cosa, hombre, por darme gusto; es mi mejor pollo. Vamos, hijos míos, vosotros lo haréis bien. ¡Pobres niños! ¡Vuestra madre ha sido muy dura para vosotros!

Los muchachos no aguardaron segunda invitación para atacar con celo a las viandas, y muy felizmente, porque sin ellos se habría quedado el almuerzo como se puso en la mesa.

—Ahora —dijo la tía Chloe, que andaba muy diligente— es necesario que te arregle tu ropa, que lo haré en un instante. Conozco a aquellas gentes; no tienen corazón... Ahí llevas almillas de franela para tus reumatismos; cuídalas mucho, porque nadie te hará más cuando se gasten. Aquí están tus camisas viejas; allí, las nuevas. Ayer acabé esas medias y he metido dentro este ovillo de lana para remendarlas. Pero, Señor, ¿quién te las remendará?

Y Chloe, vencida de nuevo por estas tristes ideas, apoyó su cabeza sobre el arca y empezó a sollozar.

—¡No puedo pensar en eso! ¡Nadie cuidará de ti, estés bueno o malo! ¡Cómo se ha de sufrir!

Los muchachos, después de haber hecho desaparecer los últimos vestigios del almuerzo, comenzaron a tomar parte en lo que pasaba a su lado. Viendo los llantos de su madre y la profunda tristeza de su padre, echaron a llorar también.

El tío Tom había puesto sobre sus rodillas a la niña y la dejaba entregarse a las delicias de arañarle y tirarle de los cabellos.

—Sí, sí, canta, mi pobre criaturita —dijo Chloe—; también llegará para ti el tiempo de llorar. Vivirás para ver a tu marido vendido o para serlo tú misma, y yo creo que me llevarán también a estos chicos así que puedan servir para alguna cosa. ¡Para qué los tendremos si se ha de ver esto!

En aquel momento dijo uno de los muchachos:

—Por allí viene la señora.

—¿A qué vendrá? —dijo Chloe—. No nos hará ningún bien.

La señora Shelby entró, Chloe le ofreció una silla con aire ceñudo; pero ella no pareció cuidarse de eso; estaba pálida e inquieta.

—Tom —dijo—, vengo... Deteniéndose de pronto y dejándose caer sobre la silla se cubrió su rostro con el pañuelo y prorrumpió en sollozos.

—¡Oh, señora, no llore usted así! —exclamó Chloe.

Y diciendo estas palabras se deshacía ella misma en lágrimas.

Durante algunos momentos todos lloraron en silencio; y aquellas lágrimas vertidas en común por los dichosos y los oprimidos, cayeron sobre los corazones desgarrados, apartaban todo sentimiento de odio y de cólera. ¡Oh!, usted que visita a los desgraciados, ¿sabe usted que cuanto su dinero puede comprar, dado con mano indiferente y mirada fría, no vale una lágrima de simpatía verdadera?

—Mi buen amigo —dijo la señora Shelby—, nada puedo hacer por ti ahora. Si te diera dinero te lo quitarían. Pero te prometo solemnemente y ante Dios que he de seguir tus huellas y rescatarte tan pronto como pueda disponer de la suma necesaria. Hasta entonces confía en Dios.

—Por allí viene el señor Haley —exclamaron los muchachos.

Casi al mismo tiempo un puntapié abrió la puerta sin ceremonia, y se presentó Haley en el umbral. La terrible noche que acababa de pasar y el mal éxito de su expedición no eran cosas para que le tuvieran de buen humor.

—Vamos —dijo—, ¿estás dispuesto? Servidor de usted, señora —añadió, quitándose el sombrero cuando vio a la señora Shelby.

Chloe cerró la maleta, la ató, y levantándose echó al mercader una mirada sombría. La cólera había secado sus lágrimas y sus ojos chispeaban de furor.

Tom, sin murmurar, se levantó para seguir a su nuevo amo, y cargó la pesada maleta sobre sus hombros. Su mujer tomó en brazos al niño pequeño para acompañarles hasta el carruaje; los demás siguieron llorando.

La señora Shelby, acercándose al mercader, le habló con calor durante algunos momentos. Mientras ella así le detenía se adelantó la familia hacia el carruaje, que estaba enganchado delante de la puerta. Todos los esclavos de aquel sitio, jóvenes y viejos, se habían juntado para despedir a su antiguo compañero. Habíanse acostumbrado a mirar a Tom no sólo como al esclavo de confianza de la señora Shelby, sino como a su guía cristiano, y su marcha excitaba en todos ellos, especialmente en las mujeres, un verdadero sentimiento y una cordial simpatía.

—Veo, Chloe, que tiene usted más valor que nosotros —dijo una de ellas que había vertido abundantes lágrimas al observar la calma sombría con que Chloe estaba de pie delante del carruaje.

—He agotado todas mis lágrimas —dijo mirando de reojo al mercader que se acercaba—; no quiero llorar delante de ese viejo miserable.

—Arriba —dijo Haley a Tom atravesando la multitud de esclavos que le miraban con aire de desprecio.

Tom subió al carruaje, y Haley, sacando de debajo del asiento dos pesadas cadenas, se puso a sujetarle los tobillos.

Un murmullo ahogado de indignación recorrió el círculo de los asistentes y la señora Shelby, levantando la voz, dijo:

—Señor Haley, aseguro a usted que es una precaución enteramente inútil.

—No sabía nada, señora; pero acabo de perder uno de aquí que vale quinientos pesos, y procuro no exponer más.

—Ya podíamos esperarlo —dijo Chloe con indignación, mientras los dos chicos, que al parecer habían comprendido de repente la suerte de su padre, se agarraban a los vestidos de su madre llorando y dando gritos.

—Mucho siento —dijo Tom— que el señorito George esté hoy ausente.

George había ido a pasar unos días con un amigo suyo a una plantación inmediata. Habiendo salido de madrugada el día mismo en que se divulgara la desgracia de Tom, no había sabido nada.

—Dad mis afectos al señorito George —añadió Tom con emoción.

Haley dio un latigazo a su caballo, y Tom, con la vista fija en su antigua morada, fue arrastrado lejos de ella.

El señor Shelby no estaba aquel día en su casa. Para resolverse a vender a Tom fue preciso que tuviera una necesidad muy imperiosa. Quería librarse a toda costa del poder de un hombre a quien temía, y consumado el acto, su primera impresión había sido la del consuelo; sin embargo, los cargos de su mujer habían despertado en él remordimientos que el desinterés de Tom había hecho penetrantes y agudos. En vano se repetía que usaba de su derecho; que todo el mundo en su lugar habría hecho lo mismo, y quizá sin ser obligado por la necesidad; no podía imponer silencio a la voz interior, y para librarse de las crueles escenas de la despedida había escogido aquel momento para un viaje sobre negocios, esperando que a su regreso todo estaría terminado.

El carruaje conducía a los dos viajeros por un camino cubierto de polvo, y Tom veía desaparecer detrás de sí los sitios que le eran familiares. Bien pronto salvaron los límites de la plantación y se encontraron en el camino real.

Después de haber andado cerca de una milla, Haley se paró a la puerta de un herrero para componer las esposas que llevaba prevenidas.

—Son algo pequeñas para ese hombrón —dijo mostrándole a Tom.

—Señor, ¿no es ese Tom de Shelby? No puede ser que le haya vendido —dijo el herrero.

—Sí, le ha vendido —respondió Haley.

—¡Es imposible! ¡Quién lo hubiera pensado! Pero, créame usted, no necesita usted sujetarle así; es el hombre más honrado...

—Bien, bien —dijo Haley—: justamente hay que tomar precauciones. Los estúpidos, los descuidados, los borrachos, pueden ser castigados a lo mejor sin que se den por entendidos, porque así les gusta; pero esos negros de primera calidad detestan el cambio como el pecado. No hay mejor garantía que las cadenas. Si se les deja libres las piernas, esté usted seguro que apelarán a ellas.

—¡Eh! —dijo el herrero buscando las herramientas necesarias—. Las plantaciones de usted no son precisamente el país a que los negros de Kentucky desean ir. Allí mueren muy pronto, ¿no es verdad?

—Es cierto que mueren razonablemente pronto; sea efecto del clima, sea efecto de una cosa o de otra, mueren lo bastante para sostener un comercio animado —respondió Haley.

—Es necesario confesar, sin embargo, que es extraño que un hombre honrado y fiel como Tom vaya a ser atormentado en una de aquellas plantaciones de azúcar para engordar la tierra.

—Esté usted tranquilo; le asiste buena estrella; he prometido tratarle bien. Le entraré de criado en una casa de esas de buena y antigua familia, y si resiste al clima y a la fiebre, tendrá allí una suerte tan buena como puede esperar un negro.

—Supongo que deja aquí a su mujer y a sus hijos.

—Sí; pero se le dará otra por allá. A Dios gracias, hay bastantes mujeres por todas partes.

Durante esta conversación se había quedado sentado Tom en su puesto delantero del coche, dominado de una profunda tristeza. De repente se oyó el galope precipitado de un caballo, y antes que hubiera vuelto de su sorpresa entró en el carruaje el joven señorito George; le echó impetuosamente sus brazos al cuello, y llorando y mezclando multitud de imprecaciones a la vez, dijo:

—¡Esto es una infamia! Dígase lo que quiera, ¡esto es una infamia! ¡Es una deshonra! ¡Ah! ¡Si yo fuera hombre no se trataría a usted así!

—¡Oh, señor George, cuánto me alegro! —dijo Tom—. ¡Sentía tanto partir sin ver a usted! ¡Oh! Esto me causa más alegría que la que usted puede figurarse.

Aquí hizo Tom un movimiento, y a la mirada de George se fijó en las cadenas.

—¡Qué deshonra! —exclamó levantando las manos al cielo—. ¡Es preciso que mate yo a ese pícaro!

—No, señor George; no le haga usted nada, y le ruego que no hable así. Sólo conseguirá usted enfurecerle, y por eso no seré mejor tratado.

—Pues bien: no, por amor a usted; pero reflexione usted un poco. ¿No es una deshonra? ¡Qué infamia! No se me ha buscado; no se me ha dicho palabra, y a no ser por Tom Lincoln no sabría aún nada. ¡Así es que me he puesto bonito en casa!

—Temo que haya sido usted injusto, señor George.

—¿Qué quería usted que hiciera? Ya he dicho que es horrible. Pero aquí tiene usted, tío Tom —prosiguió con tono misterioso volviendo la espalda a la casa—: «¡He traído a usted mi peso!».

—¡Oh, no puedo tomarle, señor George, por nada en el mundo! —dijo Tom conmovido.

—Pero yo quiero que le tome usted. He dicho a Chloe que correría a traérselo a usted, y me ha aconsejado que le haga un agujero y le ate una cinta, a fin de que pueda usted colgárselo al cuello y esconderle debajo de su camisa. A no ser así, ese infame se lo quitaría a usted. Tom, es necesario que yo diga a ese hombre lo que se merece; esto me haría descansar.

—No, señor George, no lo haga usted; con eso no me haría usted ningún bien.

—Pues bien; no, por amor a usted —dijo George, pasando su peso alrededor del cuello de Tom—. Ahora abróchese usted bien su almilla; consérvele usted, y cuando le mire tenga presente que algún día iré a rescatarle y devolverle a nuestra casa. Ya lo hemos acordado la tía Chloe y yo; le he dicho que no se inquiete; yo haré el negocio y atormentaré a mi padre a muerte hasta que consienta en ello.

—¡Oh, señor George, no hable usted así de su padre!

—Yo no digo nada malo de él, tío Tom.

—Y ahora, señor George, es necesario que usted me prometa ser un buen muchacho. Acuérdese usted que es la alegría de muchos corazones. Confíe usted en su madre. No haga usted lo que esos jóvenes locos que se creen demasiados sabios para escuchar a su madre. Escúcheme usted, señor George: hay muchas cosas buenas que Dios concede dos veces; pero una madre no la da sino la primera. Aunque viva usted cien años no verá una mujer como ella. Amela usted, respétela y tenga mucho orgullo en ser su consuelo. ¿No es verdad, mi querido niño, que lo hará usted así?

—Sí, lo quiero —respondió George con seriedad.

—Cuidado con sus palabras, señor George. Los jóvenes de la edad de usted son impetuosos a veces, esto es natural; pero un verdadero caballero, como espero llegue usted a serlo, no debe jamás pronunciar una palabra que no sea respetuosa para sus padres. No se habrá usted ofendido, señor George, ¿no es verdad?

—No a fe, tío Tom; siempre me ha dado usted excelentes consejos.

—Como soy más viejo —dijo Tom acariciando con su áspera mano la hermosa cabeza del joven y hablando con voz dulce como la de una mujer veo— todo lo que usted puede llegar a ser. ¡Oh, señor George, usted lo tiene todo: instrucción, privilegios, lectura, escritura; usted será hombre instruido, útil y bueno, y sus criados, su padre y su madre estarán orgullosos de usted! Sea usted buen señor como su padre; sea usted cristiano como su madre.

—Quiero ser todo eso, tío Tom; se lo prometo a usted; quiero ser un hombre de primer orden. Así, anímese usted, que volverá a la plantación; yo soy quien se lo digo. Según decía a Chloe esta mañana, cuando sea yo hombre reedificaré la casa de usted, y tendrán un salón con alfombra. ¡Oh! Todavía alcanzará usted buenos tiempos.

Haley salió entonces de casa del herrero con las esposas en la mano.

—Escuche usted, caballero —dijo George con aire de superioridad—. Mi padre y mi madre sabrán cómo trata usted al tío Tom.

—Como usted guste —respondió el traficante.

—Debiera usted avergonzarse de pasar su vida comprando hombres y mujeres, a quienes encadena como fieras. Me parece que debe usted creerse degradado y avergonzado.

—Mientras esos grandes señores del mundo quieran comprar a los hombres y a las mujeres, yo les haré valer bien —dijo Haley—. No debe ser más despreciable el venderlos que el comprarlos.

—No haré yo ni lo uno ni lo otro cuando sea hombre —dijo George—. Me avergüenzo de ser de Kentucky, yo, que hasta ahora había estado orgulloso de ello.

Y montando su caballo echó una mirada a su alrededor, como si la opinión que acababa de emitir hubiera debido sublevar al Kentucky.

—Adiós, pues, tío Tom; ¡valor!

—Adiós, señor George —respondió Tom, echándole una mirada llena de ternura y de admiración—. ¡Bendígale el Dios Todopoderoso! ¡Ah! No hay en el Kentucky muchos como él —añadió cuando ya perdía de vista la noble figura de su joven señor.

Eran los últimos cuidados, la última vista que le recordaba su dicha perdida.

Cuanto amaba Tom estaba lejos de él; pero el precioso «peso» que acababa de ser depositado en su corazón le parecía desterrar el frío y el aislamiento. Llevó a él la mano y le estrechó contra su pecho.

—Escúcheme, Tom —dijo Haley acercándose al carruaje y echando en él las esposas—. Voy a hablarte como he hecho hasta ahora con mis negros, de una vez para siempre. Mi intención es tratarte bien, como es mi constante costumbre con mis negros; pero para empezar pórtate bien conmigo y yo haré otro tanto. No soy cruel con mis negros, todo lo contrario. Créeme: toma tu partido con serenidad y no intentes buscarme las vueltas. Yo sé bien lo que son todos los negros, y de nada te servirían tus precauciones. Si mis negros son pacíficos y no intentan escaparse, se encuentran conmigo a las mil maravillas; pero caso de no querer portarse bien, ya pueden atenerse a los resultados, y suya es la culpa, no mía.

Tom aseguró a Haley que no tenía la menor intención de escaparse; y, en efecto, la exhortación parecía superflua para un hombre cuyos pies estaban sujetos por dos pesadas cadenas. Pero Haley había tomado la costumbre de comenzar sus relaciones con cada nueva cabeza de su rebaño, por medio de algún discursito de este género, medida hábilmente calculada para inspirar alegría y confianza y desvirtuar toda escena desagradable.

Vamos a despedirnos ahora de Tom para seguir a los demás personajes de nuestra historia.

CAPÍTULO XI
La propiedad humana revuelta contra el propietario

Después de un medio día frío y lluvioso, un viajero se apeó en la puerta de un pequeño mesón de campaña en el poblado N..., del Kentucky, en cuya sala mayor encontró una compañía muy heterogénea que, forzada por el mal tiempo, había buscado asilo allí, y la cual ofrecía el aspecto propio de semejantes reuniones.

El mal tiempo había juntado en el portal, de entrada una reunión mixta de huéspedes, y la escena ofrecía el golpe de vista que presentan de ordinario semejantes establecimientos. Altos, vigorosos y robustos naturales de Kentucky en traje de caza, haciendo alarde en sus movimientos del abandono particular a su raza; escopetas amontonadas en los rincones, cuernos para pólvora, cacerinas, perros de caza y algunos negritos, todos revueltos, eran los principales puntos del cuadro. A cada extremidad del fuego estaba sentado un caballero de largas piernas, meciéndose sobre su silla, calado el sombrero y apoyando con aire soberbio los tacones de sus botas enlodadas en la campana de la chimenea, posición que, forzoso es prevenirlo a nuestros queridos lectores, es muy necesaria para reconcentrar la imaginación en las tabernas, y por esto los viajeros del oeste muestran a esta postura una predilección marcada.

El hospedero estaba en pie detrás del mostrador, y como la mayor parte de sus conciudadanos, era muy alto, pero de excéntrica figura. Su cabeza se veía adornada de una gran melena, sobre la cual se elevaba un sombrero gigantesco. El caso es que cada cual de los presentes llevaba un emblema característico de la soberanía del hombre. Quién lucía un sombrero de fieltro, quién de hojas de palmera; uno de castor, grasiento; alguno de impermeable de primera calidad, los cuales estaban colocados con una verdadera independencia republicana. Unos lo llevaban ladeado sobre sus ojos; éstos eran los calaveras, los amigos de divertirse y los despreocupados; otros, echado sobre las narices: éstos eran los hombres resueltos, de voluntad de hierro, que se ponían un sombrero porque querían llevarlo a su gusto y no al de los demás. Había quién lo llevaba sobre la nuca; éstos eran los que deseaban ver claros todos los objetos, mientras que los indolentes, que se cuidaban poco de sus sombreros, los dejaban libres sobre su cabeza para tomar cualquier posición. En fin, el estudio de aquellos diversos sombreros hubiera sido digno del estro de Shakespeare. Varios negros con pantalones flotantes, a la par que con camisas ajustadas, iban y venían sin parar de un extremo a otro del portal. Semejante actividad no daba otro resultado que manifestar un deseo sincero de ser útiles a su amo y a sus huéspedes. Añádase a este cuadro un fuego alegre y vivo en una inmensa chimenea, una puerta y grandes ventanas abiertas, por las cuales entraba un viento frío y húmedo que hacía ondear las cortinas, se tendrá la idea más completa de una posada-taberna del Kentucky.

Los kentuckianos de hoy ofrecen una prueba viva de la transmisión de los instintos y de los rasgos especiales de su carácter. Sus padres eran distinguidos cazadores; vivían en los bosques, dormían al aire libre y no tenían otra casa que el campo. Hasta el día, sus descendientes se conducen como si estuvieran siempre en los bosques.

Llevan constantemente el sombrero puesto; se echan y extienden sobre cualquier mueble; apoyan los pies en el respaldo de las sillas o sobre la campana de las chimeneas, del mismo modo que sus padres se echaban sobre el verde césped, apoyando sus pies en los troncos de los árboles. Tanto en invierno como en verano necesitan tener todos las ventanas abiertas para suministrar una columna de aire suficiente a sus vastos pulmones. Algunas veces, con una naturalidad admirable, llaman «amigo» a todo el que ven; en fin, son a la vez los más francos, los más libres y los más joviales de los hombres.

En semejante reunión, alegre y bulliciosa, entró nuestro viajero. Era un hombre de pequeña estatura, bien vestido, en la apariencia meticuloso y algún tanto original y cómico. Parecía hallarse preocupado sobremanera por su maleta y su paraguas, con que iba cargado, después de haber resistido obstinadamente a cuantas ofertas le hicieran los criados para evitarle tal trabajo. Echó en derredor del portal una mirada inquieta, y refugiándose con sus efectos en el rincón más caliente, depositó debajo de su silla la maleta y el paraguas, se sentó y empezó a mirar con aire afectado al ilustre personaje cuyas botas servían de decoración a la chimenea, y que se mecía de derecha a izquierda con un estrépito alarmante para todo hombre nervioso y apocado en sus costumbres.

—Oiga usted, amigo, ¿cómo va de salud? —dijo el caballero que acabamos de describir, lanzándole a guisa de saludo un trocito de tabaco.

—No mal —respondió, el otro, apartándose asustado ante el honor que le dispensara,

—¿Qué hay de noticias? —repuso su interlocutor, sacando de su faltriquera un pedazo de tabaco y un gran cuchillo.

—Ninguna, que yo sepa —dijo nuestro hombre.

—¿Masca usted tabaco? —continuó el primero, ofreciendo al otro un poco de tabaco con aire fraternal.

—No, gracias; me pone malo —respondió el hombre pequeñc separándose un poco.

—¿Es verdad? —dijo el otro con aire indiferente, echando en su boca la parte de tabaco rehusada para hacer una decocción de tabaco.

El anciano caballero no podía menos de estremecerse cada vez que su vecino de largas piernas dirigía hacia él su temible artillería. Habiendo advertido éste la antipatía, se volvió del otro lado y se puso a bombardear uno de los morillos con una disposición militar y una puntería que le habrían dado títulos bastantes para dirigir el sitio de una plaza.

—¿Qué es eso? —dijo nuestro anciano caballero, viendo que se agrupaba una gran parte de la reunión en derredor de un enorme cartel.

—El anuncio de un negro con sus señas —respondió uno.

El señor Wilson, tal era el nombre del caballero que llegó el último, se levantó, y después de haber colocado cuidadosamente su maleta y su paraguas, tomó sus lentes, y puestos sobre la nariz leyó lo siguiente:

«Se ha escapado de casa del que suscribe un mulato llamado George. El tal George es un muchacho de seis pies de estatura; su color, muy claro; pelinegro; es muy listo, habla bien, sabe leer y escribir, y tal vez intente pasar por blanco. Su espalda y hombros tienen profundas cicatrices, y en su mano derecha la letra H, marcada con un hierro caliente.

Daré cuatrocientos pesos al que me lo traiga vivo o al que me dé pruebas satisfactorias de que ha sido muerto».

Nuestro caballero leyó en voz baja este anuncio desde el principio hasta el fin, como si hubiera querido aprenderlo de memoria.

El hombre de largas piernas, a quien hemos descrito ya con las costumbres más elegantes, se levantó a su vez, y acercándose al cartel tranquilamente le hizo una verdadera descarga de pedacitos de tabaco.

—Esa es la opinión que formo de eso —dijo volviendo a sentarse.

—¡Eh, amigo! ¿Qué hace usted? —preguntó el patrón.

—Lo mismo que haría con el autor del anuncio si estuviese aquí —contestó fríamente el hombre de largas piernas, poniéndose a picar tabaco—. Todo el que tiene un muchacho como ese y no le trata bien, merece que se le pierda. Semejantes anuncios son una deshonra para el Kentucky; esa es mi opinión por si alguien desea saberla.

—Es la verdad —dijo el patrón, haciendo un apunte en su libro.

—Yo también tengo una infinidad de negros —repuso el primero—, y les digo: «Muchachos, cuando queráis podéis escaparos sin temor a que vaya en vuestra busca». Esta es la manera que tengo de guardar a mis negros. Sabiendo ellos que son libres para escaparse, no se les ocurre el menor deseo de hacerlo. Además les tengo concedida su libertad por si en uno de estos días llego a fracasar, y lo saben mis negros. Pues bien, amigo; no hay negros en todo el país que trabajen más que los míos. Mil veces los he enviado a Cincinnati con potros que valían más de quinientos pesos, y han vuelto derechos como una flecha a traerme el dinero. Pero esto no lo extraño; trátense como a perros, y se portarán como tales; míreseles como a hombres, y se conducirán como hombres.

Y el honrado chalán acompañó esta exposición de principios morales con un verdadero diluvio de trozos de tabaco lanzados contra la chimenea.

—Creo, amigo, que tiene usted razón —dijo el señor Wilson—; el muchacho cuyas señas acabamos de leer es hombre de mérito; ha trabajado seis años en mi taller y era mi mejor obrero; es ingenioso; ha inventado una máquina excelente para agramar el cáñamo, la cual se emplea en varios talleres, y su amo tiene la patente.

—Sí, sí; saca con ella el dinero, y luego marca con un hierro caliente al inventor. Como tuviera ocasión había yo de marcarle de manera que no se le borrase tan pronto la señal.

—Esos negros que saben tanto son siempre insolentes y difíciles de manejar —dijo un hombre de aspecto común y ordinario desde el otro extremo del portal—. Por eso se ven marcados y cubiertos de cicatrices; si se portaran bien no se les trataría así.

—Lo cierto es que Dios los ha criado hombres, y está muy mal hecho el convertirlos en animales —dijo secamente el chalán.

—También es indudable que esos famosos negros no sirven de nada a sus amos —repuso el otro, atrincherado en su grosera estupidez contra el desprecio de su adversario—. ¿De qué sirven sus talentos y adelantos si no puede uno aprovecharlos? Ellos sólo los emplean para engañar. Yo tenía uno o dos de esos negros que hube de venderlos a toda prisa, porque sabía que tarde o temprano había de perderlos si no me deshacía de ellos pronto.

—Mejor habría hecho usted en pedir a Dios que le concediese alguna familia hecha a propósito, rogándole a la vez, al crearlos, que se olvidara de darles alma.

A esta altura se hallaba la conversación cuando fue interrumpida por la llegada de un elegante «boguey» tirado por un caballo. Un hombre de fino aspecto y bien vestido ocupaba el carruaje, que guiaba un criado de color.

Todos los concurrentes se pusieron a examinar al extranjero con ese interés que excita en un día de lluvia la llegada de un desconocido a formar parte de una reunión de ociosos. Era de un talle alto; su tez morena le asemeja a un español; sus ojos rasgados, negros, eran extremadamente expresivos; su cabellera abundante, corta y naturalmente rizada, era también de un negro brillante; su nariz aguileña, su boca bien formada y fina, los admirables contornos de sus formas no permiten confundirle con los hombres vulgares.

Entró con un aire sereno en la reunión, indicó con un gesto a su criado el sitio en que debía colocar su maleta, saludó a los presentes, y acercándose sombrero en mano al mostrador se hizo inscribir en el libro registro de esta manera: «Henry Butler, de Oaklands, condado de Shelby». Volviéndose entonces con aire indiferente hacia el cartel, lo recorrió con la vista.

—Jim —dijo a su criado—, me parece que hemos encontrado en Bernan un esclavo que no respondía mal a estas señas, ¿eh?

—Sí señor —contestó Jim—; pero no recuerdo haber visto la marca en la mano.

—Yo tampoco le miré bien —dijo el desconocido con aire indiferente.

Acercándose entonces al patrón, le dijo que le preparara un cuarto particular, porque necesitaba escribir acto continuo.

El posadero era obsequioso por demás. Una partida de negros, jóvenes y viejos, hombres y mujeres, pequeños y grandes, se puso al instante en movimiento, zumbando como un enjambre de abejas y dándose la mayor prisa para preparar el cuarto del caballero, mientras éste, sentado en medio del portal, trababa conversación con el que tenía a su lado.

El manufacturero señor Wilson no había cesado, desde que llegara el desconocido, de mirarle con una curiosidad inquieta y agitada. Parecíale que no era la primera vez que le había visto, si bien no recordaba en qué circunstancias. Cada vez que hablaba el desconocido, hacía un movimiento o se sonreía, temblaba o fijaba en él sus ojos, que le hacía volver a otro lado la mirada completamente serena e indiferente del extranjero. En fin, un rayo de luz pareció brillar en su mente, y tanta sorpresa y alarma manifestaron sus facciones, que el extranjero se acercó a él.

—Señor Wilson, si no me engaño —dijo, ofreciéndole la mano—. Pido a usted mil perdones por no haberle antes reconocido. Usted me conoce a mí, ¿no es verdad? Señor Butler, de Oaklands, condado de Shelby.

—Sí, sí, caballero —dijo el señor Wilson como si hubiera hablado soñando.

Al mismo tiempo llegó un negro anunciando que estaba dispuesto el cuarto.

—Jim, ten cuidado de las maletas —dijo negligentemente el caballero.

Dirigiéndose después al señor Wilson, añadió:

—Estimaría mucho tener con usted en mi cuarto un ratito de conversación acerca de un negocio.

El señor Wilson le siguió como un sonámbulo, y subieron a una sala espaciosa, donde ardía una chimenea que se acababa de encender y donde se movían aún varios negros que estaban acabando de hacer los preparativos.

Así que se retiraron los criados, el joven cerró las puertas con aire tranquilo, guardó la llave en su faltriquera, y volviéndose hacia el señor Wilson, con los brazos cruzados sobre su pecho, le miró frente a frente.

—¡George! —dijo el señor Wilson.

—Sí, George —respondió el joven.

—Era imposible creerlo.

—Estoy bastante desfigurado, ¿no es verdad? —dijo el joven con una sonrisa—. Un poco de corteza de nuez ha convertido mi cutis amarillo en moreno y he teñido de negro mis cabellos. Así, pues, según usted ve, no estoy del todo conforme con las señas.

—George, ¿sabe usted que es muy peligroso el papel que usted juega en esta cuestión? Por mi parte, no se lo hubiera aconsejado.

—Para mí sólo será la responsabilidad —respondió George con la misma sonrisa altanera.

Observemos de paso que George pertenecía por su padre a la raza blanca. Su madre era una de esas desgraciadas llamadas por su hermosura a sufrir una esclavitud más vil y despreciable que toda otra. De la familia de su padre, una de las más orgullosas del Kentucky, había heredado un hermoso tipo europeo y un genio arrojado e indomable. De su madre sólo había recibido un ligero tinte de mulato, ampliamente compensado por el brillo de sus ojos negros. Un ligero cambio en el color de la tez y de sus cabellos había bastado para transformarle en un español; y como la gracia de los modales le era completamente natural, resultaba que no tenía dificultad en presentarse como un caballero que viajaba con su criado.

El señor Wilson, bondadoso, pero timorato y circunspecto, se paseaba a lo largo de la sala con aire algo inquieto, como si deseara ser útil a George; pero luchando a la vez con una noción confusa del deber de mantener el orden y hacer respetar las leyes, continuando sus paseos, expresaba de esta suerte sus reflexiones:

—Pues bien, George; ya veo que se ha escapado usted, que ha abandonado a su legítimo señor. No diré que me asombre; pero sí que me aflige verdaderamente; es necesario que se lo diga a usted, George; el deber me lo impone.

—¿Qué aflige a usted, caballero? —preguntó George con calma.

—¿Qué? Ver a usted en oposición con las leyes de su patria.

—¡Mi patria! —dijo George con un énfasis lleno de amargura—. ¿Acaso tengo yo otra patria que... la tumba? Pluguiera a Dios que ya hubiera bajado a ella.

—George, no; eso no está bien; es contrario al Evangelio el hablar así. Es cierto que tiene usted un señor demasiado cruel; es... En fin, para decirlo todo, se ha portado de un manera muy reprensible. No pretendo justificarle; pero sabe usted que el ángel ordenó a Agar que volviese con su señora y que el apóstol volvió a enviar a Onésimo con su señor.

—No me cite usted la Biblia de esa manera, señor Wilson —exclamó George con la mirada llena de cólera—, porque ha de saber usted que mi mujer es cristiana y yo también quiero serlo, con tal que pueda; pero venirme con esas citas en las circunstancias por que atravieso, conseguiría usted hacerme renunciar a ello para siempre. Apelo a Dios Todopoderoso; estoy dispuesto a presentarme ante Él y preguntarle si hago mal en buscar mi libertad.

—Esos sentimientos son muy naturales, George —dijo sonándose el pacífico Wilson—; sí, muy naturales; pero es deber mío no alentarlos en usted. Sí, lo siento mucho; la posición de usted era triste, demasiado triste; pero dice el Apóstol que ninguno debe salir de la condición a que está llamado. Debemos todos someternos a los designios de la Providencia. ¿No lo cree usted así, George?

—Dígame usted, señor Wilson; si los indios le hubieran arrebatado a su mujer y sus hijos y quisieran emplearle toda la vida en cavar sus raíces, ¿miraría usted como un deber el no salir de la condición a que era usted llamado? Creo más bien que el primer caballero errante que usted encontrase le parecería una indicación demasiado clara de los designios de la Providencia; ¿no es verdad?

El viejo abrió en extremo los ojos para considerar la cuestión desde aquel punto de vista; y si bien no era grande su fuerza de raciocinio, tenía el buen sentido de lo cual carecen ciertos lógicos, de callarse cuando nada había que decir. Así fue, que, arrollando su paraguas con el mayor esmero, se limitó a continuar sus exhortaciones de una manera general.

—Ya sabe usted, George, que he sido siempre su amigo. Cuanto le he dicho ha sido sólo por su bien. Creo que huyendo así corre usted grandes peligros; no puede usted esperar salir con buen éxito de este trance. Si lo cogen a usted, su suerte será, más desgraciada que nunca; se verá usted injuriado, medio muerto, y, por último, vendido.

—Señor Wilson, ya sé todo eso —respondió George—; juego, en efecto, un albur terrible; pero... —y desabrochándose el paletó enseñó dos pistolas y un puñal—. Ya ve usted que estoy dispuesto a todo y no permitiré que se me haga pasar el río. No; en todo caso haré que se me den seis pies de tierra libre, la primera y la última que poseeré en Kentucky.

—¡Oh, George! ¡Qué terrible es el estado de su alma! Esa es una resolución desesperada. Estoy profundamente afligido. ¡Cómo, violar así las leyes de su patria!

—¡Otra vez mi patria! Señor Wilson, usted tiene una patria; pero yo y cuantos desgraciados han nacido esclavos, ¿qué patria podemos tener? ¿Qué leyes nos protegen? Nosotros no las hacemos, no las ratificamos, nada absolutamente tenemos que ver con ellas; lo que hacen, en cambio, es esclavizarnos y subyugarnos. ¿Pues que, no oí los discursos de usted de 4 de julio, aniversario de la Independencia? ¿No nos repite usted todos los años que es legítimo el poder de los Gobiernos por el consentimiento de los gobernados? ¿Cree usted que oyendo nosotros eso somos incapaces de pensar? ¿Se figura usted que no podemos examinar sus discursos y sus actos y sacar las consecuencias?

La naturaleza del señor Wilson era de esas que pueden bien compararse a una bala de algodón: dulce, suave, inofensiva y sin consistencia. Compadecía realmente a George; tenía una noción confusa de los sentimientos que le agitaban; pero juzgaba antes como un deber el hablarle sabiamente con infinita perseverancia.

—George, amigo mío, debo decir a usted que valdría más no diera pábulo a semejantes ideas. Son muy peligrosas en su situación...

Y el señor Wilson se sentó en la esquina de una mesa y empezó a morder con irritación nerviosa el mango de su paraguas.

—Ea, señor Wilson —dijo George, acercándose y sentándose enfrente de él—, míreme usted. Repare en mi semblante, en mis manos, en mi cuerpo —y el joven se levantó con orgullo—; ¿no soy un hombre como otro cualquiera? Escúcheme usted, señor Wilson; fáltame que decir otras cosas. Yo tenía un padre, uno de los caballeros de Kentucky, que se figuró no valía yo la pena de que se dieran los pasos necesarios para impedir el ser vendido, después de su muerte, con sus perros y caballos. Vi a mi madre subastada con sus siete hijos. A su vista fueron vendidos uno tras otro y a diferentes señores. Yo era el más joven. Llegóse arrodillada ante mi viejo amo, suplicándole que la comprase conmigo para que le quedara por lo menos uno de sus hijos; pero la rechazó de un puntapié. La vi sufrir tan infame ultraje y oí sus gemidos y sus gritos, mientras a mí me ataban al cuello del caballo que debía conducirme con mi amo.

—¿Y después?

—Mi amo se ajustó de nuevo con otro traficante y compró a mi hermana mayor. Era ésta una joven bondadosa y compasiva; pertenecía a la Iglesia baptista, y su hermosura igualaba a la de su pobre madre. Había recibido buena educación y sus modales eran distinguidos. Gané mucho por de pronto con esta adquisición de mi amo, porque tenía a mi lado alguna persona que me amase; pero no tardé mucho en sentirlo amargamente. Oí cierto día a través de una puerta los latigazos que le daban a mi hermana, sin que pudiera defenderla lo más mínimo, por más que tales golpes se descargaban de rechazo sobre mi corazón. Ha de saber usted que se la castigaba porque quería vivir como cristiana y mujer honrada y de una manera que nuestras leyes no permiten a los esclavos. En fin; la vi encadenada formar parte de la compañía que un traficante llevaba a vender a Nueva Orleans, desde cuyo tiempo nada he vuelto a saber de ella. He vivido por espacio de muchos años sin padre, sin madre, sin hermanas y sin un ser viviente que no me haya tratado como a un perro. El látigo, las injurias, el hambre; he ahí el compendio de mi vida. He sufrido un hambre tan cruel que de buena gana hubiera recogido los huesos que se echaban a los perros. Sin embargo, aunque era tan pequeñito, durante mis largas noches de insomnio y de lágrimas no era el hambre lo que me hacía llorar, ni tampoco el látigo. No, señor; lloraba por mi madre y por mis hermanas; lloraba porque no tenía en el mundo un corazón que me amase. No he sabido jamás lo que es la paz y la dicha. Jamás se me había dirigido una palabra cariñosa hasta el día en que fui a trabajar al taller de usted, señor Wilson; usted se portó muy bien conmigo; usted me alentó para aprender a leer, para probar a salir de mi abyección. ¡Dios sabe cuán agradecido estoy! Entonces fue, señor, cuando conocí a mi mujer; usted, que la conoce también, sabe lo hermosa que es. Cuando descubrí que me amaba y estuve casado con ella, no cabía en mí de regocijo. Es tan buena como hermosa; pero escuche usted, no es eso todo. Mi amo me arranca de mi trabajo, de mis amigos, de cuantas personas me son queridas, y me oscurece entre el cieno. ¿Y por qué? Porque dijo que había olvidado quién era, y a fin de hacerme comprender que no pasaba de ser un negro. En fin, y para colmar la medida, se coloca entre mi mujer y yo, y me manda renunciar a ella y a vivir con otra. Y todo esto permiten que se haga «vuestras leyes», a despecho de las divinas y de la conciencia. Pues bien, señor Wilson; no hay uno solo de estos actos, que han destrozado el corazón de mi madre, el de mis hermanas, el de mi mujer y el mío, que no esté sancionado por «vuestras leyes». ¿Eso es a lo que llama usted «leyes» de «mi» patria? No; yo no tengo patria, ya que tampoco tengo padre. Pero al fin pronto será una mía. Lo único que pido al país de usted es que me permita salir de él. Cuando haya entrado en el Canadá, cuyas leyes me protegerán, el Canadá será mi patria y obedeceré sus leyes. Mas si intentara usted detenerme en esta senda, no respondo de mí mismo, porque estoy desesperado. Derramaré por mi libertad la última gota de mi sangre. Usted dice que sus padres lo hicieron por la suya; si su causa era justa, también lo es la mía.

Al hablar así, George se había levantado y se paseaba con pasos rápidos por la habitación. Sus palabras enérgicas, sus lágrimas, sus gestos de desesperación, sus miradas ardientes, aquella escena, en fin, patética y terrible, habían triunfado de los últimos escrúpulos del bondadoso corazón a quien el joven se dirigía.

El señor Wilson se llevaba sin cesar el pañuelo a su rostro, y de repente estalló en estos términos:

—¡Llévelos el diablo! ¿No lo he dicho siempre? ¡Malditos sean todos ellos! Mas no sé lo que digo; creo, Dios me perdone, que he jurado. En fin, George, adelante, pero con mucha prudencia; no mate usted a nadie, a menos que... Sin embargo, valdrá más que no tire usted, que no apunte a ninguno, ¿comprende usted? ¿Dónde está, George, la mujer de usted? —añadió levantándose para pasear.

—Se ha marchado con su hijo en los brazos; sólo Dios sabe dónde está. Ha tomado la dirección del norte, y quién sabe si volveremos a encontrarnos en el camino.

—¿Es posible? ¡Vaya una cosa extraordinaria! ¡Una familia tan buena!

—Los mejores amos pueden empeñarse, y las leyes de nuestro país les permiten arrancar un niño de los brazos de su madre para salir de apuros —respondió George con amargura.

—Bien, bien —dijo el honrado anciano rebuscando en su faltriquera—; no obraré quizás según mis opiniones...; pero váyanse al infierno —añadió de pronto—. Tome usted, George.

Y sacando varios billetes de Banco se los entregó al joven.

—No, querido mío, mi buen señor Wilson —respondió George—; ya ha hecho usted demasiado por mí, y esto podría perjudicarle. Tengo bastante dinero, a mi parecer, para llegar al extremo de mi viaje.

—No, George, no debe usted rehusar. El dinero es útil en todas partes; nunca se tiene demasiado si se adquiere por buenos medios. Tome usted, se lo ruego.

—Bien; lo recibo con la condición de que más adelante me permita usted que se lo devuelva —respondió George tomando los billetes.

—Ahora dígame usted, George: ¿cuánto tiempo piensa viajar de esa manera? Ni mucho ni tampoco lejos, según creo; ¿no es verdad? Desempeña usted bien su papel; pero es demasiado comprometido. ¿Quién es ese criado negro?

—Un hombre de corazón que supo hace más de un año buscar el camino del Canadá. Allí le dijeron que su amo, en medio de su cólera, al ver que se le había escapado, mandó dar latigazos a su anciana madre. Entonces se volvió para consolarla y procurar sacarla de las manos brutales de su señor.

—¿Lo ha conseguido?

—Aún no; ha pasado el tiempo alrededor de la plantación en que se halla su madre y todavía no ha encontrado una ocasión favorable. Ahora me acompaña hasta el Ohio para llevarme a casa de los amigos que le ayudaron en su fuga. Enseguida se vuelve con el objeto indicado.

—Es peligroso, muy peligroso —dijo el anciano.

George se sonrió desdeñosamente. El caballero le miró de pies a cabeza con natural asombro.

—«¡Ahora soy libre!» —respondió George con orgullo—. Sí, ningún hombre me oirá ya llamarles señor. «Soy libre».

—Precaución y cuidado, porque todavía pueden cogerle a usted.

—En tal caso, todos los hombres son iguales y libres en la tumba —respondió George.

—Me asombra la audacia de usted —repuso el señor Wilson—. ¡Detenerse así, en la taberna más próxima!

—Como eso es tan atrevido y la taberna está tan inmediata, nadie podrá figurárselo. Se me buscará más lejos; usted mismo, señor Wilson, no acertaba a creer que fuera yo, Jim no es conocido en estos parajes, su señor no vive en el condado. Además ya se ha renunciado a buscarle; y respecto a mí, ninguno me sacará por las señas.

—¿Y la marca que tiene usted en la mano?

George se quitó el guante y mostró una cicatriz apenas cerrada.

—Este es el último testimonio del cariño que me profesaba el señor Harris —dijo desdeñosamente—. Hace unos quince días que se le ocurrió dármelo, porque dijo estaba convencido de que me escaparía a la primera ocasión. Es interesante, ¿no es verdad? —continuó poniéndose el guante de nuevo.

—Confieso que se me hiela la sangre en mis venas cuando pienso en esto, en la posición actual de usted y en los peligros a que se halla usted expuesto.

—Ya hace tiempo que se me heló a mí, señor Wilson. Ahora está hirviendo. Señor mío —continuó después de un momento de silencio—, cuando vi que me conocía usted creí que era lo mejor tener esta explicación con usted, no fuera que su aire de sorpresa y sus miradas indagadoras me descubriesen. Parto mañana antes de salir el alba, y por la noche pienso dormir seguro en el Estado de Ohio. Viajaré de día; me detendré en las mejores fondas y comeré en mesa redonda con los señores del país. Adiós, señor mío, si sabe usted que me han cogido, ya puede usted contarme entre los muertos.

George, de pie y con frente altiva, ofreció su mano como pudiera haberlo hecho un príncipe. El bendito anciano la estrechó cordialmente, y después de otra exhortación relativa a la prudencia tomó su paraguas y salió de la sala tanteando; tanta era su emoción.

George se quedó mirando con aire pensativo la puerta que el anciano acababa de cerrar. Una idea atravesó por su mente, y lanzándose a su encuentro le llamó:

—Señor Wilson, suplico a usted otra palabra.

El señor Wilson entró de nuevo, y George, después de haber cerrado la puerta, permaneció un instante con los ojos bajos y el semblante dudoso. Al fin, levantando la cabeza por medio de un esfuerzo súbito, dijo:

—Señor Wilson, se ha portado usted conmigo como cristiano; quisiera pedirle el último acto de caridad evangélica.

—Hable, George.

—Lo que me ha dicho usted es la verdad; corro un peligro terrible. No hay en la Tierra un solo corazón a quien pueda afligir mi muerte —añadió con esfuerzo y voz entrecortada—. Me arrojarán fuera de un camino, se me enterrará como a un perro, y al día siguiente nadie se acordará de mí sino mi infeliz mujer. ¡Pobrecilla mía! ¡Cómo me llorará! ¡Si quisiera usted, señor Wilson, hacer llegar a sus manos este alfiler! ¡Me lo dio un día de Navidad la pobre muchacha! Entrégueselo usted y dígale que la amaré hasta mis últimos instantes. ¿Me lo promete usted? —preguntó con acción suplicante y marcada agitación.

—Sí, a fe —dijo el anciano tomando el alfiler con mano temblorosa y los ojos llenos de lágrimas.

—Dígale usted —continuó George— que es mi última voluntad que se vaya hasta el Canadá, si le es posible, y que viva allí. Poco importa que sea buena su señora; poco importa que tenga apego a la plantación; que no vuelva pies atrás, porque la esclavitud no puede causar más que la desgracia. Dígale usted que haga libre a nuestro hijo, a fin de que no sufra lo que yo he sufrido. Le dirá usted todo esto, señor Wilson, ¿no es verdad?

—Sí, George, se lo prometo a usted; pero tengo esperanza de que usted no morirá. Valor. Es usted un hombre decente y de corazón. Confíe usted en Dios, George. Deseo saber que se halla usted en seguridad, porque... sí, lo deseo con toda mi alma.

—¿Hay un Dios en quien puedo confiar? —dijo George con un tono de desesperación tan amarga que hizo guardar silencio al anciano—. ¡Oh! He visto tales crímenes en mi vida que casi me han probado que no existe un Dios. Sin embargo, esas cosas no producen en los cristianos la misma impresión que en nosotros. Hay un Dios para ustedes, ¿pero le hay para nosotros?

—¡Oh! No hable usted así, amigo mío; no hable usted así —exclamó el anciano sollozando—; no profese esas ideas. Hay un Dios, sí; está rodeado de nubes y de tinieblas; pero se funda su trono sobre la misericordia y la justicia. Hay un Dios, George; crea usted en Él, confíe en Él, y estoy seguro que le ayudará a usted. La justicia tendrá su día; si no es en este mundo, en el otro.

La piedad real y el fervor del anciano prestaron a su palabra una dignidad y una autoridad transitorias. George suspendió voluntariamente sus paseos agitados a lo largo del aposento y se quedó un momento pensativo; después dijo:

—Os agradezco cuanto me habéis dicho, mi buen amigo; lo recordaré...

La cabaña del tío Tom

CAPÍTULO XII
Notable incidente

Una voz se oye en Ramá, lamentación y gemido grande: es Raquel que llora a sus hijos, y rehusa ser consolada porque no existen.

(MATEO, 2, 18.)

El señor Haley y Tom continuaron su viaje, absortos en sus propias reflexiones, meditando, cada uno según su carácter, en el porvenir que preveían.

Así, Haley pensó ante todo en las dimensiones de Tom, en su altura y grosor; calculó a qué precio lo podría vender si le conservaba gordo y rollizo hasta el día del mercado; pensaba en cómo completaría su manada de negros; calculó el valor respectivo de los hombres, mujeres y niños de que probablemente se compondría, etc., etc.

Luego fijó el pensamiento en sí mismo. Felicitóse por ser tan humano, «porque —se decía con regocijo— mientras otros muchos les ponen esposas y cadenas en los pies y en las manos, yo sólo se las he puesto a Tom en los pies, y mientras él se porte bien tendrá las manos libres». Suspiró pensando en la ingratitud del corazón humano, porque sospechaba que Tom no apreciaría sus beneficios. ¡Cuántas veces no había sido engañado por negros a quienes había favorecido! ¿No era a la verdad muy extraño que con tales ejemplos hubiera permanecido tan bondadoso?

Tom, por su parte, sólo se acordaba de las siguientes palabras que él había leído en un antiguo libro: «Todas las cosas de este mundo son perecederas; debemos aspirar a la patria futura; por esto Dios no se avergüenza de ser llamado nuestro Dios, porque prepara una ciudad para nosotros».

Estas palabras han ejercido en todo tiempo un poder extraordinario sobre los espíritus de los pobres, y sobre el de las gentes sencillas como Tom, una influencia poderosa. Conmueven el alma hasta lo más recóndito y despiertan el valor, la energía, el entusiasmo en quienes, sin ellos, sólo quedarían en tinieblas y desesperación.

El señor Haley sacó de su faltriquera varios periódicos y comenzó a recorrer sus anuncios con un interés que le absorbió completamente. No era muy fuerte en la lectura y ordinariamente leía a media voz y en un tono recitado, como para verificar por sus oídos las deducciones de sus ojos. De esta manera leyó con lentitud el siguiente párrafo:

«Venta por causa de muerte.—Negros. Por acuerdo del Tribunal serán vendidos el martes 20 de febrero, a la puerta del Tribunal de Justicia, en la ciudad de Washington (Kentucky), los negros siguientes: Hagar, de sesenta años de edad; John, de treinta; Benjamín, de veintiuno; Saúl, de veinticinco; Alberto, de catorce, todos en beneficio de los acreedores y de los herederos de Josué Blatchiord... —Sam Morris, Tom Flint, procuradores».

—Preciso es que eche yo una mirada a esa venta —dijo a Tom a falta de otra persona—. Ya ves, Tom, que no estarás solo; tendrás una sociedad agradable como la de...; en fin, una grata sociedad. Vamos primeramente a Washington, y allí te dejaré preso mientras despacho mis negocios.

Tom recibió con dulzura tan interesante comunicación. Sólo preguntó a su corazón cuántos de aquellos infelices tendrían mujer e hijos y sufrirían lo que él al abandonados. Preciso es decirlo: la brutal noticia de que sería preso no produjo una impresión muy agradable en el pobre Tom, que siempre se había vanagloriado de llevar una vida honrada. Sí, debemos confesarlo; no teniendo Tom ninguna cosa en el mundo de que pudiera vanagloriarse, fundaba su orgullo en su honradez. Si hubiera pertenecido a las altas clases de la sociedad no hubiera tenido sólo esta satisfacción tan mezquina.

Pasó el día, y la noche sorprendió confortablemente alojados en Washington a Haley en una taberna y a Tom en una prisión.

A las once del día siguiente se agolpaba una muchedumbre compacta delante de la puerta del Tribunal de Justicia, fumando, mascando tabaco, jurando y conversando cada cual según su gusto particular y los alcances de su ingenio y esperando todos a que diera principio la subasta. Los esclavos formaban un grupo separado y hablaban también a media voz.

La mujer anunciada bajo el nombre de Hagar, era por las facciones y la configuración de su rostro una verdadera africana. Tendría unos sesenta años; pero las enfermedades y trabajos la habían envejecido antes de tiempo. Estaba casi ciega y encorvada completamente por los dolores de reumatismo. A su lado se veía a su hijo Albert, hermoso joven de catorce años. Era el único que le quedaba de una familia numerosa, cuyos individuos habían sido vendidos uno tras otro para el mercado del sur. Su madre le abrazaba con sus brazos temblorosos y lanzaba miradas de terror sobre los que se acercaban.

—No tema usted nada, tía Hagar —dijo el hombre de más edad—. He hablado por usted al señor Tom, y piensa hacer un solo lote de ustedes dos.

—Algunos suponen que yo no soy útil para nada —dijo la pobre anciana alzando sus manos temblorosas—; todavía puedo despachar la cocina, barrer y fregar. Valgo aún la pena de ser comprada, aunque se ponga bajo el precio. Dígaselo usted así —añadió con tono suplicante.

Habiéndose abierto paso Haley a través de los grupos, se acercó a uno de los negros, le hizo abrir la boca, le tocó los dientes, le mandó ponerse en pie, enseguida doblarse, y después de terminadas estas distintas evoluciones pasó a otro y le hizo sufrir la misma prueba. Cuando llegó al muchacho que estaba el último le examinó los brazos, registró sus dedos y le hizo saltar para enterarse de su agilidad.

—No le comprará usted sin mí —exclamó la anciana con una energía apasionada—; no constituimos los dos más que un lote. Todavía estoy fuerte, señor; aún puedo trabajar mucho.

—¿En una plantación? Algo dudoso me parece —dijo Haley echándole una mirada de desprecio.

Satisfecho de su examen se retiró y permaneció de pie con las manos en las faltriqueras, el cigarro en la boca y el sombrero de lado, aguardando el momento de empezar los negocios.

—¿Qué le parece a usted? —preguntó un hombre que había observado atentamente el examen de Haley, como si hubiera querido formar su opinión por la de otro.

—Bien; creo que haré proposiciones por los dos jóvenes y el muchacho.

—Parece que se piensa vender a la vieja con él —dijo el hombre.

—Eso no es obligatorio; la vieja no es más que un armatoste y no vale la sal que se coma.

—¿No piensa usted tomarla, por lo visto? —continuó el hombre.

—Sería preciso estar loco para pensar en eso. Está medio ciega y agobiada por el reuma. ¿Qué quiere usted que se haga con eso?

—Sin embargo, hay gentes que compran a estas infelices ancianas y sacan de ellas más provecho del que se piensa —dijo el interlocutor con intención.

—No seré yo de esos —respondió el traficante—; no la querría aunque me la dieran de balde. La he visto, y esto me basta.

—Sería una lástima no comprarla con su hijo; no podrá vivir sin él. Suponga usted que la den por un precio ínfimo.

—Tanto mejor para los que deseen malgastar el dinero, pues yo no tengo para tirarlo. Pienso comprar al muchacho para una plantación; pero no tengo ánimo de llevarme a esa vieja aunque me la den regalada.

—Va a desesperarse —dijo el hombre.

—Naturalmente —respondió con frialdad el mercader.

Aquí llegaba la conversación cuando fue interrumpida por el murmullo de los que estaban junto a los dos interlocutores.

El pregonero, hombre de pequeña estatura y de aire grave e importante, se abrió paso a través de la muchedumbre. La pobre anciana respiró con aflicción y se asió instintivamente a su hijo.

—Albert, estate junto a tu madre, que van a sacarnos juntos.

—¡Madre mía, temo que no! —dijo el joven.

—Es preciso que así lo hagan, porque si no me moriría —dijo la anciana con vehemencia.

La voz estentórea del pregonero anunció que iba a empezar la venta. Así sucedió. Los negros jóvenes fueron adjudicados a precios que probaban el estado satisfactorio del comercio. Dos de ellos cayeron en suerte a Haley.

—Ahora tú, chico —dijo el pregonero tocando al joven con su martillo—; ponte de pie y muestra tu agilidad.

—¡Señor, pónganos usted juntos a los dos! ¡Por favor, señor! —dijo la anciana agarrándose a su hijo.

—Quítate de ahí —respondió el pregonero, desprendiendo enérgicamente sus manos—; ya te tocará la última. Vamos, trigueño, levántate y salta.

Y empujó al joven hacia el tablado; mas a pesar de volverse para no verse alejado de su madre, no pudo quedar allí, y enjugando las lágrimas que escaparon a sus grandes ojos se adelantó. Sus bellas formas, sus delicadas facciones y sus miembros ágiles provocaron una concurrencia inmediata, y una docena de proposiciones llegaron a oídos del pregonero, que no sabiendo a cuál atender dirigió sus miradas a derecha e izquierda, delante y detrás para cerciorarse de los postores y de las puestas.

Por fin sonó el martillo. Haley era el agraciado. Enviaron al chico a su nuevo dueño; pero deteniéndose se volvió del lado de su pobre madre, que temblando le tendía sus brazos.

—Cómpreme usted con él, señor, por el amor de Dios. Cómpreme usted. Voy a morir si usted no lo hace...

—Tú morirás de cualquier manera, hágalo o no lo haga —respondió el mercader—. ¡No!

Y volvió la espalda.

La venta de la pobre vieja se realizó bien pronto. El hombre que hemos visto hablar con Haley, y que parecía algo compasivo, la compró por una friolera, y los espectadores empezaron a dispersarse.

Las desgraciadas víctimas, que durante tantos años habían vivido bajo un mismo techo, se acercaron a la anciana madre, cuya agonía daba lástima a todos.

—¿No podría dejárseme uno siquiera? Señor, siempre me ha dicho que no se me quitaría éste —repetía sin cesar con voz desgarradora.

—Tenga usted confianza en Dios, Hagar —dijo el anciano tristemente.

—¿Qué adelantaré con eso? —respondió sollozando con violencia.

—Madre, madre, no llore usted así —exclamó el muchacho—; dicen que tiene usted buen señor.

—¡Qué me importa! ¡Oh, Albert! ¡Oh, hijo mío! ¡Mi último hijo! ¡Dios mío! ¿Qué he de hacer? ¿Qué ha de ser de mí?...

—Vamos, lleváosla —dijo Haley secamente—: no tiene gracia que nos aturda con esos gritos.

El compañero de más edad, ya por la persuasión, ya por la fuerza, sacó a la pobre anciana de situación tan desesperada y la condujo al carruaje de su nuevo dueño, esforzándose por consolarla.

—Partamos nosotros —dijo Haley, echando delante sus tres «adquisiciones».

Cogió su paquete de esposas y cadenas, y sujetándolas bien a sus muñecas los condujo a la prisión.

Al cabo de algunos días se instaló Haley con su mercancía en uno de los barcos de vapor del Ohio. Esto no era más que el principio de un rebaño que debía formarse a lo largo de la travesía con «adquisiciones» del mismo género.

El Río Hermoso, uno de los buques más ligeros que han atravesado las olas de aquel cuyo nombre lleva, bajaba con velocidad por la corriente desplegando las banderolas de la América libre. Una multitud inmensa de gentes elegantes llenaban los puentes, donde todo era vida, movimiento y alegría. Parecía que este día, último de marcha, era fiesta general para todos, excepto para los pobres negros, que relegados en el entrepuente con las mercancías hablaban en voz baja unos con otros.

—Espero, hijos —dijo Haley acercándose a ellos bruscamente—, que estaréis contentos. ¡Ea, a un lado la tristeza! ¡Valor! Sed buenos muchachos para conmigo, y yo me portaré bien para con vosotros.

Los infelices a quienes se dirigía este discurso dieron la respuesta invariable. «Sí, señor», que parece ser de tiempo inmemorial la consigna de su raza; pero es preciso confesar que sus corazones desmentían a sus labios, pues cada cual recordaba sus mujeres, sus madres, sus hermanos o sus hijos, de quienes acababan de separarse para no volver a verlos. Aunque el autor de la desgracia que lloraban en el fondo de su corazón les mandase estar contentos, no era tan fácil obedecer su orden.

—Yo tengo mujer —dijo uno que aparecía en el registro con el nombre de John, hombre de treinta años, dejando caer su mano encadenada sobre las rodillas de Tom— y no sabe nada de esto. ¡Pobrecilla!

—¿Dónde vive? —preguntó Tom.

—No lejos de aquí, en una taberna. ¡Ay, si pudiera siquiera volver a verla una vez en este mundo!

—¡Pobre John!

Al expresar este deseo tan natural, abundantes lágrimas corrían por sus mejillas como hubieran podido hacerlo por las de un blanco.

Un hondo suspiro salió del pecho de Tom, quien volvió a otro lado la cabeza procurando distraerse.

En la sala que caía encima del punto donde ellos estaban se habían reunido padres, madres, hermanos y mujeres, a cuyo alrededor iban y venían varios niños, saltando de un lado para otro como mariposas.

¡Qué feliz parecía la vida en aquel pequeño círculo tan favorecido por la Providencia!

—¡Ay, mamá! —dijo un chico que subía del entrepuente—, hay en el buque un traficante de negros, y allá abajo he visto tres o cuatro esclavos de los que lleva consigo.

—¡Infelices! —exclamó la madre en tono compasivo mezclado de indignación.

—¿Qué hay? —preguntó otra de las señoras reunidas en la sala.

—Unos pobres esclavos que vienen a bordo con nosotros —contestó la primera.

—Y llevan cadenas —añadió el chico.

—¡Qué vergüenza para nosotros que pase esto en nuestro país! —dijo otra.

—¡Ah! Mucho hay que decir en pro y en contra sobre eso —añadió una señora, que sentada cerca de la puerta de la sala cosía junto a sus dos hijos, quienes jugaban a su alrededor—. Yo he estado en el sur y he visto que allí los negros son más felices que si fueran libres.

—Es cierto que algunos lo son —replicó la primera—: pero, lo más espantoso en la esclavitud a mi modo de ver es el ultraje que se hace a los sentimientos de la Naturaleza separando los miembros de una misma familia.

—Ciertamente, eso es horrible —contestó la joven, sacudiendo un vestidito de niño que acababa en aquel momento—; pero pocas veces sucede.

—Al contrario, es cosa que pasa todos los días. He vivido algunos años en el Kentucky y en Virginia, y he tenido ocasión de ver lo bastante para hacer brotar sangre del corazón más empedernido. Póngase usted en el lugar de aquellos desgraciados suponiendo que vienen a quitarle sus dos hijos.

—No debemos juzgar su corazón por el nuestro —respondió la señora, arreglando algunos estambres de colores que tenía en la falda.

—Ese es un error, un error deplorable, señora —replicó la primera con calor—. Yo me he criado entre ellos y sé que sienten tanto o más que nosotros.

—¿Sí? —contestó la joven bostezando, asomándose a la ventana y concluyendo por su primera proposición—. En fin; yo creo que así son más felices que si fueran libres.

—No cabe duda —dijo un caballero sentado junto a la puerta, vestido de negro, quien debía ser clérigo— que el Señor ha dispuesto en sus altos fines que la raza africana esté sujeta y envilecida. «¡Maldito sea Canaán!», dice la Escritura. Tus hombres serán siervos de los siervos de tus hermanos».

—Diga usted, amigo —preguntó un personaje de elevada estatura que estaba junto a él—, ¿eso es lo que significa el texto?

—Sin duda alguna, el Señor, con un fin que no podemos explicarnos ni debemos tratar de profundizar, porque es impenetrable en sus planes, ha condenado a esa raza a la esclavitud hace ya muchos siglos, y nosotros no hemos de oponernos a sus decretos.

—¡Bueno, bueno! Seguiremos adelante comprando cuantos negros podamos para no contrariar los decretos del Ser Supremo. ¿Qué le parece a usted, caballero? —prosiguió dirigiéndose a Haley, que de pie y con las manos metidas en los bolsillos escuchaba la conversación sin tomar parte en ella.

—Sí, sí —continuó el personaje indicado—; para someternos a los decretos divinos traficaremos con los negros, comprándolos, vendiéndolos, sujetándolos y maltratándolos, porque para eso han nacido. ¡Es una idea muy consoladora! ¿No es así? —volvió a preguntar, dirigiéndose de nuevo a Haley.

—Jamás —contestó Haley— he reflexionado sobre el particular. Soy poco pensador y menos erudito para meditar sobre materia de tamaña importancia. Entré en este comercio para ganar la vida, si obro mal así me arrepentiré cuando llegue la ocasión.

—Pero ahora ya ve usted que no necesita tomarse ese trabajo ni siquiera por un cuarto de hora —repuso el otro—. He ahí la ventaja de conocer la Escritura. Si usted hubiese estudiado la Biblia como este caballero, hace tiempo sabría tanto como él, evitándose todo remordimiento. Hubiera usted dicho: «Maldito sea...». ¿Quién? Y hubiera usted descansado en la conciencia de su buen proceder.

Y el extranjero, que no era otro que el honrado chalán o conductor de esclavos que presentamos a nuestros lectores en la taberna de Kentucky, se sentó y se puso a fumar, sonriéndose de una manera completamente sardónica.

Un joven, cuyos ojos tenían una expresión de sensibilidad e inteligencia superiores, tomó la palabra y repitió el texto siguiente: «No quieras para tu prójimo lo que no quieras para ti mismo».

—Creo —añadió— que esta máxima moral está en la Biblia, lo mismo que la maldición de Canaán.

—Sí —contestó John—, a nosotros los tontos nos parece eso muy sencillo.

Y continuó fumando como un volcán.

Iba a tomar de nuevo la palabra el joven; pero habiéndose detenido el buque repentinamente, todos los pasajeros corrieron al puente, según costumbre, a ver el puerto de desembarque.

—¿Son eclesiásticos esos dos individuos? —preguntó John a un marinero, quien le contestó afirmativamente con un movimiento de cabeza.

Así que se paró el buque, una negra se precipitó impetuosamente desde la ribera al buque, atravesó por entre todos, y llegando al grupo de esclavos se echó en los brazos del «artículo» que hemos designado con el nombre de «John, de treinta años de edad», derramando un torrente de lágrimas y llamándole su esposo. ¿Pero a qué hemos de referir un hecho tan frecuentemente repetido y que vemos todos los días? ¿A qué exponer los sufrimientos del débil, viniendo a estrellarse ante la conveniencia del fuerte? ¡Dios lo permite, puesto que no lo castiga!

El joven que empezó a defender con tanto entusiasmo la causa de Dios y de la Humanidad contemplaba esta escena cruzado de brazos. Volviéndose al fin hacia Haley, que estaba cerca, le dijo con voz conmovida:

—Amigo mío, ¿cómo puede usted, cómo se atreve a persistir en semejante tráfico? ¡Mire usted a esas desgraciadas criaturas! La misma campana que vendrá a anunciarme a mí el momento de reunirme con mi mujer y mis hijos, llenando mi corazón de alegría, será para ellos la señal de una separación eterna. ¡Sí, sépalo usted; Dios le pedirá cuenta de tantas lágrimas! Usted será juzgado severamente.

El mercader se volvió sin contestar.

—Bien le decía yo a usted —dijo el conductor de esclavos tomándole por el codo— que hay sacerdotes y sacerdotes. Este parece que no es partidario de la maldición de Canaán.

Haley dejó exhalar una especie de gruñido sordo.

—Y no es eso lo peor —dijo John—, sino que puede que Dios sea de la misma opinión, y cuando vaya usted por allá, al arreglar sus cuentas, como tenemos que hacerlo todos...

Haley dio algunos pasos con aire pensativo, diciendo en su interior:

—Si hago una campaña o dos buena me retiraré, porque esto es verdaderamente peligroso.

Y sacando al mismo tiempo del bolsillo su cartera se puso a examinar sus cuentas, recurso bastante eficaz en algunos para calmar las tribulaciones de su conciencia.

En esto el buque se separó del puerto y las cosas volvieron a seguir su curso. Los hombres hablaban, fumaban o leían; las mujeres cosían y los niños jugaban, mientras que el buque cortaba la corriente con la rapidez de un rayo.

Como se detuviese un día por un instante en un pueblo pequeño de Kentucky y bajase a tierra. Tom, a quien los grilletes no le impedían dar algunos paseos, se acercó al borde del buque y se puso a contemplar la orilla con aire distraído. Al poco rato vio volver al mercader muy ligero, trayendo consigo una joven de color que llevaba un niño en sus brazos.

Iba decentemente vestida, y un negro con una maleta pequeña la seguía. Ella pasó el puente alegremente hablando con él.

Sonó la campana, dio vuelta la máquina, el vapor empezó a silbar y el buque se puso en marcha. La recién llegada se sentó entre los equipajes en el entrepuente y se puso a jugar con su niño.

Haley dio dos o tres vueltas alrededor del buque, y luego vino a sentarse junto a ella, diciéndole algunas palabras al oído. Tom vio oscurecerse el semblante de la negra como oscurece una nube densa una tarde risueña de primavera, y casi instantáneamente la oyó repetir con vehemencia estas palabras:

—No lo creo, no lo creeré jamás. No venga usted a burlarse de mí.

—Si no lo quieres creer, mira esto —dijo el mercader presentándole un papel—. Aquí tienes la escritura de venta con la firma de tu amo, y yo te aseguro que me has costado buenos cuartos: así, pues, no tienes más remedio que conformarte.

—Eso no es verdad: yo no puedo creer que mi amo me haya engañado así —exclamó la pobre mujer con una agitación que crecía por momentos.

—Pregúntaselo a cualquiera que sepa leer. Oiga usted —dijo a uno que pasaba—, ¿me hace el favor de leer este papel? Esta muchacha no quiere creer lo que le digo.

—Pues bien claro está. Es una escritura de venta firmada por John Fosdick, cediendo a usted todos sus derechos sobre la negra Lucy y su hijo.

Las apasionadas exclamaciones de la joven atrajeron una multitud de gente alrededor de la desgraciada, y el mercader explicó en breves palabras la causa de tal escena.

—Me había dicho que me enviaba a Louisville para servir de cocinera en la taberna donde está mi marido. El amo mismo me lo ha dicho, y no puedo creer que haya mentido —repitió la pobre negra.

—Pues te ha vendido, pobre mujer, no te quepa duda —dijo un hombre de aire bonachón que había examinado los papeles—, es incontestable.

—En ese caso me parece inútil que hablemos más —dijo la negra.

Y serenándose de pronto estrechó a su hijo entre sus brazos. Luego se sentó sobre un baúl, de espaldas a los circunstantes, y se puso a mirar al río de una manera siniestra.

—Vamos, vamos; no lo lleva tan a mal como yo lo esperaba —dijo el traficante—. Se conoce que ésta es más sensata que lo son en general las de su especie.

Seguía el buque su marcha y la infeliz parecía haberse serenado. Una brisa templada y olorosa vino como un espíritu bienhechor a refrescar su cabeza. ¡Dulce brisa que jamás se preocupa de si la frente que acaricia está triste o abatida!

Sentada en el sitio que la hemos dejado, veía desaparecer los últimos rayos del Sol, que viniendo a reflejarse en el agua parecían vetas de oro. Oía al mismo tiempo cerca de sí voces alegres de los que eran felices, mientras sentía en su corazón un peso que la agobiaba.

El niño se puso de puntillas para tocar el rostro de su madre, saltando y enredando sus pequeñas manos a su alrededor como si hubiese querido consolarla. De repente la madre le abrazó, y apretándole contra su corazón vertió una a una algunas lágrimas, que fueron a caer como chispas de fuego sobre la cara risueña y asombrada de la criatura. Poquito a poco, poniéndose más tranquila, tuvo cuidado de su hijo, más grande y fuerte de lo que uno es ordinariamente a su edad.

—¡Qué hermoso niño! —dijo uno de los pasajeros admirando la fuerza y la agilidad de una criatura, al parecer, de tan poca edad—. ¿Qué tiempo tiene? —preguntó parándose delante de la madre.

—Diez meses y medio —contestó ésta.

El que así la había interpelado silbó para llamar la atención del niño y le dio un pedazo de azúcar piedra, que el chico cogió con avidez y se llevó inmediatamente a la boca.

—Bravo, compadre —le dijo—; veo que lo entiendes.

Y se separó de él silbando. Cuando llegó al otro extremo del buque se acercó a Haley y le dijo:

—Tiene usted una chica que no me parece mal.

—Psh, no es fea —dijo Haley, despidiendo una bocanada de humo.

—¿La lleva usted al sur?

Haley contestó afirmativamente con una señal de cabeza y continuó fumando.

—¿A un ingenio?

—Tengo que proporcionar la gente necesaria para uno, y me parece que ésta será de la partida. Dicen que es buena cocinera, y podrán servirse de ella para ese oficio o bien para coger algodón. Tiene los dedos muy a propósito para eso, y en todo caso me ha de valer lo que me ha costado.

—¿Para qué quieren el chico en un ingenio?

—El chico lo venderé en la primera ocasión que se me presente —respondió Haley encendiendo otro cigarro.

—¿Supongo que lo venderá usted barato?

—No sé —contestó Haley—, porque es un chico hermoso, bien formado, robusto y con unas carnes más duras que el mármol.

—Es cierto; pero el que lo compre tiene que sufrir el gasto y el fastidio de criarle.

—¡Bah! —contestó Haley—. No hay animal que se críe con más facilidad; poco más o menos como un perrito. De aquí a un mes correrá como un gamo.

—Yo me hallo en buena posición para criar algunos chicos y me alegraría tenerlo. Justamente la semana pasada se le ahogó a mi cocinera su hijo en una cubeta de lejía, y así podría darle éste a criar.

Haley y el forastero siguieron fumando en silencio un rato; ni uno ni otro se atrevían a atacarse de frente en el punto cardinal de transacción. Por fin, el último tomó la palabra en estos términos:

—No exigirá usted por él arriba de diez pesos, puesto que de todos modos es un estorbo del cual necesita deshacerse.

—No, amigo, eso no me conviene.

—Vamos, ¿cuánto pide usted por él?

—Usted comprenderá —contestó Haley— que yo puedo criar ese negrito y sacar por él, dentro de uno o dos años, doscientos pesos. Pero al presente me contentaré con cincuenta, ni un centavo más ni un centavo menos.

—¡Qué desatino! —dijo el otro—. Usted se está riendo de mí.

—Ni más ni menos —replicó Haley de una manera positiva.

—Le daré a usted treinta; ni un centavo más.

—Partamos la diferencia —dijo Haley arrancando—. Cuarenta y cinco; es cuanto puedo hacer por usted.

—Convenido —contestó el comprador después de un momento de reflexión.

—Toque usted esos cinco —añadió Haley—. ¿Dónde desembarca usted?

—En Louisville.

—¿En Louisville? Muy bien; llegaremos allí al oscurecer, el chiquillo estará durmiendo, lo cogeremos sin que nos sientan, y evitaremos los llantos y las escenas de desesperación, que aborrezco.

Terminada la conversación por la transmisión de un billete de un bolsillo a otro, continuó el traficante fumando su cigarro con gran satisfacción.

La noche estaba espesa y el tiempo tranquilo cuando el vapor atracó en el muelle de Louisville. Al grito de «tierra» y de «Louisville», la negra, que tenía a su hijo profundamente dormido entre sus brazos, le soltó precipitadamente sobre la capa que había extendido en el suelo entre los cajones de mercancías para correr a proa, esperando ver a su marido entre los criados de la posada que estaban en el embarcadero. Ahogada en tan dulce esperanza dirigía, reclinada en la balaustrada, una mirada de fuego a la multitud que poblaba las calles.

—Este es el momento oportuno —dijo Haley al forastero cogiendo al niño dormido y entregándoselo—. Cuide usted de que no se despierte, porque lloraría y tendríamos que habérnosla con la madre.

El comprador tomó con tiento el fardillo y desapareció con él, entre el gentío que llenaba el embarcadero.

Cuando el vapor, después de silbar, crujir y desvaporar, continuó su marcha, la pobre negra volvió al sitio que había dejado, donde encontró al traficante; pero su hijo había desaparecido.

—¿Dónde está mi hijo? —gritó frenética.

—Tu hijo, Lucy —le respondió el traficante—, no está aquí. Más vale que sepas desde luego la verdad. No pudiendo tú llevarle al sur, le he vendido a una familia excelente, que lo cuidará mejor que tú podrías hacerlo.

Aquel hombre, acostumbrado a presenciar diariamente tan deplorables escenas, había llegado a un grado de cruel perfección tal, digámoslo así, que en su corazón no hallaban cabida ninguna las debilidades humanas. La mirada de desesperación y angustia de aquella desgraciada hubiera conmovido a un tigre; pero nuestro hombre permaneció impasible. Y cualquiera se acostumbraría a lo mismo, últimamente se han hecho esfuerzos inauditos para conseguirlo, a fin de aumentar la gloria de la Unión. Miraba, pues, el traficante aquel semblante descompuesto, aquellas manos crispadas, como un incidente inevitable en el tráfico que ejercía. Sólo temía que los gemidos de la negra alborotasen el vapor, porque semejante a algunos de los defensores de nuestras instituciones, le horrorizaba la más leve agitación. Pero la mujer no exhaló un quejido ni derramó una lágrima. La herida que había recibido era demasiado profunda para que la víctima pudiera quejarse. El vértigo que se apoderó de ella la obligó a sentarse, sus manos cayeron exánimes, el murmullo de las gentes llegaba a sus oídos con el carácter confuso de una pesadilla. Todos los resortes de aquel corazón se habían roto a un tiempo. Allí no había lágrimas ni voces para expresar tanto dolor.

El traficante, que a mal decir era tan humano como cualquier hombre de Estado, empezó a suministrarle los consuelos que requería su situación.

—A primera vista —le decía— es bastante cruel lo que se ha hecho contigo; pero una joven sensata como tú, Lucy, no se deja dominar por el pesar. Bien ves que ha sido necesario y que es irremediable.

—¡Oh, señor, dejadme, dejadme! —articuló la desgraciada con voz entrecortada.

Mas él insistió.

—Eres una muchacha juiciosa, Lucy —prosiguió—, y yo te buscaré una buena colocación donde encuentres un marido. Una joven bonita como tú...

—¡Oh, señor; todo lo que pido es que me deje ahora en mi soledad! ¡No me hable ahora! —exclamó la mujer con una expresión de angustia tan profunda y desgarradora que por fin el mercader negrero comprendió que sus consuelos eran inútiles para un dolor tan verdadero.

Y levantándose dejó sola a la desgraciada, que dándole la espalda sepultó su cabeza bajo su manta.

De vez en cuando se detenía el traficante para contemplarla.

—Parece que toma la cosa a pechos —decía para sí—; pero sin ruido. Poco a poco se acostumbrará.

Tom había visto y comprendido perfectamente toda la escena. Para el miserable e ignorante negro era una acción cruel y horrible la que se verificaba ante su vista, pues no podía él juzgar y ver las cosas a mayor altura que la que le dictaban los sentimientos de su corazón. Si hubiera recibido instrucciones de ciertos ministros del altar, tal vez la hubiese juzgado menos severamente; no hubiera visto en ello más que uno de esos incidentes propios de un comercio legal que, según un doctor americano, «no engendra más que males inseparables de toda relación, ya en la vida social, ya en la doméstica».

Pero Tom, pobre y sencillo, como hemos dicho, y no habiendo leído más que el Evangelio, no sabía consolarle con consideraciones de este género. Su corazón vertía sangre al contemplar lo que para él era una injusticia notoria, de la que era víctima aquella infeliz que estaba a sus pies caída como un rosal arrancado de su raíz; aquella «cosa» viva, sensible, dotada de un alma inmortal, y colocada por las leyes de América al nivel de los bultos de mercancías, entre los cuales yacía anonadada.

Tom se acercó a ella y trató de dirigirle algunas palabras, a las que sólo respondió con un gemido. Bañadas sus mejillas en lágrimas, le habló de Jesucristo, que ama y compadece a los desgraciados, y de esa patria común donde acaban todos los dolores; pero dirigía sus palabras a un oído sordo, a un corazón paralizado.

Llegó la noche, serena y apacible. Millones de estrellas brillaban en el azulado firmamento, sin que de aquel cielo tan lejano bajase ni una palabra de consuelo para los tristes habitantes de nuestro oscuro hemisferio. Las voces de los marineros y todo ruido fueron cesando poco a poco a bordo. Todo dormía en el vapor, y ya sólo se oía distintamente el ruido del agua que cortaba el buque.

También Tom se echó sobre un baúl, mientras que Lucy de vez en cuando decía en voz baja:

—¡Dios mío! ¡Qué haré! ¡Dios mío! ¡Tened piedad de mí!

Y luego sucedía un silencio sepulcral.

A media noche, Tom se despertó sobresaltado. Una sombra que se dirigía al borde de la embarcación pasó como un relámpago por delante de su vista; un minuto después oyó cierto ruido, semejante al de un cuerpo pesado cuando cae en el agua. Él fue el único ser viviente que le oyó. Levantó la cabeza y no vio a la mujer. Entonces corrió en su busca a tientas alrededor, pero en vano. La pobre mujer había buscado la paz en la profundidad de las aguas. Las olas hervían y se levantaban con la misma serenidad que si no acabaran de tragarse un cuerpo humano.

Paciencia, paciencia, vosotros a quienes la idea de tales sufrimientos os llena de indignación. Dios es el protector de los oprimidos y recoge en su seno todas las angustias de este mundo. Su corazón paciente y sufrido se conmueve ante todo amargo dolor. Esperemos y trabajemos como Él, con paciencia y amor, que el día de la redención puede llegar.

El traficante negrero se levantó por la mañana temprano y fue a echar una ojeada a su cargamento humano, pues estaba inquieto.

—¡Voto a...! ¿Dónde está la chica? —preguntó a Tom.

Éste, que había aprendido a ser prudente, creyó que no necesitaba darle parte de sus recelos, y contestó que lo ignoraba.

—Pues no puede haber desembarcado durante la noche, porque yo mismo he estado de centinela cada vez que el vapor se ha detenido. Para esas cosas de nadie me fío.

Estas palabras se las dirigió a Tom como si pudieran tener un interés particular para él; pero Tom no contestó, y el mercader buscó en vano su mercancía de proa a popa, removiendo las maletas, baúles, bultos, barriles, alrededor de la máquina, las chimeneas, y nada encontró.

—Vamos, Tom —le dijo volviendo junto a él después de una larga, pero infructuosa, pesquisa—, sé franco, no me mientas, tú sabes algo. Yo vi a la joven acostada a las diez, a media noche, a la una; a las cuatro no estaba ya, y toda la noche tú has sido su vecino. Te digo que tú sabes algo, y no lo puedo dudar.

—Pues bien, señor; sepa usted que esta mañana me pareció que alguien pasaba junto a mí, lo cual hizo que me incorporara, y casi al mismo tiempo oí un gran ruido en el agua. Volvíme precipitadamente al oírle y ya no la vi. No sé más.

No causó gran impresión al traficante este suceso. La misma muerte, esa reina del terror, no le imponía ya, porque había tenido ocasión en su oficio de contemplarla muy a menudo bajo diversas fases, habiendo llegado a ser para él una competidora terrible.

No echó de menos la pérdida de Lucy más que como la de una mercancía; juró que nadie era más desdichado que él, y que si este viaje continuaba así no ganaría ni un solo peso. En fin, se miró como una víctima; pero ¿qué hacer si toda la Unión entera no podía devolverle su fugitiva? Sentóse entristecido, y abriendo su cartera de apuntes inscribió el cuerpo y alma de la fugitiva en el capítulo de «pérdidas».

¡Un hombre semejante es odioso! ¿No es cierto? ¡Qué insensibilidad! Pero no es suya la culpa, no; o si no, reflexionemos. ¿De qué proviene el que existan tales traficantes humanos? De los que hacen necesario este comercio infame, de los que sostienen un sistema que degrada y desmoraliza al hombre.

Los unos son instruidos y el otro ignorante; aquéllos pertenecen a una clase elevada y éste a una de las más ínfimas; su inteligencia es limitada y la de los otros es superior.

El día del juicio final, ese hombre debe ser menos criminal a los ojos de Dios que vosotros.

Al terminar esta breve exposición del comercio legal hemos de rogar que no se figuren por esto nuestros lectores que los legisladores americanos sean hombres completamente destituidos de sentimientos de humanidad, como podría creerse al considerar los esfuerzos que hace el Gobierno para proteger y perpetuar este tráfico. ¿Quién ignora con cuánta elocuencia han declarado nuestros hombres de Estado contra el tráfico de negros en país extranjero? Hemos visto levantarse una Armada de Clarkson y Wilbolforce. Sus discursos sobre este punto son edificantes. ¡Vender y comprar negros en África es abominable! Pero hacer este comercio de esclavos en el Kentucky, ¡oh, la cuestión es diferente!...

CAPÍTULO XIII
Modo de ser de los cuáqueros

Vamos ahora a presenciar una escena apacible. Es una grande y espaciosa cocina elegantemente pintada; el suelo, amarillo, unido y reluciente, no tiene la menor señal de polvo; una gran sartén ennegrecida, pero cuidadosamente limpia, y una profusión de utensilios de cocina sugieren al más parco ideas gastronómicas; algunas sillas de madera pintadas de verde, lustrosas, viejas, pero sólidas de patas; un sillón de columpio, cómodo, atractivo y valioso para honestos goces domésticos, y que parece invitar al descanso, adornan la cocina que vamos describiendo. En aquel sillón antiguo vemos columpiarse dulcemente, al mismo tiempo que cose, a nuestra antigua amiga Eliza. Pálida, delgada, revelando su fisonomía alterada un dolor profundo, pero tranquilo, se ve que su corazón ha envejecido, aunque fortificándose a la sombra de las aflicciones. Cada vez que levanta la vista para mirar a su pequeño Harry, que corre y brinca a su alrededor, se lee en sus ojos una firmeza y resolución que no tenían cuando la conocimos feliz en el Kentucky.

Al lado de Eliza hay una mujer sentada que va sacando de una cacerola que tiene sobre sus rodillas, albérchigos secos. Esta mujer representa de cincuenta y cinco a sesenta años; pero su figura es de aquellas a las cuales no hace agravio el tiempo. Una gorra de tul, más blanca que la nieve, al estilo cuáquero, cubre sus cabellos; un pañuelo de muselina cruzado y un chal gris indican claramente la comunión religiosa a que pertenece. Su rostro redondo estaba iluminado por un dulce carmín, resultado de una salud rolliza hija de las costumbres patriarcales, y su cabello, al que los años han dado un tinte plateado, suavemente inclinado hacia atrás, ostentaba una frente elevada y plácida, sobre la cual el tiempo no ha dejado más que esta inscripción: «Paz sobre la Tierra y buena voluntad para los hombres». Dos ojos oscuros, brillantes, honrados y amorosos brillan en aquella fisonomía, comunicándole mayor encanto y bondad.

Bastaba mirarlos con atención para persuadirse de que aquellos ojos eran el espejo del corazón más puro y más leal que jamás ha latido en el pecho de una mujer. ¡En discursos y cantos de todos géneros se ha celebrado siempre la belleza de las jóvenes! ¿En qué consiste que nadie se ha ocupado en ensalzar la de las ancianas? Si algún trovador de la belleza hubiera querido inspirarse, lo mejor que podemos hacer es enviarle a nuestra buena amiga Rachel Halliday, como nosotros la estamos viendo, sentada en su balancín, que tenía la maldita disposición a crujir y rechinar como una puerta sobre sus goznes; a quejarse y lamentarse en su lenguaje como una persona afectada de crónico reumatismo, de asma o de otra enfermedad nerviosa. Sin embargo, de que el sonido era insoportable, el viejo Simeon Halliday juraba que para él aquel sonido era más grato que una música, y los chicos, por su parte, confesaban francamente que por nada del mundo querrían dejar de oír los rechinos del sillón de su madre. ¡No hay que admirarse de esto! Hacía más de veinte años que no oían salir de aquel sillón más que palabras de paz, de dulce moral y de amor maternal. ¡Cuántas penas habían encontrado allí dulce alivio! ¡Cuántos trabajos temporales o espirituales habían recibido allí consuelo! ¡Y todo esto venía de una mujer buena, hermosa y sensible!

—¿De modo, Eliza —dijo mirando sus albérchigos—, que persistes en irte al Canadá?

—Sí, señora —respondió Eliza con voz firme—; es preciso que me vaya. No me atrevo a detenerme.

—¿Y qué harás cuando llegues allí? Hay que tenerlo pensado, hija mía. «Hija mía»... Esta palabra salía de los labios de Rachel Halliday con la mayor naturalidad, así como todo en su exterior indicaba que podía aplicársele el nombre de madre.

Sin embargo, de que algunas lágrimas venían a humedecer la labor de Eliza y de que sus manos temblaban, contestó con voz firme:

—Buscaré trabajo, sea de la clase que fuese, y espero en Dios que no me abandone.

—Bien sabes que puedes estar aquí todo el tiempo que gustes —dijo Rachel.

—Gracias, ya lo sé; pero —dijo Eliza mirando a su hijo— paso las noches sin dormir; me es imposible descansar. La noche pasada soñé que veía a ese hombre en el patio...

Y Eliza se estremeció.

—¡Pobrecita, no debes asustarte tanto —repuso Rachel enjugándose las lágrimas—. El Señor no ha permitido que jamás se coja a un fugitivo en nuestra aldea, y debemos esperar que no seas tú la primera.

En aquel momento se abrió la puerta, y una mujer regordeta, de fisonomía abierta y alegre, se presentó. Iba vestida igual que Rachel.

—Ruth Stedman, ¿cómo está? —le preguntó Rachel, levantándose y acercándose a ella con aire cordial.

—Perfectamente —contestó, quitándose al mismo tiempo el sombrero gris y dejando al descubierto su cabecita redonda cubierta con una gorra de cuáquera, de la cual, se escapaban varios bucles que no podían conformarse con la estrecha prisión en que se les encerraba.

La recién llegada rayaba en los veinticinco años, y después de haberse arreglado un poco volvió la espalda al espejo, retirándose al parecer satisfecha de su investigación. No es extraño que así fuera, pues a cualquiera le hubiera sucedido lo mismo al verla. Era una mujer pequeña; pero llena de tal atractivo y de carácter tan abierto que jamás hombre alguno lo ha poseído mejor.

—Ruth, esta amiga es Eliza Harris, y este es el niño de que te he hablado.

—Me alegro mucho de conocerte. Eliza —dijo Ruth, apretándole la mano como si fuera la de una antigua amiga largo tiempo esperada—, y también a tu niño... Le traigo una torta —añadió alargándosela.

Y mirándole al través de sus bucles vio como aceptaba el dulce con aire de timidez.

—¿Y tu hijo, Ruth, dónde está?

—Ahí viene; pero tu Mary se ha apoderado de él a la entrada y se le ha llevado hacia la granja para que le vean sus hermanos.

En aquel momento llegó la joven con el niño, cuyos ojos negros y cándidos eran iguales a los de su madre.

—¡Hola, hola! —dijo Rachel tomándole en brazos—. ¡Esto sí que es prosperidad!

—Ya lo creo —contestó Ruth apoderándose de él para arreglarle y quitarle la ropa que llevaba de más.

Luego que concluyó de quitarle esto y aquello, aliviarle de una pieza de ropa y de otra, le dejó en el suelo, habiéndole dado más de un beso en el corto tiempo que duró su tarea.

El chiquillo parecía estar acostumbrado a estas maniobras, pues no tardó en sentarse con la mayor naturalidad, poniendo su dedo índice sobre su boca y quedando al parecer sumido en una meditación profunda. La madre cogió una media de lana blanca y azul y se puso a hacer calceta con gran ligereza.

—Mary, sería bueno que llenaras de agua la cafetera —dijo Rachel.

Poco después hervía el agua en la cafetera al lado de los albérchigos, que se cocían también en la misma hornilla.

—Mary —repitió Rachel— sería bueno que dijeses a John que nos preparase una gallina.

Y esto diciendo empezó a dar vueltas a la harina para hacer unas tortas.

—¿Y cómo está Abigail Peters? —preguntó Rachel sin dejar de trabajar su pasta.

—Se encuentra mejor. Esta mañana he estado allí y le he hecho la cama y las cosas de la casa. Leak Hills ha ido al mediodía y ha cocido el pan y bizcochos para algunos días, y yo me pasaré por allí esta noche para levantarla.

—Entonces mañana iré yo a limpiar la casa y coserle la ropa —añadió Rachel.

—Me alegro mucho —contestó Ruth—; es una buena idea, porque he sabido que Hannah Stanwood está mala: John subió anoche a su cuarto y yo iré mañana.

—Si has de quedarte allí todo el día, que venga John a almorzar y comer con nosotros.

—Gracias, Rachel; mañana veremos. Pero aquí tenemos a Simeon.

Simeon Halliday entró, en efecto: era hombre de alta estatura muy derecho, fuerte, dotado de una gran fuerza muscular, e iba vestido con pantalón, casaca y sombrero gris de largas alas.

—Hola, Ruth —le dijo alargando afectuosamente la mano—; ¿y John, cómo está?

—Muy bien —contestó ella alegremente.

—¿Qué noticias tenemos? —preguntó Rachel sin descuidar sus pasteles.

—Pete Stebbins me ha dicho que esta noche tendríamos amigos por aquí.

Simeon pronunció estas palabras con una intención marcada.

—¿De verás? —exclamó su mujer mirando a Eliza.

—¿No dices que te llamas Harris? —le preguntó Simeon.

A esta pregunta todos los temores de Eliza se renovaron; pero respondió afirmativamente, sin notar en su turbación la mirada que Simeon y su mujer habían cambiado.

—Rachel —dijo Simeon saliendo de la cocina.

—¿Qué hay? —le preguntó ella así que estuvieron solos.

—El marido de esta joven llegará hoy por la noche.

—¿Es posible? —gritó Rachel, llena de satisfacción.

—Es positivo —contestó Simeon—. Fue ayer con el coche hasta la próxima estación; allí encontró una mujer anciana y dos hombres, y según lo que contó debe ser él.

—¿Debemos decírselo a ella? —añadió.

—Digámoselo primero a Ruth. Ven, Ruth, ven acá.

Ruth se acercó, y Rachel le dijo:

—Acaba de decirme Simeon que el marido de Eliza viene con los fugitivos que esperamos esta noche.

Ruth dio un salto de alegría que hizo que dos hermosos bucles se escaparan de su prisión, viniendo a caer sobre el pañuelo blanco que llevaba al cuello.

—Calla, calla —dijo Rachel en voz baja—. ¿Te parece que se lo digamos?

—Ya lo creo; ahora mismo, ¡figúrate tú si fuera mi John! Digámoselo al momento.

—Tú, Ruth —dijo Simeon mirándola con cariño—, no piensas más que en amar a tu prójimo.

—¿Qué he de hacer? Para eso hemos nacido. Si no amase a John y a nuestro hijo no podría amar a los demás. Vamos, Rachel, llévala a su cuarto para hablarle, que yo la reemplazaré en la cocina.

Rachel entró y dijo a Eliza, que seguía cosiendo:

—Ven conmigo, hija mía. Tengo buenas noticias que comunicarte.

Una viva emoción se pintó en el semblante de Eliza, quien se levantó trémula mirando a su hijo con inquietud.

—No, no, no se trata de él —dijo Ruth, acercándose a la pobre madre y estrechándola entre sus brazos—; son buenas noticias, Eliza; entra.

Y así, amigablemente, condujo a Eliza hasta el dormitorio, cuidando de no impresionarla.

Ruth tomó en sus brazos al pequeño Harry, y le decía cubriéndole de besos:

—¿Sabes que vas a ver a tu papá, hijo mío? Tu papá va a venir —repetía al niño, que la miraba asombrado.

Mientras tanto, Rachel decía a Eliza, abrazándola con efusión:

—El Señor se ha compadecido de ti, hija mía. Tu marido se ha escapado de la casa de servidumbre.

Toda la sangre de Eliza refluyó al corazón, y tuvo que sentarse para no caer.

—Hija mía, valor —le dijo Rachel—; está con amigos que le traerán aquí esta noche.

—¡Esta noche! —repitió Eliza como si no comprendiera el sentido de estas palabras.

Creía estar soñando. Todo era oscuridad y confusión en su cabeza.

Cuando recobró el sentido se encontró en la cama tapada con una colcha, y a Ruth junto a ella ocupada en frotarle las manos. Una especie de languidez, una necesidad inexplicable de reposo se había apoderado de ella. Sus nervios que habían experimentado una tensión tan violenta desde el primer instante de su fuga, se aflojaron ahora bajo la influencia de su profundo sentimiento de seguridad. Desde su cama seguía con la vista como en un pañuelo los movimientos de los que le rodeaban; por la puerta abierta de la cocina vio los multiplicados preparativos de la cena, los cuidados que se prodigaban a su hijo, y vio a la maternal Rachel venir de vez en cuando a cubrirla con gran cuidado; vio también entrar al marido de Rachel, y corriendo ésta hacia él decirle algunas palabras en voz baja, y después la escena animada y tranquila, sin embargo, de la cena de la familia. Todo esto pasaba a su vista como en un sueño confuso, desvanecida en un delicioso reposo. Eliza se durmió, pues no había conciliado el sueño desde la noche terrible, en que, cargada con su hijo, se había escapado a la claridad de las estrellas. Soñó hallarse en un país encantador, en una tierra de tranquilidad, con verdes riberas, islas encantadoras, límpidas aguas, y en una casa que gentes amigas le decían que considerase como suya; vio jugar a su hijo libre y dichoso; oyó los pasos de su marido; sintió que se acercaba y estrechábale en sus brazos; sus lágrimas ardientes caían sobre su rostro. Después despertó. No era todo un sueño. Había llegado la noche; su hijo dormía apacible a su lado; una bujía lanzaba tristes rayos, y su marido estaba allí llorando de gozo y apoyada la cabeza en su almohada.

Alegre fue la mañana siguiente en casa de los cuáqueros. La madre, de pie desde muy temprano, se veía rodeada de sus activos hijos, que apenas tuvimos tiempo ayer para presentárselos al lector, quienes se desvivían a porfía para ayudarla a disponer el almuerzo, obedeciendo todos las órdenes de Rachel, que sólo necesitaba decir:

—¿Qué te parece esto? ¿Sería bueno hacer tal cosa? ¿Le convendría tal otra?

En los ricos valles de Indiana un almuerzo es cosa complicada, y semejante a la recolección de hojas de rosas en el paraíso terrenal, reclama otras manos que las de la madre primitiva. Por eso, mientras John corre a traer agua de la fuente, Simeon prepara la harina de las tortas; y en tanto que Mary muele el café, Rachel continúa tranquilamente sus preparaciones culinarias y multiplica con su presencia la actividad de todos. Si el celo mal arreglado de tantos jóvenes ayudantes hubiera ocasionado algún conflicto, una palabra de ella habría bastado para terminar toda disputa. Los poetas han hablado del talle de Venus, que de generación en generación ha vuelto el juicio al mundo entero. Por nuestra parte preferiríamos el de Rachel Halliday, que no hacía perder la cabeza a las gentes y creaba en torno suyo la armonía. Nuestros tiempos modernos se acomodarían a él mejor, sin duda alguna.

Mientras continúan los preparativos, Simeon el anciano comienza en mangas de camisa, delante de un espejo, la antipatriarcal operación de afeitarse. Todo pasa en la gran cocina tranquila y armoniosamente; cada uno parece dichoso de hacer su papel; reina tal atmósfera de gozo y de confianza que el ruido de los cuchillos y de los cubiertos que se ponen en la mesa parece tener cierta cosa amigable, mientras el pollo y el jamón, friéndose en la sartén, dejan escapar unos sonidos gozosos como si experimentaran placer en ser cocidos. No asombrará ya después de esto que George, Eliza y Harry, saludados a su entrada por las alegres aclamaciones de toda la familia, creyeran soñar por un momento. No se tardó mucho sin que estuvieran sentados a la mesa, excepto Mary, que de pie cerca del horno continuaba haciendo tortas, las cuales pasaban a la mesa cuando se habían revestido de su color moreno y dorado, señal de perfecta cocción.

En cuanto a Rachel, no se consideraba nunca tan dichosa como cuando se hallaba a la cabecera de su mesa. Había en la manera de dar algún plato o una taza de café cierto no sé qué de maternal y afectuoso que parecía añadir una especie de influencia benéfica a los alimentos que pasaban por sus manos.

Aquella era verdaderamente una familia, un hogar doméstico, un hombre; palabras cuyo sentido había ignorado George hasta entonces. Desde aquel instante comenzaron a penetrar en su corazón la fe en Dios, la confianza en su providencia; sus dudas misantrópicas y ateas se desvanecían a la dulce luz de aquel Evangelio de vida que respiraban los semblantes de cuantos tenía a su lado y que predicaban elocuentemente mil actos de bondad y de amor.

—Padre —dijo Simeon el hijo—, ¿qué sucedería si fueras sorprendido de nuevo?

—Pagaría la multa —dijo Simeon tranquilamente.

—¿Y si te metieran en la cárcel?

—¿Acaso tu madre o tú no podríais dirigir la alquería? —contestó Simeon sonriéndose.

—Mi madre puede hacer casi todo —repuso el muchacho—. Pero ¿no es una vergüenza que haya tales leyes?

—No se puede hablar mal de los que nos gobiernan —dijo el padre con gravedad—. El Señor no nos da bienes terrestres más que para poder practicar la justicia y la misericordia. Si para cumplir con este deber tenemos que pagar un tributo a nuestros gobernantes, paguémosle.

—Por mi parte, aborrezco a esos poseedores de esclavos —repuso el muchacho, cuyas impresiones sobre este asunto eran tan poco cristianas como las de no importa cuál de los reformadores modernos.

—Me asombras, hijo mío —respondió Simeon—; tu madre no te ha enseñado eso jamás. Si el Señor trajera a mi puerta a un poseedor de esclavos afligido o necesitado, haría por él lo que por un esclavo.

Simeon se sonrojó hasta lo blanco de sus ojos; pero su madre dijo sonriéndose:

—Vamos, Simeon es un buen muchacho; esperemos un poco. Ya tendrá más edad, y entonces será justo como su padre.

—Espero, querido caballero, que no se verá usted expuesto a ningún peligro por nosotros —preguntó George con ansiedad.

—No temas nada, George, porque hemos venido al mundo para esto. Si no estuviésemos dispuestos a exponernos por una buena causa no seríamos dignos de nuestro nombre.

—¡Pero es el caso que yo no podría permitir que sufriese usted lo más mínimo por mí!

—No temas nada, George; no es por ti, sino por Dios y por el hombre por quienes hacemos esto —dijo Simeon—. Ahora es necesario que descanses. Esta noche, a las diez, te conducirá Phineas Fletcher a la estación inmediata, lo mismo que a los que se hallan contigo. Te persiguen con ardor y no se puede perder tiempo.

—En tal caso, ¿a qué esperar hasta la noche? —preguntó George.

—No corres peligro aquí durante el día, porque cada individuo en la colina es un amigo y todos vigilan por ti. Además es más seguro viajar de noche.

CAPÍTULO XIV
Evangeline

Joven, pura, lucía en el espejo de la vida como
una estrella, imagen de otro mundo más perfecto.
Ser selecto, apenas formando en gracioso modelo,
se le creyera rosa de suaves hojas no abiertas.

¡El Misisipi! ¡Cómo han variado de repente las escenas de este río, cuyo grandor e inaccesibles soledades, donde se desplegaban los prodigios de la vida animal y vegetal, ha celebrado Chateaubriand! ¿Qué vara mágica ha obrado esta metamorfosis? Hoy la soledad cede apenas a todos los partos de la ficción. ¿Qué otro río hay en el mundo que lleve al océano las riquezas de un pueblo comparable a los americanos de la Unión? ¿De un país cuya agricultura, industria y comercio abrazan todos los productos comprendidos entre los trópicos y los polos? Estas aguas turbias, precipitadas y espumosas, ¿no son una imagen fiel de la actividad comercial de una raza enérgica, atrevida, más que lo ha sido ningún pueblo del mundo antiguo? ¡Ah! ¡Pluguiera al cielo que no se mezclaran con tanta prosperidad las lágrimas de los oprimidos, los suspiros de los miserables, las quejas amargas que infelices, ignorantes corazones dirigen a un dios desconocido, silencioso, invisible; pero que al fin descenderá de su trono para la salvación de todos los desgraciados!

Los luminosos rayos del sol en su ocaso vacilan en la superficie de las aguas apacibles de este río, vasto como un mar; las flexibles cañas, los altos y sombríos cipreses cubiertos de musgo brillan bajo la luz del sol, en tanto que avanza lentamente un barco de vapor cargado hasta arriba. Muchas balas de algodón producen las plantaciones ribereñas; elévanse en grandes montones en medio del puente y en los bordes, hasta dar al buque una forma que desde lejos parece una masa cuadrada gris... avanzando lentamente hacia el mercado vecino. Después de gran trabajo podemos descubrir a nuestro humilde amigo Tom en aquel vasto buque, entre un montón de mercancías y una multitud compacta. Gracias a los testimonios del señor Shelby, o merced a su carácter dulce e inofensivo, había ganado Tom la confianza de Haley. Desde el principio le había vigilado muy de cerca durante el día, y por la noche le había cargado de cadenas; pero la tranquila resignación de Tom le obligó a dulcificar poco a poco sus rigores, y hacía algún tiempo que le concedía una especie de libertad bajo palabra que le permitía recorrer libremente el buque. Siempre agradable y servicial, siempre dichoso empleándose en beneficio de los demás, se hizo pronto apreciar de los fogoneros del barco, a cuyo trabajo se asociaba con tanto gusto como si hubiera sido en una alquería de Kentucky. Cuando no tenía ninguna ocupación se retiraba a un rincón aislado entre las balas de algodón para meditar y pensar en su Biblia.

A cien millas de Nueva Orleans el río es más elevado que el nivel del terreno inmediato y corre la enorme masa de sus aguas entre diques de veinte pies de altura.

Desde lo alto del puente el viajero domina todos los contornos como desde la cumbre de alguna fortaleza flotante. Tom podía, pues, contemplar en las numerosas plantaciones de la orilla la imagen de la existencia a la cual sería llamado en lo sucesivo. Divisaba en lontananza a los esclavos que estaban en sus labores; veía las largas filas de cabañas que les servían de moradas extenderse a lo lejos de la rica casa del señor. Y mientras semejante cuadro se ofrecía a sus ojos, su pobre y débil corazón tornaba hacia la alquería de Kentucky, a la sombra de sus frondosas hayas, hacia la casa del señor Shelby, con sus vastas y hermosas habitaciones, y, por último, a su cabaña, cubierta de rosas y de begonias.

Esta vista le representaba los semblantes bien conocidos de sus camaradas de infancia, a su mujer preparando la cena con gozosa actividad; creía oír la risa alegre de sus hijos y la dulce algazara de la niña de pecho sentada sobre sus rodillas. De pronto se desvaneció la visión y halló delante de sus ojos las plantaciones de caña de azúcar; el ruido atronador de las máquinas del barco le decían claramente: «¡Ese tiempo dichoso ha pasado para siempre!». ¿Es, pues, extraño que algunas lágrimas mojasen su Biblia, colocada cerca de él en una bala de algodón, mientras su dedo guiaba enteramente sus miradas de palabra en palabra para descubrir en ellas las promesas?

Tom no había aprendido a leer hasta muy tarde; así es que deletreaba con algún trabajo las palabras de cada versículo. Felizmente el libro que absorbía su atención merece ser leído muy despacio. Parece que cada una de sus frases, como otras tantas barras de oro, debe ser largo tiempo pesada por el que quiera descubrir su infinito valor. Sigámosle un instante con el dedo sobre cada palabra y pronunciando a media voz:

«No... se... turbe... be... vues... tro... co... ra... zón... Creed... en... Dios... Creed... tam... bién... en... mí... Hay... mu... chas... ha... bi... ta... cio... nes... en... la... ca... sa... de... mi... pa... dre... Me... voy... a... pre... pa... ra... ros... un... pues... to...».

Tal vez cuando Cicerón perdió su querida hija única sentía su corazón tan traspasado de dolor como el del pobre Tom; pero no más sin duda, porque no eran el uno y el otro más que hombres. Sin embargo, Cicerón no pudo jamás fijar su pensamiento en aquellas palabras sublimes llenas de esperanza y en la perspectiva segura de tan dichosa reunión. Y si estas verdades se hubieran presentado a sus ojos, las habría acogido desde luego. Quizá le habrían preocupado mil preguntas a la vez sobre la autenticidad de los manuscritos, la exactitud de las traducciones, mientras que para el pobre Tom eran tan evidentes y tan divinas que jamás se le ocurrió la duda más insignificante sobre este punto. Era aquello la verdad, y necesitaba que así fuese, porque de otro modo no habría tenido fuerzas para vivir.

La Biblia de Tom no estaba enriquecida con notas marginales ni glosas de ningún sabio comentarista; pero ciertos jeroglíficos a su manera le facilitaban su lectura. Los hijos de su señor, especialmente George, tenían costumbre de leer en ella ciertos trozos. Cuando algún pasaje encantaba su oído o enternecía su corazón, cuidaba de señalarle al instante con la pluma. Su Biblia, pues, estaba cubierta de un extremo a otro de signos diferentes que tenían cada uno su sentido y le servían para buscar fácilmente sus pasajes predilectos. Había versículos que le recordaban alguna escena de su vida de familia o alguna de sus alegrías arrebatadas. Aquella Biblia contenía lo que le quedaba de su vida pasada y la consoladora promesa de la vida futura.

Entre otros pasajeros, en el buque se hallaba un joven distinguido de Nueva Orleans. Una niña de cinco a seis años le acompañaba, y una señora, al parecer pariente suya, iba encargada de cuidar a la niña. Tom había observado a ésta muchas veces, porque era una de esas criaturas, que no pueden olvidarse después de haberse visto; niña de pies ligeros y miradas curiosas que no se dejan encerrar en un corto espacio, sino como el rayo del sol o la brisa del estío; todo su ser ofrecía el ideal de la hermosura infantil y respiraba la gracia aérea de una poética visión. Su rostro delicado chocaba aún menos por la perfección de sus facciones que por una expresión profunda, cuyo encanto penetraba en el corazón de los hombres más sencillos como en el de los más civilizados.

Encerrábase una singular nobleza en la forma de su cabeza, de su cuello, de su talle. Los largos cabellos que la cubrían como una nube dorada; la expresión celestial de sus ojos azules, adornados de largas pestañas morenas, la distinguían de todos los demás niños de su edad. Así es que no había persona en el barco que no la acariciase con las miradas cuando corría de un extremo a otro. Aquella niña ni era grave ni triste; al contrario, una inocente alegría parecía pasar sobre sus facciones infantiles y animar cada uno de sus movimientos. Veíasela sin cesar ir de un lado a otro; la sonrisa entreabría continuamente sus labios; parecía, en fin, que volaba muy veloz en su carrera, y no pocas veces se la oía cantar a media voz como adormecida por delicioso sueño. Su padre y la señora que la acompañaban sin cesar, iban tras ella, pero apenas la cogían se les escapaba de sus manos como un vapor fugitivo. Vestida siempre de blanco, se deslizaba por todos los sitios cual una sombra, y no había rincón, por retirado que fuera, en que no se viese brillar su cabeza encantadora, ceñida con su aureola de oro.

Muchas veces el fogonero, cubierto de sudor y de humo, encontraba la mirada de la niña clavada en el hornillo con asombro y fija después en él con terror y compasión, como creyéndole expuesto a algún peligro. El piloto se sonreía cuando se mostraba tan juvenil semblante detrás de las vidrieras de su camarote. A cada instante se oían voces ásperas y toscas bendecirla; veíanse sonreír semblantes ordinarios al acercarse la niña, y cuando sus piececitos se aventuraban a pasar por sitios peligrosos, todas las manos ennegrecidas se extendían a porfía para socorrerla.

Tom, dotado en el más alto grado de la naturaleza afectuosa, tierna y simpática de su raza, seguía a la criatura con un interés siempre en aumento. Parecíale que tenía algo de divino, y cuando divisaba su cabeza rubia entre las balas de algodón y ella fijaba en él sus ojos azules y penetrantes, creía verse visitado por uno de los ángeles de la Escritura.

Muy frecuentemente se paseaba con tristeza alrededor del sitio en que Haley tenía encadenados a sus esclavos; colocábase en medio de ellos, los examinaba con dolorosa ansiedad, y con sus débiles manos levantaba a veces las pesadas cadenas, alejándose después suspirando. Otras veces iba cargada de frutas y de dulces, que les distribuía con gozo y desaparecía de nuevo.

Tom la observó mucho tiempo en silencio antes de atreverse a dirigirle la palabra. Conocía mil medios para llamar la atención y granjearse el cariño de los niños. Sabía hacer cestitas con huesos de cerezas, diversas figuras de pedazos de saúco, y se pintaba solo para confeccionar flautas y silbatos. Los juguetes que encerraban sus faltriqueras, manifestados con prudencia y parsimonia, facilitaron el conocimiento.

A pesar del interés que inspiraba a la niña todo aquello, era algo adusta y nada fácil, por lo tanto, el atraerla. En los primeros días, inclinada como un canario encima de algún fardo, miraba trabajar a Tom en silencio y no admitía sus regalitos sino con timidez; pero bien pronto se estableció entre ellos una completa intimidad.

—¿Cómo se llama usted, señorita? —le preguntó Tom cuando creyó avanzada la amistad para dirigirle tal pregunta.

—Evangeline St. Clare —respondió la niña—; pero papá y todo el mundo me llama Eva. ¿Y usted cómo se llama?

—Me llamó Tom; pero en Kentucky me llaman tío Tom.

—Pues bien; yo llamaré a usted tío Tom, porque le quiero a usted. ¿A dónde se dirige usted así, tío Tom?

—No lo sé, señorita Eva.

—¿No lo sabe usted?

—No; voy a ser vendido al primero que llegue; pero ignoro a quién.

—Mi papá podría comprar a usted —dijo vivamente Eva—, y si lo hace es usted feliz; yo se lo pediré desde hoy.

—¡Cuánto se lo agradezco, señorita!

En aquel momento se detuvo el barco para tomar leña. Eva oyó la voz de su padre y se lanzó hacia él; Tom fue a ofrecer sus servicios a los que cargaban la leña, y pronto se le vio activamente ocupado por esta faena.

Eva y su padre, de pie en la balaustrada del barco, examinaban la maniobra que se hacía para alejarse de la ribera. Ya comenzaba a girar la rueda cuando un paso en falso hizo perder el pie a la niña y cayó al río. Su padre, fuera de sí, iba a arrojarse al agua; pero otro, viendo un auxilio más eficaz, le detuvo a pesar suyo.

Tom que estaba al pie del puente inferior, al caer la niña la vio cortar el agua y desaparecer. Seguirla fue obra de un segundo. Logrando asirla, su ancho pecho y sus brazos vigorosos la sostuvieron sin trabajo hasta que apareció con ella en la superficie del agua. Siguió al barco nadando cargando con su precioso fardo, hasta que por un movimiento espontáneo cien manos se extendieron para recibirla. Al cabo de algunos instantes se la llevaba su padre desvanecida al tocador de las señoras, donde, como sucede siempre, se la colmó de cuidados con más bondad que discernimiento.

Al otro día, con un tiempo pesado y caluroso, se acercó el barco a Nueva Orleans. La agitación era general; cada cual hacía algún preparativo o reunía su equipaje; los empleados del barco, desde el capitán hasta la última criada, se ocupaban en preparar el buque de una manera digna con su arribo solemne al puerto.

Sentado nuestro amigo Tom con los brazos cruzados en el puente inferior, dirigía a menudo su mirada inquieta hacia un grupo formado al otro extremo del barco.

La hermosa Evangeline, algo más pálida que la víspera, pero completamente repuesta de su accidente, estaba de pie junto a un elegante joven, medio echado sobre una bala de algodón y con una cartera abierta encima de sus rodillas. Reconocíasele al instante por el padre de Eva en el aire de la cabeza, en sus grandes ojos y en su cabello de moreno claro y dorado; sólo la fisonomía era diferente.

Sus ojos, aunque muy semejantes en forma y color, carecían de la expresión mística de los de su hija. Su mirada era clara, atrevida, luminosa; pero de una luz terrestre. Su boca, admirablemente rasgada, tenía cierto aire de orgullo y sarcasmo, y un sentimiento de superioridad lleno de gracia animaba sus menores movimientos.

Escuchaba con una negligencia medio cómica, medio desdeñosa, a Haley, que se deshacía en elogios sobre el mérito de su mercancía, que le compraba.

—En una palabra todas las virtudes morales y cristianas completas en un volumen encuadernado en tafilete negro —dijo cuando Haley hubo concluido—. Ahora, bravo hombre, déme su precio, si usted gusta. ¿Cuánto va usted a llevarme?

—Pues bien; pidiendo a usted mil trescientos pesos reembolso lo que me ha hecho gastar; palabra de honor que no gano nada con él.

—¡Pobre hombre! —exclamó el joven fijando en él una mirada burlona—. Supongo que me le dará usted en ese precio por consideración a mí, ¿no es verdad?

—Parece que esta señorita está apasionada de él, y, en efecto, es muy natural.

—Ciertamente, ese es un motivo soberbio en usted para apelar a su generosidad. Pero veamos, ya que hace usted un negocio de caridad cristiana; ¿en cuánto me lo dejaría usted haciendo favor a esta señorita?

—Entonces reflexione usted un poco —exclamó el traficante—; repare usted en esos miembros, en ese pecho; es fuerte como un caballo. ¡Pues y la cabeza! Una frente como ésta indica en un negro mucho talento y no menos juicio. Aunque fuera tan bestia como un buitre se le vendería caro sólo por su cuerpo; pero sus facultades deben aumentar su valor. Este hombre es capaz de dirigir por sí solo la alquería de su señor; es asombroso el talento que tiene para negocios.

—¡Malo, malo, muy malo! Sabe mucho, demasiado —replicó el joven con la misma sonrisa burlona—. Los esclavos muy listos no saben más que escaparse, robar nuestros caballos y hacer que todo se lo lleve el diablo. Ea, aun va usted a señalar doscientos pesos por sus preciosas facultades.

—Si algo tiene de bueno este hombre es su perfecta moralidad, como podré enseñar a usted por un certificado de su señor. Es un hombre piadoso y humilde como no habrá usted visto quizá ninguno en su vida. En el sitio de donde viene pasaba por un predicador.

—En una palabra: podré hacerle capellán de mi familia —añadió el joven con tono seco—. ¡Es una buena idea! La religión es un artículo algo raro en casa.

—¡Ahora se chancea usted!

—¿Qué sabe usted? ¿No me lo ha recomendado en calidad de predicador? Estoy convencido de que habrá sido examinado por algún Sínodo o Consejo. Pero veamos los papeles.

Todo esto habría hecho probablemente perder la paciencia al traficante si cierto gesto de su cliente no le hubiera hecho entrever un fin favorable a sus miras, a pesar de todo debate. Sacó de su faltriquera una cartera grasienta, cuyo contenido se puso a examinar, mientras que el joven se quedó mirándole con aire de indiferencia burlona.

—¡Oh, papá; cómprele usted! ¿Qué importa el precio? Ya sé bien que es usted bastante rico para comprarlo. ¡Deseo tanto tenerle!...

—¿Para qué le quieres, niña? ¿Cuentas servirte de él como de una carraca o un caballo de madera?

—Tengo deseos de hacerle feliz.

—¡Vaya una razón original!

Entonces el traficante presentó la certificación del señor Shelby al joven, que la tomó con la punta de sus dedos y echó sobre ella una mirada indiferente.

—Es una letra distinguida, con muy buena ortografía. En cuanto a la religión, no sé qué pensar —añadió el joven con expresión de irónico desdén—. El país está demasiado recargado de gente piadosa; en vísperas de elecciones aparecen infinitos candidatos piadosos, y las cosas andan tan piadosamente en la Iglesia y en el Estado que se pregunta uno con inquietud por quién será atrapado la vez siguiente. Además ignoro a cómo se cotiza ahora la religión en la Bolsa. Ea, ¿en cuántos cientos de pesos tasa usted la devoción de su negro?

—Sin duda es usted aficionado a las chanzas, caballero —dijo el mercader—; pero no me parece descabellado todo eso. Convengo en que hay muchas especies de religiones y que algunas son miserables; hay individuos que recorren las asambleas, cantan y vocean e invocan la religión. Confieso que ésta nada vale, trátese de un negro o de un blanco; pero la de que hablo a usted es una especie muy diferente y la han presenciado mil veces mis ojos. Ella vuelve a los negros honrados, tranquilos y rectos, y por nada de este mundo harían una cosa que creen mala. Además ya ha visto usted lo que dice su antiguo señor.

—Escuche usted —dijo el joven, sacando de su cartera unos billetes y empezando a contarlos—. Si pudiera usted asegurarme que en el otro mundo tendría Dios en cuenta esta piedad que compro a usted, poco me importaría pagarla más cara. ¿Qué dice usted?

—En cuanto a eso —respondió Haley—, creo que en aquel país cada cual tendrá que responder por sí.

—En ese caso es muy duro pagar tan cara una religión que vendrá a ser inútil en el momento que la necesite.

Y hablando aún, el joven le entregó a Haley varios billetes.

—Cuente usted su dinero, buen amigo.

—Eso es —dijo Haley, con el rostro radiante de gozo.

Y sacando de su faltriquera un viejo tintero de cuerno empezó a escribir una especie de acta de venta que pasó al joven un momento después.

—Quisiera saber de buena gana —dijo éste recorriendo el papel— cuánto podría sacarse de mí, tanto por la forma de mi cabeza como por mis brazos y mis piernas, lo mismo que por mi educación, mi talento, mi moralidad, mi religión. ¡Ah! Por ejemplo, este último artículo no valdría gran cosa. Pero ven, Eva.

Y tomando de la mano a su hija se fue en busca de su nueva adquisición.

—Vamos, Tom —dijo, levantándole la barba con la punta del dedo en tono alegre—. Mira a tu nuevo señor. ¿Qué te parece?

Tom levantó la cabeza. No era posible mirar sin placer aquel rostro tan festivo, tan joven y tan hermoso. Tom sintió venir lágrimas a sus ojos, y le dijo con voz salida del fondo del corazón:

—Que Dios bendiga a usted, señor.

—Amén. No dudo que lo haga antes a tus ruegos que a los míos. Tom. Dime, ¿sabes tú guiar caballos?

—Siempre he andado entre ellos, señor. El señor Shelby criaba muchos.

—Está bien: te haré cochero, con la condición de que no te emborraches más que una vez a la semana, fuera de circunstancias excepcionales.

Tom se sorprendió y se mostró triste por aquel apóstrofe.

—Yo no me emborracho nunca, señor.

—Ya se me ha querido hacer creer, Tom. Veremos en adelante la verdad que esto encierra. Entonces sería un buen negocio para nosotros. Estate tranquilo —añadió con benevolencia viendo el aire triste de Tom—. No dudo que tengas excelentes intenciones.

—Ciertamente, señor —respondió Tom.

—Y será usted muy dichoso en nuestra casa —añadió Eva—. Papá es bueno para todos; pero le gusta la broma y chancear.

—Hija mía, gracias por tu recomendación —dijo St. Clare riéndose. Y dando media vuelta se separó de su esclavo.

CAPÍTULO XV
El nuevo patrón de Tom y otras cosas diversas

Ahora que la vida del modesto héroe de nuestra historia se mezcla en la de personas de un más elevado orden social, es preciso estudiar rápidamente estas nuevas figuras.

Augustine St. Clare era hijo de un rico plantador de la Luisiana, cuya familia era oriunda del Canadá. Su tío se estableció en una rica alquería de Vermont, y su padre llegó a ser uno de los plantadores más opulentos de la Luisiana. La familia de la madre de Augustine era una francesa hugonote que había emigrado a la Luisiana desde los primeros tiempos de la colonización de aquel país. Augustine no tenía más que un hermano, y habiendo heredado de su madre una constitución excesivamente delicada, se le envió a pasar algunos años con su tío a Vermont, en la esperanza de que su clima más vivo y fresco le fortalecería.

Notóse en él desde sus primeros años más una sensibilidad extremada de una mujer que el vigor propio de su sexo. Pero con el tiempo fue adquiriendo energía viril, sin apagarse la ternura del corazón. Estaba dotado de un talento distinguido; pero su espíritu mostraba una inclinación decididamente hacia lo ideal, repugnándole, naturalmente, el ocuparse de los negocios de la vida. Apenas salió del colegio se apoderó de sus facultades toda una pasión violenta y novelesca. Llegó para él ese momento único de la vida en que aparece en nuestro horizonte una estrella que demasiado frecuentemente, ¡ay!, no despierta más que una vana esperanza, pero cuya imagen queda grabada para siempre en el corazón. Para él, aquella estrella no debía brillar más que un instante.

Tuvo ocasión de conocer en uno de los Estados del norte a una mujer, tan notable por su hermosura como por la nobleza de su corazón. Al fin se dieron palabra de casamiento. Poco tiempo después volvió al Mediodía para disponer ciertos asuntos sobre su boda, cuando cierto día recibió con sus cartas una esquela del tutor en que le anunciaba que su amada sería mujer de otro antes de su regreso.

Casi loco de dolor intentó, como otros muchos han hecho, cortar aquella afección con un esfuerzo desesperado. Demasiado orgulloso para rebajarse a las explicaciones y a las súplicas, se lanzó en el torbellino de los placeres elegantes. Quince días después de haber recibido la fatal nueva era el adorador en título de la belleza del día y poco después el marido de un cuerpo gracioso, de dos grandes ojos negros y dueño de cien mil pesos. Es inútil decir que todos envidiaban la suerte de mortal tan dichoso.

Hallábanse los recién casados en su luna de miel, en medio de una sociedad brillante y escogida, en una soberbia quinta cerca del lago Pontchartram, cuando cierto día se le entregó una carta con sobre para Augustine St. Clare, de letra demasiado conocida. Presentáronsela en el momento en que rodeado de un círculo numeroso, se entregaba a una conversación espiritual y brillante. Al verla, una palidez mortal cubrió su rostro y al instante desapareció. Solo en su cuarto abrió la carta, que más le valiera no haberla recibido.

La antigua joven novia, a quien tanto había amado, le refería sus padecimientos. Perseguida por la familia de su tutor, cuyo hijo ambicionaba su mano, viendo que no tenía contestación a ninguna carta, la duda y el dolor habían quebrantado su salud. En fin, descubrió el fraude de que tanto tiempo había sido juguete, y consiguió que llegara a manos de Augustine una carta, carta llena de promesas, de confianzas y de esas expresiones de un amor inalterable, más amargas para el corazón del infeliz joven que la misma muerte.

Él contestó en el acto.

«He recibido la carta de usted; pero demasiado tarde... La creía infiel... La desesperación me cegó... Pero ya estoy casado, y todo entre nosotros ha concluido. El olvido es la única esperanza que nos queda».

Así acabó la novela, el sueño de Augustine St. Clare; así se desvaneció lo ideal de su vida. Sólo le quedó la realidad: esa realidad parecida al légamo que queda en las costas después de abandonarlas la mar azul cubiertas de olas espumosas y tachonada de velas blancas y barcas ligeras; la mar con el dulce murmullo de sus ondas, la armoniosa cadencia de los remos y el canto de los pescadores, realidad fangosa y desnuda.

En una novela es muy cómodo el recuerdo de hacer morir a los personajes cuando tienen herido el corazón, y produce buen efecto; pero en la vida real no vemos que se muera ninguno, aunque perezca a su alrededor cuanto le hacía amar la existencia. Hay por necesidad que comer, beber, vestirse, hacer visitas, vender, comprar, hablar, leer y ejecutar; en fin, esa rutina que se llama la «vida». Todas estas necesidades pesaban sobre Augustine. Si su mujer hubiera sido digna de él, habría podido, como saben hacerlo las mujeres, cerrar aquella dolorosa llaga y tejer con oro y seda el hilo de su vida. Pero Marie de St. Clare era incapaz hasta de sospechar que el corazón de su marido podía sufrir el menor quebranto. Según hemos dicho, sólo era de buen talante, de hermosos ojos y cien mil pesos de dote; ninguna de estas cualidades es, en verdad, suficiente para consolar un corazón lacerado.

Cuando ella vio a Augustine echado en un sofá, pálido como la muerte y pretextando tener jaqueca, contestó con recomendarle el uso de las sales. Pero como continuaran cada vez más la jaqueca y la palidez, se extrañaba

Harriet Beecher Stowe

sobremanera de no haber sospechado que fuera tan enfermizo St. Clare, lamentándose al propio tiempo de que el estado de salud de su marido la obligase a concurrir sola a las fiestas de sociedad, faltando a las costumbres de las recién casadas. Augustine se alegraba de tener una mujer tan poco perspicaz; pero pronto descubrió que una vez pasada la luna de miel no hay tirano doméstico comparable a una mujer hermosa, acostumbrada desde su infancia a dejarse hacer la corte. Marie no estaba dotada ni de una fuerza grande de afección ni de una sensibilidad muy exquisita; pero la poca que había recibido al nacer estaba envuelta en un egoísmo desenfrenado, tanto más incurable cuanto que siempre dejaba a su conciencia en completo reposo, sin cuidarse de lo que debía a los demás.

Desde la infancia se había visto rodeada de criados cuya única ocupación era estudiar sus caprichos; jamás le ocurrió el pensamiento de que ellos también podían sentir y juzgarse con derecho a su benevolencia. Hija única, no le negó su padre en la vida lo que humanamente es posible conceder, y cuando entró en el mundo, hermosa, rica y distinguida, tuvo a sus pies infinitos adoradores y creyó a St. Clare el más feliz de los hombres por haberla obtenido.

Es un error muy craso el suponer que una mujer sin corazón carece también de exigencias en materia de cariño. Es imposible hallar en amor un acreedor más implacable que una mujer egoísta. Sus exigencias y sus celos crecen en proporción de su falta de amabilidad. Por eso, cuando Augustine cesó de prodigarle las galanterías y atenciones de un amante, encontró a la orgullosa sultana muy resuelta a reivindicar todos sus derechos sobre su esclavo; para ello no escaseó ni lágrimas, ni enfados, ni quejas. De carácter bondadoso y accesible, St. Clare procuraba desarmarla a fuerza de agasajos y de lisonjas, y cuando Marie fue madre de una niña encantadora se despertó en el corazón de su esposo una sensación parecida a la ternura.

La madre de St. Clare se había distinguido por la pureza y elevación de su carácter, y puso éste su nombre a la niña, con la dulce esperanza de que sería algún día una imagen suya. Su mujer adivinando sus pensamientos, concibió horribles celos, y la apasionada ternura de St. Clare no excitaba en ella más que sospechas y desconfianzas. Desde que nació la niña empezó a quebrantarse la salud de su madre; una vida constante de inacción, el fastidio y el disgusto que la siguen convirtieron en pocos años a aquella joven lozana y hermosa en una mujer amarillenta, ajada y enfermiza, viéndose acometida de mil indisposiciones imaginarias. Por último llegó a creerse en todos los conceptos la mujer más infeliz y abandonada. Sus enfermedades eran innumerables y la jaqueca su predilecta, porque la confinaba en su cuarto tres días por lo menos a la semana. Como descuidó completamente los negocios de la casa, dejándolos a cargo de esclavos, resultó que St. Clare echó de menos las comodidades más indispensables. La salud de su hija única, en extremo delicada, reclamaba todos los cuidados de una madre, y como carecía de ellos temió Augustine que tarde o temprano llegara a ser víctima la niña de la incuria de su mujer. Habiéndola llevado a Vermont, comprometió a su prima *miss* Ophelia St. Clare a que se estableciera en su compañía. En efecto: iban en el buque con dirección al sur cuando los hemos presentado a nuestros lectores.

Y ahora que aparecen en lontananza los chapiteles y campanarios de Nueva Orleans, demos a conocer más extensamente a *miss* Ophelia.

Cuantos hayan viajado por la Nueva Inglaterra han debido observar en cualquier pueblo recién construido alguna quinta a la sombra espesa de arcos, con su patio cuidado esmeradamente, donde crece la hierba entre el empedrado del suelo. Deben acordarse, sin duda, del perfecto sosiego, del orden y tranquilidad que se respira en tales sitios. Nunca se encuentra la menor cosa fuera de su lugar, ni se mueve una estaca de la empalizada, ni la paja más pequeña aparece sobre la hierba ni sobre los ramos de lilas que crecen bajo las ventanas. Si han penetrado en el interior han debido notar las espaciosas y claras habitaciones, cuyo orden riguroso excluye toda idea de ociosidad, y esas costumbres domésticas tan fijas como los movimientos de un reloj.

Allá en la sala, llamada por los naturales del país «gabinete familiar», habrán visto la respetable librería en, que se hallan colocados con un orden majestuoso la «Historia antigua y moderna», de Rolling; el «Paraíso perdido», de Milton; la «Peregrinación del cristiano», de Bunyan, y la «Biblia de familia», anotada por Scott, en unión de otros libros muy respetables. En ella no hay criados; se ve a la señora todos los días después de las doce, con su gorra blanca como la nieve y provista de sus correspondientes anteojos, haciendo labor en medio de sus hijas, tan sosegada y apaciblemente cual si no tuviera ninguna otra ocupación. Por regla general desempeña los negocios de la casa acompañada de sus hijas en los ratos perdidos, y a cualquiera hora que se vaya se encuentra siempre todo concluido.

Jamás los suelos de la cocina están manchados o sucios; las mesas, las sillas y demás utensilios no se mueven nunca de su sitio por más que se dispongan al día tres o cuatro comidas, se lave y planche la ropa, y no sé por qué procedimiento; abundantes provisiones de manteca, de queso, ven allí la luz.

En una de estas quintas, en uno de estos interiores, es donde ha visto *miss* Ophelia transcurrir cuarenta y cinco años de su apacible vida. Aunque era la primogénita de la familia numerosa, su padre y su madre la trataban aún como una de las «niñas» y la proposición de dejarla partir para Nueva Orleans fue en la casa un suceso inaudito. El anciano padre, con su cabeza encanecida, sacó su atlas de la biblioteca para estudiar la longitud y la latitud a que se halla situada la ciudad populosa, observando detenidamente en el «Viaje de Flint en los Estados del Sur» para formarse una idea exacta del país.

La buena madre, muy inquieta, preguntó si Nueva Orleans era una ciudad corrompida, añadiendo que, según su opinión, equivalía a irse a vivir con los salvajes de las islas Sandwich o a cualquier otro pueblo pagano.

No tardó mucho en saberse la noticia del viaje de *miss* Ophelia con su primo a Nueva Orleans en casa del ministro, del médico y de la modista *miss* Peabody. Como era de esperar, muy pronto se ocupó todo el pueblo de este importante asunto.

El ministro, imbuido en ideas abolicionistas, temía que semejante paso envolviera una aprobación indirecta de la esclavitud, mientras que el doctor, colonizacionista puro, aprobaba la marcha de *miss* Ophelia, aunque sólo fuera por manifestar a sus conciudadanos de Nueva Orleans que no los quería del todo mal. Según creía, necesitaban ser alentadas las gentes del sur.

En fin, cuando el viaje estuvo resuelto, *miss* Ophelia fue solemnemente convidada a tomar el té en casa de unos amigos y vecinos, y por espacio de quince días fueron discutidos sus proyectos y sus esperanzas con el más vivo interés. Su provisión de ropa adquirió cada día mayor importancia a medida que se aumentaban las prendas del equipo que necesitaba hacerse la viajera. Súpose por conducto seguro que St. Clare había dado cincuenta pesos para un traje que se hubiera podido tener en pie por sí solo, una sombrilla y un pañuelo de mano festoneado, que, según se decía, era bordado de los ángeles. Unos lo encontraban muy natural en vista de las circunstancias; otros sostenían que hubiera sido mejor empleado el dinero en las misiones; pero nosotros dejaremos para el lector todos estos comentarios.

En fin, *miss* Ophelia se presenta ya a nuestra vista en traje de viaje con un vestido de lienzo del norte. Es de alto talle, de cuerpo casi cuadrado y formas angulosas; su rostro es delgado y sus facciones algo duras; sus labios, mordidos como los de una persona acostumbrada a tomar irrevocables decisiones, mientras que sus ojos, negros y penetrantes, miran sin cesar a su alrededor por si algún objeto necesita ponerse en orden.

Todos sus movimientos son francos, resueltos y enérgicos; habla poco, pero cada palabra suya es una sentencia; personifica el orden, el método y la exactitud. Un reloj, una locomotora de un ferrocarril no es tan inexorable en su puntualidad; así es que desprecia soberanamente a las personas de ideas o de costumbres distintas. Para ella el pecado de los pecados, el principio de todos los males, se resume en una sola palabra; desorden; su manera de pronunciarla envuelve un desdén sin límites, y los diversos sentidos en que la aplica dan a conocer admirablemente los distintos grados de esta categoría. Pero su horror extremado por la indecisión de carácter de

La cabaña del tío Tom

una persona y el desacierto en su manera de obrar se descubre fácilmente por una mirada de reprobación glacial, como no podía expresarlo palabra alguna.

De entendimiento claro y activo, es muy versada en la Historia y en los antiguos clásicos ingleses. Su pensamiento tiene gran vigor en situaciones apuradas y difíciles. Sus opiniones en Teología tienen cada una sus fórmulas positivas y distintivas, puestas en un orden tan perfecto como los líos de su maleta. Sucedía lo mismo con sus ideas que con la mayor parte de las cosas de la vida real, y práctica. Mas a pesar de todo esto, como base de su carácter y de cada una de sus ideas, se encuentran el sentimiento del deber, que predomina a todos los demás. Nadie da a este sentimiento mayor importancia que las mujeres de Nueva Inglaterra, pues se sobrepone a todas las facultades. Semejante a las formaciones graníticas, se encuentra lo mismo en las profundidades más recónditas que en la cima de las montañas.

Miss Ophelia era esclava ciega del deber, una vez colocada en esta senda, siguiendo su expresión, ni el agua ni el fuego la habrían detenido; se hubiera arrojado a un pozo o a la boca de un cañón si la conciencia se lo hubiese exigido. Pero su ideal del deber era tan elevado, tan vasto, abrazaba tantas cosas y hacía tan poco caso de la debilidad humana, que a pesar de sus esfuerzos heroicos por seguirle no lo conseguía jamás. De aquí resultaba un sentimiento de impotencia demasiado angustioso, que daba a su piedad un carácter demasiado severo y triste.

Pero, me preguntaréis, ¿cómo ha de poder convivir *miss* Ophelia con St. Clare, ese ser frívolo, veleidoso, escéptico, tan poco religioso como puntual y que mirará con desdeñosa indiferencia sus costumbres más queridas? La verdad es que *miss* Ophelia le ama. En su infancia, ella le enseñaba el catecismo, arreglábale su ropa, peinaba sus hermosos cabellos y dirigía su conducta. Su corazón tiene lados sensibles, y Augustine había conseguido la mejor parte de sus afecciones. Por eso le fue fácil persuadir a su prima de que la «senda del deber» estaba en dirección de Nueva Orleans, y que haría una obra de las más excelentes cuidando de Eva y tomando la dirección de una casa que caminaba a su ruina con motivo de las frecuentes indisposiciones de su mujer. La idea de una casa sin tener a nadie al frente de ella le llamó sobremanera la atención y la hizo decidirse. Además hubiera sido imposible descuidara a aquella encantadora criatura, y aunque *miss* Ophelia mirase como una especie de pagano a St. Clare, le quería, hacíanle reír sus chanzas y era tan indulgente con sus debilidades, que no parecía la misma. Pero ya con el tiempo llegará el lector a conocer más completamente a esta dama.

En el instante de llegar la vemos en su camarote rodeada de multitud de maletas, líos, cajas de cartón y sacos de noche, que ella procura arreglar con todo el cuidado posible.

—Vamos, Eva, hija mía, ¿has contado todos tus efectos? Apostaría a que no; los niños son muy descuidados. Contemos; el saco de noche con flores y la caja azul de tu precioso sombrero componen dos; el cesto de goma elástica, tres; mi caja de labor, cuatro; mi caja de cartón, cinco; eso, seis,y la maleta de cuero, siete. ¿Qué has hecho de tu sombrilla? Dámela: le pondré un papel alrededor y la juntaré con la mía y mi paraguas. Mira qué bien irá.

—Pero, tía mía, ¿a qué hacer nada de eso? Vamos derechos a nuestra casa.

—Es para impedir que se extravíe algo, hija mía. Nunca se tendrá nada de provecho si no se cuidan las cosas. A propósito, Eva, ¿está tu dedal en la caja?

—No sé, tía.

—Dámela que la examine. Aquí están el dedal, la cera, dos devanadores y las tijeras, el cuchillo y el metecintas. Bien; pon esta cajita allí dentro. ¿Cómo te arreglabas cuando ibas sola con tu papá? ¿Perderías muchas cosas, eh?

—Sí, en verdad, tía mía; he perdido muchas cosas; pero cuando nos deteníamos en alguna parte me compraba papá otras.

—¡Qué horror, hija mía; vaya unas costumbres!

—¡Eso es muy cómodo, querida tía!

—¡Es un desorden horroroso! —respondió ésta.

—Y bien; ¿qué vamos a hacer ahora? Esta maleta contiene demasiado y no puede cerrarse.

—Sí, se podrá —contestó la tía con el aire resuelto de un general.

Y después de haber apretado las ropas se puso sobre la tapa, pero sin llegar a vencer enteramente la resistencia.

—Súbete encima también, Eva —dijo *miss* Ophelia con decisión—; lo que se ha hecho una vez debe hacerse ciento.

Intimidada sin duda la maleta por una voluntad tan firme, cedió al punto, y *miss* Ophelia se echó triunfante la llave en la faltriquera.

—Ya estamos dispuestas. ¿Dónde está tu papá? Ya se puede enviar este bagaje. Busca a tu papá.

—Le he visto en el gabinete de caballeros mondando una naranja.

—Sin duda ignora que estamos ya para llegar. No sería malo que fueras a hablarle.

—¡Oh, papá nunca tiene prisa! —dijo Eva—. Además todavía tenemos tiempo. Pero vea usted allí nuestra casa en la parte alta de aquella calle.

El vapor, silbando y dando gemidos como un monstruo fatigado, se disponía a abrirse un camino por entre los numerosos vapores, mientras que Eva, gozosa, señalaba con el dedo las torres, cúpulas y demás monumentos bien conocidos de la ciudad natal.

—Sí, sí, querida mía; es muy hermoso —dijo *miss* Ophelia—; pero en nombre del cielo, ¿dónde está tu padre? —exclamó a tiempo que se paró el vapor.

En aquel mismo momento estalló el tumulto que acompaña a los desembarcos; crúzanse criados en todas direcciones; dispútanse unos a otros los equipajes; las mujeres llaman a sus hijos, y una muchedumbre compacta se dirige hacia el desembarcadero.

Después de haber arreglado convenientemente *miss* Ophelia todos los fardos de su equipaje, se sentó con aire resuelto sobre la maleta que le había costado tanto cerrar, con el manojo de paraguas en la mano, resuelta a defender su propiedad hasta el último extremo.

—¿Llevo yo la maleta de usted, señora?

—Permítame usted que lleve estos efectos —le decían a cada momento.

Pero tan derecha como el mango de una escoba respondió a todas las ofertas de una manera capaz de intimidar al más templado, y repetía a cada instante que no podía figurarse dónde estaba su primo, y que, sin duda alguna, le había sucedido alguna desgracia.

Ya comenzaba a inquietarse seriamente cuando llegó comiendo una naranja, de la cual dio a Eva la mitad.

—Y bien, prima Vermont, supongo que estará usted dispuesta.

—Hace una hora que estoy esperando a usted; ya empezaba a sospechar algo malo.

—¡Ah, es usted admirable! —exclamó—. Pero ya nos aguarda el coche. La muchedumbre es inmensa y podremos desembarcar de una manera conveniente y cristiana sin ser estrujados. Aquí —añadió dirigiéndose a un cochero—; llévame esos efectos.

—Voy a ver cómo los carga —dijo *miss* Ophelia.

—Vamos, es inútil.

—En todo caso, me encargo de esto, de aquello y de la caja —dijo *miss* Ophelia, cogiendo tres cajas y un saco de noche.

—Mi querida amiga —dijo St. Clare—; esas costumbres serán muy buenas en las Montañas Verdes; pero es preciso que adopte usted alguna de nuestras meridionales. Al ver a usted cargada de ese modo, cualquiera la tomaría por una criada. Vamos dé usted los efectos a ese individuo, que él los llevará con más cuidado que si fueran huevos.

Miss Ophelia sufrió con sentimiento que su primo le quitara sus tesoros, y no estuvo tranquila hasta que los encontró sanos y salvos dentro del coche.

—¿En dónde se halla Tom? —dijo Eva.

—En el pescante, querida mía. Voy a ofrecérselo a tu mamá como prenda de reconciliación para que reemplace a aquel borracho que la hizo volcar el otro día.

—¡Oh! Tom será un cochero admirable; yo lo sé —dijo Eva—. Jamás ha de emborracharse.

Paróse el carruaje delante de una casa antigua de un estilo extranjero medio español, medio francés, del cual quedan aún algunos restos en Nueva Orleans.

Cuando el coche penetró en el patio Eva parecía un pajarillo impaciente por escapar de su jaula.

—¡Oh! ¿No es hermosa y seductora nuestra casa? —preguntó a *miss* Ophelia—. ¿No es todo esto magnífico?

—Sí, es preciosa —contestó *miss* Ophelia bajando del coche—, aunque el aspecto sea algo antiguo y pagano.

Tom se apeó de su pescante y miró en torno suyo con aire de grata satisfacción. Preciso es acordarse de que el negro pertenece al país más rico y espléndido de la tierra y lleva en el fondo de su alma la pasión de todas las cosas ricas, brillantes y poéticas. Este gusto natural, que no vemos de ordinario más que en el estado bárbaro, les acarrea con frecuencia las bufonadas de las razas septentrionales, más finas y correctas.

St. Clare, que adoraba en el fondo de su corazón la poesía y la belleza, se sonrió de la observación de *miss* Ophelia, y volviéndose hacia Tom, cuyo negro semblante brillaba de admiración le dijo:

—Ea, Tom; parece que esto te gusta.

—Sí, señor; mucho.

Estas palabras se cambiaban al tiempo de pagar al cochero y mientras se descargaban las maletas; en el mismo instante se precipitaba por todos lados una multitud de hombres, de mujeres y niños para ver entrar a su señor. El primero que se presentó fue un joven mulato, personaje evidentemente muy notable, vestido con elegancia, y en la mano del cual ondulaba un pañuelo de batista perfumado.

Este personaje había tenido cuidado de echar al otro extremo de la veranda a la turba de criados.

—Atrás todo el mundo; me avergüenzo de vosotros —decía con tono de autoridad—. ¿Osáis turbar las primeras efusiones del señor en el momento que vuelve al seno de su familia?

Este elegante discurso, pronunciado con mucha dignidad, les intimidó sobremanera y permanecieron a una distancia respetuosa, excepto dos robustos mozos ocupados en subir los equipajes.

Merced a las delicadas atenciones del señor Dolph, St. Clare no vio a nadie en torno suyo cuando se volvió después de pagar a los mozos, sino al mismo Dolph, puesto de pantalón blanco, de chaleco de seda adornado con una cadena de oro, en actitud de saludarle con toda la gracia posible.

—¡Ah, tú aquí, Dolph! ¿Cómo vamos? —le dijo su señor tendiéndole la mano, mientras que Dolph le soltaba con gran volubilidad una arenga preparada hacía quince días.

—¡Muy bien! ¡Muy bien! —respondió St. Clare con su aire habitual de chanza—. Está muy bien compuesta, Dolph. Echa una mirada al equipaje, que yo vuelvo dentro de un minuto.

Y diciendo esto condujo a *miss* Ophelia a un gran salón que daba a la veranda. Por su parte, Eva, con la fugacidad del cándido pájaro, ya había escapado a través del mismo salón y vestíbulo a una pequeña pieza que daba también a la galería.

Una mujer pálida, de ojos negros, se incorporó en el sofá en que estaba echada.

—¡Mamá! —exclamó Eva arrojándose en sus brazos con frenesí y abrazándola con delirio.

—Es demasiado, hija mía; cuidado, que me haces daño —contestó la madre después de haberla abrazado con cierta languidez.

St. Clare entró. Después, abrazó a su mujer de la manera más maritalmente ortodoxa y la presentó a su prima. Marie levantó sus ojos de un modo más curioso que de ordinario y la saludó con indolente finura. Entonces apareció en la puerta una turba de esclavos, y entre ellos una mulata de alguna edad, de fisonomía respetable, toda turbada y gozosa de emoción.

—¡Ah, la Mammy! —exclamó Eva atravesando la estancia como una flecha.

Y echándose en sus brazos la estrechó con efusión.

Esta mujer no se quejó de que le diera dolor de cabeza; al contrario, la abrazaba fuertemente, riendo y llorando de una manera que podía poner en duda su sentido común. Así que Eva se separó de ella, continuó sus saludos pasando de uno a otro, distribuyendo besos y abrazos hasta el punto de hacer que se le oprimiera el corazón a *miss* Ophelia.

—Ea —dijo ésta—, vosotros los niños del sur hacéis cosas que serían para mí imposibles.

—¿Y cuáles son? —preguntó St. Clare.

—Yo procuro ser buena para con todo el mundo y no quisiera ofender a nadie; pero en cuanto a abrazar...

—A negros —añadió St. Clare—, ¿no tiene usted fuerza todavía, eh?

—Es verdad. ¿Cómo podrá ella?

St. Clare se echó a reír y salió al corredor diciendo:

—¡Hola! ¿Cómo andamos por aquí, Mammy, Jemmy, Polly, Lonthey? ¿Estáis contentos de ver a vuestro amo? ¡Cuidado con los pequeñuelos —añadió, tropezando con un negrito que se arrastraba a gatas—, no sea que pise a alguno!

Pero todos se deshicieron en risotadas y bendiciones cuando St. Clare les repartió algunas monedas.

—Ea, muchachos, ahora, como buena gente que sois —dijo al fin—, largo de aquí.

Y la asamblea de negros y mulatos desapareció por una puerta que daba a una vasta veranda, seguida de Eva, que llevaba un saco lleno de manzanas, de nueces, de azúcar cande, de cintas, encajes y juguetes, de que había hecho una abundante provisión en el viaje.

Como volviese a entrar de nuevo St. Clare, se fijó su mirada en Tom, que, no sabiendo qué hacer, estaba de pie, ya sobre una pierna, ya sobre otra, mientras que Dolph, negligentemente apoyado en la balaustrada, le examinaba a través de un anteojo con una serenidad que habría hecho honor a un dandi de profesión.

—Vamos, fatuo —le dijo su amo bajándole el anteojo—. ¿Es así como tratas a la compañía que te traigo? Pero a propósito, Dolph —añadió poniendo un dedo sobre el chaleco de seda que llevaba—; creo que este chaleco es mío.

—¡Oh, señor; es un chaleco tan manchado de vino! ¿Es posible que lleve esto un hombre de la posición del señor? Es muy bueno para un hombre negro como yo.

Dolph meneó la cabeza y pasó los dedos por sus cabellos perfumados.

—¡Ah, es por eso! —dijo St. Clare con indiferencia—. Voy a presentar a Tom a su nueva señora, después de lo cual le conducirás a la cocina; pero ten cuidado de no inculcarle tus pretensiones y principios. Vale por dos fatuos como tú.

—Al señor le gusta chancearse —contestó Dolph riéndose—. Me alegro mucho ver al señor de tan buen humor.

—Por aquí, Tom —dijo St. Clare haciéndole una señal para que se acercase.

Tom entró en el salón. Quedóse estupefacto ante aquel esplendor inaudito, aquellas colgaduras de terciopelo, aquellos espejos, aquellas estatuas, y sintió perder sus fuerzas y valor teniendo miedo de poner los pies sobre las alfombras.

—Mira, Marie —dijo St. Clare a su mujer—; te traigo un cochero garantizado, tan sobrio como negro es, y si quieres te llevará a paso de entierro. Vamos, abre los ojos para mirarle y no digas nunca que me olvido de ti cuando estoy ausente.

Marie, sin levantarse, abrió los ojos y miró a Tom.

—Es probable que se emborrache, como todos —exclamó con voz compungida.

—Nada de eso; tiene buena patente de religioso y sobrio.

—Lo desearía, pero apenas lo creo.

—Dolph —dijo St. Clare—, llévate a Tom y acuérdate de mis encargos. Dolph desapareció con ligereza, y Tom le siguió con paso grave y lento.

—Es un verdadero hipopótamo —exclamó Marie.

—Vamos, Marie —dijo St. Clare sentándose en una banqueta cerca del sofá—, sé amable y dinos alguna cosa con agrado.

—Te has estado quince días más de los que esperaba —dijo la dama haciendo gestos.

—¿No te escribí ya la razón?

—¡Una carta tan fría, tan corta!

—¡Dios mío, como que estaba para salir el correo! Imposible hubiera sido escribir más largo.

—Siempre ocurre eso; jamás careces de buenas razones para prolongar tus viajes y reducir tus cartas.

—Mira esto —dijo St. Clare, sacando de su bolsillo una elegante caja de terciopelo que abrió—; es un regalo que te traigo de Nueva York.

Era un retrato al daguerreotipo, de tintas claras y dulces, que representaba a Eva y a su padre cogidos de la mano.

Marie le miró con aire poco satisfecho.

—¿Quién os ha dicho que tomaseis esa ridícula posición? —preguntó.

—Eso es cuestión de gusto; pero ¿qué tal el parecido?

—Puesto que mi opinión te importa poco sobre un punto, debe serte indiferente sobre el otro —respondió la dama cerrando la caja.

—¡Llévete el diablo, mujer! —dijo para sí St. Clare.

Después añadió en voz alta:

—Vamos, Marie, no seas niña; ¿le encuentras parecido?

—Haces mal, St. Clare, en obligarme a hablar para que me preocupen tantas cosas a un tiempo, cuando sabes bien lo que he sufrido todo el día con la jaqueca. Se ha movido tal zambra a mi alrededor que estoy medio muerta.

—¿Padece usted de jaqueca, señora? —dijo *miss* Ophelia, saliendo de repente de las profundidades de un sillón, desde donde había examinado en silencio cada una de las piezas del ajuar de la sala, no sin calcular su valor.

—Sí, soy una verdadera mártir —respondió Marie.

—La tisana de nebrina es excelente para la jaqueca. Al menos así lo decía Auguste, la mujer de Abraham Perry, el diácono, y en eso no era lega.

—Mandaré traer la primera nebrina que se coja en el jardín —dijo gravemente St. Clare tirando del cordón de la campanilla—. A todo esto, debe usted tener necesidad de descanso, prima. Dolph, di a Mammy que venga.

La respetable mulata, a quien Evangeline había tan tiernamente abrazado, entró poco después, adornada con una cinta roja y amarilla en la cabeza, que la niña le había traído y hasta puesto con sus propias manos.

—Mammy —dijo St. Clare—, confío a usted el cuidado de esta señora; se halla cansada y necesita reposo. Condúzcala usted a su cuarto, y que nada le falte.

Y *miss* Ophelia desapareció precedida de Mammy.

CAPÍTULO XVI
La nueva señora de Tom y sus opiniones

—Desde hoy, Marie, va a empezar la edad de oro para ti —dijo St. Clare—. Aquí tienes a nuestra prima de Nueva Inglaterra, activa y entendida, como se dice en su país, la cual te aliviará de todos los cuidados y quehaceres domésticos, dejándote tiempo suficiente para que te cuides y recobres tu juventud y hermosura. Lo mejor es que le entregues cuanto antes las llaves de todo con el ceremonial ordinario.

Estas observaciones fueron emitidas durante el almuerzo, algunos días después de la llegada de *miss* Ophelia a la casa.

—Yo te aseguro que en buena hora ha llegado —respondió Marie, apoyando en la mano su lánguida cabeza—; pero pronto descubrirá, por poca buena voluntad que cobre al cargo, que las amas son aquí las verdaderas esclavas.

—¡Oh, ciertamente! Yo no dudo que descubrirá al mismo tiempo otras muchas verdades saludables.

—Ciertos filántropos nos atribuyen un crimen por tener esclavos como si los tuviéramos para nuestra propia satisfacción —continuó Marie—; pero lo cierto es que si consultáramos nuestra comodidad y nuestros intereses, nos desharíamos al instante de todos ellos.

Evangeline fijó en su madre sus grandes ojos, y con aire asombrado y cierto candor, dijo:

—Pues entonces, ¿para qué los tenemos?

—No sé —repuso ésta—; quizás para mortificación nuestra. Ellos son los que me acibaran la existencia, y a ellos se debe en gran parte que mi salud esté tan quebrantada. Es cierto también que no los hay peores que los nuestros.

—¡Vamos, vamos! —dijo St. Clare—. Alguna mosca te habrá picado esta mañana que te ha puesto de mal humor. Te quejas de los negros y eres injusta para con ellos. ¿No es Mammy la mejor criatura que hay en el mundo? ¿Qué sería de ti sin ella?

—Mammy es la mejor que he conocido en mi vida; sin embargo, es egoísta, horriblemente egoísta; ese es el defecto de todos los de su raza.

—El egoísmo es, en verdad, un horrible defecto —respondió gravemente St. Clare.

—¿No es egoísta Mammy, cuando duerme por las noches a pierna suelta, sabiendo que a cada instante exige mi salud el mayor cuidado? Todas las noches tengo que llamarla infinitas veces. Es positivo que me he puesto peor esta mañana a causa de lo que me fatigué anoche llamándola.

—¿No ha velado muchas noches al lado de usted, mamá? —preguntó Eva.

—¿Cómo lo sabes tú? —dijo agriamente su madre—. Sin duda alguna se queja de eso.

—No es que se ha quejado, sino que me ha referido cuánto ha padecido usted por espacio de muchas noches seguidas.

—¿Por qué no la reemplazan Jane y Rosa algunas veces —preguntó St. Clare— para que descanse?

—¿Cómo puedes hacer semejante proposición? —exclamó Marie—. A la verdad, St. Clare, que no sé cómo dices eso. Tan nerviosa como soy, un soplo me haría daño; una mujer a la cual no estoy acostumbrada me volvería loca. Si Mammy me tuviera el afecto que debe, despertaría con más facilidad. Hay gentes que hablan del desinterés y abnegación de sus criados; mas para mí es una dicha que jamás he conocido.

Y Marie dio un suspiro.

Miss Ophelia había escuchado esta conversación con aspecto serio y aire escrutador. Sus labios, fuertemente comprimidos, indicaban la resolución de conocer a fondo el terreno antes de aventurar una opinión.

—Mammy —continuó Marie—, en cierto modo posee buenas condiciones; es buena, fina y respetuosa; pero en el fondo es egoísta. Por ejemplo, siempre anda a vueltas con su marido, hasta el punto de atronarme los oídos con sus preocupaciones. Cuando después de casarme vine a establecerme aquí, naturalmente tuvo que venirse conmigo, aunque su marido, que es herrero, debiera quedarse por ser necesario a mi padre. Entonces pensé haberles dicho que renunciaran el uno al otro, porque no sería fácil que volvieran a reunirse. Ahora siento no haber exigido de Mammy una separación completa y casarla con otro cualquiera. Ya le he dicho que no debe confiar en ver a su marido más que una o dos veces en su vida, porque no siendo buenos para mi salud los aires de la quinta de mi padre, estoy muy lejos de ir a vivir allí. Le he aconsejado que tome otro marido; pero Mammy no lo ha hecho. Para ciertas cosas es tan obstinada que nadie más que yo puede formarse una idea.

—¿Tiene hijos? —preguntó *miss* Ophelia.

—Sí, tiene dos.

—Supongo que sufrirá mucho con estar separada de ellos.

—Sin duda; pero no ha podido traerlos. Es verdad que me habría sido imposible sufrirlos a mi lado, y creo que por eso me guarda ella algún rencor. No quiere casarse otra vez, y aunque sabe muy bien que por el estado de mi salud me sería imposible pasar sin ella, estoy persuadida de que volvería mañana con su marido si pudiera. Hasta ese punto llega el egoísmo de todos esos negros.

—Es muy triste pensar en eso —dijo secamente St. Clare.

Miss Ophelia le echó una mirada penetrante y divisó en su rostro las señales de una indignación reprimida, al mismo tiempo que vagaba por sus labios una sarcástica sonrisa.

—Sin embargo, yo la he mimado siempre —prosiguió Marie sin darse por vencida—. Desearía que tus criados libres del norte echaran una mirada por su armario; tiene vestidos de seda, de muselina y hasta batista de puro hilo; a veces he pasado muy buenos ratos adornándole una gorra para que pudiera ir a una función. En cuanto al mal tratamiento, no le conoce; en su vida ha sido azotada más que una o dos veces. Todos los días toma su café y su té tan fuerte como el nuestro con azúcar blanco. Es una costumbre abominable; pero St. Clare se empeña en que se trate a lo grande la cocina, y nuestros criados sólo hacen lo que quieren. En fin, se les mima demasiado, y, según creo, su egoísmo no es más que el fruto de nuestra indulgencia. Ya estoy cansada de repetírselo a St. Clare.

—Yo también lo estoy —respondió St. Clare, tomando un periódico de la mañana.

Eva, la hermosa Eva, escuchaba a su madre con esa expresión grave y misteriosa que la caracterizaba. Acercóse a ella y le echó los brazos al cuello.

—¿Qué quieres, Eva? —le preguntó Marie.

—Mamá, ¿no podría yo velar a usted esta noche? Le aseguro que no irritaré sus nervios; no me dormiré, porque paso algunas noches enteras sin dormir.

—¡Qué locura, hija mía! ¡Vaya una cosa tan extraordinaria!

—Ea, mamá, ¿quiere usted? Creo —añadió tímidamente— que Mammy no está buena; me ha dicho que tiene mala la cabeza hace algún tiempo.

—Ahí la tienes; ¡todos son lo mismo! Siempre anda con rodeos en cuanto tiene la menor indisposición. Jamás autorizaré yo semejantes manías; profeso sobre esto mis principios —dijo volviéndose hacia *miss* Ophelia—, y usted verá cuán precioso es sostenerlos en esta casa. Si da usted alas a los esclavos y les deja abandonarse, le moverán un enredo terrible. Por mi parte, no me quejo de nada, y nadie sabe cuánto sufro; pero el tener paciencia es un deber, y por eso me someto.

Al oír *miss* Ophelia semejante perorata se quedó tan estupefacta que hizo soltar la risa a St. Clare.

—St. Clare se ríe siempre que hago alusión al estado de mi salud —dijo Marie con la expresión de una mártir—. Quiera Dios que no se arrepienta cuando sea demasiado tarde, de la conducta que observa conmigo.

Y Marie se cubrió los ojos con el pañuelo.

Estas palabras fueron seguidas de un silencio embarazoso. Por fin, St. Clare sacó su reloj y se levantó diciendo que tenía una cita. Eva le siguió sin ruido, y se quedaron solas *miss* Ophelia y su prima.

—Conozco bien a St. Clare —exclamó Marie, quitándose el pañuelo de los ojos con un gesto desesperado así que desapareció el culpable objeto de su cólera—. Jamás ha comprendido ni comprenderá lo que sufro y he sufrido hace años. Si fuera yo una de esas mujeres que se quejan y lamentan por cualquier bagatela, sería natural que estuviese aburrido y fastidiado. Los hombres se cansan pronto de una mujer que les habla sin cesar de sus males; pero yo me los he pasado sin decir jamás palabra, y hoy se figura St. Clare que soy incapaz de padecer.

Miss Ophelia se hallaba confusa sobre la respuesta que había de darle. Mientras reflexionaba lo que debía decirle, enjugaba Marie sus lágrimas y componía su tocado, como haría una tórtola con sus plumas después de una tempestad; por fin trabó con *miss* Ophelia una conversación sobre asuntos domésticos. Hablóle de armarios, de ropas, de provisiones, y le hizo tantos encargos y le dio tantos consejos que necesitaba *miss* Ophelia una cabeza tan fuertemente organizada como la que tenía y su extraordinaria experiencia en la dirección de una casa para no confundirlo todo y quedarse aturdida.

—Ahora —dijo Marie al concluir— creo habérselo dicho a usted todo, y cuando me vuelva la jaqueca podrá girar por sí sola como mejor le plazca. Réstame hablar a usted de Eva; necesita ser vigilada muy de cerca.

—Me parece encantadora —interrumpió *miss* Ophelia—; jamás he conocido mejor carácter.

—Eva es muy singular; hay en ella cosas muy raras. No se me parece absolutamente en nada.

Y Marie suspiró como si hubiera sido aquello un motivo serio de aflicción.

—Mucho me alegro de eso —dijo para sí *miss* Ophelia.

—Siempre le ha gustado estar con los criados. Si no fuera más que con los criados no diría nada; yo también jugaba con los negritos de mi padre; pero Eva trata en el acto al primero que se le acerca como si fuera igual a ella. Es una manía particular que no se la he podido quitar y que autoriza St. Clare; es verdad que St. Clare mima a cuantas personas le rodean, excepto a su mujer.

De nuevo *miss* Ophelia buscó una respuesta que dar.

—El único medio de sacar partido de los criados es hacerles arrimar el hombro y tenerlos sujetos al yugo; esto es lo que he hecho desde mi infancia. Eva por sí sola sería suficiente para echar a perder a todos los criados de una casa por sus contemplaciones, y no sé qué va a ser de ella cuando tenga que dirigirlos. Yo creo que debemos ser buenas para con los esclavos, y yo soy por mi parte cuanto puedo; pero es necesario que cada uno guarde siempre su puesto, lo cual no sabe Eva todavía. No tiene la menor idea de lo que debe ser la condición de un esclavo. Ya ha oído usted que me ha ofrecido velarme una noche para dejar dormir a Mammy. Este ejemplo le hará conocer lo que haría esta niña si no fuese vigilada.

—Pero —exclamó bruscamente *miss* Ophelia— supongo que mirará usted a los esclavos como criaturas humanas que necesitan descanso del mismo modo que nosotros, ¿no es verdad?

—Claro está. Yo procuro siempre que no les falte nada necesario en tanto sea compatible con las exigencias del servicio. Mammy puede descansar a cualquier hora; es la criatura más dormilona que he visto; que esté de pie, sentada o en una conversación, siempre ha de estar durmiéndose. Pero nada hay más ridículo para mí que la manera de tratar a los criados como si fueran plantas exóticas u objetos despreciables.

Y al hablar así se sumergió en un gran sillón, acercando a sus narices un frasquito elegantemente cincelado.

—Ya ve usted, mi querida Ophelia —continuó con voz tan apagada que parecía el único soplo de un céfiro que dé contra un jazmín de la Arabia o alguna otra flor etérea—, que no hablo muchas veces de mí. Esto es contra mi costumbre; pero hay puntos sobre los cuales St. Clare y yo diferimos esencialmente. Jamás ha podido apreciarme en mi verdadero valor. Quizá sea la causa de mi mala salud; sus intenciones son buenas, debo creerlo; ¡pero los hombres son tan egoístas, guardan tan pocos miramientos con las mujeres!... Tal es al menos mi impresión.

Miss Ophelia, dotada de toda esa prudencia natural a los habitantes de Nueva Inglaterra, tenía particular horror a mezclarse en discusiones de familia. Así fue que se revistió de un aire de severa neutralidad y sacó de su faltriquera una calceta por vía de remedio contra los lazos que arma Satanás a los perezosos, según el doctor Watts, y se puso a trabajar en ella con los labios cerrados. Parecía decir con semejante actitud: «Es inútil; no he de tomar en esos negocios la parte más insignificante, no debo mezclarme en ellos». Una esfinge de piedra hubiera manifestado más simpatías. Pero ¿qué le importaba a Marie? Había una persona que la escuchaba y creía deber suyo el hablar con ella. Reanimó su espíritu por medio del frasquito, y continuó de esta manera:

—Ha de saber usted, querida prima, que al casarme con mi marido llevé en dote no sólo mi fortuna, sino cierto número de esclavos, a quienes estoy legalmente autorizada para tratar como me plazca. St. Clare, por su parte, tenía fortuna y esclavos, y no me opongo a que los dirija como mejor le parezca; pero pretende mezclarse en mis asuntos, profesa ideas extravagantes sobre varios puntos, particularmente sobre la manera de tratar los esclavos. Algunas veces los considera del mismo modo que a mí, y les permite que nos atormenten sin levantar un dedo siquiera. ¡Oh! Es muy extravagante mi marido. ¿Podrá usted creer que se le ha metido en la cabeza que, suceda lo que suceda, nadie en la casa sino él o yo ha de tocar a un esclavo, y sostiene esta idea con tal firmeza que no puedo contradecirle? Pues bien; como él es incapaz de pegar a un negro, y en mí, ya ve usted, prima, que no estaría bien el hacerlo, los esclavos andan como quieren.

—No sé nada de todo eso, y doy por ello gracias al Señor de mi ignorancia sobre este particular —dijo *miss* Ophelia con frase muy lacónica.

—Ya lo aprenderá usted a su costa, por poco tiempo que esté junto a nosotros. ¿Ignora usted todavía cuán estúpidos, perezosos, ingratos y descuidados son esos miserables?

Marie estaba siempre animada de una fuerza sobrenatural cuando tocaba esta cuestión; sus ojos completamente abiertos y el aire de sus facciones indicaban que había olvidado su estado de languidez.

—No sabe usted bien lo que atormenta esa canalla a un ama de casa todos los días y a cada instante. Pero es inútil ir con quejas a St. Clare. Supone que teniendo nosotros la culpa de que sean así los negros, debemos sufrirlos con resignación. Añade que sería cruel castigar a unos seres por faltas de que somos la causa, y que en su lugar haríamos nosotros lo mismo, como si pudiera comparársenos con ellos.

—¿No cree usted que Dios los ha creado de la misma sangre que a nosotros? —preguntó *miss* Ophelia.

—No es verdad, no lo creo. ¡Vaya una idea extravagante! ¿Ellos? Una raza degradada...

—¿No cree usted tampoco que tienen almas inmortales? —dijo *miss* Ophelia, cuya indignación iba ya gradualmente llegando al paroxismo.

—¡Oh! Eso nadie lo pone en duda —respondió Marie bostezando—. Pero colocarlos al mismo nivel que nosotros es imposible. Pretende St. Clare que tener a Mammy separada de su marido es hacer lo mismo que si a mí me separaran del mío... Pero semejante comparación es de todo punto absurda. ¿Acaso puede Mammy experimentar y sentir lo que yo? Hay una enorme diferencia, y St. Clare dice que no la encuentra. Esto equivale a hacer creer que Mammy es capaz de amar a sus asquerosos hijuelos del mismo modo que yo a Eva. ¿Es posible que usted lo crea? St. Clare ha intentado persuadirme de que debía dejarla volver con su marido, a pesar de mi quebrantada salud y mis continuos padecimientos. Esto me parece algo fuerte y traspasa los límites de mi paciencia. Conozco bien que es ley de las mujeres casadas sufrir sin quejarse, y me someto a todo; pero tocante a esta materia no cedo lo más mínimo. Ya hace tiempo que no me ha vuelto a hablar de esta cuestión; sin embargo, en sus miradas y por ciertas palabras conozco que no ha variado de parecer. ¿No será esto bien triste y sensible para mí?

Miss Ophelia parecía estar a punto de estallar también; sus agujas sonaban de una manera que habría sido una manifestación muy elocuente si Marie lo hubiese podido comprender.

—Ya sabe usted ahora de lo que está encargada, de una casa desarreglada, de criados mal enseñados. Por mi parte, he procurado mantener el orden. Me he valido del castigo; pero es un ejercicio demasiado duro que me mata. ¡Ah! Si St. Clare quisiera obrar por sí mismo o hacer lo que otros muchos...

—¿Y qué se hace con ellos? —preguntó *miss* Ophelia.

—Se les envía a las «calaboose» o a cualquier otro sitio para hacerles azotar. Este es el único medio. Si no estuviera yo tan delicada sería diez veces más enérgica que él.

—¿Y cómo se hace obedecer St. Clare sin tocarlos? Pues, según usted acaba de decir, él jamás les hace azotar.

—Los hombres ejercen una autoridad mayor que la nuestra, pues como tienen algo de más imponente que nosotras les es más fácil hacerse obedecer. Además, si ha mirado usted alguna vez a St. Clare de frente, se habrá usted quedado asombrada de la fuerza que hay en sus miradas. Cuando habla despiden chispas sus ojos; a mí misma me dan miedo, y los criados no se resisten a obedecerle. Lo que St. Clare consigue con una sola mirada me cuesta a mí regaños y amenazas. Bien pronto conocerá usted que sin severidad no podrá jamás hacer carrera de ellos. ¡Son tan malos, tan hipócritas y perezosos!...

—¡Siempre la misma canción! —dijo St. Clare, que entraba en aquel momento—. ¡Qué cuenta tan terrible tendrán que dar estas criaturas perversas en el día final, sobre todo por su pereza! Observe usted bien, prima —continuó, echándose a lo largo en un diván frente a su mujer—, que su pereza es tanto más inexcusable cuanto que Marie y yo no les damos más que ejemplos edificantes.

—Eso no es regular, St. Clare —dijo Marie.

—¿Cómo no? Pues yo creí haber hablado lo mismo que un sabio; siempre procuro robustecer tus asertos.

—Bien sabes que no, St. Clare.

—En fin, supongamos que me he engañado. Gracias, querida mía, por tu reprimenda.

—Estás de un humor infame.

—Marie, el calor es sofocante y acabo de tener una disputa con Dolph que me ha cansado horriblemente. Sé amable y permite a un pobre mortal que se goce un poco con tu sonrisa.

—¿Qué es lo que hay con Dolph? El descaro de ese hombre se me hace cada día más insoportable. Si yo fuera por algún tiempo el ama absoluta, pronto le haría cambiar de tono.

—Lo que acabas de decir, querida mía, revela, como siempre, tu perspicacia y buen sentido. En cuanto a Dolph, esta es la cuestión que discutíamos. Hace algún tiempo que se ha dado tal maña en imitar mis gracias y mis maneras, que ha terminado por confundirse conmigo y me he visto en la necesidad de hacerle observar el engaño.

—¿Cómo? —dijo Marie.

—Que he necesitado hacerle ver de una manera explícita que deseaba conservar para mi uso algunas de mis prendas de vestir. He tenido que poner límites a su lujo en el uso de mi agua de Colonia, y, en fin, he sido tan cruel que no le he dejado más que una docena de pañuelos de batista. Dolph se ha picado con esto sobremanera, y he necesitado emplear un tono casi paternal para entrarle en la senda del deber.

—¡Oh, St. Clare! ¿Jamás has de aprender el modo de tratar a los criados? ¡Es horrible tanta indulgencia! —exclamó Marie.

—Al cabo, ¿qué mal ocasiona el que ese pobre diablo desee parecerse a su amo? Si le he educado tan mal que considera como el bien supremo el agua de Colonia y los pañuelos de batista, ¿por qué no se los he de dar?

—¿Y por qué no le ha educado usted mejor? —preguntó *miss* Ophelia—. Eso da mucha pena.

—Por pereza, prima, nada más que por pereza. A no haber sido por ella hubiera sido un ángel. Me inclino a creer que la pereza es a lo que tenía costumbre de llamar el anciano doctor Botherem en el Vermont «la esencia del mal moral». ¡Ah! Es terrible pensar en ello.

—¡Qué grande responsabilidad pesa sobre ustedes los poseedores de esclavos! No tendría ese encargo por nada en el mundo. Deberían ustedes instruir a sus esclavos y tratarlos como a criaturas de razón y de un alma inmortal. Ustedes responderán de esto ante el tribunal de Dios. Esa es mi convicción —exclamó *miss* Ophelia, dando rienda suelta a su indignación, que había estado hasta entonces comprimida.

—Vamos, vamos —dijo St. Clare levantándose con viveza—; está usted muy lejos de conocernos.

Y poniéndose al piano empezó a tocar una pieza muy alegre y divertida. St. Clare tenía un verdadero talento para la música; su ejecución era firme y brillante, y sus dedos volaban por el teclado con la ligereza de una golondrina que va rozando el agua. Tocó varias piezas como si quisiera distraerse de alguna idea importuna, y echando a un lado la música se levantó.

—Ea, prima, nos ha echado usted un buen sermón; ha cumplido usted con un deber, y ahora la aprecio más que antes. No dudo que eso sea una verdadera perla que ha lanzado usted, pero ha venido tan derecha a la cara que la he tomado por una piedra cualquiera y no he apreciado su justo valor.

—Por mi parte, no advierto que sirvan de nada tales conversaciones —dijo Marie—. Desearía saber si hay personas que hagan más que nosotros por sus esclavos. Y, sin embargo, no por eso son mejores. En cuanto a enseñarles su deber, estoy cansada ya de hacerlo. Son libres para ir a la iglesia, aunque no veo en ello gran utilidad, porque no comprenden una palabra del sermón; pero van a él y tienen todos los medios necesarios para ser mejores cada día. Ya he dicho a usted que es una raza degradada, y estoy persuadida de que lo será siempre, aunque se haga con ella lo que se quiera. Fíese usted de mi experiencia, yo he nacido en medio de ellos, he sido educada a su lado y les conozco demasiado.

Miss Ophelia creyó entonces que ya había dicho bastante y guardó silencio. St. Clare se puso a silbar un aire.

—St. Clare, ¿me haces el favor de no silbar? —dijo Marie—. Eso me aumenta el dolor de cabeza.

—Mis perdones; ya he concluido —respondió St. Clare—. ¿Hay alguna otra cosa de que deba abstenerme?

—Quisiera que te compadecieras más de mis sufrimientos; pero eres completamente insensible.

—¡Querido ángel acusador! —exclamó St. Clare.

—Nada me incomoda tanto como oírte hablar así.

—¿Cómo quieres que se te hable? Dímelo, por favor, y serás obedecida.

Una carcajada sonora y fuerte resonó entonces en el patio. St. Clare se asomó a la veranda y habiendo separado las cortinas de seda empezó a reír también.

—¿Qué hay? —dijo *miss* Ophelia acercándose.

En un pequeño banco de musgo, en el patio, estaba sentado Tom con una hoja de jazmín en cada ojal, y Eva, riéndose a carcajadas, se ocupaba en ponerle al cuello una guirnalda de rosas. Hecha la operación, se sentó sobre sus rodillas, y riéndose le decía:

—¡Oh, Tom, qué gracioso está usted así!

Tom, con el rostro animado por una sonrisa tranquila y afable, participaba al parecer de la alegría de su señorita. Cuando vio a su amo le miró con aire confuso y suplicante.

—¿Cómo permite usted que le haga tales cosas? —dijo *miss* Ophelia.

—¿Y por qué no? —preguntó St. Clare.

—No lo sé; pero eso me parece horrible.

—Tal vez no le parecería a usted mal que una niña acariciase a un gran perro, aunque fuese negro; pero al hacerlo a una criatura, que piensa y que siente, dotada de un alma inmortal, la hace estremecer a usted, prima.

Conozco bien las preocupaciones de ustedes las gentes del norte. No es la virtud la que nos libra de ellas, sino la costumbre, que hace en nosotros lo que en ustedes debiera hacer el cristianismo: destruir las repugnancias naturales y hacernos insensibles a la diferencia de colores. He observado, recorriendo los Estados del Norte, que tienen ustedes mayor repugnancia a los negros que nosotros. Huyen ustedes de ellos como de un sapo o de una serpiente, y al mismo tiempo se indignan pensando lo que tienen que sufrir. Ustedes no quieren que se les maltrate; pero se abstienen de sostener la menor comunicación con ellos. Por gusto de ustedes deberían ser todos enviados a África para no verlos, con un misionero o con dos para que los instruyesen sin grandes gastos, ¿no es verdad?

—Sí —dijo *miss* Ophelia con aire pensativo.

—¡Qué sería de los pobres sin los niños! —dijo St. Clare, apoyándose en la balaustrada y siguiendo con la vista a Eva, que se retiraba llevando a Tom de la mano—. El niño es sólo el verdadero demócrata. Tom es un héroe para Eva; sus historias le parecen maravillosas; sus canciones y sus himnos metodistas valen para ella más que una ópera; su faltriquera llena de bagatelas es una mina de diamantes, y en verdad que el mismo Tom es el hombre más admirable que he visto jamás cubierto de piel negra. La niña es una rosa del Edén que Dios deja caer en el camino de los oprimidos, para quienes apenas florecen otras.

—Eso es muy curioso, primo —dijo *miss* Ophelia—. Al oír a usted se le tomaría por un «profesante».

—¿Por un «profesante»? —preguntó St. Clare.

—Sí, por un hombre que hiciera profesión de piedad.

—¡Ay! No soy profesante, como usted dice, ni practicante tampoco, que es lo peor.

—Entonces ¿por qué habla usted así?

—Nada más fácil —dijo St. Clare—. Shakespeare creo que es quien dice por boca de uno de sus personajes: «Más fácil me sería enseñar la senda del bien a veinte personas que poner yo en práctica mis preceptos». Nada hay más ingenioso que la división del trabajo. Mi fuerte es hablar; el de usted es obrar.

En la condición exterior de Tom no había nada que hubiera podido hacerle exhalar una queja. La amistad que le profesaba Eva, el agradecimiento instintivo de su tierna y hermosa naturaleza, le había obligado a rogar a su padre que la pusiera bajo su cuidado siempre que necesitase de la compañía de algún esclavo.

En consecuencia, Tom había recibido la orden de dejar toda ocupación por la de acompañar a *miss* Eva en sus paseos a pie o a caballo. Ya pueden figurarse nuestros lectores cuán grato le sería semejante servicio. Tenía una magnífica librea, porque St. Clare daba una importancia particular a las cosas más minuciosas de sus criados. Sus funciones de palafrenero, que eran una verdadera prebenda, no se extendían más que a inspeccionar diariamente y a dirigir el trabajo de un esclavo colocado bajo sus órdenes. Marie St. Clare había dicho que no podría sufrir a un hombre que oliera a la caballeriza y que Tom debía necesariamente ser dispensado de todo servicio de esta naturaleza. Tenía el sistema nervioso demasiado irritado para soportar una prueba semejante, capaz, según decía, de poner fin a sus padecimientos terrestres. Así es que Tom, con su vestido de paño bien limpio, con su sombrero de castor, con sus botas relucientes y su grave y bondadoso semblante negro, tenía un aspecto respetable.

Además vivía en una casa deliciosa, ventaja a la cual no son indiferentes los individuos de su raza. Disfrutaba con apacible dicha de aves, de flores, de fuentes, de la luz y de la hermosura; las colgaduras de seda, las pinturas, las estatuas transformaban para él aquella vivienda en un palacio encantado.

Cuando África posea una raza culta y elevada, y es preciso que alguna vez desempeñe su papel en el gran drama de la civilización humana, se desarrollará la vida con una magnificencia y un esplendor apenas soñados por los pueblos septentrionales.

En este misterioso y lejano país del oro, de los diamantes, de las palmeras, de la especia, de las flores desconocidas, de incesantes prodigios de fertilidad milagrosa, tomará el arte nuevas formas, giros desconocidos, y la raza negra, entregada a la opresión y al desprecio, bajo los cuales se halla, hará quizás las últimas y las mejores revelaciones de la vida humana. Los negros desplegarán entonces todas sus cualidades, su dulzura instintiva, su humildad de corazón, su docilidad, su sencillez infantil y afectuosa, su fácil olvido de las injurias y del mal trato, su deferencia a la superioridad de la inteligencia y su confianza en la autoridad gubernamental. Todas estas cualidades reunidas harán de esta raza una de las más perfectas manifestaciones de la vida cristiana, y quizá Dios, que castiga a los que ama, hace pasar a la desgraciada África por esa prueba para fundar en ella ese noble y poderoso reino que establecerá cuando los demás hayan cumplido su misión. Entonces «los primeros serán los últimos y éstos los primeros».

¿Era eso lo que pensaba Marie St. Clare un domingo por la mañana en que, vestida elegantemente, estaba en la veranda colocando alrededor de su muñeca un brazalete guarnecido de brillantes? Probablemente no; pero si no pensaba en eso pensaría en alguna otra cosa, porque Marie protegía las instituciones útiles, y en aquel mismo momento, cargada de pedrería y seda, iba llena de devoción a oír al predicador de moda. Siempre había tenido costumbre de dedicarse el domingo a la devoción. Estaba, pues, elegante, natural y graciosa en sus movimientos y tenía el aspecto de una criatura encantadora, devota y elegante a la vez. *Miss* Ophelia, de pie a su lado, formaba con ella un perfecto contraste. No era que su vestido de seda, su chal y su pañuelo de batista fuesen menos elegantes ni de menos valor; pero había en toda su persona cierta inflexibilidad y rudeza que chocaba en extremo con la gracia natural de su vecina.

—¿Dónde está Eva? —preguntó Marie.

La niña se había quedado en la escalera para decir alguna cosa a Mammy. ¿Y qué le decía? Escuche, pues, el lector las palabras que no llegaban a los oídos de Marie:

—Querida Mammy, sé que sufres horriblemente de dolores de cabeza.

—¡Dios bendiga a usted, *miss* Eva! Mi dolor de cabeza se ha calmado; pero no se inquiete usted por eso.

—En fin, me alegro. Y... mira, Mammy —dijo la niña abrazándola—, toma mi frasco de sales.

—¡Qué! ¿Ese frasco de oro lleno de diamantes? Señorita, yo no lo quiero tomar no es conveniente ni regular, pues una cosa tan preciosa no se hizo para mí.

—¿Por qué? Tú le necesitas y a mí no me hace falta para nada. Mamá se sirve siempre del suyo para sus dolores de cabeza. Te probaré bien. Vamos, tómalo, siquiera por darme gusto.

—¡Qué niña tan adorable! ¡Qué dulces, qué adorables palabras las suyas! —dijo Mammy, mientras que Eva le dejaba el frasco y corría a reunirse con su madre después de haberla abrazado.

—¿Qué hacías? ¿Por qué te has detenido tan largo rato?

—Me había detenido a dar mi frasquito a Mammy para que lo llevara a la iglesia.

—¡Cómo, Eva! —exclamó Marie dando una patada en el suelo—. ¿Has dado tu frasco de oro a Mammy? Jamás aprenderás a conocer lo que es conveniente. Ve a buscarle enseguida.

Eva, triste y confusa, retrocedió lentamente.

—Marie, deja tranquila a esa niña y que haga lo que le parezca —dijo St. Clare volviendo.

—¿Pero cómo quieres entonces, St. Clare, que aprenda a conducirse en sociedad? —repuso Marie.

—¡Dios lo sabe! Pero de seguro tomará el camino del cielo mejor que tú y que yo.

—¡Oh, papá, no hables así! —dijo Eva tocándole ligeramente en el brazo—. Esto causa pena a mamá.

—¿Y bien, primo, vienes con nosotras a la iglesia? —preguntó *miss* Ophelia volviéndose hacia St. Clare.

—No, prima; muchas gracias.

—Quisiera que St. Clare acudiera debidamente a la iglesia —dijo Marie—; pero no tiene un átomo de religión. Verdaderamente es lo que más le disgusta.

—Es verdad... —dijo St. Clare—; pero la piedad de vosotras, las señoras, que sin duda vais a la iglesia para mejor parecer en el mundo, hace que caiga sobre nosotros un reflejo edificante. Por otra parte, si yo fuera a la iglesia sería adonde va Mammy. Allí al menos hay medio para que pueda estar despierto el hombre más dominado por el sueño.

—¡Qué! ¿Acaso podrías aguantar esa grita de los metodistas?... ¡Quita, si aquello es horrible!

—Preferiría cualquier cosa a un mar muerto, como vuestra respetable iglesia. Marie, es mucho pedir el que vaya a ella. ¿Te gusta a ti ir a ella, Eva? Vamos, quédate conmigo, jugaremos juntos.

—Gracias, papá; prefiero ir a la iglesia.

—¿Pues no es una cosa enojosa? —repuso St. Clare.

—Algunas veces —dijo Eva— me carga, papá, y me da, en efecto, gana de dormir; pero procuro permanecer despierta.

—¿Por qué, pues, vas?

—¿Por qué, papá? —le respondió en voz baja—. Mi prima me ha dicho repetidas veces que Dios lo quiere y que Él nos da todo lo que poseemos. ¡Y es tan poca cosa el hacer por Él eso! Aunque bien mirado, no es tan enojoso como parece el estar en la iglesia.

—Querida niña —exclamó St. Clare abrazándola—, ve, pues, eres una buena hija; ruega a Dios por mí.

—¡Oh, siempre lo hago! —dijo la niña, corriendo hacia el coche al lado de su mamá.

St. Clare, de pie sobre la escalera, le enviaba besos con la mano; mientras se alejaba el carruaje, gruesas lágrimas surcaban sus mejillas.

—¡Oh, Evangeline! Tienes el nombre más adecuado —dijo—. ¿No me ha dado Dios en ti un evangelio vivo?

St. Clare entregó por un momento su corazón a dulces emociones. Enseguida fumó un cigarro, leyó el periódico de la mañana y olvidó a su pequeña Evangeline. ¿No hacen muchos otro tanto?

—Mira, Eva —dijo Marie a su hija—, es muy bueno ser bondadoso con los criados; pero no debe tratárseles como amigos o como personas de nuestro rango y parentesco. Por ejemplo, si Mammy estuviera mala, ¿querrías que se acostase en tu cama?

—Me parece que sí, mamá, porque me sería muy fácil cuidarla, y, además, porque mi cama es mucho mejor que la suya, bien lo sabe usted.

Esta respuesta desesperó a Marie, porque para ella denotaba la ausencia total del discernimiento moral.

—¿Qué haré para que esta chica me comprenda? —dijo.

—Nada —respondió *miss* Ophelia de una manera muy significativa. Por un momento Eva apareció triste y desconcertada; pero felizmente las impresiones se borran muy pronto a su edad. Y poco rato después se reía alegremente con los varios objetos que por la portezuela del coche parecíanle correr en sentido opuesto.

* * *

—Y bien, señora —preguntó St. Clare cuando se halló toda la familia sentada a la mesa para comer—, ¿cuál ha sido hoy el programa de las ceremonias en la iglesia?

—¡Oh, el doctor nos ha predicado un sermón magnífico! —dijo Marie—. Es uno de los sermones que deberíais oír frecuentemente. Explicaba perfectamente mi manera de ver las cosas, todas mis ideas.

—Debía ser entonces cosa completa, cosa muy edificante repuso St. Clare.

—Me refiero a mis ideas sobre la sociedad y otras cosas en general —dijo Marie—. El doctor ha tomado para texto estas palabras: «El Creador hace todas las cosas bellas en época debida». Ha demostrado que las distinciones sociales proceden de Dios y que es una disposición sabia y paternal, bella, magnífica, admirablemente ordenada por Él, el que haya ricos y pobres, que los unos hayan nacido para servir y los otros para mandar, y muchas otras cosas que tú sabes tan bien como yo: ha aplicado de una manera admirable su doctrina a ese ridículo rumor que corre acerca de la esclavitud. Ha demostrado de un modo claro y convincente que la Biblia está de nuestra parte y que apoya todas estas instituciones. Me hubiera alegrado que lo hubieras oído, St. Clare.

—Por cierto que yo no lo siento —contestó él—. Puedo aprender todos mis deberes y negocios convenientes en mi diario, leyéndole al sabor de un cigarro, cosa que no sería permitida en la iglesia, como sabes.

—¿No participas acaso de esa opinión? —preguntó *miss* Ophelia.

—¿Quién, yo? Mira, estoy muy abandonado del cielo para que me edifiquen esas consideraciones sociales que se aplican a esos asuntos. Si yo me mezclara en hablar sobre la esclavitud, diría con franqueza: «Opino por ella; tenemos esclavos y debemos conservarlos, está en nuestros intereses»; porque a eso se reducen todos los argumentos que os ha desarrollado el predicador, dándoles un tinte religioso, y creo que todo el mundo lo sabe muy bien.

—¡Qué irreverencia! —exclamó Marie—. Tus palabras son subversivas, Augustine.

—¿Subversivas? Pues son la pura verdad. ¿Por qué no van un poco más lejos vuestros predicadores? ¿Por qué no sostienen como providenciales otras costumbres muy en boga entre nosotros los jóvenes y demuestran que es muy santo y muy bueno que un individuo tome un vaso de vino de más, pase jugando la mitad de la noche o siga otra dirección providencial por el estilo, según vosotros las llamáis? Sería muy bello oír asegurar, en nombre de la religión, que estas costumbres son de institución divina.

—¿Crees la esclavitud justa o injusta? —preguntó *miss* Ophelia.

—En vuestra Nueva Inglaterra, prima —respondió alegremente St. Clare—, tenéis un modo tan diferente de comentar y comprender el derecho, que me espanta. Si yo respondiera a una de vuestras preguntas caeríais sobre mí con otra media docena más embarazosas que la precedente, y no tengo deseos de analizar mi posición. Soy de esas gentes que se divierten en tirar piedras a los tejados de vidrio de sus vecinos; pero que nunca se dejan apedrear.

—Así habla siempre —dijo Marie—; jamás se saca de él nada en limpio. He llegado a creer que por desprecio a la religión busca siempre evasivas y subterfugios, como tiene por costumbre.

—¡La religión! —exclamó St. Clare en tono que hizo levantar la cabeza a las dos mujeres—. ¡La religión! ¿Es la religión lo que os predican en la iglesia? ¿Es la religión esa que se pliega y se tuerce, se alza o se baja, según las diversas exigencias de sociedad mundana, egoísta y tortuosa? ¿Es la religión esa cosa menos escrupulosa, menos justa, menos generosa para el hombre que mi misma naturaleza, impía, mundana y ciega? No; cuando yo busco la religión miro siempre hacia arriba, nunca hacia abajo.

—¿Crees, pues, que la Biblia no justifica la esclavitud? —preguntó *miss* Ophelia.

—La Biblia era el libro predilecto de mi madre —respondió St. Clare—. Durante su vida y a la hora de su muerte fue la Biblia su guía, y me desconsolaría atrozmente el pensar que el referido libro pudiera justificar la esclavitud. Sería lo mismo que si me asegurase que mi madre bebía aguardiente, fumaba y juraba sin faltar a sus deberes, para demostrarme que yo tenía derecho para hacer otro tanto. A pesar de ello no estaría yo contento de mí mismo y perdería el consuelo que experimento al respetar su memoria, y es un gran consuelo el tener alguna cosa que respetar en este mundo. En una palabra —continuó, recobrando de pronto su habitual alegría—: lo que yo pido es que cada cosa ocupe su lugar. La organización de la sociedad, en Europa como en América, descansa sobre una multitud de cosas incapaces de sostener el examen de una severa moralidad. Se halla generalmente reconocido que los hombres no aspiran a la perfección absoluta, y se contentan con obrar del mismo modo que el resto de la sociedad. Así, pues, cuando un hombre habla francamente y sostiene que «la esclavitud nos es necesaria, que no podríamos pasar sin ella, que su abolición nos reduciría a la mendicidad, y que, por consecuencia, debemos sostenerla», su lenguaje me parecería claro firme y lógico. Sería respetable porque era sincero, y, a juzgar por la experiencia, la mayoría del universo lo toleraría en nosotros sin gran trabajo. Pero que venga uno que, alargando el pescuezo y hablando con las narices, nos cite en su apoyo la Escritura sospecharé enseguida que no es tanto como él quisiera aparecer y acabaré por no creerle.

—Eres muy poco caritativo, St. Clare —dijo Marie.

—Supongamos —repuso éste— que una circunstancia cualquiera hiciese bajar de pronto y para siempre el precio del algodón, y que la esclavitud se convirtiera en una mercancía no lucrativa; ¿no creéis que enseguida daríamos otra versión a la doctrina de la Escritura? ¡Qué reflejo de luz no inundaría de repente la cuestión! ¡Y cómo se descubriría enseguida que la Biblia, y todos sus textos en armonía con la razón condenan la esclavitud!

—Sea lo que quiera —dijo Marie yendo a sentarse a una gran butaca—, bendigo a Dios por haber nacido en un país en que la esclavitud existe. Creo que es una institución legítima; creo que debe ser así y en todo caso no sé lo que haría sin ella.

—¿Y qué piensas tú de ella, niña? —preguntó su padre a Eva que entraba en aquel momento con una flor en la mano—. ¿Preferías tú vivir como en casa de tu tío en el Vermont, o tener como aquí la casa llena de criados?

—¡Oh, es claro que me agrada más vivir aquí! —respondió la niña.

—¿Y por qué? —repuso St. Clare acariciándola.

—Porque tenemos a nuestros alrededor muchas más personas a quienes amar —contestó Eva mirándole con seriedad.

—He ahí una de las ideas raras de Eva —exclamó Marie.

—¿Es una idea rara papá? —le preguntó por lo bajo y saltando sobre sus rodillas la niñita.

—Sí, a los ojos del mundo, querida hijita; pero... ¿dónde has estado, mi hijita, durante toda la comida?

—¡Oh!, he estado en el cuarto de Tom oyéndole cantar, y la tía Dinah me ha llevado allí la comida.

—¿Cómo cantaba?

—¡Ah! Canta cosas muy bellas sobre la nueva Jerusalén, sobre los ángeles y sobre el país de Canaán.

—Estoy seguro que te gustan más sus himnos que la ópera, ¿no es así?

—Sí, sí, y va a enseñarme a cantarlos.

—¿Lecciones de canto va a darte Tom? Pues tu educación va a ser completa.

—Canta por darme gusto. Yo le leo la Biblia y él me la explica.

—¡Oh! —exclamó Marie—. Es una galantería deliciosa.

—Juraría que Tom no es un mal intérprete de la Biblia; tiene una disposición natural para las cosas de religión. Mientras me ensillaban esta mañana mi caballo muy temprano, subí a su habitación y le oí rezar. Es cierto que no he oído hace mucho tiempo una cosa más fervorosa que su plegaria. Intercedía por mí con un celo completamente apostólico.

—Sin duda adivinó que le escuchabas; es un artificio muy vulgar.

—En ese caso no fue político, porque decía con demasiada libertad al Señor la opinión que de mí tenía. Creo, pues, que Tom deseaba seriamente mi conversión.

—Espero que tomarás a pecho su desea —dijo *miss* Ophelia.

—Te creo de la misma opinión que él. Pues bien; ya veremos. ¿No es así, Eva?

CAPÍTULO XVII
La resistencia del hombre libre

A medida que el sol iba a su ocaso el movimiento era más animado en casa del cuáquero. Rachel Halliday, con agilidad y sin ruido, iba de una parte a otra buscando entre las ricas provisiones de la casa todo cuanto pudiese ser útil a nuestros fugitivos, que debían partir por la noche, procurando a la vez que ocupara el menor bulto posible. Las sombras de la noche comenzaban a extenderse hacia el Oriente. El sol, semejante a un gran globo encarnado, se había detenido melancólico en el horizonte; sus dorados rayos iluminaban la piececita en que se hallaban sentados George y su mujer, George tenía sobre las rodillas a su hijo y una mano de Eliza entre las suyas. Los dos ostentaban el semblante serio y conmovido; las huellas de las lágrimas se dejaban ver sobre las mejillas de ambos.

—Sí, Eliza —dijo George—, sé que es verdad todo lo que dices. Tú eres buena, hija mía, mejor que yo, y procuraré seguir tus consejos; quiero hacerme digno de ser hombre libre; quiero ser cristiano. Dios Todopoderoso sabe que tengo buenas intenciones, que me he esforzado en hacer bien cuando todo se conjuraba contra mí. Ahora quiero olvidar lo pasado y huir de todo sentimiento de odio y de amargura; quiero leer mi Biblia y aprender a ser bueno.

—Y cuando hayamos llegado al Canadá —dijo Eliza— yo podré ayudarte. Soy buena costurera y sé lavar y planchar la ropa blanca, entre los dos podremos ganar nuestro sustento.

—Sí, seremos dichosos mientras estemos juntos y tengamos nuestro hijo. ¡Oh, Eliza, qué dicha es para un hombre el conocer que su mujer y su hijo le pertenecen! ¡Cuánta envidia tuve siempre a los que podían decir: «Mi mujer y mis hijos son míos!». Ahora que yo lo puedo decir me siento fuerte y me creo rico, aunque no tengamos otro recurso que el trabajo de nuestras manos. Creo que me atrevería a pedir a Dios más. Sí, he trabajado todos los días de mi vida y he llegado a la edad de treinta y cinco años sin poseer un óbolo, sin tener un techo que me cubriera ni una patria que pudiera llamar mía; pero si consigo únicamente permanecer libre, seré feliz. Trabajaré con ahínco y remitiré el dinero de tu rescate y el de nuestro hijo. En cuanto a mi antiguo amo, mi trabajo le ha valido veinte veces más de lo que yo le he costado, nada, absolutamente nada le debo.

—Pero aún no nos hallamos fuera de peligro —dijo Eliza—; aún no hemos llegado al Canadá.

—Es cierto —respondió George— pero me parece respirar ya un aire libre, y esto me fortifica.

En aquel momento se oyeron algunas voces en la habitación próxima; hablaban animadamente y sonó un golpe a la puerta. Eliza se estremeció y abrió enseguida.

Era Simeon Halliday, acompañado de otro cuáquero, que presentó bajo el nombre de Phineas Fetcher. Este era un hombre alto y seco, tenía los cabellos rojos y su fisonomía denotaba la astucia. No era la figura inofensiva, plácida y contemplativa de Simeon; al contrario, el nuevo personaje era notable por su aire desenvuelto y que revelaba hallarse dispuesto a todo. Al primer golpe de vista se notaba que era un hombre que sabía lo que se hacía y que era de una perspicacia nada común. Estas particularidades contrastaban singularmente con su fraseología sectaria y elevada.

—Nuestro amigo Phineas ha descubierto una cosa importante para ti y para los tuyos, George —dijo Simeon—; harás bien en escucharle.

—En efecto —dijo Phineas—; es una prueba de la ventaja que uno encuentra, como he sostenido yo siempre, en dormir en ciertas ocasiones con un oído alerta. Ayer noche me quedé en una taberna que hay allá abajo en el camino. Recordarás la casa, Simeon, fue donde vendimos manzanas el año pasado a una mujer gruesa que llevaba grandes bucles. Me hallaba muy cansado de lo largo de la jornada, y después de comer me tendí sobre una pila de sacos en un rincón y me cubrí con una piel de búfalo, aguardando me dispusieran mi cama. ¿Y qué cosa mejor podía hacer que dormirme?

—Pero siempre con un oído alerta, ¿no es así? —dijo Simeon.

—No; dormí con ambos oídos cerrados una o dos horas, pues el cansancio era grande; pero cuando volví algo en mí noté que había en la habitación muchos hombres que bebían y hablaban sentados alrededor de una mesa. Pensé que antes de mostrarme sería quizá bueno saber de qué hablaban, porque acababa de oír la palabra «cuáquero». «De modo —dijo uno de ellos— que se hallan a no dudarlo, en una casa de los cuáqueros». Escuché entonces con los dos oídos, y oí que se trataba de vosotros, y me enteré de todos sus planes. «Al joven —decían— le mandaremos a Kentucky a su antiguo señor, que hará con él un escarmiento para quitar en lo sucesivo a todos los negros el deseo de escaparse». En cuanto a tu mujer, dos de ellos cuentan con conducirla a Nueva Orleans, venderla allí por su cuenta y ganar, según sus cálculos, mil seiscientos o mil ochocientos pesos; el niño está ya vendido a un tratante de negros. Jim y su madre deben ser también restituidos a su amo. Dijeron además que dos constables de una aldea vecina debían acompañarles y que la joven sería conducida ante un juez. Uno de ellos, hombrecillo de voz chillona y femenil, se obligó a jurar que le pertenecía. Han descubierto el camino que debemos seguir esta noche y son seis o siete los que deben perseguirnos. Esto es lo que os tenía que decir; ahora pensemos qué hay que hacer.

El grupo había tomado diversas actitudes ante esta noticia, y formaban un espectáculo merecedor de caer bajo los dominios de un artístico pincel. Rachel Halliday, que acababa de abandonar una hornada de bizcochos para escuchar las noticias, permanecía con las manos enharinadas y levantadas al cielo, inmóvil como una estatua. Simeon parecía absorto en profundas reflexiones. Eliza había rodeado con sus brazos a su marido y fijaba sobre él una mirada llena de angustia. George, de pie, con las manos crispadas, la vista llena de fuego, se sentía acometido con las emociones tumultuosas que puede experimentar un hombre cuya mujer va a ser vendida, cuyo hijo va a ser entregado a un tratante de criaturas humanas bajo el amparo de las leyes de una nación cristiana.

—¿Qué vamos a hacer, George? —preguntó Eliza con voz débil.

—Bien sé lo que debo hacer —contestó George con aire sombrío.

Y pasando a la otra habitación se puso a examinar sus pistolas.

—¡Ay, ay! —dijo Phineas a Simeon, meneando la cabeza—. Ya ves, Simeon, lo que va a suceder.

—Ya lo veo —repuso Simeon respirando—, y pido a Dios que las cosas no lleguen a ese extremo.

—No quiero que nadie se exponga por mí —exclamó George—. Si quieren ustedes prestarme su carruaje y darme algunas señas del camino, iremos solos. Jim es un hércules, valiente como un león desesperado, y yo otro tanto.

—Está muy bien, amigo; pero necesitas un guía. Tú te batirás, ¿te acomoda?; pero yo tengo un conocimiento del país que tú no tienes.

—Pero yo no quiero poner a usted en el compromiso.

—¿Comprometerme a mí? —dijo Phineas con una expresión particular de ironía—. Harás el favor de advertirme cuando me pongas tú a mí en algún compromiso.

—Phineas es un hombre hábil y prudente —dijo, Simeon—. Y harás bien, George, en seguir sus consejos, y —añadió, poniendo amistosamente la mano sobre el hombro del joven y mostrándole sus pistolas— no precipitarte; los jóvenes tenéis la sangre muy fogosa.

—Yo no atacaré a nadie —respondió George—; todo lo que pido es que me dejen abandonar este país. Pero...

El joven se detuvo, su frente se oscureció y sus facciones se contraje-
ron. Después añadió:

—Tengo una hermana que fue vendida para ese mercado de Nueva
Orleans. ¡Sé el uso para qué se compran!... ¿Y veré con tranquilidad coger
a mi mujer para dedicarla a la infamia cuando Dios me ha dado un brazo
vigoroso para defenderla? No. ¡Dios vendría en mi ayuda!... Verteré hasta
la última gota de mi sangre antes que dejarme arrebatar a mi mujer y a mi
hijo. ¿Pueden ustedes vituperarme esta acción?

—El hombre mortal no puede vituperarte, amigo; la carne y la sangre
no podrían obrar de otra manera —dijo Simeon—. ¡Desgraciado el mundo
por causa de sus escándalos; pero desgraciado el que promueve el escándalo!

—Usted mismo, caballero, ¿no haría lo mismo en mi lugar?

—Ruego a Dios no me permita caer en la tentación —respondió Simeon— la carne es débil.

—Creo que mi carne sería demasiado fuerte en un caso semejante
—dijo Phineas, extendiendo sus brazos semejantes a las aspas de un molino
de viento—. Me parece, amigo George, que me encargaría de buena gana de
habérmelas con alguno de esos guapos si tuvieras algún negocio que arreglar
con él.

—Si el hombre debiera resistir alguna vez al malo —repuso Simeon—,
podría George considerarse autorizado para hacerlo en esta ocasión. Pero
los conductores de nuestro pueblo nos enseñan otra vía mejor, porque la
cólera del hombre no llena la justicia de Dios; sin embargo, esto es duro
para la voluntad corrompida del hombre, y nadie puede someterse a ello
si no recibe el don del Todopoderoso. He aquí por qué rogamos al Señor
que nos libre de la tentación.

—Comprendo perfectamente tu doctrina, Simeon —dijo Phineas—;
pero si la tentación es demasiado fuerte..., ¡ay de ellos!

—Bien se ve que no has nacido cuáquero, amigo —dijo Simeon sonriendo—; la antigua naturaleza no ha cedido aún el paso a la nueva.

En efecto; Phineas había sido por largo tiempo un verdadero habitante de los bosques, un verdadero cazador, de vigorosos puños y excelente
puntería; pero habiéndose enamorado de una linda cuáquera le indujo por
el poder de sus encantos a afiliarse en la «sociedad de los amigos». Aun
cuando era un miembro honrado, sobrio, activo y que ninguna acusación
se había lanzado contra su conducta, los más avanzados de la asociación
notaban en él la falta completa de la espiritualidad.

—El amigo Phineas tiene su manera de ver las cosas —dijo Rachel
sonriendo—; pero estamos persuadidos de que su corazón es excelente.

—¿No sería mejor —dijo George— apresurar nuestra fuga?

Harriet Beecher Stowe

—Me he levantado a las cuatro y he venido al galope. Aún tenemos dos o tres horas de ventaja sobre ellos, si es que siguen su plan. En todo caso, sería peligroso salir antes de oscurecer; hay en las aldeas que tenemos que atravesar gentes no santas que podrían caer en la tentación de jugarnos una mala pasada si nos vieran pero creo que podremos marchar sin ningún peligro dentro de dos horas. Voy a casa de Michael Cross a decirle que nos siga y vigile el camino con objeto de que nos avise si nos persiguen. Michael tiene un caballo que adelantará fácilmente a todos los demás. Voy también a avisar a Jim y su madre que se dispongan y a cuidar de que estén listos los caballos. Les llevamos una buena delantera y podemos llegar a la estación inmediata sin que nos den alcance. Así, pues, ánimo, amigo George; no es éste el primer negocio de esta especie en que me hallo con los de tu raza —dijo Phineas cerrando la puerta.

—Phineas es un hombre de recursos —dijo Simeon—; hará por ti todo lo posible, George.

—Lo que más me atormenta —dijo George— es el peligro que por mí corren ustedes.

—No hablemos de eso, amigo lo que nosotros hacemos nos lo dicta la conciencia. No podemos obrar de otra manera. Ahora, madre —añadió volviéndose hacia Rachel—, dése usted prisa con sus guisos, porque no podemos dejar o estos amigos marchar en ayunas.

Mientras que Rachel y sus hijos hacían cocer el jamón y los pollos y preparaban todos los accesorios de la comida, George y su mujer, solos en su cuartito, hablaban y se abrazaban como pueden hacerlo aquellos que conocen que de un momento a otro pueden ser separados para siempre.

—Eliza —decía George—, los que tienen amigos, casas, tierras y dinero no pueden amar como yo te amo, yo que nada tengo más que a ti. Hasta el día en que te conocí nadie me había amado más que mi desgraciada madre y mi hermana. Yo vi a mi pobre Emily la mañana en que yo dormía, y me dijo: «Pobre George, tu única amiga va a dejarte. ¿Qué será de ti, pobre niño?». Me levanté y me arrojé a sus brazos llorando y suspirando ella lloraba también. Fueron las únicas palabras de afecto que oí durante diez años. Mi corazón se marchitaba, conocía que se iba reduciendo a polvo dentro de mi pecho cuando te conocí. ¡Y tú me has amado! ¡Ah! Tu amor me ha sacado de entre los muertos. Desde entonces me considero otro hombre. Y ahora, Eliza, no te arrancarán de mis brazos sino después de haber derramado la última gota de mi sangre. Para que se apoderen de ti tendrán que pasar por encima de mi cadáver.

—¡Oh, Dios mío! ¡Ten piedad de nosotros! —exclamó Eliza sollozando—. ¡Dejar juntos éste país es todo lo que te pedimos!

—¿Podemos suponer que Dios esté de parte de nuestros perseguidores? —dijo George, dando libre curso a la amargura de su corazón—.

¿Cómo puede permitir ciertas cosas? ¡Y se atreven a decirnos que la Biblia está de su parte! ¡Ah! ¡La fuerza es la que tienen! Son ricos, dichosos y llenos de salud. Se dicen cristianos y se creen en camino para el cielo. ¡En verdad que para ellos el camino no es muy estrecho! ¡Todo les favorece en este mundo! Escarnecen y vejan a otros pobres, honrados y fieles cristianos, que saben más que ellos. Los venden y los compran; y trafican con su sangre, con sus lágrimas y con sus gemidos. ¡Y Dios les deja obrar así!

—Amigo George —dijo Simeon desde la cocina—, escucha este salmo que te hará bien.

George acercó su silla a la puerta, y Eliza, enjugando sus lágrimas, avanzó también para poder oír, mientras que Simeon leía:

«Casi me ha faltado el pie; he estado a punto de caer.

»Porque he tenido envidia de los insensatos, viendo la prosperidad de los malos.

»Porque mueren sin dolor después de haber vivido en la abundancia.

»No tienen penas como los otros mortales; no padecen como los demás hombres.

»El orgullo les rodea como un collar, y, la violencia los cubre como un vestido.

»A fuerza de gordura, los ojos se les salen de la cabeza; sus deseos no conocen límites.

»Hablan con altivez; su boca ataca al cielo y su lengua recorre la tierra.

»Y dice: ¿Cómo no ha de conocer Dios lo que pasa? ¿Cómo es posible que lo consienta el Todopoderoso?».

Estas palabras de santa confianza, pronunciadas por la voz de un buen anciano, penetraban como una música celestial en el corazón de George, y sus hermosas facciones tomaron la expresión de la sumisión y de la dulzura.

—Si no hubiera otra vida, George —dijo Simeon—, podrías preguntar con razón: «¿Dónde está Dios?». Pero los pobres y los despreciados de este mundo son los que escoge para su reino. Pon tu confianza en Él, y cualquiera que sea tu suerte en este mundo, acuérdate de la recompensa del otro.

Estas palabras, pronunciadas por uno de esos predicadores llenos de indulgencia para consigo, cuya boca prodiga muchas flores retóricas con habilidad, pero sin abrazar el sacrificio, no hubieran producido mucho efecto; pero viniendo de una persona que todos los días se exponía a ser preso y multado por la causa de Dios y de la Humanidad, tenían un gran peso, y los dos fugitivos hallaron en ellas la fuerza y la resignación necesarias.

Rachel tomó afectuosamente a Eliza de la mano y la condujo a la mesa, donde estaba ya servida la sopa.

Mientras se sentaron se oyó un ligero golpe a la puerta, y Ruth entró.

—Vengo corriendo —dijo— a traer a ustedes estas medias para el niño; hay tres pares y son de buen abrigo. ¡Hace tanto frío en el Canadá! Buen ánimo, Eliza —añadió apretándole cordialmente la mano.

Enseguida, deslizando un pastelillo en las de Harry:

—He traído unos cuantos para él —dijo, sacando de su bolsillo un envoltorio de ellos—; los niños tienen siempre ganas de comer.

—¡Oh, gracias; es usted muy buena! —exclamó Eliza.

—Ven a comer con nosotros, Ruth —dijo Rachel.

—No puedo; he dejado a John cuidando del niño y de una hornada de bizcochos. Tengo que volver inmediatamente, pues de lo contrario concluirá por dejar quemar los bizcochos y por dar todo el azúcar al niño. Así lo hace siempre —añadió la cuáquera riendo—. Así, pues, ¡adiós, Eliza: adiós, George! ¡Que el Señor proteja vuestro viaje!

Y Ruth salió corriendo de la habitación.

Algunos momentos después de la comida paró delante de la puerta un gran carruaje cubierto; la noche estaba clara, y Phineas bajó de su asiento para presidir la instalación de los pasajeros. George llegó el primero con el niño en brazos y sirviendo de apoyo a su mujer. Rachel y Simeon venían detrás de ellos.

—Bajad un momento vosotros —dijo Phineas a los que estaban ya en el carruaje, con objeto de arreglar el asiento de atrás para las mujeres y el niño.

—Aquí hay dos pieles de búfalo —dijo Rachel—; es preciso arreglarse lo mejor posible; tenéis que pasar una noche muy cruda.

Jim bajó el primero y ayudó enseguida a su madre a hacer otro tanto. La pobre vieja se agarraba a su brazo y echaba a su alrededor miradas tan inquietas como si creyera a cada instante ver aparecer a sus perseguidores.

—¿Tienes a punto tus pistolas, Jim? —preguntó George en voz baja, pero con tono decidido.

—Sí, por cierto.

—¿Y sabes lo que has de hacer con ellas si nos atacan?

—¡Que si lo sé! —repuso Jim mostrando su pecho y respirando con fuerza—. ¿Crees que me dejaré arrebatar a mi madre?

Durante este coloquio, Eliza se había despedido de sus huéspedes. Simeon la hizo subir al carruaje, y deslizándose ella al fondo de él con su hijo se sentó sobre las pieles de búfalo. La anciana se colocó a su lado, George y Jim lo hicieron frente a ellas, y Phineas subió sobre su asiento.

—¡Adiós, amigos! —dijo Simeon.

—¡Dios os bendiga! —contestaron todos los viajeros.

Y el coche partió con ruido sobre el helado camino.

Toda tentativa de conversación hubiera sido inútil, por las desigualdades del camino y el sordo ruido del carruaje. El vehículo continuaba su marcha, ya atravesando espesos bosques, ya inmensas llanuras, ya subiendo colinas, ya bajando a los valles. Los viajeros veían con placer huir tras ellos el terreno con rapidez.

El niño se había dormido y reposaba sobre las rodillas de su madre. La pobre criatura olvidaba su terror, y la misma Eliza, a medida que la noche avanzaba, sentía que el cansancio, más fuerte que la inquietud, le hacía cerrar los ojos a su pesar... Phineas parecía el más espabilado de la compañía y entretenía el tiempo silbando algunas melodías, que seguramente no formaban parte de los cantos consagrados por la sociedad de los amigos.

Tres horas habían transcurrido cuando George oyó distintamente el paso rápido de un caballo a alguna distancia; dio con el codo a Phineas; éste detuvo sus caballos para escuchar.

—Debe ser Michael —dijo—; me parece reconocer el galope de su caballo.

Y levantándose aplicó el oído hacia el punto de donde partía el ruido.

Un hombre galopando con ligereza apareció entonces sobre la cima de una lejana colina.

—¡Él es! —dijo Phineas.

George y Jim saltaron del carruaje por un movimiento involuntario; todos guardaron silencio llenos de ansiedad y con la vista fija sobre el caballero. De pronto le perdieron de vista al atravesar un valle; pero no dejaron de oír el precipitado galope de su caballo. Al fin, reaparece de nuevo sobre la cima de una cuesta más próxima donde puede llegar la voz.

—Sí, él es —repitió Phineas.

Enseguida, alzando la voz, añadió:

—¡Hola, Michael!

—¿Eres tú, Phineas?

—Sí. ¿Qué nuevas traes? ¿Vienen?

—Derechos tras de nosotros; ocho o diez hombres, borrachos de aguardiente, jurando y maldiciendo como lobos rabiosos.

Mientras que así hablaba, una ráfaga de viento trajo a los fugitivos el ruido lejano de caballos al galope..

—¡Al coche vosotros, y pronto! —exclamó Phineas—. Si es preciso batirse, esperad al menos que os dé alguna ventaja sobre ellos.

Los dos jóvenes montaron con presteza, y Phineas lanzó sus caballos al galope; el jinete los seguía de cerca. El coche corría, volaba más bien, por la tierra endurecida; pero el ruido de la tropa enemiga se oía cada vez más claro. Las mujeres le oyeron, y volviendo la vista hacia atrás vieron a lo lejos sobre una altura un grupo de hombres a caballo. Al poco rato se dejaron ver éstos sobre la prominencia más cercana, desde la cual debieron percibir el vagón, cuya tela blanca le hacía visible a una distancia considerable. Un grito de triunfo lanzado por los perseguidores llegó a los oídos de los fugitivos. Eliza se sintió desfallecer y apretó a su hijo contra su pecho; la anciana lanzó un gemido, y George y Jim cogieron sus pistolas con la energía de la desesperación.

Los enemigos ganaban terreno por momentos; pero el carruaje, por una evolución repentina, condujo a los fugitivos al pie de una cadena de rocas que se elevaban como una masa informe y gigantesca en medio de un terreno unido y descubierto. Aquella aislada cordillera parecía prometerles un abrigo. Era un sitio muy conocido de Phineas, que le había explorado muchas veces en la época en que se dedicó a la caza, y para llegar a él cuanto antes fue para lo que había hecho correr a sus caballos.

—¡Ya llegamos! —dijo parando los caballos y saltando de su asiento—. ¡Vamos, pronto! Bajad y seguidme. Tú, Michael, ata tu caballo al carruaje, llévale a casa de Amariah y haz por entretener algo a esas gentes.

En un instante el carruaje quedó desamparado.

—Bien —dijo Phineas apoderándose de Harry—; cada uno de vosotros que cuide de una mujer, y corred, si es que deseáis la libertad.

No era necesaria la exhortación. En menos tiempo del que empleamos en referirlo, los fugitivos pasaron la embocadura de las montañas y corrieron hacia las rocas, mientras que Michael, apeándose de su caballo y atándole por las bridas al coche, dio la vuelta con rapidez.

—¡Adelante! —gritó Phineas cuando llegaron a las rocas y pudieron distinguir, a la claridad de las estrellas y del crepúsculo de la mañana, las señales de un escarpado sendero—. Aquí tenemos una de nuestras antiguas guaridas. ¡Adelante!

Phineas señalaba el camino escalando las rocas como una cabra, con el niño en brazos. Jim le seguía llevando en hombros a su anciana madre, y George y Eliza formaban la retaguardia.

Los jinetes perseguidores llegaron a la embocadura de la cordillera, y gritando y jurando bajaron de sus caballos para seguirlos. Después de algunos minutos de penosa ascensión, los fugitivos llegaron a la cima de las rocas; el sendero atravesaba enseguida un estrecho desfiladero por donde sólo podía pasar una persona de frente y concluía ante una quebradura de más de un metro de ancho. Al otro lado, otro muro de roca, perpendicular como las murallas de una fortaleza, formaba un precipicio de treinta pies de profundidad. Phineas franqueó con facilidad la quebradura y depositó el niño sobre la pequeña plataforma tapizada de césped que la separaba del precipicio.

—Ahora saltad vosotros también, si queréis salvar vuestra vida —exclamó a sus compañeros.

Estos, uno tras otro, franquearon la grieta. Jim, con su vieja madre al hombro.

Algunos fragmentos de roca desprendidos del suelo formaban una especie de fortificación, que les servía de posición y les ocultaba a la vista de los que se hallaban abajo.

—Bien; estamos en sitio seguro —dijo Phineas, mirando por entre los peñascos a los asaltantes que se dirigían en tumulto al estrecho sendero—. ¡Ahora que nos cojan si pueden! Para llegar a nosotros tendrán que pasar uno a uno por entre esas dos rocas y a tiro de vuestras pistolas. ¿Me comprendéis, hijos míos?

—Ya le comprendo —respondió George—, y ahora es negocio nuestro; déjenos usted a nosotros correr el peligro y la lucha.

—No me opongo a ello, amigo George —dijo Phineas—; pero supongo que me concederás al menos el placer de mirarte. Mirad a nuestros bravos enemigos que deliberan allá abajo levantando la nariz hacia arriba como unos papamoscas. ¿No te parece que harías bien en darles un pequeño aviso antes que comiencen a trepar, advirtiéndoles con política que si lo hacen recibirán cada uno un balazo?

En el grupo de sitiadores que empezaba a distinguirse a medida que el horizonte se iba iluminando, venían nuestros antiguos conocidos Tom Loker y Marks, acompañados de dos escribanos y varios voluntarios vagabundos, a quienes habían ganado en la última taberna con una copa de aguardiente y la promesa de hacerles ver una tropa de negros sujetos al cepo.

—Dime, Tom —exclamó uno—, ¿tus bichos estarán bien presos en la red?

—Sí; los he visto subir por aquí, por este sendero —contestó Tom—. Soy de parecer que subamos tras ellos, pues a menos que no se arrojen desde la cima de las breñas no podrán escapársenos, y no tardaremos en darles caza.

—Pero, Tom —dijo Marks—, podría suceder que, guarecidos por las rocas, pensaran en defenderse, lo cual sería un mal negocio para nosotros.

—Bien se ve, Marks, que tú no quieres morir de cornada de burro; pero no temas; los negros son liebres en lo cobardes.

—No sé por qué —replicó Marks— pretendes que no cuide la pelleja, sabiendo que los negros se defienden a veces como fieras.

En aquel momento apareció George sobre la cima de una roca, y con voz firme y sonora les gritó:

—Señores, ¿quiénes son ustedes y qué buscan?

—Venimos en persecución de varios negros que se han escapado —respondió Tom Loker—; a un cierto George Harris, Eliza Harris y su hijo, y Jim Seldem, con una anciana. Tenemos un mandato judicial para detenerlos, varios oficiales de justicia nos acompañan, y no tardaremos en tener a los fugitivos en nuestro poder. ¿Lo entiendes? ¿No eres tú George Harris esclavo del señor Harris, del condado de Shelby en el Kentucky?

—Yo soy George Harris. Un tal Harris del Kentucky ha sido mi amo; pero ahora soy libre, y mi mujer y mi hijo me pertenecen. Jim y su madre están con nosotros. Tenemos brazos para defendernos, y lo haremos hasta morir. Subid si queréis; pero el primero que se presente al alcance de nuestras balas es hombre muerto, y ésta es la suerte que os espera a todos.

—Ea, ea, muchacho, déjate de fanfarronadas —dijo un hombre rechoncho adelantándose y sonándose con estrépito—. Ya ves que somos gente de justicia, que la fuerza y la ley están de nuestra parte, y, por lo tanto, el mejor partido que podéis tomar es rendiros a discreción.

—Bien sé —contestó George con amargura— que la ley y la fuerza están en vuestras manos. Sé también que queréis arrancarme a mi mujer para llevarla al mercado de Nueva Orleans, y a mi hijo para entregárselo a un traficante de criaturas humanas. Sé además que queréis volver la madre de Jim al bárbaro que la azotaba, porque no podía hacer otro tanto con su hijo, y a Jim y a mí entregarnos a los verdugos que nos martirizaban. Bien sé que esto es lo que vosotros llamáis la ley; pero nosotros no la reconocemos. Aquí somos libres, tan libres como vosotros, y juramos por Dios, padre de todos, pelear hasta morir en defensa de nuestra libertad.

George estaba de pie sobre el pico de la roca. Las tintas rojas de la aurora iluminaban su rostro moreno, comunicando a su mirada sombría y centelleante un resplandor siniestro. Si George fuese un campeón de Hungría, protegiendo valerosamente en un desfiladero la retirada de sus hermanos, le calificarían de héroe; pero tratándose sólo de un pobre descendiente de la raza africana, resuelto a guardar la espalda a sus hermanos fugitivos, somos demasiado patriotas y estamos muy bien enseñados para ver en su acción el más mínimo heroísmo. Si alguno de nuestros lectores tuviera la singularidad de formarse semejante idea, hágalo bajo su responsabilidad. Cuando algún húngaro desesperado se abre paso hacia América por entre mil peligros y contra los mandatos y persecuciones legales de su Gobierno, resuenan en la imprenta y en la tribuna aplausos entusiastas. Cuando son esclavos del Congo o de la Guinea, reducidos a la desesperación..., no hay en favor de ellos ni piedad ni el más mínimo interés.

A pesar de todo, lo cierto es que el tono, el ojo, la voz y la actitud del orador, a falta de argumentos, impusieron silencio por un momento a sus perseguidores. El valor verdadero y el arrojo encierran un algo que arredra aun a los más decididos. Marks fue el único a quien esta arenga no impresionó, y cargando traidoramente su pistola, en cuanto George se hubo callado la disparó contra él, diciendo:

—Camaradas, muerto o vivo, la recompensa es igual en el Kentucky.

Y limpió acto seguido la pistola con la manga de su casaca.

El sombrero de George saltó de su cabeza. Eliza dio un grito, y la bala fue a embotarse en un árbol, habiendo rozado al pasar los cabellos de nuestro héroe y casi tocado la mejilla de su mujer.

—No es nada; Eliza —dijo George inmediatamente.

—Mejor sería que te pusieses a cubierto en vez de tanto charlar —dijo Phineas.

—Ahora, Jim, mira si tus pistolas están a punto y ojo al desfiladero. El primero que se presente recibirá mi bala en el pecho: encárgate tú del segundo, y así sucesivamente. No hay que perder un tiro.

—¿Y si no le das?

—Le daré —replicó George con firmeza.

—Bien está. Este hombre es de la piel del diablo —replicó Phineas entre dientes.

Desde el primer pistoletazo estuvieron un momento indecisos los sitiadores.

—Creo —dijo uno de ellos— que alguno ha sido herido; he oído un grito.

—Adelante —dijo Tom—; jamás he tenido miedo de ningún negro, y no ha de ser esta la primera vez. ¿Quién me sigue? —gritó escalando la primera grada de la roca.

George oyó distintamente estas palabras. Sacó su pistola, y después de examinarla atentamente apunto al ángulo por donde sabía que aparecería el primer sitiador.

Uno de los más valerosos siguió a Tom, y a imitación suya empezaron a subir los demás.

Poco después se vio el bulto corpulento de Tom aparecer casi al borde de la grieta.

George hizo fuego. La bala le penetró por el costado; pero aunque herido no retrocedió, y lanzando un bramido salvaje, semejante al de un toro furioso, iba a caer en medio de los fugitivos si Phineas, adelantándose, no le hubiera empujado, diciendo:

—Amigo, aquí no te necesitamos.

Gracias al empujón de Phineas fue rodando al fondo del abismo, donde hubiera perecido a no enredarse sus ropas en las ramas de un árbol, del cual quedó colgado.

—Dios nos ampare; esos hombres son verdaderos demonios —dijo Marks, poniéndose a la cabeza de la retirada con más gusto que lo había hecho a la del asalto, seguido de todos sus compañeros, que corrían tras él como gamos.

—Compañeros —dijo Marks—, id a recoger al pobre Tom mientras que yo voy a escape a pedir socorro.

Y sin cuidarse de los silbidos que le perseguían, Marks se alejó a todo escape.

—¿Hase visto un cobarde semejante? —dijo uno de los hombres de la comitiva—. ¡Dejarnos así plantados después de habernos metido en este atolladero!

—Veamos si podemos prestar algún auxilio al caído —dijo otro.

—Buen provecho —añadió el tercero—; por mi parte, tanto me da que esté muerto como vivo...

Guiados por los gemidos de Tom, saltando unas veces y otras arrastrándose en las malezas, llegaron por fin al sitio en que yacía nuestro héroe, votando y maldiciendo con el mayor fervor.

—Mete usted un ruido de mil diablos, Tom —le dijo uno—. ¿Está usted herido gravemente?

—No lo sé; ayúdeme usted a levantarme y lo veremos. El diablo cargue con ese cuáquero infernal. A no ser por él hubiera yo arrojado por este despeñadero a unos cuantos de ellos para ver cómo les iba.

Merced a grandes esfuerzos logró el héroe derrumbado levantarse, y sostenido por dos hombres llegó al sitio donde esperaban los caballos.

—Si pudieran ustedes llevarme siquiera hasta aquella taberna... Denme un pañuelo o cualquier cosa para tapar este agujero y restañar la sangre.

George, que desde lo alto de la roca observaba las maniobras de los sitiadores, vio colocar a Tom sobre la silla del caballo y caer casi al mismo instante redondo al suelo.

—¡Ay —exclamó Eliza—, quiera Dios que no haya muerto!

—¿Por qué? —le preguntó Phineas—. ¿Desea usted lo que no merece?

—Porque después de la muerte viene el juicio de Dios —contestó la joven.

—Sí —dijo la madre de Jim, quien durante la escena que acabamos de describir no había hecho más que gemir y rezar a fuer de verdadera metodista—; es un momento terrible para su pobre alma.

—A fe mía —repuso Phineas—, creo que le abandonan.

Efectivamente. Después de algunos momentos de perplejidad montaron todos a caballo, dejando en el suelo al herido. Así que desaparecieron, Phineas echó a andar, diciendo:

—Es preciso bajar y andar un rato a pie, pues he dicho a Michael que fuera a pedir auxilio y volviera con un coche. Saliendo a su encuentro ganamos tiempo. ¡Quiera Dios que no tarde! Aún es temprano; estamos a dos millas de la próxima estación, y si el camino que hemos andado esta noche no hubiera sido tan malo, estaríamos ya fuera de su alcance.

Según fueron acercándose a la empalizada divisaron a lo lejos un coche, acompañado de algunos hombres a caballo.

—¡Viva! —gritó Phineas alegremente.

—Ahí lo tenemos. Michael, Stephen y Amariah, ya estamos tan seguros como si hubiéramos llegado.

—Siendo así —dijo Eliza—, ruego a ustedes que se detengan y socorramos a ese desdichado.

—Enhorabuena —dijo George—, pues no haremos en ello más que cumplir con el deber de cristiano. Metámosle en el coche y llevémosle con nosotros.

—¿Para que le cuiden los cuáqueros? —repuso Phineas—. Pero si ustedes gustan... veamos cómo se encuentra.

Phineas, que en el transcurso de su vida aventurera había adquirido algunos conocimientos elementales de cirugía, se arrodilló junto a Tom y examinó la herida.

—Marks, ¿eres tú, Marks? —preguntó Tom con voz débil.

—No, amigo; no es él, Marks se cuida muy poco de ti tratándose de su pelleja.

—¡Perro maldito! ¡Dejadme morir así! Bien me lo había predicho mi pobre madre.

—Por amor de Dios, vean ustedes —dijo la negra—; él también ha tenido madre. No puedo menos de compadecerle ahora.

—Poco a poco, amigo —dijo Phineas—; no estás en el caso de hacer de las tuyas, y si no te dejas restañar la sangre no tardarás en comparecer delante de Dios.

En este tiempo, Phineas reconocía la herida, atajaba la sangre y vendaba al paciente con los pañuelos que pudo reunir.

—Tú eres el que me empujó al abismo —dijo Tom con voz apagada.

—Convenido; pero si no hubiera tomado la delantera, tú me hubieras hecho dar a mí el mismo salto. Ahora —añadió aplicando el vendaje— déjame que te cure, y luego te llevaremos a una casa donde te cuidarán como podría hacerlo tu propia madre.

Tom cerró los ojos.

En los hombres de su especie, el valor y la fortaleza están en el temperamento, y en debilitándose éste desaparecen.

El refuerzo y el coche llegaron, y quitando los asientos extendieron en un lado las pieles de búfalo, colocando al herido sobre ellas. La negra anciana se sentó en el suelo del carruaje y colocó la cabeza del gigante desmayado sobre sus rodillas. George, Jim y Eliza se colocaron en el pequeño espacio que quedaba libre, poniéndose en marcha inmediatamente.

—¿Qué piensa usted de la herida? —preguntó George a Phineas.

—La bala no ha penetrado en el hueso; pero ha profundizado bastante y va unido al galope la pérdida de la sangre, con la cual ha perdido su audaz coraje. En resumen; es de esperar que se mejore, y esto no pasará de una buena lección.

—Tanto mejor —contestó George—, porque la idea de haber causado su muerte, aunque mi causa fuera justa, hubiera amargado mi vida.

—Mala cosa es —repuso Phineas— matar, ya sea un hombre, ya sea un animal. Yo he sido un gran cazador en mis tiempos, y recuerdo que muchas veces un ciervo herido me miraba de tal modo que me hacía creer que había cometido una crueldad. En cuanto a las criaturas humanas, es asunto de más grave consideración todavía, pues como dice tu mujer, después de la muerte viene el Juicio de Dios. Por tanto, las ideas de nuestro pueblo no sé si son demasiado severas en este punto; pero atendiendo a la educación que he recibido, estoy completamente acorde con ellas.

—¿Qué haremos con este pobre hombre? —preguntó George.

—Le llevaremos a casa de Amariah, donde la abuela Stephen Dorcas, según la llaman, le cuidará como nadie. Es una enfermera que se esmera en cuidar a los enfermos, por cuyo motivo podemos dejársele sin el menor escrúpulo por quince días para que ejerza con él su vocación.

Al cabo de una hora llegaron nuestros viajeros a una bonita quinta, donde les esperaba un almuerzo abundante.

A Tom Loker le acostaron en una cama mucho más limpia y blanca que la que tenía habitualmente. Allí volvieron a reconocer la herida, y curada y vendada con cuidado quedó descansando, con los ojos entreabiertos mirando las cortinas blancas de la ventana y las sombras dulces y tranquilas que pasaban alrededor de su cama con el mayor silencio. Por ahora dejémosle aquí tranquilo que repose.

CAPÍTULO XVIII
Experiencias y opiniones

Reflexionando nuestro bravo amigo Tom sobre la suerte que le había venido en su posición de esclavo, comparaba sencillamente su dicha con la de José cuando ya llegó a ser primer intendente de Faraón. Y en realidad esta comparación era cada día más verdadera y más real para el pobre negro a medida que estudiaba y apreciaba el carácter de su patrón y lo que pasaba en su casa.

St. Clare tenía toda la indolencia de los americanos del sur: no se cuidaba del dinero. Hasta entonces, Dolph había sido el encargado de las provisiones y de las compras. Este esclavo era también descuidado y tan extravagante como su patrón, y ambos habían llegado al punto de despilfarrar a cual más. Por otra parte, acostumbrado desde largos años el honrado Tom a mirar los intereses de su patrón como el único objeto de sus cuidados, vio con gran dolor este fatal sistema de disipación, la que no podía reprimirse sino sobreponiéndose a graves obstáculos; no obstante, se atrevió a hacer algunas observaciones, si bien de un modo indirecto y encubierto, como acostumbran casi siempre los negros esclavos.

La primera vez que St. Clare empleó a Tom fue por casualidad, y esto le acercó a su amo.

Notando St. Clare sus buenas disposiciones le hizo varios encargos, y viendo su aptitud y celo puso en sus manos todo lo relativo a compras y provisiones.

—Nada, Dolph, nada —respondía un día St. Clare a las quejas de Dolph, que se dolía de verse despojado de los poderes absolutos de que había hecho uso por tanto tiempo—; deja a Tom. Tú sabes perfectamente lo que compras, es muy cierto; pero Tom sabe lo que vale. Mira, es preciso que haya uno que tire de la cuerda, porque si no llegará el día en que viéramos el fondo del cofre, y adiós...

Así, el honrado Tom ganó la confianza de un amo tan descuidado que daba los billetes de Banco sin mirarlos y recibía el dinero sin contar. Hubiera podido abusar sin el menor peligro; pero lejos de sucumbir a la tentación, su honradez, fortificada con la religión, aumentaba en proporción de la latitud que le concedía la confianza de su amo y la llevó al escrúpulo.

Dolph pensaba y obraba todo al contrario; poco reflexivo y amigo de sus comodidades, abandonado a sí propio por su amo que prefería dejarle obrar a su antojo a tomarse la molestia de gobernarle, habían llegado a confundirse en su mente los pronombres posesivos «mío» y «suyo», habiendo llegado las cosas a un punto que el mismo St. Clare lo había advertido. Dotado de la suficiente sensatez para comprender el peligro que había en semejante proceder, pero demasiado débil para que el remordimiento que despertaba en él esta idea le hiciera cambiar de naturaleza, cerraba los ojos para no ver las faltas de sus esclavos, pues estaba interiormente convenido de que él era la causa primitiva de todas, y no hubieran acaecido si él hubiese sido el primero en cumplir su deber.

Tom miraba a aquel amo, tan joven, hermoso, alegre y vano, con sentimiento de fidelidad y respeto, mezclado con un interés que pudiera llamarse paternal. Tom no ignoraba lo que todo el mundo sabía; es decir, que jamás tomaba la Biblia en la mano, que no asistía a la iglesia, que se burlaba de todo, que pasaba las noches de los domingos en la Ópera u otro teatro, que bebía, frecuentaba los clubs y nunca reparaba en cenar más o menos. De todo esto deducía Tom «que su amo no era cristiano»; pero aunque por nada en el mundo hubiera confiado a nadie sus temores sobre el particular, guardábase de comunicarlo a nadie, y todas las noches al retirarse a su cuarto oraba con fervor por su conversión. Permitíase de vez en cuando, a pesar del respeto que debía a su amo, una ligera indicación.

Al día siguiente de uno de los domingos de que hemos hablado trajeron a St. Clare, entre la una y las dos de la mañana, en un estado que probaba que los apetitos brutales habían sobrepujado a las facultades intelectuales. Ese día se lo entregaron a Tom y a Dolph como una masa inerte, y mientras el segundo reía a carcajadas de lo chistoso del lance y de la sencillez de Tom, que estaba horrorizado, el primero veló toda la noche rezando por su amo.

—Hola, Tom, ¿qué haces? —le preguntó al otro día St. Clare, que sentado en un sillón acababa de entregarle algún dinero y hacerle varios encargos—. ¿Necesitas algo más? —añadió viendo que Tom no se movía.

—Temo que sí, amo —contestó Tom con aire solemne.

St. Clare levantó la vista del periódico, dejó la taza de café sobre la mesa y le miró atentamente.

—¿Qué hay, Tom? Tienes la cara más triste que un ataúd.

—Estoy muy triste, amo. Yo pensé que el amo sería bueno para todo el mundo.

—¿Y qué, no lo soy, Tom? Ea. ¿Qué quieres? Explícate. Necesitas algo, sin duda, y esas palabras son el prefacio de tu petición.

—El amo ha sido siempre bueno conmigo, no tengo por qué quejarme, seguramente; pero hay quien puede tener queja del amo porque el amo no es bueno con él.

—¿Qué dices, Tom? Explícate claramente.

—Es una idea que me ha ocurrido la noche pasada, y es la siguiente: «El amo no es bueno consigo mismo».

Tom pronunció estas palabras de espaldas a su amo y con la mano puesta sobre el botón del picaporte de la puerta de entrada. Al oírlas, St. Clare se sonrojó, pero se echó a reír.

—¿Y no es más que eso? —exclamó.

—No es más —dijo Tom, volviéndose y cayendo de rodillas delante de su amo—. ¡Ay, amo mío! ¡Temo tanto que será para usted la perdición! ¡La perdición de todo, de alma y de cuerpo! El Libro Santo dice: «Muerde por la espalda como la serpiente y punza como el basilisco». ¡Amo mío!

La emoción ahogaba la voz de Tom, y gruesas lágrimas corrían por sus mejillas.

—Pobre, pobre loco —contestó St. Clare con los ojos arrasados de lágrimas—, levántate. ¿Merezco acaso que lloren por mí?

Tom seguía prosternado ante él mirándole con aire suplicante.

—Vamos, Tom, levántate; no volveré más a esas malditas orgías, te lo juro por mi honor. No sé por qué he ido, pues siempre las he mirado con el más alto desdén, y me desprecio a mí mismo por no tener fuerza para renunciar a ellas. Así, pues, Tom, levántate, enjuga tus lágrimas y vete a los negocios. ¡Ah! Oye —añadió—, no tienes que bendecirme, pues no soy tan bueno como crees.

Y empujándole suavemente hacia la puerta, añadió:

—Te doy mi palabra de honor, Tom, que no volverás a verme en semejante estado.

Tom salió del gabinete de su amo limpiándose las lágrimas; pero con el corazón alegre.

—Le cumpliré mi palabra —dijo St. Clare, cerrando la puerta.

Y así lo hizo, pues no estaba en su naturaleza ese sensualismo grosero.

Pero es ya tiempo de que nos ocupemos de las tribulaciones que pasó nuestra amiga *miss* Ophelia al convertirse en un ama de gobierno de una casa del sur.

En los establecimientos meridionales, la condición de los esclavos varía completamente según el carácter y la capacidad de las personas que los enseñan. Lo mismo en el sur que en el norte se encuentran mujeres que poseen el don de mandar e instruir a sus criados, sin usar con ellos ningún rigor, y haciéndoles doblegarse a su voluntad hacen marchar con método y orden los diversos caracteres, aun los más indomables; saben establecer el orden y la armonía hasta entre los diversos habitantes de sus dominios, sacar partido de sus cualidades especiales, recurrir al celo, a la actividad de unos para compensar la pesadez de otros, hasta tal punto que, con elementos en apariencia contrarios, forman un conjunto lleno de armonía y regularidad.

Una de tantas era la señora Shelby, cuyo carácter hemos descrito y los lectores conocen ya; pero si mujeres como ellas escasean en el sur, es porque en el mundo en general escasean también, pues allí se encuentran como en cualquier otra parte, y el estado particular de la sociedad en que viven les presenta un campo vastísimo donde pueden desplegar su talento y aptitudes domésticas.

Ni Marie St. Clare ni su difunta madre pertenecían a este número privilegiado de su sexo, que constituye el de las buenas administradoras. Indolente, pueril y sin sistema ni previsión, no podía esperarse de Marie que los esclavos educados por ella no adoleciesen de las mismas faltas. En la descripción que había hecho a *miss* Ophelia pintándole el estado de confusión en que se encontraba el gobierno de la casa había estado exactísima, si bien no había mentado el origen verdadero, que era ella.

El primer día de su regencia estaba *miss* Ophelia de pie a las cuatro de la mañana, y después de haber arreglado su cuarto, como lo había hecho desde su llegada, con asombro de la camarera, que la contemplaba estupefacta, se dispuso a atacar vigorosamente las fortalezas cuyas llaves le habían entregado.

La repostería, la vajilla, la cocina, la ropa blanca y hasta la bodega sufrieron este día una revista de inspección inusitada. Misterios ocultos en las tinieblas salieron a disfrutar de la luz del día hasta un punto que alarmó vivamente a las potencias beligerantes de la cocina y del servicio, causando en aquellas regiones murmullos de desaprobación contra las «damas del norte». La vieja Dinah, la cocinera, soberana verdadera hasta ese día en su departamento, reventaba de cólera viéndose amenazada en el uso de sus antiguas prerrogativas. Ningún barón feudal de tiempos de Carlomagno pudo indignarse más vivamente contra las usurpaciones y atentados a su corona. Dinah era una especialista en su género, y seríamos injustos a su memoria si no tratáramos de hacer su retrato. Había nacido para cocinera, lo mismo que la tía Chloe, siendo ésta una de las artes naturales en la raza africana; pero así como la tía Chloe era una cocinera sobresaliente y metódica, Dinah era un genio que se había desenvuelto solo, y como todos los genios, era resuelta, obstinada y excéntrica en grado superlativo; no procedía más que por su inspiración, y cometía, como es consiguiente, los mayores errores.

Semejante a algunos filósofos modernos, la vieja negra Dinah miraba con el más alto desprecio la lógica y la razón, cualquiera que fuere la forma de que se hallase revestida, refugiándose siempre en la certidumbre intuitiva. Invulnerable e invencible en su refugio, la elocuencia, la autoridad y las explicaciones eran humo para ella, sin que hubiese forma posible de convencerla de que su sistema podía ser mejorado en algo, por insignificante que fuese. La madre de Marie había sucumbido a su obstinación, y la señorita Marie, aun después de su matrimonio, había cedido por serle más fácil pasar por los caprichos de su cocinera que luchar con ella. Dinah había ejercido, a consecuencia de esta debilidad, un poder absoluto en la cocina, haciéndolo con tanta más facilidad cuanto que era maestra consumada en el arte de la diplomacia, y sabía hermanar, cuando las circunstancias lo requerían, la violencia de su carácter con la exterioridad del obsequio más servil.

Tenía la habilidad de poseer un caudal de maña y excusa cada vez que cometía alguna falta. En ocasiones tales su espíritu era ingenioso y hábil para el subterfugio. Además, por la infalibilidad de ser una cocinera en jefe, había ya pasado para ella a ser un axioma el que «una cocinera no puede hacer nada malo»; y como en las cocinas del sur la cocinera en jefe encuentra siempre a mano multitud de víctimas sobre quien pueda hacer recaer todas las faltas, Dinah lograba conservarse inmaculada sin grande dificultad. Si cualquier cosa salía mal en la comida, Dinah daba cincuenta razones, las más elocuentes y todas irrefutables a cual más para hacer recaer la culpa sobre cincuenta individuos, a quienes no escasean las más duras reconvenciones de ignorancia y holgazanería.

A pesar de esto, Dinah era una buena cocinera, y aunque su cocina presentaba el mismo aspecto de orden que si un terremoto hubiera puesto todas las cosas patas arriba, con tal de que se tuviese paciencia para esperarla se podía estar seguro de tener una buena comida capaz de satisfacer a un epicúreo y perfectamente servida. Dinah, a la hora en que estamos, se hallaba arrellanada en el suelo fumando una pipa con la mayor delicia a fin de inspirarse para la comida del día. De esta manera acostumbraba ella invocar las musas domésticas. Un enjambre de negritos la rodeaba, unos mondando guisantes, otros pelando patatas y otros desplumando aves. De vez en cuando la soberana administraba bastonazos aquí y allá con el cucharón de palo. Dinah gobernaba todas aquellas cabezas lanosas con una vara de hierro, pareciéndole que habían venido al mundo sólo para servirla.

En este momento entró *miss* Ophelia en la cocina, después de haber visitado los diferentes departamentos de la casa.

Dinah, advertida por el runrún de lo que pasaba, estaba resuelta, colocándose a la defensiva, a sostener el «statu quo» y a oponerse a la reforma por medio del olvido voluntario, absteniéndose, no obstante, de una lucha a cara descubierta.

La cocina era una gran pieza cubierta de azulejos, provista de una chimenea a la antigua que ocupaba todo un lado. St. Clare había tratado de introducir en ella las hornillas modernas en sustitución de esas antiguallas; pero no podía encontrarse un conservador de ningún género más profundamente adherido que Dinah a los inconvenientes consagrados por la rutina habitual.

Admirador St. Clare del orden y método que reinaban en la cocina de su tío, a su vuelta del norte había provisto la suya de armarios, «bufets» y diversos otros objetos para establecer en ella el orden y la regularidad a fin de que pudiera facilitar a Dinah la imitación de estas modernas ventajas. Pero habría hecho mejor con traer una jaula o una piara, porque el aumento de cajones y alacenas sólo había servido para aumentar los nidos donde Dinah escondía sus peines, sus zapatos viejos, sus flores artificiales y objetos de fantasía de que ella estaba enamorada.

En el momento en que *miss* Ophelia entró en la cocina, Dinah no cambió de posición, sino que siguió fumando la pipa sin levantarse, a pesar de la presencia de su superintendenta, siguiendo de reojo todos sus movimientos, aunque en apariencia pareciera que estaba absorta en los preparativos de la comida que se hacían alrededor de la vieja negra. *Miss* Ophelia empezó por abrir una hilera de cajones.

—¿Para qué le sirve a usted este cajón, Dinah? —le preguntó.

—Señorita, me sirve para toda clase de cosas.

Y, con efecto, la inspección probó muy pronto que la vieja negra decía la verdad, pues había tal variedad de ellas en su fondo que parecía un cajón de sastre.

En efecto; primero sacó de él un hermoso mantel adamascado, manchado de sangre por haber servido para envolver carne cruda.

—¿Qué es esto, Dinah? —gritó *miss* Ophelia—. ¿Es que habitualmente se sirve usted de los mejores paños de la señora para envolver la carne?

—¡Válgame Dios, señorita! No encontrando un paño, se me vino a las manos... y lo he dejado aquí para lavarlo, y por eso está aquí.

—¡Qué descuido, vieja loca! —dijo para sí *miss* Ophelia, prosiguiendo en sus pesquisas y sacando del cajón un rallo, dos o tres nueces moscadas, un libro de cánticos metodistas, muchos pañuelos sucios, un ovillo de estambre y una media empezada, una pipa, tabaco, unos bizcochos, dos salvillas de porcelana dorada con pomada, uno o dos zapatos viejos, un pedazo de franela, donde estaban envueltas unas cebollas blancas; varias servilletas adamascadas, paños de cocina, agujas de zurcir, y, por último, algunos papeles, de los que se escapaban diferentes hierbas secas.

—¿Dónde pone usted las especias, Dinah? —preguntó *miss* Ophelia como aquel que pide interiormente a Dios que le dé paciencia.

—Tan pronto en unas partes como en otras; ahí tengo en esa taza rota algunas, y otras allá, en aquel armario.

—Aquí también hay algunas —dijo *miss* Ophelia.

—Ya lo creo; las he puesto esta mañana, porque me gusta tener las cosas a la mano. Vamos, Jake, ¿qué haces ahí con la boca abierta? Si no andas listo nos hemos de ver las caras —añadió, adjudicando al delincuente un golpe con el cucharón.

—¿Y esto qué es? —preguntó *miss* Ophelia enseñando la salvilla con la pomada.

—¡Ay!, es mi pomada que la he dejado ahí para tenerla a mano.

—¿Cómo se apodera usted de las mejores piezas de la porcelana para eso?

—Es que tenía prisa...; pero iba a quitarla hoy mismo.

—Aquí hay dos servilletas adamascadas.

—Las tengo ahí para echarlas a lavar.

—¿No tiene usted en la casa sitio para la ropa sucia?

—Sí, el amo compró ese cofre para eso; pero a mí me gusta hacer los bizcochos encima, y también me sirve para poner cosas sobre él, de modo que no es fácil abrirle.

—¿Por qué no hace usted los bizcochos sobre la mesa de amasar?

—Porque se reúne tanta vajilla y tantas cosas, que no queda sitio.

—La vajilla debe usted fregarla y llevarla a su sitio.

—¿Fregar la vajilla yo? —exclamó Dinah, cuyas bilis iba en aumento y le hacía perder hasta cierto punto el respeto habitual de sus modales—. Pero verdaderamente, ¿qué entienden las señoras? ¿A qué hora tendría el amo la comida si yo perdiera el tiempo en fregar la vajilla y en poner las cosas en su sitio? Además, la señorita jamás me lo ha mandado.

—Ahora salen aquí unas cebollas.

La cabaña del tío Tom

—Sí, ya no me acordaba; son cebollas escogidas que guardaba precisamente para los guisos de hoy, y se me había olvidado que las tenía en ese pedazo de franela.

Miss Ophelia levantó el papel de las hierbas.

—Quisiera, señorita, que dejase usted las cosas donde están —dijo la cocinera con aire agresivo—, porque me gusta poner las cosas de manera que las encuentre cuando las necesite.

—Pero agujeros en el papel son innecesarios.

—Al contrario; son muy cómodos para sacudir las hierbas.

—¿Pero no ve usted que así se esparcen todas por el cajón?

—Ya lo creo que se derramarán si la señorita lo trastorna todo de esa manera. Vea usted éstos ya... —añadió acercándose a los cajones avergonzada—. Si quisiera esperar a que haga mi limpieza lo encontraría todo arreglado; pero ínterin andan las señoras a mi alrededor, me estorban y me es imposible hacer nada. Ea, Sam, no des ese azucarero al niño si no quieres que...

—Voy a dejarlo todo arreglado de una vez, Dinah, y luego usted correrá con mantenerlo en orden.

—¡Santo Dios! *Miss* Ophelia, esa ocupación no pertenece a una señora; jamás he visto a ninguna ocuparse en semejantes faenas. Ni mi difunta señora ni la señorita Marie lo han hecho jamás, y no veo la necesidad de que haya ahora quien venga a hacerlo.

Al concluir esta perorata empezó a pasearse por la cocina, mientras que *miss* Ophelia juntaba la vajilla, desocupaba una docena de tazas transformadas en azucareros, reunía servilletas, manteles y toallas y los separaba para echarlos a la lejía. Lavaba, secaba y lo arreglaba todo por sí misma con tal ligereza y disposición, que Dinah la miraba asombrada.

—¡Válgame Dios! Si son así todas las señoras del norte, no sé en qué consiste su señoría —decía Dinah a sus satélites—. Cuando llega mi día de limpieza dejo mi cocina tan arreglada como la primera; pero no puedo sufrir que anden a mi alrededor las señoras examinando y revolviéndolo todo.

En honor de la justicia diremos que Dinah tenía días señalados para lo que ella llamaba su limpieza, en los cuales un ardor de reforma y de orden inusitado la hacía sacar todos los cajones, abrir los armarios, extender por el suelo y las mesas lo que contenían, llegando la confusión a un punto extraordinario. Hecho esto, encendía su pipa y se sentaba para discurrir cómodamente sus planes de reforma, mientras que sus jóvenes acólitos frotaban con vigor los utensilios de cobre. Por espacio de muchas horas reinaba un desorden completo. Si preguntaban a Dinah qué significaba tanto alboroto, contestaba muy satisfecha: «Hoy es día de limpieza. ¿Le parece a usted que pueden dejarse las cosas en este estado? Si no fuera por esos chicos... Pero de aquí en adelante yo los tendré a raya».

Vemos, pues, que Dinah se hacía la ilusión de creerse el orden personificado, siendo la joven negrería que la rodeaba y los demás habitantes de la casa la causa de que no se llegara a un grado de perfección sublime. Luego que la batería de cocina quedaba más brillante que la plata, la madera más blanca que la nieve y que todo lo que hubiera podido desagradar a la vista se sepultaba en lo más recóndito, Dinah se acicalaba, se cubría la cabeza con un magnífico *foulard* en forma de turbante, se ponía un delantal limpio y echaba de la cocina a los muchachos «para conservar las cosas en buen orden». Estos accesos de pulcritud no dejaban de tener sus inconvenientes hasta para los mismos amos, pues Dinah, por temor a empañar la brillantez de su batería, no se determinaba a servirse de ella ínterin subsistía en toda su intensidad la fiebre del aseo.

Al cabo de algunos días, los diversos departamentos de la casa fueron radicalmente reformados y sometidos a un orden riguroso por *miss* Ophelia. Pero en todo lo que exigía la cooperación de los esclavos, sus trabajos se asemejaba a los de Sisito o a los de las Danaidas. Cansada ya un día, se dirigió a St. Clare.

—Es imposible poner orden en esta familia.

—Lo creo —contestó St. Clare.

—Jamás he visto un desorden, un despilfarro y una confusión semejantes.

—No, lo dudo.

—No hablaría usted tan tranquilamente si tuviera que cuidar del menaje.

—Mi querida prima, vale más decírselo a usted ahora para que siempre lo tenga presente. Nosotros, los dueños de esclavos, nos hallamos divididos en dos clases muy distintas: Los que somos de buen componer y odiamos la severidad, debemos resignarnos a muchas incomodidades. Si nos resolvemos a conservar entre nosotros y para nuestra propia satisfacción una gavilla de seres ignorantes, desordenados y torpes, debemos sufrir las consecuencias. He visto algunas veces, aunque pocas, personas dotadas de un tacto particular hacer conservar el orden y la regularidad a su alrededor sin usar de severidad. Yo no tengo ese poder, y por esa razón me he decidido hace mucho tiempo a dejar las cosas en el estado que hoy tienen. Yo no quiero que martiricen a golpes a esos pobres diablos; ellos lo saben, como también creen que a causa de esto el cetro está en sus manos.

—¡Cuando uno ve que no hay tiempo, ni lugar, ni orden, que todo camina a la ventura...!

—Mi querida Ophelia, ustedes, los naturales del norte, dan al tiempo un valor exagerado y extravagante. ¿Qué puede servir el tiempo a un pobre diablo que no sabe qué hacer de las tres cuartas partes del suyo? En cuanto al orden y la regularidad, ¿qué importa al que no tiene otra cosa que hacer que fumar y leer tendido en una butaca que la comida o el almuerzo esté preparado una hora antes o después? Tenga usted en cuenta las magníficas comidas que nos hace Dinah: sopa, guisados, fritos, asados, postres y demás; todo sale del caos profundo de su cocina. Su poder tiene verdaderamente algo de sublime. Pero si nos metemos a examinar con cuidado todos los detalles de sus preparaciones culinarias, se nos quitaría el apetito para siempre. Vamos, mi buena prima, no se tome usted esa pena; sería peor que una penitencia católica, y nada se adelantaría. El resultado sería que perdería usted la paciencia y haría perder la cabeza a Dinah. Créame usted: déjela obrar.

—Pero, Augustine, sin duda ignora usted en qué estado he hallado todo...

—¿Que no lo sé? ¿Cree usted que ignoro que el tambor de hacer pasteles se halla debajo de su cama y el rallo en un bolsillo revuelto con el tabaco? ¿Que hay cincuenta azucareros, cada uno en un rincón de la casa? ¿Que enjuaga la vajilla un día con una servilleta y otro con la mitad de un jubón viejo? A pesar de todo, hace comidas sublimes y un café delicioso. Así, pues, es preciso juzgarla como se juzga a los guerreros y a los hombres de Estado: por los resultados.

—Pero el despilfarro, el gasto...

—¡Oh! Respecto a eso, guarde usted cuanto pueda y oculte la llave. Se les da las provisiones por medida y se abstiene usted prudentemente de preguntar por lo que sobre.

—Tal advertencia me inquieta, Augustine. No puedo menos de creer que estos criados no son estrictamente probos. ¿Está usted seguro que puede uno fiarse de ellos?

Al ver la seriedad y preocupación con que *miss* Ophelia le hacía esta pregunta, Augustine no pudo contener la risa.

—¡Oh! ¡Sublime es la pregunta, prima! ¡Probos! ¡Como si pudiera uno esperar de ellos que lo fueran! ¡Probos! No, prima, no lo son. ¿Por qué razón habían de serlo? ¿Qué causa les podría obligar a ello? ¿Por qué no se les instruye?

—¡Instruirlos! ¡La chanza es linda! ¡Qué buenas lecciones les daría yo! En cuanto a Marie, tiene bastante vigor para hacer matar todos los negros de una plantación, no hay que dudarlo, si yo la dejara obrar; pero sería incapaz ella misma para impedir los hurtos...

—¿No los hay honrados?

—De vez en cuando se halla uno a quien la Naturaleza ha hecho tan sencillo, tan verídico y tan fiel que no puede corromperle la peor influencia. Pero tenga usted presente que el niño de color desde su infancia conoce y ve que no puede hacer nada sino a hurtadillas. Tiene que usar del disimulo con sus parientes, con su ama, con sus señoritos, con sus señoritas que juegan con él. Se acostumbra necesariamente a la hipocresía y a la astucia. No es justo esperar de él otra cosa, y por esto no debe ser castigado. En cuanto a la honradez, el esclavo se halla en un estado tal de dependencia y de semi-infancia, que no hay medio de hacerle concebir lo que es la propiedad o de meterle en la cabeza que los bienes de un amo no son suyos, aun cuando se apodere de ellos. En cuanto a mí, no veo la razón por qué deben ser honrados. Un mozo como Tom es..., un verdadero milagro moral.

—¿Y qué es de sus almas? —dijo *miss* Ophelia.

—Eso no es de mi incumbencia —repuso St. Clare—. El hecho es que es cosa admitida muy generalmente que las abandona el diablo para provecho nuestro en este mundo, sin cuidarse de lo que pueda suceder en el otro.

—¡Pero eso es horrible! —exclamó *miss* Ophelia—. Deberíais avergonzaros de vosotros mismos.

—Eso es quizá lo que hacemos; pero a pesar de ello nos hallamos bien en su compañía, como sucede generalmente con todo lo de este mundo. Mire hacia arriba, hacia abajo, y por todas partes hallará la misma historia. La clase inferior se ve siempre explotada en beneficio de la alta. Esto mismo sucede en Inglaterra y en todas partes; por esta razón, la cristiandad, llena de virtuosa indignación, nos mira con horror porque hacemos las cosas de un modo muy diferente que los demás.

—No sucede eso en Vermont.

—Es verdad; conceda que en Nueva Inglaterra y en los Estados libres son superiores a nosotros... Pero la campana nos llama: dejemos a un lado nuestros juicios sobre los Estados del Sur o del Norte, y vámonos a comer, prima.

Miss Ophelia se hallaba en la cocina a la caída de la tarde y oyó a los chicos gritar:

—Mirad, mirad; ahí viene la madre Prue haciendo eses, como de costumbre.

Una negra alta y delgada entró en la cocina, llevando sobre su cabeza una cesta de tortas y panecillos.

—¡Hola! ¿Tú por aquí, Prue? —exclamó Dinah.

Prue tenía una expresión particular de mal humor; su palabra se asemejaba a sus facciones; siempre estaba gruñendo. Descargó su cesta, se sentó en el suelo, y apoyando los codos sobre sus rodillas:

—¡Oh, Señor! ¡Quisiera haberme muerto! —dijo.

—¿Y por qué? —preguntó *miss* Ophelia.

—¡Así vería el fin de mi miseria! —respondió bruscamente la mujer sin levantar los ojos.

—¿Por qué se emborracha usted, Prue, para que luego la azoten? —dijo una linda doncella cuarterona, haciendo balancear sus pendientes de coral.

La mujer la miró con aire sombrío.

—Algún día llegarás tú quizás a hacer lo mismo. Quisiera verte en mi estado; entonces tratarías de beber una gota para olvidar tu miseria.

—Vamos, Prue, veamos tus tortas —dijo Dinah—; aquí está *miss,* que te las pagará.

Miss Ophelia tomó un par de docenas.

—Jacke —exclamó Dinah—, allí hay unos cuantos bonos en ese puchero roto, allí arriba, sobre aquel, tablero; sube y tráemelos.

—¿Bonos? ¿Y para qué? —preguntó *miss* Ophelia.

—Los compramos a su amo, y ella nos los cambia por tortas.

—Y cuando vuelvo —dijo la mujer— me cuentan el dinero y los bonos, y si falta algo me quebrantan a golpes.

—Está bien hecho —dijo Jane la cuarterona— si gasta usted su dinero en emborracharse. Y esto es lo que hace, señorita.

—Y lo hago porque quiero y porque no puedo vivir de otra manera; quiero beber y olvidar mi miseria.

—Esto está muy mal hecho, buena mujer —repuso *miss* Ophelia.

—¡Ah! Es verdad, señorita; pero no puedo menos de hacerlo. Sí, no puedo menos. ¡Oh, Señor! ¡Quisiera estar muerta y libre de mi miseria!

Y la pobre anciana se levantó con lentitud y colocó su cesta sobre su cabeza; pero antes de salir echó una mirada a la joven cuarterona, que continuaba haciendo balancear con coquetería sus pendientes.

—Crees que estás muy hermosa con esos colgajos, ¿no es así? —le dijo—. Meneas la cabeza y miras a los demás con desprecio. No importa; también llegarás a ser una pobre vieja como yo y podrán muy bien molerte a palos como hacen conmigo. Espero que así sucederá, Dios mediante. Entonces verás si tratas de beber, beber y beber, hasta que la bebida te lleve al infierno, y estará bien hecho.

Y murmurando entre dientes algunos otros malos deseos, la mujer se alejó.

—¡Asquerosa vieja! —dijo Dolph, que venía a pedir un poco de agua caliente para su amo—. Si me perteneciera le daría aún más golpes que los que le dan.

—Sería un poco difícil —respondió Dinah—; sus espaldas están ya en buen estado; hace mucho tiempo que no puede abrocharse sus vestidos a causa de las llagas que tiene.

—Me parece —dijo Jane— que no debería permitirse a criaturas tan despreciables el rozarse con gentes regulares. ¿Qué dice usted, señor St. Clare? —añadió haciendo una seña a Dolph.

Debemos aquí notar que entre las diversas cosas de su amo de que Dolph se había apropiado era una de ellas la costumbre de tomar su nombre y sus títulos, aunque entre las gentes de color con quienes trataba en Nueva Orleans pasaba simplemente por «St. Clare».

—Soy de la opinión de usted, *miss* Benoir.

Benoir era el apellido de la familia de Marie St. Clare, de quien era esclava Jane.

—¿Me será permitido —añadió Dolph— preguntar a *miss* Benoir si están destinados esos pendientes para el baile de mañana? Son en verdad encantadores.

—¡Vean ustedes hasta dónde puede ir la indiscreción de estos hombres! —dijo Jane agitando su hermosa cabeza y haciendo brillar sus aretes—. Señor St. Clare, no bailaré con usted en toda una noche si me hace usted semejantes preguntas.

—¡Oh, no será usted tan cruel! Y yo que deseaba saber si se presentaría usted con ese hermoso vestido encarnado...

—¿De qué se trata? —dijo Rosa, linda cuarterona que acababa de entrar.

—Del señor St. Clare, que es un atrevido.

—Nombro por juez a *miss* Rosa —interrumpió Dolph.

—Lo sé muy bien —dijo ésta echando una maligna mirada sobre Dolph—; siempre es insolente, y me veo obligada muy a menudo a enfadarme con él.

—¡Oh, señoras, señoras! —exclamó Dolph—. Me parten ustedes el corazón; el mejor día vais a conseguir mi muerte, y tendréis que responder de mí, pues seréis la causa.

—¡Qué horror! —exclamaron las dos jóvenes soltando la carcajada.

—Vamos, fuera de aquí —dijo Dinah impacientada—; con vuestra charla y vuestras locuras no hacéis más que estorbarme.

—La tía Dinah está de mal humor —repuso Rosa— porque no puede ir al baile.

—No hay peligro que trate yo de ir a vuestros bailes de mulatos, donde intentáis pasar por blancas, siendo ni más ni menos que yo.

—Sin embargo —dijo Jane—, la tía Dinah se da con pomada todos los días a sus greñas de lana para alisarlas.

—Y a pesar de eso no deja de ser lana —añadió Rosa balanceando sus pendientes.

—Pues, hijas mías —repuso Dinah—, a los ojos del Señor tanto vale la lana como el más fino cabello. Preguntad a la señora quién vale más: si un par de muchachas como vosotras o una sola mujer como yo. Ea, largo de aquí; para nada me hacéis falta.

La conversación fue interrumpida de dos modos. Se oyó la voz de St. Clare en los altos de la escalera que preguntaba a Dolph si esperaba al otro día a llevarle el agua caliente, en el mismo instante en que *miss* Ophelia llamó desde el comedor.

—¡Jane! ¡Rosa! ¿Qué hacéis ahí abajo? Venid a continuar vuestra labor.

Nuestro amigo Tom, que había oído en la cocina la conversación de *miss* Ophelia y de los esclavos con la vieja vendedora de tortas, la siguió por la calle. La vio alejarse lanzando algunos gemidos de cuando en cuando. Por fin dejó su cesta sobre un poyo y trató de arreglar algo el viejo chal incoloro que cubría sus hombros.

—Voy a llevar a usted su cesto un rato —dijo Tom en tono de compasión.

—¿Y por qué? —dijo la mujer—. No necesito que nadie me ayude.

—Tiene usted el semblante de hallarse enferma o afligida —repuso Tom.

—No estoy mala —respondió la vieja con sequedad.

—Quisiera poder persuadir a usted para que no bebiera —añadió Tom—. ¿No sabe usted que ese vicio concluirá por matar a usted en cuerpo y alma?

—Sé que voy derecha al infierno —murmuró la vieja—; no hay necesidad de decírmelo. Soy fea y mala y debo ir derecha al infierno. ¡Oh, quisiera ya estar en él!

Tom se estremeció al oír estas terribles palabras, pronunciadas con animación y con amargura.

—¡Pobre criatura! ¡Dios tenga misericordia de ti! ¿No ha oído usted nunca hablar de Jesucristo?

—¿Jesucristo? ¿Quién es Jesucristo?

—Es el «Señor» —respondió Tom.

—¡Creo que he oído hablar del Señor, del juicio final y del infierno! Sí, he oído hablar de todo eso.

—¿Pero nadie ha dicho a usted que el Señor nos ha amado a nosotros, pobres pecadores, y que murió por nosotros?

—No sé nada de eso —dijo la mujer—. Nadie me ha amado desde que murió mi viejo.

—¿Dónde se ha criado usted?

—Allá arriba, en Kentucky. Me mantenía un hombre con objeto de que criara a mis hijos para luego venderlos así que estaban algo crecidos. Por fin, me vendió a mí también a un traficante, que a su vez me vendió a mi actual amo.

—¿Por qué se ha entregado usted al vicio de la bebida?

—Para olvidar mi miseria. Desde que estoy aquí he tenido un niño. Creía que me dejarían criarlo, porque el amo no me comerciaría. ¡Era el más hermoso de cuantos he tenido! La señora parecía quererle mucho en principio, porque jamás lloraba ni gritaba; pero cayó enferma ella y asistiéndola me pegó la fiebre. Se me retiró la leche, y el niño se desmejoró tanto que se quedó en los huesos, y la señora no quería comprar leche para él. Decía que podía comer lo que los demás comieran. El niño continuó desmejorándose; comenzó a gritar, gritar y gritar, y la señora se puso contra él, diciendo que era inaguantable y que deseaba su muerte. No quería dejármele durante la noche, pretextando que me envejecía y que me impedía hacer mis labores. Me hizo acostarme en su alcoba y me obligaba a dejar al niño solo y muy lejos, en una especie de pocilga, donde una noche lloró tanto que amaneció muerto. Sí, murió. Entonces me entregué a la bebida para borrar de mis oídos sus gritos, y beberé aun cuando me cueste ir al infierno. Mi amo dice que iré a él; pero yo creo que ya estoy.

—¡Pobre criatura! —dijo Tom—. ¿No le han enseñado a usted que Dios la ama y que murió por usted? ¿No le han dicho a usted que vendrá en su ayuda y que puede usted ir al cielo y descansar por fin?

—¡Buen camino llevo yo para ir al cielo! —dijo la mujer—. ¿Hay allí blancos? ¡Temo que allí me azoten también! Quiero mejor ir al infierno y estar lejos del amo, y del ama mucho más.

Y lanzando un sordo gemido colocó de nuevo su cesta a la cabeza y se alejó.

Tom regresó a la casa, y al entrar en el patio se encontró con la señorita Eva radiante de alegría.

—¡Hola, Tom! Me alegro de verte. Papá me ha dicho que podías preparar los caballitos y llevarme a dar un paseo en mi nuevo coche —dijo tomándole de la mano—. Pero, ¿qué tienes, Tom? Estás muy serio.

—Estoy triste, *miss* Eva; pero voy a preparar el carruaje.

—Dime, Tom, ¿qué pasa? Te he visto hablar con la vieja Prue.

Tom refirió entonces a Evangeline, en su estilo sencillo y formal, la historia de la pobre anciana. Eva no hizo exclamación alguna, ni manifestó admirarse, ni lloró como hacen otras niñas. Sus mejillas palidecieron al oír la relación de Tom y sus facciones cobraron un aspecto de seriedad inusitada; cruzó sus manos sobre su pecho y exhaló un suspiro muy profundo.

CAPÍTULO XIX
Continuación del anterior

—Tom, no tienes necesidad de preparar los caballos, porque no saldré —dijo ella.

—¿Por qué, *miss* Eva?

—Estas cosas me lastiman el corazón, Tom —dijo Eva—; me hacen mucho mal —repitió con triste voz—. No, no saldré.

Y alejándose de Tom entró en la casa.

Algunos días después fue otra vieja a vender tortas en lugar de la vieja Prue; *miss* Ophelia se hallaba en la cocina.

—¡Señor! —exclamó Dinah—. ¿Qué ha sido de la madre Prue?

—No volverá ya más —respondió la preguntada con misterio.

—¿Y por qué? —preguntóle Dinah—. ¿Ha muerto acaso?

—Nada sabemos de cierto. Está en el fondo de la cueva —respondió la mujer echando una mirada sobre *miss* Ophelia.

Luego que ésta tomó las tortas, Dinah siguió a la mujer hasta la puerta.

—Dime lo que es de Prue; vamos, dímelo con franqueza.

La mujer parecía temer y desear al mismo tiempo revelarle un secreto; por fin le respondió en voz baja y misteriosa:

—Pues bien; se lo diré a usted, con la condición de que no lo sepa nadie. Prue se ha emborrachado de nuevo y la metieron en la cueva, donde la dejaron todo el día, y les he oído decir que las moscas se habían apoderado de ella como de un cadáver y «había muerto».

Dinah levantó las manos al cielo, y volviéndose vio a su lado la figura casi inmaterial de Evangeline, con los ojos dilatados de horror, mientras que sus labios y mejillas tomaban una palidez mortal como si carecieran de sangre.

—¡Dios nos ampare! ¡*Miss* Eva va a desmayarse! ¿Por qué le dejamos oír semejantes historias? La vamos a enloquecer.

—No me desmayaré, Dinah —dijo la niña con firmeza—. ¿Por qué razón no he de poder soportar esa relación? Menos terrible es para mí el oírlo que para la pobre Prue el sufrirlo.

—¡Dios mío! No son para los oídos de usted esas historias, *miss* Eva; podrían muy bien causarle la muerte.

Eva suspiró y subió la escalera con un paso lento y ademán de tristeza.

Miss Ophelia preguntó con inquietud lo que la mujer había contado. Dinah le hizo una difusa relación del hecho, a la que Tom añadió las circunstancias que había sabido por la misma mujer.

—¡Esto es horrible! —exclamó, entrando en el gabinete en que St. Clare, medio echado, leía un periódico.

—¿Qué ocurre, querida prima? —dijo St. Clare al verla inmutada.

—Que han matado a la pobre Prue a fuerza de latigazos —respondió *miss* Ophelia, que contó la historia con todos sus detalles.

—Siempre pensé que tarde o temprano concluiría de ese modo —respondió St. Clare volviendo a coger su periódico.

—¿Lo ha pensado usted así y no hará nada? ¿No hay aquí magistrados que puedan interponerse y conocer de un negocio como ese?

—Se supone generalmente que el interés del propietario es una garantía suficiente en semejantes casos. Si las gentes quieren destruir su propiedad, ¿qué quiere usted que se haga? Parece que esa pobre mujer era algo borracha y ladrona; no puede, pues, esperar al despertar muchas simpatías en su favor.

—¡Eso es una infamia! ¡Es cosa horrible, Augustine! Eso atraerá, a no dudarle, sobre usted la venganza de Dios.

—Mi querida prima, yo no soy culpable de eso; nada puedo hacer en el asunto. Si seres viles y brutales obran de una manera innoble y brutal, ¿qué he de hacer yo? Tienen un poder absoluto; son déspotas irresponsables. Sería completamente inútil el mezclarse en ese negocio. No existe ley alguna que tenga relación con ese caso. Lo mejor que podemos hacer es cerrar los ojos y los oídos y no mezclarnos en nada. Es nuestro solo y único recurso.

—¿Y cómo puede usted cerrar los ojos y taparse los oídos? ¿Cómo puede permanecer impasible al ver cosas semejantes?

—¿Y qué he de hacer, querida prima? Tenemos de una parte una clase entera de seres envilecidos, degradados, ignorantes, indolentes y entregados a amos, y, por otra parte, éstos no tienen ni principios ni imperio sobre sí mismos: no comprenden sus verdaderos intereses. En una sociedad organizada de esta manera, ¿qué puede hacer un hombre de buenos y honrados pensamientos, sino cerrar los ojos y endurecer su corazón lo más que pueda? No puedo comprar todos los desgraciados que encuentro. No puedo convertirme en caballero andante y enderezar todos los entuertos que se cometen en una población como ésta. Todo lo que puedo hacer es procurar ver y sentir lo menos posible.

Las hermosas facciones de St. Clare se oscurecieron por un momento. Parecía estar absorto; pero recobrando al, instante su habitual buen humor, continuó:

—Vamos, prima, no permanezca usted de ese modo, semejante a una de las tres parcas; aún no ha corrido usted más que una punta de la cortina; no ha visto más que un débil destello de lo que pasa todos los días en el mundo, en una forma o en otra. Si tratáramos de buscar y profundizar todo lo que hay de siniestro en la vida, no tendríamos corazón para nada. Sería como si fuéremos a examinar todos los detalles de la cocina de Dinah.

Y St. Clare, echándose hacia atrás en el sofá, volvió a embeberse en la lectura de su periódico.

Miss Ophelia se sentó, tomó su calceta y se puso a trabajar con el semblante contraído de indignación. Hacía calceta, pero el fuego interior no cesaba de abrasarla; por fin, estalló en estos términos:

—Digo, Augustine, que es imposible me conforme con semejantes cosas, como usted. Es abominable el defender, según usted lo hace, semejante sistema. Esta es mi opinión.

—¿Qué hay? —dijo St. Clare alzando la vista—. ¿Siempre lo mismo?

—Digo, Augustine, que es abominable el defender, como usted hace, semejante sistema —repitió la joven con calor.

—¿Yo defender ese sistema, prima? ¿Y quién le ha dicho a usted que así sea? —respondió St. Clare.

—Debe usted hacerlo, naturalmente, porque es lo que hacéis todos vosotros las gentes del sur. ¿Por qué tenéis esclavos si no sois partidarios de la esclavitud?

—¡Encantadora inocencia! —respondió St. Clare riendo—. ¿Se figura usted acaso que en el mundo se obra siempre en sentido inverso de lo que se cree justo? ¿No le ha sucedido a usted nunca hacer lo que cree usted bien y no estar bien hecho?

—Cuando eso me sucede me arrepiento al menos —respondió *miss* Ophelia moviendo sus agujas con energía.

—Y yo también —dijo St. Clare mondando una naranja— me arrepiento antes y después.

—Entonces, ¿por qué continúa usted haciéndolo?

—¿No ha continuado usted nunca obrando mal después de haberse arrepentido, prima?

—Tal vez; pero solamente cuando me he visto expuesta a una gran tentación.

—Pues bien —repuso St. Clare—; yo tengo grandes tentaciones, y precisamente está en eso la dificultad.

—Pero yo he tomado siempre la resolución de no persistir en el mal.

—Hace diez años que tomé esa resolución y no sé cómo no he podido ejecutarla. ¿Ha renunciado usted a todos sus pecados, prima?

—Augustine —dijo *miss* Ophelia con seriedad y dejando su calceta—, merezco sin duda que me eche usted en cara mis faltas; todo lo que me dice lo merezco; nadie puede sentirlo más que yo; pero me parece, sin embargo, que hay alguna diferencia entre los dos. Me parece que yo me dejaría cortar la mano derecha antes que continuar un día tras otro haciendo lo que yo creyese un pecado. Pero, ¡ay!, mi conducta guarda tan poca armonía con mis principios, que no me admiran sus reproches.

—¡Oh, por favor, prima mía —dijo Augustine, sentándose en el suelo y colocando su cabeza sobre las rodillas de *miss* Ophelia—, no hable usted de esa manera tan solemne! Bien sabe usted que siempre he sido malo. Me gusta disputar con usted por verle tomar ese aire serio y solemne; he aquí todo. Estoy persuadido de que es usted de una bondad extremada.

—Pero éste es un asunto serio, mi querido Augustine —dijo *miss* Ophelia pasándole la mano por los cabellos.

—Lamentablemente serio —dijo St. Clare—, y no me gusta tratar asuntos serios cuando hace tanto calor. Entre los mosquitos y demás plagas del clima no puede un pobre diablo elevarse a sublimes consideraciones morales o filosóficas, y yo creo... —St. Clare se levantó de pronto—. ¡He ahí toda una teoría! Comprendo ahora por qué las naciones del norte son siempre más virtuosas que las del mediodía; todo eso se explica perfectamente para mí.

—¡Oh, Augustine, es usted un pecador incorregible!

—¿De veras? Debe ser verdad, puesto que usted lo dice; pero por esta vez quiero ser formal. Sólo que tendrá usted que sostenerme con esencias y consolarme con naranjas si hago un esfuerzo semejante. Veamos —continuó, acercando hacia sí una cesta de naranjas—, comienzo: cuando en el curso de los negocios humanos se hace necesario a un pobre diablo tener cautivos dos o tres docenas de gusanos, hermanos suyos, el respeto debido a los usos establecidos exige...

—Veo que no hablará usted mucho tiempo con formalidad —interrumpió *miss* Ophelia.

—Tenga usted un poco de paciencia y escúcheme. Para explicar mi pensamiento, prima —dijo mientras que su semblante tomaba una expresión de seriedad y emoción—, debo decirle que estoy convencido de que no puede haber más que una manera de juzgar la cuestión abstracta de la esclavitud. Los plantadores, que la utilizan para ganar el dinero con ella; los eclesiásticos, que tienen necesidad de hacer la corte a los plantadores, y los hombres de Estado, que hacen de ella un medio de gobierno, pueden desfigurar y falsear el lenguaje, y las leyes de la moral, que inspiran una profunda admiración por su habilidad, pueden torcer la Naturaleza y la Biblia misma en beneficio de su sistema; pero en el fondo, ni ellos ni nadie creen lo que dicen. La esclavitud es una invención del diablo, y, a mi modo de ver las cosas, es la muestra más bella de lo que puede hacer en su género.

Miss Ophelia dejó caer su labor y pareció sorprendida; St. Clare, gozando de su admiración, continuó:

—¿Sorprende a usted oírme hablar así? Pues si esto le place a usted, voy a revelarle todo mi pensamiento. Esta odiosa institución, maldecida de Dios y de los hombres. ¿Qué es en sí? Despojándola de todos sus adornos, ¿qué es en el fondo? Voy a decirlo. Porque mi hermano *Quashy* es ignorante y débil, y yo soy inteligente y fuerte porque me enseñaron a serlo, tengo el derecho de robarle todo lo que tenga, de guardarle y de robarle todo lo que a mí me convenga. Todo lo que para mí es pesado, rudo y desagradable, puedo obligárselo a hacer a *Quashy*. Porque el trabajo me incomoda, *Quashy* debe trabajar. Porque el sol me abrasa, *Quashy* estará siempre expuesto a sus rayos. *Quashy* ganará el dinero y yo lo gastaré. *Quashy* se tenderá sobre el vado para que yo pase sobre su cuerpo sin mojarme los pies. *Quashy* hará mi voluntad y no la suya en todo y por siempre. Y, finalmente, *Quashy* no podrá subir al cielo mientras yo no lo crea conveniente. He aquí lo que yo pienso de la esclavitud, y desafío a cualquiera que lea nuestro Código de negros a que saque de él otras consecuencias. ¡Se habla de los abusos de la esclavitud! ¡Vano charlatanismo! La esclavitud misma es el abuso por excelencia. Y la sola razón por la que el país no se subleva, como Sodoma y Gomorra, es que la práctica es infinitamente mejor que la teoría.

Por piedad, por pudor, porque somos hombres engendrados por mujeres y no por bestias feroces, muchos de nosotros no usamos de todo el poder que nuestras bárbaras leyes ponen en nuestras manos. Los mismos que usan de él lo más mal posible, no lo hacen sino en ciertas circunstancias.

Habíase levantado St. Clare, y siguiendo su costumbre de cuando se hallaba incomodado, recorría la habitación a paso largo. Su hermoso rostro, clásico como el de una estatua griega, estaba inflamado del ardor de sus sentimientos. Sus grandes ojos azules lanzaban chispas; sus gestos se habían vuelto involuntariamente apasionados. *Miss* Ophelia, que jamás le había visto en tal estado, guardaba un profundo silencio.

—Aseguro a usted —dijo parándose de pronto delante de ella— que ya sé que es inútil hablar de esas cosas y pensar en ellas...; pero aseguro que si viera sepultado bajo la tierra al país con todas esas injusticias y miserias, desaparecería yo al mismo tiempo de buena gana. Cuando viajo y reflexiono que cada uno de esos hombres, brutales, viles, de costumbres corrompidas, que yo encuentro, tiene derecho, según nuestras leyes, para ejercer un poder absoluto sobre tantos hombres, mujeres y niños, que puede comprar mediante el dinero, aunque sea estafado o robado; cuando veo a tales hombres poseer mujeres y niños desgraciados, estoy tentado de maldecir a mi país y a la raza humana.

—¡Augustine, Augustine! —dijo *miss* Ophelia—. ¿Qué está usted diciendo? En toda mi vida no he oído cosas semejantes, ni aun en el norte.

—¡En el norte! —repuso St. Clare con un cambio súbito en su expresión y tomando su tono habitual de indiferencia—. Los habitantes del norte son gente de sangre fría. Por eso son ustedes fríos en todas las cosas; no saben ustedes jurar ni renegar como nosotros cuando nos hallamos de mal humor.

—Pero volvamos a la cuestión... —dijo *miss* Ophelia.

—¡La cuestión! ¡Oh! Sin duda es preciso volver a la cuestión, diabólica en verdad. Si me pregunta cómo hemos llegado a tal estado de pecado y de miseria, responderé con las antiguas palabras que me enseñara usted en otra época. Me encuentro en este estado porque fui concebido y he nacido en pecado. Mis esclavos pertenecían a mi padre, y ahora me pertenecen a mí con su primogenitura, lo cual es un aumento regular. Ya sabe usted que mi padre pertenecía a Nueva Inglaterra, y era un romano de otros tiempos, recto, enérgico, generoso, dotado de una voluntad de hierro. Su padre de usted se estableció en Nueva Inglaterra para reinar entre rocas y piedras y arrancar a la Naturaleza el pan de su familia... El mío se estableció en Luisiana para gobernar a hombres y a mujeres y arrancarles también su subsistencia. Mi madre —dijo St. Clare levantándose y acercándose a un retrato que estaba al otro extremo de la pieza—, mi madre era divina. ¡No me mire usted así! Ya sabe usted lo que quiero decir. Perteneciendo a la raza humana, no había en ella, en lo que yo me acuerdo, la menor señal de debilidad o de error. Cuantos la recuerdan aún, esclavos o libres, criados, amigos, relaciones, parientes, todos dirán a usted otro tanto. Vea usted, prima, la madre que durante algún tiempo ha sido mi único preservativo contra una completa incredulidad. Era para mí la personificación del Evangelio, una prueba viva de su verdad. ¡Oh, madre mía, madre mía! —dijo St. Clare juntando las manos con exaltación.

Después se paró de repente, dio algunos pasos hacia atrás, y sentándose en una poltrona, continuó:

—Mi hermano y yo éramos gemelos; dícese comúnmente que éstos deben parecerse; pero nosotros no congeniábamos en nada, y éramos distintos por todos los conceptos; él tenía los ojos negros y ardientes, cabellos de azabache, un hermoso perfil romano, firme y marcado y una tez morena y vigorosa. Yo tenía los ojos azules. Cabello dorado, tipo griego y tez delicada. Él era activo y observador; yo, iluso y descuidado. Él era generoso con sus amigos e iguales; pero orgulloso, dominante y grave con sus inferiores; nos distinguíamos los dos: él por orgullo y por audacia; yo por una especie de idealismo abstracto. Nos queríamos como ordinariamente se quieren los hermanos; por capricho; él era favorito de mi padre y yo lo era de mi madre. Yo estaba dotado de un organismo enfermizo, delicado, y me impresionaban todos los objetos que pasaban inadvertidos para mi padre y mi hermano, y por los cuales no podía tener ninguna especie de simpatía. Mi madre sabía llevarme el genio.

Cuando disputábamos Alfred y yo, y mi padre me miraba con aspecto severo, me refugiaba en el cuarto de mi madre, sentándome a su lado. ¡Me parece verla aún con su pálido y dulce semblante, su mirada tan tierna, tan profunda, y su vestido blanco! Siempre iba de blanco. Sin querer pensaba en ella cada vez que leía en el Apocalipsis lo que hay escrito de los santos, vestidos con largos trajes blancos.

Poseía disposiciones excelentes para todo, y en particular para la música. ¡Cuántas horas pasaba delante de su órgano ejecutando piezas de música grave y antigua de la Iglesia católica, y cantando con voz parecida más a la de un ángel que a la de una mujer! Entonces colocaba mi cabeza sobre sus rodillas, y allí lloraba, soñaba, sentía, ¡oh!, tales cosas que me es imposible expresarlas con palabras.

En aquel tiempo no era la esclavitud objeto de discusión, como ahora; nadie había hablado jamás mal de ella.

Mi padre era un aristócrata. Sin duda alguna su generación anterior habría sido de las más elevadas, y por eso llevaba consigo todo el orgullo de su antigua casta: su orgullo le era inherente y hasta parecía que lo llevaba en la sangre, sin embargo, de pertenecer mi padre a una familia pobre y plebeya. Mi hermano fue creado a imagen suya.

Un aristócrata, como usted sabe bien, en cualquier parte del mundo que se encuentre no conoce ninguna simpatía humana más allá de cierta línea de demarcación. Esta línea es más diferente en Inglaterra que en el imperio birmano; en América es otra cosa; pero cualesquiera que sean sus diferencias, los aristócratas de cada uno de estos países no las traspasan jamás. Lo que sería una desgracia, una injusticia terrible en su propia casta, no es respecto a otra más que una cosa natural. La línea de demarcación de mi padre era el color. Con «sus iguales», nadie como él era tan exacto, tan generoso; pero miraba al negro en todas las graduaciones posibles de color como una especie de intermediario entre el hombre y el bruto, aventurando por este concepto sus ideas de justicia o de generosidad.

Creo que si alguno le hubiera preguntado si tenían los negros almas inmortales, habría vacilado y respondido, lo que muy bien podía suceder, que no. Mi padre no era hombre que se preocupaba mucho de espiritualismo; no profesaba otros principios religiosos que cierto respeto a Dios, como jefe de las clases superiores. Mi padre daba ocupación casi a quinientos negros. Era inflexible, exigente, delicado en los negocios, y todo debía hacerse sistemáticamente, con una precisión y una exactitud rigurosa. Si observa usted bien que este orden debía ser mantenido por una caterva de negros embusteros, perezosos, descuidados, que habían vivido toda su vida en la imposibilidad absoluta de ser laboriosos y formales, comprenderá usted cuántas cosas no pasarían en la plantación que parecerían penosas y horribles para un niño sensible como yo.

Tenía mi padre un capataz, hombre travieso, flaco, pero de vigorosos puños; un verdadero renegado de Vermont, salvo el respeto de usted, que había hecho un aprendizaje en regla de fuerza y de brutalidad y recibido sus grados antes de ser admitido a la práctica.

Mi madre no pudo jamás aguantarle, lo mismo que yo; pero ejercía sobre mi padre un ascendiente extraordinario. Este hombre era el soberano absoluto de la plantación.

Yo no era entonces más que un niño; pero profesaba el mismo amor que ahora a la Humanidad en todas sus formas, una especie de pasión al estudio de la naturaleza humana: frecuentaba sin cesar las chozas de los negros y recorría el campo en medio de los trabajadores. Así fue que pronto llegué a ser su favorito, y después el confidente de todas sus quejas y amarguras. Yo se las refería a mi madre, y formábamos los dos una especie de Comité para reparar las injusticias. Conseguimos impedir o mitigar un sinnúmero de crueldades, de lo cual nos felicitábamos a menudo. Mi celo, como sucede frecuentemente, traspasó los límites regulares. Stubbs se quejó a mi padre de que no ejercía ninguna autoridad sobre los esclavos y que renunciaba a su empleo.

Mi padre era un marido tierno e indulgente; pero al mismo tiempo no retrocedía jamás ante lo que juzgaba necesario. Desde entonces se colocó cual una roca entre nosotros y los trabajadores. Hizo conocer a mi madre, con su lenguaje lleno de deferencia y de respeto, pero demasiado claro para no admitir réplica alguna, que ella era dueña absoluta de los esclavos de la «casa»; pero que debía desentenderse enteramente de los de la plantación.

Varias veces oí a mi madre disputar con él y esforzarse por despertar sus simpatías. Él escuchaba sus palabras más patéticas con una cortesanía y una frialdad desconsoladoras. No se hacía más pregunta que ésta: «¿Me separaré de Stubbs o me quedaré con él? Stubbs es la puntualidad, la honradez, la actividad en persona; conoce perfectamente los negocios y reúne otras cualidades apreciables. No podemos pretender que sea perfecto; pero si me quedo con él necesito sostenerlo en su administración por completo, aunque de vez en cuando se haga acreedor a alguna represión. Todo gobierno exige ciertos actos necesarios de rigor. Las reglas generales no se doblegan siempre a casos particulares». Esta última máxima parecía a mi padre una excusa suficiente para todos los ejemplos de crueldad de que se hablaba.

Después que la había pronunciado se echaba, sobre un sofá, a la manera de un hombre que, habiendo terminado un negocio, se duerme para descansar o se pone a leer un periódico.

Lo cierto es que mi padre poseía exactamente las cualidades que adornan al hombre de Estado. Habría dividido la Polonia si fuera preciso lo mismo que quien parte una naranja, y hollado a sus plantas Irlanda como si se tratara de un ser viviente. Mi madre acabó por ceder en desesperación de causa. Jamás se sabrá, hasta el día en que todo se vea claro, lo que han sufrido naturalezas nobles y sensibles como la suya, lanzadas sin ningún medio de escape en lo que ellas juzgaban un abismo de injusticias y de crueldades. Aunque alrededor de tales naturalezas no participara nadie de sus sentimientos, deben haber sufrido extraordinariamente en un mundo infernal como el nuestro. No quedaba a mi madre más consuelo que inculcar a sus hijos sus propios sentimientos. Pero a despecho de todos los razonamientos de usted acerca de la educación, los hijos conservan el fondo que naturalmente tienen, y no otra cosa.

Alfred había nacido aristócrata, y así que fue mayor, todas sus simpatías, todas sus ideas eran aristocráticas, a despecho de las exhortaciones de nuestra madre.

En cuanto a mí, penetraban éstas hasta el fondo de mi alma. Jamás contradecía mi madre con formalidad ninguna de las ideas de mi padre; nunca en la apariencia se halló en oposición con él; pero al mismo tiempo grababa en mi alma con caracteres de fuego, con todo el poder de su naturaleza grave y profunda, una idea elevada de la dignidad y excelencia de la más miserable de las criaturas inmortales de Dios. Recuerdo aún la impresión solemne con que seguía sus miradas cuando, mostrándome la bóveda estrellada, me decía: «Mira, Augustine, el más miserable, el más ignorante de nuestros pobres negros, subsistirá después de quedar el mundo reducido a la nada. Su alma es inmortal como Dios».

Poseía algunos cuadros antiguos de mérito. Uno de ellos, entre otros, cuya vista producía en mí la más viva impresión, representaba a Jesús curando a un ciego. «Mira, Augustine —me decía—, ese ciego no era más que un pobre andrajoso; pero Dios no quiso curarle desde lejos, como hacía con otros, sino que le llamó a sí y puso en él sus manos. Acuérdate de esto, hijo mío». Si hubiera podido vivir más bajo su influencia me habría inspirado el entusiasmo de las grandes acciones y hubiera llegado a ser un reformador, un mártir. Pero, ¡ay, ay!, la perdí cuando sólo tenía trece años, y no he vuelto a verla más.

St. Clare guardó silencio durante algunos minutos con la cabeza apoyada en sus manos. Por fin, levantándola, continuó:

—¡Qué cosa tan vil y miserable es lo que se llama virtud humana! Se reduce la más de las veces a un suceso de latitud o de longitud, de posición geográfica combinada con el temperamento o un accidente, y nada más. Por ejemplo: su padre de usted se estableció en el Vermont, sitio donde todos de hecho son libres e iguales. Llegó a ser miembro y diácono de una iglesia; algún tiempo forma parte de una Sociedad abolicionista y nos mira casi como a paganos. Sin embargo, por todos conceptos, por su temperamento y costumbre, es exactamente lo mismo que mi padre. Podría dar cincuenta pruebas de esto por una. Siempre es igual su genio: firme, absoluto, dominador. Bien sabe usted que todos en el pueblo están convencidos de que el señor St. Clare se cree superior a ellos. El hecho es que si bien ha caído en un centro democrático y ha abrazado una teoría popular, es en su fondo tan aristócrata como mi padre, que dominaba a quinientos o seiscientos negros.

Miss Ophelia quiso tomar la palabra acerca de esta descripción, y ya había dejado la calceta; pero St. Clare la detuvo.

—Sé de antemano lo que va usted a decirme. No pretendo que fueran en realidad parecidos; el uno se hallaba en un sitio donde se sucedían las cosas contra sus tendencias naturales, y el otro en donde todo le favorecía. Por consiguiente, el uno se hizo demócrata obstinado, altivo y el otro, déspota, obstinado y altivo también. Si los dos hubieran poseído plantaciones en Luisiana, habrían sido exactamente parecidos como dos balas vaciadas en el mismo molde.

—¡Qué hijo tan irreverente es usted! —dijo *miss* Ophelia.

—No es mi intención el serlo —repuso St. Clare—; además, ya sabe usted que no tengo muy desarrollado el órgano de la veneración. Mas volviendo a mi asunto, cuando murió mi padre nos dejó a mi hermano y a mí cuanto poseía para partirlo como quisiéramos. No hay en la Tierra un corazón más noble ni un hombre más generoso que Alfred tratándose de iguales suyos.

Así fue que todos nuestros intereses quedaron pronto arreglados sin el menor disgusto ni la menor palabra. Nos entregamos juntos a fomentar la plantación. Alfred, que tenía doble fuerza y aptitud que yo para esta clase de negocios, se hizo un plantador entusiasta y obtuvo resultados admirables.

Pero dos años de pruebas me hicieron conocer que era imposible continuar asociado a sus empresas. Ver en derredor mío a una compañía de seiscientos negros, a quienes no podía distinguir individualmente ni tomarme por ellos interés alguno personal, me era insoportable. No podía sufrir el verlos comprados, alimentados, recogidos y llevados al trabajo como a un rebaño de ganado, con una precisión militar; el tener constantemente que discutir como se podría, concediéndoles lo menos posible los goces más ordinarios de la vida, exigir de ellos más trabajo; el estar en la necesidad de emplear capataces y conductores y el látigo, que es más indispensable aún, como primero y último argumento, para tratar con los esclavos. Todo esto me disgustaba profundamente, y cuando reflexionaba en el valor que, según mi madre, debía darse a toda alma inmortal, este disgusto se convertía en horror. ¡No se me diga, empero, que los esclavos aman la esclavitud! Jamás he podido soportar estas simplezas, pues en su celo por excusar nuestros pecados vociferan sobre el particular algunas de nuestras gentes del norte.

Ya sabemos en este punto a qué debemos atenernos. ¡Decirme que un hombre está contento por trabajar todos los días de su vida desde el amanecer hasta bien entrada la noche, bajo la vigilancia incesante de su amo, sin ser libre de un solo acto de voluntad, siempre encorvado bajo el mismo trabajo, árido, monótono, invariable, tan sólo por dos pares de pantalones y uno de zapatos al año, con alimento escaso y una guarida miserable! A todo hombre que crea que criaturas humanas pueden hallarse bien con semejante vida, le deseo sólo que haga por sí mismo la prueba. ¡Yo compraría de buena gana al perro que sostuviera esta tesis, y le haría trabajar sin el menor escrúpulo!

—Siempre he creído —dijo *miss* Ophelia— que usted y sus semejantes aprobarían esas cosas y las creerían justas, sancionadas por la Santa Escritura.

—Ea, no hemos llegado aún a ese extremo. Alfred, el déspota más furibundo, que jamás haya existido, no apeló jamás a semejantes argumentos, no; se coloca orgulloso y altanero en el antiguo terreno: «el derecho del más fuerte». Dice, con razón: «Creo que los plantadores americanos tratan a sus negros de la misma manera que la aristocracia y los capitalistas ingleses a las clases inferiores; es decir, que las hacen servir con su cuerpo y alma para uso y provecho suyo». Les aprueba de igual modo, y en esto se muestra consecuente. Dice que no hay civilización adelantada, adelantada de nombre o de hecho, sin esclavos y señores. Es necesario —continúa— que haya una clase inferior, entregada al trabajo material y a una existencia bruta, y otra clase superior, ociosa y rica, que se desarrolle intelectualmente, alcanzando los límites del progreso, y venga a ser el alma de la cual es cuerpo la clase baja. Así es como él raciocina, porque, según ya he dicho, nació aristócrata, mientras que yo, por el contrario, no creo una palabra de todo eso en atención a haber nacido demócrata.

—¿Cómo han de poder compararse dos cosas tan diferentes? —preguntó *miss* Ophelia—. El proletario inglés no es vendido, ni azotado, ni se ve arrancado de su familia.

—Pero está tan sujeto al que le emplea como si le perteneciese. Él, plantador puede hacer morir al esclavo desobediente bajo el látigo, pero el capitalista puede matar de hambre al proletario. En cuanto a la familia, es difícil resolver qué es lo más terrible: el ver vender a sus hijos o verlos morir de hambre a su lado.

—¡Pero usted me quiere hacer la apología de la esclavitud probando que no es tan horrible como otras cosas horribles!

—No tengo intención de hacerla. Sostengo, por el contrario, que de nuestra parte se halla la violación más palpable, más audaz, de los derechos humanos. Comprar a un hombre cual si fuera un caballo, examinar sus dientes, registrar sus miembros, hacerle andar, pagarle después; haber especuladores, productores, traficantes, chalanes de cuerpos y de almas, todo esto muestra la injusticia a los ojos del mundo civilizado en un aspecto más irritante que otras muchas cosas, sin embargo, de que también en ellas se encuentra la misma injusticia: la explotación de una clase de los seres humanos en provecho de la otra.

—Jamás había meditado yo ese asunto desde tal punto de vista —dijo *miss* Ophelia.

—Yo he viajado por Inglaterra, he examinado algunos documentos relativos a la situación de las clases inferiores en ese país, y creo realmente que Alfred lleva razón cuando sostiene que los esclavos están aún mejor que una gran parte de la población de Inglaterra. No deduzca usted de aquí que Alfred sea lo que se llama un amo inhumano, porque no lo es. Es un déspota, inflexible con la insubordinación: daría un balazo a un hombre que se le resistiese, tan sin remordimiento como si matara a un gamo; pero en general tiene un particular orgullo en que sus esclavos estén perfectamente alimentados y que nada les falte.

Cuando yo estaba asociado con él me empeñé varias veces para que se les diera alguna instrucción. Por darme gusto llamó a un capellán para que los instruyese en catecismo todos los domingos, aunque en el fondo creyera que sacaría el mismo partido que de sus perros y caballos. Lo cierto es que no puede hacer grandes adelantos durante algunas horas a la semana un ser embrutecido y materializado que sufre desde su nacimiento influencias perniciosas y que pierde sus días enteros en un trabajo corporal.

Los fundadores de las escuelas del domingo entre las poblaciones manufactureras de Inglaterra, lo mismo que los de entre los negros de nuestras plantaciones, podrían quizá garantizar la inutilidad de sus esfuerzos. Sin embargo, se encuentran entre nosotros algunas excepciones notables, porque los negros son naturalmente más accesibles que los blancos a las impresiones religiosas.

—¿Cómo llegó usted a abandonar su vida de plantador? —preguntó *miss* Ophelia.

—Vivimos asociados hasta que conoció Alfred que no servía para el caso mi carácter. Le parecía absurdo que no estuviese satisfecho después de los cambios, reformas y mejoras que había introducido para darme gusto. Y esto era que aborrecía la cosa en su fondo: la posesión de aquellos hombres y mujeres, la perpetuación de su ignorancia, de su brutalidad, de sus vicios con el solo objeto de Harrycerme.

Además no podía evitar mezclarme en ciertos asuntos. Siendo yo uno de los más perezosos que la Tierra ha criado jamás, he profesado siempre grandes simpatías a los que también eran perezosos. Cuando algunos infelices ponían piedras en el fondo de sus cestas de algodón para hacerlas pesar más y llenaban sus sacos de tierra por dentro y de algodón por la boca, me creía tan capaz de hacer lo mismo que no hubiera tenido fuerzas para permitir que los azotasen por tan poco. Pero eso era la infracción de la disciplina que está en uso en las plantaciones, y muy pronto me hallé empeñado con Alfred en la misma lucha que había sostenido con mi padre años antes. Me dijo que era un sentimentalista afeminado y que jamás sabría una palabra de negocios. Me aconsejó tomase las rentas que nos había dejado mi padre y la casa que poseíamos en Nueva Orleans; me dijo que fuera a cultivar en ella la poesía y que le dejara dirigir la plantación. Nos separamos y me vine aquí.

—Pero ¿por qué no ha manumitido usted a sus esclavos?

—Porque no me atreví. Emplearlos como instrumentos para ganarme dinero me era imposible; pero conservarlos para que me ayudasen a gastarlo me parecía más llevadero y menos cruel. Algunos de ellos eran antiguos criados, a los cuales profesaba cierto afecto; los más jóvenes eran hijos suyos. Todos se hallaban dichosos y eran felices.

Detúvose de pronto St. Clare y dio algunos paseos por la sala con aire pensativo.

—Hubo un momento de mi vida —repuso— en que tuve la ambición de seguir en este mundo un rumbo opuesto al que comúnmente se lleva. Sentí un deseo vago y confuso de ser una especie de emancipador y de librar a mi patria de ese padrón deshonroso. Supongo que todos los jóvenes tienen alguna vez accesos de fiebre de esta naturaleza; pero...

—¿Por qué no lo realizó usted? —dijo *miss* Ophelia—. No debió usted haber mirado hacia atrás tan luego como concibió ese pensamiento.

—¡Oh! No marcharon las cosas como yo llegué a figurarme, y caí en ese desencanto de la vida que describe Salomón. Supongo que aquel desaliento era el resultado natural de nuestra sabiduría pero sea lo que fuere, en vez de tomar un papel activo en la sociedad y llegar a ser el regenerador, me convertí en una especie de trozo de madera abandonado sobre el río, y desde entonces no he cesado de flotar y de ser arrastrado por las aguas.

Alfred me riñe siempre que nos encontramos, a lo cual nada tengo que responder, lo confieso, porque al fin él conserva todavía un gran predominio sobre mí. Su vida es el resultado lógico de sus opiniones, mientras que la mía es una despreciable inconsecuencia.

—Mi querido primo, ¿puede usted estar satisfecho con ese modo de vivir en este mundo transitorio?

—¡Satisfecho! Pues qué, ¿no acabo de decir a usted que aborrezco esta clase de existencia? Mas volvamos a nuestro asunto. No crea usted que mis sentimientos sobre la esclavitud me sean peculiares; hay muchos que piensan como yo. Conozco a muchos hombres que son como yo en el fondo de su corazón. El país gime bajo el peso de la iniquidad, y por terribles que sean las consecuencias para el esclavo, lo son más aún para el señor. No se necesita anteojos para ver que los vicios, la indolencia y la degradación de toda una clase de nuestro país nos son tan funestos como a ella. El capitalista y el aristócrata de Inglaterra no pueden sentir esto como nosotros, porque ellos no se ven mezclados como nosotros en la clase que degradan.

Los negros viven en nuestras casas, son compañeros de nuestros hijos, ejercen sobre ellos su influencia antes que nosotros hayamos podido desplegar la nuestra, porque los niños aman y buscan siempre a esta raza. Si Eva en su naturaleza no tuviera algo de ángel, se hallaría a estas horas perdida. Lo mismo sería permitir que nuestros hijos estuviesen en contacto con ellos, infestados de viruelas, en la creencia de que no son contagiosas, que dejarles en la ignorancia y el vicio y suponer que no puede alcanzar nada a los primeros. Sin embargo, nuestras leyes prohíben absolutamente todo sistema de educación general y eficaz para los negros, en lo cual tienen razón, porque si llegara a instruirse a fondo tan sólo a una generación, vendría abajo muy pronto la esclavitud. Si después de esto no les dábamos nosotros la libertad, es seguro que ellos se la tomarían.

—¿Cómo cree usted que terminará todo esto? —preguntó *miss* Ophelia.

—No lo sé. Sólo una cosa me parece cierta, y es que cada día reina más agitación entre las masas y se prepara un *Dies irae*. El mismo espíritu trabaja a Europa, a Inglaterra y a América. Mi madre me hablaba frecuentemente de estar próximos a un milenario en que Cristo reinaría por fin, y en el que todos los hombres serían libres y dichosos. Siendo todavía niño me enseñaba a repetir esta súplica: «¡Venga a nos el tu reino!». Algunas veces pienso que esos movimientos, esos gemidos, esos suspiros en el osario de la vieja sociedad; esos movimientos que uno ve en él, no son más que un precursor de lo que ella me anunciaba. Pero ¿quién podrá anunciar el día de su venida?

—Augustine, pienso a veces que no está usted muy alejado del reino de Dios —dijo *miss* Ophelia, dejando su calceta y echando a su primo una mirada grave y preocupada.

—Agradezco su buena opinión; pero estoy a la vez muy alto y muy bajo. En teoría, tan alto como las puertas del cielo; pero cuando llegamos a la práctica, tan bajo como el polvo. Mas es ya tiempo de tomar el té, y ahora no podrá usted decirme que ni una vez en mi vida he hablado con formalidad.

Estando en la mesa, mientras tomaban el té hizo alusión Marie a la historia de Prue.

—Sin duda creerá usted, prima —dijo Marie—, que todos nosotros somos unos verdaderos bárbaros.

—Es cierto que me parece un acto de barbarie —respondió *miss* Ophelia—; pero no creo por eso que todos son bárbaros.

—Sí; mas también —repuso Marie— algunas de esas criaturas son de todo punto insoportables. Las hay tan malas que no merecen seguramente vivir. No profeso ninguna simpatía a semejantes miserables; si se portaran bien sucedería otra cosa.

—Pero, mamá —dijo Eva—, esa mujer era muy desgraciada, y esto ha sido causa de que se entregase a la bebida.

—¡Qué sorna! Vamos, eso no es más que una excusa. Yo también soy muy desgraciada —añadió Marie con aire pensativo—, y he pasado por trances mucho más fuertes que los suyos. Solamente lo hacen por pura maldad. Hay negros de quienes no puede sacarse jamás partido por ningún grado de severidad. Recuerdo que mi padre poseía en cierta época un esclavo tan perezoso que siempre se escapaba por no trabajar; se escondía en los pantanos inmediatos, robando y cometiendo toda clase de atrocidades. Este hombre fue reprendido y azotado un sinnúmero de veces; pero sin ningún éxito favorable. Cierto día se fue medio muerto a uno de los pantanos, donde se le halló cadáver. En realidad, no tenía el menor motivo para portarse así, porque los esclavos de mi padre eran siempre bien tratados.

—Yo domé una vez —dijo St. Clare— a cierto perillán, de quien ningún inspector ni amo había podido hacer carrera.

—¡Tú! —exclamó Marie—. Sería curioso saber cuándo has hecho semejante proeza.

—Era un negro gigantesco, colosal, nacido en África. Parecía poseer en alto grado el amor a la libertad. Era un verdadero león de las soledades de África se le llamaba Escipión. Nadie había conseguido jamás hacer nada de él; de capataz en capataz pasó toda su vida hasta que le compró Alfred, creyendo que podría sujetarle. Cierto día pegó al capataz una bofetada terrible y se escapó a los pantanos. Esto acaeció un día que visité la plantación de mi hermano; era después de nuestra separación. Alfred estaba furioso. Le dije que si se había escapado el esclavo era por culpa del amo, y le aposté que sujetaría yo a aquel negro; convinimos en que si le encontraba me lo dejaría para hacer con él la prueba. Fueron en su busca seis o siete hombres con fusiles y perros; empezóse a cazarlo. Los perros que tienen esta costumbre se entregaban a la caza de un hombre con tanto entusiasmo como a la de un gamo; yo mismo me sentía algo excitado, a pesar de no hallarme sino como una especie de mediador en el caso que fuera cogido.

Los perros ladraban y corrían en todas direcciones; al fin le dimos caza. Él corría dando saltos como un corzo y en poco tiempo nos sacó gran ventaja. En fin; se refugió en un bosquecillo impenetrable, y acorralado por los perros puedo decir que sostuvo valerosamente el combate con ellos. Me costó un trabajo inmenso el impedir que dieran fin de él, por el entusiasmo de su victoria. Recordé nuestro convenio, y Alfred me lo vendió. Quince días después estaba ya amansado, y tan dulce y tratable como pudiera desearse.

—Dinos, por favor, ¿qué medios empleaste? —exclamó Marie.

—Empleé un medio muy sencillo. Le hice transportar a mi propio cuarto; mandé que le dispusieran una buena cama, curé sus heridas y lo cuidé yo mismo hasta que se halló restablecido, después de algún tiempo le entregué un documento de manumisión y le dije que era libre para ir donde quisiera.

—¿Se fue? —preguntó *miss* Ophelia.

—No; como un loco desgarró en dos pedazos el papel y rehusó abandonarme. Jamás he tenido un criado mejor ni más fiel. Abrazó después el cristianismo y fue apacible como un niño. Le puse al cuidado de mi casa del lago y se portaba admirablemente; pero le perdí en la primera epidemia de cólera. En realidad, dio su vida por mí. Yo estaba enfermo, casi a las puertas de la muerte, y cuando el miedo hizo que huyeran todos los demás, Escipión, trabajando por mí como un gigante, sin cerrar el ojo, ni de noche ni de día, me volvió a la vida. Pero, ¡pobre muchacho!, cayó enfermo inmediatamente después que yo y no hubo medio de salvarle. Nunca he perdido a nadie que haya sentido más.

Eva se había ido acercando poco a poco a su padre durante esta narración; con la boca entreabierta y los ojos brillantes manifestaba el profundo interés que le inspiraba.

Cuando dejó de hablar echó sus brazos alrededor del cuello de su padre, se deshizo en un mar de lágrimas y empezó a sollozar convulsivamente. La violencia de sus emociones causaba sacudidas en su débil cuerpo.

—Eva, querida niña, ¿qué tienes? —dijo St. Clare asustado, sintiendo a la delicada criatura temblar de emoción entre sus brazos—. Esta niña —añadió— no debe oír estas cosas; es demasiado nerviosa.

—No, papá, no soy nerviosa —dijo Eva, reprimiendo de pronto su emoción con una fuerza de voluntad sorprendente en una niña tan joven—, no soy nerviosa; pero esas cosas me llegan al alma.

—¿Qué quieres decir, Eva?

—No lo sé bien, papá; pienso muchas cosas; quizá algún día se lo diga a usted.

—Bien, hija mía; piensa cuanto quieras, siempre que no llores y no atormentes a tu padre —respondió St. Clare—. Mira qué hermoso melocotón tengo aquí para ti.

Eva lo tomó sonriéndose; pero sus facciones manifestaban aún su emoción.

—Ea, ven conmigo a ver los peces dorados —dijo St. Clare, cogiéndola de la mano y saliendo a la veranda.

Algunos minutos después se dejaban oír a través de las cortinas de seda alegres risotadas. Eva y St. Clare se tiraban rosas mutuamente y se perseguían por las calles del jardín.

* * *

Es de temer que la historia de nuestro humilde amigo Tom se haya algún tanto olvidado por referir las aventuras de los grandes señores; pero si nuestro lector quiere acompañarnos a un pequeño desván encima de la caballeriza, podrá reanudar el hilo de algunos acontecimientos. Era una pequeña habitación muy limpia en que había una cama, una silla y una tosca mesa, sobre la cual se hallaba la Biblia de Tom y su libro de himnos. Allí es donde le vemos sentado con su pizarra delante de sí y entregado atentamente a una cosa que parece costarle mucho trabajo.

El recuerdo de su cabaña, así como el de su familia, le causaban tal pena, que había pedido a Eva una hoja de papel, y reuniendo el pequeño tesoro de conocimientos literarios adquiridos bajo la dirección de su señor George, había concebido la idea atrevida de escribir una carta. En el momento que le vemos está para hacer un borrador sobre su pizarra.

Hallábase Tom en el mayor apuro, porque había olvidado la forma de una gran parte de letras y no recordaba el uso de las que le quedaban en la mente. Mientras seguía su laboriosa tentativa, sudando y soplando con ardor. Eva se agachaba como un pájaro detrás del respaldo de su silla y miraba de vez en cuando por encima de sus hombros.

—¡Oh, tío Tom! ¿Qué está usted haciendo? —gritó la niña.

—Intento escribir a mi pobre y anciana mujer y a mis hijos, *miss* Eva —dijo Tom enjugándose los ojos con el dorso de su mano—; pero creo no poder conseguirlo.

—Vaya, pues, yo le ayudaré a usted, Tom. Sé escribir un poco, el año pasado hacía todas las letras; pero quizá haya olvidado muchas.

Eva colocó su rubia cabeza al lado de la del viejo criado, y comenzó entre ellos una grave discusión, ansiosos ambos de conseguir el objeto apetecido, y siendo los dos igualmente ignorantes. En fin; después de largas consultas y de una profunda discusión sobre cada palabra, merced a sus grandes deseos empezó la composición a parecerse algo a la escritura.

—Sí, tío Tom; aseguro a usted que esto va marchando —dijo Eva, que contemplaba sus borroneamientos con gran placer—. ¡Qué contentos se pondrán su mujer y sus hijos! ¡Oh! Es una infamia el haber separado a usted de ellos. Voy a pedir a papá que le deje a usted volver.

—La señora dijo que enviaría el dinero para rescatarme así que lo juntara —dijo Tom—. Estoy seguro que lo hará. El señor George me prometió que vendría a buscarme, y me dio un peso en prenda de promesa.

Y Tom sacó el precioso peso de debajo de su ropa.

—¡Oh! Entonces vendrá ciertamente —exclamó Eva—. ¡Cuánto me alegro!

—Quería escribirle para que sepa dónde estoy, y decir a mi pobre Chloe que soy bien tratado. ¡Ha padecido tanto la pobrecilla!

—Tom —dijo St. Clare, que se presentó entonces a la puerta.

Tom y Eva se estremecieron.

—¿Qué es esto? —continuó St. Clare acercándose a la pizarra.

—¡Oh! Es una carta de Tom que le he ayudado a escribir. ¿No está bien escrita, papá?

—No quiero desanimar ni al uno ni al otro —respondió St. Clare—; pero creo, Tom, que habrías hecho mejor con pedirme que yo te la escribiera. Lo haré a la vuelta del paseo.

—Le urge mucho el escribir —repuso Eva, porque su señora quiere enviar el dinero para rescatarle, papá y me ha dicho Tom que se lo tiene prometido.

St. Clare pensó que sería una de tantas promesas que hacen algunos amos a sus esclavos para dulcificar los horrores de la separación; pero que jamás tienen ánimo de cumplir. Sin embargo, no lo dio a conocer, y se contentó sólo con mandar a Tom que preparase los caballos para dar un paseo.

La carta de Tom fue escrita por su amo aquella misma tarde en la forma apetecible y puesta en el correo.

Miss Ophelia continuaba con infatigable perseverancia sus labores domésticas. Todos los criados convenían, desde Dinah hasta el último cuarterón, que *miss* Ophelia era decididamente «curiosa», término que corresponde al de «original» y por el cual los negros del sur significaban que los superiores no son de su agrado. La parte elegante de los criados, a saber: Dolph, Jane y Rosa, estaban de acuerdo en que una verdadera «señora» no hubiera trabajado como ella y porque no tenía el aire de tal. Sorprendíales que pudiera pertenecer a la familia St. Clare, y hasta la misma Marie decía que afectaba a sus nervios la actividad incesante de la prima Ophelia. En realidad, la perpetua ocupación de la joven legitimaba esta queja.

Desde por la mañana estaba cosiendo y bordando hasta la tarde, con la energía de una obrera que se encuentra en la mayor necesidad, y cuando oscurecía doblaba su labor, tomaba su calceta y la hacía con extraordinario afán. El mirarla fatigaba al espectador.

CAPÍTULO XX

Topsy

Una mañana en que *miss* Ophelia se ocupaba en quehaceres domésticos oyó la voz de St. Clare que la llamaba desde la escalera.

—Baje usted, prima, que tengo que mostrarle a usted algo.

—¿Qué es? —dijo *miss* Ophelia, que bajaba con su labor en la mano.

—He comprado una cosa para usted, mire usted eso...

Y le mostró con el dedo una muchacha negra de ocho o nueve años. Era uno de los tipos más negros de la raza africana. Sus ojos, redondos y brillantes como perlas de vidrio, detenían de vez en cuando su movimiento perpetuo sobre cada objeto de la habitación; su boca, medio abierta de asombro al aspecto de la esplendidez de la sala de su nuevo señor, dejaba ver dos carreras de dientes blancos como la nieve, y su cabeza lanuda estaba erizada en una infinidad de coletillas trenzadas que partían en todas direcciones. La expresión de su semblante ofrecía una mezcla curiosa de perspicacia y de finura que encubría como un velo transparente un aire de gravedad triste e imponente. Llevaba por todo vestido una especie de saco sucio y roto. Hallábase de pie, con las manos gravemente cruzadas delante de sí. Había en el conjunto de su fisonomía cierto no sé qué de picaresco y de diabólico, y una expresión tan pagana que *miss* Ophelia no pudo menos que decir a Augustine:

—¿Para qué me ha traído usted esa criatura, St. Clare?

—Para que se emplee usted en educarla, ni más ni menos, y le enseñe el camino que debe seguir. Me ha parecido que era una muestra singular. Aquí, Topsy —añadió silbando como si hubiera llamado a un perro—: entona una canción y veamos cómo sabes danzar.

Sus ojos negros y brillantes se animaron con una especie de malicia burlona, y la pobre muchacha entonó con voz clara y penetrante cierta melodía de las que usan los negros. Marcaba el compás con sus manos, y sus pies se elevaban haciendo piruetas alrededor de la sala con una rapidez prodigiosa y juntando las rodillas de una manera cadenciosa y fantástica. De vez en cuando sacaba del fondo de su garganta algunos de esos sonidos extravagantes que distinguen a la música africana. Después daba algunas cabriolas, y lanzando una nota final tan extraña y tan fuerte como el silbido de un locomotora, se quedaba otra vez derecha, con las manos cruzadas delante de sí, con un aire de dulzura y de solemnidad tal que se hubieran podido creer verdaderas a no ser las astutas miradas que de reojo echaba a su alrededor como haciendo una pregunta.

Miss Ophelia se quedó estupefacta de asombro.

St. Clare gozaba maliciosamente ante su sorpresa.

—Topsy, esta es tu nueva señora. Te entrego a ella, y espero que te portarás debidamente.

—Sí, señor —respondió con aire humilde y guiñando maliciosamente los ojos.

—Ahora vas a saber mucho, Topsy —le dijo St. Clare.

—¡Oh! Sí, señor —respondió guiñando, de nuevo los ojos, sin separar las manos cruzadas humildemente delante de su pecho.

—Pero ¿en qué piensa usted, Augustine? La casa de usted está ya atestada de esos seres miserables que no sirven para nada. Me levanto por la mañana y encuentro a uno dormido detrás de la puerta; diviso la cabeza negra de otro debajo de la mesa, y un tercero echado sobre la estera. Desde por la mañana hasta por la noche no cesan de recorrer todos los sitios, jugando, gritando y llenando de estorbos el piso de la cocina. ¿Qué quiere usted que haga con otro nuevo?

—¿No lo he dicho ya? Es para que se encargue usted de educarla. Predica usted tanto por allá arriba, que se me ha ocurrido la idea de regalarle un objeto enteramente nuevo, un tipo recién cogido, para que se ensaye usted con él y le enseñe el camino del deber.

—Por mi parte no tengo necesidad de eso; me tomo poco cuidado por los negros de usted.

—¡Ah! ¡Muy bien! Ustedes los cristianos son excelentes para formarse una sociedad de misiones y para enviar a un pobre misionero a pasar toda su vida entre paganos como esta criatura. Pero no hay ninguno entre ustedes que quiera tener en su propia casa a uno de estos paganos y encargarse personalmente del trabajo de su conversión. Cuando se toca ese punto, son sucios, desagradables, causan mucha pena, y otras cosas por el estilo.

—¡Ah! Augustine, a usted le consta que no he considerado la cuestión desde ese punto de vista —dijo *miss* Ophelia, cariñosa en extremo—. ¿Quién sabe? Eso podría ser muy bien una obra de verdadero misionero... —añadió, echando a la muchacha una mirada más benévola.

St. Clare había tocado la cuerda sensible. La conciencia de *miss* Ophelia estaba siempre avivada.

—No obstante, podía usted librarse de comprarla —añadió la prima— teniendo como tiene en casa más de los que puedan ser atendidos por mis cuidados y celo religioso.

—Vamos, prima —dijo St. Clare llamándola aparte—; debería pedir a usted perdón por todas mis vanas palabras. Es usted tan buena, sobre todo, que nadie puede igualarla. Este es el hecho; la pobre muchacha pertenecía a dos consortes borrachos que tienen una especie de bodegón cerca del cual me veo obligado a pasar todos los días. Ya estaba cansado de oírla gritar y de ver a sus amos pegarla y jurar delante de la infeliz. Tenía el aire despierto y picaresco, y pensando que podría hacerse algo con ella la he comprado para regalársela a usted. Ahora ensaye usted en ella una educación ortodoxa como se acostumbra en Nueva Inglaterra, y veamos qué resultados produce. Ya sabe usted que semejantes dones no están reservados para mí pero desearía ver a usted hacer la prueba.

—Pues bien: haré lo que pueda —dijo *miss* Ophelia.

Al mismo tiempo se acercó a su nueva educanda del mismo modo que lo haría el que por bondad quisiera enterarse de algún animal inmundo.

—Está horriblemente sucia y medio desnuda —dijo *miss* Ophelia.

—¿Qué importa? —respondió St. Clare—. Se la manda lavar y vestir.

Miss Ophelia la condujo hacia las regiones de la cocina. Al verla llegar, Dinah la examinó con una mirada poco amistosa.

—No sé lo que querrá hacer el señor con otra negra más. Pero lo que si diré es que no necesito tenerla a mi lado.

—¡Uf! —exclamaron Rosa y Jane con aire de supremo disgusto.

—¡Qué no venga a estorbarnos! —dijo Rosa—. No puedo concebir qué necesidad había de que el señor nos trajese uno de esos negros de baja esfera.

—¿Quiere usted callarse? La pobre viene al fin a ser negra como usted, *miss* Rosa —exclamó Dinah viendo en la calificación de negros de «baja esfera» un insulto a su persona—. Usted no es ni blanca ni negra, y, por mi parte, quiero ser mejor o lo uno o lo otro.

Viendo *miss* Ophelia que nadie entre los presentes se encargaba de lavar y vestir a la recién llegada, tuvo que hacerlo por sí misma con ayuda de la mulata Jane, que se prestó a ello con gran repugnancia y poco agrado.

No ofenderemos los oídos de las gentes bien educadas refiriendo los pormenores de la primera limpieza de una niña descuidada y maltratada. Lo cierto es que en este mundo se ven condenadas muchas criaturas humanas a vivir y a morir en tal estado, que los nervios de sus semejantes son incapaces de soportar ni aun la descripción.

Miss Ophelia estaba dotada de una gran resolución. Hizo heroicamente la operación con exquisita minuciosidad, aunque, es preciso confesarlo, con poca gracia, porque la resignación era en aquella circunstancia el mejor sentimiento que sus principios pudieran inspirarle.

Sin embargo, cuando vio sobre la espalda de la niña algunas cicatrices señales indudables del régimen bajo el cual había vivido, el corazón de *miss* Ophelia comenzó a enternecerse.

—Vea usted —dijo Jane señalando las cicatrices—, ¿no prueba esto lo que es la niña? ¡Grandes progresos va a hacer! Yo no puedo sufrir a estas bribonzuelas. No comprendo la razón de que el amo la haya comprado.

El objeto de estas benéficas observaciones estaba allí, escuchándolas con el aire triste y sumiso que parecía serle habitual. De vez en cuando echaba a hurtadillas una mirada penetrante sobre los pendiente de Jane. Cuando estuvo decentemente vestida y su crispada cabellera cayó a impulsos de las tijeras, *miss* Ophelia declaró con cierta satisfacción que tenía el aspecto algo más cristiano que antes y empezó a formular interiormente los planes de su educación.

Habiéndose sentado delante de Topsy, comenzó a interrogarla.

—¿Qué edad tienes, Topsy?

—No lo sé, *miss* —respondió ella haciendo un gesto que dejó ver todos sus dientes.

—¿No sabes la edad que tienes? ¿No te lo han dicho nunca? ¿Quién era tu madre?

—No he tenido nunca madre —dijo la niña haciendo otro gesto.

—¡Cómo! ¿No has tenido madre?... ¿Qué significa eso? ¿Dónde has nacido?

—¿Yo?... No he nacido nunca —repuso la negrilla con una nueva mueca.

Había tanto de fantástico en su fisonomía, que *miss* Ophelia, por poco impresionable que hubiese sido, habría podido imaginarse que algún diablillo negro, venido en derechura de las regiones infernales, haba caído entre sus manos. Pero *miss* Ophelia, que no era nerviosa, repuso con sencillez y con gravedad:

—No me respondas de esa manera, niña; no me chanceo. Vamos, pues, dime: ¿Dónde has nacido y quiénes son tu padre y tu madre?

—Yo no he nacido nunca —insistió la niña—; yo no he tenido padre ni madre ni nada. He sido criada en casa de un especulador con otras muchas. La vieja Sue nos cuidaba.

La niña decía la verdad a no dudarlo. Jane, conteniendo la risa, exclamó:

—Señorita, hay multitud de niños en el mismo caso. Los especuladores los compran pequeñitos y los crían para volver a venderlos.

—¿Cuánto tiempo has estado en casa de los últimos señores?

—No lo sé, *miss*.

—¿Has estado un año o dos?

—No lo sé, *miss*.

—Señorita, estos negros no pueden dar razón de nada; no saben lo que significa el tiempo ni lo que es un año; ignoran la edad que tienen.

—¿No has oído nunca hablar de Dios, Topsy?

La niña pareció no comprender lo que le decían.

—¿Sabes quién te ha creado?

—Nadie —dijo Topsy riendo.

A juzgar por los guiños que hacía la muchacha parecía que aquella idea la divertía singularmente. Enseguida añadió:

—Supongo que he brotado; pero no creo que haya sido creada.

—¿Sabes coser? —dijo *miss* Ophelia, pensando que sería mejor dirigir sus investigaciones hacia objetivos menos sublimes.

—No, *miss*.

—¿Qué sabes hacer? ¿Qué hacías para tus amos?

—Iba a buscar agua, fregaba la vajilla, enjugaba los cubiertos y servía a la gente.

—¿Eran buenos contigo?

—Supongo que sí —dijo la niña mirando de reojo a *miss* Ophelia.

Esta se levantó para poner término a tan enojoso diálogo. St. Clare estaba detrás apoyado sobre el respaldo de su silla.

—Vamos, prima; ese es un suelo virgen. No tiene usted más que sembrar sus ideas, sin destruir ni combatir nada.

Las ideas de *miss* Ophelia sobre la educación, como todas las suyas, eran muy positivas. Eran las que reinaban en Nueva Inglaterra hace cien años, y que se conservan aún religiosamente en algunas de esas poblaciones retiradas y primitivas, donde no han penetrado aún los ferrocarriles. Si quisiéramos explicarlas bastarían pocas palabras: enseñar a los niños a escuchar atentamente cuando se les habla; enseñarles el catecismo, la lectura y la costura, y castigarlos cuando mienten; esta era toda su teoría. Y aun cuando tal método de educación haya perdido mucho desde que tanto se ha adelantado, es un hecho innegable que nuestros abuelos educaron bajo este régimen ya viejo a algunos hombres y algunas mujeres de valer, según podemos recordar muchos de nosotros.

Después de todo, *miss* Ophelia no conocía otra cosa mejor, y, en su consecuencia, emprendió la educación de su pagana con toda la actividad de que era capaz. La negrilla fue introducida y mirada por la familia como la hija adoptiva de *miss* Ophelia, quien notando que no era bien mirada en la cocina, resolvió hacer de su propia habitación el teatro de su educación y de sus primeros ensayos.

Con una abnegación que comprenderán seguramente algunas de nuestras lectoras, en vez de hacerse ella misma su cama, barrer su habitación y arreglarla, cosa que había hecho hasta entonces, a pesar de los ofrecimientos de las doncellas, resolvió condenarse al martirio de enseñar a Topsy estas diversas operaciones. Llevósela, pues, a su cuarto desde la mañana siguiente a su llegada, y se consagró a enseñarle todos los misterios del arte de hacer la cama.

Tenemos, pues, a Topsy, bien lavada y peinada y con su delantal blanco, de pie ante *miss* Ophelia y con el semblante de solemnidad del que asiste a un entierro.

—Escucha, Topsy, voy a enseñarte la manera de hacer una cama. Soy muy difícil de contentar en este punto; así, pues, es preciso que aprendas exactamente la manera de hacerla.

—Bien, señora —dijo Topsy lanzando un suspiro y con ademán de diestra.

—Vamos, Topsy, mira con cuidado. Esta es la orilla de la sábana; este es el derecho y este es el revés. ¿Te acordarás bien?

—Sí, señora —dijo Topsy escuchando con profunda atención.

—En cuanto a la sábana de arriba, se extiende de este modo y se repliega bajo el colchón por los pies sin que haga tampoco arrugas. ¿Lo ves?

—Sí, señora —respondió Topsy en el mismo tono.

Y nosotros añadiremos lo que *miss* Ophelia no vio mientras que la buena señora, en el ardor de su demostración, volvía la espalda a Topsy. Esta halló medio de escamotear un par de guantes y una cinta, que guardó entre las mangas de su vestido. A pesar de esto, se hallaba en la misma posición que anteriormente, con las manos cruzadas en el pecho.

—Ahora vamos a ver lo que has aprendido —dijo *miss* Ophelia quitando las sábanas y sentándose.

Topsy, con el semblante más serio del mundo, y de una manera muy diestra, repitió la lección a satisfacción de *miss* Ophelia; extendió las sábanas con cuidado, hizo desaparecer los pliegues y mostró desde el principio hasta el fin una gravedad y una atención que edificaron profundamente a la profesora. Sin embargo, en el momento en que Topsy terminaba su obra llamó la atención de su señora una punta de la cinta, que por un movimiento infortunado se había salido de su sitio y colgaba de la manga de su vestido.

En un abrir y cerrar de ojos, *miss* Ophelia tuvo en sus manos el cuerpo del delito.

—¿Qué es esto, pícara? ¡Tú has robado esta cinta!

Topsy no se desconcertó; se puso a mirar la cinta con la admiración de la más completa inocencia, y exclamó:

—¡Mira, mira! Parece la cinta de la señorita. ¿No es así? ¿Cómo se habrá metido dentro de mi manga?

—No mientas, Topsy, tú me has robado esa cinta.

—Aseguro a usted que no, señorita; no la he robado; es la primera vez que la veo.

—¿No sabes que es muy malo el mentir?

—Jamás miento, *miss* Ophelia —respondió Topsy con el aire de la virtud ofendida—; digo la verdad.

—Si mientes de esa manera me veré obligada azotarte.

—Señorita, aun cuando me azotara usted un día entero no podría decir otra cosa —exclamó Topsy medio llorando—. Hasta ahora no había visto esta cinta. Se había metido en mi manga. La dejaría usted sobre la cama y al andar con las sábanas se me habrá metido en la manga.

Al oír *miss* Ophelia aquella grosera mentira se indignó de tal modo que cogió a la chica por los hombros y la sacudió con fuerza.

—¡No mientas de esa manera, vil criatura!

La sacudida hizo caer los guantes de la otra manga.

—Mira, ¿me dirás ahora que no has robado la cinta?

Topsy confesó haber robado los guantes, pero insistió en negar lo de la cinta.

—Vamos, Topsy —dijo *miss* Ophelia—, si me lo confiesas todo no te azotaré por esta vez.

Conjurada de este modo, Topsy confesó el robo de los guantes y de la cinta, añadiendo mil protestas de arrepentimiento.

—Ahora supongo que debes haber cogido algunas cosas desde que estás en casa, pues ayer has corrido libremente por todas partes. Si me confiesas haber robado alguna cosa no te azotaré.

—Señorita, he cogido una cosa encarnada que *miss* Eva lleva alrededor del cuello.

—¡Oh, bribona! ¿Y qué más?

—Y los pendientes de Rosa.

—Vete a buscar al momento esas dos cosas.

—No puede ser, señorita; las he quemado.

—¿Quemado? ¡Mentira! Ve a buscarlas enseguida, o te azoto.

Topsy declaró entonces con toda especie de protestas, de lágrimas y de gemidos que no podía buscarlas porque las había quemado.

—¿Y por qué has hecho eso? —preguntó *miss* Ophelia.

—Porque soy mala; sí, muy mala. No puedo pasar por otro punto. En aquel momento, Eva entró en la habitación llevando a su cuello el famoso collar de coral quemado por Topsy.

—¿Dónde has cogido tu collar, Eva? —dijo *miss* Ophelia.

—¿Qué dónde lo he cogido? Todo el día lo llevo encima.

—¿Lo tenías ayer?

—Sin duda, y lo más gracioso es que le he tenido al cuello toda la noche, pues al acostarme se me olvidó quitármelo.

Miss Ophelia no comprendía lo que oía, y su admiración subió de punto cuando vio entrar a Rosa con sus pendientes de coral.

—En verdad —exclamó desesperada— que no sé qué hacer con esta chica. ¿Por qué me has dicho que habías robado esas cosas, Topsy?

—Como dijo usted que era preciso que confesara, y yo nada más tenía que confesar... —dijo Topsy frotándose los ojos.

—¿Pero no comprendías que yo no exigía que confesaras lo que no habías hecho? ¿No conoces que el mentir es tan malo como negar lo que habías hecho?

—¿De veras? —dijo Topsy con aire de inocencia.

—Mire usted, señorita —dijo Rosa con indignación—, no sacará usted una palabra de verdad de esa criatura. Si yo fuera aquí el amo la azotaría hasta hacerle saltar la sangre.

—No, no, Rosa —dijo Eva con el aire de autoridad que sabía tomar algunas veces—. No hables de esa manera, Rosa; no puedo sufrir el oír semejantes cosas.

—Es usted demasiado buena, *miss* Eva, y no sabe usted cómo deben tratarse los negros. No hay más que un medio de sacar algo de ellos, y es el azotarlos; ya se lo digo a usted.

—¡Silencio, Rosa! —dijo Eva—. No vuelvas a pronunciar una palabra como esa.

Y el rostro de la niña se cubrió de vivo carmín.

En un instante cambió Rosa de tono.

—Es evidente que *miss* Eva tiene la sangre de los St. Clare; puede hablar exactamente como su padre —dijo saliendo de la habitación.

Eva se quedó en ella mirando a Topsy. Así estaban de frente dos niñas que representaban los dos extremos de la escala social desde el punto de vista de la civilización: la una, hermosa, bien educada, con la cabeza rubia, los ojos penetrantes, la frente noble e inteligente y aire distinguido; la otra, negra, astuta, esclava y también penetrante; las dos, imágenes fieles de sus respectivas razas: la raza sajona, llena desde siglos de civilización, de educación, de superioridad física y moral; la raza africana, llena asimismo desde siglos de opresión, de abatimiento, de trabajo y de vicios.

¿Quién sabe? Quizá se agitase en la mente de Eva alguno de estos pensamientos. Pero las ideas de un niño se parecen un poco a instintos oscuros e indefinidos, y en la noble naturaleza de Eva la conmovían y trabajaban pensamientos parecidos sin que pudiera hallar palabras para expresarlos. Mientras que *miss* Ophelia se ocupaba de la conducta vil e infame de Topsy, Eva se volvía hacia ella con aire preocupado y triste.

—¡Pobre Topsy! —le dijo—. ¡Pobre Topsy! ¿Qué necesidad tiene de robar? Ahora no te faltará nada, y, por mi parte, prefiero darte cualquier cosa a que la robes.

Estas eran las primeras palabras afectuosas que la muchacha había oído en su vida. La dulzura de la voz de Eva causó una impresión extraña en aquel corazón salvaje e inculto, y en los ojos penetrantes de Topsy brilló una especie de lágrima, a la que siguió inmediatamente la sonrisa que le era habitual.

¡Ah! Es que el oído que no ha escuchado jamás otra cosa que insultos y expresiones de desprecio es generalmente incrédulo a una cosa tan celestial como la bondad. Solamente que para Topsy eran extrañas e inexplicables las palabras de Eva y no las creía.

Ahora bien: ¿qué podía hacerse con Topsy? *Miss* Ophelia no sabía qué imaginar. Sus principios sobre educación no se acomodaban de ninguna manera al caso presente. Resolvió meditarlo despacio. Para ganar el tiempo necesario, y en la esperanza de que las virtudes secretas que se atribuyen generalmente a los cuartos oscuros obrarían sobre Topsy, encerró bajo llave a su educanda en un cuarto de este género, ínterin coordinaba sus ideas, algo turbadas, acerca de la educación de la infancia.

—No sé, al fin, si haré carrera de esta muchacha sin azotarla —dijo *miss* Ophelia a St. Clare.

—Bien, azótela usted; doy a usted libertad amplia para que haga lo que le parezca. Siempre ha sido preciso azotar a los niños; constantemente he oído decir que no hay educación posible sin azotes —respondió St. Clare—. Haga usted lo que crea mejor; pero me permitiré decirla una cosa, y es que he visto moler a golpes a esa muchacha con las tenazas, con la badila o con lo primero que había en la mano. Pues bien; estando acostumbrada a este género de castigos, me parece que los azotes deben ser fuertes para que le causen alguna impresión.

—¿Qué se ha de hacer entonces?

—Prima, me dirige usted una pregunta a la cual desearía que respondiese usted misma. ¿Qué partido ha de tomarse con un ser humano a quien no se puede manejar más que con el látigo si de este modo no se consigue nada, como sucede sin cesar entre nuestras gentes del sur?

—En verdad que no lo sé; jamás he visto una criatura semejante.

—No faltan entre nosotros niños, hombres y mujeres enteramente parecidos. La cuestión está en cómo se manejan.

—No sabría qué responder —contestó *miss* Ophelia.

—Ni yo tampoco. ¿De dónde provienen esas crueldades terribles, esos atentados que de vez en cuando llegan hasta los periódicos, como el caso de Prue? De una infinidad de circunstancias; son el resultado de un endurecimiento gradual de ambas partes; el señor se hace cada vez más cruel, el esclavo cada vez más obstinado. Los golpes y los malos tratamientos son como el opio: a medida que disminuye la sensibilidad es preciso aumentar la dosis. Yo llegué a conocer esto cuando fui dueño de esclavos, y resolví entonces no comenzar jamás, porque ignoraba dónde me pararía. Resolví depender al menos de mi propio sentido moral. De aquí ha resultado que sean mis esclavos como niños mimados; pero en mi opinión vale esto más que si estuviéramos embrutecidos los unos y los otros. Prima, usted ha hablado mucho de nuestra responsabilidad por la educación de los negros, y desearía en verdad ver a usted hacer un ensayo con esa muchacha, que se parece a un gran número de personas entre nosotros.

—El sistema social de usted produce tales criaturas —dijo *miss* Ophelia.

—Bien lo sé; pero lo cierto es que existen, y nos preguntamos sin cesar: «¿Qué se hace con ellos?».

—Por mi parte —dijo *miss* Ophelia—, no puedo decir que quedo muy obligada por la experiencia que usted me haya hecho tener; pero ya que el deber lo exige, perseveraré y haré cuanto pueda.

Y *miss* Ophelia desde aquel día se dedicó a su nueva tarea con un celo y una energía llenos de elogio. Señaló horas arregladas de trabajo para Topsy, y empezó a enseñarle a leer y escribir.

La muchacha hizo en la lectura progresos bastante rápidos; aprendió las letras con maravillosa facilidad y muy pronto pudo leer cosas sencillas. El aprender a coser fue operación algo más difícil. Topsy, tan dócil como un gato, tan activa como un mono, tenía profundo horror a la inercia, a la cual la condenaba el trabajo de la aguja. Así es que hacía pedazos sus agujas, las echaba a escondidas por la ventana o en las rendijas de las paredes, y anudaba, rompía o ensuciaba el hilo, echando el ovillo a lo lejos como si fuera una pelota. Sus movimientos eran de una rapidez increíble, y podía, con una facilidad extraordinaria, cambiar en un abrir y cerrar de ojos la expresión de su fisonomía. Era imposible para *miss* Ophelia comprender cómo accidentes tan diversos se sucedían a veces en tan breve espacio de tiempo. Sin embargo, mientras no hiciera otra cosa que vigilar a Topsy le era imposible sorprender uno solo de sus innumerables enredos. Topsy no tardó en adquirir una reputación en la casa. Parecía tener un genio infatigable para hacer todas las diabluras, gestos y pantomimas imaginables, lo mismo que para bailar, cantar, silbar e imitar todos los sonidos posibles.

Cuando ella estaba de humor se veía rodeada de todos los niños de la casa, con la boca abierta de admiración y de asombro. La misma Eva parecía fascinada por las diabluras de Topsy, como lo está a veces una tórtola por la mirada viva de una serpiente.

Miss Ophelia tenía sus miedos al ver el placer que encontraba Eva de reunirse con Topsy, y dijo a St. Clare que tomase alguna resolución.

—Ea —le dijo St. Clare—, no tema usted nada por Eva. Topsy le será útil, por el contrario.

—¿Pero no reflexiona usted que le dará muy mal ejemplo una muchacha tan depravada?

—Nada de eso. A otros niños podría corromper; pero lo malo pasa por Eva como el agua por las plumas de un cisne.

—No se fíe usted. Por mi parte, no dejaría jugar con Topsy a una niña que me perteneciese.

—¡Oh! Respecto a sus hijos sería otra cosa; pero la mía puede hacerlo. Si Eva fuera susceptible de ser corrompida, ya hace tiempo lo estaría.

Al principio fue Topsy objeto del desprecio y de la mala voluntad de los principales domésticos; pero no tardaron en modificar su opinión. Bien pronto se descubrió que las injurias que le habían dirigido poco tardaron en ser castigadas; desaparecía un par de pendientes o algún otro objeto favorito, o bien se encontraba algún objeto de tocador evaporado; a veces el culpable se topaba accidentalmente con un puchero de agua hirviendo, o al salir con la mejor ropa recibía un diluvio de agua sucia, sin que se supiera de dónde provenía tal aspersión. En vano se hacían después averiguaciones; nunca era posible descubrir al criminal.

Topsy era citada a comparecer, y mil veces pasaba por todos los grados de la jurisdicción doméstica; pero siempre sostenía los interrogatorios con la mayor serenidad y daba las pruebas más edificantes de su inocencia.

Todos sabían que era ella la autora del daño. Pero no podía alegarse, en apoyo de las sospechas, la sombra de una prueba directa; y como *miss* Ophelia era demasiado justa, le era imposible tomar medida alguna, ni mucho menos imponer castigos, sin obtener pruebas del delito. Sabía escoger tan oportuna la ocasión que era imposible hallarla *in fraganti*. Así es que las horas de venganza para con Jane y Rosa, las dos doncellas de la casa, tocaban siempre en días que eran demasiado frecuentes en que estaban reñidas con su señora; Topsy opinaba que en tal estado no podrían quejarse. Bien pronto conoció toda la casa que lo mejor era no meterse con ella, y cada uno tuvo buen cuidado en hacerlo así.

Topsy no carecía de fuerza ni de habilidad en toda especie de trabajos manuales. Aprendía cuanto se la enseñaba en este género con rapidez sorprendente.

Después de algunas lecciones había aprendido a arreglar el cuarto de *miss* Ophelia con una perfección admirable. Nadie era capaz de extender mejor las sábanas de la cama, de colocar más simétricamente las almohadas ni de limpiar mejor que Topsy la habitación cuando ella quería; pero esto no le sucedía muy a menudo. Si después de tres o cuatro días de paciencia *miss* Ophelia concebía la esperanza de que Topsy había comprendido las lecciones y la dejaba sola, la muchacha, aprovechando la ocasión, ponía el cuarto en el desorden más completo.

En vez de hacer la cama se entretenía en descoser la funda de las almohadas, y empezaba a meter la cabeza en ellas hasta que su cabeza lanuda se veía grotescamente adornada con las plumas de sus blandos adversarios. Se encaramaba por los pilares de la cama y se suspendía cabeza abajo; tiraba por el suelo las sábanas y mantas; ponía al travesero el gorro de noche de *miss* Ophelia, y en compañía de este personaje improvisado silbaba, cantaba y se hacía gestos a sí misma delante del espejo. Al instante, como decía *miss* Ophelia, ponía al diablo en campaña.

Cierto día tuvo *miss* Ophelia la desgracia, por un descuido inaudito, el único en su vida quizá, de dejar olvidada la llave de su cómoda. Entra de pronto y ve a su hermoso chal de crespón escarlata de la India, rodeando la cabeza de Topsy en forma de turbante, y a ésta ocupada en repetir un papel fantástico delante del espejo.

—Topsy —exclamaba en una de las ocasiones *miss* Ophelia, agotada su paciencia—, ¿qué inclinación te impele a hacer cosas tan diabólicas?

—No lo sé, *miss;* creo que es porque soy muy mala.

—Ignoro a fe mía lo que he de hacer contigo.

—¡Ah, *miss,* es preciso azotarme! Mi antigua señora me azotaba siempre, y no trabajo jamás como no se me azote.

—Pero, Topsy, a mí no me gusta azotarte. Cuando quieres haces bien las cosas. ¿Por qué no quieres?

—¡Ah, *miss,* estoy acostumbrada a los golpes y creo que son un bien para mí!

Miss Ophelia ensayó el remedio. Topsy gritaba, gemía y suplicaba; después de una media hora, hallándose en un balcón rodeada de una infinidad de muchachos, se complacía en mofarse de la ejecución.

—¡Guay! ¡El látigo de *miss* Ophelia! Es seguro que no podría matar a un mosquito. ¡Debiera ella haber visto al antiguo amo hacer saltar la sangre! ¡Ah, el antiguo lo entendía!

Topsy se complacía en exagerar sus pecados y la enormidad de su conducta creyendo darse más importancia.

—¡Guay! Vosotros los negros —decía alguna vez a sus oyentes— sois todos pecadores. Sí, lo sois; todo el mundo lo es. También los blancos son pecadores, lo dice *miss* Ophelia. Pero yo creo que los negros lo son mucho más. ¡Señor! ¡No hay uno de nosotros que peque tanto como yo! ¡Soy tan mala! ¡Nadie puede hacer carrera conmigo! Hacía jurar a mi antigua ama desde por la mañana hasta la noche. Estoy convencida de que soy la criatura peor de la Tierra.

Y enseguida hacía Topsy una cabriola; después se quedaba con el aire más satisfecho del mundo, y, evidentemente, orgullosa de la malicia que ella misma se echaba en cara. Todos los domingos se aplicaba *miss* Ophelia con el mayor cuidado a enseñar a Topsy el catecismo. La muchacha estaba dotada de una memoria feliz, y retenía las palabras con tanta facilidad y rapidez que alentaba a su profesora.

—¿Y qué bien cree usted que le hace eso? —dijo cierto día St. Clare.

—¿Cómo? Siempre ha sido bueno para los niños —respondió *miss* Ophelia.

—¿Lo comprendan o no?

—¡Oh! Los niños no comprenden jamás eso cuando lo aprenden; pero no sucede así cuando son mayores.

—Pues a mí no me ha sucedido hasta ahora, sin embargo, de que me lo metió usted en la cabeza de una manera completa cuando era muchacho.

—¡Ah! ¡Augustine, usted aprendía siempre muy bien, y tenía yo grandes esperanzas!

—Pues qué, ¿no las tiene usted ahora? —dijo St. Clare.

—Quisiera que fuese usted tan bueno hoy como entonces...

—¡Oh! En cuanto a eso yo también lo desearía, prima; pero antes continúe usted instruyendo a Topsy, que aún puede usted hacer algo con ella.

Durante esta conversación se había quedado Topsy inmóvil como una estatua negra, con las manos dulcemente cruzadas delante del pecho.

A una señal de *miss* Ophelia continuó la marcha:

«Nuestros primeros padres, abandonados a su libre albedrío, cayeron pecando contra Dios del estado en que habían sido creados».

Después de recitar Topsy estas palabras guiñó los ojos con aire de curiosidad.

—¿Qué ocurre, Topsy? —dijo *miss* Ophelia.

—Usted perdone, *miss;* ¿era este el estado del Kentucky?

—¿Qué estado, Topsy?

—El estado del cual cayeron. El amo tenía la costumbre de decir que descendíamos todos del Kentucky.

St. Clare se echó a reír.

—Es necesario —dijo a su prima— que dé usted una explicación clara a las palabras que le enseñe, pues de lo contrario se la dará ella de su cosecha. Parece que tiene ideas de una teoría de la emigración.

—¡Oh! Augustine, formalidad. ¿Cómo quiere usted que lo haga si está usted riéndose?...

—¡Vamos, no turbaré ya los ejercicios!

Y tomando St. Clare un periódico fue a sentarse en la sala hasta que fuese terminada la lección. Diola muy bien; pero de vez en cuando cambiaba algunas palabras importantes y se obstinaba en su error, a pesar de cuantos esfuerzos hacía *miss* Ophelia para sacarla de él. St. Clare, no obstante las protestas de la prima, gozábase con tales disparates; llamaba a Topsy, y a despecho de las súplicas de *miss* Ophelia le hacía repetir, para divertirse, los períodos trastornados.

—¿Cómo puede esperar que yo adelante nada con esta muchacha —exclamó *miss* Ophelia— si continúa usted de ese modo?

—Es la verdad; no lo haré más —respondió St. Clare—. ¿Pero cómo quiere usted que uno no se ría viendo a esta criatura tropezar en los puntos más capitales?

—Lo que usted hace la confirma en sus yerros.

—¡Oh! ¿Qué importa? Lo mismo significa una palabra que otra para ella.

—Ya que desea usted que la eduque como es necesario, no debiera olvidar que es una criatura razonable y que ejerce sobre ella una gran influencia.

—¡Oh, desgraciada! Tiene usted razón. Pero como dice Topsy: «¡Soy tan malo!».

Así continuó por un año o dos la educación de Topsy, y *miss* Ophelia, cuyo celo no desdecía en darle instrucciones, a pesar de ser como una especie de tormento crónico, al fin se acostumbró a ello como se acostumbran algunas personas a la neuralgia o a la jaqueca.

En cuanto a St. Clare, se divertía con la muchacha como pudiera hacerlo con un papagayo u otro animal cualquiera. Siempre que sus diabluras la hacían caer en desgracia con otros se refugiaba detrás de su silla, y St. Clare tendía ordinariamente de un modo o de otro a restablecer la paz en favor suyo. Él le daba de vez en cuanto algunos centavos, con que compraba nueces y dulces, que ella repartía entre los demás chicos de la casa. Porque Topsy, preciso es hacerle esta justicia, aunque rencorosa con las personas que la ofendían, era generosa y de buenos sentimientos; su actitud era sólo para defenderse.

Ahora ya la conoce suficientemente nuestro lector para reconocerla al verla figurar con frecuencia entre los personajes de nuestra historia.

CAPÍTULO XXI

El Kentucky

Suponemos que no disgustará a nuestros lectores el retroceder algo en nuestra historia, hasta echar una ojeada a la cabaña del tío Tom para ver lo que los suyos saben de su suerte actual.

Es un apacible día: al terminar la hora de la siesta, las puertas y ventanas del gran salón del señor Shelby estaban abiertas como invitando al dulce céfiro a entrar sin cumplidos.

Esta pieza ocupaba toda la longitud del edificio y tenía en cada extremo un balcón. El señor, que acababa de separarse de la mesa, se hallaba sentado en un sillón apoyando los pies en una silla y saboreando los aromas de un cigarro; la señora Shelby, junto a la puerta, trabajaba en una fina labor y no le parecía sino que buscaba ocasión de darle una noticia que la tenía preocupada.

—¿Sabes —dijo— que Chloe ha recibido una carta de Tom?

—¡Ah! ¿De veras? Sin duda habrá encontrado Tom por allá algún amigo. ¿Cómo está ese infeliz?

—Creo que ha sido comprado por una familia muy buena —dijo la señora Shelby—. Le trata bien y no tiene mucho trabajo.

—¡Ah! ¡Me alegro, me alegro! —exclamó cordialmente el señor Shelby—. Supongo que al fin se resignará Tom a vivir en el sur. No tendrá muchos deseos de volver por aquí.

—Al contrario —dijo la señora Shelby—; pide con grandes instancias que no nos olvidemos de él cuando tengamos dinero para rescatarle.

—Eso es lo que yo no puedo decir. Cuando se tuercen los negocios, todo se compone mal. Es como si se saltase por un barranco a otro a través de un páramo. Pedir a uno prestado para pagar a otro, y pedir prestado a un tercero para pagar a aquél, y... luego esos malditos papeles, cuyo vencimiento llega antes que uno tenga tiempo de fumarse un cigarro. Cartas importunas, reclamaciones incesantes, todo esto y mucho más viene enseguida.

—Me parece, amigo mío, que convendría hacer alguna cosa para salir de ese estado. ¿No podríamos vender los caballos y aun una de tus alquerías para pagar las deudas?

—¡Oh! ¡Vaya una idea ridícula, Emilia! Eres la mujer más excelente de Kentucky; pero no quieres conocer que no entiendes palabra de negocios; las mujeres ni los comprenden ni los comprenderán jamás.

—Pero al menos —dijo la señora Shelby—, ¿no podrás decirme a lo que ascienden las deudas en total? ¿No podrías enseñarme una lista de tus créditos y dejarme ensayar, de acuerdo contigo, algunas economías?

—¡Por vida de años mil! No me calientes la cabeza con esas cosas, Emilia. Sé poco más o menos cuál es mi verdadera situación; pero no puedo explicarla exactamente ni presentártela como Chloe te presenta sus pasteles, limpios y solos en una fuente. En fin, tú no entiendes de esas cosas, ya te lo he dicho.

Y el señor Shelby, no hallando otro medio de dar más fuerza a sus palabras, levantó la voz, modo de argumentar muy convincente y muy útil para un marido que disputa sobre negocios con su mujer.

La señora Shelby se calló y lanzó un suspiro. A pesar de los defectos que le atribuía su marido, estaba dotada de un talento despejado, enérgico, práctico, y de una fuerza de carácter muy superior a la de su esposo. Así es que no hubiera sido ningún absurdo el suponerla capaz de poner en orden sus negocios.

Deseando cumplir su promesa a Tom y a la tía Chloe, suspiraba con tristeza viendo aumentarse los obstáculos que se oponían a ello.

—¿No crees que podamos hallar de algún modo ese dinero? ¡Pobre tía Chloe! ¡No piensa la infeliz más que en eso!

—Esto me causa mucha pena; pero me creo que anduve muy de prisa para prometer. ¿Quién sabe? Valdrá más decírselo francamente a Chloe para que se resigne con su suerte. Dentro de uno o dos años tomará otra mujer Tom, y lo que ella debiera hacer era buscar otro marido.

—Pero como he enseñado a mis sirvientes que sus casamientos son tan sagrados como los nuestros, jamás podré dar tal consejo a Chloe.

—Es sensible, mujer, que les hayas enseñado una moral a la que no pueden sujetarse por su condición presente. Por mi parte, siempre lo he creído así.

—Es la moral de la Biblia nada más —dijo la señora Shelby.

—Bien, bien, Emily; no pretendo mezclarme en tus opiniones religiosas; sin embargo, me parece que son absolutamente impracticables para gentes de esa condición.

—En efecto —dijo la señora Shelby—, y por eso aborrezco la esclavitud. Te digo, querido mío, que me es imposible olvidar las promesas que hice a esos infelices. Si no puedo adquirir el dinero de ningún modo daré lecciones de música. No me faltarán discípulos, estoy segura, y ganaré lo que necesite.

—¿Llegarías a rebajarte hasta ese punto, Emily? Por mi parte, jamás consentiría en ello.

—¡Rebajarme! Me rebajaría, en efecto, si faltase a la palabra que he dado a esos desgraciados. No puede ser.

—¡Ea, tú eres siempre heroica y sublime! —dijo el señor Shelby—. Pero creo que harías bien en reflexionarlo mucho antes de emprender semejantes hazañas de Don Quijote.

Aquí llegaba la conversación cuando fue interrumpida por la llegada de la tía Chloe, que se presentó por el extremo de la veranda.

—Si usted gusta, señora... —dijo.

—¿Qué hay, Chloe? —respondió su señora avanzando hacia ella.

—Si usted gusta venir, señora, para ver estas aves.

La señora Shelby se encontró en la mesa una porción de pollos y de patos y a la tía Chloe delante de ellos con aire grave y pensativo.

—Deseaba saber si quería usted que hiciese un pastel de esas aves.

—A la verdad, Chloe, que me es completamente indiferente. Compóngalas usted como mejor le parezca.

Chloe seguía de pie tocando los pollos con aire distraído. Era indudable que pensaba en otra cosa. Al fin soltó una pequeña risa, por lo cual tienen costumbre los negros de introducir una proposición atrevida.

—¡Guay!, señora. ¿A qué apurarse por dinero? Muy fácil es servirse de lo que tienen entre manos.

Y Chloe se echó a reír de nuevo.

—No la comprendo a usted, Chloe —dijo la señora Shelby, no poniendo en duda, después de conocer las mañas de Chloe, que hubiese escuchado palabra por palabra la conversación que acababa de tener con su marido.

—Señora, algunas personas —prosiguió Chloe riéndose— alquilan sus negros y les sacan algún provecho. Cuando hay necesidad en nada se repara.

—Y bien, Chloe, ¿a quién propondría usted para que se alquilase?

—¡Oh! Yo no propongo nada. Sam es quien decía que en Luisville hay uno de esos «pasteleros», o como se llamen, que necesita una buena oficiala para las tortas y pastelería y que daría cuatro pesos por semana a la persona que supiera hacerlas.

—¿Y qué, Chloe?

—¡Y qué! Creía; señora, que ya era tiempo de poner a Sally a que hiciese alguna cosa. Sally ha estado bajo mi dirección hace algún tiempo y sabe casi tanto como yo; y si la señora me permitiera partir, la ayudaría también a juntar el dinero, porque ni mis tortas ni mis pasteles temen la competencia.

—Pero, Chloe, ¿dejaría usted a sus hijos?

—¡Oh, señora! Los chicos son ya grandes para trabajar durante el día, y no son zurdos; Sally cuidará de la pequeñita; es tan buena que no le dará nunca guerra.

—¿Sabe usted que Louisville está muy lejos?

—¡Ah, señora; no me da miedo! ¿Estará quizá, pasando el río, en algún sitio junto a mi hombre? —dijo Chloe en tono interrogativo y mirando a la señora Shelby.

—No, Chloe; está distante muchas millas de donde se encuentra su marido —respondió la señora Shelby.

Chloe se quedó de pronto como abatida.

—No importa, Chloe; siempre estará usted más cerca. Sí, puede usted partir, y su salario hasta el último centavo se dejará exclusivamente para rescatar a su marido de usted.

A la manera que un rayo de sol ilumina de pronto una nube oscura, así el semblante de Chloe brilló de gozo y de alegría.

La cabaña del tío Tom

—¡Señor! La señora es demasiado buena. Precisamente tenía yo la misma idea, y después, como no necesitaré ni vestidos, ni zapatos, ni nada, podré ahorrarlo todo. ¿Cuántas semanas tiene un año, señora?

—Cincuenta y dos —dijo la señora Shelby.

—¿De veras? —repuso la tía Chloe—. Y a cuatro pesos por semana, ¿cuánto componen?

—Doscientos ocho pesos.

—¿Y cuánto tiempo tendré que trabajar además, señora? —preguntó con aire de sorpresa y de enajenamiento.

—Cuatro o cinco años, Chloe. Mas no necesita usted ganarlo todo; yo añadiré alguna cosa.

—¡Ah! Pero no quisiera oír hablar de dar lecciones ni de otra cosa por el estilo. El amo tiene razón; eso no estaría bien. Espero que ninguno de nuestra familia tenga que llegar a ese caso mientras que me queden a mí manos para trabajar.

—No tema usted nada, Chloe; yo cuidaré del honor de la familia —dijo la señora Shelby sonriéndose—. ¿Y cuándo quiere usted partir?

—No lo sé, señora. Pero Sam, que va a pasar el río con los potros, me ha dicho que podía ir con él; así es que justamente he preparado mi maleta. Si me lo permite la señora, saldré mañana temprano con Sam. Me haría un gran favor dándome un pase y una recomendación...

—Bien, Chloe; eso correrá de mi cuenta, si el señor Shelby no se opone a nuestro plan. Voy a decírselo.

La señora Shelby subió a su cuarto, y la tía Chloe, llena de gozo, se fue a la cabaña para hacer sus preparativos.

—¡Ah, señor George! ¿Sabe usted que me voy mañana a Louisville? —dijo a George cuando al entrar en la cabaña la vio ocupada en componer los vestidos de su niña—. ¡Aún falta que arreglar a esta criatura! Pero, señor George, voy a ganar cuatro pesos por semana, que me ha dicho la señora se dejarán para rescatar a mi pobre hombre.

—¡Bravo! —exclamó George—. Ese es un famoso golpe. ¿Y cuándo te vas?

—Mañana con Sam. Y ahora, señor George, estoy segura que escribirá usted a mi pobre hombre refiriéndole todo esto, ¿no es verdad?

—Bien —contestó George—. El tío Tom se alegrará de recibir noticias nuestras. Voy a casa a buscar papel y tintero, y podré hablarle, tía Chloe, de los potrillos y de todo lo demás.

—Es verdad, es verdad, señor George. Mientras tanto, va usted a trabajar, yo voy a preparar a usted un trozo de pollo o alguna otra cosa. ¡Ya no tendrá usted muchas cenas en casa de su pobre vieja tía!

CAPÍTULO XXII
Al segarse la hierba, la flor se marchita

Los días se suceden unos a otros y así se pasa la vida. Así se pasó el tiempo a Tom por espacio de dos años. A pesar de que fue separado de cuanto más amaba y con frecuencia enviaba sus suspiros a los que había perdido, jamás fue positivamente miserable en realidad. El alma humana es como un instrumento bien montado, cuya armonía no puede destruirse a menos que todas sus cuerdas se rompan a la vez. Cuando echamos una mirada hacia nuestros tiempos de privaciones y pruebas; y si bien es verdad que no podíamos poseer nuestro apetecido bien, sin embargo, no éramos del todo desdichados.

Tom había leído en la soledad de su cabaña un libro en el que había aprendido a estar contento, siempre con su suerte, fuese cual fuese su posición. Semejante doctrina le parecía excelente y razonable, y se acomodaba perfectamente con la disposición contemplativa que debía a la lectura del mismo libro.

La carta que dirigió a su familia, según hemos dicho en el capítulo anterior, había obtenido oportuna contestación, escrita por el señorito George en caracteres tan gruesos, que, según decía Tom, podía leerse desde un extremo al otro de la habitación. Contenía sobre su familia los pormenores ya conocidos del lector: que la tía Chloe había entrado al servicio de un pastelero de Louisville, donde sus conocimientos en la materia le valdrían prodigiosas sumas de dinero, las cuales quedarían intactas para completar el importe de su rescate; que Mose y Pete adelantaban mucho, y que la niña pequeña corría ya por toda la casa bajo el cuidado de Sally, en particular, y de toda la familia, en general. La cabaña de Tom estaba momentáneamente cerrada; pero George se complacía en hacer en ella algunas mejoras para cuando regresara Tom.

La carta contenía además la lista de los estudios y lecciones de George. Cada palabra empezaba por una soberbia mayúscula de adorno, y enseguida escribía los nombres de cuatro potritos que habían nacido en las caballerizas después de la salida de Tom, añadiendo en la misma frase que papá y mamá estaban buenos. El estilo de esta carta era, en verdad, claro y conciso; pero Tom creyó haber recibido la muestra más admirable de composición de los tiempos modernos. Jamás se cansaba de leerla y contemplarla, y aun consultó con Eva si debería ponerla en un cuadro para adornar su cuarto. La única cosa que se lo impidió fue la dificultad en colocarla de manera que pudiera leerse a la vez por ambas caras.

La amistad de Tom y de Eva aumentaba a medida que crecía la niña. Sería difícil decir qué puesto ocupaba en el corazón tierno e impresionable de su fiel criado. La amaba como a una cosa frágil y mortal, tributándole al mismo tiempo una especie de culto como a un ser celestial y divino; la contemplaba con el sentimiento mezclado de veneración y ternura del pescador napolitano ante la imagen del Niño Jesús. Prestarse a todos sus caprichos, prodigarle esos mil cuidados que reclama la infancia, complacer esas volubilidades que asaltan a la niñez como los variados colores del arcoíris, era su ocupación más grata.

Cuando iba a la plaza, sus ojos se fijaban en los puestos de flores y de frutas para buscar algún ramillete bonito, un hermoso melocotón o alguna naranja, con lo cual le llenaba los bolsillos. Pero lo que le encantaba extraordinariamente era aquella cabeza dorada cuando salía a la puerta esperando que llegase y la pregunta infantil: «Y bien, tío Tom, ¿qué me traes esta mañana?».

Eva, por su parte, no se esmeraba menos en hacerle obsequios. Sin embargo, de ser tan niña, leía en alta voz de una manera admirable; su oído para la música, su imaginación viva y poética y su instinto simpático para cuanto era noble y grandioso daban tal acento a sus lecturas de la Biblia, que Tom no había oído otras semejantes.

Al principio leía para dar gusto a su amigo; pero bien pronto, cual una frágil planta que une sus tiernas ramas a un árbol majestuoso, se aficionó al santo libro con todo el ardor de su naturaleza. Le quería porque despertaba en ella aspiraciones extrañas y emociones vagas y fuertes, a la vez que tan gratas para los niños de imaginación viva y apasionada.

De todos los libros de la Biblia prefería el *Apocalipsis* y las *Profecías,* cuyas imágenes maravillosas y lenguaje vehemente y oscuro la impresionaban tanto más cuanto procuraba en vano descubrir su sentido Ella y su cándido amigo, los dos niños, aunque de edad opuesta, opinaban en este punto del mismo modo.

En la época a que hemos llegado de nuestra historia, la familia de St. Clare había dejado la ciudad para pasar a vivir en la casa de campo a orillas del lago de Pontchartrain. Los calores del estío habían hecho abandonar la ciudad a cuantos podían y acudir a las orillas del lago a disfrutar de sus brisas. La villa de St. Clare estaba construida por el estilo de las casas de campo de las Indias orientales cercada de ligeras verandas de bambúes y dando todas las puertas a hermosos jardines y parques. El salón caía a un gran jardín, adornado de plantas pintorescas y de las olorosas flores de los trópicos; senderos escarpados conducían hasta el borde del lago, cuya argentada superficie se elevaba o hundía bajo los rayos del sol, espectáculo diferente a cada momento y cada vez más hermoso. Ahora asistimos a una de esas puestas de sol que ciñe a todo el horizonte de una corona de gloria y hace del agua otro cielo. El lago estaba teñido de oro y de púrpura y muchas barcas desplegando sus blancas velas se deslizaban como fantasmas por su superficie. Infinitas estrellas empezaban ya a brillar en el cielo, y parecían contemplar su imagen en el espejo de las aguas.

Era domingo; sentados Tom y Eva sobre el césped, leyó ésta en la Biblia, que tenía abierta sobre sus rodillas: «Y vi un mar de cristal con mezcla de fuego».

—Tom —dijo ella parándose de repente y mostrándole el lago—, ¡mira, éste es ese mar!

—¿Cuál mar, señorita Eva?

—¿No lo ves? —repuso la niña dirigiendo su dedo hacia el agua cristalina, cuyas ondulaciones refrescaban el dorado brillo del cielo—. He ahí el mar de cristal con mezcla de fuego.

—Es verdad, señorita Eva —respondió Tom.

Y empezó a cantar:

> *¡Oh, si tuviera las alas de la aurora,*
> *emprendería mi vuelo hacia las riberas de Canaán!*
> *Y con los serafines, cuyo plumaje es tan brillante,*
> *me escaparía a la mansión de los bienaventurados, a la nueva*
> *[Jerusalén.*

—¿Dónde crees tú que se halla la nueva Jerusalén, tío Tom? —preguntó Eva.

—¡Oh! Allá arriba, en las nubes, señorita Eva.

—Entonces me parece que la veo. ¡Mira aquellas nubes! Imitan grandes puertas de perlas, y como verás lejos..., muy lejos, ¡todo es de oro!... Tom, canta «gloriosos espíritus».

Tom cantó las siguientes palabras, de un himno metodista bien conocido:

> *Veo un coro de espíritus resplandecientes*
> *que están coronados de gloria.*
> *Sus vestidos son blancos como la nieve*
> *y en sus manos llevan las palmas triunfantes,*
> *ebrios en sumo grado de gloria celeste.*

—¡Tío Tom, los he visto!

Tom no lo dudaba y no experimentó la menor sorpresa. Si Eva le hubiera dicho que había habitado el cielo, lo habría creído probable.

—A veces en mis sueños vienen a visitarme esos espíritus.

Y los ojos de Eva se cerraron como en un sueño, y empezó a cantar a media voz:

> *Sus vestidos son blancos como la nieve*
> *y en sus manos llevan las palmas triunfantes.*

—Tío Tom, yo me voy allí.

—¿A dónde, señorita Eva?

La niña se levantó y extendió su manita al cielo. El crepúsculo hacía brillar sobre sus cabellos de oro y sus animadas mejillas matices de una dulzura celestial; sus ojos se anegaban ardientes en el espacio.

—Me voy allí con los ángeles. Tom, no tardaré en ir.

El fiel Tom se sintió de repente tocado en el corazón. Se acordó de lo que había observado después de seis meses en la salud de la niña; sus manos estaban descarnadas, su tez se había puesto más transparente, su respiración más corta, y, en fin, recordó que se cansaba y abatía así que jugaba un poco en el jardín, cuando en otros tiempos podía correr horas enteras sin cansarse. Algunas veces haba oído hablar a *miss* Ophelia de una tos rebelde a todos los medicamentos, y reparando en aquel mismo instante observó que las mejillas y las manos de la niña ardían con el fuego de la fiebre. Sin embargo, el pensamiento que acababan de sugerirle las palabras de Eva no se había presentado jamás a su mente.

¿Ha habido alguna vez niños como Eva? Sí, los ha habido; pero sus nombres se han visto pronto grabados en el mármol de la tumba, y sus dulces sonrisas, sus celestiales miradas, sus maneras y sus palabras extraordinarias, enterradas como tesoros en el fondo de los corazones.

¿En cuántas familias no hemos oído repetir que la bondad y la gracia de los que quedan no son nada comparadas con los encantos de los que no existen? No parece sino que el cielo posee una legión de ángeles, que viniendo a habitar por un poco de tiempo este mundo traen el solo objeto de ganar para sí el corazón de los mortales, llevándole consigo al emprender otra vez el vuelo hacia su patria.

Cuando veáis esa luz profunda y celestial en la mirada; cuando la tierna alma se manifieste por palabras más dulces y más sensatas que las ordinarias de un niño, no esperéis conservarle; está marcado con el sello divino y lleva en sus ojos la señal de la inmortalidad.

¡Esto sucede contigo, querida Eva! ¡Hermosa estrella del cielo doméstico, te inclinas hacia el horizonte sin que lo sospeche la mayor parte de los que te aman!

La conversación de Tom y Eva fue interrumpida por la voz de *miss* Ophelia.

—Eva, Eva, querida niña, ya es hora de retirarse, porque perjudica mucho el relente de la noche.

Eva y Tom se apresuraron a obedecer.

Miss Ophelia era experimentada y hábil en la educación de los niños. Nacida en Nueva Inglaterra, sabía distinguir perfectamente los primeros síntomas de ese mal cruel y engañador, que escoge sus víctimas de entre las criaturas más hermosas y amables, y que antes de quedar rota una fibra de la vida las marca irrevocablemente con el sello de la muerte.

Ella había notado ya la tos seca de la niña y que tenía sus mejillas cada vez más encendidas. Tampoco podían engañarle el brillo de la mirada y la actividad engañosa que produce generalmente la calentura. Intentó comunicar sus temores a St. Clare; pero éste rechazó sus insinuaciones con una ansiosa vivacidad que no se parecía a su indolencia habitual.

—Prima, deje usted a un lado esos vanos temores, que me son insoportables —decía—. ¿No ve usted cómo se desarrolla? Los niños siempre son débiles cuando crecen y se desarrollan.

—Pero tiene una tos...

—¡Oh! ¿Qué importa? Esa tos no vale nada absolutamente. Será alguna ligera fluxión quizá.

—Eso es precisamente lo que ha costado muy caro a Eliza, Jane, Ellen y María Sanders.

—¡Oh! Calle usted, por favor, esos cuentos de nodrizas. La gran experiencia de usted la hace tan sabia que no puede toser ni estornudar un niño sin figurarse usted enseguida que se halla en un estado peligroso. Cuide solamente de que no coja la niña el aire de la noche y de que no juegue con exceso, y esté segura que se conservará perfectamente.

Aunque hablaba así St. Clare, le asaltaron también algunas inquietudes. Cada día observaba a su hija con mayor cuidado y descubría sus temores, repitiendo sin cesar que la niña seguía bien, que la tos sería ocasionada por alguna afección de estómago que tan frecuentes son en los niños, y, en fin, que no ofrecía el menor cuidado. Sin embargo, se detenía más que antes delante de ella, la acompañaba con frecuencia en sus paseos, y casi todos los días llevaba a la casa algún medicamento, no porque la niña tuviera necesidad, según decía, sino porque no le podía hacer ningún daño.

Preciso es confesar que una cosa le angustiaba más que ninguna otra: era el desarrollo cotidiano y la madurez precoz de la inteligencia en tan tierna edad; mientras que conservaba todas sus gracias infantiles, algunas veces, sin saberlo ella misma, se le escapaban palabras de una elevación tan profunda que parecían verdaderas inspiraciones. En aquel momento St. Clare sentía un estremecimiento repentino y la estrechaba en su pecho como si un abrazo apasionado pudiera salvarla. Su corazón latía con violencia y juraba resueltamente no soltarla jamás.

El corazón y el alma de la niña parecían concentrarse en obras de afecto y caridad. Siempre había sido por naturaleza generosa; pero ahora se notaba ya en ella una expresión pensativa que le daba un aire de mujer formada y sorprendía a todo el mundo. Gustaba jugar con Topsy y con las demás niñas de color; pero más bien parecía gustar el ser ella el espectador de sus juegos que actor interesado. Algunas veces se pasaba sentada media hora sin reír al ver las cabriolas de Topsy, después de cuyo tiempo, como si atravesara una nube por delante de su rostro, cerrábanse sus ojos y su pensamiento divagaba.

—Mamá —dijo cierto día de repente a su madre—, ¿por qué no enseñamos a leer a nuestros esclavos?

—¡Vaya una pregunta! ¡Eso no se dice jamás!

—¿Y por qué no? —repuso Eva.

—Porque es inútil para esas gentes el saber leer. Entonces no trabajarían tanto, y ellos están hechos sólo para el trabajo.

—Pero también deben leer la Biblia, mamá, para enseñarles a conocer la voluntad de Dios.

—¡Oh! Pueden encontrar personas que les lean cuando necesiten saber.

—Me parece, mamá, que cada cual debe leer la Biblia por sí mismo. Muchas veces no se está en disposición de mandar leer.

—Eva, eres una niña muy singular —dijo su madre.

—*Miss* Ophelia ha enseñado a leer a Topsy.

—¡Sí, por eso es tan buena! No he visto jamás criatura peor que Topsy.

—¿Y la pobre Mammy? —dijo Eva—. ¡Cómo le gusta la Biblia! ¡Cuánto se alegraría de poder leerla por sí misma! ¿Y, qué hará cuando yo no pueda hacerlo?

Marie, ocupada en revolver el fondo de un cajón, respondió:

—¡Ah! Sin duda alguna, Eva, tendrás otras muchas cosas en qué pensar que leer la Biblia a los esclavos. No es que esto sea malo; yo también lo he hecho cuando estaba buena. Pero no te quedará tiempo para ello cuando necesites hacerte la *toilette* para presentarte en sociedad. ¡Mira estas alhajas que te daré cuando te presentes en el mundo! Las llevé en el primer baile, y te aseguro, Eva, que llamé la atención.

Eva tomó el estuche y sacó un collar de diamantes. Sus grandes ojos pensativos se quedaron fijos en apariencia; pero sus pensamientos estaban en otra parte.

—¡Vaya un aspecto serio, niña! —dijo Marie.

—¿Vale esto mucho dinero, mamá?

—Mucho, hija mía. Mi padre hizo traer de Francia esta alhaja. Vale una pequeña fortuna.

—Quisiera tenerlos para hacer de ellos lo que quisiera.

—¿Pues qué harías?

—Los vendería y compraría una casa en los Estados libres; llevaría allí a todos nuestros esclavos y pagar a maestros para que les enseñasen a leer y escribir.

—¡Fundar una casa de educación! ¿Por qué no enseñarles también a bordar y a tocar el piano?

—Les enseñaría a leer la Biblia, a escribir sus cartas y a leer las que reciben —dijo Eva con firmeza—. Tom bien lo siente, y lo mismo sucede a Mammy y otros muchos. Yo creo que es una desgracia que no puedan hacerlo.

—¡Vamos, Eva, eres una niña! No entiendes nada de todo eso —contestó Marie—. Además, tu charlatanería me levanta dolor de cabeza.

Marie tenía siempre el dolor de cabeza a su disposición cuando no era de su agrado la conversación que sostenía. Eva se retiró; pero entretanto continuó asiduamente dando lecciones de lectura a Mammy.

CAPÍTULO XXIII
Harry

Hacia esa época, Alfred, hermano de St. Clare, vino con su primogénito, muchacho de unos doce años, a pasar un par de días con la familia en las orillas del lago.

Nada hay tan singular y raro como el ver a estos dos hermanos gemelos. En vez de crear la Naturaleza una semejanza en ellos, los había hecho completamente opuestos. Sin embargo, veíase unirles un lazo especial, una amistad más que ordinaria.

Paseábanse casi siempre juntos, cogidos brazo arriba y brazo abajo, por las calles del jardín. Alfred, con sus ojos negros, su perfil abultado, sus miembros vigorosos y su paso grave; Augustine, con los suyos azules, su cabello dorado, sus formas flexibles y su fisonomía risueña. Cada uno de ellos se burlaba sin cesar de las opiniones y de los modales del otro; pero no eran por eso menos inseparables. Parecía que los unía los mismos contrastes.

Harry, el hijo primogénito de Alfred, era un hermoso chico de ojos negros, aire noble, bien configurado, lleno de vivacidad y de fuego. Desde el primer instante manifestó hallarse fascinado de las gracias de su prima Evangeline.

Eva tenía un caballito predilecto, blanco como la nieve, de un paso tan cómodo como el balanceo de una cuna y tan manso como dulce era su ama. Este caballito fue trasladado por Tom a la veranda de detrás en el mismo instante que un mulatillo de unos trece años conducía allí un hermoso caballito árabe, de pelo negro, hecho venir con grandes gastos expresamente para Harry.

El señorito estaba orgulloso de poseer tan bello animal, y cuando se adelantaba para tomar las riendas de las manos de su mulatillo, examinó cuidadosamente la bestia, mientras fruncía su frente.

—¿Qué es lo que veo, Dodo? ¡Tan perezoso, tú no has almohazado esta mañana a mi caballo!

—Sí, señor —respondió Dodo con sumisión—; pero se ha empolvado desde que lo hice.

—¡Quieres callar, bribón! —exclamó Harry, exhaltado y levantando su látigo en ademán de irle a pegar—. ¿Cómo te atreves a hablar?

El mulato era guapo chico, muchacho de ojos brillantes, de igual estatura que Harry, y sus cabellos rizados caían sobre una frente elevada y resuelta. Corría sangre blanca por sus venas, según podía notarse en el carmín subido de sus mejillas y en el brillo de sus miradas cuando intentó responder.

—Señor Harry... —comenzó a decir.

Harry le dio un latigazo en la cara, le obligó luego a arrodillarse y siguió pegándole con furor hasta que perdió la respiración.

—¡Acuérdate de esta lección, desvergonzado! ¿Intentarás ahora responderme? Llévate ese caballo y no lo traigas hasta que esté limpio. Yo te enseñaré a cumplir tu obligación.

—¡Mi señorito! —dijo Tom—. Creo que él iba a explicar a usted que se había revolcado el caballo por el suelo al salir de la caballeriza. ¡Hace tanto calor! Por eso se ha manchado. Yo mismo lo he visto limpiarlo esta mañana.

—Puede usted callar ínterin no se le pregunte —respondió Harry.

Y, volviendo pies atrás, fue a reunirse con Eva, que estaba en la veranda vestida de amazona.

—Querida prima, ¡cuánto siento que ese estúpido muchacho haga a usted esperar así! Sentémonos en este banco mientras viene. Pero ¿qué hay, prima? ¡Tiene usted un aspecto tan serio!

—¿Cómo ha podido usted ser tan malo y cruel con ese pobre Dodo? —dijo Eva.

—¡Cruel, malo! —exclamó el joven sorprendido—. ¿Qué quiere usted decir, querida Eva?

—Desearía que no me llamase usted «querida» Eva cuando se porte de esa manera —respondió la niña.

—Mi querida prima, usted no conoce a Dodo; no hay más que ese medio para sacar de él algún partido; jamás le faltan excusas ni mentiras; si le dejara hablar, no acabaría nunca. Por eso le tapé la boca desde el principio; papá no hace otra cosa.

—Pero el tío Tom ha dicho a usted que era una casualidad, y es la pura verdad.

—Entonces, es un negro como no hay muchos —dijo Harry—. Por lo que toca a Dodo, pronuncia tantas mentiras como palabras.

—Usted es quien le obliga a mentir, aterrándole y tratándole como lo hace.

—A fe mía, Eva, que muestra usted un afecto por ese mulato capaz de despertar en mí los celos.

—Le ha pegado usted sin merecerlo.

—Váyase por las que, habiendo merecido golpes, se ha escapado sin ellos. Respondo a usted que es muy malo el tal Dodo, y algunos golpes le hacen gran provecho; pero no volveré a pegarle delante de usted, si tanto la afecta.

Eva no estaba aún satisfecha, intentó, en vano, explicar sus sentimientos a su primo.

Bien pronto se presentó Dodo con los caballos.

—Ahora es cuando está bien limpio —le dijo su señorito con aire risueño—. Ten el caballo de *miss* Eva mientras la ayudo a subir.

Dodo obedeció y se puso de pie junto al caballito. Tenía alterado el semblante; parecía que había llorado.

Harry, que se preciaba de muy experto en cuantos servicios puede hacer a las damas un caballero galante, colocó en la silla a su bonita prima con la mayor ligereza, y juntando las bridas se las puso en la mano. Pero Eva se volvió del otro lado en que estaba Dodo, y cuando soltó el caballo le dijo:

—¡Muy bien! ¡He ahí un buen muchacho! Gracias, Dodo.

Dodo echó una mirada llena de sorpresa a aquel dulce semblante. La sangre afluyó a sus mejillas y sus ojos se llenaron de lágrimas.

—¡Aquí, Dodo! —exclamó Harry imperiosamente.

Dodo echó a correr para sujetar el caballo de su amo.

—Ahí va un «picayune» para comprar azúcar, Dodo —dijo Harry—. ¡Búscale!

Y haciendo trotar su caballo, siguió a Eva en el paseo. Dodo siguió con la vista a los dos jóvenes, que se iban alejando. El uno le había dado dinero; el otro, una cosa mejor: una palabra afectuosa pronunciada con bondad.

Dodo no se había separado de su madre sino hacía algunos meses. Su amo le había comprado en un mercado de esclavos a causa de su buena figura, que debía estar en armonía con la hermosa presencia del caballo árabe, y el pobre muchacho empezaba su aprendizaje en manos de su señorito.

La escena del latigazo fue presenciada por los dos hermanos St. Clare, que se hallaban al otro extremo del jardín.

Augustine se sonrojó; pero se limitó a decir con su aire sarcástico habitual:

—Alfred, supongo que es a eso lo que llamáis una educación republicana, ¿eh?

—Harry es un verdadero diablo cuando le calientan los cascos —respondió Alfred con sangre fría.

—Pensarás, sin duda, que es para él un ejercicio útil e instructivo —repuso Augustine secamente.

—Aun cuando quisiera, no podría impedirle que hiciera eso. Harry es un verdadero huracán. Hace tiempo que su madre y yo hemos renunciado a contradecirle. Además, el tal Dodo es, según creo, de la naturaleza de los espíritus, porque no le hacen mella los golpes.

—Es el modo de enseñar a Harry el párrafo primero del catecismo republicano: «Todos los hombres nacen iguales y libres».

—¡Bah! —contestó Alfred—. Vemos demasiado claramente que los hombres no han nacido todos libres e iguales. Por mi parte, creo que la mitad de ese galimatías republicano no es más que puro charlatanismo. Que las personas instruidas, bien educadas y ricas tengan los mismos derechos, sea en buena hora; pero de ningún modo la «canalla».

—Si haces que la «canalla» sea de tu opinión, corriente, pero también ha sabido tomar una vez su desquite en Francia.

—Sin duda alguna; es preciso que sea dominada, como yo sabría hacerlo —contestó Alfred dando con el pie en el suelo como si pisara a alguno.

—Es terrible trastorno cuando se rebela, como en Santo Domingo, por ejemplo.

—¡Bah! Ya la conduciremos nosotros mejor que ese país. Necesitamos oponernos con todas nuestras fuerzas a ese vano charlatanismo sobre la educación y la instrucción que empieza a cundir entre nosotros. No debe educarse a las clases inferiores.

—Esa no es ya la cuestión —respondió Augustine—. Es inútil que se diga. Su educación se llevará a cabo de una manera o de otra; pero nos resta saber de qué modo. Nuestro sistema actual de educación las cría en la barbarie y en el embrutecimiento; destruimos en ellas cuanto tienen de hombre; las convertimos en animales, y si alguna vez se ven encima, llegarán a portarse como tales.

—Nunca se verán —respondió Alfred.

—Según y conforme —dijo St. Clare—; dad mucho fuego al vapor; cerrad la válvula de seguridad, sentaos encima y veréis a dónde vais a parar.

—Bien; «ya lo veremos». No temo sentarme encima de la válvula de seguridad, siempre que sean sólidas las calderas y la máquina marche bien.

—La nobleza del tiempo de Luis XVI decía lo mismo; el Austria y Pío IX piensan hoy del mismo modo, y quizá llegue un día en que, chocando unos con otros, vayáis por los aires «cuando estalle la caldera».

—*Dies declarabit* —respondió Alfred, echándose a reír.

—Puedes estar seguro, Alfred —repuso Augustine—, que si hay una cosa en nuestra época que se revela como un decreto de Dios, es que las masas han de levantarse y ocupar el puesto superior las clases inferiores.

—Esa es una de tus absurdas ideas de republicano rojo, Augustine. ¿Por qué no te has dedicado al oficio de tribuno popular? Habrías llegado a ser famoso. En fin, sea de ello lo que quiera, espero haber muerto antes que la «sucia» multitud a que llamáis las «masas» suba arriba.

—Sucia o no, os gobernará cuando llegue su día —dijo Augustine—, y tendréis los maestros que os habréis preparado. La nobleza francesa quiso un pueblo «descamisado» y tuvo a «descamisados» por gobernantes. El pueblo de Haití...

—¡Oh, dejemos eso, Augustine; no me hables de ese despreciable Haití! Los haitianos no eran anglosajones; si hubieran pertenecido a esta raza, habrían sucedido las cosas de otra manera. La raza anglosajona está destinada para dominar al mundo, y le «dominará».

—¡Bien! Me parece que hay entre nuestros esclavos mucha gente anglosajona. Gran número de ellos no ha heredado de su raza sino justamente lo que se necesita para dar a nuestro carácter firme, calculador y prevenido, una especie de ardor tropical. Si alguna vez suena entre nosotros la hora de Santo Domingo, la sangre anglosajona será la que haga el gasto de la jornada. Esos hijos de padres blancos, que conservan en sus venas todo nuestro orgullo, no se han de dejar siempre comprar y vender. Se levantarán, y con ellos la raza de sus madres.

—¡Eso es absurdo! ¡Sueño vano!

—He leído —repuso Augustine— una antigua predicación, en estos términos: «Ha de suceder lo que en tiempo de Noé: comían y bebían, se casaban y daban a las mujeres en casamiento, hasta que vino el diluvio y se los llevó a todos».

—Bien pensado, Augustine; veo que serías un excelente predicador ambulante —dijo Alfred riéndose—. Ea, no temas nada por nosotros; posesión vale título. Nosotros tenemos la fuerza. Esa raza supeditada —prosiguió dando otra vez con el pie en el suelo— está debajo y permanecerá así. Tenemos bastante energía para hacer uso de nuestras ventajas.

—Hijos como tu Harry son excelentes para esos casos, según su sangre fría y el imperio que tienen sobre sí mismos. El proverbio dice: «Quien no sabe gobernarse a sí, no sabe gobernar a los demás».

—Hay una dificultad —repuso Alfred con aire pensativo—; nadie pone en duda que con semejante sistema no sea una cosa difícil la educación de los niños. Da demasiada libertad y abre un campo demasiado ancho a las pasiones, que en nuestros climas son ya asaz vivas. Harry me da pena; es muchacho de una naturaleza viva y generosa; pero por poco que se le excite, parte como un cohete. Creo que debo enviarle al norte para acabar su educación. Allí la obediencia está más a la orden del día, tendrá más relaciones con sus iguales y menos contacto con sus inferiores.

—Puesto que la educación de los niños es la obra esencial de la raza humana —dijo Augustine—, yo creo que, bien considerado todo, el sistema que seguimos aquí no es el mejor.

—Sí, tal sistema perjudica a la educación bajo algunos puntos —respondió Alfred—; pero también es innegable que la favorece en otros; hace resueltos a los jóvenes, y los mismos vicios de una raza abyecta tienden a fortificar en ellos las virtudes opuestas. Creo que Harry ha conocido mejor la belleza de la verdad viendo que la mentira y el engaño son los caracteres del esclavo.

—He ahí una manera muy cristiana de mirar la cuestión.

—Al menos, es verdadera, aunque sea o no cristiana —replicó Alfred—. Además, es tan cristiana como la mayor parte de las cosas que vemos en el mundo.

—¿Es posible? —dijo St. Clare.

—Pero ¿a qué viene el hablar de todo eso, Augustine? Lo menos hemos tocado quinientas veces esta cuestión. Vamos a echar una partida de ajedrez.

Los dos hermanos subieron a la veranda y se acercaron a una mesita de bambú, encima de la cual colocaron el tablero.

Mientras preparaban las piezas, repuso Alfred:

—Te aseguro, Augustine, que si pensara como tú tendría que hacer alguna cosa.

—No lo pongo en duda; al fin, eres un hombre activo: pero ¿qué habías de hacer?

—¡Y bien! Pues por lo menos instruir a tus propios esclavos —respondió Alfred con sonrisa desdeñosa.

—Lo mismo sería ponerles el monte Etna sobre las espaldas y decirles que estuviesen de pie con semejante carga, que aconsejarme tú que los eduque cuando los abruma el peso enorme de la sociedad. Un hombre solo no puede nada contra la sociedad entera. La educación, para servir de alguna cosa, debe ser una institución del Estado, o bien es necesario que se pongan de acuerdo gran número de personas a fin de que pueda extenderse.

—Pues bien; eres tú el que comienza —dijo Alfred.

Los dos hermanos se quedaron bien pronto absortos en su juego y continuaron en silencio hasta que se oyó en la veranda el paso de dos caballos.

—Ahí están los niños —dijo Augustine levantándose—, míralos. ¿Has visto jamás una cosa más hermosa?

A la verdad, ofrecían un cuadro delicioso. Harry, con su frente orgullosa, sus rizos de pelo negro como el ébano, su semblante animado, reía alegremente, inclinándose hacia su prima. Esta iba vestida con traje azul de amazona y sombrero del mismo color. El ejercicio había dado a su tez un brillo extraordinario que hacía más interesante su singular transparencia.

—¡Dios del cielo! ¡Vaya una hermosura encantadora! —exclamó Alfred—. ¡A cuántos corazones hará suspirar algún día!

—¡Sí, habrá corazones que suspirarán y se destrozarán, a fe mía! ¡Dios sabe que lo temo! —dijo St. Clare en tono de profunda amargura.

Y salió a su encuentro para ayudarla a bajar del caballito.

—Eva, mi querida Eva, ¿estás muy cansada? —preguntó, estrechándola en sus brazos.

—No, papá —respondió la niña.

Pero su respiración, corta y penosa, alarmó a su padre.

—¿Por qué has ido tan aprisa, mi querida niña? Ya sabes que esto te perjudica.

—Se me ha olvidado papá; me divertía tanto y me encontraba tan bien...

St. Clare la cogió en sus brazos y la llevó hasta la sala, dejándola en un sofá.

—Harry, tú debías haber cuidado de Eva; no le conviene marchar tan aprisa.

—Yo me encargo para otra vez —respondió Harry, sentándose al lado del sofá y cogiendo su mano.

Eva se puso mucho mejor después de un rato; su padre y su tío continuaron la partida y los niños se quedaron solos.

—¿Sabe usted, Eva, que me duele mucho que papá no pueda estar aquí más que los dos días? Pasaré después tanto tiempo sin ver a usted. Si permaneciera con usted, al fin acabaría yo por ser bueno, no maltrataría a Dodo y otras cosas. Le juro que jamás albergué la intención de maltratarle; mas ¡tengo un carácter tan vivo! Sin embargo, no soy demasiado malo para con él, pues de vez en cuando le doy un «picayune», y como usted ve, le llevo bien vestido. Me parece que Dodo es muy dichoso.

—¿Sería usted dichoso si no tuviera a su lado ninguna persona que le amase?

—Yo no; naturalmente.

—Pues bien; ha separado usted a Dodo de todos sus amigos y ahora no tiene nadie que le quiera. ¿Cómo ha de ser bueno?

—Pero yo no puedo hacer otra cosa. No me es posible devolverle su madre ni puedo amarle tampoco. Nadie le ama, que yo sepa.

—¿Por qué no le había usted de amar? —dijo Eva.

—¡Amar a Dodo! ¿Quería usted que amase a Dodo? ¡Vaya una cosa chocante! ¿Pero usted no amará a sus esclavos?

—Los amo, sí, por cierto.

—¡Qué cosa más singular!

—La Biblia nos dice que debemos amar a todo el mundo.

—¡Oh! ¡La Biblia! Sin duda alguna dice muchas cosas de ese género; pero nadie se acuerda de hacerlas, Eva.

Eva no respondió sus ojos se quedaron fijos por un momento en el suelo.

—En fin, sea de ello lo que quiera, querido primo, le ruego que ame a Dodo y sea bueno para con él, siquiera por amor mío.

—Nada hay en el mundo que pueda dejar de hacer mediando el amor de usted, mi querida prima, porque es usted la criatura más amable que he visto en mi vida.

Harry hablaba con un acento serio y formal que le empurpuraba su semblante. Eva admitió la galantería con la mayor sencillez y sin que la menor inmutación se advirtiese en su semblante; sólo respondió:

—Estoy muy contenta de que sean tales sus sentimientos, querido Harry, y espero que no olvidará usted su promesa.

La campana, llamando a la mesa, puso fin a tal pasatiempo.

CAPÍTULO XXIV
Sombríos presagios

A los dos días se separaban Alfred, St. Clare y Augustine. Eva, con su primito, se había entregado a fatigas superiores a sus fuerzas; fue decayendo rápidamente y estuvo algunos días sin salir. St. Clare había rehusado siempre el llamar a un médico por miedo a verse obligado a oír una verdad fatal; por fin resolvióse a vencer su resistencia.

Marie St. Clare, del todo absorta en dar cuenta de las dos o tres enfermedades que acababa de pasar, no había advertido la debilidad progresiva de su hija. Estaba persuadida de que nadie había sufrido ni podía sufrir tanto como ella; por eso rechazaba con disgusto toda alusión a otros padecimientos que los suyos. Creía que la única causa de las enfermedades de los demás era su pereza y su falta de energía, y si se hubiera tenido por experiencia la menor idea de lo que «ella» padecía, se habría visto la diferencia enorme. *Miss* Ophelia había intentado varias veces, pero en vano, despertar en ella su solicitud maternal.

—No veo que tenga nada la niña —respondía—; ella salta y juega todo el día.

—Pero tiene una tos seca.

—¡Una tos! ¡No me hable usted de tos! Toda mi vida la he tenido yo. A la edad de Eva se me creía enferma del pecho. Todas las noches me velaba Mammy. ¡Oh! La tos de Eva no es absolutamente nada.

—Pero se debilita mucho y su respiración es corta.

—¡Bah! Yo me he visto en el mismo estado años y años. Eso no es más que una afección nerviosa.

—Pero tiene por las noches abundantes transpiraciones...

—Eso me está sucediendo a mí hace años. Algunas veces me despierto medio nadando, y la ropa está de tal manera empapada que Mammy necesita extenderla para que se seque. Eva no tiene nada de lo que a mí me pasa con demasiada frecuencia.

Miss Ophelia guardó silencio por un poco tiempo; pero cuando el estado de debilidad de la niña fue visible e indudable, y llegó el doctor a hacer la primera visita, Marie cambió de parecer y de lenguaje. Sabía bien, según decía, que estaba destinada a ser la más infeliz de las madres. Iba a ver, en el estado deplorable en que se hallaba su salud, bajar al sepulcro a una hija única y querida. Y Marie, en virtud de esta nueva desgracia, hacía velar a la pobre Mammy casi todas las noches y regañaba durante el día con más fuerza que nunca.

—Mi querida Marie, no hables así —decía St. Clare—. Nada se adelanta con desesperarse.

—¡Bien se conoce que no tienes el corazón de una madre! ¡Tú no me comprenderás jamás!

—Pero no hables como si ya no hubiera remedio.

—No puedo hablar de eso con la misma indiferencia que tú. Si no te conmueves al ver a nuestra única hija en ese estado alarmante «yo» sí, lo confieso. Es para mí un golpe demasiado terrible después de lo que llevo sufrido.

—Es verdad —contestó St. Clare— que Eva está muy delicada, siempre lo he creído; se ha desarrollado tan rápidamente, que se halla extenuada. Se halla, es cierto, en peligro; mas ahora influye mucho en ella el excesivo calor y el cansancio que le ha producido la visita de su primo. El médico dice que hay tiempo de esperar.

—Te felicito si puedes ver las cosas con esa serenidad. Valiera más en este mundo no ser una persona tan sensible. Así al menos, disfrutaría más. Sólo me sirve la sensibilidad para hacerme sufrir. Quisiera poder ver las cosas como vosotros.

Y las personas así designadas tenían motivos suficientes para desear lo mismo, porque Marie hacía pesar sobre ellas su nuevo malhumor. Cada palabra, cada cosa hecha o no hecha, equivalía a una nueva prueba de que eran seres insensibles y de duro corazón ante sus penas extraordinarias. La pobre Evangeline oía a veces algunos de estos discursos teatrales y lloraba amargamente de compasión por su madre y de sentimiento por ser la causa de tanto dolor.

Después de una o dos semanas sintió gran mejoría en su estado; una de esas treguas que en enfermedad tan inexorable vienen a llenar de esperanza el corazón angustioso al borde mismo del sepulcro. Vióse de nuevo a Eva recorrer con paso ligero la veranda y los jardines; empezó a jugar, a reír, y su padre, transportado de alegría, declaró que bien pronto volvería a estar tan buena o mejor que nunca.

Miss Ophelia y los médicos fueron los únicos a quienes no engañó aquella tregua ilusoria. Otro corazón, además, encerraba el mismo presentimiento; era el de Eva. ¿Cuál es esa voz que habla tan distinta tan dulcemente al alma cuando se acerca el fin de su estancia en la Tierra? ¿Es el instinto secreto de la naturaleza que decae, o el vuelo involuntario del alma hacia la inmortalidad? Sea cual fuere, Eva sentía una certidumbre profética de que el acto estaba cerca; certidumbre tranquila como los rayos del sol poniente, dulce como el silencio armonioso de un día de otoño. Su corazón estaba sosegado, y sólo le infundía pena el dolor de los que la amaban.

Por su parte, no sentía nada de lo que dejaba en la vida, en esa vida que, sin embargo, ofrecía para ella tantas afecciones y felicidad.

En el libro que ella con su sencillo viejo amigo había leído tantas veces fue donde encontró la imagen del que sabe amar a los niños; habíale estrechado contra su corazón, y a fuerza de contemplarla mucho había cesado esta imagen de ser una visión para ella y convirtiéndose en una realidad viva, siempre presente a sus ojos. Su corazón tenía mayores alcances que los de una afección mortal. Era hacia su morada donde ella se iba. Sin embargo, su corazón estaba conmovido de una ternura dolorosa por las personas que dejaba, y especialmente su padre, porque, sin darse de ello cuenta, comprendía instintivamente que él la quería más que nadie.

Amaba a su madre porque no sabía sino amarla; pero el egoísmo de ésta no inspiraba a Eva más que tristeza y una especie de perplejidad, pues tenía, como todos los pequeñuelos, la convicción íntima de que una madre no podía menos que llevar siempre razón. Había en ella algunas cosas que Eva no pudo jamás comprender; pero en las cuales no se paraba, diciendo que, al fin, era su madre y la amaba tiernamente.

Compadecía también a los esclavos, todos cariñosos y fieles, de quienes era ella tan querida como la luz del día o los rayos del sol. Es raro que los niños vean las cosas en grande; pero Eva estaba desarrollada de una manera sorprendente, y cuanto ella había presenciado; cuantas consecuencias deplorables tenía el sistema bajo el cual vivía, habían penetrado una a una en el fondo de su alma, grave y meditabunda. Sentía vagos deseos de ser un medio de bendición y de libertad, no sólo para cuantos la rodeaban, sino para los que se hallaban en igual condición, cuyas aspiraciones generales contrastaban dolorosamente con su debilidad.

—Tío Tom —dijo cierto día, después de haber concluido la lectura a su amigo—, comprendo ahora por qué Jesús quiso morir por nosotros.

—¿Por qué, señorita Eva?

—Porque yo he experimentado el mismo deseo.

—¿Qué quiere usted decir, señorita Eva? No comprendo.

—No sé cómo explicárselo a usted. Cuando vi aquellos infelices en el barco; ya sabe usted, en el que vinimos juntos ¡Unos habían perdido su madre; otras, su marido; madres, por el contrario, habían perdido sus hijos...! Cuando oí la historia de la pobre Prue y otras muchas más, conocí que hubiera sido dichosa en morir si mi muerte pudiera haber puesto fin a tantos males. Sí, habría muerto por ellos si hubiera podido —dijo la niña con voz conmovida y poniendo su manita sobre la de Tom.

—Este la miró sobrecogido, y cuando Eva, oyendo la voz de su padre, se retiró, enjugó Tom las lágrimas de sus ojos, que la seguían a lo lejos.

—Es inútil querer conservar a *miss* Eva entre nosotros —dijo a Mammy, a quien encontró un momento después—; tiene el sello del Señor sobre su frente.

—¡Ah, sí! —respondió Mammy levantando las manos al cielo—. ¡Siempre lo he dicho yo! ¡Jamás ha sido como otras niñas! Hay algo de profundo en sus ojos. ¡Cuántas veces se lo he dicho a la señora, y vea usted lo que sucede: todo el mundo lo ve ahora! ¡Pobre corderillo!

Eva subió los escalones de la veranda para unirse con su padre. Los últimos rayos de sol la rodeaban como una especie de aureola. Iba vestida de blanco; sus rizos dorados caían por sus hombros, su tez estaba animada y sus ojos brillaban por la fiebre, que la consumía lentamente.

Habíala llamado St. Clare para enseñarle una figurita que le había comprado; pero al verla acercarse le sobrecogió una impresión súbita y dolorosa. Es un género de belleza, tan intenso y, sin embargo, tan frágil, que no podemos soportar su vista. Su padre la tomó en brazos y olvidó lo que pensaba decirle.

—Eva, mi querida hija, estás mejor ahora, ¿no es verdad?

—Papá —dijo Eva con resolución—, hace tiempo que necesito hablar a usted; tengo muchas cosas que comunicarle, y quisiera decírselas ahora, antes que me ponga más débil.

St. Clare empezó a temblar. Eva se sentó en sus rodillas, y apoyando su cabeza sobre él, añadió:

—Es inútil, papá, guardar esto más tiempo dentro de mí. Ya ha llegado el tiempo en que debo abandonar a ustedes; me voy para no volver jamás...

Y Eva empezó a sollozar.

—Pero, querida niña, ¡hoy estás muy nerviosa y desalentada! Es preciso no abandonarse a pensamientos tan sombríos. ¡Siento que hayas aprendido tales cuentos!

—No, papá —dijo Eva rechazándole dulcemente—, no se haga usted ilusiones; no estoy mejor..., sé muy bien que acabaré pronto; no es que esté desalentada ni nerviosa. Si no fuera por usted y por cuantos amo, me consideraría dichosa; deseo marcharme.

—Pero, querida mía, ¿de qué provienen esos pensamientos tristes? ¿No tienes cuanto puede hacerte feliz?

—Quiero mejor estar en el cielo; sólo por el amor de las personas a quienes aprecio consentiría en quedarme. ¡Hay aquí tantas cosas que me entristecen, que me causan pena! Mejor estaré arriba; pero quisiera no abandonar a ustedes. ¡Oh, esto me parte el corazón!

—¿Qué cosas son las que te entristecen, Eva?

—¡Oh, muchas que pasan sin cesar! ¡Estoy triste, papá, a causa de nuestros criados, que son muy buenos para mí y me quieren tanto! ¡Desearía que fueran libres!

—Pero, Eva mía, ¿no crees que así son felices?

—¡Oh!, papá; si sucediera a usted alguna cosa, ¿qué sería de ellos? No hay muchos hombres como usted. Mi tío Alfred no es lo mismo, ni mamá tampoco. Reflexione usted lo que eran los amos de la pobre Prue. ¡Qué cosas tan terribles pueden suceder!

Y Eva se estremecía.

—Querida niña, eres demasiado impresionable. Siento mucho que hayas oído semejantes historias.

—¡Oh, eso es justamente lo que me aflige, papá! ¡Usted quisiera que yo fuera feliz, que ninguna pena me afligiera, ningún dolor; que yo no oiga historia alguna triste, mientras otros muchos desgraciados viven en la miseria y en el dolor! Eso me parece egoísmo. Debo saber las cosas; debo afligirme; me han penetrado siempre hasta el fondo del corazón; pienso en eso sin cesar, papá. ¿No habría un medio de dar libertad a todos los esclavos?

—Esa es una cuestión difícil, querida mía. No cabe duda que la esclavitud es una cosa muy mala; muchas personas son de esta opinión, que yo también profeso. Deseo de verdad que no haya un sólo esclavo en nuestro país; pero ignoro cómo podrá conseguirse este resultado.

—Papá, usted que es tan bueno, tan generoso, tan complaciente y tiene una manera tan agradable de decir las cosas, ¿no podría ensayar el persuadir a todos para que hicieran lo que es justo? Cuando haya muerto, pensará usted en mí y lo hará por amor mío. ¡Yo misma lo haría si pudiera!

—¡Cuando hayas muerto, Eva! —repitió St. Clare con una emoción desgarradora—. ¡Oh, hija mía, no hables así! ¡Tú eres lo único que tengo en este mundo!

—El hijo de la pobre anciana Prue era todo lo que ésta tenía en la Tierra. ¡Y, sin embargo, ha debido oírle llorar, sin poder hacer nada por él! Papá, esos infelices aman a sus hijos tanto como usted me ama. ¡Oh, haga usted algo por ellos! También la pobre Mammy ama a los suyos. ¿No es terrible ver cosas semejantes?

—Ea, querida mía —dijo St. Clare con tono cariñoso—, por favor, no te atormentes, no me hables de morir y haré cuanto quieras.

—Y prométeme, querido papá, que obtendrá Tom su libertad tan pronto como... —detúvose un poco y continuó vacilando—, tan pronto como haya partido...

—Sí, querida mía, haré cuanto pides.

—Querido papá —dijo la niña poniendo su mejilla ardiente junto a la suya—, ¡cuánto me alegraría que pudiéramos irnos juntos!...

—¿A dónde, hija mía? —preguntó St. Clare.

—Cerca de nuestro Salvador. Allí es todo tan hermoso, tan apacible; no hay sino puro amor.

La niña hablaba del cielo como de un lugar que hubiera habitado.

—¿No querría usted venir, papá?

St. Clare la estrechó contra sí; pero no respondió.

—Ya irá usted a buscarme —prosiguió Eva con un tono de certidumbre que tenía muchas veces involuntariamente.

—Te seguiré, hija mía; no te olvidaré.

Las sombras de la noche se cerraban en su alrededor hacía rato, y St. Clare continuaba inmóvil, estrechando contra su corazón a la tierna criatura. No veía ya su mirada profunda; pero su voz penetraba en su pecho como si bajara de lo alto, y en una especie de visión le presentó a sus ojos su vida entera: las oraciones, los himnos de su madre, los buenos deseos, las aspiraciones generosas de su noble corazón, y entre lo pasado y el momento presente, una larga serie de años, de frivolidad y de escepticismo bajo apariencias respetables a los ojos del mundo. ¡Cuántas cosas somos capaces de pensar en un corto espacio de tiempo!

St. Clare comprendió y sintió muchas; pero no dijo nada, y como la noche le cubrió por completo, llevó a su hija a su cuarto; luego, viéndola dispuesta a tomar reposo, despidió a todos los circunstantes, la meció en sus propios brazos y cantó para adormecerla, hasta que por fin quedó sumergida en un profundo sueño.

CAPÍTULO XXV
El pequeño evangelista

Un domingo, después del medio día, St. Clare estaba tendido en una larga silla de bambú, en medio de la veranda, saboreando el aroma de un cigarro al pie de la ventana de una sala que daba al vestíbulo. Marie, acostada en un sofá y cuidadosamente protegida contra los mosquitos por una primorosa gasa en forma de mosquitero, sostenía lánguidamente en sus manos un libro de rezo elegantemente encuadernado. Teníale consigo porque era un domingo y creíase haberlo leído, a pesar de que no había hecho más que dormitar de una manera intermitente con el volumen abierto en la mano.

Miss Ophelia, que después de algún tiempo logró descubrir a corta distancia una pequeña reunión metodista, había asistido a ella con Eva, no sin ser bastante reprochada, porque pudo hacerse conducir en coche por Tom.

—Augustine —dijo Marie después de un corto adormecimiento—, es preciso que envíe a llamar a mi doctor, pues estoy segura que tengo alguna enfermedad en el corazón.

—¿A qué viene eso? El doctor Posey, que visita a Eva, parece muy entendido.

—No me fiaría de él en un caso peligroso, y creo poder añadir que tal es el mío. Hace dos o tres noches que me preocupa esto mucho; experimento horribles dolores, sensaciones extrañas.

—Yo veo, Marie, que te forjas ilusiones. No creo que tengas semejante enfermedad.

—Sin duda alguna, no lo creerás; ya lo esperaba yo. Cuando Eva tose o se queja de la más leve indisposición te alarmas completamente; pero si se trata de mis males, lo escuchas sin la menor inquietud.

—Si te agrada el tener una enfermedad de esta clase, no me opongo a ello y sostendré tu opinión. Ignoraba que la tuvieras.

—En fin, no deseo que necesites arrepentirte de tu insensibilidad cuando sea demasiado tarde. Pero, que lo creas o no, mis temores por causa de Eva y las fatigas que me han producido los cuidados que he prodigado a esa querida niña han hecho declararse un mal, cuya existencia sospechaba hace algún tiempo.

En qué consistían estos cuidados hubiera sido difícil decirlo.

St. Clare se hizo para sí esta reflexión, y continuó fumando como un miserable empedernido que era hasta que se paró el coche delante de la veranda para que bajasen Eva y *miss* Ophelia. Esta última se fue derecha a su cuarto sin decir palabra, con objeto de dejar su chal y su sombrero, según costumbre invariable, mientras que atraída Eva por la voz de su padre, se sentaba en sus rodillas para referirle las cosas que había oído en la reunión metodista.

De repente salió una fuerte exclamación del cuarto de *miss* Ophelia, y se oyó a ésta dirigir violentos regaños a alguno.

—¿Qué nueva travesura habrá ideado Topsy? —preguntó St. Clare—. Porque es ella, o me engaño mucho, la que promueve ese alboroto.

Un instante después llegó *miss* Ophelia, vivamente indignada, llevando consigo a la culpable.

—Vamos, sígueme —gritaba—; quiero decírselo a tu amo.

—¿Qué hay? —preguntó St. Clare.

—Me es imposible sufrir por más tiempo a esta muchacha. Sólo un ángel podría aguantarla. Habíala encerrado en su cuarto, señalándole un cántico para que se lo aprendiese, y ¿sabe usted lo que ha hecho? Ha buscado mis llaves, ha abierto mi cómoda, ha quitado la guarnición a un sombrero bordado y la ha cortado en pedazos para hacer camisas a su muñeca. En mi vida he visto una criatura semejante.

—Bien lo decía yo, prima mía —dijo Marie—, es imposible educar a esa muchacha sin severidad. Si tuviera libertad —continuó, mirando a St. Clare con aire de queja— haría que la azotasen hasta que no pudiera tenerse en pie.

—No lo dudo —respondió St. Clare—. ¡Hábleme de estar sometido al dulce imperio de una mujer! Apenas he conocido en el transcurso de mi vida una docena de ellas que, si se las hubiera dejado obrar, no fueran capaces de matar a golpes a un caballo o a un esclavo, sin hablar del marido.

—Tus declaraciones son muy ridículas, St. Clare. Nuestra prima es mujer de buen criterio y juzga estas cosas ahora tan bien como yo.

Miss Ophelia estaba, en verdad, indignada como una furia; la fechoría de su discípula había excitado toda su cólera; bien es verdad que en su lugar habría sucedido lo mismo a muchas de mis lectoras. Pero las palabras de Marie, que iban más lejos de lo que ella experimentaba, apaciguaron su ira.

—Por nada en el mundo quisiera ver tratada a esta muchacha del modo que dice ella —dijo *miss* Ophelia—; pero le aseguro a usted, Augustine, que no sé lo que he de hacer. Estoy cansada de instruirla y de exhortarla; la he azotado, la he castigado de todas las maneras imaginables, y, sin embargo, es lo mismo que el primer día.

—Ven aquí, monita —dijo St. Clare a la chica.

Topsy se acercó, sus ojos negros y brillantes conservaban su aire de fantástica picardía mezclada con alguna aprensión de miedo.

—¿Por qué te portas así? —le preguntó St. Clare, a quien divertía, a pesar suyo, la expresión chusca de Topsy.

—Porque tengo un mal corazón —respondió gravemente la negrillona con una fingida humildad—. Es lo que dice *miss* Ophelia.

—¿No ves cuánto se incomoda por ti *miss* Ophelia? Dice que no sabe qué hacer contigo.

—Señor, es verdad. Mi antigua ama decía lo mismo. Me azotaba mucho más fuerte, me arrancaba los cabellos y me golpeaba la cabeza contra las puertas; pero no me servía de nada. Creo, señor, que no me habría corregido aunque me hubiera arrancado todos los pelos de la cabeza. ¡Soy tan mala! ¡Guay! ¡No soy más que una negra!

—Me veré obligada a renunciar a su educación —dijo *miss* Ophelia—. Es imposible sufrirla más tiempo.

—Permítame usted que le haga una pregunta —dijo St. Clare.

—¿Cuál?

—Ya que su evangelio no tiene poder para salvar a una criatura pagana, que está a su lado, de la cual es usted la dueña absoluta, ¿de qué sirve enviar uno o dos pobres misioneros a millares de seres parecidos? Porque supongo que esta muchacha no es más que una sombra de lo que son los paganos en general.

Miss Ophelia no respondió inmediatamente. Eva, que hasta entonces había permanecido espectadora muda de aquella escena, hizo una señal a Topsy para que la siguiera. Al extremo de la veranda había una piececita que St. Clare hacía servir de gabinete de lectura. En ésta fue donde entró Eva con Topsy.

—¿Qué pensará hacer Eva? —preguntó St. Clare—. Voy a verlo.

Echando a correr de puntillas, levantó los visillos que cubrían la puerta. Un instante después, poniendo un dedo sobre sus labios, invitó con un gesto a que fuera también *miss* Ophelia. No se veía más que el perfil de las dos niñas sentadas en el suelo; Topsy, con su aire habitual de indiferencia picaresca, y Eva, enfrente de ella, con el semblante radiante de sensibilidad y desprendiéndose gruesas lágrimas de sus ojos.

—¿Qué es lo que te hace ser tan mala, Topsy? ¿Por qué no ensayas el ser mejor? ¿No amas a nadie?

—¿Yo? Ignoro lo que es amar. No me gustan más que los dulces y los caramelos —respondió Topsy.

—¿Pero amarás, sin embargo, a tu padre y a tu madre?

—Ya sabe usted que jamás los he tenido.

—¡Oh! Es verdad —dijo Eva tristemente—. ¿Pero no has tenido nunca hermanos, tíos o algún pariente?

—No, ninguno; jamás he conocido a nadie...

—Pero si tú procuraras ser buena Topsy, quizá lo conseguirías.

—¿Y aunque fuera buena, dejaría por eso de ser una negra? Si pudiera quitarme la piel negra y volverme blanca, lo intentaría.

—Pero también se ama a los negros; mi tía te amaría si fueras mejor.

Topsy dejó oír la seca risa por la cual expresaba de ordinario su incredulidad.

—¿No lo crees? —preguntó Eva.

—No; *miss* Ophelia no puede aguantarme porque soy negra. Mejor querría, tal vez tocar un sapo. Nadie puede amar a los negros ni éstos pueden hacer nada bueno, pero me es igual.

Y Topsy empezó a silbar.

—¡Oh, Topsy! ¡Pobre niña! ¡Yo te amo! —exclamó Eva en una repentina expresión de ternura, poniendo su blanca manita sobre la espalda de Topsy—. Te amo porque no tienes padre, ni madre ni amigos; porque has sido cruelmente maltratada y te ves sola; te amo y quisiera que fueras buena. Estoy muy delicada, Topsy, creo que no viviré mucho tiempo, y lo siento mucho por verte tan mala. Procura ser buena, siquiera por el amor mío, durante el poco tiempo que viva a tu lado.

Los ojos redondos y penetrantes de la negra se llenaron de lágrimas brillantes, que cayeron una a una sobre la blanca mano de Eva. ¡Un rayo de fe, un rayo de amor divino penetró las tinieblas de aquella alma pagana! Puesta la cabeza entre sus rodillas, lloraba y gemía, mientras que la hermosa niña, inclinada hacia ella, parecía un ángel de luz que se inclina para llamar a sí a un pecador.

—Pobre Topsy —dijo Eva—, ¿no sabes que Jesús nos ama a todos igualmente? Te ama tanto como a mí, te ama más que yo aún, porque su amor es más vivo, puesto que Él es mejor que yo. Él es quien te ayudará a enmendarte; podrás ir al cielo y ser un hermoso ángel, como si pertenecieras a la raza blanca. Piensa en eso Topsy. Podrías llegar a ser uno de esos espíritus bienaventurados de que hablan los cánticos del tío Tom.

—¡Oh, querida señorita Eva! —exclamó la muchacha—. Yo probaré, si, yo probaré... Antes de ahora no me he cuidado nunca de ser buena.

St. Clare en este momento dejó caer la cortinilla.

—Vea usted lo que me recuerda a mi madre —dijo a *miss* Ophelia—. Esto es precisamente lo que mi madre me decía: «Si queremos dar vista al ciego, debemos, a imitación de Jesús, llamarlo a nosotros y tocarle con la mano».

—Siempre he tenido antipatía a los negros —respondió *miss* Ophelia— y no podía, efectivamente, sufrir que me tocara esa muchacha; pero no pensé nunca que ella se hubiese apercibido.

—Los niños descubren enseguida los sentimientos que uno experimenta para con ellos —dijo St. Clare—; es imposible ocultárselo. Estoy convencido de que todos los esfuerzos de usted en su favor y los beneficios materiales de que pudiera usted colmarla no despertarían en su corazón la menor gratitud mientras conserve usted esa repugnancia hacia ella. Es extraordinario; pero sucede así.

—No sé cómo hacerlo; los negros me desagradan, y Topsy muy particularmente. ¿Qué he de hacer para tener otro sentimiento?

—Eva parece que lo sabe.

—Es tan cariñosa...; en fin, no es más que la imagen de Jesucristo. Quisiera parecérmele; ella podría darme lecciones; sí, es una lección que me ha dado.

—Si fuera así —dijo St. Clare—, no sería la primera vez que un niño se hubiera encargado de enseñar a un viejo discípulo.

CAPÍTULO XXVI

La muerte

El dormitorio de Eva era espacioso y daba sobre la veranda, como los demás departamentos de la casa. Este cuarto comunicaba, de una parte, con el de sus papás, y de otra, con el de *miss* Ophelia. St. Clare se había complacido en emplear todos los recursos de su gusto para adornar esta piececita, en que todo era adecuado al carácter de su hija, para la cual era destinada. Las cortinas de las ventanas eran de muselina color de rosa y blanco; en el suelo se extendía una estera encarnada, que St. Clare haba hecho fabricar en París y de la cual había dado él mismo el dibujo; una guirnalda de capullos de rosa formaba la cenefa, y en el medio brillaba un ramillete de rosas abiertas. La cama, las sillas y los sofás de bambú, eran verdaderas obras maestras por su gracia y originalidad.

A la cabecera de la cama había una consola de alabastro, teniendo la figura de un ángel con las alas recogidas, de admirable trabajo, y en sus manos extendidas, una corona de mirto, de donde colgaba un paño de gasa color de rosa con lentejuelas de plata, destinado a preservar a la niña de los mosquitos. Cojines de damasco rosa cubrían los sofás, protegidos por cortinas iguales a las de la cama, y, como ellas, sostenidas por la mano de una estatua. En el centro de una ligera y graciosa mesa de bambú, que había en medio de la habitación, se ostentaba un jarrón de mármol de Paros, de la forma de una flor de lis rodeada de sus capullos, siempre lleno de hermosas flores. Los libros de Eva, sus alhajas, un elegante pupitre que su padre le había dado cuando manifestó deseos de querer escribir, llenaban lo restante de la mesa. La chimenea se hallaba adornada con una preciosa efigie de Jesús bendiciendo a los niños, y con dos vasos de mármol, para los cuales tenía a gala Tom el llevar todas las mañanas los mejores ramilletes; dos o tres cuadros de valor, representando escenas infantiles, adornaban las paredes de la habitación. En una palabra: no podía pasarse la vista por ninguna parte sin encontrar imágenes de paz, de inocencia y de hermosura, ni la mirada de la niña se extendía jamás a la luz de la mañana sin hallar alguna cosa propia para regocijar su corazón y elevar su alma.

La fuerza engañosa que durante algún tiempo había sostenido a Eva decaía con rapidez. Ya no se la veía tan a menudo recorrer la veranda con paso rápido, y se la hallaba, en cambio, con demasiada frecuencia medio echada cerca de la ventana abierta, con sus grandes ojos fijos en las movidas aguas del lago.

Estaba así echada cierto día, sobre las dos de la tarde, con su Biblia entreabierta encima de sus rodillas y sus dedos transparentes metidos entre las hojas del libro, cuando de repente oyó en la veranda la voz de su madre en el punto más alto del diapasón.

—¿Qué nueva diablura has hecho allí, gran pícara? ¿Has cogido flores, eh?

Y al mismo tiempo oyó Eva sonar un bofetón.

—¡Ah, señora; son para la señorita Eva! —respondió una voz que reconoció ser la de Topsy.

—¿Para la señorita Eva? ¡Vaya una excusa! ¿Crees que se cuida ella de tus flores? ¡Márchate de aquí, negra infame!

Al instante salió Eva a la veranda.

—¡Oh, mamá! Desearía tener esas flores; déjemelas usted, por favor...

—Pero Eva, está lleno de ellas tu cuarto.

—Nunca me sobran. Topsy, tráemelas.

Topsy, que bajaba la cabeza con semblante abatido, fue al instante a ofrecérselas. Su aire de tímida vacilación no se parecía en nada a su antigua osadía.

—¡Qué ramillete tan delicioso! —dijo Eva al recibirle.

Era un ramillete singular, formado de un solo geranio escarlata y de una camelia blanca de brillantes hojas. Estaba hecho para causar efecto, y el arreglo de cada hoja había sido cuidadosamente estudiado.

Topsy pareció hallarse enajenada cuando le dijo Eva:

—Arreglas muy bien las flores, Topsy. Desearía que me trajeras todos los días algunas para ponerlas en los jarrones.

—¡Vaya una idea extravagante! —dijo Marie—. ¿Qué placer puede causarte eso?

—¡Oh, mamá; permítamelo usted! ¿No le es igual que sea Topsy u otra persona la que me las traiga?

—Sin duda, querida mía, ya que tienes gusto en ello. ¿Topsy, oyes a tu joven señora? Pues obedécela en lo que desea.

Topsy bajó los ojos haciendo una cortesía. Al marcharse vio Eva correr algunas lágrimas a lo largo, de sus mejillas de ébano.

—Ya sabía yo, mamá, que la pobre Topsy deseaba hacer algo para mí —dijo Eva.

—Vamos, coge las flores únicamente porque le gusta destrozarlo todo y porque se le prohíbe tocarlas; pero si es capricho tuyo, que lo haga.

—Mamá, me parece que Topsy es muy diferente de lo que era; hace cuanto puede por ser juiciosa.

—Mucho tiempo ha de pasar antes que lo consiga —respondió Marie con su risa desdeñosa.

—Bien sabe usted, mamá, que siempre ha sido mal educada esa pobre Topsy.

—Pero no desde que está aquí, al menos; se la ha sermoneado, se ha hecho con ella cuanto es posible imaginar, y es tan revoltosa y mala como al principio y como lo será siempre. Es imposible sacar nada de esa criatura.

—Pero, mamá, es muy diferente estar, como yo, rodeada de afecciones y de cuanto puede hacerme buena y dichosa, o pasar la infancia como la pobre Topsy hasta el día en que la tomó papá.

—Es posible... —contestó Marie bostezando—. Hace un calor insoportable.

—¿No cree usted, mamá, que podría llegar Topsy a ser un ángel tan bueno como una de nosotras si fuera cristiana?

—¿Topsy? ¡Vaya una idea ridícula! ¡Te pintas tú sola para tenerla! Pero, en fin, bien podría suceder.

—Mamá, ¿no es Dios su padre lo mismo que de nosotras? ¿No es Jesús su Salvador?

—Sí, puede ser; imagino que Dios ha creado a todos los hombres... ¿Dónde está mi frasco?

—¡Es tan triste; oh, tan triste!... —exclamó Eva, con la mirada fija en el lago y hablando como consigo misma.

—¿Qué es triste? —preguntó su madre.

—El pensar —respondió la niña— que algunos seres que pudieran llegar a ser hermosos ángeles viviendo con el Señor se hundan en las profundidades y nadie venga a socorrerlos. ¡Oh, es muy triste!

—No podemos hacer nada en eso; es, pues, inútil atormentarse, Eva. Ignoro lo que podría hacerse; contentémonos con ser agradecidos por las ventajas de que gozamos.

—Apenas puedo serlo yo cuando pienso en esas pobres gentes que no tienen ninguna.

—Es bien raro —respondió Marie—; por mi parte, mi religión me hace ser reconocida.

—Mamá, quisiera que se me cortara una parte de mis cabellos, una gran parte.

—¿Para qué? —preguntó su madre.

—Para dárselos a mis amigos mientras me hallo en estado de hacerlo. ¿No quiere usted llamar a mi tía Ophelia para que me los corte?

Marie levantó la voz para llamar a *miss* Ophelia sin molestarse.

Cuando la vio entrar, la niña se incorporó un poco sobre su asiento, y sacudiendo sus largos rizos dorados le dijo con tono de chanza:

—Tiíta, venga usted a esquilar a su corderillo.

—¿Qué significa eso? —preguntó St. Clare, que entraba en aquel momento con frutas para su hija.

—Papá, digo a mi tía que me corte una parte de mi cabello. Me sofoca el calor; además, deseo darle...

Miss Ophelia se acercó armada de una tijera.

—Tenga usted cuidado de que no se vea; corte usted por debajo; los rizos de Eva son mi gloria.

—¡Oh, papá! —dijo Evangeline con tristeza.

—Sí, quiero que estén muy hermosos para cuando vayamos a la plantación de tu tío a ver a tu primo Harry —añadió St. Clare con tono festivo.

—No iré yo por cierto, papá; me voy a un país más hermoso. ¡Oh, créalo usted! ¿No ve cómo me debilito cada día?

—¿Por qué te empeñas en que crea yo una cosa tan cruel?

—Porque es verdad, papá; y si lo quiere usted creer ahora, acabará usted por regocijarse como yo.

St. Clare guardó silencio; miraba con aire triste caer los rizos tan largos y tan hermosos, que *miss* Ophelia ponía sobre las rodillas de la niña a medida que los cortaba. Eva los cogía, los rodeaba a su dedo, y de vez en cuando fijaba en su padre su mirada seria con cierta solicitud.

—¡He ahí lo que he presentido! —exclamó Marie—. ¡He ahí lo que ha minado mi salud y me conduce a la tumba, sin que nadie lo haya conocido! Ya hacía mucho tiempo que lo había previsto, y al fin, St. Clare, te convencerás de que tenía razón.

—Lo cual le servirá de un gran consuelo —respondió su marido con un tono seco y amargo.

Marie se recostó en su sillón y se cubrió el rostro con su pañuelo.

Los ojos azules y límpidos de Eva se volvían alternativamente hacia el uno y hacia el otro. Era la mirada tranquila y penetrante de un alma medio desprendida de sus vínculos terrestres. Evidentemente, conoció entonces la diferencia que había entre sus padres. Hizo Eva una señal con la mano a su padre, y éste entonces se sentó a su lado.

—Querido papá, mis fuerzas disminuyen cada día y conozco que me marcho. Quisiera decir y hacer muchas cosas... y es preciso que las haga; pero usted se niega a oírme hablar. Sin embargo, ya no puedo retardarlas. Permítame que le hable ahora.

—Te lo permito, hija mía —dijo St. Clare, cubriendo sus ojos con una mano y estrechando con la otra la de Eva.

—Pues bien; deseo que se llame a todos nuestros criados. Necesito decirles algunas cosas.

—Bien —contestó St. Clare con una voz que revelaba cuánto sufría interiormente.

Miss Ophelia envió un mensajero, y pronto todos los esclavos se hallaban reunidos en torno de su señorita. Eva estaba sostenida por almohadas; sus cabellos flotaban por su rostro, cuyas mejillas, vivamente encendidas, formaban un penoso contraste con la palidez de su piel y la flacura de sus facciones. Fijó sobre cada uno sus grandes ojos llenos de alma y de sensibilidad.

Una repentina emoción conmovedora se apoderó de los esclavos. La expresión radiante de su rostro, los rizos del pelo cortados, su padre sentado junto a ella, con el semblante oculto entre sus manos, los sollozos, en fin, de una madre conmovieron profundamente a aquellos pobres negros, simpáticos e impresionables; mirábanse entre sí, suspiraban y movían la cabeza. Reinaba un silencio profundo como en un duelo.

Incorporóse Evangeline y miró un rato en derredor suyo. Todos parecían hallarse traspasados de angustia y de tristeza. Algunas mujeres se cubrían el rostro con sus delantales.

—Deseaba veros, queridos amigos míos —dijo Eva—, porque os amo; os amo a todos. Quiero que no olvidéis nunca lo que voy a deciros... Dentro de pocas semanas me separaré de vosotros para no veros jamás...

Al llegar aquí la niña fue interrumpida, porque los gemidos, los lloros y los lamentos estallaron de todos lados y ahogaron su débil voz. Eva se detuvo, y después de aguardar un rato, con un tono que hizo cesar los sollozos, repuso:

—Si me amáis, no me interrumpáis así, escuchadme; quiero hablaros de vuestras almas... Muchos de vosotros no habréis cuidado de ellas quizá. No pensáis más que en el mundo, y quiero advertiros que hay otro mundo mucho más hermoso, donde está Jesús. Allí es adonde voy y adonde podéis ir también. Pero si lo deseáis, no continuéis viviendo en la pereza y la indolencia; es necesario que seáis cristianos. Tened presente que podéis llegar a ser ángeles y por toda una eternidad. Si lo queréis de corazón, Dios os ayudará; es preciso pedirle, es indispensable leer...

Aquí se detuvo la niña, y mirándolos con tierna compasión, dijo tristemente:

—¡Oh, Dios mío, no saben leer! ¡Pobres almas! ¡Amados míos, vosotros no sabéis leer!...

Y ocultando su rostro entre sus almohadas empezó a llorar; mas los ahogados sollozos de los pobres esclavos a quienes se dirigía, y que todos se habían arrodillado en el suelo, la reanimaron súbitamente.

—¡No importa! —prosiguió levantando la cabeza, y una gozosa sonrisa iluminó su rostro bañado en lágrimas—. Ya he pedido por vosotros. Sé que Jesús vendrá en vuestra ayuda, aunque no podéis leer. Ensayad, hacer todos los esfuerzos, orad todos los días; pedidle que os socorra, mandad leeros la Biblia siempre que podáis, y estoy segura de veros a todos en el cielo.

—Amén —respondieron Tom, Mammy y algunos otros, a la vez que los más jóvenes y despreocupados, con la cabeza baja, se deshacían en gemidos.

—¡Sé que todos me amáis! —añadió Eva.

—¡Sí! ¡Sí! ¡Dios la bendiga! —exclamaron todos espontáneamente.

—Sí, ya lo sé; no hay uno entre vosotros que no haya sido siempre bueno conmigo, y ahora deseo daros alguna cosa para que os acordéis de mí. Ahí tenéis un rizo de mi pelo para cada uno, y cuando le miréis acordaros que os amaba y que deseaba veros en el cielo.

Es imposible describir la escena que tuvo lugar en el dormitorio de Eva cuando todos se acercaron a la hermosa criatura, llorando y sollozando, para recibir de su mano el último testimonio de afecto; caían de rodillas, oraban y besaban al borde de su vestido; los que la habían visto nacer le dirigían palabras de ternura mezcladas de plegarias y de bendiciones llenas de la sensibilidad que caracteriza a su raza.

A medida que recibían su prenda de despedida, *miss* Ophelia, inquieta por las consecuencias que podrían tener tantas emociones para la joven enferma, les hacía salir de la habitación.

Por fin, no quedaron más que Tom y Mammy.

—Aquí hay uno muy hermoso para usted, tío Tom. ¡Oh! ¡Soy dichosa en pensar que he de ver a usted en el cielo! Porque estoy segura que le veré. Y a ti también, Mammy —dijo abrazando a su nodriza.

—¡Oh, señorita Eva, no sé cómo he de vivir sin usted! —dijo la fiel criatura—. ¡Es lo mismo que si me quitaran cuanto tengo! —exclamó Mammy abandonándose a su desesperación.

Miss Ophelia la echó dulcemente de la habitación, lo mismo que a Tom. Volviéndose enseguida, vio a Topsy, que estaba de pie delante de ella.

—¿De dónde sales tú? —le preguntó vivamente.

—Estaba aquí —respondió la negra enjugando sus ojos, bañados en lágrimas—. ¡Oh, señorita Eva, yo soy muy mala! ¿Pero no quiere usted darme también uno?

—Sí, mi pobre Topsy. Toma, y cada vez que lo mires acuérdate de que te amaba y que deseaba que fueras buena y piadosa.

—¡Oh, señorita Eva, ya lo procuro! —respondió Topsy con seriedad—. ¡Pero, Señor, es tan difícil ser buena! Consistirá acaso en que no estoy acostumbrada.

—Jesús lo sabe, Topsy, y Él te ayudará.

Topsy salió de la habitación, cubierto su rostro con el delantal, y estrechando en su seno el precioso rizo de pelo.

Cuando todos hubieron salido cerró la puerta *miss* Ophelia. Había procurado enjugar bien las lágrimas que vertiera, porque su solicitud por la enferma confiada a su cuidado dominaba a todo otro sentimiento.

Durante aquella escena St. Clare había permanecido inmóvil, cubierto el semblante con sus manos, en cuya actitud siguió después de la salida de los esclavos.

—Papá —dijo dulcemente Eva poniendo su mano sobre las suyas.

Él se estremeció; pero no respondió palabra.

—¡Querido papá! —dijo Eva.

—No puedo —exclamó St. Clare, levantándose—, no puedo someterme a eso. El Todopoderoso me trata muy cruelmente; sí, muy cruelmente —añadió con tono de amargura.

—Augustine, ¿no tiene Dios derecho para disponer de lo que no es nuestro? —exclamó *miss* Ophelia.

—Tal vez; mas no por eso es más dura la prueba —respondió con tono acre y airado, volviendo la espalda.

—Papá, me parte usted el corazón —dijo Eva echándose en sus brazos—. ¡Oh, no hable usted así!

La niña sollozaba con tal violencia que los asustó a todos e hizo que tomasen otro rumbo los pensamientos de su padre.

—Cálmate, Eva, querida mía, cálmate. No tenías razón, soy muy malo; pensaré lo que gustes; haré lo que quieras, pero tranquilízate; no llores así: me resignaré. Soy muy culpable por haber hablado como lo he hecho.

Un momento después descansaba Evangeline en los brazos de su padre como una paloma fatigada, y él, inclinado hacia ella, la consolaba con tiernas palabras.

Marie se marchó precipitadamente a su cuarto, donde sufrió un violento ataque de nervios.

—Eva, a mí no me has dado un rizo de tu pelo —le dijo su padre sonriéndose con cierta melancolía.

—Todos son para usted, papá —respondió Evangeline sonriéndose también—; para usted y para mamá, y usted dará a mi tía los que quiera. Tenía gusto en dárselos yo misma a nuestros criados, por si no se acordaba usted de ellos después de mi muerte, y porque esperaba que esto les haría pensar en mí... Usted es cristiano, ¿no es verdad, querido papá? —añadió con tono preocupado.

—¿Por qué preguntas eso?

—No lo sé. Es usted tan bueno que me parece imposible que no lo sea.

—¿A qué llamas tú ser cristiano?

—A amar a Jesucristo sobre todas las cosas.

—¿Es así como tú le amas, Eva?

—¡Oh, sí, ciertamente!

—Pero tú no le has visto jamás —dijo St. Clare.

—Es igual —respondió Eva—, creo en Él, y dentro de pocos días le veré.

Y su dulce rostro se mostró radiante de fe y de esperanza. St. Clare no respondió. Había visto en ello los mismos sentimientos de su madre; pero no hacía vibrar ninguna cuerda de su corazón.

Eva empeoró rápidamente desde este día, y no quedaba ya duda del desenlace de la enfermedad; era preciso ser ciego para conservar alguna esperanza. Su cuarto, tan delicioso en otro tiempo, se había convertido en el de un enfermo en la agonía. De día y de noche la asistía *miss* Ophelia con una perfección admirable; la ligereza de su mano, su fácil comprensión, el orden que observaba con toda su habilidad para ocultar a la vista los incidentes desagradables de una enfermedad, la hacían inapreciable a sus amigos, mientras se hallaba a la cabecera de un enfermo, escrupulosa sobremanera para seguir los mandatos de los médicos. Los que habían mirado con indiferencia sus costumbres minuciosas, tan diferentes del abandono meridional, reconocieron que nadie habría podido reemplazarla junto a la cama de Evangeline.

El tío Tom estaba frecuentemente en el cuarto de la enferma. La niña padecía ataques nerviosos y se aliviaba paseándola. El mayor placer de Tom era coger entonces en sus brazos a la tierna criatura, echada sobre almohadas, y pasearla por la habitación o por la veranda, y también por el parque, cuando se respiraba la dulce brisa del lago. A veces se sentaba entre los naranjos para cantarle sus himnos favoritos. Su padre hacía frecuentemente el mismo servicio, pero estaba más delicado, y cuando veía que se cansaba, le decía su hija:

—¡Oh, papá, permita usted que me lleve ahora Tom! ¡Al pobre le gusta tanto! Es lo único que puede hacer el pobre, y ya sabe usted cuánto desea servirme en alguna cosa.

—¿Y yo? —respondió su padre.

—¡Oh, papá, usted sabe hacérmelo todo; usted me lee, usted me vela por la noche, y, en fin, otras muchas cosas! Tom no puede más que esto y sus cánticos; además, es más fuerte que usted y me sienta bien su manera de llevarme.

No era sólo Tom el que deseaba hacer algo por Eva; todos los esclavos de la casa participaban de este deseo y andaban siempre a porfía. El corazón de la pobre Mammy suspiraba sin cesar por su niña querida; pero la ocupaba Marie de día y de noche en su servicio, y como el estado agitado de su espíritu no le permitía ningún reposo, hubiera sido contra sus principios el concedérselo a nadie. Veinte veces cada noche llamaba a Mammy para que le diera friegas en los pies, para que le remojara la cabeza, para que le buscase su pañuelo, para preguntar la causa del ruido que se oyera en el cuarto de Evangeline o bien para bajar la cortinilla porque había demasiada claridad, o levantarla porque reinaba mucha sombra. Durante el día, cuando el más ardiente deseo de la pobre mujer hubiera sido cuidar a su señorita, Marie buscaba mil medios ingeniosos para tenerla a su lado. En este concepto no veía a Eva más que a escape y de oculto.

—Conozco que es deber el cuidarme yo más —decía Marie—, según lo débil y acabada que estoy y por las inquietudes, el peso de todo y los cuidados que exige esa pobre criatura.

—A la verdad, querida mía —le decía St. Clare—, pensé que nuestra prima te aliviaría en alguna cosa...

—Hablas como un hombre, St. Clare. ¿Puede aliviarse a una madre en los cuidados que reclama una hija según la nuestra se encuentra? Pero es inútil decir nada; nadie sabe lo que yo sufro; no puedo tomar las cosas tan ligeramente como vosotros.

St. Clare se sonrió. Perdonadle que lo haga... Estaba tan radiante y serena la hermosa alma de Eva en sus últimos instantes, brisas tan frescas y perfumadas impelían su barquilla hacia las costas celestes, que ninguno podía figurarse que se acercase la muerte bajo semejante forma. La niña no padecía; pero su debilidad tranquila y dulce iba aumentándose por instantes, y con ella su belleza, su confianza, su ternura y su felicidad.

Imposible era resistir a la influencia consoladora de esta atmósfera de inocencia y de poesía que parece reinar en torno de ella; el mismo St. Clare experimentó cierta confianza y una serenidad extraña. No era aquello la esperanza, porque ya no podía esperar, sino más bien la resignación; pero el presente tan lleno de reposo le hacía olvidar el porvenir. La paz que reinaba en derredor de Evangeline se parecía al silencio de la Naturaleza en un día calmoso de otoño, cuando un rayo dorado cae del cielo sobre el follaje de los bosques y cuando sólo se ven algunas flores tardías a la orilla del arroyo, de cuyas bellezas se goza tanto más a medida que son más pasajeras.

El amigo que conocía mejor las visiones y previsiones de Eva era Tom, su fiel cargador. Confiábale lo que no hubiera sido capaz de decir a su padre por miedo de afligirle. A él comunicaba esos misteriosos avisos que recibe el alma cuando empiezan a romperse los lazos terrestres.

Por fin, Tom no quiso acostarse en su cuarto; pasaba las noches en la veranda dispuesto a responder al menor llamamiento.

—Pero, tío Tom, ¿a qué viene el quedarse acostado en el suelo como un perro? Yo creía que era usted un hombre arreglado que le gustaba dormir en una cama como un cristiano.

—Es verdad, *miss* Ophelia —respondió Tom con misterio—; pero ahora...

—¿Y bien, qué?

—No hablemos alto. El señor St. Clare no quería oír esto. Pero, *miss* Ophelia, es preciso que vele alguno para aguardar al esposo.

—¿Qué quiere usted decir, Tom?

—Ya sabe usted lo que dice la Escritura: «A media noche se dejó oír un grito; mirad, ya llega el esposo». Ahora le aguardo todas las noches, *miss* Ophelia, y quiero, si me duermo, estar cerca para oírle venir.

—¿Qué le hace a usted creer que ha llegado el momento, tío Tom?

—La señorita Eva me habla de eso. El Señor envía mensajeros a su alma. Quiero quedarme aquí, *miss* Ophelia, porque cuando esta niña bendita entre en el reino de Dios se abrirán tanto las puertas que todos podremos echar una mirada a la gloria.

—Tío Tom, ¿se queja Eva de estar peor esta noche?

—No; pero me dijo esta mañana que se acercaba el momento. Son los ángeles quienes dicen a la niña: «El sonido de la trompeta anunciará los albores del día» —añadió, citando su cántico favorito.

Esta conversación entre Tom y *miss* Ophelia pasaba cierta noche sobre las diez a las once, cuando, después de haberse hecho todos los preparativos de costumbre, le encontró echado sobre una estera delante de la puerta.

Ella no era nerviosa ni impresionable; pero la conmovió el aire solemne de Tom. Evangeline había estado durante la siesta más bella y alegre que de costumbre. Sentada en la cama, había mandado llevar todas sus alhajitas y designado las personas a quienes debían distribuirse como un recuerdo suyo. Su voz y sus ademanes eran tan naturales como no se había visto hacía algunas semanas. Su padre, al dejarla por la noche, la encontró muy parecida a como estaba antes de la enfermedad. Después de haberla abrazado, dijo a *miss* Ophelia:

—Al fin, prima, puede que la conservemos. Definitivamente se encuentra mucho mejor.

Y se retiró más sosegado, cosa que no le había sucedido después de algunas semanas. Pero a media noche, hora extraña y misteriosa en que el velo que separa al frágil presente del porvenir eterno es más espeso, se presentó el mensajero.

Sintióse ruido en la habitación... después, un paso rápido; era *miss* Ophelia, que, habiéndose quedado a velar a la niña, advirtió en aquella hora lo que las enfermeras llaman un cambio. Abrióse la puerta exterior, y Tom, que se hallaba en el mismo umbral, estuvo de pie al instante.

—Tom, vaya usted en busca del doctor sin perder un instante —dijo *miss* Ophelia.

Y dirigiéndose al mismo tiempo a la puerta de St. Clare, llamó, diciendo:

—Primo, venga usted, por favor.

Estas palabras cayeron sobre su corazón como terrones de tierra sobre el ataúd. ¿De dónde le provenían aquellos presentimientos? Al instante salió de su cuarto y se halló al lado de Eva, que continuaba adormecida.

¿Qué vio que detuvo de repente los latidos de su corazón? ¿Por qué no pronunciaría ninguna palabra? Tú puedes decirlo, tú mismo, si has visto en un semblante dorado esa expresión, esa mirada indefinible que no deja la menor esperanza, que no engaña jamás y que te advierte que ya no te pertenece el ser querido.

Sin embargo, no tenían sus facciones un sello aterrador, sino esa expresión noble y sublime, especie de sombra que dejan caer las alas de los ángeles, o el primer reflejo inmortal que brillaba para el alma de la niña.

Miss Ophelia y St. Clare se quedaron tan inmóviles que el ruido del reloj parecía estrepitoso. Al cabo de algunos minutos volvió Tom con el doctor; éste echó una mirada a la enferma y guardó silencio como los otros.

—¿Cuándo ha ocurrido este cambio? —preguntó, al fin, en voz baja.

A las doce en punto.

Despertada Marie por la llegada del médico, salió precipitadamente de la habitación inmediata.

—¡Augustine! ¡Prima mía! ¿Qué hay? —exclamó fuera de sí.

—¡Silencio! —contestó St. Clare con voz áspera—. ¡Está muriéndose! Semejantes palabras llegaron hasta Mammy, la cual fue a despertar a los esclavos. No tardó mucho en hallarse toda la casa revuelta; circulaban las luces; oíanse ruidos de pasos en todas direcciones; personas inquietas llenaban la veranda y con los ojos llorosos miraban por entre los cristales. St. Clare, empero, no oyó ni vio nada, sino sólo la expresión misteriosa que reflejaba el semblante de la niña adormecida.

—¡Oh, si quisiera despertarse y decirme alguna palabra todavía!

E inclinándose hacia ella, le dijo dulcemente a su oído:

—¡Eva querida!

Los grandes ojos azules de Eva se abrieron al momento; una sonrisa pasó por su semblante y quiso levantar la cabeza.

—Querido papá —dijo haciendo un último esfuerzo y echando los brazos alrededor de su cuello.

Pero cayeron en el acto, y St. Clare vio en su rostro la convulsión de la agonía; la pobre se esforzaba para respirar y levantaba sus manos.

—¡Oh, Dios! ¡El momento de la agonía es terrible! —dijo él, volviéndose con desesperación y retorciendo las manos de Tom casi sin saber lo que se hacía—. ¡Tom, Tom, querido, esto me mata!

Tom tenía las manos de su señor entre las suyas, copiosas lágrimas inundaban su negro rostro, y dirigió al cielo sus ojos para implorar el socorro que siempre le había concedido.

—Pide a Dios que esta terrible prueba se acabe pronto —exclamó St. Clare—. ¡Se me arranca el corazón!

—¡Oh! ¡Bendiga usted al Señor! ¡Ya ha pasado, ya ha pasado, mi querido señor! ¡Mírela usted ahora!

La niña reposaba sobre su almohada; sus hermosos ojos abiertos estaban vueltos hacia lo alto. ¡Ah! ¡Cómo hablaba del cielo aquella mirada! La tierra no existía ya para ella ni los dolores terrestres; pero el resplandor de su semblante era tan solemne y misterioso que imponía silencio a los sollozos de los que la contemplaban.

Acercáronse todos a su lado sin atreverse a respirar...

—Eva —dijo St. Clare dulcemente.

No lo oyó.

—¡Eva, dinos lo que ves!

Una brillante y gloriosa sonrisa iluminó su rostro.

Enseguida murmuró:

—¡Oh! ¡Amor! ¡Alegría! ¡Paz!

Después lanzó un suspiro y pasó al instante de la vida a la muerte.

¡Adiós, niña querida! Las puertas eternas se han cerrado detrás de ti y no volveremos a ver ya tu dulce semblante. ¡Oh! ¡Desgraciados aquellos que, testigos de tu entrada en el cielo, van a buscar, despertándose, la fría y sombría atmósfera de la vida sin estar tú para consolarlos!

CAPÍTULO XXVII
¡Dolor!

Todo era impresionante: las estatuas y cuadros que adornaban el cuarto de Eva estaban cubiertos de gasas tan blancas como la nieve. Las personas que iban y venían sofocaban el ruido de sus propios pasos y contenían su respiración. Una débil luz imponente entraba tan sólo por las celosías. La cama estaba cubierta de blanco; y allá, debajo de la estatua del ángel, la única que quedó descubierta, dormía otro ángel para nunca más despertar. Habíanle puesto uno de los vestidos blancos que usaba habitualmente. La luz, atravesando las cortinas, daba cierto color de rosa a la palidez glacial de la difunta. Sus largas pestañas se inclinaban sobre sus blancas mejillas, y la cabeza, ligeramente torcida, hubiera podido hacer creer en un sueño natural bajo la expresión misteriosa y celestial que despedían sus facciones; mezcla de paz y de alegría por la que se conoce el reposo «que el Señor concede a los que ama».

—Para los que se parecen a ti, querida Eva, no existe la muerte. Para ellos no hay tinieblas ni tormentos, sino que desaparecen como el lucero matutino ante los dorados rayos de la aurora. Tú has obtenido la victoria sin el combate y la corona sin la lucha.

Así pensaba St. Clare, mientras con los brazos cruzados la contemplaba en silencio. ¡Ah, pero quién dirá cuáles eran realmente los pensamientos de su corazón! Porque desde el momento que dijo: «Ya no existe», una espesa nube oscureció su vista sumiendo a su alma en profundas tinieblas. Susurraba a su oído un rumor confuso; a veces se le hacían preguntas, a las cuales respondía con aire indiferente, y habiéndole dicho que cuándo se verificarían las exequias y dónde sería enterrada, replicó con impaciencia que le era del todo indiferente.

Dolph y Rosa arreglaron la habitación; a pesar de su frivolidad y ligereza tenían corazones tiernos y sensibles. Mientras *miss* Ophelia cuidaba en general de lo concerniente al orden y a la limpieza, ellos imprimían en la cámara mortuoria esos detalles tiernos, esas tintas poéticas tan indiferentes del aspecto rígido y severo que se observa con demasiada frecuencia en las ceremonias fúnebres de Nueva Inglaterra. Había por todos lados flores blancas, delicadas y oloríficas, cuyas hojas se inclinaban graciosamente. La mesita de Eva, cubierta de un paño blanco, ofrecía su jarrón favorito adornado con una rosa blanca de musgo, entreabierta. Las colgaduras habían sido dispuestas por Dolph y Rosa con una perfección y gusto exquisitos, particular a los negros. Estando St. Clare cerca de la cama abismado en sus reflexiones, penetró Rosa en la habitación con un canastillo de flores blancas. Retrocedió al ver a su amo y se detuvo respetuosamente a cierta distancia. Pero viéndole insensible a cuanto en derredor suyo pasaba, se acercó para adornar la cama mortuoria. St. Clare la vio como en un sueño poner un hermoso jazmín entre los dedos de la niña y repartir las demás flores con gusto admirable.

Abrióse de nuevo la puerta y se presentó Topsy, con los ojos arrasados en lágrimas, llevando alguna cosa debajo del delantal.

—Sal de aquí; nada tienes que hacer —dijo Rosa en voz baja, pero dura e imperiosa.

—¡Oh, permítame usted entrar! Traigo una flor muy hermosa —dijo, enseñando una rosa de té medio abierta—. Déjeme usted que se la ponga.

—Márchate —contestó Rosa con tono más imperativo aún.

—Déjala —repuso St. Clare, dando con el pie en el suelo—; quiero que se acerque.

Rosa se dio prisa a salir, y Topsy fue a depositar su ofrenda a los pies de su joven señorita. Entonces dio un grito atronador y se echó al suelo llorando.

—¡Oh, señorita Eva, señorita Eva —decía—; quisiera estar muerta también!

Al oír St. Clare unas exclamaciones tan penetrantes y salvajes sintió colorearse súbitamente su rostro y vertieron sus ojos las primeras lágrimas después de la muerte de Eva.

—Levántate, hija mía —dijo *miss* Ophelia con voz dulce—. Eva se ha ido al cielo y es un ángel ahora.

—¡Pero no la veré más! —exclamó Topsy.

Enseguida empezó a sollozar.

Hubo un momento de silencio.

—Me dijo «que me amaba» —repuso Topsy—. ¡Ay, ay! Ya no queda ninguna persona.

—Eso es la verdad —dijo St. Clare—. Pero, Ophelia, procure usted consolar un poco a esa criatura.

—No quisiera haber nacido —prosiguió Topsy—. Yo no tenía necesidad de nacer y no sé para qué he venido a este mundo.

Miss Ophelia la hizo levantar con dulzura y la condujo fuera de la habitación.

—Pobre Topsy, no te desconsueles —le dijo llevándola a su cuarto—. Yo puedo amarte también, aunque no me parezca a esa pobre niña; pero he aprendido de ella y confío en el amor de Jesucristo; podré amarte, te amo, créelo, y te ayudaré a ser una buena cristiana.

La voz de *miss* Ophelia revelaba más que sus palabras y eran aún más expresivas las lágrimas que vertía.

Desde aquel momento adquirió sobre el alma de la muchacha una influencia que no perdió jamás.

—¡Oh, Eva mía, cuya corta aparición ha hecho tanto bien en la tierra! —pensaba St. Clare—. Y yo, ¿qué cuenta habré de dar de mis largos años?

Bien pronto se oyó en la habitación un ligero ruido de paso y el cuchicheo de los que iban a mirar por última vez a la difunta. Después se llevó el ataúd y dio principio a la ceremonia; paráronse los coches a la puerta y entraron en la sala personas desconocidas; viéronse cintas y estolas blancas, gasas flotantes, trajes, en fin, de luto; leyéronse algunas palabras de la Biblia; St. Clare andaba de un lado para otro como si hubiera vertido ya todas las lágrimas. Desde el principio hasta el fin no vio más que una sola cosa: la cabeza rizada de su hija medio oculta en el ataúd. Pero pronto se la cubrió con el paño mortuorio, púsose la tapa y él siguió a los demás hasta el jardín, hasta el banco de musgo adonde muchas veces Tom había llevado en sus brazos a la niña. Allí era donde estaba abierta la sepultura. St. Clare se detuvo; su mirada distraída calculaba la profundidad. Vio bajar el ataúd; oyó vagamente pronunciar estas solemnes palabras: «Soy la resurrección y la vida; el que crea en mí, aunque haya muerto, vivirá». Y cuando se la cubrió de tierra no podía creer que fuera su hija la que en aquel momento desaparecía a sus ojos.

En efecto, no era Eva; no era más que la frágil semilla de donde saldría un cuerpo glorioso y transfigurado el día del Señor. Jesús.

Después de marchar todos y con los corazones afligidos, volvieron a la casa que no debía verla ya más.

Cerráronse las ventanas del cuarto de Marie, y, echada en la cama, se abandonó sin ninguna reserva a gritos y gemidos violentos, reclamando sin cesar los cuidados de todos los criados. Estos, por su parte, no tenían tiempo de llorar. Según ella, ¿qué razón había para que lo hicieran? Semejante pena no era la suya, y estaba persuadida de que nadie en el mundo podía ni quería participar de ella.

—St. Clare no ha vertido lágrimas —decía—; no ha demostrado ninguna simpatía. ¡Es posible que tenga el corazón tan insensible y tan duro sabiendo él lo mucho que yo sufro!

Somos de tal modo esclavos de nuestros ojos y oídos, que la mayor parte de los domésticos creían a su señora ser realmente la más afligida de todos.

Más que más, ya que Marie acabó por sufrir ataques de nervios, hizo llamar al doctor y se declaró moribunda. Fue preciso andar a carreras a todos lados para prepararle botellas de agua hirviendo y calentarle bayetas, cuyo movimiento originó cierta confusión en la casa.

En cuanto a Tom, sentía en el fondo de su corazón cierta cosa que le atraía hacia su amo. Seguíale a todas partes y observávale con tristeza, y cuando le veía sentado, pálido y silencioso en el cuarto de Eva, con la Biblia de su hija abierta delante de sí, aunque sus ojos extraviados no pudieran distinguir ninguna palabra, descubría Tom en su mirada fija más dolor que en los gritos y lamentaciones de Marie.

Al cabo de algunos días volvió a la ciudad la familia de St. Clare. Augustine, lleno de esa inquietud nerviosa que produce el sufrimiento deseaba un cambio de vida que diese otro curso a sus ideas. Dejaron, pues, aquella casa, aquel jardín y aquel sepulcro para volver a Nueva Orleans. St. Clare recorría la ciudad con aspecto distraído, buscando el modo de llenar el vacío de su corazón a fuerza de actividad, de agitación y de movimiento. Los que le veían pasar por la calle o le encontraban en el café no conocían su luto más que en la gasa del sombrero, porque hablaba, reía, leía periódicos y se mezclaba en conversaciones políticas como si nada le hubiera sucedido. ¿Quién había de creer que aquel semblante tan sereno y risueño encubría un corazón sombrío y desierto como un sepulcro?

—St. Clare es un hombre singular —decía Marie a su prima, contándole sus cuitas—. En cierto tiempo creía yo que si era capaz de amar alguna cosa en este mundo sería a nuestra Evangeline; pero veo que la ha olvidado muy fácilmente. No puedo hacer que hable de ella. Realmente, que le suponía más sensible.

—Las aguas tranquilas son frecuentemente las más profundas —respondió *miss* Ophelia con tono sentencioso.

—¡Oh!, no creo en esos adagios; el que tiene sentimiento, de algún modo lo manifiesta. ¡Ojalá fuera yo como St. Clare, porque mi sensibilidad me mata!

—Lo cierto es, señora —dijo Mammy—, que el amo tiene el aspecto de una sombra y sé que no olvida a la señorita Eva. ¿Y quién podría olvidar a una criatura semejante? —añadió enjugándose los ojos.

—En todo caso, no guarda ningún miramiento conmigo; no me ha dirigido una sola palabra afectuosa, y debería saber que una madre sufre más que un hombre.

—Cada cual conoce la amargura de su propio corazón —dijo gravemente *miss* Ophelia.

—Eso es exactamente lo que pienso; yo sola sé lo que experimento; nadie puede formarse una idea. Eva me comprendía; ¡pero ya no existe!

Y recostándose en un sillón empezó a llorar amargamente. Marie era una de estas personas para quienes los objetos perdidos adquieren un valor que jamás les concedieron. Parecía no poseer las cosas sino para reparar mejor en sus defectos; pero tan pronto como salían de su dominio las colmaba de los mayores elogios.

Mientras se hablaba así en la sala, pasaba otra conversación en el despacho de St. Clare.

Tom, que observaba con solicitud cada uno de los movimientos de su amo, le vio entrar en su despacho algunas horas antes. Después de haber esperado en vano que saliera, resolvió penetrar en su cuarto, bajo un pretexto cualquiera. Abrió dulcemente la puerta. Vio a St. Clare al otro extremo de la habitación echado en un sofá, apoyada su cabeza en una almohada, y la Biblia de Eva abierta delante de sí. Acercóse con temor, y cuando más embebido se hallaba contemplándole se levantó St. Clare de repente. El aspecto sincero de Tom y su expresión de dolor afectaron vivamente a su amo; puso su mano sobre la de Tom e inclinó su cabeza hacia él.

—¡Oh, Tom, mi leal servidor! ¡El mundo entero está tan vacío como una cáscara de huevo!

—Ya lo sé, señor, ya lo sé —respondió Tom—. ¡Ah! ¡Pero si pudiese usted mirar solamente allá arriba, donde se encuentra nuestra querida señorita Eva, donde está nuestro buen Señor, Jesús!

—¡Ah, Tom, ojalá! Ya procuro hacerlo; pero todo está oscuro cuando levanto los ojos hacia el cielo.

Tom suspiró profundamente.

—Parece que sólo es dado a los niños y a las almas sencillas y buenas como la tuya el ver esas cosas que nosotros no distinguimos —dijo St. Clare—. ¿Por qué será eso?

«Has ocultado ciertas cosas a los sabios y a los inteligentes y las has revelado a los niños —murmuró Tom—; así sea, ¡oh, Padre!, puesto que es tu voluntad».

—Tom, no lo creo, no puedo creerlo; estoy acostumbrado a dudar de todo. Desearía creer en lo que enseña la Biblia; pero no puedo.

—Mi querido amo, pídaselo usted al Salvador. Diga usted: «Yo creo, Señor; aumentad mi fe».

—¿Quién sabe si existirá? —dijo St. Clare distraído y como hablando consigo mismo—. Aquellas ardientes manifestaciones de fe y amor, ¿eran sólo una de esas fases de los sentimientos humanos, siempre tan vacilantes? ¿No tenían ningún fundamento y se han desvanecido con el último suspiro? ¿No existirá ya ni Eva, ni cielo, ni Cristo, ni nada?

—¡Oh, mi querido señor, todo eso existe, sí; estoy seguro de ello! —dijo Tom, cayendo de rodillas—. Créalo usted, mi querido amo, créalo usted.

—¿Cómo sabes que hay un Cristo, Tom? ¿Tú no has visto nunca al Señor, eh?

—Lo he sentido en mi alma y lo siento ahora. ¡Oh!, señor; cuando fui vendido, cuando se me separó de mi pobre familia, estaba muy triste, me parecía que ya no me quedaba nada; pero mi buen Salvador se vino a mí, diciéndome: «Valor, Tom», y trajo la alegría y la luz a una pobre alma como la mía. Ahora soy dichoso, amo a todos, y mi voluntad es la del Señor. Sé muy bien que esto no proviene de mí, porque yo no soy más que una miserable criatura. Proviene del Señor, y creo firmemente que está dispuesto a hacer lo mismo por usted.

Tom hablaba con lágrimas y voz ahogada.

St. Clare apoyó la cabeza en su hombro y estrechó su mano negra, tan áspera y tan fiel.

—¿Me amas, Tom? —dijo.

—Daría yo mismo mi vida para que usted fuese cristiano.

—¡Pobrecillo! —exclamó St. Clare, levantándose un poco—. No soy digno del amor de un corazón honrado y bueno como el tuyo.

—¡Oh, señor, no soy yo sólo quien ama a usted; Jesús también le ama!

—¿Cómo lo sabes tú, Tom? —preguntó St. Clare.

—Lo siento en mi alma. ¡Oh, señor, el amor de Jesucristo es superior a todo!

—¡Es cosa singular —contestó St. Clare— que la historia de un hombre muerto hace mil ochocientos años pueda causar semejantes emociones! Pero no era hombre —añadió de repente—. Jamás hubiera tenido ningún hombre un poder tan fuerte y duradero. ¡Oh, que no pueda creer lo que me enseñaba mi madre! ¡Que no sea posible orar como en mi infancia!

—Con permiso de usted, señor —dijo Tom—; era tan hermoso oír leer a la señorita Eva este capítulo. Si tuviera usted la bondad de leérmela...; nadie me lo ha leído desde que se fue la señorita Eva.

Este capítulo, el undécimo del Evangelio de San Juan, contenía la tierna historia de la resurrección de Lázaro. St. Clare le leyó en alta voz, deteniéndose varias veces vencido por la emoción.

El aspecto tranquilo de Tom, hincado de rodillas junto a él y con las manos unidas, tenía una expresión profunda de amor, de confianza y de adoración.

—Tom —le preguntó su amo—, ¿es todo esto para ti una realidad?

—Sí; es lo mismo que si lo viera, señor —respondió Tom.

—Quisiera tener tus ojos, Tom.

—Ojalá los tuviera usted, señor.

—Pero, Tom, ya sabes que soy más instruido que tú. ¿Y si te dijera que no creía en la realidad de la Biblia?

—¡Oh, señor! —contestó Tom con un ademán suplicante.

—¿No alteraría algo tu fe?

—Ni lo más mínimo.

—Pero, Tom, ¿no debo saber yo esas cosas mejor que tú?

—Señor, ¿no acaba usted de oír que oculta ciertas cosas a los sabios e inteligentes y se las revela a los niños? Pero el señor no hablará, de seguro, con formalidad, ¿no es verdad? —preguntó Tom, inquieto.

—No, Tom, no; es formalmente. No niego la Biblia. Hay razones para creer en ella, sin embargo, de que yo no creo. Esto es efecto de una mala y triste costumbre.

—¡Si quisiera usted rezar tan sólo!

—¿Cómo sabes tú que no lo hago?

—¿Pues qué, reza usted de veras?

—Lo haría si conociera que hay alguno cuando rezo. Pero me parece hablar en vano. Ven, Tom; reza tú y enséñame cómo se hace.

El corazón de Tom rebosaba de gozo: rezó y sus sentimientos se desbordaron como aguas contenidas. Una cosa era evidente. Tom estaba persuadido de que había alguno para oírle. St. Clare se sintió casi transportado hasta las puertas del cielo por un torrente de amor y de fe. Habíase acercado a Eva.

—Gracias, mi buen servidor —dijo cuando Tom se levantó—. Me gusta oírte; pero dejadme solo ahora; ya continuaremos nuestra plática otro día.

Y Tom se retiró silencioso del cuarto.

CAPÍTULO XXVIII
La reunión

Las semanas se sucedieron unas a otras y el río del tiempo tomó su curso habitual como si no se hubiese tragado la pequeña embarcación, Eva, porque nuestras amarguras no destruyen las frías e imperiosas necesidades de la vida real. ¿No son acaso precisos el comer, beber, dormir, despertarse, comprar, vender, hacer preguntas, responder a otras, ejecutar, en una palabra, las mil cosas que muchas veces han perdido el interés? La costumbre maquinal de vivir queda aun después que ha desaparecido el encanto de la vida.

Todos los encantos de la vida y esperanzas, St. Clare ya los había concentrado en su hija. Por Eva se había desvivido; por Eva hacía valer su propiedad; por Eva consagraba él su tiempo; todo lo hacía por Eva; compras, cambios, mejoramientos, todo lo había calculado por ella, y el deseo de satisfacer sus gustos fue durante muchos años la preocupación habitual de su vida; pero después que murió nada encontraba digno de sus cuidados.

Sin duda alguna, hay otra existencia que, recogida en el corazón, da a todos los actos de que se compone nuestra existencia terrestre un valor misterioso e inexplicable. St. Clare lo sabía perfectamente. Muchas veces, en sus horas de soledad, oía una voz dulce e infantil que le llamaba desde el cielo, y veía una pequeña mano indicarle el camino; pero la tristeza, semejante a un profundo letargo, paralizaba su voluntad. Era una de esas naturalezas privilegiadas, que perciben claramente los asuntos de religión y los comprende por instinto mejor que muchos cristianos positivos y prácticos.

La facultad de apreciar y sentir las verdades morales es muchas veces patrimonio de aquellos hombres más indiferentes a toda propiedad. Así, Moore, Byron, Goethe dejan escapar frecuentemente palabras que describen con más verdad el sentimiento religioso que pudieran hacerlo algunas personas consagradas toda su vida a la práctica de la religión. En estas almas el desprecio de ella es una tradición más enorme y un pecado más mortal.

St. Clare no había tenido jamás la pretensión de ser dirigido en su conducta por ningún principio religioso. Comprendía instintivamente los deberes del cristiano, y retrocedía ante las exigencias a las cuales le habría sometido su conciencia, si alguna vez hubiera llegado a practicarlas. Tal es la inconsecuencia de la naturaleza humana, sobre todo en la esfera de lo ideal, que prefiere muchas veces no tomar una resolución a entibiarse después de emprendida una cosa.

Sin embargo, por muchos conceptos había cambiado extraordinariamente St. Clare: leía la Biblia de su hija con atención y sinceridad y trataba a sus esclavos con más cordura y prudencia. De tal suerte habían cambiado sus ideas que le remordía la conducta que observara con ellos en épocas pasadas.

Poco después de su regreso a Nueva Orleans dio los primeros pasos para la manumisión de Tom, al cual pensaba poner en libertad tan pronto como estuvieran al corriente todos los requisitos. Cada día apreciaba más a su fiel esclavo; ninguno en el mundo le hacía acordarse tan vivamente de su Eva. Siempre quería tenerle a su lado, y mientras que era incomprensible para todos respecto a los sentimientos de su alma, con Tom se mostraba sin doblez ninguna.

¿Pero a quién había de extrañar esto viendo la expresión de ternura y de interés con que Tom seguía por todas partes a su joven amo?

—Y bien, Tom —dijo St. Clare al día siguiente de haber hecho las primeras diligencias para su emancipación—; voy a darte libertad. Así, pues, haz la maleta y disponte a marchar para el Kentucky.

La alegría que brilló en el semblante de Tom cuando, levantando las manos al cielo, exclamó con énfasis: «¡Dios sea bendito!», afectó tristemente a St. Clare. Veía con pena el regocijo de Tom por dejarle.

—No creo que hayas sido tan desgraciado en mi compañía para manifestar ese gozo —repuso secamente St. Clare.

—No, no, señor; no es esa la causa. ¡Lo que me regocija es el ser libre!

—¿Y no crees, Tom, que has sido aquí más feliz en lo que te concierne personalmente que si hubieras sido libre?

—¡No, a fe, señor! —exclamó Tom con energía—. No por cierto.

—Pero, Tom, no habrías podido ganar con tu trabajo ni la ropa, ni la comida, ni el bienestar que has disfrutado en mi casa.

—Ya lo sé, señor. Ha sido usted demasiado bueno para conmigo; pero prefiero unos vestidos pobres, una cabaña pobre y todo lo demás pobre también, siendo completamente «míos», a que sean mejores y pertenezcan a otros. Creo que esto va en la misma naturaleza, señor.

—Yo también opino así, Tom. Pues bien; dentro de un mes o de dos vas a partir y a abandonarme —dijo St. Clare, no sin alguna tristeza—. Por lo demás, ¿quién podrá hacerte ningún cargo? —añadió con alegría.

Al decir estas palabras se levantó y empezó a pasearse por la habitación.

—No dejaré al señor mientras le dure la pena —respondió Tom—; me quedaré a su lado cuanto tiempo tenga necesidad de mí o yo pueda serle de alguna utilidad.

—¡Mientras me dure la pena, Tom! —dijo St. Clare mirando tristemente por la ventana—. ¿Cuándo cesará mi pena?

—Cuando el señor sea cristiano.

—¿Y realmente te quieres quedar hasta entonces? —repuso St. Clare, volviéndose y sonriéndose—. ¡Ah, Tom —añadió poniéndole la mano en el hombro—, siempre tan cándido y tan compasivo! No quiero detenerte hasta ese día. Vuelve al lado de tu mujer y de tus hijos y partícipales mis sentimientos.

—Confío en que ha de llegar ese día —respondió con gravedad el pobre Tom, cuyos ojos se habían arrasado en lágrimas—. Tiene el Señor reservada una obra para el amo.

—¿Una obra dices? Veamos. ¡Tom, explícame algo de esa obra! Habla, ya te escucho.

—Un pobre ignorante como yo es un instrumento del Señor. ¿Cómo, pues, el amo, que es tan instruido, tan rico, que tiene amigos, no había de poder servir al Señor?

—Tom, sin duda crees que el Señor necesita que se haga mucho para Él —dijo St. Clare, sonriéndose.

—Lo que hacemos para las criaturas lo hacemos para el Señor.

—¡Vaya una teología excelente, Tom! Es mejor que la que predica el doctor C... Respondo de ello.

Al llegar aquí, la conversación fue interrumpida por la llegada de algunas visitas.

Marie St. Clare sentía la pérdida de Eva tan profundamente como la permitía su naturaleza. Como tenía el especial talento de poner de relieve y muy en evidencia el peso de sus propias penas, los criados que la rodeaban de costumbre tenían dobles razones para sentir la pérdida de su joven señora, cuyas afectuosas palabras y dulce intercesión había suavizado muchas veces para ellos la tiranía egoísta de su madre. La pobre Mammy, en particular, lloraba amargamente a aquel ser querido, que había sido único consuelo desde que la arrancaron de todas sus afecciones domésticas. Lloraba de noche y de día. Privada por el exceso de su pena de la destreza y actividad que desplegaba comúnmente en su servicio, era objeto de continuas invectivas, sin tener quien la defendiera.

Miss Ophelia sentía también la pérdida; pero en su corazón excelente produjo la prueba frutos para la vida eterna. Vino a ser más afectuosa, más indulgente; se entregaba con asiduidad a sus deberes; pero con más calma, con más reserva y de un modo más afectuoso. Tomó con más vivo interés la educación de Topsy, instruyéndola especialmente en los preceptos de la Biblia, y ya no retrocedía al acercarse a ella ni experimentaba el disgusto poco antes tan mal disimulado. La consideraba entonces a través del prisma de la caridad, como lo había hecho Eva, y sólo veía en la negra un alma inmortal, que Dios le había confiado para conducirla por la senda de la virtud a la gloria celestial.

Topsy no se hizo una santa de repente; pero la vida y la muerte de Eva obraron en ella un cambio notable. A su indiferencia obstinada habían sucedido sensibilidad, esperanza y buenos deseos y sus esfuerzos por seguir la senda del bien, aunque irregulares, interrumpidos y suspendidos muchas veces, se renovaban sin cesar.

Cierto día *miss* Ophelia mandó llamar a Topsy. La muchacha fue al punto, ocultando una cosa en el pecho con precipitación.

—¿Qué haces, bribona? Sin duda habrás robado algo —dijo imperiosamente Rosa, que la conducía cogiéndola al propio tiempo por el brazo.

—Déjeme usted tranquila, *miss* Rosa —dijo Topsy escapándose de sus manos—; esto no le corresponde.

—Dejemos a un lado las excusas; te he visto guardar una cosa y conozco ya tus mañas.

Y hablando de esta suerte, renovó Rosa sus tentativas para apoderarse del objeto que Topsy había guardado. Esta luchaba con rabia, dando bofetones, y defendía valerosamente su derecho. Los gritos y el ruido de la disputa atrajeron a St. Clare y a *miss* Ophelia.

—Ha robado —dijo Rosa.

—¡No es verdad! —contestó Topsy, sollozando con vehemencia.

—Dame eso que guardas, sea lo que sea —dijo *miss* Ophelia con firmeza.

Topsy vacilaba; pero reiterado el mandato, sacó del pecho un paquete envuelto en el pie de una calceta vieja.

Miss Ophelia lo desenvolvió y halló un librito que Evangeline había dado a Topsy conteniendo un pasaje de la Escritura para cada día del año, y en un pedazo de papel el rizo de pelo que había recibido en el día memorable de las despedidas de Eva.

St. Clare se conmovió al ver aquel librito envuelto en una tira de gasa.

—¿Por qué has puesto al libro esta gasa? —dijo St. Clare tomándola.

—Porque..., porque era de la señorita. ¡Oh, ruego a usted que no me lo quite!

Y sentándose en el suelo se cubrió la cabeza con su delantal y empezó a sollozar de nuevo.

Aquella calceta vieja, la tira de gasa, el librito, el rizo de pelo y la desesperación de Topsy formaban una escena casi grotesca, pero tierna a la vez.

St. Clare se sonrió; mas tenía las lágrimas en los ojos cuando dejó a la muchacha.

—Vamos, no llores; no se te quitará nada.

Y juntados todos los objetos se los echó en su falda. Enseguida se volvió a la sala con *miss* Ophelia.

—Creo de veras que podrá usted hacer alguna cosa de esa muchacha —dijo, designando con un gesto a Topsy, a quien volvía la espalda—. El corazón capaz de sentir una pena verdadera es susceptible de cualquier cosa buena. Debe usted ensayar.

—Esta muchacha ha hecho grandes progresos —dijo *miss* Ophelia—, y fundo en ella muchas esperanzas. Pero, Augustine —añadió poniendo su mano en el brazo de su primo—, permítame usted que le haga una pregunta: ¿pertenece a usted o a mí?

—Ya dije que se la daba a usted.

—Sí; pero no legalmente. Quisiera que me perteneciera legalmente.

—¡Cielos! ¡Prima! —exclamó Augustine—. ¿Qué diría la Sociedad abolicionista? Se vería obligada a instituir un día de ayuno para llorar la defección de usted si llegara a poseer esclavos.

—Es igual: deseo que me pertenezca en forma para llevarla a los Estados libres, manumitirla y que no sea perdido cuanto he hecho por ella.

—¡Oh, prima; es una cosa terrible obrar mal para conseguir el bien! Es imposible fomentar semejante herejía.

—Queden a un lado las chanzas y hablemos con formalidad —dijo *miss* Ophelia—. Es inútil sembrar gérmenes de piedad en el corazón de esa muchacha si al mismo tiempo no la sustraigo de los contratiempos y de los reveses que lleva consigo la esclavitud. Si desea usted realmente que la conserve, hágame usted donación de ella en debida forma.

—Bien, bien —dijo St. Clare—; lo haré.

Y sentándose, cogió un periódico.

—Pero es que deseo que lo haga usted pronto.

—¿A qué viene esa prisa?

—El momento presente es el único en que podemos estar seguros de hacer las cosas. ¡Ea! Aquí tiene usted papel, pluma y tintero; escriba usted.

St. Clare, como la mayor parte de los hombres de su carácter, detestaba de corazón el tiempo presente del verbo «hacer»; así fue que el empeño de *miss* Ophelia le enfadó sobremanera.

—¿Qué tiene usted? ¿No le basta mi palabra? Parece que ha aprendido usted de un judío a perseguir a los desgraciados.

—Quiero asegurar mis derechos; si llegase usted a morir o a hacer quiebra, Topsy podría ser vendida en subasta, a pesar de mis protestas.

—Está visto que es usted muy previsora.

—Pues bien; ya que he caído en manos de yanquis, no tengo más remedio que hacerlo.

Y St. Clare, muy enterado de las formas legales, escribió rápidamente un documento de donación, autorizado con su firma en letras mayúsculas y rodeada de una rúbrica soberbia.

—Ya está corriente, *miss* Vermont —dijo, entregándole el papel.

—Es usted muy amable, pero ¿no falta todavía la firma de un testigo?

—¡Ah, diablo! ¡Sí, Marie! —dijo, abriendo la puerta de la habitación donde estaba su mujer—. La prima desea poseer un autógrafo tuyo; escribe, pues, tu nombre al borde de este papel.

—¿Qué es eso? —exclamó recorriéndole con la vista—. ¡Vaya una idea singular! ¡No creía a nuestra prima capaz de semejantes cosas! —añadió, escribiendo su nombre con aire de indiferencia—. Pero ya que tiene un capricho por artículo tan admirable, no quiero quitárselo.

—Ahora le pertenece a usted en cuerpo y alma —dijo St. Clare ofreciéndole el papel.

—No más que antes —replicó *miss* Ophelia—. Sólo Dios tendrá derecho para dármela; pero en lo sucesivo podré, al menos, asegurarle mi protección.

—En ese caso —dijo St. Clare—, es de usted por una ficción legal.

Y, diciendo estas palabras, entró en la sala para continuar su lectura.

Miss Ophelia, que no gustaba mucho de hacer compañía a Marie, se volvió al instante al lado de su primo, después de haber dejado en sitio seguro el precioso papel.

—Augustine —repuso bruscamente sin interrumpir su calceta—, ¿ha hecho usted alguna disposición para asegurar el porvenir de sus esclavos después de su muerte?

—No —respondió St. Clare, continuando su lectura.

—En ese caso, la extremada indulgencia con que los trata usted podría serles muy funesta.

St. Clare se había hecho muchas veces la misma reflexión pero se contentó con responder de un modo indiferente:

—Pienso arreglarlo muy pronto.

—¿Y cuándo? —preguntó de nuevo *miss* Ophelia.

—¡Eh!... Un día de estos.

—¿Y si muriese usted antes?

—¡Vaya una idea, prima! —exclamó St. Clare, que había dejado su periódico para mirarla—. ¿Ha observado usted en mí algún síntoma de fiebre amarilla o de cólera para que se ocupe con tanto celo de lo que debe seguir a mi muerte?

—La muerte puede sorprendernos a cualquier hora —respondió *miss* Ophelia.

St. Clare se levantó, y dejando el periódico, salió sin motivo aparente, aunque en el fondo deseaba poner fin a una conversación que no era de su gusto. Repetía maquinalmente la palabra «muerte», que acababa de herir sus oídos, y apoyado en la barandilla, se quedó mirando el agua de la fuente; las flores y los árboles del patio se le presentaban como a través de un vapor vacilante, y no podía borrar de su mente esa palabra tan común en las bocas, pero siempre tan terrible: «la muerte».

—¡Es cosa extraña —se dijo a sí mismo— que exista tal palabra y tal cosa y podamos olvidarla! ¡Que un día nos encontremos llenos de vida, de hermosura, de esperanzas, de deseos, de necesidades, y que al día siguiente podamos desaparecer, y desaparecer para siempre!

La tarde era deliciosa. Habiendo llegado St. Clare al otro extremo de la veranda, encontró a Tom absorto en la lectura de su Biblia y señalando con el dedo cada palabra, que murmuraba a media voz.

—¿Quieres que te lea yo, Tom? —preguntó St. Clare, sentándose a su lado con su abandono acostumbrado.

—¡Si quiere el señor! —repuso Tom con aire de reconocimiento—. Cuando lee el señor lo comprendo perfectamente.

St. Clare tomó el libro, y echando una ojeada por las páginas que tenía abiertas, empezó a leer uno de los fragmentos que le marcaba la pesada mano de Tom: «Y cuando viniere el hijo del hombre en su majestad y todos los ángeles con Él se sentará entonces sobre el trono de su majestad. Y serán todas las gentes ayudadas ante Él, y apartará los unos de los otros, como el pastor aparta las ovejas de los cabritos».

St. Clare leyó con voz animada hasta que llegó a estos versículos: «Y el rey dirá también a los que estarán a la izquierda: Apartaos de mí, malditos, al fuego eterno, que está aparejado para el diablo y para sus ángeles.

»Porque tuve hambre, y no me disteis de comer; tuve sed, y no me disteis de beber.

»Era huésped, y no me hospedasteis; desnudo, y no me cubristeis; enfermé en la cárcel, y no me visitasteis.

«»Entonces ellos también le responderán, diciendo: Señor, ¿cuándo te vimos hambriento, o sediento, o huésped, o desnudo, o enfermo, o en la cárcel y no te servimos?

»Entonces les responderá diciendo: En verdad os digo que en cuanto no lo hicisteis a uno de estos pequeñitos, ni a mí lo hicisteis».

Al parecer, afectó este último pasaje a St. Clare, porque le leyó dos veces; a la segunda lo hizo con lentitud y como si pensara cada una de las expresiones.

—Tom —dijo—, me parece que esos desgraciados a quienes el Señor trata con tanto rigor han obrado exactamente como yo; han disfrutado de

una vida dulce, tranquila y dichosa, sin informarse de si sufrían sus hermanos hambre, sed, o si estaban enfermos o en prisión.

Tom guardó silencio.

St. Clare se levantó con aire pensativo y empezó a pasearse a lo largo
de la veranda, absorto en sus reflexiones. Su preocupación era tan grande
que Tom necesitó advertirle dos veces que era la hora de tomar el té.

St. Clare estuvo distraído y pensativo mientras le tomó. Al levantarse de
la mesa, Marie, *miss* Ophelia y él se instalaron silenciosamente en la sala.

Marie se echó en un sofá que cubría un mosquitero de seda, y bien
pronto se quedó profundamente dormida. *Miss* Ophelia hacía calceta
en silencio, mientras St. Clare, que se había sentado al piano, improvisaba
sobre motivos dulces y melancólicos. Parecía hallarse sumergido en una
meditación profunda, y se hubiera dicho que la música traducía su monólogo interior. Al cabo de algunos momentos abrió un cajoncito y sacó un
cuaderno amarillento, a causa del tiempo, y empezó a hojearle.

—Mire usted —dijo *miss* Ophelia—, éste es uno de los cuadernos de
mi madre, y ésta su letra; copió y arregló este trozo de *Requiem,* de Mozart.

Miss Ophelia se acercó.

—Le cantaba muy a menudo; me parece estarla oyendo todavía.

Y después de un preludio grave y majestuoso empezó a cantar el antiguo himno latino *Dies irae.* Tom, que escuchaba sentado en la veranda,
se dirigió hacia la puerta atraído por aquella suave armonía. Escuchaba
con la mayor atención, y aunque no comprendía las palabras, le conmovía
vivamente la música, sobre todo, cuando St. Clare llegaba a los puntos
más patéticos.

St. Clare dio a cada palabra una expresión profunda y tierna, porque
parecía haberse desgarrado para él el velo de los años y se figuraba escuchar al mismo tiempo la voz de su madre, que unía su tono al suyo. Los
sonidos del instrumento vibraban con fuerza exhalando con ardor simpático las melodías que el alma divina de Mozart concibiera en sus propias
honras.

Cuando acabó St. Clare de cantar se quedó por espacio de algunos
momentos sentado, con la cabeza apoyada en la mano; después volvió de
nuevo a recorrer la habitación con paso rápido.

—¡Qué sublime concepción es la del juicio final! —exclamó—. En él
se hace justicia a las acciones de todos los siglos, se resuelven todos los
problemas morales por una sabiduría infinita... ¡Qué cuadro tan maravillo-
so y tan sublime!

—Es un cuadro terrible para seres como nosotros —respondió *miss*
Ophelia.

—Debería serlo para mí —repuso St. Clare, parándose con aire pensativo—. Esta tarde leí a Tom el capítulo de san Mateo que trata del juicio

final, y casi me ha llenado de terror. Parece, a primera vista, que se necesita haber cometido crímenes enormes para ser excluido del cielo; pero no basta para condenarse el no haber practicado el bien, como si tal negligencia poseyera todo el mal posible.

—Quizá no sea imposible —dijo *miss* Ophelia— obrar el mal al que no practica el bien.

—¡Oh! Entonces —dijo St. Clare como si hubiera hablado consigo mismo, pero con acento penetrante—, ¿qué se dirá de aquellos a quienes su conciencia, su educación y las necesidades de la sociedad solicitaron en vano un empleo noble de sus fuerzas y que, arrastrados por la corriente de la costumbre, hayan permanecido espectadores indiferentes de las luchas, de las angustias y de las injusticias de sus hermanos cuando hubieran podido trabajar en bien suyo?

—Yo les aconsejaría que se arrepintiesen y pusieran al instante manos a la obra —respondió *miss* Ophelia.

—¡Siempre es usted la misma! —exclamó St. Clare, que no pudo reprimir una sonrisa—. Nunca me deja usted un instante para las reflexiones generales, prima; al punto me corta usted el hilo con el momento presente, y continuamente se halla armada de un «ahora» perpetuo.

—«Ahora» es el único momento con que puedo contar.

—¡Querida Eva! ¡Pobre hija mía! ¡Su alma cándida se ocupaba en practicar el bien que yo debía haber hecho! —exclamó St. Clare.

Desde la muerte de Eva era aquella la primera vez que pronunciaba su nombre; pero lo hizo con una emoción marcada.

—Esta es mi manera de comprender el cristianismo —añadió—; creo que ningún hombre puede ser cristiano si no se alza enérgicamente contra el monstruoso sistema de injusticias, que es la base de nuestra sociedad, aunque sepa morir en la lucha. Por mi parte, no lo sería más que a ese precio. Sin embargo, he conocido a muchas personas ilustradas y piadosas que no eran de mi opinión. Confieso a usted que la indiferencia de ciertos cristianos sobre esta materia y la ceguedad respecto a las iniquidades que a mí me llenan de horror han contribuido más que nada a hacerme escéptico.

—Ya que sabía usted esas cosas —preguntó *miss* Ophelia—, ¿por qué no lo hacía usted?

—¡Ay! Porque sólo tenía esa especie de filantropía que consiste en echarse en un sofá y maldecir a los ministros que no corren a buscar el martirio. Ya sabe usted, prima, cuán fácil es conocer de qué manera podrían conseguir el martirio nuestros hermanos.

—Pues bien, ¿piensa usted cambiar ahora?

—Sólo Dios está enterado del porvenir —respondió St. Clare—. Tengo más valor que otras veces, porque lo he perdido todo, y cuando nada queda que perder puede uno exponerse a todos los peligros.

—¿Qué va usted a hacer?

—Mi deber, así lo espero; mi deber respecto a los pobres y a los pequeños, tan luego como los haya estudiado en todas sus fases. Me ocuparé, ante todo, de mis pobres criados, a quienes he descuidado hasta aquí. ¿Quién sabe si me será posible más tarde hacer algo por una clase entera de hombres? ¡Quizá contribuya a sacar a mi país de la falsa posición en que se encuentra con relación a las naciones civilizadas!

—¿Cree usted posible que una nación emancipe por su gusto a todos sus esclavos? —preguntó *miss* Ophelia.

—No lo sé —respondió St. Clare—. Nuestro siglo hace cosas extraordinarias; se encuentran a veces en el mundo ejemplos admirables de heroísmo y desinterés. Los nobles húngaros libertan a millones de esclavos al precio de inmensos sacrificios. Tal vez haya entre nosotros espíritus generosos que sepan sacrificar sus intereses en honor de la justicia.

—Apenas puedo creerlo —contestó *miss* Ophelia.

—Pero suponiendo —prosiguió St. Clare— que se les emancipara desde mañana, ¿quién educaría a esos millones de criaturas y les enseñaría a usar de su libertad? Ninguno entre nosotros haría gran cosa por ellos. Somos perezosos por esencia y demasiado indolentes para inculcarles las costumbres laboriosas y la energía, únicas que son capaces de convertirlos en verdaderos hombres. Se verían obligados a refugiarse en el norte, donde el trabajo es tan general y ha llegado a ser una moda. Ahora pregunto a usted: ¿Hay allí bastante filantropía cristiana para encargarse de esa educación? Ustedes envían miles de pesos a las misiones extranjeras: ¿pero sufrirían ustedes ver llegar a nuestros paganos a sus ciudades y aldeas? ¿Querrían ustedes consagrar su tiempo, sus fuerzas y su dinero para educarlos al nivel de la civilización evangélica? Esto es lo que yo desearía saber. ¿Consentirían ustedes en formarles una vida nueva si nosotros los emancipáramos? ¿Cuántas familias habría en su pueblo de usted que quisieran recibir en su casa a un negro o a una negra para instruirlos y procurar hacerlos cristianos? ¿Cree usted que habría muchos comerciantes o industriales que se encargasen de Dolph en clase de dependiente, o si desease poner a Jane y Rosa en una escuela habría muchos en los Estados del norte que consentirían en tenerlas bajo su cuidado? ¿Cuántas familias les darían mesa y habitación? Y, sin embargo, son tan blancos como la mayor parte de los americanos, no importa sean del norte o del sur. Usted lo ve, prima; no pido sino que se nos haga justicia; nuestra posición es triste, somos los opresores manifiestos del negro; pero las preocupaciones anticristianas del norte constituyen otro género de opresión no menos cruel.

—Sí, es verdad, primo —dijo *miss* Ophelia—. Yo participaba de las mismas culpables preocupaciones antes de haber comprendido que era deber mío el vencerlas; pero yo creo haberlo logrado y sé que hay en el norte una multitud de gentes de buenos sentimientos a quienes bastaría mostrarles cuál era su deber para que hiciesen lo mismo. Habría más abnegación en recibir entre nosotros a los paganos que en enviarles misioneros; pero creo, sin embargo, que no seríamos capaces de ello.

—Usted lo haría. Ophelia, estoy seguro. ¿Qué no haría usted por amor al deber?

—¡Oh, yo no tengo tanta virtud! —contestó *miss* Ophelia—. ¡Otras muchas obrarían del mismo modo si vieran las cosas como yo! Cuando vuelva a Nueva Inglaterra, pienso llevarme a Topsy y dejarla en compañía de ellos. Alguno lo extrañará en el Vermont; pero bien pronto serán de mi opinión. Por lo demás, hay muchas gentes en el norte que obrarían como desea usted que se hiciera.

—No son más que una débil minoría, y si empezáramos a emancipar a nuestros esclavos pronto tendríamos noticias de ustedes.

Miss Ophelia no respondió; hubo un momento de silencio. Una expresión triste y melancólica oscurecía el semblante de St. Clare.

—No sé lo que me hace pensar tanto en mi madre esta tarde —exclamó—. Es extraño lo que experimento. Paréceme sentirla a mi lado; las cosas que ella me decía se presentan involuntariamente a mi imaginación. ¿Qué será lo que nos hace a veces recordar así lo pasado?

Después de haber dado algunos pasos por la habitación, añadió St. Clare:

—Voy a dar una vuelta por la ciudad para saber las noticias que corren.

Y, tomando el sombrero, salió.

Tom le siguió hasta la puerta del patio y le preguntó si quería que le acompañase.

—No —contestó St. Clare—; volveré dentro de una hora.

Brillaba la luna con hermosa claridad, y Tom se sentó en la veranda cerca de la fuente, cuyo murmullo escuchaba. Sus pensamientos se fijaron al instante en su familia, a quien debía ver pronto, porque al fin llegaría a ser un hombre libre. ¡Cómo trabajaría para rescatar a su mujer y a sus hijos! Probaba los músculos vigorosos de sus brazos con gozosa complacencia, pensando que bien pronto le pertenecerían y que podría consagrarlos a la libertad de su familia. Pensaba también en su noble y joven amo, y, como siempre, oraba por él. Acordóse también de la hermosa Eva, que, según su parecer, moraba entre los ángeles: a fuerza de pensar en ella se figuró divisar al otro lado de la fuente su rostro brillante y su dorada cabellera. Poco a poco llegó a quedarse dormido y soñó que la veía venir hacia él dando saltos, como hacía otras veces, con una guirnalda de jazmines en el pelo, las mejillas encendidas y los ojos radiantes de felicidad. Pero a medida que la miraba parecía abandonar la tierra, con las mejillas más pálidas, lanzando sus ojos miradas profundas, divinas, y ceñida su cabeza de una aureola. De repente se desvaneció la visión, y Tom fue despertado por los fuertes golpes que daban a la puerta y el ruido de voces que se oían en la calle. Apresuróse a abrir, y entraron en el patio varios hombres con paso sordo y voz ahogada. Llevaban en una camilla un cuerpo envuelto en una capa. La luz de la linterna caía de lleno sobre su rostro, y Tom lanzó un grito de terror y desesperación que resonó en toda la casa, mientras que los hombres avanzaban en silencio con su carga hacia la puerta entreabierta de la sala en que *miss* Ophelia estaba haciendo calceta.

St. Clare había entrado en un café para leer un periódico de la tarde. Mientras se hallaba ocupado con su lectura se trabó una riña entre dos medio borrachos. St. Clare y otro se esforzaban por separarlos cuando recibió aquél en el costado una puñalada con un cuchillo de monte que quería arrancar a uno de los contendientes.

Bien pronto se revolvió toda la casa y no se oyeron más que gritos y lamentos. Los esclavos se tiraban de los pelos, se arrastraban por el suelo y corrían en todas direcciones, lamentándose en alta voz. Tom y *miss* Ophelia fueron los únicos que conservaron cierta serenidad, porque Marie se vio acometida de un violento ataque de nervios. *Miss* Ophelia mandó disponer a toda prisa uno de los sofás de la sala, donde se colocó, medio exánime, el cuerpo de St. Clare. La pérdida de la sangre y el dolor le habían hecho perder el conocimiento. Vuelto en sí por los cuidados de su prima, abrió los ojos, paseó sus miradas por los que había a su lado, fijándolas después en el retrato de su madre.

Llegó el médico, examinó la herida, y en la expresión de su semblante dio a conocer demasiado que era vana toda esperanza. Sin embargo, ayudado de *miss* Ophelia y de Tom, colocó el primer apósito, en medio de los gritos, de los sollozos y de los lamentos de los esclavos, agolpados en la veranda.

—Ahora —dijo el médico— es preciso que todos se retiren, porque la menor agitación mataría al enfermo.

St. Clare abrió los ojos y los fijó en los seres desconsolados que le rodeaban, a quienes se esforzaban por alejar *miss* Ophelia y el doctor.

—¡Pobres criaturas! —murmuró, pintándose en su rostro la expresión de una amarga pena.

Dolph se obstinaba en quedarse. El terror le había quitado la serenidad, habíase echado en el suelo y nada le movía a levantarse. Los demás cedieron a las instancias de *miss* Ophelia, cuando les manifestó que la vida de su amo dependía de su tranquilidad y de su obediencia.

St. Clare apenas podía articular palabra. Aunque tenía cerrados los ojos, era evidente que atormentaban su alma amargos pensamientos. Después de cierto tiempo puso su mano sobre la de Tom, que estaba arrodillado delante de él, y le dijo:

—¡Tom, mi pobre Tom!

—¿Qué hay, señor? —respondió Tom con presteza.

—Me muero —dijo St. Clare estrechándole la mano—. ¡Ruega por mí!

—¿Quiere usted que se llame a un sacerdote? —preguntó el médico.

St. Clare hizo rápidamente un signo negativo. Después repitió a Tom con más instancia:

—¡Ruega por mí!

Y Tom empezó a rezar. Lo hizo de todo corazón y con todas sus fuerzas por aquella alma que iba a dejar el mundo y que parecía mirarle tan tristemente a través de aquellos ojos azules, grandes y melancólicos. Era una oración literalmente ofrecida con gritos y con lágrimas. Cuando Tom acabó de rezar, St. Clare fijó en él los ojos y cogió su mano, sin pronunciar palabra. Después los cerró, sin soltar la mano de Tom, porque a las puertas de la Eternidad podían estrecharse con igualdad la mano blanca y la negra.

—¡Se extravía su razón! —dijo el doctor.

—No, que vuelve, al fin, a su patria —contestó St. Clare con energía—. ¡Al fin..., al fin!...

Semejante esfuerzo le agotó completamente. La palidez de la muerte se extendió por su rostro; pero mezclada de una expresión de paz, como si algún espíritu misericordioso le hubiera resguardado bajo sus alas. Parecíase a un niño que se duerme de fatiga. Permaneció así por espacio de breves instantes. Descansaba sobre él la mano del Todopoderoso. De repente abrió los ojos, que iluminaron una ráfaga de alegría, como si reconociera a un ser amado, y murmuró:

«¡Madre mía! ¡Madre mía!».

Y dejó de existir.

CAPÍTULO XXIX

Débiles sin apoyo

Con mucha frecuencia hemos oído hablar de la aflicción de los negros esclavos cuando pierden un buen patrón y de su desesperación con tanta justicia motivada; y, en realidad, no hay en la tierra criaturas más infortunadas ni más abandonadas que los pobres esclavos en circunstancias tales.

Al niño que pierde su padre le queda todavía la protección de sus amigos y de la ley; tiene derechos y una posición conocida; mientras que es esclavo carece de ellos, la ley no le reconoce derecho alguno y no le considera sino como un fardo de mercancías. El solo derecho que no se le niega es el de satisfacer algunos deseos, algunas necesidades de la naturaleza humana y hasta del alma inmortal; pero aun lo ejerce en virtud de la voluntad soberana y absoluta de su patrón. Cuando este patrón muere, nada de aquello es suyo.

El número de poseedores de esclavos que usan con humanitarismo de su poder irresponsable es, desgraciadamente, muy limitado. Nadie lo ignora, y el esclavo, menos que ninguno; sabe que tiene diez probabilidades contra una de caer bajo la dominación de un tirano; por eso, no sin razón, se lamenta tanto por la pérdida de un buen amo.

Cuando St. Clare exhaló el último suspiro se apoderaron de todos sus criados el terror y la consternación. ¡Había sucumbido tan repentinamente en la flor de su fuerza y de su juventud! Por toda la casa no se oían más que sollozos y gritos de desesperación.

Marie, cuyo sistema nervioso había perdido casi toda la fuerza por los continuos cuidados que ella misma se prodigara, no tenía alientos para resistir golpe tan terrible. En el momento de expirar su marido caía ella de un desmayo en otro, de modo que se separó de la persona con quien estaba unida por el lazo sagrado del matrimonio sin poder decirle una palabra de despedida.

Miss Ophelia, con la fuerza del alma y la sangre fría que la caracterizaban, permaneció hasta el fin cerca de su primo atenta y cuidadosa para aliviarle en cuanto podía, uniéndose de corazón a las oraciones fervorosas de los pobres esclavos.

Cuando se desnudó el cuerpo exánime se halló en su seno un medallón muy sencillo, que se abría mediante un resorte. Contenía, por un lado, la miniatura de una mujer noble y hermosa, y, por el otro, un ricito de negros cabellos. Púsosele en el pecho inanimado. ¡Polvo sobre polvo! ¡Tristes reliquias de ensueños juveniles que en otro tiempo habían hecho latir con ardor su corazón, en aquel momento helado!

El alma de Tom se hallaba enteramente absorta en ideas sobre la Eternidad, y mientras se enterraba aquel cuerpo sin vida no pensó una vez siquiera que semejante golpe le hundía en una esclavitud sin esperanza. Sentíase tranquilo y en paz con su amo, porque en el momento solemne de dirigir sus oraciones a su Padre celestial había recibido en el fondo de su alma una respuesta satisfactoria. Los hondos sentimientos de su naturaleza afectuosa le hacían capaz de comprender algo de la plenitud del amor divino, porque dijo un antiguo oráculo: «El que vive en el amor, vive en Dios, y Dios, en él». Tom, pues, estaba lleno de esperanza, de confianza y de paz.

Pero terminadas las ceremonias fúnebres, como de ordinario, con su triste pompa, sus oraciones y sus lutos, volvió a tomar su curso la corriente de la vida.

—¿Qué hemos de hacer ahora?

Esta fue la pregunta que se hizo al cabo Marie, cuando, vestida en traje de mañana rodeada de esclavos serviciales, estaba echada en una butaca examinando muestras de gasa y de bombasí. Igual pregunta ocurrió a *miss* Ophelia, que comenzó a pensar en su patria del norte, y la misma se presentó a la mente de los pobres esclavos, aunque acompañada de silenciosos temores, porque conocían demasiado el carácter tiránico de su señora. Sabían muy bien que la indulgencia de que habían disfrutado hasta entonces procedía del señor, y no de la señora, y que nada podía preservarlos de los duros tratamientos que una naturaleza irritada por las penas podía hacerles sufrir.

Quince días después del entierro de St. Clare, estando *miss* Ophelia ocupada en su cuarto, oyó un golpecito a la puerta. Abrió al instante, y era Rosa, la linda cuarterona a quien ya conocemos, con el cabello en desorden y los ojos arrasados en lágrimas.

—¡Oh, *miss* Ophelia! —exclamó cayendo de rodillas y cogiéndola del vestido—. ¡Vaya usted, por favor, a hablar por mí a la señora! ¡Defiéndame usted! Me envía afuera para que me azoten; vea usted.

Y dio un papel a *miss* Ophelia.

Era una orden escrita de la mano delicada de Marie al amo de una casa de corrección para dar quince azotes al portador del billete.

—¿Qué has hecho? —preguntó *miss* Ophelia.

—Ya sabe usted, *miss* Ophelia, que tengo muy mal genio; bien lo siento. Cuando estaba probando a *miss* Marie su vestido nuevo, me pegó en el rostro, y yo, sin reflexionar nada, la respondí con enfado. Entonces me dijo que ya sabría hacerme guardar mi puesto y enseñarme para siempre a levantar tanto la frente. Ha escrito este papel y me ha mandado llevarle. Mejor quisiera que ella me matara antes que cumplir su mandato.

Miss Ophelia permaneció de pie, meditabunda, con el papel en la mano.

—Ya conocerá usted, *miss* Ophelia, que no me importaría gran cosa el recibir los azotes si fuera usted o *miss* Marie quien me los diese; pero la vergüenza está en ser enviada a un hombre, y a un hombre tan horrible, *miss* Ophelia.

Miss Ophelia sabía muy bien que era costumbre general enviar a las mujeres y a las muchachas a las casas de corrección, a manos de los hombres más viles para ejercer semejante cargo, y que allí, despojadas de sus vestidos, se veían sometidas a una vergonzosa corrección. Sabía todo esto hacía mucho tiempo; pero jamás se le presentó a su vista en realidad hasta que presenció la terrible desesperación de Rosa.

Agitóse con vehemencia en *miss* Ophelia el sentimiento del pudor femenino; hizo sonrojar su rostro y latir el corazón su sangre de mujer de la libre Nueva Inglaterra, y merced a su prudencia habitual y al imperio que tenía sobre sí misma pudo dominarse, y arrugando el papel que aún conservaba en la mano, dijo a Rosa:

—Aguárdame aquí, hija mía, mientras voy a ver a tu señora. ¡Qué vergüenza! ¡Qué monstruosidad! —se decía a sí misma atravesando la sala.

Encontró a Marie sentada en un sillón. Mammy la estaba peinando y Jane se ocupaba en frotarle los pies.

—¿Cómo se encuentra hoy? —le dijo *miss* Ophelia.

Lanzó un profundo suspiro y cerró lánguidamente los ojos. Esta fue por un momento su única respuesta.

Al fin, Marie contestó:

—¡Oh, no sé, prima; pero creo que no estaré nunca mejor que ahora! Y Marie se enjugó los ojos con un pañuelo de batista, guarnecido de una ancha cenefa negra.

—Vengo —dijo *miss* Ophelia con una tosecilla seca, de esas que suelen dar principio generalmente a conversaciones difíciles y graves—, vengo a hablar a usted por la pobre Rosa.

Los ojos de Marie se abrieron demasiado, encendiéronse sus mejillas, y respondió con viveza:

—Y bien, ¿qué hay?

—Está muy arrepentida de su falta.

—¡Ay! ¿Lo está de veras? Pues todavía se ha de arrepentir más. He soportado demasiado el descaro de esa muchacha, y ya es tiempo de bajarle los humos.

—¿Pero no podría usted castigarla de otra manera menos humillante?

—Humillarla es precisamente lo que quiero. Siempre ha confiado en sus pocas fuerzas, en su bonita cara y en sus ademanes de señora, de manera que ha olvidado lo que es. Quiero darle una lección que la colocará en su puesto, si no me engaño.

—Pero, prima, reflexione usted que si destruye usted en una muchacha su delicadeza y su pudor, la colocará al borde del precipicio.

—¡La delicadeza! —dijo Marie con sonrisa desdeñosa—. ¡No deja de ser buena expresión aplicada a semejante criatura! Con todas sus pretensiones le he de hacer ver que no vale más que la última mujer perdida que pasea por las calles. Prometo a usted que no ha de darse más tono en mi presencia.

—¡Usted responderá ante Dios de tanta crueldad!

—¡Crueldad! ¡Me alegraría saber lo que eso tiene de cruel! Sólo he dado orden para quince azotes, recomendando que no fuesen muy fuertes. Ciertamente que no hay en esto crueldad alguna.

—¡Ninguna! —dijo *miss* Ophelia—. Por mi parte, creo que valdría más matar a cualquier muchacha que tratarla así.

—Eso es muy natural en personas que son de los sentimientos de usted; pero tales criaturas se acostumbran a los castigos fuertes y es el único medio de someterlas. Cuando alguna vez se comienza a mimar a los criados, cobran cierto imperio sobre los amos, como ha sucedido precisamente en mi casa. Ya he tomado un camino opuesto, y les he advertido que pienso enviarlos a todos ellos para que sean azotados si no varían de conducta.

Marie miraba en derredor suyo con aire resuelto. Jane bajaba la cabeza al oír tales palabras, porque conocía bien que iban a ellas dirigidas. *Miss* Ophelia se sentó un momento, como si hubiera tomado un brebaje capaz de hacerla estallar. Pero conociendo que era inútil toda discusión con semejante persona, se resignó a guardar silencio, y haciendo un último esfuerzo sobre sí salió de la habitación.

Penosa era la comisión para *miss* Ophelia de volver a decir a Rosa que no había podido obtener nada en favor suyo. En efecto; poco tiempo después, uno de los criados de Marie fue a buscar a Rosa para llevarla a la casa de corrección, adonde fue arrastrada, a pesar de sus llantos y de sus súplicas.

Algunos días después, hallándose Tom muy pensativo en un balcón, se le acercó Dolph, que desde la muerte de su amo había estado completamente abatido e inconsolable. Dolph sabía que su señora le miraba con cierta antipatía; pero en vida de St. Clare no se había inquietado lo más mínimo. Ahora que ya no existía, pasaba los días en continuos temores, ignorando lo que podía sucederle. Marie tuvo varias conferencias con su abogado, y después de haber consultado al hermano de St. Clare, se decidió a vender la casa y todos los esclavos, excepto los que le pertenecían en propiedad, con los cuales quería volverse a la plantación de su padre.

—¿Sabe usted, Tom, que vamos a ser vendidos todos? —dijo Dolph.

—¿Cómo lo sabe usted?

—Porque he estado escondido detrás de las cortinas mientras la señora ha hablado con el abogado. Dentro de algunos días nos veremos expuestos a pública subasta, Tom.

—Cúmplase la voluntad del Señor —respondió Tom, cruzando los brazos sobre el pecho y lanzando un suspiro.

—Jamás encontraremos a un amo como el que hemos perdido —dijo Dolph con aire pensativo—; pero deseo más ser vendido que permanecer bajo el dominio de la señora.

Tom se retiró con el corazón traspasado.

La esperanza de su libertad, el pensamiento de su mujer y de sus hijos se presentaron a su alma resignada, como al que naufraga a la entrada de un puerto y se le ofrece al otro lado de las olas la vista del campanario y los tejados queridos de su pueblo natal, que sólo aparecen un instante para darles el último adiós. Apretaba con fuerza sus brazos contra el pecho y le costaba trabajo reprimir sus lágrimas amargas; quería rezar. ¡Pobre corazón! Alimentaba en favor de la libertad una preocupación tan extraña, tan inexplicable, que siendo aquel un rudo golpe para él, decía, sin embargo: «Cúmplase vuestra voluntad». Después se entregaba al dolor.

Tom se decidió a ir en busca de *miss* Ophelia, que desde la muerte de Eva le había tratado siempre con una bondad y un respeto particulares.

—*Miss* Ophelia, el señor St. Clare me prometió mi libertad. Me dijo que había comenzado a dar los pasos necesarios para asegurarla, y si ahora fuera usted tan bondadosa que hablase a la señora, quizá se decidiría a proseguir el negocio, puesto que ese era el deseo del señor.

—Hablaré por usted y haré lo que esté de mi parte —respondió *miss* Ophelia—; pero si depende de la señora St. Clare, no confío mucho. Sin embargo, haré la prueba.

Este incidente ocurrió poco después del castigo de Rosa y cuando *miss* Ophelia hacía sus preparativos para volverse al norte.

Reflexionando sobre su conversación anterior con Marie, le pareció que entonces se había dejado llevar demasiado de su vivacidad. Resolvió, pues, hacer esta vez todos los esfuerzos por moderar su celo y mostrarse todo lo conciliadora posible. Su alma excelente apeló a sus fuerzas, y tomando la calceta se dirigió hacia la habitación de Marie, resuelta a ser amable cuanto pudiera y a desempeñar el negocio con toda la habilidad diplomática de que era capaz.

Encontró a Marie echada en un sofá, apoyado un codo en los cojines, mientras que Jane le enseñaba varias muestras de telas negras que había traído de un almacén.

—Esta me sentará muy bien —dijo Marie escogiendo una—; pero no estoy segura si será precisamente de verdadero luto.

—Señora, esa es, en verdad —dijo Jane con viveza—, la que llevaba el verano pasado la señora generala Derbennon, después de la muerte de su esposo, y le sentaba muy bien.

—¿Qué le parece a usted? —dijo Marie a *miss* Ophelia.

—Esa es cuestión de moda, y usted puede ser mejor juez que yo en la materia.

—Lo cierto es —contestó Marie— que no tengo un vestido que ponerme, y como levanto la casa y parto la semana próxima, necesito tomar alguna resolución.

—Pues qué, ¿se marcha usted tan pronto?

—Sí; ha escrito el hermano de St. Clare, y lo mismo que el abogado, cree lo mejor vender los esclavos y todo el mobiliario, dejando la casa en manos del primero.

—Desearía hablar a usted de un asunto —dijo *miss* Ophelia—. Augustine prometió a Tom su libertad y empezó a practicar las primeras diligencias sobre el asunto. Espero que dé usted orden para terminarle.

—A fe mía que no he de hacer nada —respondió Marie secamente—. Tom es uno de los esclavos que valen más aquí; y sería ese un sacrificio que yo no puedo hacer. Por otra parte, ¿qué necesidad tiene de su libertad? Mejor le va como está.

—Pero la desea muy ardientemente, y su amo se la había prometido —repuso *miss* Ophelia.

—Bien creo que la deseará —dijo Marie—. Todos lo querrían tener. Es una raza descontentadiza que ansía siempre lo que no tiene. Además, la emancipación es contraria a mis principios. Téngase a un negro bajo el cuidado de su amo y se portará bien; pero si llega a ser manumitido se vuelve perezoso, holgazán, borracho y, en fin, todo lo peor del mundo. Hablo en esto por experiencia, y conozco que no se les hace ningún favor dándoles la libertad.

—Pero Tom es tan sobrio, tan trabajador, tan piadoso...

—¡Oh! No me diga usted esas cosas. He visto a cientos como él. Será bueno mientras siga bajo el dominio de su amo, y nada más.

—Pero reflexione usted al menos —dijo *miss* Ophelia— en lo expuesto que se halla a caer en manos de un mal amo si llega usted a venderle.

—¡Oh! —contestó Marie—. No sucede a menudo que un esclavo bueno encuentre un mal amo. La mayor parte de éstos es buena, por más que se diga. He vivido en el sur, donde me he criado, y jamás supe que un amo tratara mal a sus criados; todo lo contrario, mejor de lo que merecían. No tengo ningún recelo ni temor sobre este asunto.

—Bien —dijo *miss* Ophelia enérgicamente—; pero yo sé que uno de los últimos deseos de su esposo de usted era que Tom recibiera su libertad. Lo prometió a la querida Eva, moribunda, y no creo que deba usted considerarse libre de cumplirlo.

Marie, al oír tales palabras, se cubrió el rostro con el pañuelo, empezó a sollozar y a hacer uso moderado de su frasquito de esencias.

—Todos van contra mí —exclamó—. ¡Qué pocas consideraciones se me guardan! Nunca hubiera esperado semejante cosa de usted. ¡Venir a traerme el recuerdo de mis penas! ¡Pero nadie me comprende, y son mis pruebas tan extraordinarias! ¡Oh, es muy cruel! Tenía sólo una hija y la he perdido; tenía un marido que me convenía. ¡Y es tan difícil que me convenga una cosa!; pero me ha sido arrebatado... Según parece, no muestra usted grandes simpatías por mi dolor, cuando recuerda de ese modo las cosas que me matan. Supongo que son buenas sus intenciones; pero la conducta es imprudente.

Y Marie sollozó de nuevo y llamó a Mammy para que abriese la ventana, le llevara un frasco de alcanfor y le remojase la frente.

Miss Ophelia aprovechó aquel momento de confusión para salir de la pieza. Conoció que era inútil insistir más, porque Marie tenía una capacidad sin límites para los ataques de nervios. Después de semejante escena, cada vez que hacía una alusión a las intenciones de su marido o a los deseos de Eva respecto a los esclavos, se veía retentada por un ataque.

Miss Ophelia hizo por Tom la mejor y única cosa que podía servirle de algo; escribió a *mistress* Shelby de parte de Tom pintando su triste situación y rogándola que lo socorriera.

Al día siguiente, Tom, Dolph y media docena de otros negros fueron conducidos al almacén de esclavos, donde debían ser vendidos al primer traficante que se acercase.

CAPÍTULO XXX
El almacén de esclavos

Tal vez algunos lectores se representan un lugar tal bajo los colores negros y horripilantes; algo así como el tártaro *infor mis ingens, cui lumen adeptum;* pero están en un error. En la actualidad, los hombres han ideado el arte de revestir de un modo hábil y con apariencias de decencia los actos más horrendos y condenables, a causa del temor de escandalizar y provocar al sentido común. La mercancía humana está bien considerada en la plaza; así es que se alimenta, se limpia y se cuida de manera que pueden presentarse a la venta en condiciones ventajosas. Un almacén de esclavos en Nueva Orleans es una casa en la apariencia análoga a las demás ante la cual podéis ver todos los días una fila de hombres y de mujeres que están de muestra debajo de un cobertizo. Se os invitará políticamente a entrar y examinar la mercancía; allí veréis en gran número maridos, mujeres, hermanos, hermanas, padres, madres e hijos, dispuestos a «ser vendidos separadamente o por lotes» a gusto del consumidor. Y su alma inmortal rescatada por la sangre y las angustias del hijo de Dios en aquella hora misteriosa en que tembló la Tierra se chocaron las piedras y se abrieron los sepulcros, es vendida, alquilada, hipotecada o cambiada por especies u otros géneros del mismo valor según el comercio o el capricho del comprador.

Como un par de días después de la conversación que hemos referido entre Marie y *miss* Ophelia, Tom, Dolph y media docena de esclavos de la casa de St. Clare fueron conducidos a las dulces órdenes del señor Sheggs, director de una casa situada en la calle de... para ser vendidos al día siguiente en pública subasta a oferta del mejor postor.

Tom llevaba lo mismo que la mayor parte de sus compañeros, una maleta bastante grande para guardar su ropa. Se les mandó entrar a pasar la noche en una vasta sala donde había una multitud de hombres de todas edades de diversa estatura y de toda clase de color, y donde no se oían más que grandes carcajadas y voces de loca algazara.

—¡Vamos, vamos: así va bien, muchachos! —dijo el señor Sheggs—. Mi gente siempre está alegre conmigo, ¿no es verdad, Sambo? —añadió

Harriet Beecher Stowe

dirigiéndose en tono de aprobación a un negro gordo que, merced a sus bufonadas, excitaba los atronadores aplausos que Tom había oído al entrar. Como podrá suponerse, no estaba Tom de un humor para tomar parte en su alegría. Colocó, pues, su maleta lo más separado posible del grupo y se sentó encima de ella, con la frente apoyada en la pared.

El negociante de carne humana tiene el sistema de no omitir nada a fin de que los esclavos se entreguen a diversiones tumultuosas, con el propósito de que destierren de sí toda reflexión y se adviertan menos sus miserias. El principal objeto del trato que sufre un negro desde que es vendido en el mercado del norte hasta que llega al del sur se reduce a matar su pensamiento y a convertirle en un bruto. El traficante de esclavos junto a su rebaño en la Virginia y en el Kentucky, le conduce a cualquier sitio sano y agradable, muchas veces cerca de aguas termales, para que puedan engordar sus negros. Les da una comida abundante, y a fin de que las penas no les hagan enflaquecer, hace que les toquen el violín para que bailen gran parte del día. El que rehúsa estar alegre y divertirse; el que no puede desterrar de su alma el recuerdo de su mujer, de sus hijos, de su «hogar», es tachado de carácter sombrío y peligroso, y se ve expuesto al mal tratamiento que un hombre cruel y sin más ley que su voluntad quiere hacerle sufrir. Constantemente se les encarga que estén alegres y ágiles, en particular delante de los compradores, a lo cual son estimulados, ya por la esperanza de caer en manos de un buen amo, ya por el temor a los castigos que les aguardan si dejan de ser vendidos.

—¡Oh! ¿Qué hacemos aquí? —dijo Sambo acercándose a Tom cuando el señor Sheggs salió de la habitación.

Sambo era un negro gordo, alto, alegre y bullicioso, que no cesaba de hacer gestos y muecas.

—¿En qué piensas aquí? —dijo a Tom, haciéndole cosquillas por vía de chanza—. Parece que se medita, ¿eh?

—Voy a ser vendido mañana —contestó Tom tranquilamente.

—¿Vendido? ¡Vaya un lance! Yo quisiera tomar también el camino del mercado. ¡Cómo había de haceros reír a todos! Pero dime, ¿va contigo mañana esa caterva? —preguntó Sambo poniendo familiarmente la mano sobre el hombro de Dolph.

—Déjeme usted en paz —exclamó Dolph indignado, levantándose con aire de disgusto.

—¡Ah, muchachos, aquí tenéis un negro blanco como la leche y divinamente perfumado! —dijo, acercándose a Dolph y oliéndolo—. ¡Cielos! ¡Sería excelente para un estanco, porque perfumaría la tienda y la acreditaría sin duda alguna!

—Repito a usted que me deje, ¿no lo oye usted? —repuso Dolph encolerizado.

—¡Vaya, que somos quisquillosos los negros blancos! Mírenos usted un poco.

Y Sambo imitaba cómicamente los ademanes de Dolph.

Después continuó:

—Tiene usted mucha gracia y buen talante; apostaría a que ha pertenecido usted a alguna familia distinguida.

—Sí —dijo Dolph—; tenía un amo que hubiera podido comprar a todos ustedes.

—Vaya, pues dinos el nombre de ese caballero.

—He pertenecido a la familia St. Clare —dijo Dolph con orgullo.

—¿De veras? Apostaría cualquier cosa a que se considera dichosa por perderte de vista. Supongo que te habrán cambiado por alguna porción de vajilla rota u otros artículos del mismo género —dijo Sambo con un gesto provocativo.

Exasperado Dolph con semejantes chanzas, se lanzó furioso sobre su adversario, echando votos y repartiendo bofetones a diestro y siniestro. Los otros reían y aplaudían: la algazara atrajo al jefe a la puerta.

—¿Qué es eso, muchachos? ¡Silencio! —dijo chasqueando su látigo.

Cada uno de ellos huyó en dirección opuesta, excepto Sambo, que prevaliéndose del favor que gozaba con el jefe, por su carácter de bufón, permaneció quieto en su puesto, bajando la cabeza y haciendo horrorosas muecas cada vez que se volvía hacia él su amo.

—Señor, no somos nosotros; estamos muy sosegados; son los recién venidos, que a la verdad no pueden soportarse. Continuamente nos incitan para que tengamos riñas.

Entonces el jefe se volvió hacia Tom y Dolph y les distribuyó sin ningún reparo cierto número de bofetones y de puntapiés, saliéndose enseguida, no sin recordar antes a todos que fueran buenos y que se acostaran.

Mientras pasaba esta escena en el dormitorio de los hombres, ¿quiere el lector dar un vistazo a lo que ocurría en el de mujeres? Allí, echadas y dormidas por el suelo en diferentes posiciones, puede distinguir un número considerable de mujeres de todos colores y edades, desde la infancia hasta la vejez. Aquí se encuentra una hermosa niña de unos diez años, cuya madre ha sido vendida la víspera, y que por fin se queda dormida a fuerza de llorar. Más lejos hay una anciana negra decrépita y gastada, cuyos brazos descarnados y las manos encallecidas atestiguan el duro trabajo de su vida. Mañana será vendida como artículo de desperdicio por lo primero que se ofrezca. Cuarenta o cincuenta esclavas además se ven echadas por el suelo con la cabeza oculta entre una manta o entre sus propios vestidos. En un rincón separado se divisan dos mujeres de aire distinguido que inspiran un particular interés. La primera es una mulata de cuarenta a cincuenta años, decentemente vestida; su fisonomía es dulce y su mirada cariñosa. Lleva un turbante en la cabeza formado de una tela de Madras de vivísimos colores; sus vestidos, bien cortados y hechos de una tela de excelente calidad, demuestran que ha sido tratada con interés y solicitud. A su lado hay una joven de quince años; es hija suya, cuarterona, como puede verse en su tez más blanca, aunque se parece extraordinariamente a su madre. Tiene los mismos ojos negros y dulces con pestañas más largas, y sus cabellos de azabache caen en rizos sobre sus hombros. Está vestida con esmero, y sus manos blancas y delicadas dicen demasiado que ignora los trabajos de una esclava.

Ambas deben ser vendidas al día siguiente en el mismo lote que los esclavos de St. Clare. El caballero a quien pertenecen, y al cual será entregado el precio de su venta, es miembro de una Iglesia cristiana de Nueva York. Recibirá el dinero y después irá a tomar la comunión instituida por su Dios, que lo es también de sus esclavos, sin pensar más en ello.

Estas dos mujeres, que llamaremos Susan y Emmeline, han estado al servicio de una señora caritativa y piadosa de Nueva Orleans, que las había formado, educado e instruido con el mayor cuidado. Han aprendido a leer y a escribir, se les ha enseñado las verdades de la religión, y su suerte ha sido tan dichosa como puede serlo la de una esclava. Pero el hijo único de su señora llevaba la dirección de la casa, y por efecto de sus descuidos y de sus locuras contrajo deudas considerables, llegando al fin a hacer quiebra.

Uno de los principales acreedores pertenecía a la casa B... y Compañía, de Nueva York.

El señor B... escribió con este motivo a su agente de Nueva Orleans, el cual se apoderó de los bienes muebles del quebrado. Las dos mujeres y una porción de esclavos de plantación formaban la parte más considerable de los citados bienes muebles.

El agente preguntó a su principal de qué modo debía obrar en el asunto, y el señor B..., en calidad de cristiano y como habitante de un Estado Libre, se encontró perplejo para contestar. No quería comerciar con esclavos y almas humanas: miraba con repugnancia este medio de reintegrarse de sus fondos; pero treinta mil pesos comprometidos en el negocio eran una suma demasiado crecida para sacrificarla a un principio. Así es que después de haber reflexionado mucho y pedido consejos a quien podía dárselos a su gusto, B... escribió a su agente que obrara de la manera que le pareciese más ventajosa con tal que le librara el dinero lo más pronto posible.

Al día siguiente de llegar la carta a Nueva Orleans, Susan y Emmeline fueron enviadas al depósito para ser vendidas al otro día. Mientras a la claridad de la luna, cuyos rayos penetran a través de las ventanas enrejadas, las observamos vagamente, escuchemos su conversación. Lloran, pero silenciosamente, para no aumentarse una a otra su aflicción.

—Madre mía, ponga usted la cabeza sobre mis rodillas y procure dormir un poco —dijo la joven esforzándose por aparecer tranquila.

—No está mi corazón para dormir, Emmeline; es imposible. Quizá sea la última noche que estemos juntas.

—¡Oh, no hable usted así! ¿Quién sabe si nos venderán a una misma persona?

—Lo mismo diría yo a otra mujer cualquiera si necesitara de consuelos. ¡Pero temo tanto el perderte! La desgracia que nos amenaza me embarga completamente.

—¡Valor, madre mía! Ese hombre ha dicho que teníamos las dos buena cara y que seríamos vendidas fácilmente.

Susan no olvidaba las miradas y las palabras del hombre en cuestión. Su corazón se oprimía dolorosamente cuando recordaba haberle visto mirando las manos de Emmeline, levantando los largos rizos de su cabellera y proclamándolos como un artículo de primera calidad. Susan había recibido una educación cristiana; acostumbrada a leer la Biblia todos los días, experimentaba, ante la idea de vender a su hija, a la infamia, el mismo terror que experimentaría toda madre cristiana en iguales circunstancias; pero estaba sin esperanza y sin protección.

—Madre, crea usted que seríamos muy dichosas si pudiéramos pertenecer a una misma familia, usted como cocinera y yo como doncella o costurera, espero que así suceda. Aparentemos estar alegres y digamos cuanto sabemos hacer, pues de este modo quizá lo conseguiremos.

—Deseo que te peines mañana echándote el pelo hacia atrás —dijo Susan.

—¿Por qué, madre? Eso no me sienta tan bien.

—Sin duda, pero así tendrás mejor salida.

—No comprendo la razón —repuso la joven.

—Si tienes un aspecto sencillo y modesto habrá más probabilidades de que te compre una familia respetable, mientras que pasarás inadvertida si sólo procuras parecer hermosa; tengo en esto más experiencia que tú, hija mía.

—Pues bien, madre; lo haré.

—Escúchame además. Emmeline; si mañana tuviésemos que separarnos para siempre, si fuera yo vendida para una plantación y tú llevada a otra parte, no olvides jamás lo que has aprendido, lo que nuestra ama te enseñara. No abandones tu Biblia y tu libro de cánticos; si eres fiel al Señor, Él se mostrará fiel contigo.

Así hablaba esta pobre madre mientras sentía su corazón profundamente abatido; porque sabia muy bien que a la mañana siguiente, el primer hombre que se presentara, cualesquiera que fueran su bajeza, brutalidad, falta de religión y dureza de corazón, con tal de que tuviera dinero, iba a ser el dueño absoluto del cuerpo y el alma de su hija... Y en este caso, ¿cómo había de ser la pobre fiel? Pensó en todo esto estrechando a su hija entre sus brazos y deseando que apareciera lo menos hermosa y encantadora. El recuerdo mismo de la pureza y de la piedad, en las cuales la niña había sido criada, aumentaba su dolor. No le quedaba más recurso que la oración, y recogió su espíritu. ¡Ah! ¡Cuántas oraciones se elevan a Dios desde prisiones de esclavos tan decentes como ésta! ¡Pero día llegará en que sean escuchadas! Porque está escrito: «Al que haga caer a una de estas criaturas le tendría más cuenta que se atara al cuello una rueda de molino y fuera arrojado al mar».

Graves, silenciosos y dulces, los rayos de la luna penetran en esta prisión, dibujando en las pobres mujeres, medio dormidas, la sombra de los hierros de las ventanas. La madre y la hija cantan a la par una triste melodía, himno de los funerales, bien conocido entre los esclavos:

¿Dónde está María, la llorosa?
¿Dónde está María, la llorosa?
Ya partió al edén celestial:
en calidad de alma libertada
vio alegre su patria estrellada
y escaló la mansión celestial.

¿Do podré encontrar a Pablo y Sillas?
¿Do podré encontrar a Pablo y Sillas?
¡Gozan ya de gloria sempiterna!
Libres de todo lazo mortal
volaron al edén celestial,
do gozan de paz y dicha eterna.

Aquellas palabras, cantadas por voces dulces y penetrantes en un tono que parecía revelar la desesperación de este mundo y la esperanza de otro, se elevaban armoniosas y patéticas por las paredes de la prisión.

¡Cantad, pobres mujeres; la noche es corta y mañana os separaréis para siempre!

Pero he aquí que al romper el alba todos se levantan, y el digno señor Sheggs está muy ocupado y de buen humor, porque necesita preparar para la venta una porción de mercancía. Echa una rápida mirada sobre los trajes y peinados de cada una y hace a todos el encargo de mostrarse alegres y risueños, y los forma en círculo para examinarlos por última vez antes de que sean conducidos a la Bolsa.

El señor Sheggs, con su sombrero de hojas de palmera en la cabeza y su cigarro en la boca, pasa revista a sus mercancías para dar la última mano a su buena apariencia.

—¿Qué es eso? —exclamó deteniéndose delante de Susan y Emmeline—. ¿Dónde están tus bucles, muchacha?

La joven mira tímidamente a su madre, que con la sencilla habilidad, tan común entre los negros, responde:

—Le he dicho anoche que se peinara el pelo liso y que no ondeara en bucles, porque así tiene el aspecto más respetable.

—¡Vaya unas necedades! —respondió el hombre en tono brusco.

Y volviéndose hacia la muchacha:

—Ve inmediatamente a hacerte unos bucles bonitos, ¿oyes? —añadió blandiendo una caña que tenía en la mano—. Vuelve pronto. Anda tú a ayudarla —dijo a la madre—. Ese peinado puede influir en la venta por cien pesos lo menos.

En un espléndido pasaje había reunidos hombres de todas las naciones, paseándose en distintas direcciones por el pavimento de mármol. Alrededor de aquel recinto circular se veían tribunitas o pequeños palcos para el uso de los comisarios tasadores y para sus pregoneros. Dos de estas tribunas, una frente a la otra, estaban ocupadas por hábiles personajes, ilustres en el oficio, que hacían subir con entusiasmo, en francés y en inglés, las posturas de los peritos sobre las diversas mercancías.

Otra en el lado opuesto, todavía sin ocupar, estaba rodeada de un grupo que aguardaba el momento de la venta. Aquí es donde divisamos a los esclavos de St. Clare, y aquí es también donde Susan y Emmeline, con el rostro abatido, aguardan a la vez.

Un gran número de espectadores, dispuestos o no a comprar, según se presentara la ocasión, se reúne alrededor del grupo de los esclavos; tocan, examinan y discuten sobre su mérito respectivo con la misma serenidad que un grupo de «jockeys» discurre sobre el mérito de un caballo.

—¡Hola! ¿Qué trae usted por estos sitios? —dijo cierto «dandy» tocando en el hombro a un joven elegantemente vestido que examinaba a Dolph con un anteojo.

—Necesito un ayuda de cámara y he oído que están de venta los esclavos de St. Clare. He venido, pues, a tomar algunos datos.

—No compraría yo ningún esclavo de St. Clare —respondió el «dandy»—. Están mimados como niños y son de la piel del diablo.

—Pierda usted cuidado, que como caigan bajo mi dominio pronto perderán tales mañas y conocerán al instante que sirven a otro amo distinto que St. Clare. A fe mía deseo comprar a ese muchacho, porque me gusta su aspecto.

—Aseguro a usted que no bastará toda su fortuna para mantenerle; es pródigo como el que más.

—Sí; pero milord advertirá bien pronto que no hay medio de ser pródigo conmigo. Haré que de vez en cuando se le siente la mano, y respondo de su buena conducta; ya verá usted como esto le inspira una contricción edificante; he de reformarle desde los pies a la cabeza. Decididamente, le compro.

Tom había recorrido con mirada inquieta la multitud de personas que se agolpaban a su alrededor, buscando el semblante de un hombre a quien pudiera dar con gusto el nombre de amo. Si alguna vez te hubieras visto, lector, en la necesidad de escoger entre doscientos o trescientos hombres al que debiera ser tu poseedor y tu amo, descubrirías quizá, como Tom, cuán pocos eran a los que te entregarías sin temores. Tom veía pasar ante sus ojos diversos tipos de la especie humana: unos eran altos, gordos otros, de pequeña estatura algunos, varios secos y otros muchos de caras alargadas y enjutas, expresión de dureza; había todas las clases de hombres: rechonchos y vulgares, que recogen a sus semejantes como si recogieran astillas, echándolas en una cesta o al fuego con la misma indiferencia, según sus necesidades. Pero no vio a ningún St. Clare.

Un momento antes de principiarse la venta se abrió paso a través de la multitud, como quien va a desempeñar activamente un negocio, un hombre de pequeña estatura, grueso, musculoso, que llevaba una camisa de color desabrochada por el pecho y unos pantalones manchados de lodo y en muy mal uso. Acercóse al grupo de esclavos y empezó a examinarlos con detención.

Así que le vio Tom experimentó un horror instintivo, que iba en aumento a medida que se acercaba el desconocido. Era evidente que tenía una fuerza hercúlea, a pesar de su pequeña estatura. Su gran cabeza ancha y redonda, sus ojos de un gris claro con sus cejas rojas y pobladas, sus cabellos ásperos y mal peinados, su semblante bronceado, en fin, no eran prendas que dijeran mucho en favor suyo. Su desmesurada boca estaba siempre llena de tabaco, cuyos pedazos arrojaba de vez en cuanto con estrépito y violencia. Sus manos eran enormes, velludas y ennegrecidas por el sol, cubiertas de manchas rojas y defendidas por uñas muy largas y sucias. Este hombre tan extravagante comenzó, pues, un examen minucioso de todos los esclavos: cogió a Tom por las mandíbulas y le abrió la boca para verle los dientes: después le hizo remangarse para examinar sus músculos; le volvió de todos lados y le hizo andar y saltar para asegurarse de su agilidad.

—¿Dónde está el que te ha educado? —dijo después de estas pruebas.

—En Kentucky, señor —respondió Tom, buscando en derredor suyo un libertador.

—¿Qué hacías?

—Trabajar en la posesión de mi «amo» —dijo Tom.

—Es probable —contestó el otro separándose.

Detúvose un momento delante de Dolph, hizo una descarga del tabaco que tenía en la boca sobre las botas, perfectamente enceradas, del esclavo, y se retiró tosiendo de una manera desdeñosa. Hizo una nueva parada delante de Susan y Emmeline, a la cual atrajo brutalmente hacia sí, y sacando de su faltriquera su mano áspera y sucia la pasó por el cuello y el pecho de la joven; examinó sus brazos, miró sus dientes y la arrojó junto a su madre, cuyo resignado semblante expresaba las crueles penas que le hacía sufrir cada movimiento del inmundo desconocido. La joven, asustada, empezó a llorar.

—Acaben de una vez los llantos —dijo el vendedor—, porque va a principiar la subasta.

Y, en efecto, se dio principio a ella. Dolph fue adjudicado por un precio subido al joven caballero que manifestó desde el principio deseo de comprarle. Los demás esclavos de la casa de St. Clare cayeron en poder de diferentes compradores.

—A ti te toca ahora, ¿lo oyes? —dijo el pregonero a Tom.

Tom subió a la grada y echó a su alrededor algunas miradas inquietas. Todo se confundía en un ruido sordo; la voz sonora del pregonero, que enumeraba en inglés y en francés todas sus cualidades, y el calor de los pujadores; casi inmediatamente se oyeron el golpe final del martillo y la última sílaba de la palabra pesos, cuando el pregonero anunció que Tom estaba adjudicado. Tenía, pues, un amo. Mandósele bajar de la grada, y el hombre rechoncho y de enorme cabeza le cogió ásperamente por el hombro y le puso a su lado, diciéndole con voz ronca:

—¡Aguárdame aquí!

Tom no sabía apenas lo que le pasaba, según era su turbación.

Continuaba la subasta con gran algazara, las palabras inglesas y francesas se sucedían formando un ruido confuso. Cae de nuevo el martillo. Susan está vendida. Baja de la grada, se detiene, echa una mirada inquieta hacia atrás, y su hija le tiende los brazos; ella dirige otra llena de angustia a su nuevo amo, que es un hombre de edad madura y de una fisonomía bondadosa.

—¡Oh, señor, ruego a usted que compre a mi hija!

—Bien quisiera; pero temo no poder —respondió el caballero contemplando con interés doloroso a la joven que acababa de subir a la grada y que echaba a su alrededor miradas tímidas y desconsoladoras.

La emoción coloreaba las mejillas de Emmeline; sus ojos despedían el fuego de la fiebre, y su madre gemía viéndola más hermosa que nunca.

El pregonero pondera sus ventajas y se extiende con volubilidad acerca de las cualidades de la mercancía; las pujas suben con una rapidez progresiva.

—Quiero hacer todo lo posible —dijo el caballero de aspecto bondadoso.

Y se mezcló entre la concurrencia.

Pocos instantes después las ofertas exceden en mucho a la suma de la cual puede disponer. Se calla, grita el pregonero; pero disminuye el número de los aspirantes. La lucha queda empeñada entre un anciano de aire aristocrático y nuestro nuevo conocido, de cabeza enorme y repugnante apariencia. El primero aumentó aún algunas cifras, echando a su adversario miradas de desprecio; pero éste llevaba la ventaja que dan la obstinación y las dimensiones del bolsillo. La lucha sólo duró un momento; cae el martillo, y la joven pertenece al último en cuerpo y alma, al menos que Dios no venga en su ayuda.

Su amo es el señor Legree, plantador de algodón en las orillas del río Rojo. Se ve arrojada al lado de Tom y de otros esclavos y se retira llorando. El caballero bondadoso está verdaderamente triste; mas ¿qué queréis? ¡Son cosas que suceden todos los días! Siempre hay en estas subastas lágrimas de madres e hijas; pero es un mal sin remedio. Dos días después, el agente de negocios de la casa cristiana B..., y Compañía envió a sus clientes el precio de la venta. Al dorso de la letra que le fue dirigida escribiríamos estas palabras del juez remunerador, al cual tendrá que dar cuenta un día de sus obras: «Cuando Él pida vengar la muerte, la sangre injustamente derramada, no olvidará el grito de los débiles y oprimidos».

CAPÍTULO XXXI
La travesía

Atado Tom los brazos y cargados los pies de cadenas, estaba sentado en el fondo de un barquichuelo que subía por el río Rojo, a la vez que su corazón se sentía oprimido por un peso mucho más grave todavía que el de los hierros que le aprisionaban; todo se había oscurecido en su cielo, sin luna ya y sin estrellas. Sus dulces ensueños de dicha y felicidad habían desaparecido para siempre ante él, como desaparecerían con velocidad de sus ojos los árboles de las riberas por donde bogaban. De la casa del Kentucky, con sus amos indulgentes, con su mujer y sus hijos, ¿qué le quedaba? ¡Adiós, casa de St. Clare con su lujo y esplendor; rubia cabeza de Eva con sus miradas celestiales; el mismo St. Clare, tan orgulloso, tan alegre, tan indiferente en la apariencia, y, sin embargo, tan bueno siempre; las horas de descanso y de placer permitidas! Todo lo había perdido. En cambio de esto, ¿qué le quedaba?

Una de las consecuencias más dolorosas de la esclavitud se manifiesta principalmente en las separaciones de este género.

El negro, simpático, imitador, que en una familia distinguida adquiere al instante los gustos y los sentimientos que forman su atmósfera, se ve expuesto cada día a ser propiedad de los hombres más groseros y brutales del género humano; es tratado como una silla o una mesa, que después de haber adornado un salón elegante va a parar, por fin, sucia y gastada, al aposento de alguna miserable taberna o a viles guaridas donde se albergan el vicio y la iniquidad. La única diferencia entre ellos es que la mesa y la silla no sienten, y el «hombre siente»; porque el documento legal que le declara objeto de otro no borra jamás de su alma la esperanza, el deseo, el temor, el cariño y todo su mundo interno de sentimientos.

El señor Simon Legree, el amo de Tom, había comprado ocho esclavos en diferentes mercados de Nueva Orleans, y los había conducido con esposas en las manos y encadenados de dos en dos al barco de vapor El Pirata, que estaba dispuesto para subir la corriente del río Rojo.

Después de haberlos embarcado cual convenía, paseóse por todo su alrededor para pasarles revista con cierto aire de actividad que siempre le había caracterizado. Habiéndose parado delante de Tom, que estaba vestido con su traje de paño negro, camisa bien almidonada y botas relucientes para el acto de la venta, le dirigió la palabra en estos términos:

—Ponte de pie.

Tom obedeció.

—Quítate la corbata.

Pero como Tom, embarazado con sus cadenas, procediese lentamente en esta operación, acudió en su ayuda, y arrancándosela de un tirón la guardó en su faltriquera. Legree volvió enseguida a la maleta de Tom, que ya había examinado, y sacando unos pantalones viejos y un chaquetón desgarrado que llevaba el esclavo para sus trabajos de caballeriza, le quitó las esposas y le dijo, enseñándole un rincón separado:

—Ve allí a ponerte este vestido.

Tom obedeció y volvió al instante.

—Quítate las botas —le dijo el señor Legree.

Tom se quitó las botas.

—Toma —añadió echándole unos zapatos toscos y fuertes como llevan de ordinario los esclavos—, póntelos.

En el cambio precitado que Tom había hecho de su traje no se olvidó de tomar su Biblia querida. Felizmente para él, porque el señor Legree, después de haberle puesto las esposas, empezó a registrar con detención las faltriqueras del vestido que acababa de quitarse Tom. Sacó de ellas un pañuelo de seda y otros objetos sin valor que el esclavo había conservado como un tesoro porque pertenecían a Eva; se quedó con el primero, y mirando desdeñosamente a los segundos los echó al río; después abrió un librito de himnos metodistas, que Tom no pudo coger en la precipitación.

—¡Oh! A lo que parece, eres devoto. ¿Cómo te llamas? ¿Perteneces a alguna iglesia, eh?

—Sí, señor —respondió Tom con firmeza.

—Pues bien; yo respondo de corregirte bien pronto. Has de saber que en mi casa no hay negros que canten, ni recen, ni entonen himnos. Ya lo sabes; no olvides esta advertencia —añadió, dando una patada en el suelo y fijando en Tom sus ojos grises llenos de maldad—: soy yo tu iglesia ahora: es necesario, pues, que seas lo que yo quiera.

En aquel momento sintió el negro una especie de voz silenciosa en su corazón que respondió: «No», y creyó oír al mismo tiempo estas palabras de un antiguo oráculo que Eva le había leído muchas veces: «No temas, porque yo te he rescatado; te he llamado por mi nombre, estás en mí».

Pero Simon Legree no oyó la voz ni la oirá jamás; fijó por un momento sus ojos en el semblante abatido de Tom y se retiró con su maleta debajo del brazo. Al cabo de algunos instantes la llevó al castillo de proa y vendió uno a uno todos los objetos que contenía. Después de muchas risas y chanzonetas de todos los marineros sobre la manía que tienen los negros de remedar con afán a los señores, fue puesta también a subasta la misma maleta. Era un verdadero escarnio ver a Tom con sus ojos fijos en cada una de sus prendas, que iban pasando a manos de otros propietarios. La venta de la maleta fue más divertida aún y dio motivo a un sin número de bromas. Terminado el negocio se dirigió Simon hacia Tom, y le dijo:

—Ea, ya ves cómo te he desembarazado de tu equipaje; cuida mucho el que tienes, porque ha de pasar mucho tiempo antes que veas otro. Por mi parte, profeso los principios de enseñar a los negros a ser cuidadosos; en mi casa un vestido dura un año.

Simon se acercó enseguida a Emmeline, que estaba algo más lejos, encadenada con otra mujer.

—Vamos, querida mía —le dijo pasando la mano por su cara—, un poco de alegría.

La mirada involuntaria de temor, de horror y de aversión que le echó la joven no pasó inadvertida para su amo; frunció el entrecejo, y con aire irritado dijo:

—Acábese de una vez ese tono, que no me gustan malas caras; quiero que me pongas buen semblante cuando te hable, ¿lo oyes? Y tú, vieja impertinente —dijo dando un golpe a la mulata compañera de Emmeline—, hazme el favor de no tener mal gesto. ¡Quiero alegría, alegría! Escuchad —continuó, retrocediendo dos o tres pasos—, miradme de frente...; vamos...

Y daba en el suelo con el pie a cada palabra. Todas las miradas se volvieron hacia él como fascinadas por sus ojos verdosos.

—Ahora —dijo haciendo de su puño pesado y enorme una cosa que se parecía a un martillo de herrero—, ¿veis este puño? Examínale —dijo a Tom, dejándole caer sobre su mano—; mira estos huesos. Pues bien; este puño se ha puesto duro como el hierro a fuerza de pegar a los negros. No he conocido uno a quien no haya trastornado al primer golpe —añadió acercando su puño al rostro de Tom de manera que le hizo retroceder—. No me fío de vuestros malditos capataces; yo mismo dirijo los trabajos, y os advierto que no se me escapa nada. Cada cual debe cumplir con su obligación y obedecer pronto y derecho como una flecha a mis palabras. Es el único medio de llevarse bien conmigo; en vano buscaréis en mí ternura, y tened presente que tampoco se encuentra compasión.

Las mujeres, asustadas, contenían involuntariamente su respiración, y lo mismo que los demás esclavos escuchaban el discurso con aire triste y desolado. Simon volvió pies atrás y se fue a la cantina a beber un vaso de aguardiente.

—Así es como yo empiezo con mis negros —dijo a un hombre de apariencia distinguida que había oído su discurso—. Mi sistema es leerles al principio la cartilla para que así sepan a qué atenerse.

—Es verdad —contestó el desconocido mirándole con la curiosidad de un naturalista que estudia algún objeto extraño.

—Es indudable, no soy ninguno de esos plantadores aristócratas de manos blandas que se dejan engañar por capataces de malas mañas. Mire usted estas articulaciones, toque usted este puño, vea usted cómo la carne se ha vuelto dura como una peña a fuerza de pegar a los negros.

El desconocido tocó su mano, y le dijo:

—Muy dura, en efecto; supongo que el ejercicio le habrá puesto el corazón semejante.

—Sí, en verdad; puedo lisonjearme de eso —respondió Simon soltando la risa—; no hay persona en mi concepto más dura que yo, y no me dejo enternecer ni por los gritos ni por las caricias de los negros.

—¿Lleva usted ahí buenos artículos?

—En efecto; particularmente Tom se me ha asegurado que es una cosa extraordinaria. Le he pagado algo caro; podrá servirme de capataz o cosa por el estilo. Pero es preciso ante todo quitarle las costumbres que ha adquirido por no haber sido tratado como no deben serlo jamás los negros; entonces será un objeto de primera calidad. Respecto a la vieja, me han robado el dinero, porque creo que está muy enferma; será tratada como lo que vale; todavía puede durar un año o dos. Yo no soy de los que economizan los negros; mi sistema es servirme de ellos y después comprar otros. Esto es lo más agradable, y no dudo que al fin se saca mejor partido.

Y Simon apuró su vaso.

—¿Cuánto suelen durar generalmente? —dijo el desconocido.

—No lo sé de cierto; es según su constitución. Los robustos y alegres duran seis o siete años; los débiles de desperdicio se acaban en dos o tres años. Al principio los cuidaba mucho: los medicinaba cuando caían enfermos y les daba buena ropa, mantas y otras cosas: pero, ¡bah!, no me servía de nada; gastaba el dinero inútilmente. Ahora, ya ve usted; los trato siempre lo mismo, estén sanos o enfermos. Cuando muere un esclavo se compra otro, y al fin es más cómodo y sale más barato.

Volvióse el desconocido y se sentó junto a un caballero que había escuchado la conversación con cierto disgusto.

—Preciso es suponer que no sean iguales a este hombre todos los plantadores del Mediodía —le dijo.

—Así lo creo —respondió el joven viajero con tono significativo.

—Es un hombre vil, despreciable y brutal —respondió el otro.

—Y, sin embargo, las leyes de ustedes le permiten disponer absolutamente de la existencia de seres humanos sin conceder a éstos una sombra siquiera de protección. ¡Y cuántos amos hay de esta especie!

—Sin duda alguna —contestó el primero—; pero también se hallan entre los plantadores hombres filántropos y generosos.

—Se lo concedo a usted —repuso el joven—; pero en mi opinión, ustedes, los hombres filantrópicos y generosos, son los más responsables de la brutalidad y de los ultrajes que sufren esos infelices. Si ustedes no tolerasen hasta cierto punto con su influencia a esos hombres, no duraría mucho este sistema. Si todos los plantadores fuesen como éste —dijo señalando a Legree, que se hallaba vuelto de espaldas—, desaparecería tan triste estado de cosas como si se arrojara al mar una rueda de molino. El respeto que ustedes inspiran y su filantropía son los que protegen y autorizan la brutalidad.

—Doy a usted gracias por la buena opinión que ha formado de mí, caballero —dijo el plantador—; pero aconsejo a usted que no hable tan alto, porque van personas a bordo que podrían ser muy bien menos tolerantes que yo. Aguarde usted que lleguemos a mi plantación, y allí podrá decir de nosotros cuanto guste.

El joven se sonrojó y rio enseguida. Después se pusieron los dos interlocutores a jugar al chaquete. En aquel mismo instante tenía lugar otra conversación al otro extremo del barco entre Emmeline y la mulata compañera suya de cadena.

—¿A quién pertenecía usted? —preguntó Emmeline.

—Mi amo se llamaba señor Ellis, y vivía en Levee-Street. Quizá haya usted visto la casa.

—¿Era bueno para usted?

—Sí; lo fue extraordinariamente hasta que cayó enfermo. Su enfermedad fue larga y permaneció al menos seis meses en este estado, durante el cual se puso inaguantable: se volvió exigente y caprichoso, me hacía velarle de noche y de día hasta que no pude resistir más y porque me dormí una noche me habló de una manera furiosa, diciéndome que me vendería al amo más cruel que encontrase. Sin embargo, prometióme más tarde la libertad; pero entonces murió.

—¿Tenía usted parientes? —dijo Emmeline.

—Sí; mi marido, que es herrero; nuestro amo le tenía alquilado fuera de la casa. Me lo hicieron partir tan repentinamente que no me dio tiempo de verle siquiera; además tengo cuatro hijos, ¡Oh, Dios mío, qué caras afecciones! —dijo la pobre mujer cubriéndose el semblante con sus manos.

Un instinto natural impulsa a cuantos oyen una narración triste y dolorosa a buscar en su mente alguna palabra de consuelo. Emmeline hubiera querido decirle algo así; pero no encontró nada. ¿Qué habría podido, en efecto, decir? Como por un acuerdo tácito evitaron las dos el hablar del hombre terrible que había llegado a ser su amo.

Seguramente las creencias religiosas, encierran consuelos para nosotros, aun en los días más sombríos. La mulata, miembro de la Iglesia metodista, se hacía notar por una piedad que tenía más de sincera que de ilustrada. En cambio, Emmeline había sido educada con mucho mayor cuidado, pues sabía leer y escribir. Una patrona tan piadosa como buena la había explicado con el mayor cuidado los más importantes pasajes y textos de la Biblia. ¡Así es que había de ser una prueba muy terrible para la fe de las mujeres, aun las más fervientes cristianas, el verse, a lo menos en apariencia, abandonadas de Dios y bajo la mano de hierro más despiadada. ¡Y con cuanta mayor razón una situación tan terrible debe poner en peligro la fe de pobres y débiles mujeres poco instruidas o que se hallan todavía en la primera flor de su vida!

El barco marchaba con su cargamento de penas y dolores subiendo la corriente cenagosa del río Rojo, que un viento impetuoso hacía espumar por intervalos. Tristes miradas se fijaban en las rocas escarpadas de arcilla rojiza que parecían huir con horrible monotonía.

Por fin, el barco se detuvo delante de un pueblecito, y Simon Legree bajó a tierra con su banda de esclavos.

CAPÍTULO XXXII
Los lugares sombríos

Hay en la tierra lugares sombríos,
habitación de los hombres crueles.

Tom y sus compañeros se agrupaban difícilmente detrás de una carreta por un camino muy peligroso. Dentro del vehículo estaban sentados Legree y las dos mujeres, todavía atadas una a otra con las cadenas, allá en el fondo, con algo de bagaje. Esta especie de caravana se dirigía a la alejada plantación de Legree.

Era un camino salvaje, desierto y sinuoso, que tan pronto atravesaba estériles llanuras, en que se elevaban sombríos pinos, por cuyos ramajes el viento murmuraba melancólicas quejas, como grandes pampas, donde el hombre había formado una especie de terraplenes utilizando troncos de árbol, allá, en fin, los cipreses elevaban sobre el terreno esponjoso sus sombrías cabezas, de las cuales colgaba musgo negro a guisa de guirnaldas fúnebres. Casi a cada momento se veían deslizarse dañinos reptiles a través de los troncos y de las ramas secas que cubrían la tierra y se pudrían en el agua. Este camino parecería triste y solitario a un viajero que lo recorriera a caballo y con el bolsillo bien provisto; pero ¿cuánto más triste y horrible será a los ojos del esclavo cuando cada uno de sus pasos le aleja de todo lo que forma su amor y su religión?

Cualquiera que hubiera podido ver la expresión de desaliento de aquellos tristes semblantes, la paciencia con que sus ojos sombríos seguían uno tras otro todos los objetos que pasaban a su vista, no habría podido menos de ocurrírsele este pensamiento.

Simon tenía el aspecto bastante satisfactorio, merced al uso que de vez en cuando hacía de un frasco de aguardiente que llevaba consigo.

—Hola —dijo, advirtiendo el aire sombrío de los que le seguían—: vamos, entonadme una canción, muchachos.

Los esclavos se miraron unos a otros, y el «vamos» fue repetido con un chasquido del látigo que el amo llevaba en la mano. Tom comenzó un himno metodista...

—Cállate, viejo maldito —exclamó Legree—. ¿Piensas que yo te pido tu infernal metodismo? Vamos, cantad alguna cosa alegre.

Otro de los esclavos entonó una de esas canciones faltas de sentido, muy comunes entre los esclavos.

El cantante parecía improvisar la canción, tomando en general la rima sin cuidarse en nada de las palabras. Cantaban todos con la mayor algaraza, haciendo grandes esfuerzos para parecer alegres; pero ni los gemidos de la desesperación ni las palabras ardientes de una súplica hubieran podido expresar tal profundidad de dolor como sus canciones salvajes. Parecía que aquellos pobres corazones, enlazados y cargados de cadenas, se refugiaban en el santuario impenetrable de la música, donde encontraban un lenguaje para hacer subir hasta Dios el grito de su desgracia.

Simon no podía comprender los sentimientos que experimentaban. Creía que cantaban sus esclavos por desvanecer su mal humor, y con esto estaba contento.

—Vaya, querida mía —dijo a Emmeline volviéndose hacia ella y poniendo la mano sobre su hombro—; ya estamos cerca.

Cuando Legree regañaba y se deshacía en juramentos, Emmeline experimentaba un terror indecible; pero al sentir sobre su hombro la mano de aquel hombre que le hablaba como no lo había hecho nunca, hubiera preferido que le hubiese pegado. La expresión de su mirada le inspiraba un disgusto indecible y le hacía estremecerse. Instintivamente se inclinó hacia su compañera como si hubiera sido su madre.

—¿No has llevado nunca pendientes? —dijo tomando su pequeña oreja con sus toscos y groseros dedos.

—No, señor —respondió Emmeline temblando y con los ojos bajos.

—Bien; si te portas como debes te regalaré un par cuando lleguemos. No te asustes, no te haré trabajar mucho; emplearás bastante tiempo conmigo y vivirás como una señora si eres buena muchacha.

Legree había bebido de tal manera que estaba amable y divertido. En aquel instante dieron vista a la plantación. Esta propiedad había pertenecido antes a un hombre opulento y de mucho gusto que se había aplicado con esmero a embellecerla. Habiendo muerto insolvente, compró Legree la plantación para hacer de ella, como de todo lo que le pertenecía, un medio de ganar dinero. Por eso tenía la casa la apariencia descuidada de una propiedad en otra época elegante y donde se ha dejado arruinar cuanto era el orgullo de su antigua poseedor.

La hierba compacta y cuidada que en otro tiempo se extendía por delante de la casa, mezclada aquí y allá de grupos de árboles de recreo, estaba reemplazada ahora por unas malezas incultas, entre las cuales se elevaban de trecho en trecho algunas estacas para atar los caballos. Arrancado el césped en todo su alrededor, se veía el terreno lleno de cascotes, de pajas y de otros desperdicios por el estilo. Aquí y allí un jazmín o una madreselva marchitos se enlazaban a un palo medio caído. El hermoso y vasto jardín de otro tiempo estaba cubierto de malas hierbas, por entre las cuales se elevaban melancólicamente algunas plantas exóticas. La habitación que había servido de estufa no conservaba ya marcos en sus ventanas, y sobre las gradas podridas se veían todavía tiestos de flores olvidados, tallos cuyas hojas secas mostraban que habían sido en otras épocas plantas preciosas.

El carro marchaba por una calle pedregosa y cubierta de maleza cercada de árboles de China, cuyas formas graciosas y follaje verde siempre habían resistido solos en aquella triste mansión a la negligencia y a la brutalidad, semejantes a los corazones generosos en que la bondad tiene tan profundas raíces que adquieren más fuerzas durante la adversidad.

La casa había sido grande, hermosa y construida según el gusto ordinario de los habitantes del sur; una espaciosa veranda de dos pisos, sobre la cual se abrían todas las puertas exteriores y cuya parte inferior estaba sostenida por pilares de ladrillo, la cercaba por todos lados.

Esta casa tenía a la sazón un aspecto descuidado y triste; algunas ventanas estaban cerradas con tablas; otras tenían los cristales rotos; los postigos conservaban sólo un gozne; todo, en fin, revelaba el descuido más grosero. El suelo estaba lleno por doquiera de pedazos de tabla, de paja, de cajones viejos y de cubas destrozadas. Tres o cuatro perros de feroz aspecto se precipitaron al encuentro de los viajeros así que oyeron el ruido del carro, pero gracias a los esfuerzos de los esclavos andrajosos que salieron enseguida no se lanzaron sobre Tom y sus compañeros.

—Ya veis los que os guardan si intentáis escaparos —dijo Legree a Tom y a sus compañeros, acariciando los perros con pasmosa satisfacción—. Estos perros están acostumbrados a cazar negros, y lo mismo destrozarían a cualquiera de vosotros que si cogieran un hueso así, pues, andad con cuidado. Ea, Sambo —añadió dirigiéndose a un mozo andrajoso, cuyo sombrero no conservaba el menor vestigio del ala, que andaba muy diligente a su alrededor—; ea, Sambo, ¿qué tal han marchado los negocios?

—Lo mejor posible, señor.

—Quimbo —dijo Legree a otro que hacía grandes esfuerzos por llamar su atención—, ¿has olvidado lo que te dije?

—No hay cuidado, señor.

Estos dos negros eran los personajes influyentes en la plantación. Legree los había criado y hecho por sistema tan feroces y brutales como sus perros alanos. A causa de su larga costumbre en la crueldad y en la barbarie, su carácter había adquirido el mismo grado de insensibilidad. Se observaba ordinariamente que el capataz negro es siempre más tirano y feroz que el blanco; pero esta observación no debe dar una idea desfavorable de la raza africana. Esto prueba únicamente que el negro ha sido más envilecido y degradado que el blanco. Lo mismo sucede con todas las razas oprimidas. El esclavo es siempre tirano desde que cesa de ser esclavo.

Legree, como algunos potentados de que nos habla la Historia, gobernaba su plantación por el antagonismo de las fuerzas. Quimbo y Sambo se odiaban cordialmente; los demás esclavos los aborrecían con no menos cordialidad, y merced a diestras maquinaciones era cosa segura el saber por alguno de los tres partidos cuanto pasaba en la plantación.

Nadie puede vivir absolutamente sin sociedad, y Legree daba pie a sus dos satélites negros para que tuviesen con él una especie de familiaridad grosera que casi siempre era contraria a ellos, porque a la menor provocación uno de los dos estaba siempre dispuesto a echarse sobre el otro, haciéndose instrumento de su venganza a la menor señal del amo.

Cuando se hallaban ambos delante de Legree era una prueba viva en apoyo de esta verdad que el hombre embrutecido es inferior aun al bruto. Sus facciones groseras, sus ojos llenos de envidia y de maldad, sus entonaciones bárbaras, guturales, que no se parecían a la voz humana; sus vestidos haraposos, flotantes a impulso del viento; todo estaba en armonía perfecta con la apariencia desagradable y sombría de cuanto los rodeaba.

—¡Aquí, Sambo! —dijo Legree—. Conduce a estos muchachos a su departamento. Ahí tienes una muchacha que he traído para ti —añadió, separando a Emmeline de la mulata y echando a esta última hacia él—; ya sabes que te había prometido una.

La pobre mujer se estremeció, y retrocediendo algunos pasos, dijo:

—¡Oh, señor; he dejado a mi marido en Nueva Orleans!

—¿Qué quiere decir eso? ¿Acaso no te hará aquí falta otro? Chitón y adelante —añadió Legree levantando su látigo.

—Venga usted, señora —dijo enseguida a Emmeline—; entre usted aquí conmigo.

Una figura sombría y salvaje se presentó al instante en cierta ventana y se dejó oír la voz de una mujer que pronunció algunas palabras con tono imperioso en el momento que Legree abría la puerta. Tom, que seguía a Emmeline con interés y ansiedad, observó este incidente y oyó responder a Legree:

—¡Cállate! ¿Acaso me impedirás tú que haga lo que quiera?

Tom no oyó más, porque tenía que seguir a Sambo al departamento de los esclavos. Este departamento estaba situado a una distancia considerable de la casa, formando una especie de calle de chozas mal alineadas; su aspecto era triste y sombrío. Cuando las vio Tom se le cayó el alma a los pies; abrigaba la esperanza de hallar una choza groseramente construida, es verdad; pero que pudiera ponerla curiosa y arreglada, donde hubiese un pedazo de tabla para poner su Biblia y donde pudiera hallar un momento de tranquilidad y de reposo después de las horas de trabajo. Al pasar echó una mirada por algunas de ellas; eran celdillas vacías donde no había más muebles que un montón de paja sucia y repugnante extendida por el suelo y endurecida a causa de estar tan pisoteada.

—¿Cuál de éstas es la mía? —preguntó a Sambo con tono sumiso.

—No lo sé. Podemos entrar aquí; creo que hay un sitio por allí dentro; se recogen tantos negros en cada una de estas chozas, que no sé ya dónde encerrar a los recién venidos.

*　*　*

Ya era bien entrada la noche cuando los moradores de las chozas, fatigados y rendidos, volvieron en masa, hombres y mujeres, cubiertos de harapos, sucios, exasperados y muy mal dispuestos para recibir a los recién venidos. Nada agradable se oía en aquella miserable aldea; sólo las voces roncas y guturales de los infelices que necesitaban moler a brazo el maíz para hacer tortas con la harina, única cena que les aguardaba. Desde que rompía el alba se marchaban al campo, donde se veían aguijoneados todo el día por el látigo de los inspectores. Como era la época de la recolección no se descuidaba ningún medio de explotar sin misericordia las fuerzas de los trabajadores.

Suele decirse que coger algodón no es un trabajo muy duro. ¿Lo crees así, lector? Pues tampoco es cruel el suplicio de recibir una gota de agua en la cabeza, y, sin embargo, el tormento más insufrible que pudo inventar la Inquisición consistía en hacer destilar el agua gota a gota, y siempre en el mismo sitio, sobre la cabeza de sus víctimas. Un trabajo que por sí mismo no es penoso viene a ser insoportable cuando dura sin descanso y no ofrece ninguna variedad, y, sobre todo, cuando la libertad no contribuye a disminuir la monotonía. Tom buscaba en vano entre los esclavos que llegaban un rostro simpático. No veía más que hombres tristes, ceñudos, embrutecidos, y mujeres débiles y desalentadas que no eran ya mujeres. El fuerte rechazaba al débil, y se mostraba claramente todo el egoísmo brutal de aquellos hombres que, tratados siempre como animales, se habían colocado a su nivel y habían descendido cuanto un hombre puede descender.

El ruido de los molinos duró hasta una hora avanzada de la noche, porque era muy corto su número comparado con el de los esclavos. Los débiles y los que estaban más desfallecidos eran rechazados por los fuertes y no tenían entrada sino después de ellos.

—¡Hola! —dijo Sambo, acercándose a la mulata y echando delante de ella un saco de trigo—. ¿Cuál es tu maldito nombre?

—Lucy —respondió la mujer.

—Pues bien, Lucy; tú eres mi mujer ahora. Muéleme este trigo y disponme enseguida la cena, ¿lo oyes?

—Yo no soy su mujer de usted ni quiero serlo —exclamó la pobre criatura con el valor instantáneo de la desesperación—; déjeme usted.

—Te pegaré entonces —replicó Sambo levantando un pie con aire amenazador.

—Máteme usted si quiere. ¡Cuanto antes será mejor! ¡Quisiera estar muerta!

—Voy a decir al amo que atormentas inútilmente a los esclavos, Sambo —dijo Quimbo, que estaba ocupado en moler su trigo después de haber rechazado a dos o tres pobres mujeres que estaban aguardando para moler su grano.

—Y yo le diré que tú no dejas a las mujeres moler su trigo, ¡viejo negro! —replicó Sambo—. ¡Más valiera que te ocupases de lo que te importa!

Tom tenía hambre después de un viaje tan largo y estaba próximo a desfallecer de necesidad.

—¡Toma! —dijo Sambo echándole un talego que contenía cierta medida de trigo—. Toma, viejo negro; cógelo y ahorra lo que puedas, porque no tendrás más en toda la semana.

Tom aguardó mucho tiempo aún antes de obtener puesto en los molinos, y cuando al fin lo consiguió, conmovido del cansancio extremo de dos mujeres que se esforzaban por moler su trigo, lo hizo él en su lugar, les preparó unos tizanos medio apagados sobre los cuales habían cocido otros sus tortas, y sólo después de todo esto pensó en arreglar su propia cena. Fue una cosa nueva en aquel sitio semejante acto de caridad, por humilde que fuera. Tocó una fibra simpática en aquellos corazones endurecidos y se pintó en sus facciones una expresión de bondad femenina. Ellas amasaron su pan, cuidaron de su cochura, y Tom, a la luz del fuego, abrió su Biblia, porque necesitaba de consuelo.

—¿Qué es eso? —dijo una de las mujeres.

—Una Biblia —respondió Tom.

—¡Gran Dios! No he visto ninguna desde que estuve en el Kentucky.

—¿Ha sido criada en el Kentucky? —preguntó Tom con interés.

—Si, y bien criada por cierto; no esperaba yo llegar a semejante estado —repuso la mujer suspirando.

—¿Qué es, en fin, ese libro? —preguntó la otra mujer.

—La Biblia.

—¿Qué es la Biblia?

—¿Pues qué, no ha oído usted hablar jamás de la Biblia? —repuso la primera—. Yo oía leer en ella muchas veces a la señora de Kentucky; pero Dios nos asista, ¡aquí sólo se oyen juramentos y amenazas!

—Léanos usted un poco —dijo la otra mujer, que observaba con curiosidad la atención que ponía Tom en recorrer su Biblia.

Tom leyó:

—«Venid a mí, vosotros que trabajáis y gemís bajo el peso de vuestra carga, y yo os daré el reposo de vuestras almas».

—¡Qué palabras tan buenas! —dijo la mujer—. ¿Quién es el que las dice?

—El Señor —respondió Tom.

—Me alegraría saber dónde está —repuso la pobre mujer— iría al instante a Él, porque me parece que no debo esperar nunca reposo. Mi cuerpo está lleno de terribles contusiones; continuamente estoy temblando, y todos los días me enseña Sambo los dientes porque no trabajo más de prisa. No hay noche que pueda cenar antes de las doce, y apenas he cerrado los ojos oigo la señal de levantarse para volver a empezar el trabajo. Si yo supiera dónde está el Señor iría a decirle todo esto.

—Está aquí y en todas partes —respondió Tom.

—¡Oh, no me hará usted creer semejante cosa! ¡Bien veo yo que no está aquí! Pero ¿de qué sirve el hablar tanto? Voy a tenderme y a dormir lo que pueda.

Las mujeres entraron en su choza y Tom se quedó solo cerca del fuego moribundo, que echaba sobre él dorados reflejos.

La luna, con su frente de plata, se ostentaba sobre un cielo de púrpura y dejaba caer silenciosa sobre la tierra sus tranquilos rayos, como la mirada de Dios contemplando las escenas de dolor y de opresión. Reflejaba su luz en el semblante del pobre negro, que tenía los brazos cruzados y la Biblia sobre sus rodillas.

¡Dios está aquí! ¡Ah! ¿Cómo podrá el corazón ignorante conservar intacta su fe en medio del desorden moral, de la injusticia evidente e impune que reina por todas partes? En su corazón sencillo se empeñaba un combate terrible; el sentimiento desgarrador de sus males, la perspectiva de las miserias que le aguardaban en el resto de su vida, el naufragio de todas sus esperanzas que flotaban ante su vista agitaban su alma y la atormentaban, a la manera que un náufrago al expirar divisa ante sus ojos, arrastrados por las olas, los cadáveres de su mujer, de sus amigos, de todas las personas queridas. ¿Era fácil para él creer firmemente en la gran expresión de orden de la fe cristiana: «Dios reina y es el remunerador de los que le buscan»?

Tom se levantó con el corazón lleno de amargura y de angustia y penetró en la choza que se le había asignado. Atestada ya de esclavos, rendidos por el cansancio y el sueño, el aire impuro que se respiraba le hizo casi retroceder. Pero el relente de la noche era demasiado húmedo y abundante y sus miembros estaban ya ateridos. Envolvióse en una mala manta, que componía únicamente su cama, y echándose sobre la paja se quedó dormido.

Durante su sueño creyó oír una voz armoniosa que hablaba a su oído; se figuró estar sentado en un banco de musgo del jardín, cerca del lago Pontchartrain, y teniendo Eva sus hermosos ojos fijos en la Biblia se la leía y oía estas palabras. «Cuando pases a través de las aguas yo estaré contigo, y cuando cruces los ríos no te ahogarás; cuando marches por el fuego no te quemarás y la llama no te abrasará, porque yo soy el Eterno, tu Dios, el Santo de Israel, tu Salvador».

Después se debilitó la voz que pronunciaba estas palabras, y parecíale que se iban perdiendo más y más a los suaves acordes de una música divina. La niña levantó sus ojos profundos y los fijó en él con ternura. Rayos de calor y de consuelo penetraron en su alma, y Eva, como si la música la hubiera arrebatado hasta el cielo, pareció volar con alas transparentes que despedían estrellas de oro, y el ángel precioso desapareció.

Tom se despertó. ¿Era un sueño? Admitámoslo. Pero ¿no podrá decirse que aquella alma angelical, cuya dicha en vida había sido consolar a los desgraciados, no habría obtenido de Dios la caritativa misión de consolarlos también después de haber abandonado su envoltura mortal?

Dulce es al corazón afligido
decir: Con la mente contemplamos
volar con alas de ángel ungido
al alma del muerto que lloramos.

CAPÍTULO XXXIII
Cassy

Muy poco tiempo le faltaba a Tom para saber lo que debía esperar o temer en su nueva posición. Era un obrero hábil y dichoso en todo cuanto emprendía; ya por costumbre, ya por principio, acostumbraba poner tanta actividad como cuidado en su trabajo. De carácter tranquilo y contando con sus aptitudes esperaba que, mediante su celo infatigable, podía esperar ver aligerado el fardo de las miserias de su condición. Los duros tratamientos de que era testigo bastaban para afectarle dolorosamente; pero resolvió proseguir su ardua tarea con religiosa paciencia, entregándose a la esperanza de un término a sus males que le podría sobrevenir de un momento a otro.

Legree, por su parte, conocía con satisfacción lo útil que podría serle Tom e iba tomando secretamente nota de sus aptitudes; declarábale un trabajador de primera clase, y, sin embargo, le inspiraba cierta repulsión, la antipatía natural de los malos por los buenos. Conocía que sus violencias y su brutalidad eran observadas y juzgadas por Tom. La opinión es una cosa tan delicada que puede sentirse sin expresarse, y aun la de un esclavo suele generalmente ser desagradable a su amo. De diversos modos manifestaba Tom a sus compañeros de infortunio una ternura, una conmiseración que Legree observaba con envidia. Cuando le compró fue con la intención de hacer de él una especie de capataz o inspector, al cual hubiera confiado sus negocios durante sus cortas ausencias; pero, como según su sistema, todo el mérito para ese cargo consistía en la dureza, y Tom no estaba adornado de esta cualidad esencial, resolvió educarle en este nuevo aspecto, cuya tarea empezó algunas semanas después.

Cierta mañana, al pasarse revista a los obreros, observó Tom con asombro un nuevo personaje que excitó vivamente su atención. Era una mujer de esbelta y elevada estatura, manos y pies delicados, y vestida con una decencia y un esmero impropios de los esclavos ordinarios; representaba de treinta y cinco a cuarenta años, y su rostro era de esos que, vistos una vez, es imposible que se olviden. A la primera mirada se descubría en ella una extraña y dolorosa historia. Su frente era elevada y sus cejas correctas; su nariz, bien formada; su boca, distinguida, y los contornos de su cabeza y cuello mostraban claramente que había sido hermosa: pero el dolor largo tiempo reprimido había impreso en su rostro huellas profundas. Su tez era amarillenta y enfermiza; sus mejillas, pálidas, sus facciones, descarnadas; todo su cuerpo, medio destruido; pero lo que más chocaba en ella eran sus ojos negros, cubiertos con pestañas del mismo color, llenos de una triste y cruel desesperación. Cada una de sus facciones, cada inflexión de sus labios, cada movimiento de su cuerpo parecían expresar un orgu-

Harriet Beecher Stowe

llo indomable, que contrastaba notablemente con la desesperación de sus miradas. ¿De dónde venía? ¿Quién era? Tom lo ignoraba. Marchaba ella a su lado orgullosa e impasible, y no sabía más. Era conocida de los otros esclavos, a juzgar por las miradas que se echaban entre sí y por la alegría mal reprimida de las miserables criaturas medio desnudas y desfallecidas que la rodeaban.

—¡Cuánto me alegro que haya venido! —dijo uno.

—Yo también —exclamó el otro—. Ya veréis qué bien se arregla la hermosa dama.

—Deseo verla en el trabajo.

—Quisiera saber si tendrá por la noche su parte de látigo como nosotros.

—Me alegraría que se lo aplicasen —gritó otro.

La mujer no hizo caso de semejantes bufonadas, y continuó su camino con el mismo aire de desprecio irritado como si nada hubiera oído. Tom, que había vivido hasta entonces entre gente culta, comprendió, por una especie de insinuación en su aire y en su talante, que pertenecía a esta clase, y se preguntaba en vano por qué habría caído en semejante estado de degradación. Ella, por su parte, no dirigió una palabra a Tom, aunque no se separó de su lado desde que salieron de la choza.

Tom se puso a trabajar, no sin echar a la mujer de vez en cuando alguna mirada furtiva. La desconocida mostraba en su trabajo cierta habilidad natural, que se lo hacía más fácil que a los otros; con limpieza y rapidez cogía a puñados el algodón y parecía despreciar su trabajo, su desgracia y su abyección. Tom, en el transcurso del día, llegó a ponerse al lado de la mulata que había sido comprada al mismo tiempo que él. La pobre sufría evidentemente, y Tom la oyó rezar con frecuencia cuando, vacilante y temblorosa, estaba próxima a caer bajo el peso del dolor. Acercóse a ella en silencio, con peligro de recibir golpes, y mudó de su saco algunos puñados de algodón al de la infeliz.

—¡Oh! No, no —exclamó la mujer con sorpresa—; que le van a ver a usted.

En el mismo instante se presentó Sambo. Parecía odiar particularmente a la mulata, y agitando su látigo, exclamó:

—¡Hola! ¿Se divierte Lucy, eh?

Al mismo tiempo le pegó un puntapié y cruzó la cara a Tom con el látigo.

Tom prosiguió su trabajo sin chistar; pero la pobre mujer cayó desmayada.

—Yo la haré volver en sí —exclamó Sambo con una risa feroz—; yo le daré una cosa mejor que el alcanfor.

Y le hincó un alfiler hasta la cabeza en la carne.

La mujer lanzó un gemido profundo y se incorporó.

—¡De pie pronto! Al trabajo, o si no te daré otra medicina.

Por algunos momentos pareció poseer una fuerza sobrenatural y trabajó con el ardor de la desesperación.

—Cuida de seguir así, o de lo contrario te aseguro que esta noche has de desearte la muerte —repuso el hombre.

—Desde ahora la deseo —murmuró la pobre mujer.

Tom lo oyó, y añadió un momento después la infeliz:

—¡Oh! Señor, ¿hasta cuándo? ¡Oh! Señor, ¿por qué no vienes en nuestra ayuda?

Tom se adelantó de nuevo y puso en el saco de la mujer todo el algodón que contenía el suyo.

—¡Oh, no, no; sabe usted ya lo que nos hacen! —dijo la mujer.

—Yo tengo más fuerza que usted para resistirlo —contestó volviéndose a su puesto.

De pronto la mujer desconocida que hemos descrito, y que se hallaba demasiado cerca para oír las últimas palabras de Tom, levantó sus ojos negros, y le miró fijamente durante un segundo; después tomó una cantidad de algodón de su propio saco y se la echó en el de Tom, diciéndole:

—No conoce usted, sin duda, el sitio en que vive, porque de otro modo no haría eso. De aquí a un mes no ha de ayudar a los otros. Bueno será que pueda librar su propio pellejo.

—No lo quiera Dios, señora —dijo Tom, dando instintivamente a esta compañera de esclavitud el título respetuoso que usaba con los amos a quienes había servido.

—Dios no visita jamás estos contornos —dijo la mujer con amargura, prosiguiendo rápidamente su trabajo.

Y de nuevo una sonrisa de desdén plegó sus labios. Pero habiéndolo visto el capataz desde el otro extremo del trabajo, se presentó al instante junto a ella, y blandiendo su látigo:

—¡Hola, hola! —dijo con aire de triunfo—. ¡También usted se divierte! ¡Vamos adelante! ¡Ahora está usted bajo mis órdenes, y si no tiene usted cuidado lo ha de pasar mal!

Una luz brilló repentinamente en sus ojos negros, y mirando en derredor suyo, con los labios temblorosos y la nariz dilatada, se colocó enfrente de Sambo y clavó en él sus ojos llenos de desprecio y de rabia.

—¡Perro —le dijo—, tócame si te atreves! Aún puedo hacer que te destrocen los perros o te quemen vivo. Sólo necesito decir una palabra.

—Entonces, ¿por qué diablos viene usted aquí? —preguntó Sambo, asustado y retrocediendo algunos pasos—. Yo no pensaba hacer a usted daño, señorita Cassy.

—Pues aléjate pronto —respondió la mujer.

Y a la verdad que el hombre no deseaba otra cosa; parecía tener alguna ocupación urgente al otro extremo del trabajo.

La mujer prosiguió su tarea con una rapidez mágica que asombró a Tom. Antes de acabarse el día estaba llena la canasta hasta arriba, sin embargo, de haber echado varias veces algodón en la de Tom. Mucho después de ponerse el sol, cansados los esclavos, se dirigieron con las canastas en la cabeza hacia el departamento donde debía ser pesado y almacenado el algodón. Legree estaba allí ocupado en hablar con sus dos capataces.

—Ese Tom nos ha dado mucho que hacer. Constantemente ha estado echando su algodón en el saco de Lucy —dijo Sambo—. Si no pone usted algún remedio hará creer a los demás esclavos que son maltratados.

—¡Ah! ¿De veras? Maldito negro —respondió Legree—. Será preciso enseñarle, ¿no es verdad, muchachos?

Los dos negros dejaron escapar una sonrisa.

—Sí, sí; no hay nadie como el amo Legree para enseñar a un negro: el mismo diablo no le aventajaría en eso —dijo Quimbo.

—El mejor medio es el azotarle hasta que abandone tales ideas. Enseñádmele así muchachos.

—Gran trabajo ha de costarle a usted el conseguir que ande derecho.

—Ya lo veremos —respondió Legree mascando su tabaco.

—Ahora falta esa Lucy, que es la criatura más detestable de la plantación —repuso Sambo.

—Cuidado, Sambo: yo creo que te anima alguna cosa contra ella.

—Bien sabe el amo que se ha resistido hasta contra él y que no ha querido admitirme cuando se lo ha mandado.

—Yo la obligaré a fuerza de golpes —dijo Legree escupiendo—; pero urge el trabajo de tal manera que no debemos pegarle ahora: está muy débil y esas criaturas tan enfermizas son capaces de dejarse matar antes que ceder.

—Pero ha andado hoy muy perezosa; mientras Tom trabajaba por ella.

—¡Ah! ¿De verás? ¡Bien! Tom tendrá el placer de aplicarle el látigo. Esto será para él un buen ejercicio, y no temo que la pegue tan duramente como vosotros, que sois unos demonios.

Los dos miserables soltaron una risa infernal, muy propia del nombre que les daba su amo..

—Pero, señor —repuso uno de ellos—, Tom y la señorita Cassy la han ayudado de tal modo a llenar su canasta que tendrá el peso debido.

—Yo mismo la pesaré —respondió Legree con tono significativo.

Los dos capataces se echaron a reír de nuevo.

—¿Conque la señorita Cassy ha empleado tan bien el día?

—Coge algodón más de prisa que el diablo y todos los demonios juntos.

—Creo, a la verdad, que los tiene todos en el cuerpo —añadió Legree.

Y echando un brutal juramento se dirigió hacia la habitación donde debía ser pesada la cosecha.

* * *

Los pobres esclavos, tristes, abatidos de fatiga, fueron entrando uno a uno y presentaron temblorosos su canasta en la balanza. Legree marcaba el peso en una pizarra donde estaban inscritos sus nombres. Pesada y aprobada la de Tom, éste se quedó mirando a la pobre mujer a quien había ayudado. Acercóse vacilante y temblorosa; su canasta pesaba más de lo necesario. Legree no pudo menos de verlo; pero afectando estar encolerizado, le dijo:

—¡Cómo! ¡Bestia perezosa! ¡Todavía menos! Ponte a un lado y recibirás pronto la recompensa.

La mujer gimió de desesperación y se sentó en una tabla.

La desconocida, llamada señorita Cassy, se aproximó entonces, y con aire orgulloso y lleno de desprecio entregó su canasta. En aquel momento la miró Legree de una manera burlona y curiosa a la vez; fijando ella sus ojos negros en él, murmuró en francés algunas palabras. Ninguno supo lo que dijo; pero al oírlas Legree, su rostro tomó una expresión infernal. Levantó la mano como para pegarle; pero ella le echó una mirada desdeñosa y se retiró.

—Ahora, Tom, acércate. Ya sabes que no te compré simplemente para el trabajo ordinario; pienso ascenderte y que seas capataz, así, pues, no será malo que comiences esta noche. Toma, coge por tu cuenta a esa miserable Lucy y siéntale bien el látigo. Supongo que sabrás hacerlo, porque has visto demasiado para eso.

—Dispénseme usted, señor —respondió Tom—, que no haga semejante cosa..., porque no estoy acostumbrado...; no lo he hecho nunca y no sé cómo podría hacerlo...

—Pues has de aprender muchas cosas que no sabes antes de salir de mis manos —exclamó Legree.

Y cogiendo un zapato tosco aplicó un fuerte golpe en la mejilla de Tom, seguido de una nube de bofetones.

—Y bien; ¿me dirás ahora que no haces eso?

—Sí, señor —dijo Tom, llevando la mano a su cara bañada en sangre—; estoy dispuesto a trabajar día y noche mientras conserve el último aliento; pero hacer lo que no es justo me será imposible. ¡Señor, no lo haré nunca, no jamás!

La voz del negro era extraordinariamente dulce, y su acento igual, apacible y respetuoso. Legree creyó que se mostraría cobarde y se sometería fácilmente. Cuando pronunció estas últimas palabras se estremecieron los que allí estaban; la pobre mujer juntó sus manos, exclamando: «¡Señor!». Todos se miraron involuntariamente y reprimieron su respiración con el temor de la tempestad que iba a estallar.

Por un instante se quedó Legree sin palabras. Al fin, la cólera venció al asombro.

—¡Cómo! ¡Decirme tú, bestia maldita, si es o no justo lo que yo te mando! ¿Qué tienes que pensar en lo que sea justo o no lo sea? Es preciso que esto acabe de una vez. ¿Te figuras que eres algún señor de alto copete para que digas a tu amo lo que crees justo o injusto? ¿Dices que es injusto azotar a esa mujer, eh?

—Yo lo creo así, señor —dijo Tom—. La pobre criatura está enfermiza y débil; sería una verdadera crueldad, y no la cometeré jamás... Señor, si quiere usted matarme, máteme; en cuanto a pegar a ella ni a nadie, no lo haré jamás; moriría de mejor gana.

Tom hablaba con voz dulce; pero su acento era resuelto y no dejaba la menor duda. Legree temblaba de cólera; sus ojos verdosos brillaban de una manera siniestra; pero semejante a las bestias feroces que juegan con su víctima antes de devorarla, se reprimió por el momento.

—¡Bien! —exclamó con tono de amarga burla—. Este es un perro devoto enviado del cielo a nosotros pecadores; un verdadero santo, ni más ni menos, que viene a predicarnos el arrepentimiento; pero escucha un poco, bribón; ¿no has oído nunca que dice tu Biblia: «Siervos, obedeced a vuestros amos»? ¿No soy yo tu amo? ¿No he pagado mil doscientos pesos por cuanto contiene tu maldita piel negra? ¿No perteneces a mí en cuerpo y alma? —añadió, dando a Tom un fuerte puntapié—. Respóndeme.

Aunque fuera víctima Tom de un gran tormento físico, sintió atravesar por su alma un rayo de alegría y de triunfo al oír aquella pregunta. De repente se incorporó, levantó los ojos al cielo, y corriendo por su rostro las lágrimas mezcladas con la sangre, exclamó:

—¡No, no; mi alma no es de usted, señor! Usted no la ha comprado ni puede comprarla. Hay uno que la compró, que pagó por ella y que tiene derecho para disponer de ella... No, no importa, mi amo... ¡No puede usted hacerme ningún daño!...

—¡Ah! ¿No puedo? —dijo Legree sonriéndose—. ¡Ya lo veremos! ¡Hola! Quimbo, Sambo, dad a este perro una lección tal que no pueda levantarse en un mes.

Los dos negros de formas hercúleas, en cuyos semblantes se pintó una alegría brutal, se lanzaron sobre Tom de tal manera que se hubieran tomado por una personificación fiel del poder de las tinieblas. La pobre mujer lanzó gritos de terror pensando en la suerte que le aguardaba, y todos los esclavos se alejaron instintivamente, mientras que ataban al pobre Tom sin que opusiera la menor resistencia.

CAPÍTULO XXXIV
Historia de la cuarentona

La noche iba avanzando. Tom estaba acostado en el suelo, solo, amargamente gimiendo, cubierto de sangre, allá en una sala vieja abandonada que había en el almacén, entre máquinas rotas, balas de algodón averiado y otros viejos objetos arrinconados. La noche era húmeda; el aire, pesado y lleno de mosquitos, cuyas picaduras aumentaban los dolores del herido. Una abrasadora sed, la más cruel de las torturas, ponía al colmo los sufrimientos físicos del desgraciado Tom.

—¡Oh, buen Señor! —decía en sus oraciones—. Fija tus miradas, dame la victoria. ¡La victoria sobre todo!

El ruido de pasos se dejó oír detrás de él, y la luz de una linterna hirió su vista.

—¿Quién es? ¡Oh, por el amor de Dios, deme usted un poco de agua!

Cassy, que era la persona que se acercaba, dejó la linterna, y llenando un vaso de agua levantó su cabeza y le dio de beber.

Varias veces desocupó el vaso con un ardor febril.

—Beba usted cuanto quiera —le dijo—. Bien sabía yo lo que sucedería. No es esta la primera vez que traigo agua durante la noche a personas como usted.

—Gracias, señorita —dijo Tom después de haber bebido.

—No me llame usted señorita; soy una miserable esclava como usted; más desgraciada que pueda usted estar jamás —exclamó con amargura—. Ahora —añadió tomando de cerca de la puerta y arrastrando hacia Tom un jergoncillo cubierto de lienzos mojados—, ahora veamos si puede usted pasarse aquí.

Mucho tiempo necesitó Tom para arrastrar allí su cuerpo, cubierto de heridas; pero así que lo consiguió, los diversos cuidados que le prodigó la experimentada Cassy le proporcionaron algún alivio.

—Esto es, yo creo, lo más que puedo hacer por usted —dijo la mujer después de haberle levantado la cabeza y apoyado sobre algunos puñados de algodón, a falta de otra almohada.

Tom volvió a darle las gracias.

La mujer se sentó en el suelo, abrazó sus rodillas con los brazos y se puso a mirar fijamente delante de su vista. Su gorra se había torcido hacia atrás y las ondas de su negro cabello rodeaban en desorden su triste y extraño rostro. Al fin habló:

—Es trabajo perdido, mi pobre Tom, el intentar... Ha mostrado usted valor; el derecho estaba de parte de usted; pero es una locura luchar. Está usted entre las manos del demonio: él es más fuerte y es preciso ceder.

¡Ceder! ¡Ah! La debilidad humana y los padecimientos habían murmurado ya esta palabra al oído de Tom. Este se estremeció al escucharla, porque aquella mujer, de palabra sardónica, mirada penetrante y voz lúgubre, le pareció la tentación personificada, contra la cual luchaba en sí mismo.

—¡Oh, Dios mío, Dios mío! —dijo gimiendo—. ¿Cómo he de ceder?

—¿A qué viene llamar a Dios en ayuda de usted? ¡No oye nunca! —dijo ella con voz firme—. Yo creo que no hay Dios, y si lo hay está contra nosotros; todo se vuelve contrario; el cielo y la tierra, todo nos impele hacia el infierno. ¿Cómo, pues, no habremos de caer?

Tom cerró los ojos y se estremeció al oír aquellas palabras ateas.

—Usted no sabe nada de esto —continuó ella—; yo lo sé todo. Estoy aquí hace cinco años en cuerpo y alma bajo los pies de ese hombre, y le aborrezco como al demonio. Usted se encuentra en una plantación aislada, a diez millas de distancia de cualquier otra, en los pantanos, donde no hay una sola persona blanca que pueda ser testigo si fuese usted quemado vivo, hecho pedazos, arrojado al pasto a los perros o suspendido y azotado hasta la muerte. Ninguna ley aquí, ni de Dios ni de los hombres, podría proteger a usted lo más mínimo. Y ese hombre es capaz de todo y no retrocede ante ningún crimen. Si yo osara decir lo que he visto aquí, lo que he sabido, le haría erizar los cabellos y temblar de horror... ¡Y ninguna resistencia es posible!... ¿Acaso desearía yo vivir con él? ¿No he recibido una educación esmerada? ¡Y él! ¡Dios del cielo! ¿Qué era y qué es?... ¡Sin embargo, he vivido en su compañía estos cinco últimos años, maldiciendo cada instante mi existencia. ¡Y ahora ya tiene otra! Una muchacha de quince años piadosamente educada, según dice. Su buena señora la ha enseñado a leer la Biblia, la cual ha traído consigo aquí, al infierno.

Y la mujer se echó a reír de una manera salvaje y lúgubre.

Tom juntó las manos.

—¡Oh, Jesús, Jesús! ¿Nos habéis abandonado completamente a nosotros, pobres criaturas? ¡Ven, en mi ayuda, Señor, porque perezco!

Pero aparentando no hacer caso de la angustiosa oración de Tom, prosiguió Cassy:

—¿Y qué son los miserables perros con quienes trabaja usted para que sufra usted por ellos? A la primera ocasión cada cual se pondrá contra usted. Están todos tan degradados y son tan crueles, que no les importa nada ser enemigos unos de otros. Es trabajo perdido padecer por ellos.

—¡Pobres criaturas! —dijo Tom—. ¿Qué es lo que las ha hecho crueles? Si cedo me volveré lo que ellos y me iré acostumbrando poco a poco. No, no, señorita. Todo lo he perdido: mujer, hijos, buen amo, un amo que me hubiera dado la libertad si hubiese vivido una semana más, y habiendo perdido todo en este mundo no puedo perder también el cielo. ¡No, no puedo llegar a ser malo!

—Pero es posible que Dios nos haga responsables del pecado —dijo la mujer— cuando se nos obliga a cometerlo. Los que nos obliguen a ellos serán quienes deban responder.

—Sin duda; pero eso no nos quitará el ser malos. Si mi corazón se vuelve tan duro y tan vil como el de Sambo, ¿qué importa el modo como suceda? ¡Llegar a ser malo, serlo realmente, es a lo que tengo miedo!

Cassy miró asombrada a Tom como si un pensamiento enteramente nuevo hubiera atravesado por su mente, lanzando después un sordo gemido, exclamó:

—¡Dios de misericordia! Dice usted la verdad...

Y cayendo por tierra se revolcaba, torciéndose los brazos en el paroxismo de un tormento moral.

Después de algunos instantes de silencio dijo Tom con voz apagada:

—¡Oh, señorita, por favor!

La mujer se levantó de repente y por un violento esfuerzo sobre sí misma recobró su fisonomía habitual.

—Si tuviese usted la bondad de traerme la Biblia que está en la faltriquera de mis vestidos, allí en aquel rincón.

Cassy fue a buscar el libro. Tom le abrió por un sitio bien marcado, sobre las últimas escenas de la vida de Aquél por cuyas heridas conseguimos nosotros la salvación.

—¡Si la señorita quisiera leer sólo este trocito! ¡Aquí! ¡Oh, es mejor que agua fresca!

Cassy tomó el libro con orgullo y aire sarcástico y echó una mirada sobre el pasaje indicado. Leyó en alta voz, pero dulcemente y con un acento particular, aquel trozo patético de padecimiento y de gloria. Muchas veces durante la lectura temblaba su voz o le faltaba enteramente; entonces se detenía hasta que, dominando su emoción, mostraba de nuevo una serenidad y una indiferencia glaciales. Cuando llegó a las tiernas palabras: «Padre, perdónalos, porque no saben lo que hacen», tiró el libro al suelo, y cubriéndose el rostro con sus manos y sus cabellos flotantes empezó a sollozar violentamente.

Tom lloraba también, y de vez en cuando exhalaba un suspiro ahogado.

—Si pudiéramos sólo imitarle —dijo Tom—. ¡Tan natural como era para Él, y para nosotros tan difícil! ¡Oh, Señor, socórrenos! ¡Oh, dulce, Jesús, ven en nuestra ayuda! Señorita —añadió Tom después de un momento—, bien conozco que usted me supera en todos los puntos. Sin embargo, hay una cosa que el pobre Tom podría enseñarle. Decía usted que Dios está en contra nuestra porque permite que se nos maltrate y se nos pegue; pero vea usted lo que su hijo único padeció. El Dios de gloria y de majestad, ¿no fue pobre en la Tierra y maltratado? Ninguno de nosotros ha podido ni podrá sufrir lo que Él sufrió. ¡Oh! El Señor no nos ha olvidado por eso.

Si padecemos con Él reinaremos también con Él; pero si renegamos de Él, Él renegará de nosotros en su día. ¿No padecieron también el Señor y los suyos? ¿No se nos dice que fueron apedreados, aserrados, que anduvieron de acá para allá cubiertos de pieles de ovejas y de cabras, desamparados, angustiados y afligidos? No es una razón porque suframos creer que Dios se halla contra nosotros; al contrario, está a favor nuestro si permanecemos fieles a Él y no cedemos a la tentación del pecado.

—Pero ¿por qué nos ha puesto en una situación en que es imposible dejar de obrar mal? —dijo la mujer.

—Yo creo que podemos impedirlo —respondió Tom.

—Ya lo verá usted —continuó Cassy—. Mañana volverán con usted a la carga. ¿Qué piensa usted hacer? Yo los conozco muy bien y sé de lo que son capaces; yo no podría soportar la multitud de maldades que puedan cometer contra usted. ¡Me parece que al fin harán a usted ceder!

—¡Jesús, Dios! —exclamó Tom—. ¡Vos cuidaréis de mi alma! ¡Oh, Señor, sí, vos me ayudaréis; no permitáis que yo ceda!

—Amigo mío, varias veces he oído esas mismas exclamaciones a otros muchos y al cabo se han sometido. Ahí está Emmeline, que procura resistirse como usted; pero es trabajo inútil. Es necesario ceder o morir poco a poco.

—Pues bien, moriré —exclamó Tom—. Que prolonguen mi suplicio cuanto quieran; es preciso que muera una vez, y después nada pueden hacerme. ¡Sí, estoy resuelto; sé que Dios no me abandonará un momento!

La mujer no respondió. Permanecía inmóvil, con los ojos fijos y como sumergidos en una meditación profunda.

—¿Quién sabe —murmuraba— si este viejo tendrá razón? Pero los que han cedido carecen de toda esperanza. Vivimos en la infamia; nos hacemos aborrecibles hasta de nosotros mismos; desearíamos morir y no tenemos valor para matarnos. ¡Ninguna esperanza! ¡Ninguna esperanza! Y esa joven Emmeline..., que cuenta quince años, como yo tenía... Vea usted lo que he llegado a ser —añadió dirigiéndose a Tom bruscamente—. ¡Sin embargo, he sido criada en el lujo y en la abundancia! El recuerdo más antiguo de mi vida se remonta a la época de mis juegos en espléndidos salones, donde me veía ricamente vestida y acariciada por las personas que frecuentaban la casa. Las ventanas del salón daban a un jardín, donde jugaba yo al escondite debajo de los naranjos con mis hermanos y hermanas.

»Me pusieron en un convento donde aprendí música, el francés y las labores propias de mi sexo. A los catorce años salí de allí para asistir a las exequias de mi padre. Murió de repente, y cuando se examinaron sus negocios se notó que apenas bastaban sus bienes para pagar sus deudas. Los acreedores hicieron un inventario, en el cual quedé inscrita como porción de su propiedad. Mi madre había sido esclava y mi padre tenía resuelto manumitirme; pero se descuidó. Yo no ignoraba mi condición; pero no hacía caso. Nadie esperaba ver morir a un hombre robusto y vigoroso. Mi padre estaba lleno de salud cuatro horas antes de su muerte; fue uno de los primeros casos de cólera en Nueva Orleans. Al otro día de ser enterrado, su mujer partió con sus propios hijos a la plantación de su padre.

»Parecióme que se procedía contra mí de un modo extraño; pero, sin embargo, no sabía darme cuenta de ello. Un abogado joven se encargó de los negocios y me visitaba todos los días, tratándome con la mayor delicadeza. Una vez llevó con él a un joven que era el hombre más hermoso que he visto jamás; nunca olvidaré aquella noche; nos paseamos por el jardín. Estaba sola, llena de tristeza, y empezó a tratarme con la mayor dulzura. Me dijo que me había visto antes de entrar en el convento, que me amaba hacía mucho tiempo y que deseaba ser para mí un amigo y protector. Pero lo que ocultó es que había pagado dos mil pesos por mí y que le pertenecía, en consecuencia. Así sucedió por consentimiento mío, pues supo inspirarme amor... ¡Amor! —repuso Cassy—. ¡Oh, cuánto amé a aquel hombre! ¡Pero todavía le amo y le amaré hasta mi último suspiro! Era tan hermoso, tan espléndido, tan noble... Me puso en una casa magnífica, me dio criados, caballos, carruajes, vestidos..., ¡todo lo que el dinero puede conseguir!... ¿Pero qué me importaba tanta magnificencia? No miraba sino a él, le amaba más que a mi vida misma, y me hubiera sido imposible oponerme a que hiciere de mí lo que quisiese, aunque me hubiera empeñado. No deseaba sino que me hiciese su esposa, y yo creía que si me amaba tanto como decía y si era lo que me aseguraba, consentiría gustoso en manumitirme y casarse después conmigo. Pero me persuadió que era imposible. «Seámonos fieles el uno al otro —decía—, y eso basta para que Dios bendiga nuestra unión». Sí, decía la verdad. ¿No era yo su mujer legítima? ¿No le era fiel? ¿No viví durante siete años y respiré únicamente para agradarle?

»Le acometió la fiebre amarilla, y por espacio de veinte días con veinte noches velé al lado de su cama; yo sola le consagré todos los desvelos que fueron menester; yo sola satisfice el menor de sus deseos. Entonces me llamaba su buen ángel, repitiendo a cada paso que yo le había salvado la vida. Tuvimos dos hermosos hijos; el primero se llamaba Harry, y era un retrato fiel de su padre; tenía los mismos ojos, la misma frente; sus cabellos caían rizados sobre sus hombros; era listo como su padre. La otra, llamada Eliza, se parecía a mí, según decía su padre. Muchas veces añadía que era yo la mujer más hermosa de la Luisiana y que estaba orgulloso de mí y de los hijos que le había dado. ¡Ah! Aquellos días eran dichosos; pero después vinieron los amargos. Uno de sus primos, amigo íntimo, fue a Nueva Orleans. Tenía de él la más alta opinión; pero no sé por qué la primera vez que le vi me dio miedo y tuve un presentimiento de las desgracias que iba a causarnos. Se llevaba por las noches a Harry, su primo, y le tenía hasta las dos o las tres de la madrugada; le presentó en casas de juego, y Harry era uno de esos hombres incorregibles que no sufren cargo ninguno cuando toman la costumbre de ir a algún sitio. Entonces hizo conocimiento con una mujer. Advertí bien pronto que su corazón no me pertenecía; él no me lo dijo; pero yo estaba segura de ello, porque lo veía todos los días. Sentí lacerarse el mío. Sin embargo, no podía decir palabra. Entonces el miserable resolvió vendernos a mí y a mis hijos para pagar las deudas del juego, que le impedían casarse como ambicionaba, ¡y nos vendió a su primo! Cierto día me dijo que necesitaba salir fuera con motivo de negocios, y que su ausencia duraría dos o tres semanas. Hablóme con más dulzura que de costumbre; pero todas sus protestas no pudieron engañarme. Sabía yo que era llegada la hora. Estaba petrificada; no podía hablar ni verter una lágrima; nos abrazó varias veces a los hijos y a mí, y partió. Le vi montar a caballo, le seguí con la vista hasta que desapareció, y caí desmayada. Entonces vino el otro miserable a tomar posesión de nosotros. Me dijo que nos había comprado a mis hijos y a mí, y me enseñó los papeles; le llené de maldiciones y le dije que moriría antes que vivir con él.

»Como usted quiera —respondió—; pero si no se conduce usted de una manera razonable, venderé sus dos hijos y no volverá a verlos jamás.

»Me dijo que desde la primera vez que me vio se le puso en la cabeza poseerme; que había precipitado a Harry en la senda de su perdición; que le había arruinado a fin de que se viera en la necesidad de venderme, y que además había favorecido su amor hacia otra mujer para que conociera que no era hombre que retrocedía ante las lágrimas o los desdenes.

»Cedí porque tenía las manos atadas; estaban mis hijos en su poder; si me resistía me amenazaba al instante con venderlos, y me sometía por precisión a sus menores caprichos. ¡Oh, qué vida, qué vida! ¡Vivir teniendo ligados el cuerpo y el alma a un ser que detestaba! Con Harry me gustaba leer, jugar y bailar, pero con éste todo lo hacía por fuerza, sin embargo, de que no podía rehusar nada. Era imperioso y duro con mis hijos. Eliza le tenía miedo; pero Harry, orgulloso y atrevido como su padre, encontraba siempre algo que replicarle. Quise inspirarle sentimiento de respeto hacia él y separarle lo que pudiera; pero todo fue inútil. Hubiera dado yo la vida por mis hijos. ¡Sin embargo, aquel hombre los vendió! Cierto día me hizo dar un paseo a caballo, y a mi regreso ya no los encontré. Me dijo que los había vendido, y me enseñó el dinero, precio de su sangre. Entonces me pareció que todo me abandonaba; en el delirio de mi locura prorrumpí en terribles maldiciones: maldije a Dios, a los hombres, y por un momento creo que me tuvo miedo. Añadió que mis hijos estaban, en efecto, vendidos; que sólo dependía de él el que los viese, y que ellos lo pagarían si no me tranquilizaba. Usted sabe que uno puede conseguir cuanto quiere de una mujer a quien le roban sus hijos. Me sometí, guardé silencio con la esperanza de ver rescatados a mis hijos algún día, y así transcurrieron una o dos semanas.

»Cierto día pasaba yo cerca de la prisión de esclavos y vi una multitud de gente cerca de la puerta. Oí los gritos de un niño, y en el mismo instante Harry, mi hijo Harry, deshaciéndose de dos o tres hombres que le sujetaban, se lanzó sobre mí llorando y agarrándose a mis vestidos. Los verdugos vinieron adonde yo estaba, echando juramentos y uno de ellos, cuyo semblante no olvidaré jamás, le amenazó con el látigo, diciéndole que no debía escaparse así; que pasara al calabozo y allí le daría una lección de la que se acordaría largo tiempo. Rogué, imploré; pero se rieron de mí. El pobre niño lloraba, me miraba con aire suplicante y se cogía a mis vestidos. Me lo arrancaron, llevándose con él parte de ellos, y le ataron, sin dejar él de clamar con voz desgarradora: «¡Madre mía, madre mía!».

»Vi a un hombre que aparentaba compadecerme y le ofrecí todo el dinero que tenía si mediaba a favor de mi hijo; pero sacudió la cabeza, diciéndome que el niño no había mostrado más que descaro e insubordinación desde que le compró su amo, y que era preciso darle alguna vez lecciones como aquélla. Entonces me marché; a cada paso creía oír los gritos de mi hijo. Llegue a casa, entré sin poder respirar en la sala donde estaba Butler, le supliqué que intercediera por mi hijo; pero se echó a reír y me dijo que bien lo merecía el niño, y que era indispensable una lección como aquella si había de hacerse carrera de él algún día. En aquel momento creí que iba a estallar mi cabeza; una especie de vértigo aumentó mi furor. Me acuerdo que vi un gran cuchillo sobre la mesa; si no me engaño, lo cogí y me precipité sobre Butler... Después todo me pareció oscuro y no supe lo que pasó hasta después de muchos días.

»Cuando recobré el sentido me encontraba en una habitación muy decente y bonita; pero no era la mía. Velábame una vieja negra; fue a verme un médico, y advertí que se me cuidaba mucho. Después de algún tiempo supe que Butler había partido y me había depositado en aquella casa para ser vendida; por esta razón estaba tan bien asistida. Yo no tenía deseos ni esperanzas de restablecerme; pero a despecho mío cesó la fiebre y recobré la salud. Se me mandaba vestir todos los días con el mayor esmero; varios caballeros iban después a fumar y a discutir sobre mi precio. Yo estaban tan triste y tan taciturna que ninguno me quería. Se me amenazó con el látigo si no me mostraba más alegre... Al fin, cierto día llegó un caballero llamado Stuart, pareció compadecerse de mí, fue a verme varias veces, y, por último, me persuadió a que le contara mis desgracias. Me compró y prometió hacer todo lo posible por encontrar a mis hijos. Se presentó en casa del amo de Harry; pero supo que había sido vendido a un plantador de las orillas de la Perla.

»En cuanto a mi hija, la descubrió en casa de una mujer anciana. Se negó a vender a ningún precio. El capitán Stuart me trataba con extraordinaria bondad. Poseía una hermosa plantación, adonde me condujo; un año después di a luz un niño. ¡Oh, cómo le amaba yo! ¡Cuánto se parecía a mi Harry! Pero resolví no criar ni dejar vivir a mis hijos, y a las dos semanas le tomé un día en mis brazos, le abracé cordialmente, le regué con mis lágrimas y sobre mi seno le di una cantidad de láudano que le quitó bien pronto la vida. Creyóse después que lo había hecho por equivocación; pero semejante acción es la única en mi vida de la cual conservo un recuerdo agradable. ¿Qué otra cosa mejor que la muerte podía yo proporcionar a la criatura? No tardó mucho en declararse el cólera; murió el capitán Stuart, como igualmente todos los que deseaban vivir; pero yo, aunque estuve al borde del sepulcro, salí adelante. Entonces se me vendió y pasé de unas manos a otras, hasta que, gastada, vieja y consumida, me compró este miserable, me trajo en su compañía, ¡y heme aquí!

La mujer se detuvo. Había recitado su historia con un tono tan rápido, tan apasionado, dirigiéndose unas veces a Tom, otras hablándose a sí misma, no pocas respirando su discurso tanta fuerza y vehemencia, que Tom por un momento casi olvidaba sus heridas, y apoyado en un codo la seguía con la vista en sus paseos por la habitación, agitada su flotante cabellera.

—Me ha dicho usted —repuso después de un momento— que hay un Dios..., ¡un Dios que mira desde el cielo y ve todas las cosas! ¡Quizá sea cierto! Cuando yo estaba en el convento me hablaban continuamente las hermanas del día del juicio, en que nada quedará oculto. ¿No será aquel el día de la venganza? Suele creerse —continuó— que nuestros padecimientos no valen nada; sin embargo, muchas veces me ha parecido al recorrer las calles sentir en el corazón tal dolor que hubiera sido capaz de hundir la ciudad entera; he deseado que las casas se desplomaran sobre mí y que se abriera la tierra y me tragase. ¡Sí! ¡Y en el día del juicio me levantaré ante Dios para acusar a los que han causado mi pérdida y la de mis hijos! Cuando era joven me creía piadosa, amaba a Dios, tenía costumbre de rezar; ahora soy un alma condenada, perseguida por demonios que me atormentan noche y día; me tientan, me impulsan, me mueven, y al fin haré uno de estos días... —añadió apretando la mano convulsivamente mientras que brillaba en sus ojos una luz siniestra—. Sí, lo haré una de éstas noches; le enviaré por el camino más corto adonde debe ir, aun cuando esté segura de ser quemada viva.

Una larga y salvaje carcajada resonó en la habitación, extinguiéndose con un gemido concentrado. Cassy se había arrojado al suelo, donde se revolcaba con angustia. Un momento después pareció calmarse aquel acceso de frenesí; se levantó lentamente y recobró en parte sus sentidos.

—¿Puedo hacer algo por usted, mi pobre Tom? —dijo acercándose al negro—. ¿Quiere usted más agua?

Había en la voz y en el acento de Cassy tal dulzura y tal compasión, que contrastaban extraordinariamente con su anterior discurso.

Tom bebió el agua y echó a Cassy una mirada de compasión.

—¡Oh, señorita, desearía que acudiese usted al que puede darle aguas vivas!

—¡Acudir a Él! ¿Dónde está? ¿Quién es?

—Es aquel de quien se trata en las lecturas que usted me daba: es el Señor.

—Ya me acuerdo de su imagen, que la vi colocada cuando era niña encima del altar —dijo Cassy, y sus ojos tomaron una expresión dolorosa y meditabunda—. ¡Pero no «está aquí»! ¡No hay aquí más que pecado; pecado y mucha desesperación! ¡Eh! —exclamó apoyando la mano sobre su pecho, que respiraba con fuerza como para librarse de un peso que la oprimía.

Leyó en los ojos de Tom que pensaba hablar más aún, y le impuso silencio con un gesto imperativo.

—No hable usted, mi pobre amigo; haga usted por dormir, si puede.

Púsole el agua al alcance de su brazo, arregló lo mejor que pudo la cama y se retiró.

CAPÍTULO XXXV
Los recuerdos de amor

El salón de Legree era una larga y ancha cámara donde había una vasta chimenea. En otro tiempo había sido adornado con un rico y espléndido papel, ahora rasgado y sucio a causa de la humedad que lo desprendía en diversas partes. Respirábase en este lugar aquel olor insano y desagradable procedente del abandono, porquería y dejadez, propias de las habitaciones faltas de aire. El papel de las paredes estaba manchado en algunos sitios de salpicaduras de cerveza y de vino, o cubierto de largas columnas de cifras, como si alguno se hubiera entregado allí a operaciones aritméticas. Un brasero de carbón encendido guarnecía la chimenea, porque aunque el tiempo no estuviera frío, las noches eran siempre frescas y húmedas en aquella gran habitación; además, Legree tenía necesidad del fuego para encender sus cigarros y calentar el agua necesaria para su ponche. La luz rojiza del carbón dejaba ver el aspecto desordenado del ajuar: sillas, bridas y otros diversos arreos estaban confundidos con látigos, paletós y objetos de distinta naturaleza. Los perros, de que ya hemos hablado, estaban tendidos en medio con el mayor descanso.

Legree iba a prepararse un vaso de ponche. Mientras vaciaba agua caliente en una vasija cascada y rota, murmuraba estas palabras:

—¡Para qué me hará suscitar el diablo de Sambo este año la división entre yo y mis nuevos obreros! Apuesto a que ese hombre no está en disposición de trabajar en toda la semana, precisamente cuando más se necesita...

—Sí, es la verdad lo que usted dice —repuso una voz detrás de su silla.

Era Cassy, que había entrado furtivamente durante su soliloquio.

—¡Ah! ¿Tú aquí, mujer? ¡Demonio! ¿Te has vuelto, eh?

—Sí, he vuelto —respondió tranquilamente— para hacer lo que me plazca.

—Te equivocas, bribona. Yo cumpliré mi palabra, está segura. Así, pues, o te portas bien o vas a los cuarteles a trabajar y a vivir como los otros.

—Mejor quisiera vivir en el tugurio más asqueroso de los cuarteles que estar bajo las garras de usted.

—Sí; pero a pesar de eso te hallas bajo mi dominio —dijo, volviéndose hacia ella con una especie de risa salvaje—, y eso es lo que me consuela. Así, pues, siéntate aquí en mis rodillas, querida mía, y escucha razones —añadió apoderándose de su mano.

—¡Cuidado, Simon Legree! —exclamó la mujer echándole una mirada terrible—. Me tiene usted miedo —añadió deliberadamente—, y hace usted muy bien, porque tengo el demonio en mi cuerpo.

Y pronunció estas últimas palabras en voz baja silbándolas, por decirlo así, al oído de Legree.

—Márchate, porque creo, por mi alma, que dices la verdad —exclamó Legree, arrojándola con aire asustado.

Tomando después otro tono, añadió:

—Pero, al fin, ¿por qué no hemos de ser amigos como antes, Cassy?

—¡Antes! —exclamó amargamente.

La mujer se detuvo, una emoción repentina le cortó la palabra. Cassy había ejercido siempre sobre Legree esa especie de influencia en que una mujer fuerte y apasionada puede adquirir a su gusto sobre el hombre más brutal; pero hacía algún tiempo que estaba más impaciente e irritada bajo el yugo pesado de su servidumbre. A veces estallaba esta impaciencia, tomando los caracteres de una furiosa locura, cuya disposición se convertía en un objeto de terror para Legree, que, como todo ignorante, tenía a los locos un miedo supersticioso. Cuando Legree llevó a Emmeline a la plantación se reanimaron en el corazón marchito de Cassy todos los sentimientos femeninos y se puso de parte de la joven.

Bien pronto ocurrió una violenta disputa entre Cassy y Legree. Este, en un acceso de furor, juró ponerla a trabajar en el campo si no quería venirse a buenas. Cassy, con altanería y desprecio, declaró que iría a tra-

La cabaña del tío Tom

bajar al campo; y, en efecto, trabajó un día, según lo hemos referido, para mostrar el profundo desdén que le inspiraba la amenaza. Legree anduvo todo el día disgustado, porque Cassy ejercía sobre él una influencia de que en vano procuraba sustraerse. Cuando presentó su canasta en el lugar del peso esperó Legree por parte de ella algún signo de sumisión, y le dirigió la palabra con un tono familiar e insultante a la vez; pero le respondió con el más amargo desdén. Habíala irritado más aún la manera odiosa con que tratara al pobre Tom, y únicamente para echar en cara a Legree su conducta brutal le siguió hasta la casa.

—Me alegraría mucho, Cassy —dijo Legree—, que te portaras de una manera más decorosa.

—¿Es usted el que habla de portarse con decoro? ¿Qué es lo que acaba usted de hacer? ¿Tiene usted tan poco talento que se ha privado de uno de sus mejores trabajadores, en la época de la recolección, por el gusto de satisfacer un arrebato infernal?

—He cometido un gran yerro, es verdad; pero como se obstinaba el pícaro, era indispensable rendirle.

—Respecto a eso creo que no lo consigue usted.

—¿No lo conseguiré? —exclamó Legree, levantándose con cólera—. ¡Vaya una cosa curiosa! ¡Sería el primer negro que se hubiera salido con la suya! O cede, o le rompo todos los huesos de su cuerpo.

En aquel momento se abrió la puerta y entró Sambo. Adelantóse haciendo cortesías y presentó una cosa envuelta en un papel.

—¿Qué es eso, animal? —dijo Legree.

—Es un hechizo.

—¿Un qué?

—Una cosa que los hechiceros dan a los negros. Esto les impide sentir los golpes que reciben. Lo tenía colgado al cuello con un cordón negro.

Como la mayor parte de los hombres impíos y crueles, Legree era supersticioso: tomó el papel y le abrió con cierta repugnancia.

Salió un peso de plata y un rizo de pelo rubio, largo y brillante, que como si hubiera estado vivo, se enroscó por sus dedos.

—¡Condenación! —exclamó, pegando con el pie en el suelo furiosamente y arrancando el cabello de sus dedos como si le hubiera quemado—. ¿De dónde proviene esto? ¡Quítamelo, abrásalo! —gritó, echando el rizo al suelo—. ¿Para qué me lo has traído?

Sambo estaba sentado, con la boca abierta; Cassy, que se disponía a salir de la habitación, se detuvo y le miró con aire sorprendido.

—Guárdate de volver a traerme esos objetos infernales —exclamó Legree, mostrando el puño a Sambo.

Este tocó retirada hacia la puerta, mientras que Legree, cogiendo el peso de plata, lo arrojó por la ventana. Sambo se creyó dichoso por haber podido escapar. Después que salió se sentó Legree, algo avergonzado del miedo que había tenido, y empezó a beber ponche. Aprovechando entonces Cassy aquella ocasión, se deslizó por la sala y se fue adonde estaba el pobre Tom para hacer lo que ya hemos referido.

Pero ¿qué había experimentado Legree?

¿Qué tenía de particular un rizo de cabello rubio para hacer palidecer a aquel hombre, familiarizado con toda clase de crueldades? Para responder a estas preguntas necesitamos iniciar a nuestros lectores en la historia pasada de Legree.

Por duro y perverso que este hombre impío parezca, como le vemos ahora, se había mecido en otro tiempo en el seno de una madre, al dulce murmullo de las oraciones y de los himnos piadosos. Su frente, quemada hoy por los fuegos del infierno, había sido regada por las aguas del bautismo. En su infancia, una mujer de rubios cabellos le había conducido a la iglesia al sonido de las campanas del domingo para adorar a Dios y rezar en la asamblea de los cristianos. En el fondo de Nueva Inglaterra fue donde aquella madre había criado su hijo único, con un amor infatigable y fervientes oraciones. Nacido de un padre de corazón duro, al cual su dulce mujer profesó un amor tan desconocido como profundo, Legree había seguido las huellas de aquel hombre.

Turbulento, desenfrenado y despótico, despreció todos los consejos y no soportó reproche alguno de su madre, a la cual prematuramente abandonó para ir a buscar fortuna por el océano. Una sola vez desde entonces volvió a la casa paterna, y su madre, aprovechando la ocasión con el ardor de un alma que necesita amar y que sólo tiene un objeto a quien profesar su cariño, se esforzó por medio de ardientes y apasionadas súplicas para arrancarle de la vida criminal que llevaba y asegurar la dicha eterna de su alma. Aquel día fue para Legree uno de gracia. Aquel día le llamaron los ángeles buenos, llegó casi a convertirse y la misericordia le tendió su mano. Su corazón iba cediendo interiormente. Hubo un momento de lucha, pero el pecado consiguió la victoria, y todo el vigor de su naturaleza se opuso contra los avisos de su conciencia. Se dio a beber y jugar, haciéndose más salvaje y brutal que nunca. Cierta noche que su madre, en la agonía de la más profunda desesperación, se había arrojado a sus plantas, la rechazó con desprecio, la arrojó desmayada en el suelo, y profiriendo juramentos horribles escapó a su buque. Cuando Legree oyó hablar de nuevo de su madre se hallaba en medio de una orgía. Se le puso una carta en la mano, la abrió, y saliendo un largo rizo de pelo se enroscó en sus dedos. La carta decía que había muerto su madre, y que después de perdonarle todo le daba su bendición.

Hay una especie de terror, una suerte de nigromancia del mal que transforma las cosas más dulces y más santas en fantasmas de horror y de espanto.

Aquella madre pálida, amorosa, las oraciones de su agonía y su tierno perdón causaron en el pecho corrompido de su hijo el efecto de una sentencia de condenación y no le hicieron aguardar más que un juicio terrible. Quemó los cabellos y la carta, y cuando los vio arder se estremeció interiormente pensando en el fuego eterno. Se esforzó en olvidar; pero ni la bebida, ni las orgías, ni el ruido de sus propios juramentos pudieron destruir su memoria. Muchas veces, en el silencio de la noche, cuya calma solemne obliga al corazón pervertido a escuchar la voz de la conciencia, vio a su madre pálida levantarse al lado de su cama, sintió entre sus dedos los cabellos sedosos, hasta que, horrorizado y bañado su rostro en un sudor frío, huyó de la cama.

Los que os hayáis asombrado de leer en el mismo Evangelio que Dios es todo amor y que es un fuego que consume, ¿no veis ahora como para el alma que se ha abandonado a la maldad del amor más perfecto viene a ser el más horrible tormento, la causa amarga de la más profunda desesperación?

—¡Maldito sea ese animal! —se dijo Legree engulléndose su ponche—. ¿De dónde habrá tomado eso? Si no se pareciese a... ¡Horror! ¡Se me figuraba haberlo olvidado todo! ¡Lléveme el diablo si creo en adelante que se puede olvidar! ¡Oh, qué horror! Estoy aquí solo... Es preciso que llame a Emmeline. Me aborrece la melindrosa; pero no importa, la haré venir a la fuerza.

Legree paso de la sala a una habitación en donde se elevaba lo que en otro tiempo había sido una magnífica escalera. A la sazón estaba el suelo sucio y lleno de sillas y de paja. La escalera parecía subir a través de la oscuridad a regiones desconocidas. La pálida luz de la luna dejaba penetrar algunos rayos por una claraboya abierta encima de la puerta; el aire era nauseabundo y frío, como el de una bóveda fúnebre.

Legree se detuvo en un descanso de la escalera al oír una voz que cantaba. Aquel canto le pareció extraño y sobrenatural en su casa vieja y aislada. ¿Contribuía tal vez el estado de sus nervios, ya conmovidos, a darle semejante carácter? Pero escuchemos la canción.

Una voz inculta patética entona un himno familiar entre los esclavos:

¡Oh! ¡Habrá lloros, lloros y más lloros!
¡Oh! Habrá lloros en el Tribunal de Jesucristo.

—¡Maldita sea la joven! —exclamó Legree—. ¡De buena gana la estrangularía con toda la fuerza de mi corazón! ¡Emmeline! ¡Emmeline! —gritó con dureza.

Pero sólo un eco burlón le respondió. La voz dulce continuó cantando:

En día tal, de padres los hijos separados,
y las hijas, que Dios casa lejos de sus madres.
no verán más. no, sus afectos tan deseados.

Y después de cantada esta sentencia con voz clara y sonora, resonó de nuevo en las salas desiertas:

¡Oh! ¡Habrá lloros, lloros y más lloros!
¡Oh! Habrá lloros en el Tribunal de Jesucristo.

Legree se quedó inmóvil. Habría tenido vergüenza en decirlo; pero gruesas gotas de sudor inundaban su frente; su corazón aterrado latía con rapidez y fuerza; creyó ver una sombra blanca que se levantaba a su vista, y se estremeció a la idea de que podría aparecérsele de repente el fantasma de su madre.

—Yo sé una cosa —se dijo a sí mismo volviendo a sentarse junto al fuego—. ¡Y es que quiero dejar tranquilo a ese negro después de lo que ha pasado!... ¿Qué necesidad tenía yo de ese maldito papel? ¡Creo de verdad que estoy hechizado! No he hecho más que temblar y sudar desde que... ¿Pero de dónde puede haber tomado ese pelo? ¡Es imposible! Estoy seguro que los quemé... ¡Sería curioso que los cabellos pudiesen resucitar.

¡Ah, Legree! La dorada trenza ejercía en ti una influencia extraordinaria, y el poder divino se servía de ella para despertar tu terror y tus remordimientos e impedir que tus manos crueles acabaran con un desgraciado.

—¡Hola! —dijo Legree, pegando con el pie a los perros y llamándolos a silbidos—. ¡Despertaos vosotros y hacedme compañía!

Pero los perros entreabrieron un ojo medio dormido y lo cerraron al instante.

—Necesito que vengan Sambo y Quimbo, que canten y dancen sus bailes infernales para librarme de esas ideas horribles.

Y tomando su sombrero salió a la veranda y tocó una bocina, con la cual tenía costumbre de llamar a los dos negros. Muchas veces, Legree, cuando estaba de buen humor, hacía subir a estos dignos personajes a su sala, y después de atracarlos de wiski se divertía en hacerles cantar, bailar o reñir, según su capricho del momento.

Era a poca diferencia entre una y dos de la mañana cuando al volver Cassy de cuidar al pobre Tom oyó los gritos y la algaraza, los aplausos y las canciones, mezcladas con los aullidos de los perros. Subió a la veranda y miró hacia la sala. Legree y los dos negros, medio borrachos, cantaban, gritaban, revolvían las sillas y se hacían uno a otro los gestos más cómicos y horribles.

Cassy apoyó su mano demacrada en la celosía de la ventana y los miró fijamente. Sus ojos negros expresaban en aquel momento un mundo de angustia, de amargura y de desprecio terribles.

—¿Será verdaderamente un pecado librar a la tierra de estos miserables? —se dijo a sí misma.

Volvióse bruscamente, dio una vuelta para ir a coger una puerta de detrás, penetró en lo largo de la escalera y fue a llamar a la puerta de Emmeline.

CAPÍTULO XXXVI
Emmeline y Cassy

Cassy entró en el aposento y encontró a Emmeline sentada, pálida de terror, allá en el rincón más retirado. Al oír sus pasos, la joven se levantó sobresaltada; pero luego que la hubo reconocido se precipitó hacia ella, y tomándola del brazo, le dijo:

—¡Oh, cuán contenta estoy de verla! Yo temía que fuese... ¡Si supiera usted qué algaraza se oye abajo durante la noche!

—Debo saberlo —dijo secamente Cassy—; la he oído muchas veces.

—¡Oh, Cassy! ¿No podríamos escaparnos de aquí? No importa que nos refugiemos en medio de los pantanos o entre las serpientes: lo principal es que salgamos de aquí... ¿A dónde podremos ir?

—A ninguna parte, excepto a nuestros sepulcros —dijo Cassy.

—¿Lo ha intentado usted alguna vez?

—He presenciado varias tentativas y sé lo que se gana con ellas —respondió Cassy.

—Mejor viviría en medio de los pantanos y comería la corteza de los árboles. No tengo miedo a las serpientes, ¡Más desearía tener una junto a mí que ver a él a mi lado! —repuso Emmeline con violencia.

—No hace mucho que se pensaba aquí como usted —dijo Cassy—. Pero no podría usted permanecer en los pantanos; sería usted perseguida por los perros, conducida aquí..., y entonces..., entonces...

—¿Qué haría? —preguntó la joven, con los ojos clavados en Cassy y respirando con trabajo.

—Debiera usted preguntar antes lo que no haría —respondió Cassy—. Ha hecho su aprendizaje con los piratas de las islas orientales. Apenas dormiría usted si le dijese lo que él mismo me cuenta algunas veces cuando está de buen humor. He oído aquí tales gritos que ensordecían mis oídos por espacio de semanas y meses. Hay un sitio por allá abajo, hacia los cuarteles, donde habrá usted visto un árbol seco ennegrecido por el humor y todo el suelo inmediato cubierto de cenizas... ¡Ah! Pregunte usted a cualquiera de lo que ha pasado allí. ¡Verá usted si se atreve a decirlo!...

—¿Qué quiere usted decir?

—No lo diré; me da horror sólo el pensarlo. ¡Únicamente digo que el Señor sabe lo que hemos de ver mañana si ese pobre Tom continúa como ha empezado!

—¡Oh, es horrible! —exclamó Emmeline, cubriéndose su rostro de una palidez mortal—. ¡Oh, Cassy! ¿Qué haré, qué haré?

—Lo que he hecho yo. Portarse lo mejor posible, cumplir en un todo con su deber y aborrecer a ese malvado...

—¡Quería obligarme algunas veces a beber de su infernal aguardiente! —dijo Emmeline—. ¡Pero yo le tengo tal horror!...

—Mejor hubiera usted hecho en beberlo —respondió Cassy—. Yo le aborrecía también y ahora no puedo pasar sin él. Es preciso tomar alguna cosa que haga olvidar los terribles recuerdos que nos atormentan; parecen menos fuertes cuando se bebe.

—Mi madre tenía costumbre de decirme que no tocara esas cosas —contestó Emmeline.

—¡Se lo dijo a usted su madre! —exclamó Cassy, aceptando la palabra madre con un tono lleno de amargura—. ¿De qué sirve a las madres dar consejos a sus hijos? Nuestra suerte se reduce a ser compradas y pagadas, y nuestras almas pertenecen al amo que nos posee. Esto es lo que sucede. Créame usted; beba usted aguardiente; beba usted cuanto pueda, y esto le hará todo más llevadero.

—¡Oh, Cassy, tenga usted compasión de mí!

—¡Compasión de usted! ¿Y por qué no? ¿No tengo también una hija? ¡Sabe Dios dónde estará y a quién pertenecerá ahora! Ella debe seguir los mismos pasos que su madre, y a sus hijos le sucederá casi lo mismo. ¡Porque la maldición debe durar para siempre!

—¡Quisiera no haber nacido! —dijo Emmeline retorciéndose las manos.

—Ya hace mucho tiempo que me ha ocurrido a mí el mismo pensamiento —respondió Cassy—. Ahora sólo me ha quedado la costumbre de repetirlo. Moriría si tuviera valor —añadió fijando sus ojos en la oscuridad de la noche con la expresión desesperada que tenía de ordinario su semblante en medio del reposo.

—Sería criminal matarse una a sí misma —dijo Emmeline.

—No sé por qué. ¡No sería más criminal que nuestra vida y nuestras acciones diarias! Pero cuando estaba yo en el convento me decían las hermanas tales cosas que me hacen temer la muerte. Si ella fuera nuestro fin, entonces...

Emmeline se volvió ocultando su rostro entre sus manos.

Mientras pasaba esta conversación en el cuarto de Emmeline, Legree, en el piso inferior, vencido por el exceso de la orgía se había quedado profundamente dormido. De ordinario no se entregaba a la embriaguez; su ruda y grosera naturaleza exigía y podía soportar una dosis de espirituoso licor capaz de extenuar y destruir enteramente una constitución más delicada. Pero la excesiva circunspección de su carácter le permitía casi siempre ser dueño de sí mismo.

Aquella noche, sin embargo, en los desesperados esfuerzos que hizo para alejar de sí los remordimientos y las visiones que le asaltaban, había bebido más de lo que tenía costumbre; así es que, cuando hubo despedido a sus negros servidores, cayó pesadamente en una cama que tenía para descansar y quedó profundamente dormido. ¡Oh! ¿Cómo el alma perversa osará penetrar en el mundo tenebroso del sueño, cuyos límites inciertos tocan tan de cerca las escenas terribles y misteriosas de la gran reparación?

Legree tuvo un pesado y febril sueño. En él vio un fantasma encubierto, de pie delante de él, que ponía sobre su hombro una mano fría y dulce. Creyó conocerlo a pesar de estar tapado, y se estremeció de horror. Entonces le pareció tener enroscados en sus dedos los cabellos del fantasma, los cuales, deslizándose después alrededor del cuello, le apretaban tanto que no le dejaban respirar. Figurábase oír voces sordas que le decían al oído cosas que le helaban de horror. Después creyó hallarse al borde de un terrible abismo bregando con una angustia mortal, mientras que salían de abajo manos negras para cogerle, y Cassy, riéndose, le empujaba por detrás. Entonces se descubrió el fantasma misterioso, y era su madre. Se separó de él, dejándolo caer al abismo, en medio de un ruido confuso de gritos, de gemidos y de risas infernales.

Legree despertó.

Los sonrosados rayos del alba penetraban agradablemente en la habitación. La estrella matutina, inmóvil en medio de la claridad creciente, echaba sobre el hombre culpable su mirada brillante, santa y solemne.

¡Oh, con qué frescor, con qué alma y magnificencia nace cada nuevo día, como para decir a los insensatos: «Mirad, ya tenéis un día más»! No hay región donde esta voz no sea inteligible; pero el hombre temerario, el perverso, no la oye. Se despertó con un juramento y una maldición en la boca. ¿Qué eran para él el oro y la púrpura del sol levante, cuyo milagro se renueva todos los días? ¿Qué era para él esa estrella santa, distinguida de las otras por el hijo de Dios cuando la designó como el emblema de su persona? Semejante al bruto, se levantó medio dormido, llenó un vaso de aguardiente y se bebió la mitad.

—He pasado una noche infernal —dijo a Cassy, que acababa de entrar por la parte opuesta.

—No le faltarán a usted de esas por algún tiempo —le respondió secamente.

—¿Qué dices tú, descarada?

—Ya lo sabrá usted uno de estos días —replicó Cassy en el mismo tono—. Ahora, Simon, debo dar a usted un pequeño consejo.

—¡Vete al infierno!

—Mi opinión es —repuso Cassy con firmeza, comenzando a arreglar un poco la sala— que deje usted a Tom tranquilo.

—¿Qué te importa esto?

—¡Que si me importa! ¡En efecto, no sé por qué he de mezclarme en ello! Si puede usted pagar mil doscientos pesos por un hombre y dejarle enseguida inservible para el trabajo sólo para satisfacer un capricho, no es a la verdad negocio que me atañe. He hecho por él lo que he podido.

—Ea, ¿qué necesidad tienes de venir a mezclarte en lo que sólo a mí me corresponde?

—Ninguna, a fe mía. He ahorrado a usted algunos miles de pesos en diferentes ocasiones, cuidando a sus esclavos, y este es el pago que recibo. Si la cosecha de usted es menor que la de todos sus vecinos, ¿no perderá usted su apuesta? ¿No la ganará Trompkins y tendrá usted que dar a la fuerza su dinero? Me parece que ya lo estoy viendo.

Legree, como otros muchos plantadores sólo ambicionaba presentar en el mercado la cosecha más abundante, y había hecho varias apuestas en el pueblo inmediato para la recolección actual. Cassy, con el tacto característico de la mujer tocaba la única cuerda sensible.

—Pues bien; le dejaré tranquilo —dijo Legree—; pero ha de pedirme perdón y prometerme enmendarse.

—No querrá; estoy segura —respondió Cassy.

—¿Cómo? Desearía saber por qué —repuso Legree con tono desdeñoso.

—Porque conoce que ha obrado bien, y usted no le hará decir lo contrario.

—Me importa muy poco. El negro ha de decir lo que yo quiera, o...

—O perderá usted su apuesta en la cosecha de algodón, separándole del campo precisamente cuando hace más falta.

—Pero al fin cederá. ¿Acaso no sé yo lo que es un negro? Hoy mismo pedirá perdón como un perro.

—Pues no lo hará, Simon. Sin duda no conoce usted a los de esa especie. Puede usted matarle a fuego lento; pero no le arrancará una palabra de retracción.

—Nos veremos. ¿Dónde está? —dijo Legree, dispuesto a salir.

—En el desván del almacén —respondió Cassy.

Aunque Legree habló tan resueltamente a Cassy, salió de la casa atormentado por preocupaciones que no le eran habituales. Sus sueños de la noche anterior, confundidos con las prudentes sugestiones de Cassy, le afectaban singularmente. Resolvió tener a solas una entrevista con Tom y aplazar su venganza para tiempo más favorable si no hacía caso de sus amenazas.

La solemne claridad del alba, el esplendor celestial de la estrella matutina, habían penetrado por la angosta ventana del desván donde se hallaba Tom acostado, y le parecía que los rayos del cielo eran quienes le recordaban estas palabras consoladoras. «Soy el vástago y la posteridad de David, la brillante estrella matutina». Los consejos secretos e indiscretos de Cassy, lejos de abatir su alma, la habían. por el contrario, alentado como el sonido de una voz celeste. Así fue que oyó sin estremecerse la voz de su perseguidor.

—Y bien, muchacho, ¿cómo te encuentras? —dijo Legree, dándole con el pie desdeñosamente—. ¿No te dije que aprenderías aquí algunas cosas? ¿Qué te parece, eh? ¿Estás hoy tan orgulloso como ayer? ¿Podrías regalar a algún pobre pecador con un trozo de sermón?

Tom no respondió.

—¡Vamos arriba, animal! —añadió Legree dándole de nuevo con el pie.

Era una empresa algo difícil para un hombre tan mal parado como estaba Tom; pero viendo Legree los grandes esfuerzos que hacía se echó a reír brutalmente.

—¿Cómo no estás hoy tan vivo, Tom? ¿Acaso habrás cogido frío esta noche?

Tom logró al fin levantarse y permanecer de pie delante de su amo con mirada tranquila y frente serena.

—¡Ah, diablo! ¡Todavía puedes tenerte en pie! —exclamó Legree, echándole una mirada de la cabeza a los pies—. Creo que no has recibido aún bastantes golpes. Ea, Tom; híncate de rodillas y pídeme perdón por tus simplezas de ayer.

Tom permaneció inmóvil.

—¡Abajo, perro! —dijo Legree, pegándole con su látigo.

—Señor Legree, no puedo. Ayer hice lo que creí justo, y me es imposible retractarme. No seré jamás cruel, suceda lo que quiera.

—Sí; pero ignoras lo que pueda sucederte, señor Tom. ¿Crees que es alguna cosa lo que se te ha dado? Pues no es nada, nada absolutamente. Te convendría estar atado a un árbol con fuego alrededor. Tal vez te parecería muy dulce y agradable. ¿No es verdad, Tom?

—¡Señor —respondió Tom—, sé que puede hacer usted cosas terribles; pero —añadió juntando las manos— cuando haya usted hecho morir al cuerpo queda una «eternidad»!

¡La «eternidad»! Al pronunciar esta palabra el alma del pobre negro sufrió un estremecimiento profundo y se sintió penetrado de luz y de fuerza. El perverso se estremeció también al oírla como si hubiera sentido la picadura de un escorpión.

Legree rechinó los dientes, y la rabia le cortó la palabra.

Tom, libre de todo temor, habló con voz firme y gozosa.

—Señor Legree, usted me ha comprado y debo ser su esclavo fiel; yo daré a usted todo el trabajo de mis manos, le consagraré todo el tiempo, todas mis fuerzas; pero no entregaré mi alma a ningún hombre. Viviré con el Señor y respetaré sus mandatos ante todo, sea cualquiera la suerte que me espere. Ya puede usted hacer llenarme de golpes, hacerme morir de hambre, quemarme, y sólo conseguirá usted enviarme más pronto adonde yo deseo ir.

—Te respondo de que cederás antes de acabar contigo —dijo Legree estremeciéndose de rabia.

—Seré socorrido —respondió Tom—. ¡Oh, no me hará usted ceder jamás!

—¿Y quién diablos ha de socorrerte? —preguntó Legree con aire de desprecio.

—El Señor Todopoderoso —respondió Tom.

—¡Que venga, pues, en tu ayuda! —exclamó Legree, pegando a Tom un fuerte bofetón.

Una mano dulce y fría se posó en este momento sobre la del plantador. Dióse la vuelta..., y era Cassy; pero aquel frío y dulce contacto le recordó su sueño de la noche anterior, y rápidas como el relámpago pasaron las terribles imágenes de sus últimos sueños, y experimentó las impresiones del horror que las habían acompañado.

—¿Está usted loco? —dijo Cassy en francés—. Déjele tranquilo, yo le pondré en disposición de volver al campo. ¿No se lo había dicho a usted ya?

Supónese que el aligator y los rinocerontes, aunque provistos de una especie de coraza a prueba de balas, tienen, sin embargo, un lado vulnerable; en los hombres réprobos, impíos y perversos, que no conocen la fe, ni la piedad, ni los remordimientos, la parte vulnerable es un terror supersticioso.

Legree se retiró decidido a no llevar las cosas más lejos por el momento.

—Pues bien; haz lo que quieras —dijo a Cassy con aire embarazado—. Y tú, escucha bien —añadió volviéndose a Tom—. Por ahora no me meteré contigo, porque es muy grande la cosecha y necesito aprovechar todos los brazos; ¡pero ten entendido que no olvido «jamás»! Me debes esta cuenta, y un día u otro la has de pagar a costa de tu negro pellejo, ¿lo oyes?

Legree volvió la espalda y partió.

—¡Vete! —exclamó Cassy, echándole una mirada sombría—. ¡También llegará el día en que debas tú dar cuentas! ¿Cómo está usted, pobre Tom?

—El Señor Dios ha enviado un ángel y cerrado la boca del león por esta vez —respondió Tom.

—Por esta vez, es verdad —repuso Cassy—; pero ya se ha declarado contra usted; le perseguirá sin descanso, lo mismo que un perro agarrado a su garganta, chupándole la sangre gota a gota. ¡Oh, conozco bien a ese hombre!

CAPÍTULO XXXVII
Libertad

Dejemos por ahora al pobre Tom unos instantes en manos de sus perseguidores, y sigamos los percances y peligros que corren George y su mujer, que dejamos en casa de unos amigos en una plantación, junto a la carretera. Recordemos también a Tom Loker, dando fuertes gemidos y agitándose en una cama de una inmaculada blancura, tal cual se acostumbra en las casas de los cuáqueros, bajo los desvelos maternales de la tía Dorcas, que lo encontraba tan poco tratable e impaciente como a un bisonte enfermo.

Figurémonos una señora de alto talle, llena de dignidad, de inteligencia; su gorro de clara muselina cubría las ondas de la cabellera argentada que se divisa en medio de su frente ancha y límpida; sus ojos son grises y pensativos. Un pañuelo de tul blanco está cruzado sobre su pecho; su reluciente vestido oscuro de seda deja oír un agradable ruido cada vez que entra o sale con paso ligero de la habitación..

—¡Qué diablos! —exclamó Tom Loker, arrojando con violencia la colcha de la cama con manos y pies.

—Debo advertir a Tom que no conviene use tales palabras —dijo la tía Dorcas, arreglando tranquilamente la cama.

—Vamos, abuela, no lo haré más, si puedo evitarlo; pero ese maldito calor es suficiente para hacer jurar.

La tía Dorcas quitó de la cama un cobertor, compuso el resto de la ropa, y dejó a Tom cual si fuera una crisálida, mezclando sus cuidados maternales con algunas exhortaciones.

—¡Cuánto me alegraría, amigo, que abandonaras esos juramentos y esas maldiciones, y pensaras seriamente en tu conducta pasada!

—¿Y por qué diablos quiere usted que piense en eso? Lléveme el demonio si no es la última cosa en la cual quiero pensar.

Y moviéndose con violencia volvió a tirar la ropa de la cama. que quedó en el mayor desorden.

—Supongo que estarán aquí todavía ese hombre y esa mujer, ¿no es verdad? —dijo después de un momento y con aire sombrío.

—En efecto —respondió la tía Dorcas.

—Más les valdría partir cuanto antes y tomar el lago.

—Así lo harán probablemente —respondió la tía Dorcas continuando su calceta.

—Escuche usted —añadió Tom—; nosotros tenemos en Sandusky corresponsales que nos guardan los barcos. Ya me es igual decirlo ahora:

espero que puedan escapar los dos fugitivos, y lo deseo, aunque sólo sea por mortificar a este perro de Marks, que lleve el diablo.

—¡Tom! —exclamó la tía Dorcas.

—Vamos, si me prohíbe usted demasiado el hablar, acabaré por dar un estallido... Respecto a la joven, debe disfrazarse bien, porque constan sus señas en Sandusky...

—Ya cuidaremos de todo eso —dijo tranquilamente la tía Dorcas.

Como tenemos que separarnos aquí de Tom Loker, bueno es añadir que, después de haber estado en cama dos o tres semanas en la casa de los cuáqueros, enfermo de una fiebre de reumatismo unida a otros males suyos, se levantó un poco más triste y algo más cuerdo que antes. En vez de continuar su oficio de cazador de esclavos, fue a establecerse a una de las nuevas colonias. Allí pudo hacer mejor aplicación de su talento en la caza de los osos, lobos y otros animales, por lo cual adquirió en el país una verdadera reputación. Siempre hablaba con respeto de los cuáqueros.

—¡Honradas gentes —decía—, querían convertirme; pero no hubo medio de conseguirlo! No hay nadie como ellos para cuidar a un enfermo, y hacen las tortas y otras frioleras cual en ninguna parte.

Como Tom había sabiamente previsto que serían reconocidos en Sandusky si iban allí reunidos los fugitivos, se creyó prudente separarlos. Jim y su madre salieron primero; una noche o dos después, George. Eliza y su hijo fueron conducidos al mismo punto en un carruaje particular y se hospedaron en una casa hospitalaria, aguardando la ocasión favorable para embarcarse en el lago.

Casi había pasado ya la noche, y la estrella matutina de su libertad empezaba a brillar ante sus ojos. ¡Libertad! ¡Palabra mágica! ¡Es más que un nombre, más que una flor retórica! Hombres y mujeres de América, ¿por qué late vuestro corazón al oír esta palabra, por la que vuestros padres derramaron su sangre, y vuestras madres más valientes aún, consintieron en ver morir a los más nobles de sus hijos?

Mas si la libertad es dulce y gloriosa para una nación, ¿lo es menos para el hombre? ¿En qué consiste la libertad de una nación si no la constituye la independencia de todos y cada uno de los individuos que la componen? ¿Qué es la libertad para ese joven, sentado, con los brazos cruzados en su pecho, por cuyas venas corre sangre africana y cuyos ojos brillan con un fuego sombrío? ¿Qué es la libertad para George Harris? Para vuestros padres, la libertad era el derecho que tiene una nación a ser nación; para él es el derecho que tiene un hombre a ser hombre, y no bruto; el derecho de llamar a su mujer su esposa querida y de protegerla contra la violencia de hombres sin fe; el derecho de tener por sí un hogar doméstico, una religión y una voluntad propia, sin estar sujeto a la de nadie.

Todos estos pensamientos se agitaban en la mente de George cuando con la cabeza apoyada en su mano seguían sus miradas a su mujer, que se disfrazaba de hombre, mediante cuyo traje, para mayor seguridad, debía terminar su fuga.

—¡Ahora el cabello! —exclamó, sacudiendo su larga y sedosa trenza negra—. ¿No es lástima, George —agregó graciosamente, levantando parte de ella—, que sea preciso cortar todo esto?

George se sonrió con tristeza; pero no respondió.

Volvióse hacia el espejo y las tijeras que brillaban entre sus bucles negros los echaron abajo rápidamente uno tras otro.

—Ya bastará con esto —dijo—; un peine y cepillo, y me pondré a la moda. Y bien —añadió dirigiéndose a su marido—, ¿no estoy así hermosa?

—Siempre lo estarás, Eliza, aunque hagas lo que quieras.

—¿Qué te tiene tan triste? —dijo acercándose a él—. Según he oído, sólo nos encontramos a veinticuatro horas de distancia del Canadá. Un día más y una noche por el lago, y entonces, ¡oh, entonces!

—¡Oh, Eliza —respondió George atrayéndola hacia sí—, eso es lo que me conmueve! ¡Ahora se acerca el momento en que debe decidirse mi suerte! ¡Si estando tan próximo lo perdiera todo!... ¡Este golpe me mataría, Eliza!

—No tengas cuidado —respondió la mujer con el acento de la esperanza—. ¡El Señor no nos habría conducido tan cerca de la libertad si no tuviera intención de concedérnosla! ¡Me parece que no ha de abandonarnos!

—¡Eres una mujer admirable! —dijo George estrechándole convulsivamente la mano—. Pero dime, ¿va a concedernos tan gran beneficio? ¿Vamos a ver el fin a tantos padecimientos? ¿Seremos libres?

—Lo seremos, estoy segura —respondió Eliza, levantando los ojos al cielo mientras que bañaban sus párpados lágrimas de esperanza y de entusiasmo—. Siento en mi alma que hoy mismo va a librarnos Dios de la esclavitud.

—Necesito creerte, Eliza —exclamó George levantándose de repente—; sí, quiero creerte. Ven, démonos prisa. ¡A la verdad —añadió mirándola encantado— que eres un buen chico! ¡Los cabellos cortos y rizados te sientan a las mil maravillas! Ponte ahora la gorra así, de medio lado. ¡Jamás te he visto tan linda! Pero ya debe estar dispuesto el carruaje. Señor Smith, ¿ha concluido usted de disfrazar a Harry?

Abrióse la puerta y entró una mujer de cierta edad y aspecto respetable, acompañada de Harry, vestido de niña. La criatura miró a su madre y la examinó grave y silenciosamente, lanzando profundos suspiros.

—Harry, ¿conoces a tu mamá? —preguntó Eliza tendiéndole los brazos.

El niño se estremeció con timidez contra la mujer que le había llevado.

—Vamos, Eliza, no conviene quitarle esa aprensión cuando sabes que debe separarse de ti.

—¡Oh, es verdad! ¡No pensaba en eso! Pero siento lo que no es decible al ver que debe separarse de mí. Ea, ¿dónde está mi capa? George, dime, cómo la llevan los hombres.

—Es preciso llevarla así —respondió George, poniéndose él la capa.

—Así, ¿no es verdad? —exclamó Eliza imitando el movimiento de su marido—. Ahora tendré que pisar fuerte, echar buenas zancadas y mirar con mucho descaro.

—No, Eliza, no hagas esfuerzos de ese género; también se hallan jóvenes modestos, y a ti te será más fácil hacer este papel.

—Y estos guantes, ¡misericordia!, mis manos se pierden en ellos.

—Te aconsejo que los guardes cuanto puedas, tu pequeña mano bastaría para descubrirnos. Así, pues, señora Smyth —añadió George—, tenga usted entendido que va usted confiada a nuestro cuidado y que será usted nuestra tía.

—He oído decir —respondió ésta— que todos los capitanes de los barcos de vapor han recibido las señas de un hombre y de una mujer acompañados de un niño.

—Ya lo sé —repuso George—; y si descubrimos a algunos que se parezcan a esas señas se lo advertiremos al capitán.

En aquel momento llegó a la puerta el carruaje, y la familia amiga que había hospedado a los fugitivos se juntó en derredor suyo para darles el último adiós.

Los disfraces de los fugitivos eran enteramente conformes a los consejos de Tom Loker. La señora Smyth, respetable mujer de la Colonia del Canadá, adonde se dirigían, y que se disponía a atravesar el lago, consintió en ser momentáneamente tía de Harry. Por consecuencia, y a fin de acostumbrarlo a ella, le había tenido bajo su cuidado exclusivo los dos días anteriores. Las caricias que le eran prodigadas, unidas a una distribución abundante y continua de bollos y de azúcar cande, no tardaron en crear una amistad muy íntima entre la buena mujer y el gracioso niño.

El carruaje se dirigió hacia el embarcadero. Nuestros dos jóvenes atravesaron bien pronto el puente del barco; uno de ellos, Eliza, daba galantemente el brazo a la señora Smyth, en tanto que George cuidaba del embarque de los equipajes.

Al tomar sus billetes en el despacho del capitán oyó a dos hombres que conversaban a su lado.

—He visto con detenimiento todas las personas que han entrado a bordo y aseguro que no están.

El que así hablaba era el cajero del barco. Su interlocutor, nuestro antiguo conocido Marks, gracias a la apreciable perseverancia que le caracterizaba, había ido hasta Sandusky buscando alguna presa que devorar.

—Apenas puede distinguirse a la mujer de una blanca —dijo Marks—, y el hombre es un mulato de tez muy clara. Está marcada con un hierro una de sus manos.

La mano con que George tomaba sus billetes y su dinero tembló un poco; pero dio tranquilamente media vuelta, echó al que hablaba una mirada indiferente y se dirigió con lentitud a otro sitio del buque, donde le aguardaba Eliza.

La señora Smyth y el pequeño Harry se quedaron en el gabinete reservado de señoras, donde la hermosura de la pretendida niña le atrajeron las fiestas y caricias de los pasajeros. En el momento que sonó la campana por última vez tuvo George la satisfacción de ver a Marks cómo repasaba la palanca de embarque haciendo gestos de contrariedad. Así es que George desembarazó su agobiado pecho con un profundo suspiro cuando medió entre ellos dos una distancia considerable que ya hacía imposible toda persecución.

El día era magnífico. Las olas azuladas del lago Erie se movían y brillaban con los rayos del sol. Una fresca brisa soplaba de la ribera, y el majestuoso buque surcaba admirablemente las aguas. ¡Qué mundo tan desconocido de sentimientos encierra un solo corazón humano! ¿Quién hubiera podido adivinar al ver a George pasearse por el puente del barco, al lado de su tímido compañero, lo que pasaba en su pecho?

No osaba creer en la dicha incomparable que se acercaba por momentos, y temía en su interior que cualquier accidente se la arrebatara.

Pero el buque proseguía su marcha, con rapidez huían las orillas, y al fin se presentaron a los ojos de los viajeros las dichosas costas de la colonia británica, resplandecientes de claridad; costas dotadas de un poder mágico: el de disipar al primer contacto la esclavitud, sea cualquiera el lenguaje que la haya declarado legítima, sea cual fuere el poder de la nación que la haya confirmado.

George y su mujer iban del brazo cuando se vio muy cerca el pueblecito de Amherstberg, que formaba ya parte del Canadá. George tenía dificultosa y precipitada su respiración; como una nube sentía él interpuesta ante sus ojos, y en silencio estrechaba la manecita que temblaba sobre sus brazos. Sonó la campana y se paró el buque. No sabiendo apenas lo que hacía, George juntó sus equipajes y se reunió a sus demás compañeros. El pequeño grupo tocó tierra. Permanecieron allí tranquilos y silenciosos hasta que se alejó el buque. Entonces, llorando y abrazándose los esposos, y estrechando contra su seno a su hijo, completamente sorprendido, se arrodillaron y elevaron a Dios sus corazones.

Era aquello como el tránsito de la muerte a la vida, del sudario de la tumba a los blancos vestidos del cielo, de la dominación del pecado y de las pasiones a la pura libertad de un alma perdonada; era aquel el momento en que se habían roto los lazos de la muerte y del infierno, en que el mortal llega a soñar con la inmortalidad en que la mano de la misericordia hace girar la llave de oro y en que dice su voz: «Regocíjate, tu alma está libre».

Nuestra comitiva llegó bien pronto, bajo la dirección de la señora Smyth, a la morada hospitalaria de un misionero bondadoso que la caridad cristiana ha puesto allí para ser el pastor de los peregrinos oprimidos que van sin cesar a buscar un asilo en aquellas costas.

¿Quién podrá explicar la felicidad que encerró aquel primer día de libertad? ¿El sentido de la libertad no es más sublime y delicado que los otros cinco? ¡Respirar, salir y entrar sin ser vigilado, al abrigo de todo peligro! ¿Quién podrá describir las dulzuras del reposo que cae sobre la almohada de un hombre libre, a la sombra de las leyes que le garantizan los derechos que Dios ha dado al hombre? ¡Qué bello y tierno era para aquella madre contemplar el semblante de su hijo dormido, a quien el recuerdo de mil peligros hacían más queridos aún! ¿Cómo era posible dormir con los ensueños de una dicha tan inesperada?

Y, sin embargo, los dos esposos no poseían un pie de tierra ni una morada que pudieran llamar suya. Todo, todo lo habían gastado, hasta su último peso; sólo tenían lo que las aves o las flores de los campos..., y, sin embargo, el goce les impedía el poder dormir; en fuerza de su alegría no podían conciliar el sueño.

¿Cómo vosotros, que despojáis al hombre de la libertad, podréis responder de ella ante Dios?

CAPÍTULO XXXVIII

La victoria

¿No han experimentado nunca nuestros lectores, durante el curso de esta miserable existencia y en ciertas horas de abatimiento, que les sería más dulce la muerte que la vida?

Cuando el mártir se encuentra frente a la muerte, rodeado de angustias corporales y del horror que ella inspira, halla en la misma sentencia que le condena una excitación que le sostiene en tan horrible crisis. Siéntese fortificado por su celo y por su entusiasmo, afronta denodadamente todos los suplicios que le aproximan a la hora en que debe entrar en la patria de la gloria celestial y del descanso eterno.

Pero vivir, soportar cada día el yugo de una degradante esclavitud que ahoga gradualmente la facultad de sentir; sufrir el largo martirio del corazón sangrándose gota a gota, es la prueba más terrible que puede exigirse de un hombre. Así es que mientras estuvo Tom en presencia de su perseguidor, mientras oyó sus amenazas y creyó llegada su última hora, su corazón latió con valor en su pecho y le pareció fácil sufrir todos los tormentos, porque Jesús le tendía los brazos y se presentaba el cielo delante de sus ojos. Pero así que se retiró su amo, y una vez calmada la emoción del momento, volvió a apoderarse el dolor de su lastimado cuerpo, conoció de nuevo el abandono, la degradación de su estado desesperado, y el día fue para el largo y triste.

Legree insistió para que Tom fuese enviado a los campos mucho antes de que tuviese curadas sus llagas. Desde entonces sufrió cada día todos los dolores, las fatigas y las injusticias que pueden inventar la maldad y la bajeza. Cualquiera de entre nosotros que sepa lo que es el dolor físico habrá conocido lo mucho que irrita, a pesar de la mitigación que proporciona de ordinario nuestro estado. Tom, pues, no se sorprendió del humor sombrío de sus compañeros, porque su alma, iluminada hasta entonces con un rayo de alegría, se había revestido de la misma tristeza. Contó con algún rato de descanso para leer su Biblia; pero en casa de Legree se ignoraba el significado de la palabra descanso. En la temporada de la recolección hacía trabajar a sus esclavos lo mismo los domingos que los demás días.

¿Y por qué había de obrar de otro modo? Así recogía más algodón, ganaba en apuestas, y si mataba a algunos esclavos con esta conducta, también merced a ella podía comprar otros más robustos. Al principio leía Tom a la luz del fuego algunos versículos de la Biblia, así que regresaba del campo; pero después de los crueles tratamientos que había sufrido, entraba en la choza extenuado y sólo tenía aliento para acostarse, lo mismo que sus compañeros.

¿Sorprenderá acaso que la paz del corazón y la confianza en Dios, que le habían sostenido hasta entonces, cedieran el puesto a la duda y a la angustia? El problema más lúgubre de esta vida, tan fértil en misterios, se presentaba sin cesar a su mente; las almas oprimidas, el mal triunfante y Dios silencioso. Por espacio de algunas semanas y meses sostuvo Tom aquella lucha interior con el alma llena de tinieblas y de tristeza, muchas veces pensaba en la carta que *miss* Ophelia había escrito a sus amigos del Kentucky, pidiendo a Dios con ardor que le enviase...

Después de esperar muchos días que fueran a rescatarle, y no viendo llegar a nadie, abrigó en el fondo de su corazón la idea amarga de que se servía en vano al Señor y que Dios le había olvidado. Algunas veces hablaba a Cassy, y cuando era llamado a la casa veía a la desgraciada Emmeline. Pero sostenía pocas relaciones con las dos, aunque tampoco le quedaba mucho tiempo para ello.

Una noche estaba Tom sentado delante de los tizones en que se cocía su miserable cena; en medio de su desaliento intentó reanimar el fuego echando algunas astillas, y sacó de la faltriquera su gastada Biblia. Allí se encontraban marcados los pasajes que habían tantas veces hecho estremecer su alma; palabras de patriarcas, de profetas, poetas y sabios, que desde los tiempos antiguos han inspirado al hombre valor y paciencia, consolándole en sus aflicciones. ¿Habría perdido la Biblia su fuerza, o más bien era incapaz ya su alma fatigada de enternecerse al contacto de aquella inspiración poderosa? Guardóse el libro con un profundo suspiro. Una risa brutal le hizo levantar los ojos. Legree estaba delante de él.

—¡Y bien! Parece, viejo, que tu religión no te ayuda mucho. ¡Ya sabía yo que acabarías por desechar esas ideas de tu crespa cabeza!

Esta burla terrible fue para él más amarga que el frío, el hambre y la desnudez. Tom guardó silencio.

—Has sido un necio —continuó Legree—, porque cuando te compré tenía intención de tratarte bien; hubieras podido ser más dichoso que Sambo y Quimbo; en vez de recibir latigazos cada dos días, habrías hecho el papel de un amo y mandado pegar a los otros, además de los vasos de ponche y de wiski que te hubiera dado de vez en cuando. Vamos, sé razonable; echa al fuego ese librejo y entra en mi religión.

—¡Líbreme el Señor! —exclamó Tom con fervor.

—Ya ves cómo el Señor no se acuerda de ti; si fuera el verdadero no te habría dejado caer en mis manos. Tom, esa religión no es más que un conjunto de mentiras. Más te valdría unirte a mí, que al fin soy algo y puedo hacer alguna cosa.

—No, señor —respondió Tom—; pienso permanecer firme al Señor; que me ayude o no me ayude, confiaré y creeré en Él hasta el fin.

—Tanto peor para ti —añadió Legree, escupiéndole en el rostro y empujándole desdeñosamente con el pie—. No importa, yo te haré ceder; sabré castigarte, ya verás.

Y diciendo estas palabras se retiró Legree.

Cuando el alma sucumbe bajo el peso de una carga que la oprime, intenta quitársela de encima por medio de un esfuerzo supremo, así es que las más crueles angustias dan entrada muchas veces a la alegría y al valor. Esto sucedió a Tom. Los sarcasmos impíos de su señor acabaron de abatir su alma, ya desalentada. Pero aún se agarraba con mano débil a la roca de la fe. Tom se quedó delante del fuego como anonadado. De repente desapareció cuanto le rodeaba, y se presentó a sus ojos una visión del Hombre coronado de espinas y ensangrentado.

Tom contemplaba con adoración la majestad de su rostro, donde brillaba una paciencia sublime, y la divina mirada de sus ojos hizo estremecer su alma. Cayendo de rodillas, con las manos extendidas hacia la visión celestial, sintió revivir su corazón y rebosar en emociones. Insensiblemente cambio de aspecto; las agudas espinas se transformaron en rayos de gloria, y el mismo rostro, inundado de inefable esplendor, se volvió hacia él lleno de compasión; después dijo una voz: «El que venza se sentará conmigo sobre mi trono, como yo, que vencí, me he sentado con mi padre sobre el suyo». ¿Cuánto tiempo permaneció así prosternado? Ni él mismo lo supo. Al volver en sí, el fuego estaba apagado, el frío relente de la noche había humedecido su ropa; pero vio desvanecida su angustia mortal, y con el gozo de que se sentía llena su alma no sintió ni el hambre, ni el frío, ni la degradación. En aquel momento hizo al Dios infinito desde lo más profundo de su alma el sacrificio completo de sus esperanzas terrestres. Levantó sus ojos hacia las estrellas silenciosas e inmutables, imagen de los espíritus evangélicos, con las miradas siempre fijas en el Hombre, y creyó oír en la soledad de la noche un himno que había cantado muchas veces en días más dichosos; pero jamás con una emoción tan profunda.

Cuando los primeros albores del crepúsculo despertaban a los esclavos dormidos para conducirlos al trabajo, había uno entre aquellos pobres andrajosos que marchaba con paso firme y alegre, porque más sólido que la tierra, su fe en el Eterno era inalterable.

¡Ah, Legree! ¡Ensaya tus fuerzas ahora! La angustia, el dolor, la degradación, la desnudez, la pérdida de las cosas, en fin, sólo conseguirán abreviar el día bendito en que se hará sacerdote y rey para nuestro Dios.

Desde aquel momento una atmósfera de paz rodeó el corazón del oprimido. Penas amargas, angustias, temores, deseos, todo, en fin, desapareció. La voluntad del hombre, sumisa, después de tantos padecimientos y luchas, se confundía en una armonía perfecta con la voluntad divina. El resto del viaje le pareció tan corto, la felicidad eterna tan próxima y tan real, que las penas más amargas de la vida no hacían mella en su corazón.

Todos conocieron el cambio efectuado en el interior de Tom; había recobrado su alegría y su actividad, y gozaba de una calma que ni los insultos ni los ultrajes podían alterar.

—¿Qué diablos ha sucedido en Tom? —preguntó un día Legree a Sambo—. Hace pocos días tenía un aspecto lastimoso y pobre; pero ahora está alegre como una gaita.

—No sé nada, señor; pensará, sin duda, escaparse.

—¡Sí, que lo intente! —dijo Legree con aire salvaje—. Eso nos divertiría, ¿no es verdad, Sambo?

—¡Sí, sí! —respondió su acólito negro—. ¡Oh, qué gusto sería verle metido entre los pantanos y perseguido por los perros a través de las malezas! ¡Señor, nunca me he reído más que cuando atrapamos a Molly! Creía que los perros le hacían pedazos antes de que llegáramos; todavía tiene señales de las mordeduras.

—Y creo que las conservará toda su vida —repuso Legree—. Ahora, Sambo, abre el ojo, y si Tom intenta alguna escapatoria, ponle en disposición de que no pueda correr.

—Cuente usted conmigo, señor; yo me encargo de ese pícaro viejo.

Después de esta conversación montó a caballo Legree para ir al pueblo inmediato. Al volver por la noche tuvo la ocurrencia de dar una vuelta por los cuarteles para ver si todo se hallaba en orden.

Brillaba la luna con hermosa claridad, dibujándose en el césped el gracioso follaje del árbol de la China; la atmósfera era tan pura y serena, que se hubiera creído cometer una profanación si se hubiese alterado. Acercábase Legree a los cuarteles, y antes de llegar oyó una voz que cantaba. La música era una cosa rara en aquellos sitios, y se detuvo para escuchar. Al fin llegaron a sus oídos las siguientes palabras, cantadas con extraordinaria armonía:

> *¡Cuando la noche se avanza muda*
> *leo mi suerte escrita en los cielos!*
> *De mi alma destierro la duda*
> *y enjugo lágrimas de mis ojos.*
> *Desátate contra mí, ¡oh, tierra!;*
> *ven, acósame, ¡oh, infierno!, y verás*
> *con Satán haciéndome la guerra*
> *que seré vencedor siempre más.*
> *Que un diluvio de males me aflija*
> *y desgracias prueben mi valor;*
> *constante seré mientras me asista*
> *la potente diestra del Señor.*

—¡Hola, hola! —se dijo Legree—. ¡Vaya unas ideas soberbias! ¡Cuánto aborrezco esos cánticos metodistas! ¡Hola, viejo negro —exclamó cayendo de improviso sobre Tom, con el látigo levantado—; yo te enseñaré a cantar aquí tus letanías cuando debieras estar durmiendo! Cierra tu boca, villano, y éntrate al instante.

—Sí señor —respondió Tom con una gozosa sumisión.

Y entró al momento.

La dicha evidente de que gozaba Tom exasperó a Legree; así es que varias veces le cruzó con el látigo las espaldas y los hombros.

—¡Toma, perro, para que continúes tan alegre!

Mas aquellos golpes cayeron sólo sobre el cuerpo y no sobre el corazón, como otras veces. Tom permaneció sumiso; pero, sin embargo, no podía ocultarse a Legree que había perdido toda su autoridad respecto a su esclavo.

Cuando Tom desapareció en la cabaña y su amo continuó la requisa, atravesó por la mente de Legree una de esas luces vivas, uno de esos rayos que despide algunas veces la conciencia en un alma perversa y tenebrosa. Conoció que Dios se colocaba entre él y su víctima, y no obstante conocerlo, blasfemó de Dios. Aquel hombre dócil y humilde, a quien no desconcertaban ni los golpes, ni las injurias, ni las amenazas, despertó en el alma de su perseguidor una voz que decía, como la de los demonios conjurados por Jesús: «¿Qué hay de común entre nosotros, Jesús de Nazaret? ¿Has venido para atormentarnos antes de tiempo?».

El corazón de Tom rebosaba en compasión y simpatía por los desgraciados que le rodeaban. Las penas de la vida parecían haber pasado para él, y deseaba con ardor aliviar los padecimientos de los demás, haciéndoles participar de la paz y alegría de que disfrutaba. Las ocasiones para llevarlo a cabo eran poco frecuentes, es verdad; pero al ir al campo, al volver o durante el trabajo tenía a veces la dicha de tender una mano caritativa a seres fatigados y abatidos. Al principio costó trabajo a las pobres criaturas, abrumadas por las fatigas, las privaciones y los malos tratamientos, el comprender aquella caridad; pero él no desistió por eso, y al fin acabó por hacer vibrar en sus corazones cuerdas que por espacio de mucho tiempo habían estado silenciosas. Insensiblemente, aquel hombre extraordinario, sufrido y tranquilo, siempre dispuesto a recibir la carga de los demás, que no pedía a nadie ayuda, que cuando se distribuían los víveres llegaba el último y tomaba la menor parte, si bien era el primero en partirla con los necesitados; aquel hombre que cedía su manta en las noches frías a una mujer temblorosa de fiebre, que en el campo llenaba el cesto del más débil, con exposición de ver el suyo después falto de peso, y que a pesar de ser perseguido sin descanso por su enemigo común no proferían sus labios la menor injuria ni maldición; aquel hombre, en fin, adquirió sobre ellos una extraña influencia.

Cuando pasó la época de la recolección y los esclavos pudieron disponer de su domingo, muchos de ellos se reunían frecuentemente a su alrededor para que les hablase de Jesús. De buena gana se hubieran juntado para cantar y rezar en coro; pero Legree lo estorbaba, y más de una vez dispersó los grupos profiriendo maldiciones y groseras injurias; de suerte que las santas palabras de Tom tenían que circular de boca en boca.

Pero ¿quién podría describir la dicha de cada uno de aquellos infelices, para quienes la vida era sólo un viaje penoso hacia un fin sombrío e ignorado, cuando oyeron hablar de un Redentor misericordioso y de una patria celestial? Según los misioneros, no hay raza humana que haya recibido el Evangelio con tanto ardor y docilidad como la africana. La confianza y la sencilla fe que para ello se requieren les son más naturales que a ninguna otra, y muchas veces se ha visto entre ellos que una simiente de verdad depositada casualmente en corazones ignorantes ha producido frutos cuya abundancia avergonzaría a las tierras mejor cultivadas.

La desdichada mulata a quien los males habían casi destruido su humilde fe, sintió reanimada su alma por los himnos y pasajes de la Escritura, que el pobre Tom murmuraba a su oído cuando iban o volvían del campo; hasta el espíritu medio trastornado de Cassy se calmaba bajo aquella dulce y discreta influencia. Lanzada en el furor y en la desesperación por las crueles angustias de su existencia, Cassy se había dicho muchas veces que llegaría la hora de las venganzas, y que algún día su propia mano castigaría en su opresor todos los actos de crueldad que había presenciado o sufrido ella misma. Cierta noche, cuando todos dormían en el albergue de Tom, se despertó éste de repente y divisó el rostro de Cassy en el agujero que servía de ventana. Puso ella el dedo en la boca en señal de imponer silencio, y le dijo que saliera.

Tom obedeció. Serían entre la una y las dos de la madrugada; la luna despedía a torrentes su serena luz, y Tom, pudo distinguir en los ojos negros de Cassy una expresión salvaje que jamás había observado, muy diferente de la desesperación que expresaban de ordinario.

—Venga usted, padre Tom —le dijo, cogiéndole el brazo con su mano delicada y atrayéndole hacia fuera con una fuerza irresistible—; venga usted, tengo que darle una noticia.

—¿Qué hay, señorita Cassy? —preguntó Tom con ansiedad.

—Tom, ¿no querría usted obtener su libertad?

—La obtendré cuando Dios lo disponga.

—Sí; pero podría usted obtenerla esta noche —dijo Cassy enérgicamente—. Sígame usted.

Tom vaciló.

—Venga usted —prosiguió en voz baja, fijando en él sus ojos negros—. Sígame usted. Duerme, duerme profundamente; he echado en su aguardiente una cosa que le impedirá despertarse pronto. Quisiera haber tenido más para no haber llamado a usted. Pero venga usted; no está cerrada con llave la puerta de atrás; he preparado un hacha; he abierto la puerta de su cuarto y enseñaré a usted el camino. ¡Yo sola lo hubiera hecho todo; pero es tan débil mi brazo! ¡Ea, venga usted!

—¡No, ni por diez mil mundos, señorita Cassy! —respondió Tom, deteniéndose y esforzándose por contenerla.

—¡Pero piense usted en esas pobres criaturas! —repuso Cassy—. Nosotros podríamos dar a todas la libertad; nos refugiaríamos en los pantanos o en alguna isla, donde viviríamos tranquilos. He oído hablar de esto, y semejante vida ha de ser mejor que la que llevamos aquí.

—No —contestó Tom firmemente—. Jamás produce el crimen bien alguno. Antes me cortaría la mano derecha.

—Pues bien; yo lo haré —dijo Cassy volviéndose.

—¡Oh, señorita Cassy —dijo Tom precipitándose delante de ella—, por el amor del Salvador bondadoso que murió por nosotros, no venda usted así al demonio su alma preciosa; de semejante acción no pueden resultar más que males! El Señor no nos permite que tomemos por nuestra mano la venganza. Debemos sufrir esperando su reinado.

—¡Esperar! —exclamó Cassy—. ¿Pues qué, no he esperado hasta trastornarse mi cabeza? ¿No ha enfermado mi corazón a fuerza de esperar? ¿Cuántos tormentos no ha hecho sufrir a centenares de criaturas? ¿No ha sacado gota a gota la sangre de nuestras venas? ¡Esos desgraciados nos llaman! ¡Ha llegado la hora, y he de hacerle verter toda la sangre de su corazón!

—¡No, no, no! —exclamó Tom, apoderándose de sus pequeñas manos, cerradas convulsivamente—. ¡No, pobre alma ciega, no lo haga usted! ¡Nuestro dulce Salvador no ha derramado jamás sino su propia sangre, y eso por sus enemigos! ¡Señor, enséñanos a seguir tus huellas y a amar a nuestros enemigos!

—¡Amar —exclamó Cassy—, amar a tales enemigos! ¡Eso no está en mi carne ni en mi sangre!

—¡Sí, señorita, es la verdad! Pero —añadió Tom levantando los ojos—, Él nos da fuerzas para vencer nuestras pasiones, y así conseguimos la victoria. Cuando logramos amar y orar por la victoria. Cuando logramos amar y orar por todos en todo tiempo, termina la batalla y la victoria queda para nosotros. ¡Alabado sea Dios!

Su voz estaba ahogada por la emoción, y sus ojos llorosos se elevaban al cielo.

¡Y he aquí tu victoria, oh, raza africana! ¡Tú, la última predestinada entre todas las naciones, te ves llamada a llevar la corona de espinas; tú sufres golpes, sudores de sangre y agonía en la cruz; por tus dolores reinarás con Jesucristo cuando establezca su reino sobre la tierra!

El profundo fervor de los sentimientos de Tom, la dulzura de su voz, sus lágrimas, cayeron como un rocío refrigerante sobre el espíritu extraviado de la pobre mujer.

Al fuego ardiente de sus miradas reemplazó una expresión más dulce; bajó los ojos, y Tom sintió que sus manos no ponían ninguna resistencia cuando exclamó de esta suerte:

—¿No he dicho a usted que me persiguen los espíritus malos? ¡Oh, padre mío! ¡No podría orar! Quisiera poder; pero nunca he orado desde el momento en que fueron vendidos mis hijos. ¡Todo lo que usted me dice es cierto; pero cuando trato de rezar sólo consigo aborrecer y maldecir!

—¡Pobre alma! —exclamó Tom compadecido—. Satanás quisiera apoderarse de ti. Yo ruego por usted; vuelva usted los ojos y el corazón hacia nuestro buen Jesús. ¿No vino a curar los corazones heridos y a consolar a los que lloran?

Cassy permaneció silenciosa, y de sus ojos se desprendían gruesas lágrimas.

—Cassy —dijo Tom algo vacilante y después de clavar en ella sus ojos por algunos momentos—, si pudiera usted huir de aquí, lo mismo aconsejaría a Emmeline; pero se entiende sin cometer ningún crimen.

—¿Huiría usted con nosotros, padre mío?

—No —respondió Tom—. En otro tiempo lo hubiera hecho; pero el Señor me ha confiado una misión entre estas pobres almas, en cuya compañía seguiré llevando mi cruz hasta el fin. Respecto a usted, es distinto; este sitio es muy peligroso para usted; así, pues, si puede usted debe huir.

—El único camino abierto para nosotros es la tumba —repuso Cassy—; no hay fiera, no hay pájaro que no posea su nido o su madriguera: las serpientes y los aligatores tienen su lugar donde descansar tranquilamente; pero para nosotros no hay asilo. Los perros nos perseguirían hasta el fondo de los pantanos, en los parajes más sombríos, y al fin nos encontrarán. No existe criatura humana ni cosa que no esté contra nosotros; hasta los animales mismos nos persiguen. ¿A dónde huir, pues?

Tom guardó silencio por un momento, después del cual dijo:

—El que protegió a Daniel en la cueva de los leones y conservó a los niños en el horno; el que caminó por encima de las aguas y apaciguó los vientos con su voz, está siempre vivo. Él la librará a usted; así lo «creo». Huya usted, huya usted, que yo oraré en tanto con toda mi alma.

¿En virtud de qué extraña facultad de nuestro espíritu una idea que durante largo tiempo nos ha parecido impracticable y que habíamos arrojado al suelo como una piedra inútil, brilla de improviso con luz inesperada como un diamante precioso?

Muchas veces se había pasado Cassy horas enteras fraguando planes de fuga, desechados por ella como irrealizables; pero en este momento la combinación más sencilla y más practicable en todos sus pormenores cruzó por su mente, recuperando al mismo tiempo la esperanza.

—Lo intentaré, padre mío —exclamó de repente.

—¡Amén! —exclamó Tom—. ¡Que el Señor la proteja!

CAPÍTULO XXXIX

La estratagema

El camino del malo está lleno de tinieblas y
no ve el obstáculo contra el cual su pie tropieza.

La guardilla de la casa que ocupaba Legree era, como en tantas otras sucede, un espacio abandonado, lleno de polvo y telarañas, donde se hallaban confusamente mezclados toda suerte de escombros, ruinas y destrozos.

La familia opulenta que había ocupado esta casa habíase provisto en sus días de esplendor de un gran número de ricos y valiosos muebles, de los cuales llevóse algunos consigo, mientras que dejó caer los otros en la vejez, dejándolos en salas vacías o relegándolos al desuso. Existían todavía allí, contra las paredes, algunas inmensas cajas con que habían sido embalados.

Una pequeña ventanilla abierta en el tablero carcomido de un postigo dejaba pasar una mezquina e inconstante luz, que caía sobre unos sillones de altos respaldos y sobre unas mesas cubiertas de polvo que habían conocido mejores días. Era, en fin, la guardilla uno de esos lugares que la imaginación se figura frecuentados por espíritus malos, y no faltaban leyes entre los negros supersticiosos que aumentasen los terrores que inspiraban. Algunos años antes, una negra había estado allí encerrada durante muchas semanas por haber incurrido en el enojo de Legree. Ignorábase lo que entonces pasó; los negros hablaban de ello en voz baja; lo único que todos sabían era que el cuerpo de la desgraciada criatura había sido sacado de la guardilla y enterrado.

Decíase desde aquel suceso que se oían en la guardilla golpes terribles, juramentos y maldiciones, mezclados con gemidos y gritos de desesperación. Habiendo llegado una vez tales historias a oídos de Legree, éste se encolerizó en extremo, jurando que el primero que volviese a hablar del asunto aprendería por experiencia lo que sucedía en la guardilla, porque le tendría allí encerrado una semana. Esta amenaza reprimió las hablillas; pero no debilitó en lo más mínimo la autoridad de los relatos en cuestión.

Poco a poco se acostumbró la gente de la casa a no pasar por la escalera de la guardilla, ni aun por el corredor que conducía a ella y como al mismo tiempo tenían todos buen cuidado de no hablar del referido acontecimiento, éste fue olvidándose poco a poco. Habíale ocurrido repentinamente a Cassy la idea de explotar la superstición, que tanto imperio ejercía en el ánimo de Legree, en provecho de su libertad y de la de su compañera de padecimientos.

Su dormitorio caía precisamente debajo de la guardilla. Un día, sin consultar a su patrón, empezó a hacer trasladar sin el menor misterio sus muebles y efectos a una pieza alejada de la suya. Los esclavos inferiores que ella empleaba en esta mudanza corrían y se agitaban armando un ruido infernal, cuando Legree, que volvía de paseo, entró.

—Cassy —dijo—, ¿qué ocurre por el aire?

—Nada, sino que quiero habitar otra estancia —respondió Cassy con aspereza.

—¿Se puede saber por qué?

—¡Porque prefiero otra a ésta!

—¡Llévete el diablo con tus preferencias! Pero sepamos la razón.

—Porque deseo dormir alguna vez.

—¡Dormir! ¿Y quién te quita que duermas?

—Se lo diría a usted si quisiera oírlo —respondió secamente Cassy.

—¡Habla, pues! —repuso Legree.

—¡Oh, no es nada, al menos para usted! Nada, sino que desde media noche hasta por la mañana no cesan de oírse gemidos, golpes y cuerpos que ruedan por el techo.

—¿Hay gente en la guardilla? —exclamó Legree turbado, pero con risa forzada—. ¿Y quién es, lo sabes?

Cassy levantó sus negros y penetrantes ojos, los fijó en los de Legree con tal expresión que éste se estremeció.

—Eso es lo que digo yo, Simon: ¿quién es? Desearía que usted me lo dijese, aunque supongo que no lo sabrá, ¿es cierto?

Legree, profiriendo un juramento, enarboló el látigo; pero ella se retiró, ganando apresuradamente la puerta, desde la cual, volviéndose a él, le dijo:

—¡Si usted quisiera dormir en esta habitación averiguaría por sí mismo lo que hay! Aconsejo a usted que lo haga.

Y dando vuelta a la llave cerró tras sí la puerta.

Legree juró, blasfemó y amenazó derribar la puerta; pero habiendo probablemente hecho mejores reflexiones, se dirigió en ademán inquieto hacia su sala.

Cassy notó que la estratagema había surtido efecto, y desde entonces no cesó de trabajar con suma habilidad en la obra comenzada. Había introducido en un agujero practicado en el piso de la guardilla el cuello de una botella vieja, de suerte que al más leve soplo de viento salían de él gemidos lamentables y lúgubres; y cuando el viento arreciaba más y penetraba allí, los gemidos se convertían en gritos más agudos, que oídos crédulos y supersticiosos podían confundir fácilmente con gritos de horror y desesperación.

Estos sonidos extraños llegaron alguna que otra vez a oídos de los esclavos y fueron causa de que resucitara en toda su fuerza la antigua leyenda de la guardilla. Un terror supersticioso parecía haberse esparcido y reinar en toda la casa, y aunque nadie osaba pronunciar una palabra acerca del particular delante de Legree, éste se encontraba rodeado, digámoslo así, de una atmósfera de terror.

Nadie es tan profundamente supersticioso como el impío; el cristiano se siente protegido por el Padre sabio y omnipotente en quien cree, y cuya presencia distribuye el orden y la luz en el misterio de lo desconocido; mas para el hombre que Dios ha destronado, el mundo visible es realmente, como dice muy bien el poeta hebreo, «la religión de la oscuridad y la sombra de la muerte». La vida y la muerte son a sus ojos frecuentadas por espectros espantosos, terrores vagos e indefinibles.

El elemento moral, amortiguado en Legree, se había despertado en sus discusiones con Tom, y sólo había cedido a causa del endurecimiento del mal. Sin embargo, cada vez que oía una palabra de fe y de amor, un himno, una oración, experimentaba su alma sombría una especie de estremecimiento, una conmoción; pero esta impresión no producía otro resultado que un terror supersticioso.

La influencia que ejercía Cassy sobre este hombre era de un carácter extraño. Legree era su dueño, su tirano, su verdugo. Cassy dependía enteramente de él, y no lo ignoraba Legree, careciendo como carecía de recursos y protección; pero es evidente que ni aun el hombre más brutal podría vivir bajo la influencia de una mujer enérgica sin someterse a ella. Cuando Legree la compró, Cassy era, según ella nos ha manifestado, una mujer que había recibido una esmerada educación, y él la había tratado sin escrúpulo, sin consideración alguna. Pero cuando el tiempo, la desesperación y las influencias degradantes hubieron endurecido su corazón de mujer y encendido en su alma pasiones más violentas, llegó a dominarle hasta cierto punto. Legree la tiranizaba y la temía a la vez.

Esta influencia se había hecho más poderosa, más irresistible desde que una semilocura comunicaba a todas las palabras y actos de Cassy cierto carácter extraño, misterioso, desordenado.

Un día o dos después de lo que acabamos de referir, Legree estaba sentado en el viejo salón junto a un fuego, cuya llama vacilante esparcía en torno de él inciertos resplandores. La noche era tempestuosa; era una de esas noches que producen numerosos y extraños rumores en una vieja y ruinosa casa. Temblaban las ventanas, los postigos chocaban contra las paredes, el viento gemía, zumbaba y penetraba por las chimeneas, lanzando de vez en cuando en el salón bocanadas de ceniza y de humo como si saliese de aquéllas una legión de espectros. Legree había pasado algunas horas ocupado en sus cuentas y leyendo los periódicos, mientras que Cassy miraba tristemente el fuego.

Legree dejó su periódico, y viendo sobre la mesa un libro viejo en que había advertido que leía Cassy desde el principio de aquella noche, tomólo y empezó a hojearlo. Era una de esas colecciones de crímenes horribles, de leyendas espantosas, de apariciones sobrenaturales, que, iluminadas groseramente, ejercen una fascinación singular en los que principian a leerlas.

Legree lo recorría con ademán de desprecio e indiferencia; pero seguía leyendo páginas y más páginas, hasta que, por último, arrojó el libro al suelo con un juramento.

—Tú no crees en los espíritus, ¿es cierto, Cassy? —exclamó, cogiendo las tenazas para atizar el fuego—. Te juzgo demasiado sensata para que te asusten los rumores.

—¿Y qué importa a nadie lo que yo pueda creer? —respondió secamente Cassy.

—Cuando yo andaba por el mar también querían amedrentarme con cuentos de viejas, pero nunca lo consiguieron. No soy ningún niño para dar crédito a semejante paparruchadas.

Cassy, sentada en la sombra, fijaba en él una mirada penetrante. Sus ojos despedían el extraño resplandor que producía siempre en Legree una especie de inquietud, de malestar.

—Ese ruido que has oído no era más que los ratones y el viento —continuó Legree—. Bastan los ratones para armar una batahola diabólica. Algunas veces los oía yo en la cala del buque. ¡Pues no digo nada del viento! El ruido del viento basta para asustar a un difunto.

Cassy sabía que su mirada producía en Legree un efecto magnético; por cuya razón, en vez de responder, permaneció fijando en él los ojos con su expresión indefinible y sobrenatural.

—Vamos, mujer, habla. ¿No eres de la misma opinión que yo? —dijo Legree.

—¿Pueden los ratones bajar la escalera y atravesar el vestíbulo, abrir una puerta cuando se ha cerrado con llave y se ha puesto una silla delante de ella? —preguntó Cassy—. ¿Pueden ir directamente a la cama de usted y tocarle con su mano, así, por ejemplo?

Los ojos centelleantes de Cassy continuaban clavados en los de Legree mientras aquélla le hablaba, y él, como si se hallase sometido a la impresión de una pesadilla, no podía separar los suyos de los de Cassy, hasta que sintiendo la mano de ésta, fría como el mármol, al contacto con la suya, retrocedió, profiriendo una imprecación.

—¡Mujer! ¿Qué quieres decir? ¡Nadie se ha atrevido a tanto!

—¡Oh, sin duda!... ¿He dicho yo, por ventura, que se haya atrevido alguien? —respondió Cassy con una sonrisa glacial y sarcástica.

—¿Pero tú has visto realmente...? Vamos, Cassy, acaba pronto, explícate.

—Puede usted dormir en esta habitación si desea saber lo que sucede.

—¿Pero eso provenía de la guardilla? ¡Responde!

—Eso. ¿Y qué es eso?

—Eso de que acabas de hablar.

—Yo de nada he hablado —exclamó con aspereza Cassy.

Legree principió a pasearse aceleradamente y con inquietud.

—Es necesario mandar que registren la guardilla; quiero saberlo esta misma noche, y ahora voy por mis pistolas...

—¡Perfectamente! —dijo Cassy—. Duerma usted en este aposento. ¡He ahí lo que yo quisiera ver! ¡Descargue pistoletazos!... No es otro mi deseo.

Legree dio encolerizado una patada en el suelo, profiriendo un juramento.

—No jure usted —dijo Cassy—. ¿Sabe usted que pueden oírle? Escuche... ¿Qué ruido es ese?

—¿Cuál? —exclamó Legree temblando.

Un viejo reloj holandés que había en un rincón de la sala principio a marcar lentamente la hora de media noche.

Legree no desplegó los labios ni hizo movimiento alguno. Apoderóse de él un terror vago, mientras Cassy, siempre con los ojos penetrantes en él clavados, contaba las horas.

—¡Media noche! Bien... Ahora veremos. Este es el momento —exclamó Cassy, dando media vuelta.

Y abriendo la puerta del pasadizo permaneció en pie y escuchando atentamente.

—¡Escuche usted...! ¿Qué es eso? —le preguntó levantando el dedo.

—El viento, y nada más —respondió Legree—. ¿No oyes tú silbar ese viento maldito?

—Venga usted acá, Simon —dijo Cassy en voz baja, asiéndole de la mano y conduciéndole hasta el pie de la escalera—. ¿Sabe usted también lo que es eso?... Oiga usted.

Un grito salvaje resonó en la casa; este grito salta de la guardilla. Las rodillas de Legree chocaron entre sí y quedó pálido de terror.

—¿No será bueno que prepararse usted sus pistolas? —preguntó Cassy, con una risa burlona que heló la sangre de Legree en sus venas—. Ea, ya es tiempo de saber qué es eso, ¡Quisiera verle subir ahora, puesto que ya ha empezado la gresca!

—No subiré —exclamó Legree, profiriendo otro juramento.

—¿Y por qué no? Sabe usted perfectamente que no hay aparecidos —continuó Cassy—; venga usted.

Y se precipitó a la escalera, lanzando una carcajada.

—¡Vamos, sígame sin miedo! —exclamó volviéndose a él.

—¡Verdaderamente creo que eres el diablo! —dijo Legree—. ¡Vuelve, bruja maldita! ¡Vuelve, Cassy! ¡No quiero que subas!

Pero Cassy no respondió sino con una carcajada salvaje, y desapareció. Legree no oyó abrir las puertas que conducían a la guardilla; una violenta bocanada de aire salió de allí, la luz que llevaba en la mano se apagó, y al mismo tiempo bajaron de la escalera alaridos terribles sobrenaturales, pareciéndole a Legree que los lanzaban a sus oídos. Legree huyó como un demente al salón, en donde pocos minutos después se le reunió

Cassy, pálida, serena, fría como un espíritu vengador, con los ojos despidiendo siempre el mismo resplandor siniestro.

—Me parece que ya sabrá usted lo que sucede —dijo Cassy.

—¡Llévete el diablo!

—¿Por qué? Yo no he hecho más que subir y cerrar las puertas. ¿Qué se figura usted que hay en la guardilla?

—Nada te importa.

—¿De verás? —preguntó Cassy—. De todas maneras me alegro de no acostarme aquí debajo.

Previendo la tempestad que se había desencadenado, Cassy había abierto de antemano la ventanilla de la guardilla. El viento, penetrando en la casa en el momento de abrirse las puertas, naturalmente, había apagado la luz.

Lo referido puede dar una idea de la estratagema que Cassy usó con Legree. Al cabo de algunas semanas, éste hubiera preferido poner su cabeza en la boca de un león a registrar la guardilla. Durante aquel tiempo, por la noche, y cuando todos dormían en la casa. Cassy reunía en la guardilla, poco a poco y con cuidado, provisiones suficientes para algún tiempo, llevando también, prenda por prenda, la mayor parte de su equipaje y del de Emmeline. Preparado ya todo, éstas esperaban solamente una ocasión favorable para realizar su plan.

Mostrándose amable con Legree y aprovechándose de un momento de buen humor de éste, Cassy había conseguido acompañarle a la ciudad inmediata, situada en el río Rojo. Mediante un esfuerzo casi sobrenatural notó aquella cada rodeo y vuelta del camino, y calculó el tiempo que era necesario para andarlo.

Ahora que el plan está maduro del todo para su ejecución nuestros lectores tendrán a bien echar una mirada entre bastidores y asistir al desenlace.

La noche se aproximaba. Legree había hecho una expedición a la hacienda inmediata. Hacía muchos días que Cassy demostraba una amabilidad y una alegría inusitadas. Legree y ella se hallaban, al parecer, en las mejores relaciones. En este momento tenemos a Cassy en la habitación de Emmeline, ocupada con esta última en hacer los paquetitos.

—Basta, bien está —dijo Cassy—. Ahora póngase usted su sombrero, partamos. Este es el momento oportuno.

—Pero todavía pueden vernos —contestó Emmeline.

—Eso es precisamente lo que yo quiero —repuso Cassy con frialdad—. ¿No sabe usted que de todas maneras han de perseguirnos? Escuche usted, y le diré lo que vamos a hacer. Salimos por la puerta cochera y corremos hacia los cuarteles. Sambo y Quimbo nos verán de seguro, nos perseguirán, y entraremos en los pantanos. Una vez allí éstos no pueden seguirnos sin haber dado el grito de alarma, soltando los perros y demás.

La cabaña del tío Tom

Mientras ellos corren de acá para allá y se atropellan de unos a otros, como sucede siempre, nosotras corremos hacia el arroyo que pasa por delante de la casa y lo vadeamos hasta encontrarnos enfrente de la puerta cochera. Este es el medio de burlarnos de todos sus perros, porque no pueden seguir la pista en el agua. Mientras todos se hallan fuera de la casa persiguiéndonos, nosotras nos vamos por la puerta cochera a la guardilla en donde ya tengo preparada una buena cama en una de las cajas grandes. Allí habremos de permanecer mucho tiempo, porque Legree revolverá el cielo y la tierra para encontrarnos. Reunirá a alguno de los antiguos vigilantes de las demás plantaciones y organizará una gran batida. Registrará todos los rinconcillos de los pantanos. ¡Legree se jacta de que nadie se le ha podido escapar todavía! ¡Que cace, pues, cuanto quiera!

—¿Cómo se le ha ocurrido a usted tan buen plan? —preguntó Emmeline—. ¿Qué otra persona que usted lo hubiera imaginado?

No había júbilo ni exaltación en la mirada de Cassy, sino una resolución desesperada.

—Venga usted —dijo a Emmeline, tendiéndole una mano.

Las dos fugitivas se deslizaron cautelosamente fuera de la casa y pasaron con velocidad entre las sombras de la noche por el lado de los cuarteles.

El disco de la luna, semejante a un sello argentado en el cielo de Occidente, prolongaba el crepúsculo, mezclando con éste su débil claridad. Según Cassy había previsto, cuando ellas llegaron a la orilla de los pantanos que rodeaban la plantación se oyó una voz que les decía que se detuviesen. No era, sin embargo, la de Sambo, sino la del mismo Legree, que las seguía profiriendo juramentos. Al oír aquella voz, Emmeline sintió desfallecer su corazón, y cogiendo el brazo de Cassy, exclamó:

—¡Oh, Cassy, me voy a desmayar!

—¡Si te desmayas, te mato! —respondió Cassy, sacando de su pecho un puñalito que brilló ante los ojos de la joven.

No hubo menester más para que no se desmayase Emmeline, quien logró penetrar con Cassy en un sitio del laberinto tan profundo y sombrío que Legree no podía pensar en seguirles allí sin ayuda.

—¡Bravo —exclamó este lanzando una estúpida carcajada—, han entrado en la ratonera las bribonas! Ahí están seguras. ¡Yo les juro que han de arrepentirse de lo que han hecho! ¡Eh, vamos aquí, Sambo, Quimbo, arriba todo el mundo! —gritó Legree, acercándose a los cuarteles precisamente en el momento en que los negros volvían del campo—. ¡Hay dos fugitivas en el pantano! ¡Cinco pesos se gana el que las atrape! ¡Soltad los perros! ¡Soltad a Tigre y a Furia y a todos los demás!

El efecto de esta palabra fue inmediato. Muchos de los esclavos se apresuraron a prestar sus servicios, ya con la esperanza de obtener una recompensa, ya movidos por ese bajo servilismo que es uno de los más tristes efectos de la esclavitud. Todos corrían de un lado a otro. Unos llevaban hachas o teas encendidas; otros soltaban los perros, cuyos salvajes ladridos aumentaban el tumulto de tal escena.

—Señor, ¿tiraremos si no podemos cogerlas? —preguntó Sambo, a quien su amo acababa de entregar una carabina.

—Tirad a Cassy, si queréis; ya es tiempo de que se la lleve el diablo, a quien pertenece; pero no hay que tocar a la joven y ahora, muchachos, ¡alerta! Cinco pesos para el que me las traiga, y un vaso de aguardiente para cada uno de vosotros suceda lo que quiera.

Toda la gente, a la brillante claridad de las antorchas, entre el ruido de las aclamaciones, de los gritos salvajes de hombres y perros, se dirigió hacia el pantano, seguida a lo lejos de todos los criados de la casa, la cual estaba enteramente desierta cuando Cassy y Emmeline volvieron a penetrar en ella por la puerta cochera. Los gritos de los que las perseguían resonaban aún en los aires, y mirando desde las ventanas del salón, Cassy y Emmeline pudieron verlos dispersándose con sus luces por las orillas del pantano.

—¡Mire usted —dijo Emmeline mostrándoselos a Cassy—, ya ha principiado la caza! ¡Vea usted cómo se mueven las luces en todas direcciones! ¡Oiga usted los perros! ¿No oye usted? Sí estuviésemos allí no daría yo un «picayune» por nuestras vidas... ¡Oh, por piedad, escondámonos pronto!

—No hay prisa —dijo tranquilamente Cassy—; están entretenidos en la caza. ¡Esta será la diversión de la noche! Dentro de poco subiremos; pero en tanto —añadió sacando con ademán deliberado una llave del bolsillo de una levita que Legree había dejado al marcharse— necesitamos alguna cosa para pagar nuestro viaje.

Entonces abrió un cajón, y sacando un paquete de billetes de Banco los contó rápidamente.

—¡Oh, no haga usted eso! —exclamó Emmeline.

—¿Y por qué? —respondió Cassy—. ¿Preferiría usted que nos muriésemos de hambre en los pantanos a tomar lo que necesitamos para llegar a los Estados libres? El dinero todo lo puede niña.

Y al hablar así se guardó en el pecho los billetes de Banco.

—¡Eso es robar! —dijo Emmeline en voz baja y con una especie de angustia.

—¡Robar! —repitió Cassy con risa desdeñosa—. Los que roban los cuerpos y las almas nada pueden echarnos en cara. Cada uno de estos billetes ha sido robado a criaturas infelices, muertas de hambre y de fatigas, que acaban de ir al infierno. ¿Cómo ha de atreverse él a hablarme de robo? Pero venga usted; mejor será que subamos a la guardilla; allí tengo preparada una buena cantidad de velas y varios libros para pasar el tiempo. Esté usted segura que no seremos buscadas en aquel sitio. Además, si no sucediera así, me haría la aparecida.

Cuando Emmeline entró en la guardilla vio una enorme arca vacía, tendida de manera que la abertura caía hacia la pared. Cassy encendió una lamparilla y se colocaron en el arca, donde Cassy había puestos dos colchones y algunas almohadas. En otro cajón grande se encerraban velas, provisiones de boca y todos los vestidos necesarios para su viaje, arreglado todo admirablemente por Cassy.

—¡Y bien! —dijo colgando la lamparilla en un gancho—. Esta será nuestra morada. ¿Qué le parece a usted?

—¿Está usted segura de que no vendrán aquí?

—¡Quisiera ver entrar a Simon Legree! —repuso Cassy—. ¡No, en verdad! ¡Cuanto más lejos esté de aquí se creerá más dichoso! ¡Los criados, por su parte, mejor querrían ser fusilados que penetrar en esta estancia!

Algo tranquilizada, Emmeline se dejó caer sobre su almohada.

—¿Qué quiso usted decir cuando me amenazó con matarme?

—Quise impedir que se desmayase usted, y al fin lo conseguí. Ahora, Emmeline, es preciso mostrarse fuerte para no desmayarse, suceda lo que quiera, porque con los desmayos nada se adelanta. ¡Si la hubiera dejado a usted, quizá estaríamos ahora en manos de ese miserable!

Emmeline se estremeció.

Las dos quedaron por un momento silenciosas. Cassy tomó un libro francés, Emmeline, vencida por el cansancio, se adormeció por algunos momentos. De repente fue despertada por clamores, gritos, el ruido de los caballos y los ladridos de los perros. Estremecióse involuntariamente y lanzó un grito ahogado.

—¡Es que vuelven de la caza! —dijo Cassy con sangre fría—. ¡Nada debemos temer! Mire usted por ese agujero. ¿No los ve usted allá abajo? Simon habrá renunciado a su empresa por esta noche. ¡Vea usted cómo está cubierto de lodo su caballo y qué fatigados se encuentran los perros! ¡Ah, mi buen señor, puede usted proseguir la partida cuantas veces quiera, pero la caza se ha escapado!

—¡Oh, no hable usted, por favor! —dijo Emmeline—. ¡Si se nos oyera!

—¡Si oyen alguna cosa tendrán menos ganas de subir aquí! —respondió Cassy—. No hay miedo; podemos hacer el ruido que queramos.

Por fin la noche tendió sobre la casa su silencio sepulcral. Legree, maldiciendo su suerte y reservando la venganza para el día siguiente, se acostó.

CAPÍTULO XL
El mártir

Aun el día más largo tiene su fin; a la noche más sombría sucede la claridad de la aurora. El tiempo, siempre inexorable, cambia los días del malvado en una noche eterna, así como la noche del justo es un día que no debe tener jamás fin. Hasta ahora hemos conducido a nuestro amigo en esta peregrinación por los extremos valles de la esclavitud; hemos recorrido al principio los floridos campos de la dicha y de la indulgencia; después hemos sido testigos de crueles separaciones que alejaban a Tom de todo cuanto tenía de caro y afecto en este mundo. Luego hemos visitado una isla dichosa, donde manos generosas ocultaban las cadenas bajo guirnaldas de flores; hemos visto perderse en un cielo negro el último rayo de esperanza terrestre; estrellas más hermosas y hasta entonces ignoradas brillan en su firmamento por cima de las espesas tinieblas que le rodean. Ahora aparece la estrella de la mañana sobre la montaña, y las brisas celestes anuncian que las puertas del día van por fin a abrirse de par en par.

La huida de Cassy y de Emmeline había altamente irritado el carácter brutal de Legree, y, como era de esperar, descargó su cólera sobre la cabeza indefensa de Tom, porque cuando dio la noticia a sus esclavos observó el gozo que brilló en los ojos de Tom, cuyas manos se elevaron al cielo involuntariamente. Había visto también que Tom no tomó parte en la expedición de los cazadores.

Al principio quiso forzarle a ello; pero conociendo por una larga experiencia la inflexibilidad del negro cuando se le mandaba un acto inhumano, no quiso en su impaciencia retardar el principio de la requisa entablando una discusión con Tom. Este se quedó, pues, en compañía de otros esclavos a quienes había enseñado a rezar, pidiendo a Dios que protegiera la fuga de las dos infelices.

Cuando volvió Legree sintió cambiarse en un odio mortal contra su esclavo la aversión que le profesaba hacía tiempo. ¿No le había desafiado aquel hombre cara a cara desde el momento en que adquirió su posesión? ¿No había amontonado en torno de Legree los carbones ardientes del infierno?

—¡Le aborrezco! —exclamó Legree aquella noche, sentándose en su cama—, ¡le aborrezco! ¿Y acaso no «me pertenece»? ¿No puedo hacer con él lo que se me antoje? ¿Quién podría impedírmelo?

Y Legree agitó su puño cerrado como si hubiera querido romper un objeto invisible.

Pero Tom era un esclavo fiel y de gran valor, y, sin embargo, de que Legree le tenía un odio violento, semejante consideración le contenía.

La cabaña del tío Tom

A la mañana siguiente resolvió reprimirse aún y juntar algunos vecinos con fusiles y perros para cercar mejor los pantanos y estrechar más el círculo. Si conseguía algún resultado favorable pensaba dejar las cosas en tal estado; si no, obligaría a Tom a comparecer ante su presencia. A tal pensamiento rechinó los dientes y sintió hervir la sangre por sus venas. Le haría ceder por medio de sus golpes, o bien... Cierta voz interior murmuró una palabra horrible, a la cual dio su asentimiento el alma de Legree.

¿Decís que el interés del amo es una salvaguardia suficiente para el esclavo? Mas el hombre que, lanzado por el frenesí de una voluntad perversa, vendería su alma al demonio a sabiendas y con gusto por conseguir su objeto, ¿llegaría a cuidarse del cuerpo de su prójimo?

—Ea —dijo Cassy al día siguiente, después de haber hecho un reconocimiento por la ventanilla de la guardilla—, ¡va a comenzar de nuevo la caza!

Tres o cuatro hombres a caballo caracoleaban delante de la casa, y una jauría de perros, aullando con violencia, estaba ansiosa de verse libre de manos de los negros.

Dos de aquellos hombres eran plantadores de la inmediación; los demás, compañeros habituales de Legree en la taberna del pueblo cercano, no habían ido más que por diversión. Imposible hubiera sido encontrar hombres de un aspecto más brutal. Legree repartía aguardiente con profusión, tanto a ellos como a los negros enviados por otros plantadores, porque se procuraba siempre convertir para los negros en día de fiesta los de semejantes expediciones. Cassy aplicó el oído a la ventanilla, y como soplase de aquel lado la brisa de la mañana oyó gran parte de su conversación. Una sonrisa atravesó por su semblante, sombrío y severo, cuando los oyó dividirse el terreno, disputar acerca del mérito de sus perros, dar órdenes sobre la manera de tratar, en caso de buen éxito, a las dos fugitivas. Cassy se retiró de la ventanilla, y juntando las manos levantó los ojos al cielo.

—¡Oh, gran Dios Todopoderoso! —exclamó—. Todos somos pecadores; pero ¿qué habremos hecho nosotras más que los otros hombres para ser así tratadas?

Al pronunciar estas palabras se pintó en su semblante un fervor extraño.

—Si no fuera por usted, pobre joven —dijo dirigiéndose a Emmeline—, iría a presentarme a ellos y daría las gracias al que consintiera en matarme de un tiro. ¿De qué me ha de servir a mí la libertad? ¿Podrá volverme mis hijos o hacerme tornar a lo que era en otro tiempo?

Emmeline, en su sencillez candorosa, se asustaba a veces del humor sombrío de Cassy. Silenciosa y sin saber qué responder, le tomó la mano con aire tierno y cariñoso.

—Déjeme usted —dijo Cassy, retirando la mano—; me va usted a poner en el caso de que le cobre cariño, y he resuelto no amar a nadie en el mundo.

—¡Pobre Cassy —dijo Emmeline—, no tenga usted tales ideas! Si el Señor nos da libertad, quizá se la dé también a su hija. Por otra parte, yo seré una hija para usted, porque sé muy bien que no he de ver jamás a mi anciana madre, y amaré a usted aunque no me corresponda.

Esta ternura infantil enterneció a Cassy; se sentó a su lado, puso un brazo alrededor de su talle, y con la otra mano acarició sus cabellos suaves, mientras que Emmeline admiraba por primera vez la magnificencia de sus ojos negros, entonces arrasados en lágrimas.

—¡Oh, Emmeline! —dijo Cassy—. Por mis hijos he sufrido hambre y sed, y se han debilitado mis ojos a fuerza de llorar. ¡Aquí, aquí —exclamó tocándose el pecho— todo está vacío y desolado! Si Dios quisiera volvérmelos rezaría tal vez.

—Confíe usted en Él, Cassy —dijo Emmeline—, es nuestro padre.

—Pesa sobre nosotros su cólera —respondió—; se ha vuelto en contra nuestra en medio de su indignación.

—No, Cassy, será bueno para con nosotras. Esperemos en Él; yo he esperado siempre, siempre —añadió Emmeline.

La caza fue larga, animada y completa, pero sin ningún éxito, y con un sentimiento de un triunfo amargo e irónico, Cassy vio a Legree apearse del caballo, abatido y fatigado.

—Ahora, Quimbo —dijo Legree después de haberse echado en un sofá en la sala baja—, tráeme aquí a Tom. Ese pícaro viejo debe estar al corriente de todo esto; yo sacaré el secreto de su negro pellejo, o sabré la causa.

Aunque Sambo y Quimbo eran enemigos mortales, hallábanse reunidos al mismo efecto, los dos experimentaban un odio atroz contra el pobre Tom. Al principio les había dicho Legree que pensaba hacerle capataz para que se pusiera al frente de todo durante sus ausencias, y la mala voluntad que le profesaron desde aquel momento no había hecho más que aumentarse en aquellas naturalezas degradadas y serviles desde que Tom había caído en el desagrado del amo. Quimbo experimentó un verdadero placer al ejecutar tal orden.

El corazón de Tom se llenó de sombríos presentimientos al recibir el mensaje, porque no ignoraba el plan de las fugitivas ni su retiro actual. Conocía el carácter implacable del hombre con el cual debía luchar y su poder limitado; pero se sentía demasiado fuerte en Dios para recibir la muerte antes que descubrir a las desgraciadas.

Colocó su cesto en la misma fila que los demás esclavos, y levantando los ojos, exclamó:

—En tus manos encomiendo mi espíritu: Tú me has rescatado, ¡oh, Señor, Dios verdadero!

Después obedeció sin resistencia a la ruda orden de Quimbo.

—Aprisa, aprisa —dijo el gigante, arrastrándole hacia la casa—; ahora vas a dar tus cuentas; el amo está irritado por la fuga de las dos mujeres, y no hay medio de calmarle; y ya verás las consecuencias que acarrea el auxiliar la fuga de los negros del amo.

Ni una de estas voces salvajes llegó a oídos de Tom, porque otra voz de lo alto le decía: «No temas a los que no pueden matar más que tu cuerpo, nada más que tu cuerpo». Al oír esta promesa, todos los nervios de la víctima se conmovían como si los hubiese tocado el dedo de Dios. Parecióle que mil almas sostenían su pobre cuerpo, y durante su caminata, los árboles, las breñas y las chozas, testigos de su servidumbre y de su miseria, parecían huir ante sus ojos como el paisaje a la vista de un viajero arrastrado por la locomotora; su corazón latía conmovido, su patria se presentaba a sus ojos, la hora de la libertad se acercaba.

—¡Oh, ya te tengo en mi presencia, Tom! —exclamó su amo furioso, agarrándole por el cuello y rechinando los dientes en un acceso de rabia—. ¿Sabes que he resuelto matarte?

—Es muy posible, señor —respondió Tom con serenidad.

—Estoy resuelto a hacerlo, a menos que me digas lo que sabes de las dos fugitivas.

Tom no desplegó los labios.

—¿No oyes? —gritó Legree, dando una patada en el suelo y rugiendo como un león furioso.

—No tengo nada que decir, señor —respondió Tom en tono firme y con lentitud.

—¿Te atreverás a decirme que nada sabes, viejo cristiano?

Tom permaneció silencioso.

—¡Habla! —gritó Legree con voz de trueno y sacudiéndole un golpe violento—. ¿Sabes algo?

—Sí, señor; pero no diré nada: puedo morir.

Legree apenas podía respirar, y conteniendo su rabia agarró a Tom por el brazo, acercó su cara a la de su esclavo y le dijo con vez terrible:

—Escucha, Tom. Crees que podrás burlarte de mí porque ya te has salvado una vez; pero ahora estoy resuelto y he calculado lo que me costará tu muerte. Tú siempre me has desafiado; pero lo que es hoy, o cedes o te mato; conque elige. Toda tu sangre he de verter gota a gota hasta que confieses...

Tom levantó los ojos, mirando a su amo y respondió:

—Señor, si usted estuviese enfermo, afligido o moribundo, y yo pudiese aliviarle, me sacrificaría gustoso por usted. Y si pudiese salvar su preciosa alma derramando toda la sangre que contiene este pobre y viejo cuerpo, la derramaría alegremente, como mi Salvador derramó la suya por mí. Pero, por Dios, señor no cargue usted su alma con el gran pecado que intenta, porque le perjudicará más que a mí; usted podrá atormentarme, y mis miserias acabarán muy pronto, pero si usted no se arrepiente, las suyas nunca tendrán término.

Este arranque de compasión semejante a una melodía celeste oída en medio del estrépito de una tempestad, suspendió por un instante la cólera de Legree. Miró a Tom con ademán huraño, y el silencio fue tal que se oían los movimientos del viejo reloj, que contaba lentamente los últimos segundos concedidos a aquella alma endurecida para arrepentirse y pedir perdón.

Pero el silencio no duró más que un minuto: la preocupación, la vacilación, la estupefacción de Legree cesaron inmediatamente; el espíritu del mal volvió a recobrar su imperio con una violencia siete veces mayor, y Legree, vertiendo espuma de rabia, derribó a su víctima de un puñetazo.

* * *

Las escenas de sangre y de crueldad horrorizan nuestro corazón. No siempre tiene el hombre valor para oír lo que tiene valor para ejecutar. Lo que un hombre, hermano nuestro, lo que un cristiano, hermano nuestro también, ha podido sufrir, no podría repetirse en el retiro de nuestro gabinete: ¡tanto se conmovería nuestra alma! Y, sin embargo, ¡oh, patria mía!, esas crueldades se cometen a la sombra de tus leyes. Estas escenas claman venganza ante Dios, y su maldición caerá sobre los tiranos.

En otro tiempo hubo un hombre cuyos dolores y martirios transformaron un instrumento de vergüenza y de suplicio en símbolo de gloria, de honor, de inmortalidad, y allí donde alienta su espíritu, ni el látigo, ni la sangre, ni la tortura pueden empañar la gloria de los últimos combates de un cristiano.

¿Estuvo solo durante la larga noche aquel ser amante y valeroso, mientras debajo del miserable cobertizo le abrumaban a golpes y ultrajes?

No, cerca de él velaba un ser invisible para otros ojos que los suyos y semejantes al Hijo de Dios.

Su tentador estaba también junto a él, ciego por su furor y voluntad despótica, instándole a que se sustrajera a los dolores de la agonía, traicionando la inocencia. Pero aquel corazón heroico y leal permaneció firme apoyado en la Roca Eterna.

Él sabía, lo mismo que su amo, que no salvaría a los demás, si se salvaba a sí propio, y ni la más cruel agonía pudo arrancarle otra cosa que palabras de santa confianza y oraciones.

—Ya está casi despachado, señor —dijo Sambo, descontento de sí mismo por la paciencia de la víctima.

—¡Prosigue, prosigue, hasta que ceda, dale, dale más! —gritó Legree—. Sacúdele hasta que vierta la última gota de su vil sangre si no confiesa.

Tom entreabrió los ojos y miró a su amo.

—¡Desgraciada criatura! Esto es cuanto puede usted hacer. ¡Le perdono de todo corazón!

Y esto balbuciendo se desmayó.

—Por vida mía, creo que el negocio está concluido —dijo Legree, acercándose para mirarle—. Sí, no hay duda, tiene la boca cerrada; así callará, esto, al fin, es un consuelo.

Sí, Legree, pero ¿quién acallará esa voz en tu alma, ya incapaz de arrepentimiento, incapaz de orar, incapaz de esperanza, y en la que arde un fuego que no se extingue nunca?

Sin embargo, Tom no estaba muerto del todo. Las notables palabras pronunciadas por él, igualmente que la unción de sus súplicas, habían conmovido el corazón de los negros embrutecidos, crueles instrumentos de su suplicio; y no bien se hubo alejado Legree cuando, en su ignorancia, trataron de volverle a la vida, como si la vida hubiera sido para él un beneficio.

—Seguramente es una cosa atroz lo que hemos hecho —dijo Sambo—; pero creo que el amo será quién tendrá que dar cuenta de ella, y no nosotros.

Sambo y Quimbo lavaron las heridas de la víctima, le prepararon una cama con desperdicios de algodón, y uno de ellos fue corriendo a la casa a pedir a Legree un poco de aguardiente para reparar, según dijo, sus fuerzas y lo vertió en la boca de Tom.

—¡Oh, Tom —exclamó Quimbo—, hemos sido demasiado crueles contigo!

—Yo os perdono con toda mi alma —murmuró Tom, débilmente.

—Tom, dinos, por favor, ¿quién es ese Jesús que ha estado cerca de ti toda la noche —preguntó Sambo—. ¿Quién es?

Estas palabras reanimaron su desfallecido espíritu, y en algunas frases enérgicas les refirió la vida y muerte de ese ser que, siempre presente, aunque invisible, tiene el poder de salvar a los que imploran su divino auxilio.

Aquellos dos hombres bárbaros lloraban como dos niños.

—¿Por qué no nos lo habrán dicho nunca? —exclamó Sambo—. Pero yo creo, no puedo menos de creer. ¡Oh, divino Jesús, ten piedad de nosotros!

—¡Pobres criaturas! —dijo Tom—. Estoy contento por haber sufrido si esto os hace conocer y amar a Jesucristo. ¡Oh, Señor, concédeme aún estas dos almas, yo te lo pido!

Esta súplica fue oída.

CAPÍTULO XLI

El jovencito amo

Dos días después, un joven atravesaba en un elegante coche la avenida de los árboles de China, y echando enseguida las riendas al cuello de sus caballos, echó pie a tierra y pidió conferenciar con el propietario de la habitación.

Era George Shelby; para evidenciar cómo se encontraba allí, preciso es retroceder un poco en nuestro relato.

La carta de *miss* Ophelia a la señora Shelby, por una de las circunstancias más desgraciadas, había sido detenida uno o dos meses en la lejana administración de Correos antes de llegar a su destino. Así es que antes de que la señora Shelby la recibiese, Tom se había ya del todo perdido en el fondo de las lejanas sabanas del río Rojo.

La señora Shelby leyó con el mayor interés los detalles que se le daban sobre el pobre Tom; pero le fue imposible obrar inmediatamente. Hallábase junto al lecho de dolor de su esposo, enfermo de la fiebre amarilla y víctima de vez en cuando de frecuentes accesos de delirio.

Su hijo George, que desde que le dejamos se había hecho un arrogante mozo, la secundaba fielmente en todo, y dirigía, de acuerdo con ella, los negocios de su padre. *Miss* Ophelia había tenido cuidado de remitir las señas del abogado de St. Clare, y lo único que por entonces pudieron hacer fue pedirle noticias de Tom. La muerte del señor Shelby, ocurrida algunos días después, complicó en tales términos los asuntos, que por el momento fue imposible ocuparse de otra cosa que de ellos.

El señor Shelby mostró su confianza en la capacidad de su esposa, dejándole la disposición completa de bienes, lo cual causó un aumento considerable en sus ocupaciones.

La señora Shelby, con la energía que la caracterizaba, dedicó todo su tiempo a aclarar los negocios de su marido, y tanto ella como George se ocuparon asiduamente en arreglar cuentas, vender inmuebles y liquidar deudas. El abogado, de quien por aquella época recibieron contestación, ignoraba completamente la suerte de Tom desde que éste había sido vendido en el mercado. Semejante contestación no podía satisfacer a aquellos; así es que cosa de medio año después, George, llamado por sus negocios a Nueva Orleans, practicó las más exquisitas diligencias con la esperanza de descubrir el paradero de Tom y devolverle la libertad.

Al cabo de algunos meses de infructuosas pesquisas, George encontró casualmente en Nueva Orleans a un hombre que sabía lo que tanto deseaba. Nuestro héroe, con la cartera provista de la suma necesaria, tomó el vapor del río Rojo, resuelto a encontrar y rescatar a su antiguo amigo.

A los pocos momentos fue introducido en la casa y encontró a Legree, que estaba en la sala baja.

El plantador le recibió con una especie de grosera hospitalidad.

—He sabido —dijo el joven— que ha comprado usted en Nueva Orleans un esclavo llamado Tom, que en otro tiempo perteneció a la plantación de mi padre, y vengo a pedirle a usted que me lo venda.

Oscurecióse la frente de Legree, y exclamó encolerizado:

—En efecto, he comprado un individuo de ese mismo nombre y por cierto, que ha sido una compra endemoniada la que he hecho. El tal Tom es el perro más insolente y más rebelde que he visto en mi vida. Excita a mis negros a que se escapen y tiene la culpa de la fuga de dos mujeres, cada una de las cuales vale de ochocientos a mil pesos. Él mismo lo ha confesado, pero preguntándole por su paradero se ha negado tenazmente a declararlo, a pesar de haber recibido la más soberana tunda que se ha dado nunca a negro alguno. Se me figura que se empeña en morir; no sé si se saldrá con la suya.

—¿Dónde está? ¡Quiero verlo! —exclamó impetuosamente el joven, cuya fisonomía se encendió y cuyos ojos lanzaban rayos.

—Está allá, en el cobertizo —dijo un negrito que cuidaba los caballos de George.

Legree sacudió, jurando, un puntapié al muchacho, pero George, sin pronunciar una palabra, se dirigió hacia el lugar indicado.

Dos días habían transcurrido desde la noche fatal y Tom, cuyas fibras todas estaban amortiguadas, permanecía allí tendido, sin dolores, pero sumergido en un profundo estupor, porque los lazos que retenían el alma en aquel cuerpo vigoroso se desataban difícilmente. Durante las sombrías horas de la noche, algunas pobres y abatidas criaturas se privaban del escaso reposo que se les concedía para ir a hurtadillas a darle algunas de las muestras de afecto que él las había prodigado poco antes.

Verdaderamente, aquellos infelices discípulos no tenían más que ofrecerle que un vaso de agua fría, pero se lo daban con la mejor voluntad del mundo.

Los desgraciados e ignorantes paganos, en quienes su amor y su resignación habían despertado un tardío arrepentimiento, derramaron copiosas lágrimas sobre su rostro insensible, y rodeando su miserable lecho, las súplicas de aquellos corazones desolados subían hacia un Salvador, de quien apenas conocían más que el nombre; pero a quien jamás implora en vano un alma sedienta de consuelos.

Abandonando misteriosamente su retiro. Cassy había sabido el sacrificio de Tom por su seguridad y la de Emmeline, y a riesgo de ser descubierta había ido a visitarlo en la noche anterior. Conmovida por las últimas palabras de aquel hombre afectuoso la mujer, desesperada, había sentido desgarrarse su corazón, y llorado y rezado.

Cuando George entró en el cobertizo experimentó una especie de desvanecimiento y de vértigo.

—¡Es posible, es posible! —exclamó arrodillándose a la cabecera de la cama—. ¡Tío Tom, amigo mío, querido amigo!

Esta voz penetró, sin duda, en el oído del moribundo, porque éste movió suavemente la cabeza, exhalando un suspiro, y repitió algunas palabras de un cántico.

Lágrimas que honraban el corazón varonil del joven cayeron de sus ojos, inclinados hacia su pobre amigo.

—¡Querido tío Tom, despierte usted, diga siquiera una palabra, hábleme usted una sola vez! Mire usted a su amigo George. ¿No me conoce usted?

—¡Señor George! —exclamó Tom con acento apagado y abriendo los ojos.

El enfermo deliraba.

Esta idea pareció penetrar poco a poco hasta su alma; su mirada vaga se volvió fija y brillante; todo su rostro se iluminó con un júbilo repentino; unió sus manos ya heladas y de sus ojos brotó copioso llanto.

—¡Bendito sea el Señor! ¡Es él! ¡He aquí lo que me faltaba; no me han olvidado! Esto reanima mi espíritu y alivia mi pobre corazón. Ahora muero contento. Bendice al Señor, ¡oh alma mía!

—¡No, no morirá usted; es preciso que no muera ni piense en ello! Yo he venido a rescatar a usted y llevármelo a mi casa —dijo George impetuosamente.

—¡Oh, señor George! ¡Ya es tarde! El Señor es quien me ha rescatado y quien me lleva, y deseo irme con Él. El cielo vale más aún que el Kentucky.

—¡Oh, no morirá usted! Esa idea me mata; se me despedaza el corazón al pensar en lo que habrá sufrido usted, echado bajo este miserable cobertizo. ¡Pobre Tom, pobre Tom!

—No me diga usted pobre Tom —exclamó éste con solemnidad—; he sido una pobre criatura; pero ya no. Ya he llegado a la puerta y entro en la gloria. ¡Oh, señor George, el cielo ha venido! He obtenido la victoria, Jesús me la ha dado. ¡Gloria a su nombre!

George, conmovido por la energía con que estas palabras fueron pronunciadas, contemplaba a su viejo amigo en silencio.

Tom le apretó la mano, y continuó:

—No diga usted a Chloe la situación en que me ha encontrado usted. ¡Pobre criatura! Sería matarla... Dígale usted únicamente que me ha hallado próximo a entrar en la gloria, que me es imposible permanecer aquí por nada en el mundo... y dígale además que siempre y en todas partes ha estado el Señor conmigo y todo me lo ha facilitado. ¿Y mis pobres hijos? ¡Ah! ¿Y la pequeñita? Mi corazón casi ha estallado a fuerza de suspirar por ellos. Diga usted a todos que sigan mi ejemplo..., que lo sigan... Salude usted afectuosamente al amo, a nuestra excelsa y amada señora y a todos los de casa. ¡Me parece que les amo a todos! Amo a todas las criaturas en todas partes. ¡En mi corazón no hay nada más que amor!... ¡Oh, señor George, qué gran cosa es ser cristiano!

En aquel momento llegó Legree paseándose hasta la puerta del cobertizo, dirigió hacia él una mirada huraña, y se volvió con afectada indiferencia.

—¡Viejo de Satanás! —exclamó George indignado—. Es un consuelo el pensar que uno de estos días pagará al diablo lo que le debe.

—¡Oh, no diga usted eso! ¡No lo diga usted! —exclamó Tom apretándole la mano—. Es una pobre y miserable criatura; es horrible pensar en... ¡Oh, si al fin pudiera arrepentirse, el Señor le perdonaría aun ahora...; pero mucho temo que no se arrepienta jamás!

—Eso es lo que yo creo —dijo George—; poco me importará no verle en el cielo.

En este momento se disiparon las escasas fuerzas que la alegría de ver a su joven amo había dado al moribundo. Apoderóse de él una postración repentina; sus ojos se cerraron y su fisonomía adquirió la sublime expresión que anuncia la proximidad de otro mundo. Su respiración se hizo lenta y penosa; su ancho pecho se dilataba y se hundía alternativamente con fuerza; pero la expresión de su rostro era la del que triunfa.

—¿Quién..., quién... nos separará del amor de Jesucristo? —murmuró Tom con una voz que apenas se entendía.

Y murió sonriéndose.

George experimentó una sensación de religioso respeto, y quedó inmóvil. Aquel lugar le parecía santo, y al cerrar los ojos del muerto un solo pensamiento ocupaba su corazón, el que tan sencillamente había expresado su viejo amigo: «¡Qué gran cosa es ser cristiano!».

Cuando George se levantó y vio a Legree que estaba allí en ademán sombrío, y después de haber clavado en él una mirada llena de indignación, le dijo:

—¡Ven, horrible monstruo, ven y gózate en el triunfo de tu codicia!

El malvado nada oyó, o aparentó que nada había oído, permaneciendo meditabundo.

—¡Verdaderamente son envidiables —añadió George con ironía— los goces que os proporcionan tales riquezas!

Legree seguía guardando silencio.

—¡Pero habéis de saber, detestables mercaderes de carne humana, que la riqueza mal adquirida no proporciona más que crueles remordimientos, al paso que vuestras víctimas reciben el premio que Dios concede a la virtud!

La última idea que George acababa de expresar desarmó su cólera contra aquel malvado, y su presencia no le producía ya más que repugnancia. Lo único que deseaba era alejarse de allí cuanto antes y con las menos palabras posibles.

Fijando sus ojos negros en Legree, le dijo sencillamente, señalando al muerto.

—Usted ya ha sacado de él todo el producto que podía esperar. ¿Cuánto quiere usted por su cuerpo? Deseo llevármelo y enterrarle honrosamente.

—Yo no vendo negros muertos —contestó Legree en tono desagradable—. Puede usted enterrarlo dónde y cómo guste.

—Muchachos —dijo George con autoridad a dos o tres negros que contemplaban el cuerpo—, ayudadme a llevarle a mi carruaje, proporcionadme una azada.

Uno de ellos corrió a buscar la azada, mientras los otros dos ayudaban a George a transportar el cuerpo.

El joven no dirigió al plantador una sola palabra ni una mirada. Legree no contrarió sus órdenes; permaneció allí, silbando con aire de forzada indiferencia, y siguió al grupo hasta el carruaje.

George colocó y envolvió el cuerpo en una capa extendida en el faetón; luego, volviéndose, fijó sus ojos penetrantes en Legree, y pudiendo apenas contenerse:

—Todavía no he manifestado a usted mi pensamiento acerca de este asunto atroz —le dijo—, porque no son estos el tiempo ni el lugar oportunos. Pero se hará justicia a esta sangre inocente: publicaré este asesinato y lo denunciaré al primer magistrado que encuentre.

—¡Enhorabuena! —respondió Legree, haciendo castañear sus dedos en ademán de desprecio—. ¡Vive Dios que me divertiría usted si lo hiciese! ¿Y dónde encontrará usted testigos? ¿Qué pruebas presentaría usted? Conteste si gusta.

George comprendió el sentido de este reto. No había un solo blanco en la plantación, y todos los Tribunales de Justicia del Sur rehúsan el testimonio de un hombre de color. Parecíale que el grito de indignación que salía de su pecho debía hacer bajar la justicia en el cielo.

—Y en resumidas cuentas, toda esta camorra es por un negro muerto —exclamó Legree.

Tales palabras fueron como la brasa que cae encima de la pólvora, porque nunca fue la prudencia la virtud dominante del joven kentuckiano, quien de un porrazo derribó en tierra a Legree y lo pisoteó hasta saciar su ira. Al verle tan inflamado en cólera diríase que era el mismo san George triunfante del dragón infernal.

Hay ciertos hombres a quienes se les hace un gran bien abofeteándoles, porque al punto conciben el mayor respeto hacia el que les hace morder la tierra. Legree pertenecía a ese número. Así es que, levantándose y limpiando su ropa, siguió con los ojos al faetón de una manera respetuosa, y no abrió la boca hasta que le hubo perdido de vista.

Antes de entrar en la plantación, George había distinguido un cerro arenoso sombreado por algunos árboles; allí, pues, se cavó la fosa.

—¿Quitamos la capa, señor? —preguntaron los negros después de concluida aquella operación.

—No, no; enterradle así, Es lo único que puedo darte, mi pobre Tom, y no te lo negaré.

Colocaron el cadáver en el hoyo, y los negros le enterraron en silencio. Llenaron de tierra la fosa y luego la cubrieron de césped.

—Ya podéis iros, muchachos —dijo George, dando una moneda a cada uno de ellos.

Pero todos rehusaron tomarla.

—¡Si el señor quisiera comprarnos! —exclamó uno.

—¡Con qué lealtad le serviríamos! —repuso otro.

—Aquí estamos oprimidos —replicó el primero—. Cómprenos usted, señor.

—No puedo, no puedo —respondió George, despidiéndoles con gran sentimiento—; me es imposible.

Y los pobres negros se alejaron silenciosos y en ademán triste.

—Yo te pongo por testigo, ¡oh! Dios eterno! —exclamó, arrodillándose sobre la tumba de su pobre amigo—; yo te pongo por testigo de que desde este momento haré cuanto a un hombre sea dado hacer para libertad a mi patria de la maldición de la esclavitud.

* * *

Ningún monumento indica el paraje en que reposa nuestro amigo, ni es necesario tampoco. Su Salvador conoce su tumba y la revestirá de inmortalidad para comparecer con él cuando entre su santa gloria.

¡No le lloréis! Una vida y una muerte semejantes no deben inspirar compasión. La gloria mayor de Dios no consiste en sus riquezas ni en su omnipotencia, sino en su amor y en su sacrificio por el bien de los hombres.

¡Dichosos los llamados a imitarle y a llevar la cruz con Él! Para ellos se ha escrito: «¡Bienaventurados los que lloran, porque serán consolados!».

CAPÍTULO XLII

Historia auténtica de un aparecido

Terribles relatos de apariciones circulaban algún tiempo después entre los esclavos de Legree, y es fácil adivinar la causa de estos súbitos terrores.

Decíase en voz baja que durante la noche se habían oído los pasos de un espectro que bajaba la escalera de la guardilla y recorría luego toda la casa; vanamente se habían cerrado bajo llave las puertas del corredor que daban paso arriba, porque el espectro tenía una doble llave en su bolsillo, según ellos, o aprovechaba el privilegio que desde tiempo inmemorial tuvieron todos los fantasmas de pasar por las cerraduras y pasearse con una imperturbable libertad, como si de nada se tratase.

Las opiniones variaban hasta el infinito sobre la forma del fantasma, gracias a la costumbre, muy común entre los negros y entre los blancos, según creemos, de cerrar involuntariamente los ojos y meter la cabeza debajo del cobertor, guardapiés u otro objeto cualquiera que se encuentra a mano; y era cosa muy natural, pues como es sabido, cuando los ojos del cuerpo dejan de funcionar, los del espíritu son más vivos y penetrantes. En virtud de esta particularidad, los retratos del aparecido eran numerosísimos, y cada cual respondía de la exactitud del que él presentaba. Pero según sucede a menudo con los retratos, estos no tenían ninguna semejanza entre sí, si se exceptúa el traje característico de la familia de los espíritus: la sábana o mortaja blanca.

Aquella pobre gente no estaba versada en la historia antigua, y no sabía que Shakespeare había consagrado ese traje por su autoridad, refiriendo cómo los muertos:

... Saliendo de sus funerarios
por las calles de Roma
paseaban sus sudarios.

Su unidad acerca de este punto es un hecho neumatológico notable, que recomendamos a la atención de los videntes en general.

Sea de esto lo que quiera, nosotros sabemos por buen conducto que, a las horas en todo tiempo consagradas a los aparecidos, un gran fantasma envuelto en un manto blanco se paseaba alrededor de los edificios de Legree, penetraba por las puertas, deslizábase en torno de la casa, desaparecía de vez en cuando y volvía a aparecer y subía la escalera de la funesta guardilla. Cónstanos asimismo que por la mañana se encontraban las puertas de entrada cerradas con llave tan sólidamente como de costumbre.

Imposible era que no oyese Legree algo de las historias que se murmuraban silenciosamente, y los esfuerzos para ocultárselas aumentaban el efecto que producían en su imaginación. Bebía más aguardiente que de costumbre, andaba con la cabeza erguida, y durante el día juraba más ruidosamente que nunca. Sin embargo, tenía sueños horribles no bien se entregaba al reposo. A la noche siguiente de haberse llevado el cuerpo de Tom se dirigió a la aldea inmediata para concurrir a una orgía, que seguramente fue completa; volvió a su casa tarde y cansado, cerró cuidadosamente la puerta de su dormitorio, sacó la llave y se metió en cama.

¡Qué insensato el que cierra su puerta con llave para preservarse de los espíritus cuando lleva uno en su propio seno con quien teme encontrarse a solas! ¡Un espíritu cuya voz no puede ser ahogada ni aun por el tumulto de

La cabaña del tío Tom

las pasiones terrestres, y continúa resonando como la trompeta del juicio final!

Legree había, pues, cerrado con llave y arrimado una silla contra la puerta. Colocó una lamparilla junto a la cabecera y al lado un par de pistolas. Examinó las cerraduras de las ventanas. «Ahora —dijo soltando un juramento— ríome yo del diablo y de sus secuaces». Y se acostó.

Durmió, porque estaba cansado...; durmió profundamente, pero apareciósele una sombra en su sueño. Una sensación de horror, la aprensión de que había alguna cosa terrible suspendida sobre su cabeza, le hizo estremecerse. Parecíasele que era la mortaja de su madre; pero Cassy la tenía levantada y se la mostraba. Oía un ruido confuso de gritos y gemidos, y a pesar de todo esto sabía que estaba dormido, y luchaba por despertar. Despertóse a medias. Estaba seguro de que entraba algo en la habitación y de que la puerta se abría poco a poco; pero no podía ejecutar el más leve movimiento. Por último, se volvió y tembló, la puerta estaba abierta y una mano apagó la lámpara.

¡Al pálido resplandor de la luna medio velada lo vio!... ¡Pasaba una cosa blanca! Oyó el leve roce del vestido del fantasma. Una sombra permaneció inmóvil junto a su lecho; tocóle una mano fría; una voz murmuró por tres veces, con acento misterioso y lúgubre: «¡Ven, ven, ven!». Y mientras él seguía allí tendido, cubierto de sudor frío, sin saber cómo ni cuándo, el fantasma desapareció. Entonces saltó de la cama y fue a empujar la puerta; pero estaba cerrada con llave, y Legree cayó en tierra sin sentido.

Desde aquella noche, Legree empezó a beber más que nunca. No observó ya circunspección ni prudencia; bebió sin medida, bebió como un desesperado.

Poco después circuló en las inmediaciones el rumor de que estaba enfermo y moribundo. Los excesos habían causado en él esa terrible enfermedad que parece proyectar en la vida presente las sombras de la futura retribución. Nadie podía soportar el horrible espectáculo de aquella alcoba de enfermo. Legree gritaba, aullaba, hacía relatos de visiones que helaban de espanto a los que le rodeaban. En su lecho de muerte, veía a un lado una blanca figura, severa, inexorable, que repetía: «¡Ven, ven, ven!».

Por una singular coincidencia, en la mañana que siguió a la noche misma en que Legree tuvo esta visión, se encontró abierta la puerta de la casa, y algunos negros contaron que habían visto deslizarse dos fantasmas a lo largo del sendero y dirigirse al camino.

El sol iba a nacer cuando Cassy y Emmeline se detuvieron al pie de un grupo de árboles, cerca del pueblo.

Cassy iba enteramente vestida de negro, al estilo de las criollas españolas; un sombrero cubierto por un denso velo bordado tapaba su rostro.

Habían convenido las dos en que durante su fuga pasaría por una señora criolla, y Emmeline por su criada.

Educada desde su infancia en medio de la alta sociedad, Cassy, tanto por su lenguaje cuanto por sus maneras y toda su persona, desempeñaba perfectamente el papel de que estaba encargada, y los restos de un equipaje en otro tiempo espléndido y algunas joyas bastaban para representar su papel.

Paróse a la entrada del pueblo, donde había visto maletas en venta, y compró una de buen aspecto, rogando al mercader que mandara se la llevasen.

Escoltada por el muchacho, que llevaba su maleta sobre un carrito, y por Emmeline, que la seguía cargada con un saco de noche y algunos paquetes, entró en la posada como una señora distinguida.

La primera persona que percibió después de su llegada fue a George Shelby. Cassy había visto por la ventanilla de la guarida a este joven llevarse el cuerpo de Tom y había observado con secreto transporte de júbilo su encuentro con Legree.

Después, por las conversaciones que había sorprendido cuando daba sus paseos nocturnos disfrazada de fantasma, había podido comprender quién era y cuáles las relaciones que había tenido con Tom.

Así es que experimentó hacia él doble simpatía al saber que una y otro esperaban la llegada del primer buque. El porte y distinguidos modales de Cassy, el oro que parecía poseer en abundancia, no eran seguramente motivos para que la gente de la posada concibiese la menor sospecha respecto de ella. Nunca se notan ciertas cosas cuando se posee la cualidad principal, que es la de pagar bien. Ya lo sabía Cassy cuando hizo provisión de dinero.

A la madrugada apareció un buque, y George Shelby, con la política que caracteriza a todo kentuckiniano, ayudó a Cassy a subir a bordo y procuró proporcionarla un buen camarote.

Cassy, pretextando hallarse enferma, permaneció encerrada en su habitación durante la travesía del río Rojo, perfectamente servida por su criada.

Al distinguirse el Misisipi, habiendo oído George que la señora extranjera se proponía, como él, ir río arriba, ofrecióse galantemente a tomarle un camarote en el buque donde pensaba embarcarse.

He aquí, pues, a nuestras dos amigas sanas y salvas a bordo del excelente vapor Cincinnati subiendo el río.

La salud de Cassy había mejorado considerablemente. Sentóse en el puente, concurrió a la mesa y fue notada en el buque como una señora que debía haber sido bellísima.

La primera vez que la vio George quedó sorprendido por una de esas vagas e indefinibles semejanzas que no es raro encontrar, y que llaman a uno la atención a pesar suyo. George no podía menos de mirarla y la seguía continuamente con los ojos. Ya en la mesa, ya sentada en la puerta de su habitación. Cassy encontraba por doquiera la mirada del joven, que sólo apartaba la vista de ella cuando Cassy dejaba percibir que la incomodaba tal perseverancia.

Bien pronto se sintió inquieta Cassy; empezó a pensar que George sospechaba algo, hasta que, por último, se decidió a franquearse enteramente a él y confiar en la nobleza de su carácter.

George se hallaba dispuesto a simpatizar cordialmente con todo el que se hubiese escapado de la plantación de Legree, y no podía acordarse de aquel sitio ni hablar de él sin indignarse.

Con el valeroso desprecio de las consecuencias que caracteriza a su edad y a su misma patria, George le prometió que la protegería, igualmente que a su compañera, con todo su poder.

La pieza inmediata a la de Cassy estaba ocupada por una francesa, madame de Thoux, y por una hermosa niña que podía tener unos doce años cuando más.

Habiendo oído esta señora por la conversación que George era de Kentucky, manifestó un vivo deseo de cultivar su amistad. Las gracias de su linda hija la secundaron en su proyecto.

Era aquella niña el más lindo juguete que haya distraído nunca el fastidio de un viaje de quince días en un buque de vapor.

George se sentaba muchas veces junto a la puerta de la habitación de madame de Thoux, y Cassy, desde su silla, podía oír su conversación.

Madame de Thoux dirigía a George las preguntas más minuciosas acerca del Kentucky, donde, según decía, había vivido en época pasada. George quedó sorprendido al oír que madame de Thoux había morado cerca de su propia casa. Sus preguntas y el conocimiento que ella tenía de los habitantes y cosas de aquel país le causaron no poca sorpresa.

—¿Conoce usted en sus inmediaciones —le preguntó madame de Thoux— alguna persona con el nombre de Harris?

—Sí; un anciano de ese nombre que vive no muy lejos de la casa de mi padre —respondió George—. Nunca hemos tenido grandes relaciones con él.

—Creo que es un gran propietario de esclavos —dijo madame de Thoux en un tono que revelaba más interés del que ella deseaba manifestar.

—Así es, señora —respondió George, sorprendido de su acento.

—¿Ha oído usted decir... tal vez lo sepa usted, si posee un mulato llamado George?

—¡Oh, sí señora! Conozco perfectamente a George Harris; se ha casado con una criada de mi madre; pero ahora han huido al Canadá.

—¡Se ha escapado! —exclamó madame de Thoux con viveza—. ¡Loado sea Dios!

George, asombrado, la miró con ademán interrogativo. Madame de Thoux se cubrió la cara con las manos, y derramando copiosas lágrimas.

—¡Es mi hermano! —exclamó.

—¡Señora! —dijo George con el acento de la más profunda admiración.

—Sí —repuso madame de Thoux, levantando arrogantemente la cabeza y enjugando sus lágrimas—. Caballero Shelby, ¡George Harris es mi hermano!

—¿Es posible? —exclamó George, haciendo atrás su silla para contemplar mejor a madame de Thoux.

—Era todavía niña cuando me vendieron para el sur —continuó ésta—; yo fui comprada por un hombre bueno y generoso que me llevó a las Indias Occidentales, me emancipó y se casó conmigo. Hace poco tiempo que ha muerto, y vuelvo al Kentucky para buscar y rescatar a mi hermano.

—Yo le he oído hablar de una hermana llamada Emily que había sido vendida para el sur —dijo George.

—Es verdad, soy yo misma; dígame usted algo acerca de mi hermano...

—Es un gallardo joven —respondió George—, y a pesar del vil yugo de la esclavitud que ha pesado sobre él, se distinguía tanto por su inteligencia cuanto por sus prendas morales. Sé todo esto porque, como he dicho a usted, se ha casado con una persona de nuestra familia.

—¿Y qué tal es la mujer con quien se ha unido? —preguntó vivamente madame de Thoux.

—¡Un tesoro! —exclamó George—. Una joven bella, amable, inteligente y religiosa. Mi madre la ha educado e instruido casi con tanto esmero como si hubiera sido su propia hija. Sabía leer, escribir, bordar y coser perfectamente, y cantaba de una manera admirable.

—¿Nació en su casa de usted? —preguntó madame de Thoux.

—No, señora; mi padre la compró en uno de sus viajes a Nueva Orleans para regalársela a mi madre. Entonces tenía ella unos ocho o nueve años. Mi padre no quiso decir nunca lo que había costado; pero días pasados, examinando sus antiguos papeles, encontramos la escritura de venta y vimos que había dado por ella una suma exorbitante..., a causa sin duda de su extraordinaria belleza.

George estaba vuelto de espaldas a Cassy, y no observó la atención profunda con que ésta escuchaba los pormenores que anteceden; pero entonces le tocó en el brazo, y pálida de emoción:

—¿Sabe usted —le preguntó—, a quién se la había comprado su padre de usted?

—Un tal Simmons me parece que era el principal interesado en el negocio de que se trata; al menos ese es el nombre que he visto en el contrato.

—¡Oh, Dios mío! —exclamó Cassy.

Y cayó en el suelo sin sentido.

Asombrados al presenciar tal incidente, aunque no comprendían aún con claridad la causa que lo había motivado, George y madame de Thoux se apresuraron a socorrer a Cassy con el desorden y agitación propios en tales casos. George, en el entusiasmo de su celo, derribó un jarro de agua y quebró dos vasos, y todas las señoras que se hallaban en la sala, al oír que una se había desmayado, se reunieron en tropel en la puerta de la habitación, interceptando de este modo el aire. En una palabra: lo que después hubo fue lo que era de esperar.

Cuando la pobre Cassy recobró los sentidos, volvió la cara hacia la pared y comenzó a sollozar y verter lágrimas como un niño.

¡Tal vez vosotras, oh, madres, podáis decir en qué pensaba Cassy! ¡Tal vez no podáis! Sea de esto lo que quiera, Cassy se convenció entonces de que Dios se había compadecido de ella y de que volvería a ver a su hija, como en efecto la vio algunos meses después cuando...

Pero no anticipemos los sucesos.

CAPÍTULO XLIII
Resultados

Muy pronto quedará contado el resto de nuestra historia. George Shelby, conmovido, tanto por este romántico incidente cuanto por un sentimiento humanitario, mandó a Cassy el acta de venta de Eliza. Como la edad y el nombre estuviesen perfectamente de acuerdo con lo que ella sabía, ninguna duda le quedó sobre la identidad de su hija. Sólo le faltaba descubrir las huellas de los fugitivos.

Madame de Thoux y Cassy, a quienes la singular coincidencia de sus destinos había reunido, partieron inmediatamente hacia el Canadá, recorriendo allí las diversas localidades que generalmente sirven de asilo a los fugitivos. En Amberstberg encontraron al misionero en cuya casa George y Eliza habían recibido hospitalidad a su llegada al Canadá, y por él supieron que la familia en cuestión había partido para Montreal.

Cinco años hacía que vivían allí, con la circunstancia de que George y Eliza eran libres. El primero, constantemente ocupado en el taller de un respetable mecánico, había atendido convenientemente a las necesidades de su familia que, digámoslo de paso, se había aumentado con una niña.

El niño Harry, que era un gallardo mocito, concurría a una escuela de la vecindad, haciendo en ella rápidos adelantos.

Después de oír con el más vivo interés la relación de madame de Thoux y de Cassy, el digno pastor de Amberstberg se prestó a acompañarlas a Montreal en busca de George.

* * *

Ahora nos acercamos, en compañía de estas diversas personas, a una modesta casita de los arrabales de Montreal. Es de noche. Un fuego alegre brilla en el hogar. La mesa, cubierta con un mantel blanco, está preparado para la cena. En un rincón de la estancia hay otra mesa con un tapete verde, en medio de la cual se ve un pequeño pupitre, plumas, papel, etc., y encima, un estante lleno de libros escogidos. Aquel era el gabinete de George. El deseo de instruirse, que le había conducido a hurtar, digámoslo así, el arte de escribir y leer en medio de las dificultades de su vida de esclavo, le impulsaba siempre a consagrar al cultivo de su entendimiento los ratos de ocio de que podía disponer. En este momento está sentado junto a su bufete, tomando notas de un volumen de su biblioteca de familia, que acaba de leer.

—Ea, George, ven aquí ahora, puesto que todo el día has estado ausente. Deja ese libro, y hablemos un poco mientras hago el té.

La niña Eliza repite el llamamiento de su madre, caminando con un paso vacilante hacia él, y cuando llega trata de quitarle el libro de las manos y sentarse encima de sus rodillas.

—¡Ah! ¿Eres tú, ángel mío? —exclamó George.

Y luego cedió, como sucede siempre en semejantes casos.

Eliza representa alguna más edad, está un poco más gruesa y sus cabellos son más largos que en otro tiempo; pero es evidentemente tan feliz, tan contenta está con su suerte como es posible estarlo. No había más que una voluntad, un solo corazón entre ella y su esposo.

—Dime, Harry, ¿qué tal has sacado hoy esta suma? —dijo George, acariciando la cabeza de su hijo.

Ya no tenía Harry la rizada y larga cabellera con que le hemos conocido anteriormente; pero sí sus hermosos ojos, sus largas pestañas y la frente erguida que le anima al responder.

—La he sacado yo solo, sin la ayuda de nadie.

—Está bien, hijo mío; cuenta con tus propias fuerzas. Tú posees medios de instruirte que tu padre no tuvo jamás.

En este momento suena un golpe en la puerta, y Eliza va a abrir. Al oír la alegre exclamación de su mujer, que dice: «¿Es usted?», George se levanta y recibe afectuosamente al buen pastor de Amberstberg, invitando a las dos señoras a que se sienten.

Puesto que es preciso decir toda la verdad, confesaremos aquí que el excelente pastor había preparado un programa relativo a la conducción de este negocio. Todos se habían prometido recíprocamente por el camino no decir ni hacer nada sino con arreglo al plan trazado de antemano.

Habiendo, pues, hecho el excelente religioso una seña a las señoras para que se sentasen, sacó su pañuelo del bolsillo, se limpió la boca, y ya iba a dar principio a un discurso preliminar en buena forma, cuando con gran sentimiento suyo madame de Thoux se echó al cuello de George, exclamando:

—¡George! ¿No me conoces? ¡Soy tu hermana!

Cassy, más tranquila, se había sentado, y hubiera desempeñado perfectamente su papel a no ser por la niña Eliza, que se puso delante de ella, semejante en un todo a su hija cuando la vio la última vez. La niña la miraba con asombro. Cassy la tomó en sus brazos, la estrechó contra su corazón, exclamando como quien está verdaderamente persuadido de lo que dice:

—¡Ángel mío, soy tu madre!

El hecho es que era dificilísimo proceder convenientemente y por orden, hasta que, por último, el buen pastor consiguió algún silencio y pronunció el discurso que había preparado para inaugurar la sesión. Su elocuencia causó gran efecto, porque a los pocos momentos el auditorio entero lloraba y sollozaba, en términos que, al oírle, hubiera quedado satisfecho cualquier orador antiguo y moderno.

Todas las personas que estaban presentes se arrodillaron, y el santo varón se puso a orar; porque hay sentimientos tan agitados, tan tumultuosos, tan fuertes, que no pueden calmarse más que en el seno del Señor. Luego que hubieron terminado la acción de gracias, los miembros de la familia nuevamente reunida se abrazaron. Sus corazones estaban llenos de confianza en Aquél que, en medio de tantos peligros y por tan extraños caminos, los había reunido de aquella suerte.

Las notas diarias de un misionero entre los fugitivos del Canadá contienen hechos verdaderos más sorprendentes que las ficciones. ¿Y cómo ha de suceder de otro modo bajo un sistema que divide y dispersa las familias como el viento de otoño las hojas que caen de los árboles? Aquellas playas hospitalarias, semejantes a las riberas eternas, son a menudo testigos de la alegre reunión de los que han llorado por espacio de muchos años unos la pérdida de los otros. Nada conmueve más profundamente el alma que el ver la impresión que produce en los fugitivos la llegada de otro, porque cada cual dice para sí que tal vez tenga noticias de una madre, de una hermana, de una mujer o de un niño, ocultos a su vista por las densas tinieblas de la esclavitud.

Allí se ejecutan acciones heroicas con las cuales no pueden compararse ni remotamente las que se cuentan en las novelas, cuando despreciando la tortura y desafiando a la muerte misma, el fugitivo se abre un camino y vuelve al seno de aquella torre tenebrosa con la esperanza de arrancar de ella a su madre, a su hermana o a su mujer.

Un misionero nos ha referido que cierto joven dos veces capturado, después de haber sufrido por su heroísmo la vergonzosa pena de los azotes, se escapó nuevamente. En una carta, cuya lectura oímos, manifiesta a sus amigos que vuelve otra vez a su empresa por ver si puede, al fin, libertar a su hermana. Semejante hombre, ¿es un héroe o un criminal? ¿No puede asegurarse que cualquiera haría lo mismo por su hermana? ¿Por qué ha de vituperarse al otro?

Mas volvamos a nuestros amigos. Los hemos dejado enjugando sus lágrimas y reponiéndose un tanto de una explosión de júbilo demasiado intenso y repentino. Todos están sentados alrededor de la mesa, y al parecer se comprenden a las mil maravillas. Únicamente Cassy, que tiene a la niña Eliza sobre sus rodillas, la abraza de cuando en cuando de una manera que sorprende bastante a ésta, y no quiere dejarse atascar de tortas por la niña, pretextando, con no poca admiración de ésta, que ha encontrado una cosa mejor.

En algunos días se verificó en Cassy una transformación tan completa que apenas la conocerían nuestros lectores. A la vaga expresión de demencia había sustituido en su fisonomía la de una dulce confianza. Todas las sensaciones, todos los afectos de la familia, por largo tiempo comprimidos, brotaron de su corazón. Parecía más naturalmente inclinada a amar a la niña Eliza que a su propia hija, porque veía en ella la imagen de ésta tal cual la había perdido.

La niña Eliza era, digámoslo así, un lazo de flores entre la madre y la hija, y por ella se conocieron y se amaron. La piedad sólida y consecuente de Eliza, ilustrada por una constante lectura de la palabra santa, hizo de ella una preciosa guía para el espíritu enfermo y fatigado de su madre. Cassy se entregó desde luego y con toda su alma a las buenas influencias que la rodeaban, y se convirtió en cristiana tierna y fiel.

Madame de Thoux manifestó muy pronto, a su hermano en particular, cuál era su posición. La muerte de su marido la había dejado en posesión de una fortuna considerable; que ofreció generosamente partir con su familia. Cuando preguntó a George qué podría hacer por él que fuese más de su agrado:

—Dame los medios de instruirme, Emily —le dijo— porque ese y no otro ha sido el deseo de mi corazón: que en cuanto a lo demás, yo me lo proporcionaré.

Después de una detenida deliberación, se acordó que toda la familia iría a pasar algunos años en Francia. En su consecuencia, todos se embarcaron, acompañados de Emmeline.

George cursó cuatro años en un colegio, y gracias a su afición al estudio adquirió conocimientos sólidos.

Últimamente los trastornos políticos de Francia obligaron a la familia a regresar a este país.

Los sentimientos y miras de George, después de concluida su tardía educación, se comprenderían mejor de lo que pudiéramos nosotros hacer leyendo la siguiente carta que dirigió recientemente a un amigo suyo:

«No sé todavía qué resolución tomar. Como usted me dice, podría hacerme admitir entre los blancos de este país, cuyo color difiere apenas del mío y del de mi familia, mas a decir la verdad no me siento inclinado a ello.

Mis simpatías no están en favor de la raza de mi padre, sino de la de mi madre. Para el primero no fui más que un hermoso perro o un buen caballo, para mi madre era un hijo, y aunque no la haya vuelto a ver jamás desde el día en que una venta cruel nos separó, mi corazón me dice que siempre me ama. Cuando pienso en todo lo que ha sufrido, cuando me paro a reflexionar en mis propios padecimientos, en las angustias y las luchas de mi heroica mujer, en mi hermana, vendida en el mercado de Nueva Orleans nadie extrañará que diga que no tengo deseo alguno de pasar por americano o de confundirme con los americanos. La oprimida y encadenada raza africana es la que elijo, y si algún deseo abrigase en este particular, sería el de ser más negro de lo que soy.

Desde el fondo de mi alma suspiro por una nacionalidad africana. Deseo ver una nación de color con vida propia. ¿Dónde la encontraré? En Haití, no, porque allí han principiado sin fuerza moral. Un arroyo no puede elevarse por encima de su origen. La raza que formó el carácter de los haitianos era una raza gastada, afeminada; en su consecuencia, la raza que se sometiese a ellos necesitaría siglos para levantarse un poco.

¿A dónde, pues, dirigiré mis ojos?

En las costas del África veo una república, una república formada de hombres escogidos, que por su energía y por su inteligencia se han elevado en muchas ocasiones por sí mismos por encima del nivel de la esclavitud. Después de algún tiempo de debilidad y de las crisis del principio, esta república ocupa un puesto propio, se ha formado una nacionalidad distinta a la faz del mundo y está reconocida por Francia e Inglaterra. Allí es donde yo iré; allí haré un pueblo.

Si algún día llega a constituirse Europa en una confederación de naciones libres, como espero en Dios que sucederá, si algún día la servidumbre y las desigualdades sociales, injustas y opresoras, desaparecen, si todas las naciones, imitando a Francia y a Inglaterra, reconocen nuestra independencia, entonces nosotros apelaremos contra la esclavitud al gran congreso de los pueblos, y allí defenderemos la causa de nuestra oprimida raza. Y después... es imposible que América, libre e ilustrada, no desee borrar al punto de su escudo la siniestra mancha que la deshonra entre las naciones, y que es una maldición para ella igualmente que para sus esclavos.

Nuestra raza, me dirá usted, tiene el mismo derecho a confundirse en la República americana que el irlandés, el alemán, el sueco. Lo tiene, lo concedo. «Deberíamos» ser libres para mezclarnos en la nación, ocupar en ella un puesto según nuestro mérito individual, sin consideraciones a la casta o al color, y los que niegan este derecho hacen traición a sus propios principios acerca de la igualdad humana. Se nos debería dejar vivir en este país en particular, porque además del derecho común de habitar aquí tenemos los derechos de una raza oprimida, a la cual se debe una reparación. Pero tocante a mí nada de eso quiero. Quiero, sí, un país, una nación mía. Yo creo que la raza africana se halla dotada de disposiciones que la luz del cristianismo y de la civilización debe desarrollar. Y que siendo diferentes de las de la raza anglosajona podrían muy bien ser moralmente superiores a las de ésta.

Los destinos del mundo han estado en manos de la raza anglosajona durante un período de luchas y de esfuerzos. Su inflexible energía y su vigor eran muy a propósito para esta misión. Pero yo, como cristiano, espero el advenimiento de otra era. Y las convulsiones de los pueblos son a mis ojos como los dolores del alumbramiento de donde deben nacer la paz y la fraternidad universales.

Yo espero que el desarrollo de la raza africana será un movimiento esencialmente cristiano. La raza africana no es dominadora; pero es magnánima, afectuosa y sabe perdonar. Libertada del yugo de la opresión, necesita adherir más íntimamente su corazón a esa sublime doctrina de amor y de perdón que formará su poder, y que deberá propagar por todo el continente africano.

En cuanto a mí, lo confieso, soy débil en este particular; más de la mitad de la sangre que corre por mis venas es sangre sajona, ardiente y viva. Pero tengo constantemente a mi lado, en la persona de mi encantadora mujer, un elocuente apóstol del Evangelio. Con ella seré feliz aun en el asilo más humilde mientras no nos falte la libertad. Su corazón es mi corazón, y cuando me exalto, su dulzura me atrae al buen camino y me recuerda la vocación cristiana y la misión de nuestra raza. ¡Como patriota cristiano volveré a mi patria, a la patria de mi elección, la espléndida África! A ella aplico en mi corazón muchas veces estas bellas palabras de la profecía: «Porque fuiste abandonada en tal extremo que nadie pasaba junto a tus muros, te exaltaré por siempre y numerosas generaciones se regocijarán en ti».

Va usted a tratarme de visionario y a decirme que no he reflexionado mi proyecto. Lo he meditado, se lo aseguro, igualmente que sus consecuencias. Voy a Liberia, no a un Elíseo quimérico, sino a un campo de trabajo. Yo quiero trabajar en él, luchar vigorosamente contra las dificultades y obstáculos hasta la muerte. He ahí por qué parto, y en esto al menos no me engañaré.

Cualquiera que sea el juicio que forme usted acerca de mi resolución, siga dispensándome su confianza, y esté seguro de que en mis acciones siempre me guiará un corazón enteramente leal a mi patria. —George Harris».

Algún tiempo después, George se embarcó para África con su mujer, sus hijos, su hermana y su madre. Si no nos equivocamos, el mundo entero oirá hablar de él.

De los demás personajes de nuestra historia nada de particular tenemos que decir, sino una palabra de *miss* Ophelia y de Topsy y un capítulo de despedida dedicado a George Shelby.

Miss Ophelia, con no poca sorpresa del gran cuerpo deliberante que en Nueva Inglaterra se llama *ourfolks* (nuestra familia), *miss* Ophelia, decimos, llevó a Topsy a Vermont en compañía suya. El tal cuerpo deliberante vio al principio en aquella una edición inútil a su bien arreglado establecimiento; pero *miss* Ophelia obtuvo tan buenos resultados de sus esfuerzos en favor de su discípula, que ésta hizo rápidos adelantos en el aprecio de la familia y de los vecinos.

Siendo ya mujer fue, a petición suya, bautizada y recibida como miembro de una iglesia cristiana de aquel punto, y mostró tanta inteligencia y actividad, tan vivo deseo de hacer bien en el mundo, que al fin fue admitida y enviada en calidad de misionera a una de las estaciones de África. Nos han referido que la ingeniosa actividad, que tanto dificultó su propia educación, se aplica ahora de una manera más feliz y más saludable a la educación de los niños de su propio país.

Posdata.—Algunas madres se alegrarán, sin duda, al saber que madame de Thoux ha logrado encontrar últimamente al hijo de Cassy, el cual es un joven dotado de gran energía. Habiendo conseguido escaparse algunos años antes que su madre, encontró asilo e instrucción en el norte, junto a los amigos de los oprimidos. No tardará en reunirse con su familia en África.

CAPÍTULO XLIV
El libertador

Una sola línea había escrito a su madre George Shelby para indicarle el día de su llegada, pues con la viva presencia de los lugares y modo como había muerto su viejo amigo, no tuvo valor para relatarle nada de ello. Repetidas cartas empezó, procurando no ser tan lacónico; pero siempre acababa por rasgar sus cartas, enjugar sus lágrimas y correr de un lado a otro para atenuar su dolor.

Una tarde la casa de Shelby estaba en una tumultuosa actividad alegre, aguardando el regreso del amo George. La señora Shelby estaba en su salón, que caldeaba un alegre fuego, porque era a fines del otoño. La mesa brillaba cubierta de objetos de plata y de cristal, y la vieja Chloe, nuestra antigua amiga, dirigía los preparativos de la comida. Llevaba un vestido nuevo de indiana, un mandil blanco sumamente aseado, un alto turbante tenso y almidonado, y estaba rebosando satisfacción su cara negra y reluciente. Chloe multiplicaba al infinito sus minuciosos cuidados sólo por tener un pretexto para hablar más tiempo con su ama.

—Me parece que todo estará a gusto del amo, ¿es verdad? Voy a poner su cubierto en el sitio en que le agrada sentarse, junto al fuego. Siempre le ha gustado al señor George el sitio más caliente. ¡Qué veo! ¿Por qué no habrá puesto Sally la tetera más linda, la que el amo George compró para usted por Navidad? Voy a buscarla... ¿Ha recibido la señora noticias del señor George?

—Sí, Chloe; sólo una línea para decirme que, si puede, esta noche le tendremos aquí.

—¿Y nada dice de mi pobre hombre? —preguntó Chloe, que aún andaba alrededor de las tazas de té.

—Nada, absolutamente nada más que lo que te he dicho, si bien añade que todo nos lo contará a nuestra vista.

—¡Muy bien, señor George! He observado que siempre quiere decir las cosas por sí mismo. En realidad, nunca he podido comprender cómo se las gobiernan los blancos para escribir tanto como en general escriben, lo cual al cabo es un fastidio, una pesadez.

La señora Shelby se sonrió.

—Me parece que mi pobre viejo no conocerá ya a los muchachos. ¿Y la niña, señora? Ya es una arrogante moza, ¡y buena también, respondo de ello! Ahora está mi hija en la casa al cuidado de las tortas, que las he hecho como a mi pobre viejo le gustaban y como las que le di en el día que me lo llevaron. ¡Dios me bendiga! ¡Cuánto me acuerdo de lo que sufrí aquel día!

A este recuerdo, la señora Shelby suspiró y sintió oprimírsele el corazón. Desde que recibió la carta de su hijo había experimentado sin cesar una vaga inquietud, temiendo que aquel silencio extraño le ocultara alguna desgracia.

—¿Guarda la señora los billetes? —preguntó Chloe con aire inquieto.

—Sí, Chloe.

—Porque quisiera enseñar a mi pobre hombre los billetes mismos que me dio el pastelero cuando me dijo: «Chloe, quisiera tener a usted por más tiempo en casa». A lo cual respondí: «Gracias, señor; me quedaría de muy buena gana si mi pobre viejo no volviese a la casa; por otra parte el amo me necesita». He ahí exactamente lo que le respondí. ¡Oh, era un buen hombre el señor Jones!

Chloe había insistido en que se conservasen cuidadosamente los billetes de Banco, producto de sus salarios, con el fin de enseñárselos a su marido como una prueba de sus talentos. La señora Shelby, se había prestado fácilmente a este capricho.

—Estoy segura de que no va a reconocer ya a Polly. ¡Cuando pienso que hace cinco años que le llevaron! Polly era entonces tan pequeñita que aún no podía tenerse en pie. Me acuerdo de lo que se asustaba porque siempre se caía la niña cuando quería andar.

En aquel momento se oyó el ruido de un carruaje.

—¡El señor George! —exclamó la tía Chloe corriendo a la reja.

La señora Shelby corrió también hacia la puerta en la calle y su hijo la estrechó en sus brazos. La tía Chloe, con los ojos fijos, esperaba en vano otro viajero en la oscuridad de la noche.

—¡Oh, pobre tía Chloe! —exclamó George, deteniéndose conmovido y apretando su negra y callosa mano entre las suyas—. Todo lo que poseo hubiera dado por traerle conmigo; pero ya se ha ido a un mundo mejor.

La señora Shelby lanzó un grito; pero Chloe no pronunció una sola palabra.

Entraron todos en el comedor. La suma de que tan engreída estaba Chloe había quedado encima de la mesa.

—¡Tome usted —dijo ésta, reuniendo los billetes y entregándoselos a su ama con mano trémula—; no quiero ya volver a verlos! ¡Ah, bien me lo había imaginado!... Vendido y asesinado en esas malditas plantaciones del sur...

Chloe dio media vuelta y salió del comedor sin poder derramar una sola lágrima. La señora Shelby la siguió, tomó dulcemente una de sus manos, hizo que se sentase, y ella misma se sentó a su lado.

—¡Oh, mi buena y pobre Chloe! —le dijo.

Chloe inclinó la cabeza en el hombro de su ama y comenzó a sollozar.

—¡Ay, perdóneme, señora; se me parte el corazón!

—Lo creo —respondió la señora Shelby, cuyas lágrimas corrían en abundancia—, lo creo; pero no puedo remediarlo. ¡Jesús es quién puede, porque Él es quien consuela a los corazones afligidos, Él quien cura todas las heridas!

Hubo un momento de silencio durante el cual todos lloraban, hasta que, por último, sentándose George al lado de la pobre afligida, tomó su mano y le contó con lastimera sencillez la victoriosa muerte de su marido, repitiéndole sus mensajes de amor.

Todos los esclavos de la casa fueron convocados a una gran sala de la habitación para oír lo que tenía que decirles su joven patrón.

Harriet Beecher Stowe

Presentóse allí, con gran sorpresa de todos ellos, con un paquete de papeles en la mano, y entregó a cada cual su carta de manumisión, después de leerla en voz alta y a menudo interrumpida por las lágrimas, sollozos y aclamaciones de todos.

Muchos de ellos, sin embargo, le rodearon apresuradamente, rogándole con vivas instancias que no los despidiera y presentándole en ademán suplicante sus cartas de manumisión.

—Nosotros no tenemos necesidad de ser más libres de lo que ya somos. Poseemos todo lo que necesitamos y no queremos abandonar la plantación, el amo y demás.

—Amigos míos —respondió George así que pudo conseguir un momento de silencio—, no me abandonaréis. El cultivo de la plantación exige igual número de trabajadores que antes. Desde ahora, así los hombres como los mujeres, sois libres. Yo os pagaré vuestro trabajo al precio en que convengamos. La ventaja que tendréis será que si me encuentro malo de intereses o muero, nadie podrá apoderarse de vosotros y venderos. Quiero continuar cultivando mi plantación y enseñaros lo que tal vez os cueste algún trabajo aprender, que es hacer un buen uso de los derechos que os doy haciéndoos «hombres libres». Espero que os portaréis bien, que os esforzaréis en aprovecharos de mis lecciones, y yo, por mi parte, pido a Dios que me haga fiel a mis deberes y exacto en enseñaros los vuestros. Ahora, amigos míos, dad gracias a Dios por el beneficio de la libertad.

Un anciano negro, encanecido en la plantación y que se había quedado ciego, se levantó y tendiendo al cielo sus trémulas manos, dijo:

—¡Demos gracias al Señor!

Arrodilláronse todos espontáneamente. Nunca *tedeum* alguno, acompañado de los sonidos del órgano, del estampido del cañón o del ruido de las campanas, subió al cielo más puro, más alegre que la súplica de aquellos humildes y sencillos corazones.

Cuando se levantaron, uno de ellos entonó un himno.

—Oíd una palabra —exclamó George imponiendo silencio a los negros, que se deshacían en demostraciones de gratitud—. ¿Os acordáis del buen anciano Tom?

George refirió entonces en breves frases su muerte y repitió sus palabras de despedida para todos su antiguos compañeros, y luego continuó:

—Sobre su tumba, amigos míos, tomé en presencia de Dios la resolución de no poseer ni un solo esclavo mientras pudiera libertarlo, con el fin de que ninguna persona se expusiese a ser separada de su familia y de sus amigos y a morir como él en una plantación lejana. Así, pues, siempre que os regocijéis por vuestra libertad acordaos de que a él se la debéis, y mostradle vuestra gratitud con vuestro afecto a su mujer y a sus hijos. Pensad en vuestra libertad siempre que veáis «la cabaña del tío Tom». ¡Recuérdeos continuamente la vista de ella el deber de imitarle; sed probos, fieles y cristianos como lo fue aquel cuya pérdida lamentamos!

CAPÍTULO XLV
Conclusión

De numerosos puntos de los Estados de la Unión nos han escrito pidiéndonos la historia que acabáis de leer, real y verdadera en todos sus detalles; a continuación va la respuesta general, que creíamos de nuestro deber el darla para satisfacer a todos.

Los incidentes tan diversos de que se compone nuestro relato son en absoluto auténticos, y muchos de ellos han sido presenciados por la autora o por amigos suyos. La autora o éstos han estudiado en la Naturaleza casi todos los caracteres que comprende el libro, y un gran número de diálogos están citados o copiados palabra por palabra, como aquélla misma los ha oído o como se los han relatado sus amigos.

El retrato físico de Eliza y su carácter moral son tomados del natural. La autora de estas líneas ha presenciado más de un ejemplo de la fidelidad incorruptible, de la piedad y honradez del tío Tom. Varios incidentes de los más trágicos y románticos, algunos de los más terribles, son igualmente un traslado de la realidad. El de la madre atravesando el hielo es un hecho conocidísimo. De la historia de la vieja Prue, capítulo XIX, ha sido testigo ocular un hermano de la autora, que era entonces recaudador en una casa de comercio de Nueva Orleans. De la misma fuente ha tomado la idea del carácter de Legree. He aquí lo que su hermano escribía, contando una visita que había hecho a la plantación de aquel personaje en uno de sus viajes: «Me dio a conocer el vigor de su puño, parecido al martillo de un herrero o a una barra de hierro, diciéndome que se había endurecido a fuerza de aporrear negros. Cuando abandoné la plantación respiraba libremente, como si acabase de escaparme de la caverna de un tigre».

En nuestro país hay sobrados testigos que pueden certificar que la trágica historia de Tom se ha repetido más de una vez. Es preciso no olvidar que en los Estados del Sur la ley no admite ante los Tribunales de Justicia el testimonio de un hombre de color contra un blanco. Compréndese fácilmente que con semejante jurisdicción pueden presentarse casos análogos allí donde un hombre, cuyas pasiones puedan más que su interés, se encuentre en oposición con un esclavo que tenga principios firmes y el valor suficiente para resistirle. La única protección del esclavo es la reputación de su dueño.

Muchas veces llegan a oídos del público actos tan sublevantes que uno no podría presenciarlos sin rugir de cólera, y los comentarios que producen son más atroces aún que los hechos mismos, contentándose con decir:

«Es muy posible que tales cosas sucedan de tarde en tarde; pero son excepciones». Si las leyes de Nueva Inglaterra fuesen tales que un principal pudiese de tarde en tarde atormentar a un aprendiz hasta matarle, y esto sin la posibilidad de castigar al primero, ¿se vería semejante estado de cosas con tanta indiferencia? Se dirá: «Esos son casos raros y no se puede juzgar por ellos de lo que generalmente sucede. Esta injusticia es inherente al sistema de la esclavitud, la que no puede existir sin esa infamia».

La pública y escandalosa venta de las jóvenes mulatas y cuarteronas han adquirido una gran notoriedad por los incidentes a que ha dado lugar la captura del navío La Pearl. Tomamos el siguiente fragmento de un discurso del distinguido Horace Mann, abogado de los oficiales del buque: «Entre las sesenta y seis personas que trataron en 1848 de huir del distrito de Colombia en la goletea La Pearl, había muchas jóvenes dotadas de esa belleza de formas y facciones que los inteligentes estiman al más elevado precio. Una de ellas se llamaba Elizabeth Russel, la cual inmediatamente cayó en las garras de un traficante de esclavos y fue condenada a partir para el mercado de Nueva Orleans. Todos los que la vieron se compadecían de ella. Ofreciéronse por esta esclava mil ochocientos pesos para rescatarla, y algunos de los que hicieron este generoso ofrecimiento daban casi todo lo que poseían; el diabólico mercader de esclavos se mantuvo inexorable.

«La joven fue despachada para Nueva Orleans: pero a la mitad del viaje, poco más o menos, Dios se apiadó de ella enviándole la muerte. Dos jóvenes llamadas Edmundson iban también entre los cautivos. Tratábase igualmente de mandarlas a Nueva Orleans, cuando llegó su hermana mayor a suplicar en nombre del cielo al miserable que era su propietario que no hiciese partir a las víctimas, y él respondió que tendrían lindos muebles y hermosos vestidos. «Sí —repuso ella—, eso es bueno para esta vida: ¿pero qué será de ellas en la venidera? También fueron enviadas a Nueva Orleans; pero pasado algún tiempo las rescataron por una cantidad enorme».

¿No es evidente, en vista de los hechos citados, que las historias de Emmeline y de Cassy nada tienen de inverosímiles?

Para proceder con entera imparcialidad, la autora debe decir que la nobleza y la generosidad de carácter atribuidas a St. Clare no carecen de ejemplos, como puede verse por la anécdota siguiente. Hace algunos años que un caballero del sur se hallaba en Cincinnati con un esclavo favorito que le servía desde su infancia. El esclavo se aprovechó de esta circunstancia para asegurar su libertad escapándose, acogiéndose bajo la protección de un cuáquero conocidísimo por haber intervenido en muchos casos de este género.

El dueño se llenó de indignación al tener noticia de la fuga de su esclavo, tanto más cuando que había tratado a éste con suma bondad y cuanto que su confianza y su aprecio hacia él eran tales que el esclavo no había hecho más que ceder a malos consejos. Dirigióse a la casa del cuáquero sumamente irritado; pero el candor y la nobleza del alma del joven eran de tal naturaleza que se calmó así que oyó las razones y reflexiones del cuáquero. Él no había considerado nunca la cuestión desde el punto de vista que se presentaba, y prometió al cuáquero que si su esclavo le decía que deseaba su libertad, se la daría inmediatamente.

Verificóse, pues, una entrevista, y el joven amo preguntó a Nathan si había tenido jamás alguna queja de él.

—No, señor —respondió Nathan—; siempre ha sido usted bueno para mí.

—Entonces, ¿por qué quieres abandonarme?

—Podría usted morir, y en este caso ¿a quién pertenecería yo? Prefiero ser libre.

Después de algunos momentos de reflexión, el joven repuso:

—Nathan, creo que al hallarme en tu lugar pensaría lo mismo que tú. ¡Ya eres libre!

Escribió inmediatamente el acta de manumisión, depositó una suma de dinero en manos del cuáquero para que empezase a vivir libre Nathan, y dejó a éste una carta en la que le daba los más sanos consejos. La autora ha tenido en sus manos la carta a que se alude.

La autora se atreve a creer, en vista de lo expuesto, que ha hecho justicia a la nobleza de sentimientos, a la generosidad y humanidad que muestran a menudo los habitantes del sur. Ejemplos tales hacen no desesperar de nuestra especie. Pero nosotros preguntamos a cualquiera que conozca el mundo: ¿Hay algún país en que abunden los caracteres como aquéllos?

La autora ha evitado, por espacio de muchos años de su vida, toda lectura y discusión acerca de la esclavitud, considerando como demasiado dolorosa esta cuestión para ser profundizada y esperando que semejante institución caería en tierra ante las luces de la civilización. Pero desde el acto legislativo de 1850; desde que vio, consternada; a un pueblo libre, a un pueblo cristiano decretar que todo buen ciudadano estaba en el deber de volver a encadenar a los esclavos fugitivos, cuando oyó por todas partes, entre hombres buenos, apreciables y humanos, en los Estados libres del Norte, deliberaciones y discusiones sobre el deber de un cristiano en tales circunstancias, no pudo menos de decir para sí: «Esos hombres, esos cristianos no saben lo que es la esclavitud, si lo supieran no podrían discutir semejante cuestión».

Desde entonces experimentamos el deseo de descorrer el velo de este espantoso sistema, presentándolo con toda su dramática realidad. Tal vez lo haya conseguido, pero ¿quién puede saber lo que se oculta en la región de oscuridad y terror que completa el cuadro presentado a grandes rasgos?

A vosotros, habitantes del sur, de generosos corazones, a vosotros, cuyas virtudes, grandeza de alma y pureza de intención son tanto más de admirar cuanto más son los obstáculos que tenéis que vencer; a vosotros, pues, apela la autora. ¿No habéis sentido en el secreto de vuestros corazones, en vuestras conversaciones íntimas no habéis dicho que hay en este sistema maldito dolores y vergüenzas que exceden en mucho a todo lo que hemos pintado en este libro y a todo lo que es posible pintar? ¿Ni cómo suceder de otro modo? ¿Es el «hombre» un ser a quien pueda confiarse un poder ilimitado? Y el sistema de la esclavitud, quitando al testimonio del esclavo todo valor ante la justicia, ¿no convierte al poseedor en un déspota irresponsable? ¿Quién no ve el resultado práctico de semejante sistema?

Si hay entre vosotros buenos sentimientos, como así lo admitimos, hombres de honor, de justicia y de humanidad, ¿no hay otra especie de opinión pública entre los hombres perversos y los brutales y degradados? Y los hombres perversos y los brutales y degradados, ¿no pueden, según la ley, poseer tantos esclavos como los más generosos y honrados? ¿Hay un rincón en el mundo en donde los hombres honrados, justos, compasivos y nobles compongan la mayoría?

El tráfico de negros se considera hoy, en virtud de las leyes americanas, como una piratería; pero las leyes americanas protegen un tráfico de negros tan regular como el que se ha ejercitado en las costas de África. ¿Quién podría contar todos los horrores de esto, todos los corazones que ha despedazado?

La autora no ha podido, pues, presentar más que un pálido bosquejo, una pintura descolorida de las angustias que en este momento mismo desgarran millares de corazones, arruinan millares de familias y reducen una raza sensible y oprimida a la última desesperación. Algunos de éstos hay entre nosotros que han conocido madres a quienes este horrible tráfico ha impulsado al asesinato de sus hijas, mientras ellas mismas buscaban también en la muerte un asilo contra desgracias más terribles que la muerte. Es imposible escribir ni concebir nada más trágico que la terrible realidad de estas escenas que ocurren todos los días bajo nuestro cielo, a la sombra de la ley americana, a la sombra de la cruz de Jesucristo.

¿Y trataréis ahora de bagatelas estos atentados, hombres y mujeres de América? ¿Es lo que acabo de decir una cosa que pueda tratarse ligeramente, excusarse o pasarse en silencio? Agricultores del Massachussetts, del New-Hampshire, del Vermont o del Connecticut, que leáis este libro al resplandor de vuestras chimeneas; marinos y armadores del Maine, de corazón noble y fuerte, ¿podríais alentar y proteger tales atentados? Valientes y generosos moradores de Nueva York, arrendadores del rico y pintoresco Estado del Ohio, y vosotros, habitantes de los grandes Estados de la Pradera, responded: ¿sostendríais y protegeríais semejante sistema?

¡Y vosotras, madres americanas; vosotras que habéis aprendido junto a la cuna de vuestros hijos a amar a toda la Humanidad, a simpatizar con todos los que sufren, en nombre del amor sagrado de la madre al hijo, en nombre de vuestras alegrías maternales y de esa infancia tan inocente y bella, en nombre del tierno y cariñoso interés con que dirigís esta joven vida, en nombre de vuestras ansiedades por ese porvenir, yo os conjuro, yo os pido que os apiadéis de la madre que tiene un corazón como el vuestro y que carece del derecho de proteger, de guiar, de criar y educar al hijo de sus entrañas!

Por la hora dolorosa de la agonía de vuestro hijo, por el recuerdo de su mirada moribunda, que jamás podréis olvidar, por los últimos gritos que desgarraron vuestro corazón, cuando no podíais aliviarle ni salvarle; por la desolación de esa cuna vacía y de esa estancia silenciosa, yo os conjuro, yo os pido que os compadezcáis de esas madres a quienes el tráfico de esclavos roba sus hijos en este país.

Respondedme, madres americanas, ¿es la esclavitud institución que pueda defenderse, tolerarse o pasarse en silencio?

¿Me diréis que los ciudadanos de los Estados libres no son culpables en nada de eso ni pueden hacer nada en el particular? ¡Ojalá fuese cierto! Pero no lo es. Los ciudadanos de los Estados libres han defendido la esclavitud, la han alentado, han tomado parte en ella, y son más culpables ante Dios que los del sur, porque ellos no tienen el pretexto de la educación y de la costumbre.

Si en ciertas ocasiones las madres de los Estados libres hubiesen tenido los sentimientos que debían tener, los hijos de los Estados libres no hubieran traficado, como lo hacen, con cuerpos y almas inmortales en sus transacciones mercantiles. Infinidad de esclavos pertenecen momentáneamente al negociante del norte, el cual vuelve a venderlos enseguida. ¿Quién se atrevería a decir que todo la responsabilidad del crimen recae sobre el sur?

Los hombres del norte, las madres del norte, los cristianos del norte, tienen algo más que hacer que acusar a sus hermanos del sur. Tienen que sondar el mal que subsiste en medio de ellos.

Mas ¿qué puede hacer un individuo? Esta cuestión no puede ser resuelta más que por la conciencia de cada uno de nosotros. Hay una cosa que todo el mundo puede hacer: «sentir como es debido». Toda alma humana crea en torno suyo una atmósfera de influencias simpáticas, el hombre o la mujer que «siente» fuerte, sana y justamente, y que comprende los grandes intereses de la Humanidad, ejerce sin cesar una influencia benéfica sobre la raza humana. Saber, pues, cuáles son vuestras simpatías en este particular. ¿Están en armonía con las de Jesucristo, o bien os dejáis llevar y pervertir por los sofismas de la política mundana?

¡Cristianos y cristianas del norte, vosotros tenéis un poder mayor todavía: podéis «orar»! ¿Creéis en la oración, o no la consideráis sino como una vaga tradición apostólica? Rogáis por esos cristianos desgraciados que no tienen más probabilidad de poder vivir en armonía con sus convicciones que un accidente de comercio, que muchas veces no suelen conformarse con la moral del Evangelio, a menos que el cielo no les conceda el valor del mártir.

Pero aún hay más. En las fronteras de nuestros Estados libres vemos todos los días llegar miembros de esas familias dispersas, hombres y mujeres libertados, por un milagro de la Providencia, de las miserias de la esclavitud. Ignorantes y en su mayor parte moralmente enfermos y corrompidos por un sistema que trastorna todas las nociones del cristianismo y de la moral, vienen a buscar la instrucción, la educación, las doctrinas cristianas.

¿Cuáles son los deberes que tenéis que cumplir en pro de esos desgraciados, oh, cristianos? ¿No debe cada cristiano americano a la raza africana al menos algunos esfuerzos para reparar los males que la nación americana ha hecho sufrir a aquélla? ¿Les cerraremos las puertas de nuestras escuelas? ¿Se levantarán los Estados libres para arrojarlos de su seno? ¿Oirá en silencio la Iglesia cristiana las injurias con que se les abruma? ¿Rechazará las manos trémulas tendidas hacia ella? ¿Autorizará callando la crueldad de los que quieran negarles la hospitalidad? Si ha de ser así tiemble nuestra nación, recordando que la suerte de las naciones está en las manos de Aquél que es misericordioso y tierno.

¿Diréis, por ventura: «No sabemos qué hacer, de ellos aquí, que se vayan a África»?

La providencia de Dios les ha deparado, en efecto un refugio en África; esto no es una razón para que la Iglesia se liberte de la responsabilidad de la suerte de esta raza oprimida.

El poblar la República de Liberia de una raza ignorante, inexperta, semibárbara, recientemente escapada de las cadenas de la esclavitud, será prolongar por siglos el período de luchas y dificultades inseparables de toda empresa en su principio. Reciba la Iglesia del Norte a esos pobres desgraciados, déles participación en las ventajas de una sociedad republicana y cristiana hasta que ellos hayan logrado más madurez intelectual y moral, y suminístreles entonces los medios de transportes a aquel país, en el cual podrán poner en práctica las útiles lecciones recibidas.

Algunos habitantes del norte, aunque pocos en número, han ya recurrido a los medios que acabamos de indicar. También ha visto ya este país algunos hombres, antes esclavos, adquirir rápidamente instrucción, fortuna y reputación. Hanse desarrollado talentos verdaderamente notables, si se tienen en cuenta las circunstancias. Se han visto rasgos sensibles de honradez, de bondad, de ternura de corazón, y se han visto heroicos esfuerzos, sacrificios y grandes ejemplos de abnegación para rescatar a los padres, hermanos y amigos, amarrados aún con las cadenas de la esclavitud, mereciendo la estima y admiración de las personas que contribuyeron a las influencias bajo las cuales habían nacido y sido educados.

La autora de estas líneas ha habitado por espacio de muchos años en la frontera de los Estados del Sur, donde hay esclavos y ha tenido infinitas ocasiones de observar a los que habían salido de la esclavitud. Algunos han sido recibidos en su casa en calidad de criados, y a falta de otro medio de instrucción, ella los ha admitido más de una vez en una escuela de familia donde se educaban sus propios hijos. Ha tenido también para apoyar sus experiencias personales el testimonio de misioneros entre los fugitivos del Canadá, y las deducciones que de todo ello pueden sacarse en favor de la inteligencia y capacidad de esta raza son lisonjeras en alto grado.

El primer deseo del esclavo emancipado es casi siempre el de ser instruido. No hay nada que no se halle dispuesto a dar o hacer para que sus hijos lo sean también, y según lo que la autora ha podido observar por sí misma, como igualmente según el testimonio de los maestros de ellos, están dotados de una inteligencia notablemente viva y perspicaz. Los resultados conseguidos en las escuelas fundadas por ellos en Cincinnati confirman plenamente la verdad de esta observación.

La autora publica, autorizada por el profesor C. F. Stowe, entonces en el Seminario de Laine, en el Ohio, los pormenores siguientes, relativos a los esclavos emancipados residentes en Cincinnati. Dichos pormenores demuestran lo que puede, aun sin el auxilio y protección particular, esta raza despreciada.

No pondremos más que las iniciales de los nombres. Todas las personas que aquí se mencionan viven en Cincinnati:

«B.   Ebanista, habita en esta ciudad hace veinte años, posee diez mil pesos, fruto de su trabajo; es miembro de la Iglesia baptista.

«C.   Enteramente negro, criado en África, vendido en Nueva Orleans, libre hace quince años, se ha rescatado por la suma de seiscientos pesos; es agricultor, tiene muchas heredades en la Indiana; es presbiteriano; posee quince mil o veinte mil pesos, adquiridos con su trabajo.

«K.   Enteramente negro; comercia en carbón, posee treinta mil pesos; tiene cuarenta años de edad y hace seis que es libre; ha pagado mil ochocientos pesos por el rescate de su familia; es miembro de la Iglesia baptista; ha recibido de su amo una manda que reclamó y que ha aumentado sus bienes.

«G.   Enteramente negro; comercia en carbón, posee dieciocho mil pesos; se ha rescatado por dos veces, y en la primera le robaron mil setecientos pesos; ha ganado todo lo que tiene con su trabajo, y gran parte de ello siendo esclavo. Pagaba una renta a su amo y trabajaba por su propia cuenta; es excelente hombre y sus modales son distinguidos.

«W. Cuarterón, barbero, oriundo del Kentucky, hace diecinueve años que es libre; se ha rescatado a sí propio, igualmente que a su familia, por la suma de tres mil pesos, posee veinte mil pesos, adquiridos con su trabajo; es diácono de la Iglesia baptista.

«G. D.— Cuarterón, lavandero, oriundo del Kentucky, nueve años de libertad; se rescató con su familia por mil quinientos pesos: hace poco que ha muerto, a la edad de sesenta años, poseyendo seis mil pesos».

El profesor Stowe añade: «Exceptuando a G., todos estos individuos me han conocido personalmente».

La autora recuerda muy bien una mujer de color, bastante avanzada en edad, que estaba ocupada como lavandera en la casa de su padre. La hija de esta mujer se casó con un esclavo. Era una joven notable por su actividad e inteligencia; por su industria, sus esfuerzos y constante abnegación consiguió ahorrar para el rescate de su marido la suma de novecientos pesos, que depositaba en poder de su amo. Le faltaban cien pesos todavía para la cantidad fijada cuando su marido murió. ¡Nunca se le ha restituido su dinero!

Éstos no son más que algunos de los infinitos hechos que podríamos citar en prueba de la abnegación, la energía, la paciencia y la honradez que el esclavo desarrolla en un estado de libertad.

No hay que olvidar que cada uno de estos individuos ha tenido que conquistar con su trabajo, y en las circunstancias más desfavorables, una posición social y un bienestar relativo. El hombre de color, según las leyes del Ohio, no puede ser elector, y hasta hace pocos años se le rehusaba el derecho de declarar ante la justicia contra un blanco.

Pero no es sólo en el Estado de Ohio donde se encuentran ejemplos como el que acabamos de relatar, en todos los Estados de la Unión, vemos hombres, libertados ayer del yugo de la esclavitud, que con admirable energía han formado su propia educación y conquistado un puesto honroso en la sociedad: Ginnington, en el clero; Douglas y Ward, entre los escritores, son ejemplos bien conocidos.

Si esta raza perseguida había sabido triunfar de tantos obstáculos y desventajas, ¿qué no haría si la Iglesia cristiana, inspirada en la inefable caridad de Cristo, le tendiera una mano maternal?

Nuestro siglo ve a las naciones temblar y agitarse convulsivamente, una fuerza misteriosa trabaja y subleva al mundo, semejante a las sordas conmociones de un terremoto.

¿Está América en seguridad? Toda nación que tolera en su seno una gran injusticia lleva en sí los elementos de una convulsión terrible. ¿Cuál es, pues, esa influencia poderosa que arranca a todas las naciones gemidos y suspiros inexplicables por la libertad y la igualdad?

¡Oh, Iglesia de Cristo! ¡Ay, comprende las señales y los tiempos! Ese poder misterioso, ¿cuál es si no el espíritu de Aquél cuyo reinado está aún por venir y cuya voluntad será hecha, así en la tierra como en el cielo? ¿Quién podrá entonces soportar su cólera?

¿Por ventura no ha dicho que en aquel día abrasará como un horno, y Él, aparecerá para acusar a los que niegan al pobre su salario, a los que oprimen a la viuda y al huérfano, a los que despojan al extranjero de su derecho, y hará pedazos al opresor? ¿No son terribles palabras estas para una nación que lleva en su seno una injusticia tan enorme? Cristianos, cada vez que decís. «Venga a nos tu reino», ¿podéis olvidar que la profecía asocia con terrible proximidad el día de la venganza al día de la redención?

Un día de gracia nos ha concedido todavía la justicia divina. Los Estados del Norte y del Sur se han hecho culpables ante Dios, y la Iglesia cristiana tendrá una estrecha cuenta que rendir ante el Juez soberano.

No, no es protegiendo a la vez la injusticia y la barbarie, formando un capital común de pecados, como la Unión americana puede salvarse, sino por el arrepentimiento, volviendo a la justicia y a la misericordia, porque la ley eterna de la gravedad, en virtud de la cual una muela de molino cae en el fondo del océano, no es tan segura como esta otra ley, más inflexible aún, por la cual «la injusticia y la crueldad atraen sobre las naciones la cólera del Dios Todopoderoso».

ÍNDICE